BASTEI LÜBBE

Mit Illustrationen von Tina Dreher

Über den Autor:

Peter Freund lebt und arbeitet in Berlin. Er war viele Jahre in der Film- und Fernsehbranche tätig, zunächst als Leiter und Manager verschiedener Kinos, dann im Filmverleih und seit 1993 als Producer. Als Autor, Dramaturg und Produzent zeichnet er für zahlreiche Fernsehproduktionen verantwortlich.

Mit seinen LAURA-Romanen, die alle bei Ehrenwirth erschienen, hat er sich weltweit eine große Fan-Gemeinde geschaffen. Seine Bücher erscheinen in siebzehn Ländern.

Die meisten seiner Romanfiguren erfand er für seine inzwischen erwachsenen Kinder, die nicht genug bekommen konnten von seinen fantastischen Geschichten.

Peter Freund im Internet: www.freund-peter.de

Peter Freund

LAURA
und das Geheimnis von Aventerra

Roman

BASTEI LÜBBE

BASTEI LÜBBE TASCHENBUCH
Band 15707

1. + 2. Auflage: Juli 2007
3. Auflage: August 2008

Vollständige Taschenbuchausgabe
der bei Ehrenwirth erschienenen Hardcoverausgabe

Bastei Lübbe Taschenbücher und Ehrenwirth
in der Verlagsgruppe Lübbe

Ein Projekt der AVA international GmbH
Autoren- und Verlagsagentur, Herrsching
Titelillustration: Franz Vohwinkel
Titelgestaltung: Bettina Reubelt
Satz: Kremerdruck GmbH, Lindlar
Druck und Verarbeitung: CPI – Ebner & Spiegel, Ulm
Printed in Germany
ISBN 978-3-404-15707-5

Sie finden uns im Internet unter
www. luebbe.de
Bitte beachten Sie auch: www.lesejury.de

Der Preis dieses Bandes versteht sich einschließlich
der gesetzlichen Mehrwertsteuer.

Für Gabi,
Finn und Florian

Kapitel 1 ❧ Ein seltsamer Traum

Laura Leander stöhnte im Schlaf. Helles Mondlicht flutete durch das Fenster in ihr Schlafzimmer und tauchte es in einen silbrigen Glanz. Unruhig warf das Mädchen den Kopf auf dem Kissen hin und her. Seine langen blonden Haare waren schweißverklebt.

»Nein«, stöhnte Laura heiser. »Nein, nein, nein!« Ihr hübsches, zartes Gesicht war nur noch eine schmerzverzerrte Grimasse. »Neeeiiin!«

Laura schreckte aus dem Schlaf und richtete sich in ihrem Bett auf. Verwirrt schaute sie sich um. Es dauerte einige Momente, bis ihr endlich dämmerte, dass sie sich in ihrem Schlafzimmer befand.

Im selben Augenblick flammte das Licht an der Decke auf, und ihr Bruder Lukas trat in das Zimmer. »Was ist los, Laura?«, fragte er verschlafen. »Warum hast du so geschrien?«

Lukas war ein Jahr jünger als seine Schwester. Er war zwölf und Laura dreizehn. Das heißt: fast dreizehn, denn bis zu ihrem Geburtstag waren es noch zwei Tage. Lukas war genauso blond wie Laura, hatte die gleichen blauen Augen wie sie, und auch sein Grübchen am Kinn sah genauso aus wie das seiner Schwester. Im Gegensatz zu Laura trug Lukas eine große Brille auf der Nase, die ihm ein leicht professorenhaftes Aussehen verlieh.

Laura starrte ihren Bruder verständnislos an. »Ich hab geschrien?«

»Exaktenau!«, erwiderte Lukas. »Exaktenau« war eines von Lukas' heiß geliebten Spezialwörtern. »Du hast geschrien, dass ich es bis in mein Zimmer gehört habe. Warum?«

Im ersten Moment konnte Laura sich an nichts erinnern. Sie schaute sich in ihrem Zimmer um, als könne sie da die Antwort finden. Es unterschied sich kaum von einem Zimmer anderer Mädchen ihres Alters. An den Wänden hingen Pferdebilder und Poster ihrer Lieblingsbands. Neben ihrem Schrank stand ein großes Regal mit ihren Büchern: »Die unendliche Geschichte«, »Der Goldene Kompass« und andere dicke Schmöker. An der dem Bett gegenüberliegenden Wand stand ihr Schreibtisch, und darüber hing ein Filmplakat, von dem Frodo Beutlin sie mit großen braunen Augen anschaute.

Auf dem Schreibtisch herrschte eine wüste Unordnung: Bücher, Hefte und Zeitschriften waren kreuz und quer darauf verstreut. Dazwischen lagen CDs und Disketten, und ein buntes Sammelsurium von Kugelschreibern, Malstiften, Bleistiftspitzern und Radiergummis vervollständigte das Durcheinander. Einige der gerahmten Fotos, die für gewöhnlich darauf aufgereiht waren, waren umgefallen und nicht wieder aufgerichtet worden. Als Lauras Blick auf eines der Fotos fiel, das sie in ihrem weißen Fechtanzug und mit Florett in der Hand zeigte, erinnerte sie sich plötzlich wieder.

»Ich hab geträumt«, sagte sie nachdenklich. »Von Rittern.«

»Von Rittern? Was für Ritter denn?« Eine kleine Falte grub sich bis zur Nasenwurzel in die Stirn ihres Bruders – das sichere Zeichen, dass er Zweifel hegte.

»Es waren weiße und schwarze Ritter«, erinnerte sich Laura. »Und sie haben ganz wild miteinander gefochten, mit mächtigen Schwertern, Streitäxten und Morgensternen – mit richtig gefährlichen Waffen!«

»Echt?«, fragte Lukas, und die Falte kerbte sich noch tiefer in seine Stirn.

»Ja.« Laura nickte eifrig, und die Erinnerung an ihren Traum wurde immer lebendiger. »Da war auch eine riesengroße Burg, und das Land drum herum sah ein bisschen so aus wie Mittel-Erde in dem Film.« Sie deutete auf das Plakat über ihrem Schreibtisch.

»Kein Wunder«, sagte Lukas mit leicht oberlehrerhaftem Ton. »›Den Herrn der Ringe‹ hast du ja auch schon zwölfmal gesehen!«

»Dreizehnmal!«, korrigierte Laura. »Aber dann ist was Eigenartiges passiert: Als die Ritter gerade am heftigsten kämpften, war ich plötzlich mitten unter ihnen, und ein alter Mann mit weißen Haaren und einem langen weißen Bart –«

»Gandalf – oder Albus Dumbledore?«, unterbrach Lukas und grinste.

Laura schüttelte den Kopf. »Nein, weder Gandalf noch Dumbledore. Obwohl – ein bisschen ähnlich sah er ihnen schon. Also, dieser alte Mann kam auf mich zu und lächelte mich erst ganz freundlich an. Doch dann machte er ein ernstes Gesicht und sagte, ich müsse den Kelch suchen!«

»Den Kelch? Was für einen Kelch denn?«

»Keine Ahnung!« Laura zuckte mit den Schultern. »Daran erinnere ich mich nicht mehr. Ich weiß nur noch, dass plötzlich ein schwarzer Ritter auf den Alten zusprang. Seine Augen waren rot vor Wut, und er hob ein Schwert, um den alten Mann zu töten. Aber was dann geschah –« Sie brach ab, überlegte einen Moment und drehte eine Haarsträhne um den Finger. »Keine Ahnung, es fällt mir nicht mehr ein. Aber trotzdem: Irgendwie habe ich das Gefühl, es war furchtbar wichtig, dass ich diesen Kelch finde – sogar lebenswichtig. Wenn ich nur wüsste, warum?!«

Lukas musterte seine Schwester mit nachdenklichem Blick.

Diese Frage schien sie ernsthaft zu quälen. Deshalb machte er eine beschwichtigende Geste. »Ist doch auch egal, Laura«, sagte er. »War doch nur ein Traum!«

Aber Laura schüttelte heftig den Kopf und schaute ihren Bruder aus großen Augen an. »Ich weiß, es klingt verrückt – aber es kam mir alles so schrecklich echt vor. Und das macht mir …« Sie hob abrupt den Kopf und warf ihrem Bruder einen Hilfe suchenden Blick zu. »… das macht mir irgendwie Angst, Lukas!«, flüsterte sie. »Große Angst.«

Der nächste Tag war ein Sonntag – der zweite Advent. Ein blassblauer Winterhimmel, an dem eine kraftlose Sonne hing, spannte sich über Hohenstadt. Das Städtchen besaß einen nahezu intakten mittelalterlichen Kern. Die verwinkelten Straßen und verträumten Gassen mit liebevoll restaurierten historischen Gebäuden zogen vor allem im Sommer viele Touristen an und waren vom frühen Morgen bis zum späten Abend belebt. Im Winter war es nur geringfügig ruhiger, denn auch der traditionelle Weihnachtsmarkt rund um den stattlichen Weihnachtsbaum auf dem Rathausplatz lockte eine Menge Besucher an. Besonders natürlich an den Wochenenden.

Doch Hohenstadt hatte weit mehr zu bieten als eine malerische Altstadt. Es gab auch einige moderne Viertel mit Boutiquen, Kaufhäusern, Restaurants und Verwaltungsgebäuden. In einem erst kürzlich eröffneten Einkaufszentrum hatten zwei Discos, eine Bowlingbahn und ein modernes Multiplex-Kino Platz gefunden. Den Saum des Städtchens aber bildeten Wohnsiedlungen, die sich mehr und mehr in das umliegende Hügelland fraßen, das jetzt in winterkalter Starre dalag.

Das Haus der Familie Leander stand am Rande von Hohenstadt in einem kleinen Garten. Der Rauch der auf vollen Touren laufenden Ölheizung kringelte sich aus dem Schornstein des hübschen Walmdachbungalows in den Himmel. Eine Krähe segelte langsam auf einen hohen Baum im Garten zu. Auf einem dicken Ast in seinem Wipfel landete sie und lugte hinüber zu einem Dachfenster des Hauses.

Die Krähe war unnatürlich groß. Geradezu unheimlich.

In der Nacht hatte es Frost gegeben, die kahlen Äste der Bäume und Sträucher waren mit Raureif überzogen, und die umliegenden Wiesen und Felder wirkten wie mit Puderzucker bestäubt.

Als Laura nach dem Anziehen aus dem Fenster hinunter in den Garten blickte, glaubte sie einen Augenblick, es habe endlich geschneit. Aber schon im nächsten Moment wurde sie sich ihres Irrtums bewusst, und sie war enttäuscht. Sie hatte so sehr gehofft, dass es auch diesmal zu ihrem Geburtstag Schnee geben würde – genauso wie im letzten Jahr. Damals hatte es am vierten Dezember angefangen zu schneien, und am fünften Dezember, an Lauras Geburtstag, war das ganze Land in eine dicke schneeweiße Decke gehüllt gewesen. Laura und Lukas hatten den ganzen Tag mit ihren Freunden im Freien herumgetobt, waren Schlitten und Snowboard gefahren, und sie hatten eine fröhliche Schneeballschlacht veranstaltet. Am späten Nachmittag aber hatte es den Höhepunkt gegeben: Ihr Vater Marius hatte einen alten Pferdeschlitten organisiert, Lauras Pferd Sturmwind angespannt, und dann hatte die ganze Meute eine Schlittenfahrt durch Wiesen und Wälder unternommen. Laura hörte noch immer das leise Bimmeln der Glöckchen, die Marius an Sturmwinds Geschirr angebracht hatte. Während der gedämpfte Hufschlag an ihr Ohr drang und der Schnee unter den Schlittenkufen knirschte, war Laura sich vorgekommen wie in einem Wintermärchen. Fehlte nur noch, dass der Eisriese um die nächste Ecke bog oder die Schneeprinzessin sie in ihren eisigen Palast einlud. Aber obwohl natürlich nichts dergleichen geschehen war, würde Laura diesen Tag nie wieder vergessen – in ihrem ganzen Leben nicht. Denn gut zwei Wochen später, drei Tage vor Weihnachten, war ihr Vater plötzlich verschwunden.

Am Vormittag hatte Marius Leander noch wie gewohnt seine Unterrichtsstunden abgehalten – er war Geschichts- und Literaturlehrer an der Internatsschule Ravenstein, die auch Laura und Lukas besuchten. Beim gemeinsamen Mittagessen der Lehrer und Schüler hatte er noch am Tisch gesessen, und am Nachmittag hatte er seine Aufsicht absolviert und Nachhilfeunterricht gegeben. Anschließend hatte er sich auf sein Zimmer zurückgezogen, weil er seine Forschungsarbeit weitertreiben wollte. Marius beschäftigte sich seit einiger Zeit intensiv mit der Geschichte der Burg Ravenstein.

Einige Zeit nach dem Abendessen hatte dann ein Kollege beobachtet, wie Marius Leander das Internatsgebäude verließ. Von da an verlor sich jede Spur von ihm im Nichts. Obwohl seine Familie natürlich die Polizei eingeschaltet und auch eigene Nachforschungen betrieben hatte, gab es bis zum heutigen Tage nicht den geringsten Hinweis darauf, was sich damals zugetragen hatte. Niemand wusste, wo Marius geblieben sein könnte. Er war wie vom Erdboden verschluckt, und alle – die Polizei, seine Kollegen, seine Freunde und natürlich erst recht seine Familie – standen vor einem Rätsel.

Wie es ihm wohl geht?, überlegte Laura. Und wo er nur sein mag? Sie war ganz sicher, dass ihr Vater nicht freiwillig verschwunden war, sondern dass ihn irgendjemand oder irgendetwas dazu gezwungen haben musste. Aus welchem Grund auch immer. Marius musste noch am Leben sein. Er musste einfach! Nicht auszudenken, wenn –

»Laura, Frühstück!« Die schrille Stimme ihrer Stiefmutter riss Laura aus den Gedanken. »Wo bleibst du denn, Laura?«

Unwillkürlich schnitt das Mädchen eine Grimasse. »Ich

komm ja schon!«, blökte es und drehte sich um, um aus dem Zimmer zu gehen.

In diesem Augenblick bemerkte es die Krähe. Laura blieb stehen und blickte hinüber zu dem Vogel auf dem Baum vor ihrem Fenster. Zum Schutz gegen die Kälte hatte er sein pechschwarzes Gefieder aufgeplustert und wirkte dadurch noch größer, als er ohnehin schon war. Eine derart riesige Krähe hatte Laura noch nie zuvor gesehen. Wie ein schwarzes Gespenst hockte sie nahezu unbeweglich da und starrte Laura aus dunklen Knopfaugen an. Laura hatte gerade erst gelesen, dass einige Urvölker Krähen als Vorboten eines Unglücks betrachteten. Unwillkürlich begann sie zu frieren. Ein kalter Schauer lief ihr über den Rücken, und auf ihren Unterarmen bildete sich Gänsehaut.

Als Laura in die Küche trat, stieg ihr der Duft von frischem Kaffee, Kakao und Brötchen in die Nase. Lukas saß bereits am Tisch und hob gerade einen Becher mit dampfendem Kakao an den Mund.

Wortlos setzte sich Laura neben den Bruder und griff nach der Kanne mit dem Kakao, um sich daraus einzugießen.

»Ist das Fräulein heute schlecht gelaunt?«, fragte ihre Stiefmutter mit spitzem Ton, »oder warum höre ich kein Guten Morgen?«

Während Sayelle Leander-Rüchlin ihre Stieftochter vorwurfsvoll ansah, entging ihr, dass Lukas seiner Schwester einen tröstenden Blick zuwarf.

Mama war ganz anders als Sayelle, dachte Laura, während sie Cornflakes in ihre Frühstücksschüssel rieseln ließ und Milch darüber goss. Die hat mich morgens immer in Ruhe gelassen!

Anna Leander, die leibliche Mutter von Laura und Lukas, war bei einem tragischen Autounglück ertrunken, als Laura gerade mal fünf Jahre alt war. Laura, die auch im Wagen gesessen hatte, war in letzter Minute gerettet worden. Sayelle Rüchlin, mit der Lauras Eltern seit den gemeinsamen Studientagen befreundet waren, hatte sich in der Folgezeit ganz rührend um Laura und Lukas gekümmert und versucht, ihnen, so gut es eben ging, über den Verlust der Mutter hinwegzuhelfen. Marius war der jungen Frau natürlich unendlich dankbar für ihre liebevolle Fürsorge, und so waren sich die beiden fast zwangsläufig nähergekommen und hatten nach einiger Zeit schließlich geheiratet.

Marius war glücklich mit der Journalistin, deren Karriere seit der Hochzeit steil angestiegen war. Obwohl sie deshalb nur wenig Zeit für die Familie hatte, fühlten sich Laura und Lukas zunächst rundum wohl mit ihr. Doch mit Marius' rätselhaftem Verschwinden hatte Sayelle sich stark verändert. Nicht dass sie sich nicht mehr um die Kinder kümmerte – im Gegenteil: Sayelle beaufsichtigte sie seither noch strenger. Sie kontrollierte alles und schnüffelte fast ständig hinter ihnen her. Besonders hinter Laura. Aber gleichzeitig verhielt sie sich abweisend ihnen gegenüber. Anfangs hatten Lukas und Laura vermutet, ihre Stiefmutter habe nun auch Angst um sie. Und da Sayelle mit dem Verlust des geliebten Mannes fertig werden musste, nahmen die beiden einiges hin. Aber mit der Zeit war ihre Stiefmutter so schlimm geworden, dass Laura am liebsten nur noch mit ihr gestritten hätte. Doch an diesem Morgen hatte sie keine Lust auf Stunk, und so muffelte sie einfach nur: »Sorry! Morgen.«

»Na, also, geht doch!«, sagte Sayelle mit einem kaum merklichen Lächeln.

Sie nahm die Kaffeekanne von der Maschine, setzte sich ebenfalls an den Tisch und goss sich eine Tasse ein. Obwohl sie frei hatte und nicht in die Redaktion musste, war ihr brünettes Haar tadellos frisiert. Auch ihr Make-up war perfekt, wenn auch eine Spur zu dick aufgetragen. Im Gegensatz zu Laura und Lukas, die in ausgewaschene Jeans und bequeme Sweatshirts geschlüpft waren, trug Sayelle einen hochmodischen Hosenanzug in Altrosa. Er saß perfekt und betonte ihre schmale Taille. Während sie eine Knäckebrotscheibe hauchdünn mit Diätmargarine bestrich und einen winzigen Klecks Hüttenkäse darauf verteilte, schaute sie die Kinder an.

»Ich hab mir gedacht, wir gehen heute Nachmittag gemeinsam in die Passions-Kirche«, erklärte sie mit einem erwartungsfrohen Lächeln. »Da gibt es ein Adventskonzert mit Weihnachtskantaten. Der Chor soll ganz toll sein, hat Max gesagt.«

Max?, überlegte Laura. Wer um alles in der Welt ist noch mal Max?

Dann fiel es ihr ein: Maximilian Longolius war der Besitzer eines gigantischen Medienunternehmens, zu dem unter anderem ein Fernsehsender und mehrere Zeitungen gehörten. Auch »DIE ZEITUNG«, bei der Sayelle Leander-Rüchlin als Leiterin der Wirtschaftsredaktion beschäftigt war, gehörte ihm. Laura hatte Maximilian Longolius erst einmal erlebt, bei einem Essen in einem piekfeinen Restaurant, in das er Sayelle und sie und Lukas eingeladen hatte: ein schon etwas älterer geleckter Typ mit zurückgegelten schwarzen Haaren – Laura hatte auf den ersten Blick bemerkt, dass sie gefärbt waren – in edlem Anzug und mit Designerbrille. Sein Händedruck war genauso lasch wie ein Kaninchenpups, erinnerte sich Laura schaudernd. Aber am schlimmsten war gewesen, dass er Sayelle ununterbrochen angeschleimt hatte. Seine Schweinsäuglein hatten förmlich an ihr geklebt, und er hatte immerzu gelächelt.

Einfach eklig! Wenn dieser Typ etwas toll fand, dann konnte es doch nur ätzend sein!

»Ach ne, keine Zeit«, sagte Lukas da auch schon. »Ich hab 'ne Verabredung mit meinem Computer.«

»Und was ist mit dir, Laura?«

»Ich wollte eigentlich reiten gehen«, sagte Laura gedehnt. »Sturmwind braucht dringend Bewegung, und vor den Weihnachtsferien komm ich sonst bestimmt nicht mehr dazu.«

»Wie ihr meint«, antwortete Sayelle knapp.

Sie war eingeschnappt, das merkte Laura an ihrer Stimme, die dann immer etwas dünner klang. Mit Sicherheit würde sie jetzt wieder schlechte Laune bekommen, denn das war immer so, wenn etwas nicht nach ihrem Willen lief. Und dann wurde sie jedes Mal so zickig, dass man ihr besser aus dem Weg ging.

Grässlich!

Allerdings – manchmal konnte Laura Sayelle sogar verstehen: Ihre Stiefmutter nahm sich immer so viel vor für die Wochenenden, denn das war die einzige Zeit, die sie gemeinsam verbringen konnten. An den anderen Tagen wohnten Laura und Lukas nämlich im Internat. Nur an den Wochenenden und in den Ferien lebten sie im Haus der Familie in Hohenstadt. Und irgendwie schien Sayelle sich dazu verpflichtet zu fühlen, diese knappe Zeit fast vollständig mit ihnen zu verbringen, sodass sie jedes Mal ein Monsterprogramm mit ihnen durchziehen wollte. Aber vielleicht war das auch nicht mehr als eine lästige Pflichtübung, denn sonst hätte sie doch längst kapiert, dass sie keine Lust auf Museen und Konzerte hatten.

Sayelle schien in einer völlig anderen Welt zu leben als Lukas und sie und einfach keine Ahnung davon zu haben, was Jugendliche in ihrem Alter so machten. In letzter Zeit kam es Laura zunehmend so vor, als wolle sie auch gar nicht mehr wissen, was Lukas und sie beschäftigte. Sayelle schien nur noch ein Interesse zu haben – dass Lukas und sie sich widerspruchslos den Vorstellungen und Wünschen ihrer Stiefmutter fügten. Ganz egal, ob die ihnen gefielen oder nicht.

Kein Wunder, dass sie dieses Jahr nicht an Adventskalender für uns gedacht hat, ging es Laura durch den Sinn. Und meinen Geburtstag wird sie bestimmt auch vergessen!

Schon häufig hatte sie sich den Kopf darüber zerbrochen, warum ihre Stiefmutter sich so sehr verändert hatte und immer noch seltsamer wurde. Aber sosehr sie auch grübelte, sie fand keine einleuchtende Erklärung. Aber vielleicht täuschte sie sich ja auch und tat Sayelle Unrecht? In einem aber war Laura sich vollkommen sicher: Als ihr Vater noch bei ihnen gewesen war, war alles anders gewesen.

Ganz anders!

Wenn ich nur endlich wüsste, was an diesem verflixten einundzwanzigsten Dezember des letzten Jahres passiert ist, grübelte Laura. Es kann doch nicht sein, dass jemand einfach so verschwindet, ohne eine Spur zu hinterlassen. Er kann sich doch nicht in Luft aufgelöst haben. So etwas gibt es doch einfach nicht!

Plötzlich bemerkte Laura, dass Sayelle sie aus schmalen Augen anstarrte und dabei lautlos den Mund auf und zu machte wie ein Fisch im Aquarium. Aber da drangen Sayelles Worte auch schon an Lauras Ohr.

»Träumst du, oder hast du es einfach nicht nötig, mir zu antworten?«, fragte sie. Ihr Ton war gereizt.

Na, bitte!

»*Sorry*«, antwortete Laura schnell. »Ich war in Gedanken.«

»Ich hab gefragt, ob du es nicht vernünftiger fändest, dich hinzusetzen und für die Schule zu lernen, anstatt dich mit deinem Pferd zu vergnügen!«, sagte Sayelle streng.

Laura erwiderte nichts.

Sayelle ließ nicht locker. »Jedenfalls würde ich das so machen, wenn ich in Mathe und Physik auf einer glatten Fünf stände!«

»Ich hab doch gestern den ganzen Tag gelernt«, murmelte Laura leise.

»Das ist auch dringend nötig!«, erwiderte Sayelle vorwurfsvoll. »Oder willst du wieder durchrasseln wie im letzten Jahr? Du weißt doch, was das bedeutet – du musst Ravenstein verlassen, weil man eine Klasse nicht zweimal wiederholen kann. Das würde dir doch auch nicht gefallen, oder?«

Laura wollte zu einer heftigen Antwort ansetzen, doch dann schwieg sie lieber. Natürlich hatte sie grässliche Angst davor, wieder sitzen zu bleiben und vom Internat zu fliegen. Diese Angst war manchmal so schlimm, dass ihr richtig schlecht wurde. Aber das ging Sayelle doch nichts an! Die würde sie doch nicht verstehen – und helfen konnte sie ihr schon gar nicht. *Ganz bestimmt nicht!* Deshalb erwiderte Laura nur trotzig den vorwurfsvollen Blick ihrer Stiefmutter.

»Mensch, Laura, werd doch endlich vernünftig«, sagte die in einem fast flehenden Ton. »Ich will doch nur dein Bestes, verstehst du das nicht? Ich weiß doch, wie gerne du im Internat bist! Und noch ist ja nichts verloren. Du hast bis zum Ende des Schuljahres noch genügend Zeit, um die schlechten Zensuren auszubügeln! Allerdings …« Sayelle seufzte, bevor sie mit leichtem Kopfschütteln fortfuhr: »… wenn du nicht endlich vernünftig wirst und dich auf den Hintern setzt und lernst, dann sehe ich schwarz. Ziemlich schwarz sogar!«

Laura schluckte. Ihre Augen waren noch schmaler geworden, aus den Schlitzen funkelte der pure Trotz. »Ich werde nicht sitzen bleiben«, flüsterte sie. »Das garantiere ich dir!«

Der eiskalte Wind schlug Laura ins Gesicht und piekte ihre frostroten Wangen wie winzige Stecknadeln. Obwohl sie in ihren dicken roten Stepp-Anorak gehüllt war, warme Wollhandschuhe trug und sich ihre Dock-Mütze tief über die Ohren gezogen hatte, setzte die Kälte ihr ganz schön zu. Aber gab es etwas Schöneres als Reiten?

Auf einer kleinen Anhöhe zügelte Laura ihr Pferd und schaute sich um. Die hügelige Landschaft erstreckte sich bis zum Horizont. Der morgendliche Raureif war längst verschwunden, und Felder und Wiesen waren leer und grau. Weit und breit war kein Mensch zu sehen. Nur das Heulen des Windes und das Schnauben ihres Pferdes drangen an Lauras Ohr.

Sturmwind war ein prächtiger weißer Hengst. Seine Mähne und der Schweif allerdings waren schwarz. Fast unbeweglich stand er da. Das Mädchen auf seinem Rücken schien er kaum zu spüren. Aus seinen Nüstern stiegen kleine Wolken auf, und sein Leib dampfte. Das Fell war schweißnass.

Kein Wunder – nachdem Laura den Hof von Bauer Dietrich verlassen und das freie Feld erreicht hatte, hatte sie die Zügel gelockert, und Sturmwind hatte die ungewohnte Freiheit genutzt. Gerade so, als wolle er die Enge des Stalles mit aller Gewalt von sich abschütteln, war er im Galopp davongeprescht – ein stürmischer, wilder Ritt, wie Laura ihn kaum jemals zuvor erlebt hatte. Während die Pferdehufe wie rasend trommelten, war die Welt förmlich vorbeigeflogen, bis Laura sie gar nicht mehr richtig wahrzunehmen schien. Das Einzige, was noch von Wichtigkeit gewesen war, waren sie und ihr Pferd. Die unbändige Kraft von Sturmwind schien sich auf Laura zu übertragen, und im gleichen Augenblick fiel alle Angst von ihr ab. Die Angst, vom Pferd zu stürzen und sich zu verletzen, die Angst, in der Schule zu versagen – sie waren wie weggepustet. Laura fühlte sich plötzlich leicht und unbeschwert, und es kam ihr vor, als schwebe sie.

Sie hätte endlos so weiterreiten können, aber auch wenn Sturmwind keinerlei Anzeichen von Schwäche oder gar Erschöpfung gezeigt hatte, war es besser, es nicht zu übertreiben.

Und nun merkte sie, dass sie selbst laut keuchte und ihr Herz heftig pochte.

Während sich ihr Atem wieder beruhigte, spürte Laura einen leichten Metallgeschmack auf den Lippen, und der Geruch des schweißnassen Pferdefells und des feuchten Sattelleders stiegen ihr in die Nase. Bevor sie Sturmwind mit leichtem Zungenschnalzen aufforderte, sie zum Stall zurückzubringen, warf sie noch einen letzten Blick zu dem Hügel, hinter dem das Internat Ravenstein liegen musste. Da bemerkte sie eine Gestalt, die vorher noch nicht da gewesen war: einen Reiter.

Einen Reiter auf einem pechschwarzen Pferd.

Er war noch so weit entfernt, dass sie nur die düstere Silhouette erkennen konnte, die sich wie eine Drohung vor dem blassen Himmel abzeichnete. Aber trotz der großen Entfernung ging etwas Unheimliches von ihm aus, und Laura fühlte, dass es wohl besser war, ihm nicht zu begegnen. Eiseskälte fuhr ihr ins Gesicht und kroch unter den Anorak, sodass sie fröstelte. Im gleichen Moment legte sich eine dicke Wolke vor die fahle Sonne, und es wurde dunkler. Viel dunkler – als hätte jemand plötzlich das Licht gedämmt. Dann, wie aus dem Nichts, hörte Laura ein unheimliches Geräusch über sich.

Sie blickte auf und sah die Krähen. Es mussten Hunderte sein, vielleicht sogar Tausende! Eine riesige Wolke aus schwarzen Vogelleibern zog über den Himmel und näherte sich rasch. Mit heiserem Krächzen wirbelte der Schwarm auf Laura zu. Plötzlich fiel ihr auf, dass die Laute ziemlich fremd klangen. Die Vögel hörten sich gar nicht so an wie richtige Krähen, sondern krächzten schrill und verzerrt und fast unwirklich – gerade so, als kämen sie aus einer anderen Welt.

Sturmwind schnaubte aufgeregt und begann unruhig auf der Stelle zu treten.

Die Krähen rauschten heran, immer näher, bis sie genau über Laura kreisten. Der ganze Himmel schien von einem unheimlichen Wirbel bedeckt zu sein. Plötzlich stieß ein schwarzer Todesvogel aus der Wolke hervor und schoss mit schrillem Kreischen direkt auf Laura zu. Sie konnte sich gerade noch ducken, sodass der spitze gelbe Schnabel ihr Gesicht knapp verfehlte und ins Leere fuhr.

Sturmwind ließ ein ängstliches Wiehern hören und stieg mit den Vorderbeinen jäh in die Höhe.

»Ho! Ho!« Laura gab sich Mühe, ihre Panik zu verbergen und das Tier zu beruhigen.

Aber der Schimmel stieg erneut wiehernd hoch, und Laura hatte Mühe, sich im Sattel zu halten. Außerdem wurde sie schon wieder von einer Krähe angegriffen. Der Vogel strich so dicht an ihrem Kopf vorbei, dass sie den harten Schlag eines Flügels spürte und sein gellender Schrei in ihren Ohren schmerzte.

Da machte Sturmwind einen Satz nach vorn und galoppierte davon. Laura wäre beinahe aus dem Sattel geschleudert worden. Nur mit allergrößter Anstrengung konnte sie das Gleichgewicht wiederfinden und sich auf dem Rücken des Hengstes halten. Sosehr sie auch an den Zügeln zerrte, Sturmwind war einfach nicht zu stoppen. Im Gegenteil – er lief immer schneller.

Die Krähen folgten ihnen. Wie ein schwarzer Schleier wogten sie am Himmel dahin und flogen unablässig Attacken auf das Mädchen. Zum Glück verfehlten sie Laura jedes Mal um Haaresbreite, sodass sie mit der Zeit den Eindruck gewann, dass die Vögel sie gar nicht treffen wollten.

Vielleicht wollten sie ihr einfach nur Angst einjagen?

Das jedenfalls gelang ihnen. Ein kaltes Grauen packte Laura und trieb ihr Schauer über den Rücken. Sie schaute sich nicht mehr nach den Vögeln um, sondern hielt den Blick starr nach vorn gerichtet. Nur ein einziger Gedanke hatte noch Platz in ihrem Hirn: *Zum Dietrichshof! Ich muss zurück zum Hof!* Immer wieder hallte er durch ihren Kopf, bis trommelnder Hufschlag ihn jäh unterbrach.

Laura trieb Sturmwind mit einem leichten Druck ihrer Schenkel an. Sie wagte nicht, sich umzudrehen, denn sie wusste auch so, dass es der dunkle Reiter war, der da heranpreschte. Aber warum verfolgte er sie? Was wollte er von ihr? Plötzliches Hundegebell stellte ihr die Nackenhaare auf. Es musste eine ganze Meute sein, die sich im Schlepp des unheimlichen Reiters befand. Ihr heiseres Hecheln und wütendes Kläffen schwoll an.

Waren sie auf der Jagd? Auf der Jagd nach – ihr? Was sollte sie tun, wenn die Hunde sich in Sturmwinds Läufen verbissen?

Die Angst um ihr Pferd ließ Laura nun doch einen Blick über die Schulter werfen – aber da war nichts! Weder ein Pferd noch ein Reiter und schon gar keine Hunde! Selbst die Krähen waren verschwunden. Im selben Augenblick verstummten die unheimlichen Geräusche, und es war wieder still.

Totenstill.

Laura war ebenso erstaunt wie ratlos. Sollte sie sich das alles am Ende nur eingebildet haben?

Kapitel 2 ❧ Im Zeichen der Dreizehn

Dunkelheit hatte sich über Aventerra gesenkt. Ein eisiger Wind heulte über die Hochebene von Calderan, peitschte die mächtigen Bäume in den alten Auenwäldern, sodass sie ächzten und stöhnten. Er ließ das silbrige Wispergras auf der weiten Ebene zittern und trieb dickbauchige Wolken wie flüchtende Streitrosse über den roten Himmel. Den beiden Monden von Aventerra, dem schwefelgelben Goldmond und dem leuchtend blauen Menschenstern, gelang es deshalb kaum, mit ihrem matten Licht den ältesten der alten Planeten zu erhellen.

Im Norden, wo die Ebene steil abfiel und das Dunkel des Landes mit dem Nachtrot des Himmels verschmolz, erhob sich eine mächtige Burg: Es war Hellunyat, die uralte Gralsburg. Ihre zinnenbewehrten dicken Mauern, die trutzigen Türme und der gewaltige Bergfried zeichneten sich als riesiger schwarzer Schattenriss vor dem Horizont ab.

Wie Aventerra, so existierte auch Hellunyat schon seit Anbeginn der Welten. Niemand konnte sich daran erinnern, wann die Festung erbaut worden war, und jeder war sich sicher, dass sie auch das Ende der Zeiten überdauern würde. Schließlich war Hellunyat die Heimstatt des Hüters des Lichts und seiner Gefolgschaft. Nun aber hatte sich die Stille der Nacht über Hellunyat und seine Bewohner gesenkt. Alles schlief, nur die Wachleute, die auf den vier Türmen Posten bezogen hatten, kämpften gegen den Schlummer an.

Tarkan, ein junger Ritter, und der alte Marun taten Dienst auf dem Ostturm. Der hoch aufgeschossene Tarkan hatte seine Ausbildung im letzten Mond beendet und war vom Hüter des Lichts in den Kreis seiner Ritter aufgenommen worden. Es war erst seine zweite Nachtwache, und so wanderte der junge Mann unruhig auf und ab. Angestrengt spähte er durch die Schießscharten der Turmkrone hinaus auf die Ebene. Doch wohin er auch blickte, ob nach Osten, wo in weiter Ferne das tückische Modermoor hinter einem schmalen Streifen Auwald gelegen war, oder nach Süden, wo die mächtigen Drachenberge die Ebene begrenzten, oder nach Norden, wo das flache Land über schroffe Felsen steil abfiel in die finstere Dusterklamm – alles war friedlich und still. Nur der Wind heulte. Nach Westen hin aber, zum dichten Raunewald, verwehrten die Mauern der Burg dem Wächter den Blick.

Die Kälte ging Tarkan unter die Haut. Während er seinen Filzumhang über dem ledernen Brustpanzer dichter zusammenzog, schreckte ihn ein ungewohntes Geräusch auf. Tarkan lauschte. Und tatsächlich – da war es wieder, dieses schaurige Pfeifen. Schon hatte er die Hand an den Griff des Schwertes gelegt, als ihm klar wurde, was es mit diesem unheimlichen Laut auf sich hatte: Es war nur ein harmloser Nachtpfeifer, der seinen klagenden Ruf in der Ferne erschallen ließ. Verärgert über sich selbst, schüttelte Tarkan leicht den Kopf.

Marun lächelte nur still vor sich hin. Für den untersetzten Mann war der Wachdienst im Laufe der Jahre längst zur Routine geworden. Der alte Ritter konnte sich gar nicht mehr erinnern, wie viele dieser langweiligen, sich endlos dehnenden Stunden er schon hinter sich gebracht hatte. Immerhin hatte er eines dabei gelernt: Die ewige Warterei und das anhaltende Starren in die Dämmerung oder die Dunkelheit konnten einem so manchen Streich spielen. Selbst die harmlosesten Geräusche und Schattenspiele konnten einem in der Anspannung gefährlich erscheinen. Doch Marun wusste, dass Ruhe und Gelassenheit gegen solche Täuschungen und Trugbilder am besten halfen. Er hatte sich auf den Boden gesetzt, den Rücken an die Mauer gelehnt, die Hände über dem kugelförmigen Bauch gefaltet, und döste schläfrig vor sich hin. Nun aber hob er den Kopf und blinzelte Tarkan verärgert an.

»Meine Güte, Tarkan«, raunzte er, »du machst mich noch verrückt mit deinem ewigen Gerenne. Gib endlich Ruhe, und setz dich zu mir!«

»Wir haben Wache«, entgegnete Tarkan mit leichtem Trotz. »Wir müssen aufpassen, dass sich die Schwarzen Heere nicht unentdeckt der Burg nähern.«

»Was du nicht sagst! Du hast noch in den Windeln gelegen, als ich meine erste Wache geschoben habe, und ausgerechnet du willst mir erklären, was wir zu tun haben?«

»Nichts für ungut, Marun«, antwortete der junge Mann. »Aber du hast doch selbst gehört, was Ritter Paravain gesagt hat – seit die Mächte der Dunkelheit den Kelch der Erleuchtung in ihren Besitz gebracht und auf dem Menschenstern versteckt haben, müssen wir jederzeit mit ihrem Angriff rechnen!«

»Irrtum, mein Freund!« Ein leichter Ärger schwang in Maruns Stimme mit. »Wir müssen seit Anbeginn der Zeiten mit ihrem Angriff rechnen! Und selbst wenn du und ich längst nicht mehr sein werden und auch unsere Kinder und Kindeskinder schon lange nicht mehr leben, wird sich daran nichts ändern! Aber warum, meinst du, bist du ausgerechnet zum Dienst auf dem Ostturm eingeteilt worden?«

Tarkan schaute den Alten verständnislos an.

»Dann will ich es dir verraten, junger Tarkan«, fuhr Marun fort. »Wie alle neuen Ritter hat Paravain auch dich zum Dienst auf dem Ostturm eingeteilt, weil der Schwarze Fürst seine Truppen noch niemals von Osten herangeführt hat!

Hörst du: Die Schwarzen Heere haben Hellunyat noch nie aus östlicher Richtung angegriffen!«

Tarkan schien wie vor den Kopf geschlagen.

»Und weißt du auch, warum?«, fragte Marun. »Weil sie in dieser Richtung keinerlei Deckung finden und wir sie deshalb schon von weitem sehen könnten, deshalb!«

»Willst du damit sagen, dass der Dienst hier eigentlich ein Kinderspiel ist? Dass ihn selbst ein Knabe wie Alarik, Paravains Knappe, versehen könnte?«

»Nein.« Marun schüttelte den Kopf. »Der Dienst auf diesem Turm soll dich und die anderen jungen Ritter ganz allmählich mit dem Wachdienst vertraut machen. Ich will damit nur sagen, dass du es nicht übertreiben sollst. Du brauchst nicht ohne Unterlass wie ein Nachtfalke in die Dunkelheit zu starren. Setz dich lieber, und gönn deinen armen Augen ein wenig Ruhe!«

Tarkan zögerte. Er wusste nicht genau, was er tun sollte. Der Hüter des Lichts hatte seinen Rittern sein Leben anvertraut – und Paravain, der erste der dreizehn Weißen Ritter und damit der Anführer der Leibgarde, hatte die jungen Männer erst kürzlich bei der Schwertleite beschworen, im Kampf gegen die Kräfte des Dunklen stets wachsam zu sein. Denn die Dunklen lagen seit Anbeginn der Zeiten mit den Mächten des Lichts im Streit und trachteten ohne Unterlass danach, das Gute zu besiegen und dem Ewigen Nichts zur Herrschaft zu verhelfen.

Tarkan schüttelte nachdenklich den Kopf – nicht auszudenken, wenn es dem Feind ausgerechnet während seines Wachdienstes gelingen sollte, in Hellunyat einzudringen! Andererseits klang das, was Marun gesagt hatte, durchaus einleuchtend, und der stand schon länger im Dienste ihres Herrn als er. Viel länger!

Tarkan spähte hinaus auf die Ebene, doch dort war nichts

Außergewöhnliches zu entdecken. Keine noch so geringe Bewegung. Kein verdächtiger Schatten. Nichts. Er drehte sich um zu seinem Kameraden, und der winkte ihm auffordernd zu. Einen Moment noch zauderte Tarkan, doch dann setzte er sich neben Marun an die Mauer.

»Endlich wirst du vernünftig«, murmelte der Alte, schloss die Augen und schnarchte schon wenig später vor sich hin.

Tarkan aber konnte nicht schlafen. Ihm war nicht wohl in seiner Haut.

Kastor Dietrich, ein fast sechzigjähriger Mann von kräftiger Statur, lehnte träge an der Absperrung der Pferdebox. Sinnierend zog er an seiner Pfeife und beobachtete Laura, die ihren schweißnassen Schimmel mit einem Tuch trocken rieb. Das Mädchen stand offensichtlich noch ganz unter dem Eindruck des unheimlichen Erlebnisses, von dem es ihm berichtet hatte. Es war blass im Gesicht und zitterte, obwohl es im Pferdestall angenehm warm war.

Der Bauer nahm die Pfeife aus dem Mund, ließ eine Rauchwolke aufsteigen und schüttelte kaum merklich den Kopf. »Ich glaube nicht, dass du dir das nur eingebildet hast«, sagte er.

Laura ließ das Tuch sinken und schaute ihn an.

»Aber es gibt doch keine andere Erklärung dafür. Oder?«, fragte sie fast hilflos.

Kastor antwortete nicht. Er hatte die Pfeife wieder in den Mund gesteckt und schien nachzudenken. Der würzige Duft des Pfeifentabaks schmeichelte sich in Lauras Nase und überlagerte die vertrauten Gerüche des Stalles und der Tiere. Aus den Nachbarboxen war das Schnauben der anderen Pferde zu hören, das Scharren ihrer Hufe und selbst das Mahlen ihrer Kiefer, die unentwegt duftendes Heu aus den Raufen rupften.

»Oder?«, wiederholte Laura, und ihre Frage kam einem Flehen gleich.

Bauer Dietrich kniff die dunklen Augen zusammen. »Du hast morgen Geburtstag, stimmt's?«, fragte er.

Laura war überrascht. »Stimmt. Woher wissen Sie das?«

Der Mann lächelte geheimnisvoll. »Das tut nichts zur Sache, Laura. Du wirst es bald erfahren. Schließlich bist du im Zeichen der Dreizehn geboren.«

»Im Zeichen der Dreizehn? Was hat das nun wieder zu bedeuten?«

Kastor Dietrich schüttelte nur sanft den Kopf. »Nur Geduld«, antwortete er. »Du wirst schon bald verstehen! Glaub mir, Laura!«

Er machte einen Schritt auf Sturmwind zu und streichelte dem Hengst liebevoll über den Hals. »Sturmwind wird mächtigen Durst haben nach diesem Höllenritt. Gib ihm ordentlich Wasser, und spar nicht mit dem Heu. Er hat es sich verdient!« Damit verließ er den Stall.

Als Dietrich hinaus auf den Hof trat, hatte die Dämmerung bereits eingesetzt. Die kalte Winterluft stieg ihm in die Nase. Er blähte die Nasenflügel und schnupperte einmal, zweimal wie ein Tier, das Witterung aufnimmt. Dann blickte er zum Himmel, an dem dunkle Wolken aufgezogen waren. Es würde einen Sturm geben in der Nacht. Kastor Dietrich drehte sich um und sah durch die geöffnete Stalltür direkt in die Box von Sturmwind, wo Laura gerade Heu in die Raufe gabelte.

Er machte sich Sorgen um sie – große Sorgen.

Der Wind legte sich. Die dicken Wolken am Himmel kamen zur Ruhe und verdeckten die beiden Monde. Das Plateau von Calderan versank in nachtschwarzer Finsternis.

Am Saum des alten Auwaldes, vor dem sich das Wispergras bis zur Gralsburg erstreckte, war nun alles still. Nur das dichte Laub im Geäst der Bäume raschelte leise vor sich hin. Dann erklang wieder der Ruf des Nachtpfeifers, der Tarkan so erschreckt hatte. Lang und klagend ging er durch die Dunkelheit, bis ihm ein zweiter Vogel antwortete. Noch ein dritter war kurz zu hören, aber dann herrschte wieder Stille.

Eine unwirkliche, unheimliche Stille, die nur durch ein heiseres Flüstern gestört wurde.

Dann kam der erste Nebel aus dem Wald.

Dick und schwarz waberte er zwischen den Bäumen hervor und rollte auf die Ebene hinaus. Andere folgten, unzählige, übermannsgroße schwarze Nebelhaufen ragten plötzlich auf wie eine dunkle Armee – eine Armee, die unentwegt wuchs. Die Nebel flüsterten miteinander. Flüsternde Nebel waren auf Aventerra nichts Ungewöhnliches. Es gab sie – wie Singende Winde und Tanzende Schatten – seit Anbeginn der Zeiten. Mit diesen Flüsternden Nebeln hier aber hatte es eine besondere Bewandtnis, denn in ihnen war Leben, auch wenn das mehr zu ahnen als zu erkennen war.

»Alle Mann voran!«, flüsterten die Nebel, und dann wälzten sich die Dunsthaufen über die Wispergrasebene auf Hellunyat zu. Ein halbes Dutzend Pfeillängen von der Gralsburg entfernt vereinten sie sich zu einer mächtigen schwarzen Flut, die fast unhörbar heranwogte, näher und näher rollte.

Nicht mehr lange, und sie würden die dicke Mauer in der Nähe des Ostturms erreicht haben.

Das ist doch alles Quatsch!« Sayelle klang höchst gereizt. »Das ist nichts weiter als das dumme Geschwätz eines senilen alten Mannes«, fuhr sie fort, während sie mit der linken Hand einen dicken Strahl Öl aus einer Flasche in eine stählerne Schüssel goss.

In der anderen Hand hielt sie einen Schneebesen und rührte damit hektisch in der Schüssel herum. »Im Zeichen der Dreizehn, das macht doch keinen Sinn! Schließlich ist morgen der Fünfte, und nicht der Dreizehnte. Und dein Sternzeichen ist Schütze. Wie kann der Bauer da behaupten, dass du im Zeichen der Dreizehn geboren bist?«

Laura zuckte mit den Schultern. »Keine Ahnung«, sagte sie. Und dann fügte sie leise hinzu: »Papa würde das bestimmt wissen! Zumindest wüsste er, wo man das nachschlagen kann.« Damit drehte sie sich um und ging aus der Küche.

Sayelle schickte ihr einen wütenden Blick hinterher. »Papa würde das bestimmt wissen!«, äffte sie ihre Stieftochter nach.

Plötzlich verschlug es ihr den Atem. Sie starrte mit großen Augen in die Schüssel. Die Ölflasche schien wie festgefroren in der Luft zu schweben, und der Schneebesen klebte am Schüsselrand.

»Mist!«, fluchte sie. »Diese verdammte Mayonnaise ist schon wieder geronnen!«

Sie feuerte den Schneebesen in die Spüle und kippte den Inhalt der Stahlschüssel hinterher. Die aufgetauten Krabben landeten im Müll. Dann legte sie die Schürze ab, hängte sie an einen Haken und verließ die Küche. Im Flur nahm Sayelle das tragbare Telefon von der Station und wählte. Die Nummer des Pizza-Lieferdienstes kannte sie längst auswendig.

Tarkan schreckte hoch. War er tatsächlich eingeschlafen, oder hatte er nur gedöst? Er lauschte. Von seiner rechten Seite erklang das leise Schnarchen Maruns, doch ansonsten war nichts zu hören. Absolut nichts, nicht einmal der Wind. Und plötzlich fiel es ihm wieder ein: Die Schwarzen Kräfte vermögen sogar über den Wind zu gebieten, wenn es zu ihrem Nutzen ist, hatte Ritter Paravain ihnen eingeschärft.

Tarkan sprang auf, griff zu seinem Schwert und spähte über die Zinnen des Wachturms. Eine riesige schwarze Nebelbank war vor der Ostseite von Hellunyat aufgezogen. Überrascht kniff der junge Mann die Augen zusammen. Derartiges hatte er noch nie gesehen. Der schwarze Nebel war dicht, nahezu undurchdringlich, und schien auf eine merkwürdige Art zu leben. Langsam kroch der unheimliche Dunst an der Mauer hoch, die ersten Nebelschleier waberten bereits über die Mauerkrone. Plötzlich spürte Tarkan die eisige Kälte, die von ihnen ausging, und da entdeckte er die unheimlichen Gestalten, die sich im Nebel verbargen: Ritter in schwarzen Rüstungen. Im Schutze des Dunstes waren sie kaum zu erkennen. Ihre Konturen verflossen ständig, sodass sie mit den wabernden Nebelschwaden zu verschmelzen schienen. Nur ihre blutroten Augen, in denen ein heißes Höllenfeuer zu glühen schien, glimmten deutlich sichtbar im Gewölk. Tarkan erstarrte bis ins Mark: Es waren Krieger der Schwarzen Mächte!

Der Ritter wollte einen lauten Warnruf ausstoßen, doch der Schrei blieb ihm im Halse stecken. Er brachte nur erstickte Laute hervor, als raube eine unheimliche Macht ihm den Atem. Tarkan würgte und rang verzweifelt nach Luft. Das Schwert glitt aus seinen kraftlosen Händen und fiel krachend zu Boden, als ein unheimlich großer Nebelfetzen über die Turmkrone waberte. Borboron, der Schwarze Fürst höchstpersönlich, erhob sich vor Tarkan! Als der Junge die stechend roten Augen sah, die ihn mitleidslos musterten, war es zu spät. Ein mächtiges Schwert fuhr aus dem Nebel und drang Tarkan tief in die Kehle. Der junge Ritter fiel auf die Knie, ein Schwall Blut und ein Stöhnen drangen aus seinem Mund.

»Verzeiht mir, Herr, ich habe versagt«, gurgelte er kaum hörbar.

Dann stürzte er vornüber auf den Boden und starb. Seine gebrochenen Augen konnten die Horde der Schwarzen Krieger nicht mehr sehen, die sich lautlos aus dem Nebel lösten, die Mauer überwanden und in das Innere der Gralsburg eindrangen.

Marun aber schnarchte nicht mehr. Denn der ewige Schlaf bringt vollkommene Stille.

Laura stand im Arbeitszimmer ihres Vaters am Schreibtisch und blätterte hastig durch ein dickes, in Leder gebundenes Lexikon. Der Eintrag unter dem Stichwort »Dreizehn« half ihr nicht viel weiter: »Primzahl; gilt in manchen Kulturen als Unglückszahl«, war da zu lesen. Und unter »Zeichen« wurde sie auch nicht fündig. Enttäuscht klappte sie das Buch zu.

Sie hatte nicht den geringsten Hinweis darauf entdeckt, was es mit diesem geheimnisvollen »Zeichen der Dreizehn« auf sich haben konnte, von dem Bauer Dietrich gesprochen hatte. Als sie den Wälzer ins Regal zurückstellte, fiel ihr plötzlich das Kästchen wieder ein.

Vor vielen Jahren, ihre Mutter Anna war noch am Leben, hatte sie es rein zufällig entdeckt. Sie hatte ihren Vater etwas fragen wollen, ihn aber nicht in seinem Arbeitszimmer angetroffen. Laura wollte gerade wieder gehen, als ihr Blick auf das Holzkästchen auf seinem Schreibtisch gefallen war – und sie hatte einen unwiderstehlichen Drang verspürt, es sich anzusehen. Wie von einer fremden Macht geleitet, war sie auf den Schreibtisch zugegangen.

Offensichtlich handelte es sich um ein Schmuckkästchen. Auf allen Seiten war es mit fremdartigen Mustern verziert, die Laura noch nie zuvor gesehen hatte. Sie hatte die Hand danach ausgestreckt, als ihr Vater unvermittelt aufgetaucht war und sie barsch aufgefordert hatte, das sein zu lassen. Laura war erschrocken zurückgezuckt, und sogleich hatte Marius ihr in versöhnlicherem Ton erklärt, dass der Inhalt des Kästchens sehr wohl für sie bestimmt sei, sie es aber erst zu einem späteren Zeitpunkt erhalten sollte. »Am Fest der Dreizehn wirst du erfahren, was es damit auf sich hat«, hatte er ihr lächelnd erklärt und das Kästchen an sich genommen. Schon wenig später hatte Laura den Zwischenfall vergessen und seither nie mehr daran gedacht.

Nachdenklich starrte Laura vor sich hin. Am Fest der Dreizehn, überlegte sie. Vielleicht hat das etwas mit dem Zeichen der Dreizehn zu tun? Und vielleicht kann der Inhalt des Kästchens mir helfen, das Rätsel zu lösen?

Sie zog die große Schreibtischschublade auf und begann darin herumzuwühlen. In der hintersten Ecke, verborgen unter einem Stapel von handschriftlichen Notizen, wurde Laura schließlich fündig. Fast andächtig nahm sie das Kästchen an sich, bevor sie die Schublade wieder schloss.

Das Behältnis maß etwa dreizehn mal neunzehn Zentimeter, hatte eine Höhe von vielleicht drei Zentimetern und sah genauso aus, wie Laura es in Erinnerung hatte. Bei den fremdartigen Mustern handelte es sich um feinste Intarsienarbeiten aus hellem Edelholz. Nachdem Laura das Kästchen von allen Seiten betrachtet hatte, klappte sie den Deckel hoch – und erblickte ein Schmuckstück auf einem Kissen aus blauem Samt. Eine einfache Schlangenkette mit einem goldenen Anhänger.

Sie war überraschend schwer. Dabei war der Anhänger nicht besonders groß. Er stellte ein stilisiertes Rad mit acht Speichen dar und hatte einen Durchmesser von höchstens drei Zentimetern. Seinem Gewicht nach zu urteilen, musste er aus purem Gold gefertigt sein.

Höchst verwundert musterte Laura die Kette. Wie kam ihr Vater in den Besitz eines so wertvollen Stückes? Und warum war es für sie bestimmt? »Seltsam«, murmelte sie nachdenklich vor sich hin. »Das verstehe, wer will.«

Eine Stimme in ihrem Rücken antwortete ihr. »Nur Geduld, Laura, du wirst schon bald verstehen!«

Ein kalter Schauer lief Laura über den Rücken, und ihr Herz galoppierte schneller, als ihr Pferd es jemals getan hatte. Das war doch Mamas Stimme!, durchfuhr es sie. *Aber Mama ist tot!* Seit acht Jahren schon! Es ist völlig unmöglich, dass sie mit mir spricht!

Laura schnappte nach Luft, und Schweiß trat auf ihre Stirn. Langsam, ganz langsam drehte sie sich um und ließ den Blick mit angehaltenem Atem durch das kleine Zimmer schweifen. Doch da war nichts. Niemand war zu entdecken – schon gar nicht ihre Mutter. Nur ein gerahmtes Foto von Anna Leander hing an der Wand.

Laura atmete hörbar aus, und ihr Puls beruhigte sich wieder. Sie legte die Kette in das Kästchen zurück, steckte es ein und machte ein paar Schritte auf das Foto zu, um es näher zu betrachten. Es musste wenige Wochen vor Annas Tod aufgenommen worden sein. Sie war damals achtundzwanzig, eine hübsche junge Frau. Sehr hübsch sogar, fand Laura. Sie selbst und auch Lukas hatten die blonden Haare von ihr geerbt und ebenso die blauen Augen. Anna wirkte nachdenklich auf dem Foto.

Vielleicht hat sie damals schon geahnt, was passieren würde, schoss es Laura plötzlich durch den Kopf. Aber im gleichen Augenblick verwarf sie den Gedanken. Wie sollte so was möglich sein? Niemand, wirklich niemand hatte voraussehen können, dass Anna Leander einige Wochen später auf der Fahrt von Hohenstadt nach Ravenstein plötzlich zwei großen schwarzen Hunden würde ausweichen müssen, die wie aus dem Nichts vor ihrem Wagen aufgetaucht waren, sodass sie die Gewalt über ihr Auto verlor und in einem See landete.

Niemand!

Laura strich mit der Hand behutsam über den Rahmen.

Und da geschah es: Anna Leander verzog die vollen Lippen zu einem sanften Lächeln und nickte ihrer Tochter aufmunternd zu. Laura erschrak und trat unwillkürlich einen Schritt zurück. Ihre Kopfhaut begann zu kribbeln, und sie merkte, dass sich die Haare an ihrem Hinterkopf und im Nacken aufrichteten.

Neeiin!

In diesem Augenblick trat Lukas in das Zimmer und bemerkte, dass seine Schwester mit totenbleichem Gesicht auf das Foto ihrer Mutter stierte.

»Was hast du denn, Laura?«, fragte er verwundert.

Laura antwortete nicht, sondern starrte unverwandt auf das Foto. Das Lächeln war wieder aus dem Gesicht der Mutter verschwunden. Ernst und nachdenklich wie immer blickte Anna ihrer Tochter entgegen.

Lukas berührte seine Schwester an der Schulter. »Laura, sag schon, was ist?«

Laura schüttelte verwirrt den Kopf, als wolle sie sich dadurch versichern, dass sie nicht träumte. Irgendwie musste sie sich das alles eingebildet haben, es gab keine andere Erklärung. Aber andererseits war sie sich ganz sicher, dass ihre Mutter ihr zugelächelt hatte, und die Stimme hatte sie auch ganz deutlich gehört: »Du wirst schon bald verstehen, Laura!«

Was geht hier vor, verdammt noch mal?

»Hey!« Lukas riss sie unsanft aus ihren Gedanken. »Redest du nicht mehr mit mir, oder was? Was ist denn los?«

»Ni … ni … nichts!«, stotterte Laura. »Es ist nichts!«

Lukas kniff das linke Auge zusammen und schaute sie skeptisch an. Die Falte hatte sich wieder in seine Stirn gekerbt.

»Schau mal, was ich entdeckt habe«, sagte er dann und hielt ihr einen Computerausdruck entgegen. »Ich hab ein bisschen im Internet gesurft und bin auf eine Website über Mythen gestoßen. Hör mal, was da steht.«

Er senkte den Blick auf das Blatt und las: »›Eine ganz besondere Rolle spielt die Zahl Dreizehn in der mythischen Zeitrechnung. Danach beginnt und endet das Jahr am Tag der Wintersonnenwende; die Zeit dazwischen ist in dreizehn Monde eingeteilt, die jeweils achtundzwanzig Tage umfassen. Aus diesem Grunde gilt die Dreizehn in vielen Kulturen auch als eine heilige Zahl. Den Menschen aber, deren Geburtstag auf den dreizehnten Tag des dreizehnten Mondes fällt, werden ganz besondere Kräfte und Fähigkeiten nachgesagt – weil sie im Zeichen der Dreizehn geboren sind.‹«

Lukas ließ den Ausdruck sinken und schaute seine Schwester erwartungsvoll an.

Doch Laura machte nur ein ratloses Gesicht. »Ich verstehe nicht, was das mit mir zu tun haben soll.«

Lukas wirkte ernsthaft verblüfft. »Wirklich nicht?«

Laura schüttelte den Kopf. »Nein. Wirklich nicht.«

Lukas verdrehte genervt die Augen. »Typisch Spar-Kiu!«, sagte er.

Laura reagierte nicht auf das Schimpfwort. Lukas hatte es für Menschen erfunden, die nicht so ein Superhirn besaßen wie er. Mit seinem hohen Intelligenzquotienten hielt er sich selbst natürlich für einen »Super-Kiu« – wie Albert Einstein zum Beispiel oder Stephen Hawking, den englischen Astro-Physiker.

Überlegenheit schwang in Lukas' Stimme mit, als er fortfuhr: »Dabei ist das so *easy*! Überleg doch mal: Wenn das Jahr mit dem Tag der Wintersonnenwende beginnt und endet – und wie selbst du wissen müsstest, fällt die auf den einundzwanzigsten Dezember – und die Zeit dazwischen in dreizehn Monde zu achtundzwanzig Tagen eingeteilt ist, dann ist der dreizehnte Tag des dreizehnten Mondes der … na, was glaubst du?«

Lukas sah seine Schwester über den Rand seiner großen

Brille an, die ihm auf die Nasenspitze gerutscht war. Doch Laura zog nur verärgert die Stirn kraus. Sie konnte es verdammt noch mal nicht leiden, wenn ihr Bruder einen auf neunmalklug machte. Natürlich wusste er mehr als sie. Was ja auch kein Wunder war! Dauernd steckte er den Kopf in irgendwelche schlauen Bücher oder durchforstete das Internet nach neuesten wissenschaftlichen Erkenntnissen. Sollte er doch! Sie hatte nichts dagegen – solange er sich deshalb nicht aufspielte. Oder sich einbildete, er sei was Besseres als sie.

»Mann, Lukas, du weißt doch, dass ich in Mathe nicht so gut bin wie du!«, sagte sie genervt.

Wieder verdrehte Lukas theatralisch die Augen. »Das hat mit Mathe nichts zu tun«, erklärte er dann mit einem überheblichen Grinsen. »Das ist nichts weiter als ein einfaches Abzähl-Problem, das jeder Viertklässler lösen kann!«

Laura zog eine Grimasse. »Wenn du meinst«, maulte sie, ziemlich eingeschnappt. »Und wie lautet die Lösung, Mister Super-Kiu?«

Lukas grinste. Er machte ihm Spaß, Laura auf die Palme zu bringen. Am leichtesten gelang ihm das, wenn er ihr unter die Nase reiben konnte, dass er auf vielen Gebieten größere Kenntnisse besaß und mehr wusste als sie. Obwohl er jünger war und eine Klasse unter ihr besuchte. Da er besonders in den naturwissenschaftlichen Fächern dem Lehrstoff weit voraus war, hatte er natürlich auch Laura längst überflügelt.

»Also, pass auf«, erläuterte er in gönnerhaftem Ton. »Der dreizehnte Tag des dreizehnten Mondes nach dem mythischen Kalender entspricht unserem fünften Dezember. Deinem Geburtstag also!«

»Echt?«, fragte Laura verblüfft.

»Echt!« Lukas nickte. »Ist doch logosibel!«

Laura machte ein verwundertes Gesicht. »Logo-was?«

»Logosibel!«, wiederholte ihr Bruder, und da endlich verstand sie, dass Lukas schon wieder ein neues Wort erfunden hatte. »Und damit hat der Bauer voll Recht«, fuhr der Junge fort. »Du bist tatsächlich im Zeichen der Dreizehn geboren!«

»Ähm«, brummte Laura. »Klingt einleuchtend. Aber trotzdem: Was hab ich denn mit diesem komischen Kalender zu tun? Oder mit irgendwelchen Mythen?«

Kapitel 3 ❧ Der Fluch des Schwertes

Im riesigen Thronsaal von Hellunyat herrschte Schweigen. Nur das Schmauchen der rußenden Fackeln in den schmiedeeisernen Wandhaltern und das Prasseln des Feuers im steinernen Kamin waren zu hören. Elysion, der Hüter des Lichts, saß in einem Sessel und starrte wie abwesend in die Flammen. Der Widerschein des Feuers lag auf seinem furchigen Gesicht, und der würzige Harzgeruch der Holzscheite stieg in seine Nase.

Doch der alte Mann schien das ebensowenig zu bemerken wie den Strauß mit den wunderschönen roten Blüten, der als einziger Schmuck in einer Vase auf der Kommode neben einem der hohen Fenster stand. Elysion wirkte unendlich müde. Unzählige Jahre hatten ihre Spuren in seinem gütigen Antlitz hinterlassen und sein Haupthaar ebenso schlohweiß gefärbt wie seinen langen Bart. Der Hüter des Lichts war in ein einfaches weißes Gewand gehüllt und trug eine schlichte Kette mit einem Anhänger um den Hals. Er war aus purem Gold gefertigt, eine feine, äußerst sorgfältige Arbeit, die ein stilisiertes Rad mit acht Speichen darstellte.

Obwohl der Alte dicht am Feuer saß, fröstelte es ihn. Ein leichter Schauder durchlief seinen Körper, und er seufzte kaum merklich vor sich hin. Seit Stunden war Elysion von einer seltsamen Unruhe befallen, die seine Gedanken umtrieb und ihn wach hielt. Im Gegensatz zu seinen sonstigen Gepflogenheiten hatte er seine Schlafkammer deshalb erst gar nicht aufgesucht. Er wusste, dass er in dieser Nacht keine Ruhe finden würde.

Dabei hatte Ritter Paravain ihm versichert, dass es keinerlei Anlass zur Besorgnis gebe. Alle Wachtürme seien doppelt besetzt, überall in der Burg Wachposten verteilt. Es sei so gut wie unmöglich, unbemerkt in Hellunyat einzufallen. Doch der Hüter des Lichts hatte den Führer seiner Leibgarde daran erinnert, dass es den Mächten des Dunklen vor fast dreizehn Monden sogar gelungen war, in das Labyrinth der Burg einzudringen und den Kelch der Erleuchtung mit dem Wasser des Lebens zu rauben.

»Eine Kette von unglücklichen Zufällen!«, hatte Paravain erklärt. Und dann hinzugefügt: »Außerdem wisst Ihr doch, Herr, dass sie nur erfolgreich waren, weil sich ein Verräter in unsere Reihen eingeschlichen hatte!«

Der Hüter des Lichts hatte seinen Ritter ruhig angeblickt und geantwortet: »Es gibt keine Zufälle, Ritter Paravain. Alles, was geschieht, hat einen besonderen Sinn, auch wenn wir den manchmal nicht sofort zu erkennen vermögen. Und vor Verrat ist man niemals gefeit!«

Der alte Mann nickte unwillkürlich mit dem Kopf. O ja, wie oft schon hatte er in seinem langen Leben Verrat erlebt! Wie oft hatte er erfahren müssen, dass einer seiner Gefolgsleute den Verlockungen des Feindes nicht hatte widerstehen können und sich heimlich in dessen Dienst gestellt hatte. Was ihn zu einem besonders gefährlichen Verbündeten der Dunklen machte, denn ein erkannter Gegner ist leichter zu bekämpfen als ein vermeintlicher Freund, in dessen Herzen der Verrat nistet. Deshalb unternahmen die Dunklen Kräfte immer wieder den Versuch, Ritter der Gralsburg auf ihre Seite zu ziehen.

Trotz dieser Anstrengungen war es den Dienern der Dunkelheit aber immer noch nicht gelungen, die Mächte des

Lichts zu besiegen. Auch wenn die Auseinandersetzungen immer häufiger und heftiger wurden – im fortwährenden Kampf zwischen Gut und Böse war das Schicksal stets der Seite des Lichts zugeneigt! Bei diesem Gedanken strahlte das Gesicht des Alten, und seine wässrigen blauen Augen blitzten auf wie die eines jungen Mannes. O ja, er war noch immer in der Lage, die Aufgabe zu erfüllen, die ihm seit Anbeginn der Welten anvertraut war! Aber vielleicht, vielleicht war es langsam an der Zeit, sich Gedanken über einen Nachfolger zu machen …

Noch bevor die Tür geöffnet wurde, spürte Elysion die Gefahr. Er sprang auf, und im selben Augenblick wurden die Flügel der großen Tür mit ungestümer Heftigkeit aufgestoßen. Eine Hand voll Schwarzer Ritter polterte in den Saal, angeführt von Borboron. Der Schwarze Fürst trug sein Schwert erhoben in der Hand, und die scharfe Klinge, die von zahllosen Blutflecken gesprenkelt war, leuchtete im Schein des Feuers.

Als der Hüter des Lichts die Waffe erblickte, erschrak er heftig. Er wusste nur zu gut um die grausame Macht dieses Schwertes, das nicht ohne Grund den Namen Pestilenz trug: Zu Anbeginn der Zeiten von den Dunkelalben jenseits der Feuerberge geschmiedet und von den teuflischen Fhurhurs mit schwarzmagischen Kräften versehen, war es die einzige Waffe, die ihm zum Verhängnis werden konnte. Und ausgerechnet in dem Augenblick, in dem er zum ersten Male seit undenklichen Zeiten wieder von dem furchtbaren Schwert bedroht wurde, war Elysion ohne Schutz.

Die Feueraugen des Schwarzen Fürsten durchmaßen den großen Thronsaal. Als er bemerkte, dass der Hüter des Lichts allein war, ging ein grimmiges Grinsen über sein leichenfahles Gesicht.

»Sei mir gegrüßt, Meister des Lichts!«, höhnte er und stürmte mit langen Schritten auf den Alten zu. Seine tiefe, kehlige Stimme schien direkt aus den Schlünden der Hölle zu kommen.

Seine Schwarzen Ritter verteilten sich im Saal.

Elysion saß in der Falle. Er wich voller Furcht zurück. Es schien keine Aussicht auf Rettung zu geben, denn Borboron kam rasch näher.

Mit wohlgefälligem Grinsen beobachteten die Männer ihren Anführer.

Da sprang eine zweite Tür auf, und dreizehn Ritter drängten in den Saal. Sie waren in weiße Rüstungen gehüllt und hatten die Schwerter gezogen. An ihrer Spitze stand ein hochgewachsener junger Mann: Ritter Paravain. Mit einem schnellen Blick zu seinem Herrn erkannte der Anführer der Leibgarde den Ernst der Lage.

»Im Namen des Lichts – schlagt sie zurück!«, rief er seinen Mannen zu.

Während sich seine Ritter den Schwarzen Kriegern in den Weg stellten, hastete Paravain auf den Hüter des Lichts zu, um dessen Leben zu beschützen. Doch diesmal schien er zu spät zu kommen, denn Borboron hatte Elysion schon fast erreicht, und er selbst war noch viel zu weit entfernt, um eingreifen zu können. Zu allem Überfluss versperrte ihm auch noch der große runde Tisch, der in der Mitte des Saales stand, den Weg.

Der Anführer der Dunklen Mächte hob sein Schwert über den Kopf. »Deine Stunde ist gekommen, alter Mann!«, rief er – und schlug mit unbarmherziger Wucht zu. Die Klinge hielt genau auf den Kopf des Alten zu – als Borboron plötzlich laut aufstöhnte. Etwas hatte ihn mit ungeheurer Wucht im Rücken getroffen, sodass er ins Taumeln geriet und sein Schwerthieb das Haupt des Gegners um Haaresbreite verfehlte.

Ein erleichtertes Lächeln ging über das Gesicht von Ritter

Paravain, als er sah, dass der von ihm geschleuderte Schemel seinen Herrn im letzten Augenblick vor dem sicheren Tod bewahrt hatte. Mit einem einzigen Satz sprang er auf den Tisch, hetzte darüber hinweg und stürmte auf den Schwarzen Fürsten zu, um ihn zu attackieren.

Borboron hatte sein Gleichgewicht bereits wieder gefunden. Sein Schwert fuhr dem Weißen Ritter in die Parade. Dann griff der Schwarze Fürst seinerseits an. Doch schon beim ersten Streich musste er erkennen, dass er es mit einem gleichwertigen Gegner zu tun hatte, auch wenn dieser viel jünger war als er und ihm an Erfahrung unterlegen sein mochte. Borborons bleiches Gesicht verzog sich zu einer wütenden Fratze, und die Höllenglut in seinen Augen glimmte heftiger denn je, während Paravain die Schläge von Pestilenz geschickt parierte, um dann selbst zu attackieren. Ein erbitterter Kampf entspann sich zwischen den beiden ungleichen Männern. Keiner wollte weichen, beide wussten, dass es auf Leben und Tod ging.

Auch ihr Gefolge lieferte sich ein heftiges Gefecht. Das Keuchen und Stöhnen der Männer und das metallische Klirren der Schwerter hallten durch den Saal. Feurige Funken stoben wie verirrte Glühwürmchen durch den Raum, wenn die Klingen mit wilder Wucht aufeinandertrafen. Mit heiserem Todesröcheln stürzte Kämpe um Kämpe zu Boden, was die Kameraden nur noch anzuspornen schien. Die Schwarzen Ritter setzten sich mit aller Macht zur Wehr, vermochten sich aber nur für kurze Zeit gegen Elysions Leibgarde zu behaupten. So viele Männer waren den Schwertern der Weißen Ritter zum Opfer gefallen, dass der Schwarze Fürst erkennen musste, dass keine Aussicht auf Erfolg mehr bestand.

»Zurück, Männer! Zieht euch zurück!«, befahl er seinen Kriegern, und die Enttäuschung in seiner Stimme war unüberhörbar.

Sein Gefolge gehorchte sofort, während Borboron einen letzten wütenden Versuch unternahm, seinen Gegner zu töten. Die scharfe Spitze von Pestilenz fuhr auf die Kehle von Paravain zu, der seine Aufmerksamkeit einen Moment zu lang auf Elysion gerichtet hatte. Doch schon schnellte das Schwert des Weißen Ritters empor, um auch diese Attacke abzuwehren, sodass er um Haaresbreite dem tödlichen Stoß entging.

»Freu dich nicht zu früh, du Narr!«, grollte Borboron. »Wir sehen uns wieder, und dann werde ich dich töten!« Damit wirbelte er auf dem Absatz herum und flüchtete als letzter der Schwarzen Ritter aus dem Saal.

»Verfolgt sie, und sorgt dafür, dass keiner von ihnen in den Mauern von Hellunyat zurückbleibt!«, befahl Paravain der Leibgarde.

Die Weißen Ritter eilten den Feinden nach, um sie endgültig aus der Gralsburg zu vertreiben. Ihr junger Anführer aber schritt auf den Hüter des Lichts zu, der neben dem Kamin im Schatten der Wand stand. Der Schrecken war dem Alten in die Glieder gefahren, denn er zitterte, und sein Gesicht war aschfahl.

Paravain steckte sein Schwert in die Scheide. »Ich verstehe einfach nicht, wie –«

»Die Nebel!«, schnitt ihm Elysion barsch das Wort ab. »Sie sind von Osten gekommen und haben sich der Flüsternden Nebel bedient. Hast du die Männer nicht davor gewarnt?«

»Doch! Aber sie haben meine Warnungen offensichtlich nicht ernst genommen. Schließlich haben nur die wenigsten von ihnen bislang Bekanntschaft mit diesen tückischen Nebeln gemacht.«

»Sie sind eine große Hilfe für den, der sich ihrer zu bedienen weiß«, sagte der Hüter des Lichts nachdenklich. »Schärf das deinen Männern ein morgen beim Appell!«

»Gewiss, Herr. Seid versichert –« Paravain suchte den Blick seines Gebieters, und da wich alles Blut aus seinem Gesicht. »Oh, nein!«, stöhnte er, schlug die Hände vor den Mund und starrte den Hüter des Lichts aus schreckgeweiteten Augen an.

»Ich weiß«, sagte der alte Mann mit brüchiger Stimme. »Er hat mich erwischt.«

Mit der rechten Hand strich er sich über die linke Wange und hielt Paravain die Finger entgegen. Die Kuppen waren blutrot. Dann drehte er dem Ritter die linke Gesichtshälfte zu, über die sich eine fünf Zentimeter lange, dünne Wunde zog.

Paravain wusste nur zu gut, was diese Verletzung durch das Schwert Pestilenz bedeutete: Wunden, die mit seiner Klinge geschlagen wurden, heilten niemals. Die Verletzten mussten eines qualvollen Todes sterben, wenn sie nicht rechtzeitig mit dem einzig wirksamen Gegenmittel behandelt wurden: dem Wasser des Lebens. Nur das Elixier aus dem Kelch der Erleuchtung vermochte seinen Herrn nun noch zu retten. Doch der Kelch befand sich im Besitz der Feinde. Niemand wusste, wo auf dem Menschenstern die Dunklen Mächte ihn versteckt hielten. Angst stieg auf in Paravain.

Eine Angst, die ihn zu überwältigen drohte.

»Es ist nur ein kleiner Kratzer«, erklärte der Hüter des Lichts in beruhigendem Ton. Doch plötzlich taumelte er, seine Knie zitterten, und seine Kräfte schwanden sichtlich.

Der Weiße Ritter sprang hinzu und fing seinen Herrn auf, bevor der zu Boden stürzte. Tränen standen in Paravains Augen, als er Elysion mit heiserer Stimme zuflüsterte: »Wir sind verloren, Herr, es gibt keine Hoffnung mehr!«

Doch der Hüter des Lichts schaute ihn nur mitleidig an. »Warum so kleinmütig, Paravain? Es gibt immer Hoffnung, solange man an seinem Glauben festhält!«

Bauer Dietrich hatte Recht behalten. In der Nacht tobte ein heftiger Sturm über das Land. Die Temperatur war innerhalb kurzer Zeit über den Nullpunkt gestiegen. Der Wind heulte um die Häuser und rüttelte mächtig an Fenstern, Türen und Dachziegeln. Dicke Wolken trieben am Himmel dahin, und heftiger Regen ging über Hohenstadt nieder und setzte die Straßen der Stadt zeitweise unter Wasser.

Von all dem bekam Laura nichts mit. Ruhig lag sie in ihrem Bett und schlief tief und fest ihrem Geburtstag entgegen, sodass sie auch die Glocken der nahen Turmuhr nicht hörte, die gerade zwölf schlugen.

Mitternacht.

Aber plötzlich vernahm Laura eine Stimme im Schlaf. Eine laute, deutliche Stimme, die ihren Namen rief: »Laura!« Und dann noch einmal: »Lauuuraaa!«

Laura schreckte aus ihrem Schlummer, öffnete die Augen und blickte sich um. Trotz der Dunkelheit erkannte sie die schlanke Gestalt sofort, die neben ihrem Bett stand: Es war ihr Vater!

Das Mädchen schnappte nach Luft.

Papa! Das ist doch nicht möglich!

Marius Leander war ein hochgewachsener Mann. Eine schwarze Wuschelmähne rahmte sein freundliches Gesicht mit den braunen Augen. Mit einem liebevollen Lächeln sah er seine Tochter an.

»Herzlichen Glückwunsch zum Geburtstag, Laura«, sagte er leise.

Laura war fassungslos. »Aber, Papa, wie … wie …?«, stammelte sie mit großen Augen.

»Pssst!«, mahnte Marius und legte den Zeigefinger vor den Mund. Dann fuhr er fort: »Du wirst schon bald verstehen! Heute begehst du das Fest der Dreizehn, Laura: Dreizehn mal dreizehn Monde sind vergangen seit deiner Geburt, und damit ist der Tag gekommen, an dem du in den Kreis der Wächter aufgenommen wirst.«

Laura schluckte, sie war unfähig, etwas zu sagen. Was hatte das alles zu bedeuten? Und wie kam ihr Vater plötzlich in ihr Zimmer? Die Gedanken begannen in Lauras Kopf zu kreisen wie ein sich immer schneller drehendes Karussell.

»Du bist im Zeichen der Dreizehn geboren!«, erklärte Marius Leander nun. »Und deshalb hast du eine besondere Aufgabe – du musst den Kelch finden! Ob es gelingt, hängt ganz alleine von dir ab – von deinem Mut, von deinem Willen und von deinem Glauben an dich selbst.«

Laura begann zu schwitzen. Der Wirbel in ihrem Kopf wurde heftiger. Im Zeichen der Dreizehn. Wächter. Eine besondere Aufgabe. Den Kelch finden. Was hatte all das bloß zu bedeuten? Wieder schüttelte sie den Kopf. »Ich … ich verstehe überhaupt nichts, Papa. Welche Aufgabe denn? Und … wo kommst du überhaupt so plötzlich her?«

»Alles zu seiner Zeit«, antwortete Marius Leander und schaute seine Tochter liebevoll an. »Frag Professor Morgenstern, er wird dir alles erklären. Und suche nach Rauenhauch, dem Flüsternden Nebel. Ich konnte ihn gerade noch in der Bibliothek verstecken, bevor sie mich geschnappt haben.«

In diesem Moment entdeckte Marius die Kette auf dem Schreibtisch. Laura hatte sie vor dem Schlafengehen aus dem Kästchen genommen, um sie noch einmal zu betrachten. Ein Lächeln ging über das Gesicht des Vaters. »Ich sehe, du hast auch ohne mich daran gedacht«, sagte er, nahm das Schmuckstück in die Hand und betrachtete es mit wehmütigem Blick. »Es ist sehr wertvoll, Laura. Das Rad der Zeit hat einst deiner Großmutter gehört. Pass gut darauf auf, denn es wird dir eine große Hilfe sein bei dei–«

Urplötzlich brach er ab und zuckte zusammen. Er krümmte den Rücken, und sein Gesicht verzerrte sich zu einer Grimasse des Schmerzes.

»Nein, nein ... nicht!«, wimmerte er, und Laura bemerkte zu ihrem Entsetzen, dass ihr Vater von Schlägen getroffen wurde, die lange schmale Streifen in sein Hemd schnitten. Es mussten Peitschenhiebe sein, aber die Peitsche – Laura konnte die Peitsche nicht sehen, mit der ihr Vater geschlagen wurde! Immer und immer wieder!

Und da erst fiel ihr auf, dass die Kleidung ihres Vaters so verdreckt und abgerissen war, als habe er sie seit seinem Verschwinden nicht mehr gewechselt. Außerdem trug er keine Schuhe, und seine bloßen Füße waren so schmutzig, dass sie bestimmt seit langem kein Wasser mehr gesehen hatten.

Jetzt trafen die Schläge der unsichtbaren Peitsche sein Gesicht. Blutige Striemen liefen quer über die Wangen ihres Vaters, der vor Schmerzen stöhnte – und sich vor Lauras Augen mit einem Male in nichts auflöste. Eben war er noch da gewesen – und im nächsten Augenblick war er schon verschwunden wie eine Kerzenflamme, die in einem plötzlichen Luftzug erlischt.

Mit offenem Mund starrte Laura vor sich hin. »Papa?«, flüsterte sie ungläubig. Für einen Moment war sie weder zu einem Gedanken noch zu einer Bewegung fähig. Dann sank sie auf dem Bett zusammen, und die Gedanken wirbelten noch heftiger als zuvor durch ihren Kopf.

Wie ein wilder Tornado.

Dann wurde ihr alles zu viel, und Laura versank in einen tiefen Schlaf.

Beim Frühstück fühlte Laura sich hundeelend. Es kam ihr vor, als habe sie nicht eine Minute geschlafen. Mit bleichem Gesicht und hohlem Blick saß sie da. Sie brachte keinen Bissen herunter, und beim ersten Schluck Kakao überkam sie ein heftiger Würgreiz.

Immer wieder musste sie an ihren Vater denken. Wie er plötzlich mitten in ihrem Zimmer gestanden und sich vor Schmerzen gewunden hatte, bevor er verschwand, ohne dass sie erfahren hatte, wo er steckte und wie das alles zu erklären war.

Aber das war doch gar nicht möglich, dass sich ein Mensch einfach in Luft auflöste! So etwas gab es doch gar nicht!

»Glaub mir, Laura, das hast du alles nur geträumt«, sagte Lukas, während er mit vollen Wangen sein Brötchen kaute. In seinem rechten Mundwinkel war ein roter Marmeladenfleck, und auf seinem Kinn klebte ein kleiner Klecks Frischkäse. Frischkäse mit Erdbeermarmelade war sein Lieblingsaufstrich. »Es war nichts weiter als ein Traum«, wiederholte er dumpf. »Exaktenau wie gestern die Geschichte mit den Rittern und dem Kelch!«

»Mit welchem Kelch denn?«, wollte Sayelle wissen.

Laura überhörte die Frage ihrer Stiefmutter und schüttelte heftig den Kopf. »Es war kein Traum«, sagte sie.

Sie war sich ganz sicher. Hätte sie alles nur geträumt, wäre die Kette nicht verschwunden. Aber die war weg. Spurlos.

»Papa war in meinem Zimmer«, bekräftigte sie, »das weiß ich ganz genau.«

Sayelle stellte die Kaffeetasse ab und schaute sie mitleidig an. »Ach, Kind!«, sagte sie mit einer übertrieben verständnisvollen Stimme, als würde sie mit einer Dreijährigen sprechen.

Laura hasste diesen Ton. Sie fühlte sich dann immer klein und dumm und nicht ernst genommen. Sie warf ihrer Stiefmutter einen wütenden Blick zu. Doch Sayelle schien das nicht zu bemerken.

»Du weißt doch ganz genau, dass das nicht möglich ist«,

fuhr Sayelle im gleichen Ton fort. »Und das bedeutet zwangsläufig, dass du das geträumt haben musst. Wahrscheinlich hat dir dein Unterbewusstsein einen Streich gespielt: Weil du dir so sehr gewünscht hast, dass dein Vater zurückkommt, hat es dir vorgegaukelt, du hättest ihn wirklich gesehen.«

»So 'n Quatsch!« Laura wurde heftig. »Ich weiß doch, was ich gesehen habe und was nicht!«

Sayelle ließ sich davon nicht beeindrucken. »Psychologisch gesehen ist das ziemlich einfach zu erklären. Zum einen ist es, verständlicherweise, muss ich sagen, dein größter Wunsch, dass dein Vater wieder zurückkommt. Zweitens verfügst du genau wie dein Bruder über eine geradezu überbordende Fantasie, woran Marius mit seinen ewigen Geschichten, Märchen und Legenden, die ihr vom zarten Kindesalter an ertragen musstet, nicht gerade unschuldig ist!«

Laura schaute ihre Stiefmutter finster an. »Hätte er uns vielleicht die Wirtschaftsnachrichten vorlesen sollen, oder was?«

»Das wäre mit Sicherheit vernünftiger gewesen«, antwortete Sayelle mit voller Überzeugung. »Man kann nicht früh genug damit beginnen, Kinder mit den harten Realitäten des Lebens vertraut zu machen – und Märchen und Geschichten sind dazu ganz gewiss nicht geeignet.«

Laura verzog genervt das Gesicht und schaute Lukas an. Auf seiner Stirn war wieder die Falte zu sehen. Doch keiner von ihnen sagte ein Wort. Sie wussten, dass das sinnlos gewesen wäre.

»Und drittens«, setzte Sayelle ihren Vortrag fort, und ihre Stimme nahm einen gekränkten Ton an, »drittens hast du dich auch nach fast einem Jahr wohl noch immer nicht damit abfinden können, dass der liebe Marius sich wahrscheinlich einfach aus dem Staub gemacht und uns alle im Stich gelassen hat!«

Laura sprang auf. Ihre Tasse schepperte, und Kakao schwappte auf den Tisch.

»Papa hat uns nicht im Stich gelassen!«, schrie sie wütend. »Das weißt du ganz genau. Und es war auch kein Traum, ich hab ihn ganz deutlich neben meinem Bett stehen sehen!«

Sayelle verdrehte die Augen. »Beruhige dich, Laura! Und setz dich bitte wieder hin.«

Laura gehorchte. Sie atmete heftig und schaute ihren Bruder Hilfe suchend an. Doch Lukas wich ihrem Blick aus – er glaubte ihr nicht, das konnte Laura ihm ganz genau ansehen.

»Papa lebt«, sagte sie leise. »Er kann nur irgendwie nicht zu uns zurück. Das könnt ihr mir glauben.«

»Das sind doch nur Wunschvorstellungen«, entgegnete Sayelle ungehalten. »Nichts als Hirngespinste! Marius hat sich einfach davongemacht, das ist die einzig denkbare Erklärung.«

»Hat er nicht«, sagte Laura. Sie zwang sich, ruhig zu bleiben. »Und ich werde es beweisen, verlass dich drauf.«

»Ach, tatsächlich?«, antwortete ihre Stiefmutter spitz. »Da kann die Polizei nicht eine einzige Spur von ihm entdecken, und auch der Privatdetektiv, den ich engagiert habe, findet nicht das Geringste heraus. Nicht einen einzigen Hinweis. Nicht den Hauch einer Erklärung. Nichts! Und da willst ausgerechnet du dieses Rätsel lösen? Hast du dir da nicht ein bisschen viel vorgenommen, Laura?«

Laura verengte die Augen zu ganz schmalen Schlitzen, aus denen ein wütendes Funkeln glomm.

»Wenn du Papa genauso lieb hättest wie ich, dann würdest du mir glauben«, zischte sie zornig.

Sayelle schlug mit der flachen Hand so heftig auf den Tisch, dass die Tassen und Teller klirrten. »Jetzt ist es aber genug, Laura!«, fuhr sie ihre Stieftochter mit sich überschlagender Stimme an. »Wie kannst du nur so etwas sagen!«

Ein feuchter Glanz trat in ihre Augen, und fast hatte es den Anschein, als würde sie zu weinen beginnen. Sie griff in ihre Tasche, holte ein Papiertaschentuch hervor und schnäuzte sich geräuschvoll die Nase.

Niemand sagte ein Wort.

Eine dicke Fliege brummte an der Wand, und das Gedudel des Radios im Hintergrund war plötzlich unerträglich laut. Sayelle biss mechanisch in ihr Knäckebrot, und auch Lukas kaute weiter. Frischkäse und Erdbeermarmelade zum Dritten.

Laura nahm einen Löffel und machte sich über ihre Cornflakes her. Plötzlich schmeckten sie sogar.

»Er hat auch gesagt, dass ich im Zeichen der Dreizehn geboren bin«, sagte sie dann trotzig in die Stille. »Und dass ich eine von den Wächtern bin und eine besondere Aufgabe habe.«

»Was für Wächter denn?«, fragte Lukas erstaunt. »Und welche Aufgabe?«

»Keine Ahnung.« Laura zog ein ratloses Gesicht. »Ich soll Professor Morgenstern fragen, hat er gesagt.«

»Ausgerechnet den!«, warf Sayelle voller Spott ein. »Professor Aurelius Morgenstern ist doch genauso ein Träumer, wie dein Vater einer war. Wenn er ihn nicht sogar noch übertrifft! Ich verstehe gar nicht, wie sich dieser alte Zausel so lange als Internatsdirektor in Ravenstein halten konnte. Ist mir völlig schleierhaft! Dass er das Internat nicht schon in Grund und Boden gerichtet hat, grenzt für mich an ein Wunder!«

Laura schwieg. Sie verstand nicht, warum ihre Stiefmutter den Professor nicht leiden konnte und immer nur schlecht von ihm redete. Aber es war jetzt nicht der richtige Zeitpunkt, darüber zu streiten.

»Wenn ich dir einen Rat geben darf, Laura«, wandte sich Sayelle wieder an das Mädchen, »dann verwende deine Zeit für nützlichere Dinge, als dich mit diesem Spinner einzulassen. Zum Lernen beispielsweise, oder …!« Plötzlich hielt sie inne und schlug sich mit der flachen Hand an die Stirn. »Mein Gott, das hätte ich ja beinahe vergessen!«, sagte sie, sprang auf und eilte aus der Küche.

Einige Augenblicke später kam sie zurück, in der Hand zwei flache Päckchen in Geschenkpapier, die sie Laura entgegenhielt.

»Herzlichen Glückwunsch zum Geburtstag, Laura!«, sagte sie und quälte sich ein Lächeln ab.

Laura blickte nachdenklich auf die Geschenke. Sie hat also doch daran gedacht, wunderte sie sich im Stillen. Bestimmt wieder Bücher! Wahrscheinlich Lehrbücher für Mathe und Physik. Als ob die mir Freude machten!

Sie sah ihre Stiefmutter ernst an. »Das ist lieb von dir, Sayelle. Aber ich will keine Geschenke. Mein einziger Wunsch ist, dass Papa zu uns zurückkommt – und sonst nichts.«

Sayelle schnappte nach Luft wie ein gestrandeter Fisch. Dann zog sie die Augenbrauen kraus, und ihre Stirn bewölkte sich. Für einen Moment sah es ganz so aus, als wolle sie eine fürchterliche Schimpftirade vom Stapel lassen, und obwohl Lukas eigentlich nichts zu befürchten hatte, zog er unwillkürlich den Kopf ein. Laura dagegen sah ihre Stiefmutter gelassen an. Sollte die doch schreien und toben, wie sie wollte – war ihr doch egal!

Und das schien Sayelle plötzlich zu begreifen. Sie schloss den Mund und biss die Zähne zusammen, bis sie leise knirschten. Dann glätteten sich ihre angespannten Gesichtszüge wieder, und ein Lächeln spielte um ihre Lippen. »Okay, Laura«, sagte sie ruhig. »Völlig okay. Ganz wie du meinst.«

Sie wandte sich ab und legte die Bücher auf den Küchenschrank. Obwohl sie innerlich tobte vor Wut, tröstete sie sich mit dem Gedanken, dass Laura schon noch die Augen aufgehen würden. Aber dann würde es zu spät sein. Plötzlich musste Sayelle grinsen. Rasch legte sie die Hand vor den Mund, damit die Kinder es nicht sehen konnten. Dass diese Gören doch immer meinten, sie würden alles verstehen! Dabei hatten sie keine Ahnung.

Nicht die geringste!

Und sie freute sich jetzt schon auf das Gesicht, das Laura machen würde, wenn sie endlich die Wahrheit erfahren würde.

Die ganze, schreckliche Wahrheit.

Kapitel 4 ❧ Aufbruch ins Abenteuer

Der Swuupie überquerte die Hügelkuppe, trippelte auf die sonnenbeschienene Wiese, erhob sich auf die Hinterbeine und spähte mit den Knopfaugen neugierig in die Runde. Der pelzige Kopf ging aufgeregt hin und her, während er witternd die Luft einsog. So aufgerichtet, maß das Tier vielleicht eine knappe Elle. Es hatte eine verblüffende Ähnlichkeit mit einem Waschbären: Die Augen waren von schwarzen Flecken umrundet, das graubraune Fell glänzte seidig im Licht. Der schwarzgrau geringelte, buschige Schwanz war etwa halb so lang wie der Körper und ständig in Bewegung. Die Ohren allerdings erinnerten an die eines Teddybären, und auf dem Rücken trug es Flügel, Schwingen aus dünner Haut, die wie Fledermausflügel ausgebreitet und zusammengefaltet werden konnten.

Schließlich ließ das Pelztier aufgeregte Fieplaute hören, breitete die Flügel aus und bewegte sich in einer eigentümlichen Mischung aus weiten Sprüngen und tapsigen Flugversuchen davon.

Eine helle Jungenstimme drang durch die Stille: »Schmatzfraß! Schmaatzfraaß!! Wo steckst du denn?« Gleich darauf kam ein hoch aufgeschossener Knabe hinter dem Hügel hervor, der ein braunes Steppenpony am Zügel führte. Er mochte vielleicht vierzehn Sommer zählen. Er war barfuß und trug ein Wams und eine knielange Hose, beide aus braunem Leder. In seiner Begleitung befand sich ein Mädchen in einem einfachen weißen Kleid, das ihm bis übers Knie reichte. Es war etwas jünger, hatte die gleichen ebenmäßigen Gesichtszüge wie der Junge und ebenfalls blonde Haare. Sie waren allerdings viel länger als die seines Bruders und zu dicken Zöpfen geflochten.

Auf der Kuppe blieben die beiden stehen, schirmten die Augen mit den Händen ab und spähten hinunter in das weite Tal, das sich vor ihnen ausbreitete. Schon nach kurzer Zeit streckte das Mädchen den Arm aus und deutete auf einen Baum, der vielleicht fünfzig Schritte von ihnen entfernt stand. »Sieh doch, Alarik!«, sagte es aufgeregt. »Dort in dem Baum!«

Der Junge blickte in die angezeigte Richtung und verzog missmutig das Gesicht. »Hätte ich mir doch gleich denken können, dass der Vielfraß geradewegs den nächsten Duftapfelbaum ansteuert! Wahrscheinlich hat er ihn schon von weitem gerochen und ist deshalb ausgerissen.« Dann wandte er sich an seine Schwester. »Komm, Alienor – die Äpfel schmecken uns bestimmt genauso gut wie Schmatzfraß.«

Die Geschwister fassten sich an den Händen und liefen los, und der Braune trabte brav hinter ihnen her.

Bereits ein gutes Stück vom Baum entfernt stieg ihnen der köstliche Duft der Äpfel in die Nase. Sie rochen nach Waldbeeren, Süßmelonen und Akazienhonig. Der Swuupie saß auf dem obersten Ast, hielt eine der goldwangigen Früchte in den Vorderpfoten und knabberte laut schmatzend daran.

»Geht es vielleicht etwas leiser, Schmatzfraß?«, rief der Junge, während er einige Früchte für sich und seine Schwester pflückte. Seine Mahnung allerdings hatte keinen Erfolg. Der Swuupie schmatzte im Gegenteil eher noch lauter als zuvor.

Alienor zog eine Grimasse. »Schmatzfraß wird es wohl nie lernen«, sagte sie. »Aber tröste dich, Alarik. Er bleibt wenigstens bei dir und haut nicht ab zu seinen wilden Vettern im

Raunewald. Außer dir kenne ich niemanden, der einen zahmen Swuupie besitzt.«

»Wundert dich das?« Alarik grinste seine Schwester breit an, während er ihr einen Apfel reichte. »Ich würde auch bei mir bleiben – bei der guten Behandlung!«

Die Geschwister setzten sich ins Gras und ließen sich die Früchte schmecken. Dabei schweiften ihre Blicke über die blütenübersäten Wiesen, die fruchtbaren Felder und urwüchsigen Wälder, die sich vor ihnen bis hin zum Horizont erstreckten. Keiner von ihnen sagte ein Wort, nur das eifrige Gesumm der Bienen und Hummeln, das fröhliche Zwitschern der Vögel und das laute Schmatzen von Schmatzfraß waren zu hören.

Nachdem Alienor den zweiten Apfel bis auf das Kerngehäuse gegessen hatte, fühlte sie sich gesättigt. Sie streckte sich auf dem Rücken aus und blickte hoch zum blauen Himmel, an dem trotz der Tageszeit zwei Monde zu sehen waren: ein goldener und ein tiefblauer, der hell leuchtete und funkelte. Überrascht richtete das Mädchen sich wieder auf und wandte sich an den Bruder. »Täusche ich mich – oder leuchtet der Menschenstern heute heller als sonst?«

Mit gerunzelter Stirne erwiderte der Junge ihren fragenden Blick. »Du solltest besser aufpassen, wenn die Alten erzählen.« Seine Stimme hatte einen tadelnden Klang. »Natürlich leuchtet der Menschenstern heute heller als sonst – weil er heute im Zeichen der Dreizehn steht, deshalb! Das ist ein ganz besonderer Tag, Alienor. Nicht nur für die Bewohner des Menschensterns, sondern auch für uns. Weil an diesem Tag –«

Ein unheimliches Geräusch, das in diesem Augenblick in der Ferne erschallte, ließ ihn abbrechen, ein tiefes Grollen, das direkt aus den Schlünden der Hölle zu kommen schien.

Alienor fuhr erschrocken zusammen. »Was war das?«, fragte sie und schaute ihren Bruder ängstlich an.

Alariks Gesicht hatte ebenfalls einen furchtsamen Ausdruck angenommen. »Ich weiß nicht. Ein Klauenmork vielleicht oder ein Grolff?«

Das Mädchen schüttelte hastig den Kopf. »Das glaube ich nicht, Alarik. Das klang schlimmer. Viel schlimmer!«

Rasch erhob es sich und blickte sich um. Und erneut dröhnte das unheimliche Geräusch durch die friedliche Stille – und diesmal klang es lauter und näher als zuvor.

Der Swuupie stieß einen erschrockenen Laut aus, ließ den Apfel fallen und swuupte vom Ast direkt in die Arme des Jungen, der sich ebenfalls erhoben hatte.

»Komm, Alarik«, rief das Mädchen, »lass uns zurückreiten, schnell.«

Der Junge antwortete nicht. Er spähte zum Horizont, und da bemerkte er plötzlich, dass sich weit im Süden der Himmel verdunkelte. Er schluckte, dann drehte er sich um und stieß einen lauten Pfiff aus.

Augenblicklich trabte der Braune heran. Die Geschwister kletterten hastig auf seinen Rücken. Alarik verstaute den Swuupie unter seinem Wams, dann ergriff er die Zügel und rammte dem Steppenpony die Fersen in die Flanken.

Wenig später galoppierten sie über eine silbrig glänzende Hochebene geradewegs auf die riesige Gralsburg zu, die sich in der Ferne vor ihnen erhob.

Als Laura nach dem Frühstück aus dem Haus trat, sah sie, dass der nächtliche Regen den Himmel blank gewischt hatte. Nur einzelne Schäfchenwolken tupften das Blau. Die Strahlen der Sonne ließen den nassen Asphalt auf den Straßen glänzen, und auch die Ziegel auf den Dächern glitzerten im matten Licht.

Laura und Lukas verstauten ihre Rucksäcke im Gepäckraum des Mercedes-Kombi und nahmen dann auf den Rücksitzen Platz. Sayelle klemmte sich hinter das Steuer, steckte den Schlüssel ins Zündschloss und startete. Der Motor heulte auf, und der Wagen rollte aus der Einfahrt.

Wenige Minuten später hatten sie die Häuser von Hohenstadt hinter sich gelassen. Die Straße schlängelte sich durch die verträumte Hügellandschaft, querte Bäche und Flüsse, zog sich durch Täler und kroch leichte Steigungen empor. Laura kannte den Weg von Hohenstadt nach Ravenstein längst auswendig. Sie brauchte gar nicht mehr aus dem Fenster zu sehen, um zu wissen, wo sie gerade waren. Wie oft war sie die Strecke wohl schon gefahren? So viele Male schon, dass sie es gar nicht mehr zählen konnte.

Meistens hatte ihr Vater am Lenkrad gesessen. Was wohl mit ihm geschehen war? Ob er immer noch an seinen Wunden zu leiden hatte? Laura wurde elend bei der Erinnerung an die vergangene Nacht. Aber was konnte sie schon tun?

Keiner sagte ein Wort. Nur das sanfte Brummen des Motors war zu hören, und aus dem Radio kam leise Musik. Sayelle konnte Stille einfach nicht ertragen. Wo immer sie sich gerade aufhielt, ob in der Küche, im Wohnzimmer oder in ihrem Büro – immer musste Musik laufen. Natürlich auch im Auto.

Ab und an warf Sayelle einen verstohlenen Blick in den Rückspiegel, um die Kinder zu beobachten. Doch die taten, als würden sie das gar nicht bemerken. Laura war kreidebleich im Gesicht und starrte reglos vor sich hin. Lukas spielte wortlos mit seinem gammeligen Tennisball. Er warf ihn mit der rechten Hand in die Luft, um ihn dann wieder aufzufangen. Er wiederholte die Prozedur mit unermüdlicher Ausdauer: zehnmal, fünfzigmal, hundertmal. Absolut nervend dieser blöde Tick, fand Sayelle.

Was Lukas nicht im Geringsten störte.

»Plopp«, machte der Ball in seiner Hand immer wieder, »Plopp … plopp …«

Der Filzbelag war schon fast abgegriffen, und dass er ursprünglich einmal kanarienvogelgelb gewesen war, konnte man nicht mehr erkennen. Egal. Für Lukas war der Tennisball ein kostbarer Besitz. Fast heilig. Denn es war der Ball, mit dem Boris Becker bei seinem ersten Wimbledon-Sieg den entscheidenden Matchball verwandelt hatte. Nicht dass Boris Becker für Lukas von irgendeiner Bedeutung gewesen wäre. Nicht im Geringsten. Schließlich war er damals noch nicht einmal geboren. Er wusste zwar, dass Boris einmal ein großer Tennisspieler gewesen war, aber er selbst hatte ihn nie spielen sehen. Der Grund, warum dieser Tennisball für Lukas so überaus wichtig war, war einzig und allein sein Vater.

Marius hatte Lukas den Ball vor fünf Jahren aus London mitgebracht, wo er an einem internationalen Kongress mit dem Titel »Moderne Mythen und Legenden und ihre Bedeutung« teilgenommen hatte. Bei dieser Gelegenheit war er in den Besitz des sagenhaften Tennisballs gelangt und hatte ihn nach der Rückkehr seinem Sohn geschenkt.

Lukas hatte damals gerade mit dem Tennisspielen begonnen. Er war mit Begeisterung bei der Sache gewesen, war regelmäßig zum Training gegangen. Er hatte es sogar bis in die Bambini-Mannschaft und dann ins Junioren-Team geschafft.

Seit einem Jahr jedoch spielte er nur noch ganz selten. Es machte ihm einfach keinen Spaß mehr. Nur von seinem Boris-Becker-Wimbledon-Matchball-Ball mochte er sich nicht trennen.

Nicht um alles in der Welt.

Der Hüter des Lichts stöhnte. Der alte Mann lag auf dem Lager in seiner Schlafkammer und wirkte erschöpft. Das Fieber trieb ihm den Schweiß aus allen Poren. Das Laken, das ihn einhüllte, war erst vor wenigen Augenblicken gewechselt worden, und dennoch war es bereits wieder völlig durchnässt.

Ritter Paravain saß auf einem Holzschemel neben dem Lager seines Herrn. Er hatte seine lederne Rüstung abgelegt und trug nur einen leichten, mit roten Ornamenten verzierten Umhang über dem schlichten weißen Gewand. Er musterte den alten Mann voller Sorge.

Paravain fühlte, dass seine Verzweiflung wuchs. Ging jetzt alles zu Ende? War all sein Trachten und Streben vergeblich gewesen? Seit er an seinem dreizehnten Geburtstag an die Gralsburg gerufen worden war, wo er seine Ausbildung zum Ritter erfuhr, hatte er für die Sache des Lichts gekämpft. In unzähligen Schlachten und Kämpfen hatte er sich den Schwarzen Mächten entgegengestellt. Und immer wieder war es ihm und seinen Männern gelungen, die Angriffe der Dunklen Heere abzuwehren und sie zurückzuschlagen. Sollte nun alles umsonst gewesen sein?

Paravain machte sich Vorwürfe, und das bittere Gefühl der Schuld nagte an ihm. Er und niemand sonst war für das Wohl seines Herrn verantwortlich. Auch wenn er seine Aufgabe über all die Jahre ohne Fehl und Tadel ausgeführt hatte – jetzt hatte er versagt. Das Unfassbare war geschehen: Pestilenz, das Schwert des Bösen, hatte dem Hüter des Lichts eine Wunde zugefügt – und er, der Anführer der Leibgarde, hatte es nicht verhindern können. Und was noch viel schlimmer war –

Das Klopfen an der Tür schreckte den Ritter aus seinen trüben Gedanken. Paravain richtete sich auf. »Ja?«

Als die Tür geöffnet wurde und Paravain seinen Knappen Alarik auf der Schwelle erblickte, erhob er sich rasch. »Warte draußen, ich komme!«

Alarik sollte Elysion nicht sehen. Er brauchte nicht zu wissen, wie es um ihren Herrn stand. Er war noch zu jung, um die schlimme Wahrheit zu verkraften, fand Paravain. Er würde sich nur ängstigen – und helfen konnte Alarik ohnehin nicht.

Paravain trat aus der Kammer, schloss die Tür hinter sich und sah den Jungen fragend an.

Mit einer knappen Verbeugung sagte Alarik: »Ich habe eine Nachricht für Euch, Herr – Pfeilschwinge ist aus den Nebellanden zurückgekehrt. Er hat Morwena Eure Botschaft überbracht.«

»Vielen Dank, Alarik«, antwortete der Ritter mit einem sanften Lächeln. »Du kannst dich zurückziehen. Aber vorher bitte deine Schwester, noch einen Tee für den Hüter des Lichts zu bereiten.«

»Sehr wohl, Herr.« Der Knappe deutete wieder eine Verbeugung an und ging davon. Seine Schuhe aus weichem Leder machten fast kein Geräusch auf den Steinfliesen.

Paravain begab sich in Elysions Kammer zurück und ließ sich wieder am Lager seines Herrn nieder. Der Zustand seines Gebieters war unverändert. Sorgenvoll starrte der Ritter vor sich hin und verfiel erneut ins Grübeln. Dass Morwena nicht in der Gralsburg weilte, war geradezu entsetzlich.

Ausgerechnet zu dem Zeitpunkt, an dem sie am dringendsten gebraucht wurde, stattete die Heilerin von Hellunyat ihrem Vater Rumor, dem König der fernen Nebellande, einen Besuch ab. Dieser hatte vor Tagen einen Boten zu ihr geschickt und sie darum gebeten. Morwena war die Einzige, die Elysion vielleicht zu helfen vermochte. Zweifellos war sie umgehend aufgebrochen, um schnellstmöglich nach Hellunyat zurückzukehren, als Pfeilschwinge ihr Paravains Botschaft überbracht hatte. Aber selbst auf dem schnellsten Reittier würde sie mehrere Tage für die Reise benötigen. Zudem würden die Schwarzen Mächte alles Erdenkliche unternehmen, um Morwenas Rückkehr zu verzögern oder gar zu verhindern. Gut möglich also, dass sie zu spät kommen würde …

Der Gedanke war so schrecklich, dass Paravain nicht wagte, ihn zu Ende zu denken. Wenn das Undenkbare tatsächlich eintreten sollte, waren die Mächte des Bösen nicht mehr aufzuhalten – und das wäre dann das Ende. Aventerra würde untergehen, und auch der Menschenstern wäre dem Untergang geweiht. Die Herrschaft des Ewigen Nichts würde anbrechen.

Ritter Paravain straffte sich. Nein! Das durfte nicht geschehen. *Niemals!*

Wieder ließ der Hüter des Lichts ein leises Stöhnen hören. Seine weißen Haare waren feucht, und die Schweißtropfen auf seiner Stirn glänzten im Licht der Kerzen wie kleine silberne Perlen.

Paravain tauchte ein Stück Leinen in eine Schüssel mit kaltem Wasser, wrang es sorgfältig aus und kühlte dem Todkranken die Stirn.

»Gut«, hauchte der. »Das tut gut. Könntest du mir etwas zu trinken reichen?«

»Aber natürlich, Herr.« Paravain legte eilig das Tuch zur Seite, nahm eine Karaffe und goss einen irdenen Becher mit Wasser voll. Dann schob er seinen linken Arm unter den Rücken des alten Mannes, richtete ihn vom Lager auf und setzte ihm den Becher an die Lippen.

Der Hüter des Lichts trank mit kleinen Schlucken. Als der Becher zur Hälfte geleert war, setzte er ab. »Danke«, sagte er. »Hab vielen Dank!«

Während Paravain den Becher zur Seite stellte, ließ der Alte sich ermattet in die Kissen sinken. Einen Augenblick herrschte Stille in der Kammer. Nur die Kerzen knisterten leise.

Der Kranke sah den jungen Ritter erschöpft an, doch

der wich seinem Blick aus, griff wieder nach dem Tuch und tauchte es ins Wasser. Als er es erneut auf die Stirn seines Herrn legen wollte, griff dieser nach Paravains Arm und hielt ihn fest.

»Warum sprichst du nicht aus, was du auf dem Herzen hast?«, fragte Elysion mit brüchiger Stimme.

Paravain schaute seinen Herrn verwundert an. Trotz der langen Zeit, die er dem Hüter des Lichts nun schon diente, hatte er sich noch nicht daran gewöhnt, dass dieser imstande war, Gedanken zu lesen. Paravain war davon stets aufs Neue überrascht.

»Nun, gut«, sagte der Ritter. »Wenn Ihr es verlangt!« Er nahm all seinen Mut zusammen: »Wer … wer hat es ihr gesagt?«, fragte er. »Wer hat sie in das große Geheimnis eingeweiht?«

Obwohl Elysion stark geschwächt war, schüttelte er verärgert das Haupt. »Welch törichte Frage!«, antwortete er mit tadelnder Stimme.

Paravain biss sich zerknirscht auf die Lippen.

Doch der Alte beachtete das nicht. »Es war genauso wie seit Anbeginn der Zeiten«, fuhr er fort. »Die Mutter sagt 's dem Sohne, der Vater der Tochter. Genauso ist es auch bei ihr geschehen.«

Mit einem Ruck hob Paravain den Kopf und starrte seinen Herrn an. Große Verwirrung zeigte sich in seinem Blick. »Aber … ich … ich verstehe nicht, Herr«, stotterte er. »Das ist doch nicht möglich? Ihr Vater, er ist doch …«

»Schweig, du Kleinmütiger!«, gebot der Hüter des Lichts seinem Ritter, und ein Anflug von Zorn schwang in seiner Stimme mit. Unter großen Mühen richtete er sich auf. »Schweig, und vertraue auf die Kraft des Lichts!« Dann sank er ermattet auf sein Lager zurück. Er schloss die Augen und war wenig später in einen tiefen Schlaf gesunken.

Als das Auto über eine Hügelkuppe fuhr, war in der Ferne bereits Burg Ravenstein zu erkennen. Sie war auf der höchsten Erhebung des Landes errichtet worden und deshalb weithin sichtbar. Ravenstein war dennoch keine mächtige Festung und auch kein beeindruckendes Kastell, sondern eher klein und überschaubar. Aber in der hier und da mit Efeu berankten Anlage war alles zu finden, was zu einer richtigen Burg gehört: hohe Türme, eine Zugbrücke und ein Burggraben, schaurige Verliese, dunkle Kasematten und verwinkelte Geheimgänge. Es ging sogar das Gerücht, dass es tief unter der Erde noch eine Folterkammer mit den entsprechenden Instrumenten gab. Aber die hatte bislang noch kein »Ravensteiner«, wie die Internatszöglinge allgemein genannt wurden, zu Gesicht bekommen.

Reimar von Ravenstein, ein berüchtigter Raubritter, hatte die Burg in der ersten Hälfte des zwölften Jahrhunderts erbaut. Sie diente ihm als Wohnsitz und Feste, von der aus er sein Unwesen trieb und die Umgebung in Angst und Schrecken versetzte. Seine Grausamkeit im Umgang mit seinen Feinden war ebenso legendär wie die Skrupellosigkeit, mit der er seine Untertanen behandelte. Die Steuern und Abgaben waren unerträglich hoch. Noch den letzten Heller presste er den armen Leuten ab, die in bitterster Not lebten. Doch jeder, der sich gegen seine Schreckensherrschaft auflehnte, wurde unbarmherzig bestraft. Ein falsches Wort konnte das Leben kosten, und wegen eines missliebigen Blickes waren zahllose Menschen im Kerker gelandet, was einen langen und qualvollen Tod bedeutet hatte.

Kein Wunder also, dass Reimar von Ravenstein der »Grausame Ritter« genannt wurde, auch wenn das in seiner Gegenwart natürlich niemand laut auszusprechen wagte.

Im Laufe der Jahrhunderte war Burg Ravenstein mehrere Male zerstört und wieder aufgebaut worden. Seit 1888 beherbergte die Burg das gleichnamige Internat, was natürlich Um- und Anbauten notwendig gemacht hatte. Aus den Wohnräumen des Ritters waren Klassenzimmer geworden, in den Kammern der Bediensteten wohnten nun die Schüler, und der Rittersaal diente als Speisesaal. In den Nebengebäuden, den früheren Stallungen, Vorratslagern und Gartenhäuschen, waren die Wohnungen der Lehrer untergebracht. Einzig die Turnhalle im Park war vor einigen Jahren gänzlich neu errichtet worden.

Das weitläufige Gelände rings um die Burg hatte man umgestaltet. Es präsentierte sich nun als prächtige Parklandschaft mit einem Sportplatz, einem Basketball-Court und einem Skateboard-Parcours. In nordöstlicher Richtung schloss sich der Henkerswald, ein verwildertes Waldstück, an den Park an, und im Süden lag ein großer See: der Drudensee.

Als Sayelle in die lang gezogene Auffahrt einbog, knirschte der Kies unter den Reifen des Wagens. Nach einer sanften Linkskurve hielt sie nahe dem Haupteingang an.

Die erste Unterrichtsstunde hatte längst begonnen, deshalb waren weder andere Autos noch Schüler vor dem Internatsgebäude zu sehen. Laura und Lukas hatten das Glück, dass ihr Unterricht erst mit der zweiten Stunde begann.

Wortlos stieg Laura aus und blickte zur Fassade des Hauptgebäudes auf, über die immergrüne Efeuranken kletterten. Gedämpfte Stimmen drangen aus den geschlossenen Fenstern der Unterrichtsräume.

Als Laura die Wagentür zuschlug, hörte sie plötzlich das heisere Knurren eines Hundes in ihrem Rücken. Es schien aus tiefster Kehle zu kommen und klang sehr bedrohlich. Laura zuckte zusammen. Wenn sie etwas auf den Tod nicht ausstehen konnte, dann waren das scharfe Hunde. Als kleines Kind war sie von einer Dogge gebissen worden. Die Wunde war nicht besonders schlimm gewesen, aber seither hatte Laura

Angst vor Hunden. Beklommen drehte sie sich um. Doch da war nichts, weit und breit war nicht ein Hund zu sehen.

Nur zwei große Doggen aus Buchsbaum.

Die Buchsbäume standen inmitten der großen Rasenfläche, die sich an die Auffahrt anschloss und sich bis zu einer kleinen Baum- und Gebüschgruppe hinzog. Sie waren die Lieblinge von Albin Ellerking, dem Internatsgärtner. Es verging kaum ein Tag, an dem sich der knubbelige Mann nicht um seine kunstvollen Geschöpfe kümmerte, denen er vor vielen, vielen Jahren Form und Gestalt verliehen hatte. Fast täglich war er mit seiner großen Heckenschere zugange, schnitt da einen Millimeter ab, trimmte dort ein paar Blättchen oder schnippelte an jener Stelle ein überstehendes Zweiglein ab, damit seine Wunderbüsche immer perfekt die Form zweier riesiger Doggen behielten.

Schon viele Besucher des Internats hatten diese grünen Skulpturen bestaunt – und nicht wenige Schüler hatten sich davor erschreckt. Besonders des Nachts oder wenn Nebel um die Sträucher strich, wirkten die Buchsbaumhunde täuschend echt. Einige Ravensteiner waren sogar bereit, Stein und Bein darauf zu schwören, dass diese gelegentlich bellten. Zumindest aber leise knurrten.

Bislang hatte Laura das als puren Unsinn abgetan. Oder vermutet, dass diese Schüler sich vielleicht heimlich in den Henkerswald geschlichen und dort Alkohol getrunken hatten. Das war strengstens verboten – und deshalb ganz besonders verlockend. Weshalb es immer wieder Ravensteiner gab, die im Schutz des Waldes gegen dieses Verbot verstießen. Auf dem Rückweg mussten sie dann an den Buchsbäumen vorbei, und ihre alkoholvernebelten Sinne hatten ihnen da vermutlich einen Streich gespielt.

Aber nun hatte sie das Knurren doch selbst gehört! Oder hatte sie sich das nur eingebildet?

Laura war sich nicht sicher. Erneut spähte sie hinüber zu den grünen Doggen, die aus dem Rasen wuchsen. Sie standen vollkommen reglos da wie – wie Buchsbäume eben. Und zwischen ihnen stand Albin Ellerking. Er hielt seine Heckenschere in der Hand und arbeitete an einem seiner Meisterstücke.

Plötzlich hielt er inne, drehte sich um und blickte zu Laura herüber. Fast hatte es den Anschein, als habe er bemerkt, dass sie ihn beobachtete.

Auf den ersten Blick unterschied er sich kaum von anderen Männern seines Alters – er mochte vielleicht Mitte vierzig sein. Gut: Er hatte eine Knollennase, und seine übergroßen Ohren liefen merkwürdig spitz zu. Und tiefgrüne Augen waren ja auch nicht gerade häufig. Aber dennoch wirkte Albin Ellerking recht harmlos. Er sah aus, als könne er keiner Fliege was zuleide tun. Aber eben nur auf den ersten Blick. Obwohl Laura nicht hätte begründen können, warum, hatte der wortkarge Mann etwas an sich, das sie dazu bewog, ihm möglichst aus dem Weg zu gehen.

Sie mochte Albin Ellerking einfach nicht. Und Groll erst recht nicht.

Groll war der rostbraune Kater des Gärtners und in Lauras Augen ebenso unheimlich wie sein Herrchen. Das Viech hatte nur noch ein Auge. Das andere war ihm vor Jahren bei einem Kampf mit einem streitbaren Rivalen um die Gunst einer Katzendame ausgeschlagen worden. Groll wurde von Albin Ellerking nach Strich und Faden verwöhnt und war inzwischen so fett, dass er kaum noch richtig laufen konnte. Meistens hockte das Tier auf dessen Schulter – wie eine Hexen-Katze im Märchen. Jetzt strich Groll jedoch zwischen Albins großen Füßen umher.

Mit undurchdringlichem Blick starrte der Gärtner noch immer herüber zu dem Mädchen. Finster sah er aus, richtig beängstigend.

Hat er was gegen mich?, fragte sich Laura. Oder hab ich vielleicht was falsch gemacht?

Albin Ellerking war nämlich bekannt dafür, dass er jeden Schüler, der gegen die Haus- oder Parkordnung verstieß oder sich sonst etwas zu Schulden kommen ließ, gnadenlos bei der Internatsleitung verpetzte. Glücklicherweise hatte das nur selten Konsequenzen, denn Direktor Aurelius Morgenstern war selbst kein Freund sturer Vorschriften und ließ deshalb in den meisten Fällen Gnade vor Recht ergehen. Aber dennoch konnte keiner der Schüler Albin Ellerking leiden. Er war bei ihnen fast ebenso gefürchtet wie Attila Morduk, der Hausmeister.

Aber der war wieder ein anderer Fall.

»Hör endlich auf zu träumen, Laura, und nimm deinen Rucksack aus dem Wagen!«, sagte Sayelle vorwurfsvoll, die ungeduldig neben der Fahrertür wartete.

Hastig trat Laura zu Lukas an die Heckklappe, um ihren Rucksack zu holen. Sie stieß ihren Bruder an, der sich schon wieder mit seinem Boris-Becker-Wimbledon-Matchball-Ball beschäftigte.

»Hast du es auch gehört?«, fragte sie Lukas leise.

»Was denn?«, wollte er wissen und ließ den Tennisball ploppen.

»Die Hunde«, sagte Laura und schlüpfte in die Tragriemen ihres Backpacks. »Das Knurren der Hunde.«

Lukas schaute sie für einen Moment mitleidig an, bevor er wortlos den Kopf schüttelte.

Die Verabschiedung von ihrer Stiefmutter war kurz und schmerzlos. Eine flüchtige Umarmung und ein »Tschüs, bis nächstes Wochenende!« – und schon stieg Sayelle in den Wagen und fuhr eilig davon.

Laura und Lukas sahen ihr nicht eine Sekunde lang nach.

Seite an Seite gingen die Geschwister auf die breite Treppe zu, die zum Eingangsportal führte. Die untersten Stufen wurden von zwei großen Steinskulpturen flankiert: grimmige Löwen mit Adlerflügeln, die den Aufgang zu bewachen schienen. Ein riesiges Vordach spannte sich über die Treppe und schützte sie vor Regen und Schnee. Dieses Vordach wurde von einer dicken steinernen Säule gestützt.

Es war eine besondere Säule. Was immer den unbekannten Steinmetz, der sie vor vielen Jahren geschaffen hatte, dazu bewogen haben mochte – er hatte ihr die Gestalt eines mächtigen Riesen verliehen. Zwar war sein Körper teilweise nur angedeutet und entsprach auch nicht unbedingt menschlichen Proportionen – aber trotzdem stellte die Säule zweifelsfrei einen Giganten dar. Auf das Gesicht mit den freundlichen Augen und dem verschmitzt lächelnden Mund hatte der Steinmetz jedoch besondere Sorgfalt verwandt. Mit seinen warmen Gesichtszügen wirkte der Steinerne Riese trotz seiner imponierenden Größe von über fünf Metern keineswegs bedrohlich. Im Gegenteil: Für Laura hatte er etwas von einem liebenswerten Portier an sich, der die Schüler und Gäste von Burg Ravenstein freundlich willkommen hieß.

Während sie die Stufen emporschritten, wandte sich Laura nachdenklich an ihren Bruder. »Ob jemand dafür Modell gestanden hat?«

»Wofür?«

»Na, für die Säule hier.« Laura deutete auf das Gesicht des Riesen. »Er wirkt so lebendig.«

Lukas schüttelte den Kopf.

»Bildhauer und Steinmetze pflegen meistens nach Skizzen zu arbeiten«, antwortete er in dem leicht herablassenden Oberlehrerton, der Laura so gegen den Strich ging und sie manchmal zur Weißglut bringen konnte. »Ganz im Gegensatz zu Malern, die sich sehr wohl lebender Modelle bedienen, was im vorliegenden Falle aber schlicht unmöglich war.«

Laura blickte ihren Bruder verständnislos an. »Wieso?«

»Ganz einfach, du Spar-Kiu«, sagte Lukas und verzog das Gesicht zu einem breiten Grinsen. »Oder hast du schon mal einen echten Riesen gesehen?«

Laura schnappte nach Luft. »Du ... du bist ein ... ein ...« – verzweifelt suchte sie nach einem passenden Ausdruck – »... du bist ein Blödiot!«, schimpfte sie empört, aber da hatte Lukas sich bereits wieder umgedreht und stieg, leise vor sich hin kichernd, weiter die Treppe hoch. Das Mädchen aber blickte erneut empor zu dem Gesicht des Steinriesen, und da kniff der das linke Auge zusammen und zwinkerte ihm zu!

Neeiin!

Fast hätte Laura laut aufgeschrien. Sie blieb mitten auf der Treppe stehen und starrte, wie vom Blitz getroffen, auf den Kopf der Säule.

Lukas war ihre überraschte Reaktion nicht entgangen. »Was ist denn los?«, fragte er verwundert.

»De ... de ... der Riese«, stammelte seine Schwester und deutete auf die Säule.

Lukas folgte ihrem Blick. »Was soll denn jetzt schon wieder damit sein?«

»Was damit ...?« Laura kam ein schrecklicher Verdacht. »Du hast es also nicht gesehen?«, fragte sie ungläubig.

»Gesehen? Was soll ich denn gesehen haben?«

Einen Moment überlegte Laura, ob sie es ihrem Bruder sagen sollte, aber dann wurde ihr schnell klar, dass das keinen Sinn machte – Lukas würde ihr doch nicht glauben.

Niemand würde ihr glauben!

Außer Kaja vielleicht.

Hastig setzte sie sich in Bewegung und eilte die Treppe

hinauf. »Ach, nichts. Komm schon!«, rief sie ihrem Bruder über die Schulter zu. »Oder willst du hier etwa Wurzeln schlagen?«

Die Eingangshalle, in der die Flure zu den Unterrichtsräumen abgingen und Treppen zu den anderen Stockwerken führten, war duster. Die schmalen Fenster ließen nur wenig Licht ein, die Deckenbeleuchtung war nicht eingeschaltet, und natürlich brannten auch die elektrischen Kerzen des großen Weihnachtsbaumes nicht, der mitten in der Halle stand. Attila Morduk, der Hausmeister, war sehr darauf bedacht zu sparen. Deshalb waren die Gänge während der Unterrichtsstunden nicht beleuchtet. Kein Mensch war zu sehen. Als Laura und Lukas die Halle durchquerten, hallten ihre Schritte auf den steinernen Bodenplatten wider, und der beißende Geruch einer Fliesenpolitur stieg ihnen in die Nase.

Genau gegenüber vom Eingangsportal hing ein riesiges Ölgemälde. Es zeigte eine hübsche junge Frau in einem langen weißen Gewand; zu ihren Füßen lag ein mächtiger schwarzer Wolf. Das Gesicht der Frau war blass, und sie sah traurig aus. Furchtbar traurig, so, als gäbe es nichts auf der Welt, was sie erheitern könne. Laura hatte von älteren Schülern gehört, dass die Frau auf dem Gemälde Silva hieß und zu den Zeiten des Grausamen Ritters Ravenstein gelebt hatte. Angeblich hatte sie ein schreckliches Schicksal, was ihre tiefe Traurigkeit erklären würde.

Ohne besondere Absicht warf Laura einen Blick auf das Bild, und da schien es ihr, als starre die junge Frau sie vorwurfsvoll an.

Das Mädchen fuhr zusammen, schüttelte verwirrt den Kopf und blinzelte. Als es dann wieder auf das Gemälde schaute, war alles wieder genauso wie immer.

Wie sollte es auch anders sein?, dachte Laura. Fehlt nur

noch, dass der Wolf zu heulen anfängt, dann weiß ich endgültig, dass ich allmählich durchdrehe. Aber das Tier lag unbeweglich wie ein Lämmchen zu den Füßen seiner schönen Herrin und gab nicht einen Laut von sich. Wie sollte es auch?! Laura atmete auf und ging rasch weiter.

Unter dem Gemälde trennten sich die Wege der beiden Geschwister. Lukas trottete nach links zum Jungentrakt, während Laura den Weg nach rechts zum Mädchenflügel einschlug.

Plötzlich fiel Lukas etwas ein. »Einen Moment noch, Laura!«, rief er.

Laura blieb überrascht stehen, und Lukas eilte zu ihr. Er nahm seinen Rucksack ab und begann darin herumzuwühlen. Wenig später brachte er ein in Geschenkpapier gehülltes Päckchen zum Vorschein. Zögernd hielt er es seiner Schwester entgegen.

»Das hätte ich beinahe vergessen«, sagte er. »Mein Geburtstagsgeschenk. Meins nimmst du doch an, oder?«

Laura lächelte und verpasste Lukas einen freundlichen Klaps. »Aber natürlich, du Dummkopf! Du willst doch genauso sehr wie ich, dass Papa zu uns zurückkommt!«

Sie nahm das Geschenk aus seiner Hand. »Vielen Dank! Soll ich es gleich auspacken, oder darf ich das auf meinem Zimmer tun?«

»Auf dem Zimmer ist okay«, sagte Lukas großzügig. »Du weißt ja eh, was es ist!«

Laura nickte. Natürlich wusste sie, was es war: der neue »Harry Potter«. Den hatte sie sich nämlich so sehr gewünscht.

Fast so sehr, wie sie sich wünschte, dass ihr Vater zu ihnen zurückkehrte.

Kapitel 5 ❧ Dunkle Mächte

Als Marius Leander zu sich kam, waren die Schmerzen sofort wieder da. Sein Rücken brannte höllisch, und über seine Wangen schienen schmale Rinnsale aus glühender Lava zu laufen. Die grausamen Peitschenhiebe, die ihm einer der Kerkerwärter in der letzten Nacht verpasst hatte, hatten seine Haut zerfetzt, sein Gesicht verunstaltet und seinen Rücken in eine einzige flammende Wunde verwandelt. Er konnte von Glück reden, dass eine mitleidige Magd sich seiner erbarmt hatte. Nachdem der Kerkerknecht endlich von ihm abgelassen und ihn seinem Schicksal überlassen hatte, war sie in sein verdrecktes Verlies gehuscht und hatte sich um seine Verletzungen gekümmert. Sie hatte die Blutungen gestillt, die Wunden gesäubert und sie dann mit einem seltsam aussehenden Brei beschmiert. Auf seine Frage hin hatte sie ihm zugeflüstert, dass es sich um eine Mixtur aus Heilerde und verschiedenen Kräutern handele, die verhindern solle, dass sich die Wunden entzündeten. Denn ein Wundbrand würde den sicheren Tod bedeuten. Das war das Letzte, was er verstanden hatte, bevor er das Bewusstsein verlor.

Marius Leander seufzte. Die Worte der Frau fielen ihm wieder ein. Seine medizinischen Kenntnisse waren zwar nur gering, aber man musste kein Arzt sein, um zu erkennen, dass die Infektionsgefahr in diesem Verlies groß war.

Lebensgefährlich groß.

Seit nunmehr fast einem Jahr wurde er von den Dunklen

Mächten in diesem fensterlosen Kerker tief in den Kellern der Dunklen Festung gefangen gehalten. Der niedrige Raum war feucht und verdreckt und wimmelte von Ungeziefer. Flöhe und Wanzen, Kakerlaken und Spinnen leisteten ihm tagsüber Gesellschaft, Ratten und Mäuse waren die Gefährten seiner Nächte. Bei den Wunden, die ihm der sadistische Wärter zugefügt hatte, schien eine Infektion unausweichlich zu sein. Marius Leander konnte nur hoffen, dass die geheimnisvolle Mixtur tatsächlich Wirkung zeigen würde. Aber wahrscheinlich war das sowieso egal. Selbst wenn er die Folgen der Schläge überstehen sollte, würde er wahrscheinlich bei lebendigem Leibe in diesem Kerker verrotten.

Wer sollte ihn auch befreien?

Wieder ließ Marius ein lautes Stöhnen hören. Er hatte keine Ahnung, wie lange er bewusstlos gewesen war. In seinem Verlies herrschte ständig ein dämmeriges Zwielicht, sodass ihm längst jegliches Zeitgefühl verloren gegangen war. Auch den schwefeligen Gestank, der in der ersten Zeit häufig einen kaum zu unterdrückenden Brechreiz und starke Übelkeit bei ihm erzeugt hatte, nahm er schon fast nicht mehr wahr. Nur die unerträgliche feuchte Hitze des Kerkers machte ihm immer noch zu schaffen. Wahrscheinlich würde er sich nie daran gewöhnen. Bäche von Schweiß strömten ihm über das Gesicht, und ein quälender Druck lastete auf seiner Brust. Mühsam rang er nach Luft. Die Zunge im Mund fühlte sich an wie eine verfilzte alte Socke. Er hatte Durst, schrecklichen Durst. Hoffentlich war noch Wasser in dem Krug, der auf dem groben Holztisch in der Nähe des Gitters stand.

Ächzend quälte sich Marius Leander von seinem Lager hoch, das mit modrigem Stroh bedeckt war. Im ersten Moment kam es ihm so vor, als sei sein ganzer Körper ein einziger stechender Schmerz. Jede Faser brannte wie das reinste Höllenfeuer. Nachdem er sich den ersten Schritt abgerungen hatte, ließen die Schmerzen etwas nach. Ganz behutsam setzte er einen Fuß vor den anderen und schlurfte mühsam auf den Holztisch zu. Seine nackten Füße verursachten tapsende Geräusche auf dem rohen Steinfußboden, eine Spinne krabbelte über den rechten Fußrücken, und eine Maus huschte aufgeregt umher und verschwand in ihrem Loch.

Vom Gang war die Kerkerzelle durch ein enges Gitter aus armdicken Eisenstäben getrennt. Die Tür, die sich darin befand, war mit zwei Schlössern gesichert. An ein Entkommen war nicht zu denken – zumal Marius Leander sich unter ständiger Aufsicht befand. Eine Fackel flackerte in einem Halter an der Wand vor dem Verlies. Sie erhellte den Gang und tauchte auch den größten Teil der Zelle in ein schummriges Licht. Unter der Fackel stand ein kleiner Tisch mit zwei Holzschemeln, auf denen für gewöhnlich die beiden Kerkerwärter saßen. Jetzt aber döste nur einer der grobschlächtigen Kerle am Tisch vor sich hin.

Wahrscheinlich inspizierte sein Kumpan, der das linke Bein etwas nachzog, gerade die anderen Kerker und vergewisserte sich, dass alles seine Ordnung hatte und alle Gefangenen im sicheren Gewahrsam waren. Marius Leander konnte das freilich nur vermuten. Denn er wusste nicht, ob es überhaupt noch andere Gefangene gab, und wenn ja, wie viele. Die Nachbarzellen waren jedenfalls leer, nie hörte er von dort einen Laut. Wie es in den weiter entfernten Verliesen aussah, wusste er jedoch nicht. Zwar erinnerte er sich, eines Nachts die schrecklichen Schreie eines Mannes gehört zu haben, aber das war schon lange her. Seitdem war es still gewesen.

Totenstill.

Der Wärter hob den Kopf, als er die Bewegung in der Zelle wahrnahm, und glotzte den Gefangenen einen Moment mit seinen drei Augen misstrauisch an. Wie sein Kumpan war auch er ein Trioktid. Er hatte ein zusätzliches drittes Auge mitten auf der Stirn. Dieses dritte Auge war immer dann wach, wenn das normale Augenpaar geschlossen blieb, sodass der Wärter den Gefangenen auch während des Schlafes im Auge behalten konnte. Aus diesem Grund wurden die Trioktiden von den Dunklen Mächten vorzugsweise im Wachdienst eingesetzt. Oder als Späher bei den Heerzügen. Marius hatte sich fürchterlich erschrocken, als er zum ersten Mal einem Trioktiden begegnet war, aber mittlerweile hatte er sich an den Anblick gewöhnt.

Der Trioktid hatte große Tränensäcke unter seinem Froschaugen-Paar, und seine Lider waren kaum zu erkennen. Marius hatte ihn deshalb »Glupschauge« getauft und seinen gehbehinderten Kollegen »Hinkefuß«, damit die beiden Kerkerknechte, die ihm täglich Gesellschaft leisteten, wenigstens Namen hatten. Vorgestellt hatten sie sich nämlich nicht.

Glupschauge blickte Marius finster an. Als er sah, dass der Gefangene nur trinken wollte, schien er beruhigt. Ein hämisches Grinsen erschien unter seiner schiefen Nase. Dann wandte er sich ab und starrte wieder gelangweilt vor sich hin.

Marius ließ sich davon allerdings nicht täuschen: Er war sich sicher, dass Glupschauge mit seinem dritten Auge trotzdem jede seiner Bewegungen verfolgte. Schließlich konnte er es unabhängig von den beiden anderen Augen bewegen und deshalb gleichzeitig in zwei verschiedene Richtungen sehen.

Endlich hatte Marius den Tisch mit dem Wasserkrug erreicht. Er packte ihn mit beiden Händen und hob ihn mühsam an die Lippen. Dann trank er mit gierigen Schlucken.

Wasser! Nichts schmeckte köstlicher als kühles Wasser.

Nachdem er den brennenden Durst gestillt hatte, fühlte er sich gleich besser. Gewiss, der Rücken brannte immer noch, aber er würde die Schmerzen schon aushalten. Er musste einfach! Er durfte sich nicht aufgeben, denn sonst wäre er verloren und würde sein Gefängnis nicht lebend verlassen. Diesen

Triumph durfte er seinen Peinigern unter keinen Umständen gönnen. Schließlich brauchte Laura seine Hilfe.

Laura.

Quälende Gedanken stiegen in ihm auf.

Hoffentlich hat sie verstanden und auch behalten, was ich ihr in der Nacht gesagt habe! Wenn ich doch nur mehr Zeit gehabt hätte! Hätte dieser verdammte Wärter doch nur eine einzige Minute später entdeckt, dass ich mich auf eine Traumreise begeben hatte! Nur eine einzige Minute – und ich hätte Laura verraten können, wo Rauenhauch, der Flüsternde Nebel, versteckt ist. Ohne Rauenhauch wird sie nicht unbemerkt in die Gruft eindringen können. Niemals! Und dann wird sie auch ihre Aufgabe nicht erfüllen können – und alles ist verloren.

Plötzlich war Marius sich nicht mehr sicher, wie viel er Laura während seines kurzen Besuches in ihrem Zimmer überhaupt erzählt hatte. Ob seine Hinweise ausreichend gewesen waren? Vielleicht waren sie so spärlich gewesen, dass Laura keinerlei Chancen hatte, die richtigen Schlüsse zu ziehen? Sosehr er sich auch den Kopf zermarterte, er konnte sich nicht mehr genau erinnern, was er seiner Tochter gesagt hatte, bevor die brutalen Peitschenhiebe des Trioktiden ihn in seinem Verlies aus der Trance gerissen und damit die Traumreise jäh unterbrochen hatten.

Vielleicht sollte er versuchen, noch eine Traumreise zu unternehmen, um Laura einen weiteren Besuch abzustatten? Zur Sicherheit – auch wenn Hinkefuß ihn dann wahrscheinlich zu Tode prügeln würde. Laura musste ihre Aufgabe unter allen Umständen erfüllen – schließlich hing das Schicksal der Erde und auch das von Aventerra davon ab!

Glupschauge und Hinkefuß beobachteten ihn allerdings noch schärfer als zuvor. Aber warum sollte ihm nicht ein zweites Mal gelingen, was er schon einmal geschafft hatte? Er musste es einfach versuchen!

Bei dem Gedanken fühlte Marius Leander sich gleich sehr viel besser. Zumal ihm plötzlich auch eine Idee kam, wie er die beiden Kerkerknechte trotz ihrer drei Augen überlisten konnte. Genau – so musste es gehen!

Da hörte er stampfende Schritte in der Tiefe des Ganges, die sich rasch näherten. Glupschauge fuhr wie ein kleiner Springteufel von seinem Schemel hoch und nahm Haltung an. Gespannt spähte Marius Leander durch die Eisengitter. Im schummrigen Licht des Ganges waren drei Gestalten zu erkennen, die geradewegs auf seine Zelle zusteuerten.

Die erste war ein hochgewachsener Mann. Obwohl er einen langen schwarzen Umhang trug, war nicht zu übersehen, dass er von ungemein kräftiger und muskulöser Statur war. Zudem hatte er die entschlossenen Schritte eines Mannes, der es gewohnt ist, über jedes Hindernis hinwegzugehen. Die Fackel in seiner Hand beleuchtete nicht nur den Weg, sondern tauchte auch sein Antlitz in einen hellen Schein. Das Gesicht mit der Adlernase und dem verkniffenen, schmallippigen Mund war totenbleich, die Augen aber glühten rot. Marius Leander war dem Mann noch nie zuvor begegnet. Aber spätestens als er das riesige Schwert sah, das an dessen Seite baumelte, wusste er, wer es war: Borboron, der Schwarze Fürst – der mächtige Anführer der Dunklen Heere.

Laura wohnte im dritten Stock des Hauptgebäudes. Das Zimmer war klein, dafür aber recht gemütlich und wie fast alle Zimmer auf Ravenstein für zwei Bewohner eingerichtet. Rechts und links von der Tür standen die Betten, Schränke und Regale, während vor dem Fenster eine große Tischplatte als Schreibtisch angebracht war. Zwei Stühle standen davor. Filmplakate, Poster von Film- und Pop-Stars und

Fotos von Walen und Delfinen bedeckten die freien Stellen an den Wänden.

Als Laura in das Zimmer trat, plärrte ihr ein Popsong aus dem Radio entgegen: *»Bye bye, Miss American Pie …«*. Ein pummeliges Mädchen mit roten Korkenzieherlocken lag bäuchlings auf dem Bett, das an der linken Wand stand. Es hatte den Kopf über ein dickes Buch gesenkt, die Beine wippten im Takt der Musik. Die rechte Hand tastete unterdessen nach den kärglichen Überresten einer großen Tafel Schokolade in zerfetztem Silberpapier, brach ein Stück ab und steckte es in den Mund.

Laura musste grinsen. Wie sie es nicht anders erwartet hatte, ging Kaja Löwenstein, ihre Freundin, wieder einmal ihren Lieblingsbeschäftigungen nach – Lesen und Essen. »Hey, Kaja!«, grüßte sie.

Kaja – eigentlich hieß sie Katharina, aber jeder nannte sie nur bei ihrem Kosenamen – drehte sich um. Ein Lächeln erschien auf ihrem blassen Gesicht, das von zahllosen Sommersprossen gesprenkelt war. Ihre Lippen und die Kinnpartie waren schokoladeverschmiert. Während sie mit vollen Wangen weiterkaute, kamen unverständliche Laute aus ihrem Mund: »Wey, Wauwa!«

Laura verstand die Begrüßung der Freundin sofort.

Kaja schlug ihr Buch zu, wälzte sich auf den Rücken und erhob sich schwerfällig. Während sie auf Laura zuging, schluckte sie hastig die Schokolade herunter. Dann streckte sie Laura die Hand entgegen.

»Alles Liebe zum Geburtstag!«, sagte sie. Etwas umständlich schlang sie ihre Arme um Laura, stellte sich auf die Zehenspitzen – obwohl sie genauso alt war wie Laura, war Kaja einen guten Kopf kleiner – und schmatzte ihr einen feuchten Kuss auf die Wange, der einen dicken Schoko-Fleck hinterließ. Laura wischte ihre Wange sauber, während Kaja zu ihrem

Bett zurückstapfte, die Schublade ihres Nachttisches aufzog und ein hübsch verpacktes Geschenk hervorholte.

»Für dich, Laura«, sagte sie und ging mit einem strahlenden Lächeln auf die Freundin zu. Leider übersah sie dabei ihre Winterstiefel, die mitten im Zimmer lagen, und geriet ins Stolpern. Das Päckchen fiel ihr aus den Händen und landete direkt vor Lauras Füßen.

»Uups!«, machte Kaja und grinste verschämt.

Laura schüttelte kaum merklich den Kopf. Wie kann man nur so tollpatschig sein!, dachte sie.

Kaja hatte nicht nur zwei linke Hände, sondern auch zwei linke Füße. Und obwohl Laura nun schon im vierten Jahr das Zimmer mit ihr teilte und Kaja in dieser Zeit auch richtig lieb gewonnen hatte, wunderte sie sich immer wieder aufs Neue über deren Ungeschicklichkeit. Laura versuchte jedoch, sich das nicht anmerken zu lassen. Sie bückte sich kommentarlos, hob das Geschenk auf und packte es aus. Es war ein Buch.

»›Die Brautprinzessin‹«, sagte Laura. »Klasse!«

Kaja teilte Lauras Leidenschaft für fesselnde Geschichten. Einerlei ob Abenteuer- oder Fantasyroman, Märchen, Sagen oder Legenden – wenn ein Buch Spannung versprach, konnten die Freundinnen beim Lesen alles andere vergessen. Was im letzten Schuljahr leider allzu häufig der Fall gewesen war. Sie hatten sich lieber in ihre Schmöker als in die Schulbücher vertieft und prompt die Quittung dafür erhalten: Beide hatten sie das Klassenziel verfehlt und waren sitzen geblieben.

Erwartungsvoll sah Kaja ihre Freundin an. »Ich hoffe, es gefällt dir?«

»Mit Sicherheit«, sagte Laura, »das wollte ich immer schon mal lesen. Aber du weißt, was wir uns geschworen haben: In diesem Jahr haben die Schularbeiten absoluten Vorrang vor allem anderen!«

Kaja nickte, doch ihre Miene zeigte wenig Begeisterung. Während Laura ihr Geschenk wegpackte, den Rucksack und den roten Anorak ablegte und ihre Sachen im Schrank zu verstauen begann, kletterte der Lockenkopf mühsam auf sein Bett zurück, lehnte sich mit dem Rücken an die Wand und schaute die Freundin erwartungsvoll an. »Wie war denn dein Wochenende?«, fragte Kaja mit hörbarem Keuchen. »Los, erzähl schon!«

Laura warf ihrer Freundin einen besorgten Blick zu. Offensichtlich hatte bereits das bisschen Bewegung ausgereicht, um sie aus der Puste geraten zu lassen. Kaja saß genau unter einem Buckelwal-Poster, und über ihrem Kopf drehte sich ein lustiges Wal-Mobile – Kaja war nämlich ein Wal-Freak. Einige aus ihrer Klasse behaupteten, bei ihrer Leibesfülle müsse sie sich ja zwangsläufig für diese imposanten Meeresbewohner begeistern. Was nicht nur gehässig, sondern natürlich auch maßlos übertrieben war, wie Laura fand. Kaja hatte nicht die geringste Ähnlichkeit mit einem Wal, wie diese Fieslinge behaupteten – höchstens ein winziges, klitzekleines bisschen.

»Jetzt mach schon!«, maulte Kaja ungeduldig. »Du wirst doch was erlebt haben in den letzten beiden Tagen?«

»Ähm«, sagte Laura gedehnt. »War nicht so toll. Das Übliche halt. Unsere Stiefmutter hat genervt wie immer – stell dir vor: Diesmal wollte sie uns in ein Kantaten-Konzert schleppen!«

»Oh, nö!«

»Doch! Ist doch abartig, oder?«

Kaja nickte eifrig mit dem Kopf. »Wenn ich mir überlege, wie viel Stress ihr mit eurer Stiefmutter habt, bin ich manchmal richtig froh, dass meine Eltern überhaupt keine Zeit für mich haben«, sagte sie.

»Vielleicht hast du Recht«, antwortete Laura nachdenklich. »Und natürlich haben wir uns wieder mal gestritten – wie immer. Wie du siehst, hatte ich ein ganz normales Wochenende.«

Aber da fiel ihr noch etwas ein. »Als ich gestern ausgeritten bin, da …« Laura zögerte. Sollte sie Kaja wirklich erzählen, was sie während ihres Ritts erlebt hatte? Oder was in der Nacht geschehen war? Und dass der Steinerne Riese …?

Besser nicht!

Im Gegensatz zu Sayelle und Lukas würde die Freundin ihr ganz bestimmt glauben. Und zwar jedes Wort, daran hatte Laura nicht den geringsten Zweifel. Aber schon am nächsten Tag würde jeder im Internat alle Einzelheiten wissen. Denn so lieb Kaja auch war und sosehr man sich auf sie auch verlassen konnte, so wenig war sie in der Lage, etwas für sich zu behalten. Sie würde Lauras Erlebnisse Wort für Wort weitererzählen. Und das wollte Laura nun wirklich nicht. Deshalb beschloss sie, lieber zu schweigen. Zumindest vorerst.

»Was ist denn passiert bei deinem Ritt?«, bohrte Kaja.

»Ähm«, stotterte Laura. »Ähm … Es war nur … Sturmwind … er hat …«

»Ja, was denn?«

Laura suchte fieberhaft nach einer plausiblen Erklärung. Endlich fiel ihr eine Notlüge ein.

»Er hat … er hat ein Hufeisen verloren! Dadurch ist er aus dem Tritt gekommen und hätte mich um ein Haar abgeworfen!«

»Hat er aber nicht?«, fragte Kaja und verzog misstrauisch das Gesicht.

Laura schüttelte den Kopf. »Nein«, sagte sie eilig und fügte dann schnell eine Frage hinzu, um ihre Freundin auf andere Gedanken zu bringen: »Und was gab 's hier auf Ravenstein? Was hast du so erlebt am Wochenende?«

Bevor Kaja antworten konnte, fiel Lauras Blick auf die Uhr. »Mann! Schon so spät! Ich muss vor dem Unterricht noch dringend zu Morgenstern!« Damit erhob sie sich hastig und verließ das Zimmer.

Kaja sah ihrer Freundin nach. Sie wusste nicht, warum, aber Laura kam ihr heute irgendwie merkwürdig vor. So ganz anders als sonst. Dabei hatte sie doch Geburtstag.

Eigenartig, dachte Kaja. Und obwohl sie nicht wusste, warum, war sie sich ganz sicher, dass hier etwas im Gange war.

Irgendetwas stimmte hier nicht.

Der Schwarze Fürst und seine Begleiter waren vor der Zelle angekommen, und Marius konnte nun auch die beiden anderen Gestalten erkennen. Zu seiner Verwunderung war eine davon eine hoch aufgeschossene Frau. Das smaragdgrüne Kleid, das eng an ihrem Körper anlag, verlieh ihr etwas Echsenhaftes. Auch ihre Augen mit den schlitzartigen Pupillen in der gelben Iris erinnerten ihn an Reptilien. Ihr Gesicht, das von pechschwarzen Haaren eingerahmt wurde, war bleich und starr und ließ keinerlei Gefühle erkennen.

Der Mann an ihrer Seite trug einen scharlachroten Umhang mit einer großen Kapuze, die er sich weit ins Gesicht gezogen hatte, sodass es im Schatten lag und nicht zu sehen war. Marius Leander erschrak trotzdem fast zu Tode, denn es fuhr ihm durch den Kopf, dass solche Kapuzenumhänge nur von den berüchtigten Fhurhurs getragen wurden. Diese Schwarzmagier verfügten über eine unermessliche Macht und waren weithin gefürchtet.

Wozu um Himmels willen hatte der Schwarze Fürst einen Fhurhur mitgebracht?

Borboron bedeute Glupschauge mit einem Wink, das Verlies zu öffnen, und der Trioktid fingerte zitternd die Schlüssel von seinem Gürtel. Quietschend öffnete sich die Gittertür, und die Besucher betraten die Zelle. Der Schwarze Fürst baute sich direkt vor Marius auf, streckte die Fackel aus und hielt sie vor das gemarterte Gesicht des Gefangenen.

Geblendet wich Marius einen Schritt zurück und kniff die Augen zusammen. Der Schwarze Fürst musterte ihn, wobei sein fahles Gesicht keinerlei Regung oder gar Mitleid zeigte. Dann warf er einen schnellen Blick über die Schulter zu Glupschauge, der in der offenen Kerkertür stand, und wandte sich schließlich wieder dem Gefangenen zu.

»Haben sie dich nicht gewarnt?«, fragte er mit kehliger Stimme.

Marius antwortete nicht. Natürlich hatten ihm die beiden Knechte eine fürchterliche Strafe angedroht für den Fall, dass er eine Traumreise unternehmen sollte. Aber das entschuldigte die barbarischen Schläge nicht. Außerdem hasste er es, wenn er von Fremden plump geduzt wurde.

»Du ziehst es also vor zu schweigen?«, fuhr Borboron fort. »Gut, wie du möchtest. Ich hatte ohnehin nicht damit gerechnet, dass du dich abschrecken lassen würdest. Die beiden Schlafmützen haben es dir aber auch sehr leicht gemacht – dabei waren sie gewarnt, dass du es in dieser Nacht mit Sicherheit versuchen würdest.« Er seufzte theatralisch. »Der Fehler wird ihnen bestimmt nicht noch einmal unterlaufen.«

Der Schwarze Fürst deutete ein Grinsen an, und Marius bemerkte, dass Glupschauge erbleichte. Der Trioktid war wie die meisten seiner Art zwar ziemlich träge im Denken, aber sein beschränkter Verstand reichte allemal aus, um zu verstehen, dass die beiläufige Bemerkung das Todesurteil für ihn und seinen Kumpan bedeutete.

»Dein Ungehorsam wird natürlich auch für dich Folgen haben!«, fuhr der Schwarze Fürst, an Marius gewandt, fort. »Obwohl –« Er brach ab und verzog den Mund zu einem breiten Grinsen. »– Eigentlich müssten wir dir sogar dankbar sein.

Schließlich hast du uns ein Souvenir mitgebracht von deinem Ausflug auf den Menschenstern.«

Marius verstand nicht, was Borboron meinte. Ein Souvenir?, überlegte er. Welches Souvenir denn?

Der Schwarze Fürst wandte sich an die Frau an seiner Seite. »Willst du es ihm nicht zeigen, Syrin, und dich bei ihm bedanken für das wertvolle Stück?«

Die Frau erwiderte das Grinsen des Schwarzen Fürsten, um dann dicht vor Marius hinzutreten. Sie öffnete den obersten Knopf ihres Kleides und schlug den Kragen zur Seite, sodass Marius das Schmuckstück sehen konnte, das um ihren Hals hing. Es war eine schlichte Kette mit einem goldenen Amulett.

Als Marius das Rad der Zeit erblickte, wurde ihm schlagartig klar, welch entsetzlichen Fehler er begangen hatte. Unwillkürlich wich er zurück und stöhnte gequält auf. Oh, nein! Hätte er auf seiner Traumreise doch nur die Kette nicht in die Hand genommen!

Die echsenhafte Frau mit dem totenbleichen Gesicht beobachtete ihn mit kaltem Blick. Ein höhnischer Glanz trat in ihre gelben Reptilienaugen. »Gräme dich nicht allzu sehr«, spottete sie. »Auch mit der Kette hätte deine Tochter ihre Aufgabe nicht erfüllen können. Niemals!« Sie trat ganz dicht an Marius heran, schob das spitze Kinn nach vorn und starrte ihm direkt in die Augen. Als sie weitersprach, hatte ihre Stimme den fauchenden Klang einer Raubkatze. »Das Rad der Zeit ist in meinen Händen viel besser aufgehoben als bei deinem Balg und wird mir von unschätzbarem Nutzen sein!«

Marius drohten die Sinne zu schwinden. Das Schlimmste, was geschehen konnte, war geschehen – die Kette, die Laura bei der Suche helfen sollte, war in die Hände der Dunklen Mächte geraten, und er war schuld.

Nur er allein.

Als habe sie seine quälenden Selbstvorwürfe erraten, lachte die unheimliche Frau gellend auf, bevor sie sich von Marius abwandte und zur Seite trat, um Borboron Platz zu machen.

Der Schwarze Fürst musterte Marius mit einem spöttischen Lächeln. »Obwohl du uns einen unschätzbaren Dienst erwiesen hast, können wir natürlich nicht riskieren, dass du einen weiteren Versuch unternimmst, mit deiner Tochter Kontakt aufzunehmen.«

Wut stieg in Marius auf. Dieser verfluchte Hund! Er hatte nicht nur erraten, was er vorhatte, sondern weidete sich auch noch an seiner Verzweiflung! In seinem ohnmächtigen Zorn fühlte Marius sich versucht, dem Schwarzen an die Kehle zu gehen. Aber das wäre Selbstmord. Er zwang sich zur Ruhe und hielt dem stechenden Blick der glühend roten Augen reglos stand.

»Ihr wollt mich also … töten?«, fragte er.

Der Schwarze Fürst ließ ein kehliges Lachen hören. »Nein. Wenn wir dich töten wollten, hätten wir das schon längst getan. Es ist ja immerhin möglich, dass du uns eines Tages noch von Nutzen sein kannst. Als Faustpfand zum Beispiel. Für den Fall, dass dein Balg tatsächlich Erfolg haben sollte – auch wenn das so gut wie ausgeschlossen ist. Aber wie sagt man bei euch auf dem Menschenstern doch immer: Sicher ist sicher, nicht wahr?«

»Was … was habt Ihr dann mit mir vor?«

»Kannst du dir das nicht denken? Wirklich nicht? Du hast doch bestimmt schon von der Todesstarre gehört?«

Marius Leander zuckte zusammen, als sei ihm ein Blitz in die Glieder gefahren.

Die Todesstarre!

Natürlich – natürlich hatte er von dieser schrecklichen Marter gehört. Sie war schlimmer als der schlimmste Tod.

Nun verstand Marius Leander auch, warum der Fhurhur mitgekommen war. Nur die Fhurhurs waren in der Lage, einen Menschen mit der Todesstarre zu belegen. Marius wusste zwar nicht, wie sie das anstellten. Aber dafür wusste er umso besser, welches Ergebnis die Prozedur hatte: Ein Mensch in Todesstarre war nicht mehr in der Lage, sich zu bewegen. Kein Glied, keinen Muskel, nicht die kleinste Faser seines Körpers. Dabei blieb er bei vollem Bewusstsein und der Geist hellwach. Für Außenstehende musste es den Anschein haben, als läge der Betroffene in einem todesähnlichen Koma. Ein schreckliches Schicksal, dem nicht einmal der Tod ein Ende zu setzen vermochte. Denn Todesstarre sterben nie. Wenn sie nicht rechtzeitig durch ein Gegenmittel erlöst werden, bleibt ihr wacher Geist bis ans Ende aller Zeiten in das Gefängnis ihres starren Körpers eingeschlossen. Aber das Gegenmittel kannten ebenfalls nur die Fhurhurs.

Der Fhurhur machte einen Schritt auf Marius zu. Marius konnte nun in das runzelige Gesicht des Schwarzmagiers sehen. Seine gelbe Haut war von zahllosen Altersflecken übersät.

»Leg dich nieder auf dein Lager!«, krächzte der Magier heiser.

Marius zögerte.

»Tu, was er sagt!«, herrschte der Schwarze Fürst Marius an, um dann überraschend sanft fortzufahren: »Es ist nur zu deinem Besten, glaub mir.« Fast hatte es den Anschein, als habe er plötzlich Mitleid mit dem Gefangenen.

Marius Leander schlurfte nach kurzem Zögern zu seinem Lager zurück und legte sich nieder. Der Fhurhur folgte ihm. Er griff unter seinen Umhang, zog eine kleine Phiole mit einer giftgrünen Flüssigkeit hervor und nahm den Verschluss ab.

»Mach den Mund auf!«, befahl er.

Marius gehorchte. Der Fhurhur beugte sich über ihn und

träufelte zwei giftgrüne Tropfen aus der Phiole auf die Zunge des Gefangenen.

Sie schmeckten nach nichts. Nach rein gar nichts. Nach einigen Sekunden spürte Marius, wie eine wohlige Wärme durch seinen Körper flutete – und plötzlich konnte er sich nicht mehr bewegen. Er wollte einen Arm heben, doch der führte den Befehl des Gehirns einfach nicht aus. Mit den Füßen war es genauso. Sämtliche Gliedmaßen waren gelähmt, nicht die geringste Regung war mehr möglich. Obwohl Marius bei klarem Verstand war, war sein Körper wie zu Stein erstarrt. Die unerträglichen Schmerzen allerdings waren verschwunden. Doch Marius konnte sich nur kurz darüber freuen, denn der Gedanke, der seinen hellwachen Geist durchfuhr, schmerzte stärker als die schlimmsten körperlichen Qualen: Er konnte Laura jetzt nicht mehr helfen!

Laura klopfte an die Tür des Sekretariats, erhielt jedoch keine Antwort. Sie klopfte noch einmal – wieder keine Antwort.

Vorsichtig drückte sie die Klinke herunter, öffnete langsam die Tür und warf einen Blick in das Zimmer – es war leer. Frau Pieselstein, die Internatssekretärin, war nicht an ihrem Platz. Ihr Schreibtischstuhl war verwaist. Natürlich hieß Frau Pieselstein nicht Pieselstein. Ihr richtiger Name war Frau Priese-Stein. Aber bereits einen Tag nachdem die Sekretärin ihre Arbeit aufgenommen hatte, war sie von den Ravensteinern mit ihrem Spitznamen bedacht worden.

Mist! Wenn die Pieselstein nicht da ist, kann sie mich nicht bei Professor Morgenstern anmelden!

Denn genau das sah die ältliche und ziemlich humorlose Frau als ihre vordringlichste Aufgabe an. Wie ein bissiger Höllenhund wachte sie darüber, dass niemand ohne Anmeldung und Genehmigung in das Büro des Direktors gelangte, das hinter dem Sekretariat gelegen war. Die Pieselstein führte sich meistens auf, als sei sie die gestrenge Hüterin eines großen Heiligtums und nicht eine ganz normale Schulsekretärin.

Schon wollte Laura die Tür wieder schließen, als ihr plötzlich ein weiterer Gedanke kam: Wenn die Pieselstein nicht da ist, dann kann sie mich ja auch nicht daran hindern, selbst mein Glück bei Morgenstern zu versuchen!

Laura schlüpfte in das Sekretariat, durchquerte eilig den Raum, und da stand sie auch schon vor der großen Eichentür, die in das Zimmer des Direktors führte.

Sie klopfte zaghaft. Und dann noch einmal lauter.

»Bitte!«, antwortete eine dunkle Stimme.

Laura öffnete die Tür und trat in das geräumige Zimmer. Eine angenehme Wärme schlug ihr entgegen. An zwei Wänden des Büros standen zimmerhohe Regale, die über und über mit Büchern gefüllt waren. Die beiden anderen Wände waren bis zur halben Höhe mit dunklem Eichenholz getäfelt und darüber mit einem feinen Rauputz versehen. Vor vielen Jahren musste er einmal weiß gewesen sein. Im Laufe der Zeit aber war er reichlich nachgedunkelt. Die großen Gemälde, die an diesen Wänden hingen und die bisherigen Internatsdirektoren zeigten, hoben sich dennoch deutlich davon ab.

In der Mitte des Büros stand ein imposanter Schreibtisch, ebenfalls aus Eiche, und dahinter saß – nein, nicht der Direktor des Internats, Professor Aurelius Morgenstern, wie es Laura eigentlich erwartet hatte, sondern Dr. Quintus Schwartz.

Dr. Schwartz war Lauras Chemie- und Biologielehrer und gleichzeitig der stellvertretende Direktor von Ravenstein. Als das Mädchen näher kam, schaute er von dem Schriftstück auf, das vor ihm lag, und blickte Laura an.

Dr. Quintus Schwartz ging auf die fünfzig zu, sah aber jünger aus. Seine Gesichtszüge glichen denen der römischen Kaiser, die Laura aus Geschichtsbüchern kannte. Dr. Schwartz war immer leicht gebräunt, und seine dunklen Haare, die noch nicht den kleinsten Schimmer von Grau aufwiesen, waren stets modisch geschnitten und tadellos frisiert. Quintus Schwartz hätte ein durchaus sympathisches Äußeres besessen, wären da nicht seine stechenden dunklen Augen gewesen, die sich regelrecht in sein Gegenüber zu bohren schienen.

Der Lehrer wirkte nicht die Spur überrascht darüber, dass Laura im Büro des Direktors erschienen war.

»Laura Leander?«, fragte er mit einem feinen Lächeln und entblößte dabei seine Zähne, die so weiß und perfekt waren wie die in der Fernsehwerbung. »Was kann ich für dich tun, Laura?«

»Ä … ähm«, stotterte Laura. »Eigentlich … eigentlich wollte ich zu Professor Morgenstern. Ist er nicht da?«

»Nein«, antwortete Dr. Schwartz mit einem leichten Kopfschütteln. Er drehte den Kopf und tat so, als würde er sich suchend in dem Zimmer umsehen. »Oder kannst du ihn vielleicht hier irgendwo entdecken?« Die feine Ironie in der Stimme war nicht zu überhören.

»Wo ist Professor Morgenstern denn?«

»Der verehrte Kollege ist seit gestern erkrankt«, erklärte Quintus Schwartz, und Laura wunderte sich ein wenig, dass auf seinem Gesicht wieder ein Lächeln erschien. »Und um deiner Frage zuvorzukommen, Laura – nein, der Arzt weiß noch nicht, um welche Krankheit es sich handelt.«

Laura schaute ihn erschrocken an. »Ist es … schlimm?«

Dr. Schwartz zuckte mit den Schultern. »Keine Ahnung. Wie gesagt – der Arzt hat noch nichts Näheres herausgefunden. Kollege Morgenstern ist überaus geschwächt, und deshalb wurde ihm bis auf weiteres strikte Bettruhe verordnet. Bis er wieder auf dem Damm ist, werde ich seine Amtsgeschäfte führen.«

Laura schluckte. Betroffen schaute sie einen Moment zu Boden.

»Kann ich dir vielleicht helfen, Laura?«, unterbrach der stellvertretende Direktor die Stille. Sein Gesichtsausdruck hatte etwas Lauerndes an sich.

»Nein, nein! Ganz bestimmt nicht. Kann … kann ich Professor Morgenstern besuchen?«

Quintus Schwartz schüttelte den Kopf. »Ausgeschlossen! Nur der Arzt und Mary Morgain dürfen zu ihm. Miss Mary kümmert sich um ihn, wenn sie keinen Unterricht hat.«

Dann ist er wenigstens in guten Händen, dachte Laura.

Miss Mary Morgain war die Englisch- und Französischlehrerin des Internats und bei allen Schülern äußerst beliebt. Die meisten vergötterten die junge Frau geradezu, und auch Laura liebte Miss Morgain über alles. Die Lehrerin hatte ein sanftes Wesen, war über die Maßen hilfsbereit und behandelte ihre Schüler stets gerecht. Miss Morgain würde sicherlich darauf bedacht sein, dass es Aurelius Morgenstern an nichts fehlte.

»Weiß man denn schon, wie lange der Professor …?«

»Nein, Laura. Im Augenblick kann das niemand sagen.«

Natürlich, dachte Laura. Wie denn auch? Wenn man noch nicht einmal weiß, was ihm fehlt.

Als sie Dr. Quintus Schwartz anblickte und sich von ihm verabschiedete, hatte sie allerdings den Eindruck, als rechne dieser fest damit, dass der Professor seine Amtsgeschäfte nicht so bald wieder aufnehmen würde. Er schien sogar fest davon überzeugt zu sein.

Es war nicht sein Lächeln, das seine Gedanken verriet. Es waren seine Augen. Sie waren kalt.

Kalt wie Eis.

Laura schloss die Tür des Sekretariats hinter sich und trat in den Gang. Der Flur war nicht geheizt. Laura fröstelte leicht.

Sie knöpfte ihre Jacke zu und schlug gedankenverloren den Weg zum Klassenzimmer ein. Die finstere Gestalt, die in einer dunklen Ecke stand und sie mit ebenso finsterer Miene beobachtete, bemerkte sie nicht.

Es war Attila Morduk, der Hausmeister von Ravenstein. Er hatte einen kräftigen, gedrungenen Körper, auf dem ein auffallend großer Kopf saß. Sein mächtiger Schädel war kahl wie eine Bowlingkugel, und auch in seinem Vollmondgesicht war nicht das geringste Barthaar zu entdecken. Nicht einmal ein Fläumchen, nichts – Attilas Wangen und Kinn waren glatt wie ein Säuglingspopo.

Das Auffälligste an ihm aber waren die Arme. Sie waren so lang, dass sie beinahe bis zu den Knien reichten. Zudem waren sie derart stark behaart, dass es fast so aussah, als wären sie von einem dichten rostbraunen Fell bedeckt, das ebenso kräftig auf seinen Handrücken wucherte. Die Hände waren übermäßig groß. Nicht ganz so groß wie Klodeckel, wie manche Schüler behaupteten, aber dennoch so riesig, dass Attila einen Medizinball mühelos mit einer Hand aufheben konnte.

Attila Morduk war schon seit endlos langen Zeiten als Hausmeister auf Ravenstein beschäftigt, und genauso lange schon war er der Schrecken der Schüler. Er trug immer ein furchtbar grimmiges Gesicht zur Schau. Kein Schüler konnte sich daran erinnern, dass Attila Morduk jemals gelacht oder auch nur geschmunzelt hätte. Er schaute stets so gruftig drein, als wolle er der finstersten Heavy-Metal-Band Konkurrenz machen. Die meisten Jungen und Mädchen bekamen es schon bei seinem bloßen Anblick mit der Angst zu tun und gingen ihm aus dem Weg.

Laura hatte das Ende des Ganges fast schon erreicht, als Attila Morduk sich vorsichtig nach allen Seiten umblickte. Dann setzte er seinen massigen Körper in Bewegung. Auch wenn er dabei hin und her wiegte wie ein Seemann auf Landurlaub, besaß er überraschenderweise einen äußerst behänden und geschmeidigen Gang. Ohne ein Geräusch zu machen, folgte er der ahnungslosen Laura.

Morwena trieb ihr Reittier unbarmherzig an. »Weiter, Feenbraut, lauf weiter«, rief sie gegen den heulenden Wind an. Feenbraut hob den Kopf, die beiden schmalen Elfenbeinhörner auf ihrer Stirn glänzten im Sonnenlicht. Sie schnaubte kurz und kämpfte sich dann weiter durch den Schnee, der ihr fast bis zum Bauch reichte. Unter der dichten Schneedecke war der schmale Weg, der hinauf zum Pass führte, kaum zu erkennen. Außerdem stieg er derart steil an, dass er für nahezu jedes Pferd unpassierbar gewesen wäre. Feenbraut, Morwenas Zweihorn, hingegen bereitete er keinerlei Schwierigkeiten. Sie meisterte den Anstieg mühelos, und keiner ihrer Tritte ging fehl.

Zweihörner waren nicht nur robuster als Pferde, sondern auch sehr viel belastbarer als ihre scheuen Vettern, die empfindlichen Einhörner, die selten geworden und fast nur noch in den Feenwäldern anzutreffen waren. Dabei waren Zweihörner fast ebenso sanft und empfindsam wie sie. Sie witterten Gefahren meist schon weit im Voraus und konnten sie deshalb rechtzeitig umgehen. Aus diesem Grunde hatte sich Morwena für ein Zweihorn als Reittier entschieden, und Feenbraut hatte ihr Vertrauen noch niemals enttäuscht. Die Zweihörner kannten die uralten Pfade, die die Lande von Aventerra durchzogen und die Wissenden viel schneller an ihr Ziel zu bringen vermochten, viel besser als andere Geschöpfe. Schließlich waren die geheimen Pfade von den Feen angelegt worden, in deren Obhut sowohl Einhörner als auch Zweihörner die erste Zeit nach ihrer Geburt zu verbringen pflegten.

Die weißen Gipfel des Schneegebirges leuchteten im frühen Licht des Morgens und spiegelten den Glanz der Sonne, die am strahlend blauen Himmel stand. Der Wind, der vereinzelte Sturmwolken vor sich hintrieb, war eisig kalt. Er fuhr Morwena ins Gesicht, und trotz des dicken Umhangs, in den sie sich gehüllt hatte, konnte sie die eisige Kälte spüren, die in den unwirtlichen Gipfelregionen des Schneegebirges herrschte. Auch das wollene Tuch, das sie sich um den Kopf geschlungen hatte, vermochte sie kaum zu wärmen.

Doch es war nicht die Kälte, die Morwena Sorgen bereitete, sondern der Hüter des Lichts, der sich in großer Gefahr befand. Aber noch viel schlimmer war, dass sie Paravains Hoffnungen würde enttäuschen müssen. Ihr war klar, dass der Ritter ein Wunder von ihr erwartete. Aber trotz ihrer großen Heilkünste würde sie Elysion nicht heilen können. Sie konnte sein Leiden nur lindern und seinen Verfall so weit wie möglich hinauszögern. Aber dazu musste sie erst einmal auf Hellunyat sein!

Der Gedanke an die Finte, mit der man sie aus der Gralsburg fortgelockt hatte, erzürnte Morwena. Sie hatte nicht den geringsten Verdacht geschöpft, als der angebliche Bote ihres Vaters aufgetaucht war. Im Gegenteil, seine Botschaft war ihr ein höchst willkommener Anlass gewesen, um nach den langen Jahren der Abwesenheit endlich einmal in die Heimat zurückzukehren. Erst als ihr Vater sie erstaunt begrüßt hatte, war ihr aufgegangen, dass etwas nicht stimmen konnte. Kurz darauf war Pfeilschwinge am Himmel über Rumorrögk, dem Schloss ihres Vaters, aufgetaucht. Der mächtige Adler, der Bote des Lichts, hatte sie davon unterrichtet, was in ihrer Abwesenheit auf Hellunyat geschehen war. Natürlich war sie unverzüglich wieder aufgebrochen. Das Angebot ihres Vaters, ihr einige Reiter zum Schutz mitzugeben, hatte sie abgelehnt. Eine größere Gruppe kam langsamer voran und erregte nur

Aufmerksamkeit. Außerdem konnten nur Zweihörner den geheimen Pfaden folgen.

Endlich hatte Morwena die Passhöhe erreicht. Sie ließ das Zweihorn verschnaufen und warf einen Blick in das Tal, in dem sich die grünen Weiten des Auenlandes vor ihr erstreckten. Die Heilerin seufzte. Der Weg nach Hellunyat war noch endlos weit. Sie musste nicht nur das Auenland durchqueren und den reißenden Donnerfluss überwinden. Danach wartete die schreckliche Glimmerwüste auf sie, der wohl gefährlichste Abschnitt der Reise. Und schließlich galt es auch noch, heil durch die Dusterklamm zu gelangen.

Eine weite und gefährliche Reise. Wenn niemand sie aufzuhalten versuchte, würde sie mindestes vier Tage brauchen. Aber dann konnte es vielleicht schon zu spät sein für Elysion. Morwenas einzige Hoffung war, dass die neue Brücke über den Donnerfluss, deren Bau sie auf ihrer Hinreise voller Freude beobachtet hatte, bereits fertig gestellt war. Sie bedeutete eine enorme Abkürzung und würde ihr bestimmt einen Tag ersparen.

Ein Tag, der lebenswichtig sein konnte für den Hüter des Lichts. Entschlossen gab Morwena dem Zweihorn die Sporen und strebte dem Auenlande zu.

Kapitel 6 Ein heimlicher Beobachter

Der Vormittag verlief für Laura ohne besondere Vorkommnisse. Im Unterricht gab es den gleichen Stress wie immer. Acht Mädchen und sieben Jungen besuchten Lauras Klasse, und die meisten gratulierten ihr zum Geburtstag. Selbst der fette Max Stinkefurz, der sonst nur mit ihr herumstänkerte und ihr unentwegt auf die Nerven ging, ließ sich zu einem lauen Glückwunsch hinreißen.

Natürlich hieß Max nicht Stinkefurz, sondern Maximilian Finkensturz. Seine üble Angewohnheit, immer und überall ekelige Gerüche zu verbreiten, hatte dem unförmigen Fleischkloß allerdings rasch zu seinem Spitznamen verholfen. Max Stinkefurz konnte Laura nicht leiden, weil Ronnie Riedel Laura nicht leiden konnte. Ronnie war der beste Kumpel von Max und im letzten Jahr Klassensprecher gewesen. Zu Beginn des neuen Schuljahres hatten sich seine Mitschüler jedoch – mit großer Mehrheit und für Ronnie völlig überraschend – für Laura entschieden. Das hatte Ronnie zutiefst getroffen, zumal Laura neu in der 7b war, und seitdem machte er ihr nur Stress. Natürlich gehörte Ronnie auch zu den wenigen, die ihr nicht zum Geburtstag gratulierten.

Laura konnte sich nicht so recht auf den Unterricht konzentrieren. Sie musste an Professor Morgenstern denken. Eigenartig, dass er so plötzlich erkrankt war. Noch am Freitag hatte sie Unterricht bei ihm gehabt, und da schien er noch in allerbester körperlicher Verfassung zu sein. Gewiss, der Professor war schon ein älterer Herr, wahrscheinlich fast siebzig, wenn nicht sogar älter. Aber Laura konnte sich nicht erinnern, dass er jemals krank gewesen war. Im Gegenteil – Morgenstern strotzte stets nur so vor Gesundheit, und trotz seines Alters war er noch in der Lage, eine Riesenfelge am Reck zu machen, was kaum ein Schüler von sich behaupten konnte. Auch Laura nicht. Dabei war sie körperlich äußerst gewandt. Und jetzt eine Erkrankung, von der angeblich noch nicht mal der Arzt wusste, um was es sich dabei handelte …

Eigenartig!

Die Lehrer, bei denen sich Laura nach dem Befinden von Professor Morgenstern erkundigte, wussten auch nichts Näheres. Selbst Schnuffelpuff hatte nicht die blasseste Ahnung. Mit richtigem Namen hieß Schnuffelpuff Dr. Heinrich Schneider-Ruff. Er war Geschichtslehrer am Internat, ein älteres Männchen mit kahlem Schädel und einer altmodischen Brille, dem sein nervöser Tick, unentwegt geräuschvoll durch die Nase hochzuziehen, zu seinem Spitznamen verholfen hatte. Normalerweise war Schnuffelpuff über die Vorgänge auf Ravenstein bestens informiert. Aber diesmal musste selbst er passen. Laura würde also Miss Mary fragen müssen, aber leider hatte sie erst am nächsten Tag wieder Unterricht bei ihr.

Vielleicht würde auch Percy Valiant Bescheid wissen. Der Sportlehrer verstand sich wie Mary Morgain sehr gut mit Aurelius Morgenstern. Laura war nicht entgangen, dass der Professor eine besondere Sympathie für die beiden jungen Lehrer hegte. Manchmal hatte es fast den Anschein, als würde Morgenstern sich wie ein Vater um die beiden kümmern. Gut möglich also, dass Percy Valiant Genaueres wusste.

Sonst musste sie einfach versuchen, dem Direktor trotz des Verbots von Dr. Quintus Schwartz einen Besuch abzustatten. Sie musste ihn unbedingt sprechen. Sie musste endlich herausfinden, was es mit dem rätselhaften Erscheinen ihres Vaters in der letzten Nacht auf sich hatte. Sie musste hinter das Geheimnis kommen, das damit verbunden war.

Und Laura war sich sicher, wenn es einen Menschen gab, der ihr dabei helfen konnte, dann war das Professor Aurelius Morgenstern.

Zum einen, weil ihr Vater das gesagt hatte.

Und zum anderen wusste sie es einfach.

Während sich Kaja nach dem Mittagessen wieder auf ihr Bett fläzte und sich ihrem Buch und einem fast ebenso dicken Riegel Schokolade widmete, schnappte sich Laura Sporttasche, Fechtmaske und Florett und eilte zur Turnhalle.

Im Umkleideraum war es kühl, und ein leichter Schweißgeruch hing in der Luft. Laura fröstelte ein wenig, während sie in ihren Fechtanzug schlüpfte.

Als sie in die Halle trat, war niemand zu sehen. Percy war also wieder einmal zu spät dran. Trotz der frühen Nachmittagsstunde war es schon fast dunkel in der Halle. Zum Glück wusste Laura, wo sich der Lichtschalter befand.

Die Deckenbeleuchtung der rechten Hallenhälfte flammte auf. Die lange Fechtbahn war längs der Stirnwand auf dem Boden ausgerollt. Laura trat auf die Planche und begann sich aufzuwärmen.

Schon seit ihrem sechsten Lebensjahr nahm sie Fechtunterricht. Ihr Vater hatte sie dazu ermuntert. Zunächst war sie seinem Vorschlag nur widerwillig gefolgt, aber mit der Zeit hatte sie Gefallen an dem Sport gefunden. Es war die Verbindung von Schnelligkeit und Eleganz, von athletischer Gewandtheit und taktischem Geschick, die ihr besonderen Spaß machte und sie gleichzeitig herausforderte.

Seit einem Jahr, kurz nachdem ihr Vater verschwunden war, hatte sie Einzeltraining bei Percy Valiant. Percy hatte sie damals angesprochen. Sie habe ein außergewöhnliches Talent, hatte er gesagt, und es sei wirklich schade, wenn sie nicht weiter ausgebildet würde. Er hatte ihr angeboten, sie zu unterrichten – völlig kostenlos.

Laura hatte nicht lange nachdenken müssen und zugestimmt. Seitdem trainierte sie jede Woche drei Stunden mit Percy. Am Anfang war ihr das Training sehr hart vorgekommen. Nach manchen Stunden war sie so geschafft gewesen, dass sie manchmal kurz davor stand, einfach aufzugeben. Doch dann hatte sie immer an ihren Vater denken müssen. »Mit dem nötigen Willen kann man alles erreichen«, hatte der immer gesagt. »Nur wer aufgibt, hat schon verloren.«

Deshalb hatte Laura durchgehalten, und mittlerweile machte ihr das harte Training richtig Spaß. Sie freute sich jedes Mal auf die Fechtstunden mit dem jungen Lehrer.

Und nun war Percy immer noch nicht da.

Plötzlich hatte Laura das Gefühl, beobachtet zu werden. Sie spürte die Blicke förmlich, die auf sie gerichtet waren. Sie hielt in den Dehnübungen inne, richtete sich auf und drehte sich um. Aufmerksam ließ sie die Augen durch die Halle schweifen. Doch da war niemand. Sosehr Laura sich auch anstrengte, sie konnte niemanden entdecken, auch in der unbeleuchteten Hälfte der Halle nicht. Ganz offensichtlich hatte sie sich getäuscht. Schulterzuckend nahm sie die Übungen wieder auf und konnte deshalb die dunkle Gestalt nicht sehen, die nun in der hintersten Ecke hinter einem Stapel Bodenmatten hervorlugte und Laura mit finsterem Blick musterte. Gleich darauf zog sich der heimliche Beobachter wieder hinter die Matten zurück, denn in der anderen Hallenhälfte wurde eine Tür geöffnet. Ein junger Mann trat ein.

Ein Lächeln erschien auf Lauras Gesicht, als sie Percy Valiant sah. Und auch Percy strahlte. Sein athletischer Körper steckte ebenfalls in einem Fechtanzug, die Fechtmaske hatte er sich unter den Arm geklemmt.

Als er bei Laura angekommen war, deutete er eine leichte Verbeugung an. »Iisch entbiete dir meinen 'erzliischen Willkommensgruß, werte Laura«, sagte er in seiner ebenso merkwürdigen wie lustigen Sprechweise, »und trage dir aus tiefstem 'erzen die besten Wünsche zu deinem Wiegenfeste an!«

Laura musste lächeln. Percy Valiant kam aus Frankreich. Obwohl in Burgund geboren, hatten ihm seine Eltern den alten bretonischen Vornamen »Perceval« gegeben. Doch der war Verwandten und Freunden viel zu kompliziert, und so wurde er seit frühester Kindheit nur Percy genannt. Seine Deutschkenntnisse hatte er überwiegend durch die Lektüre seiner Lieblingsbücher – mittelalterliche Versromane und Ritterepen – vervollkommnet. Percy war nämlich ein glühender Mittelalter-Fan. Wenn er die Wahl gehabt hätte, in einer anderen Zeit zu leben als der heutigen, dann hätte er sich, ohne eine Sekunde nachzudenken, für die Zeit der Ritter, Minnesänger und holden Burgfräulein entschieden. Was natürlich auch die Wahl seiner Lektüre erklärte. Deren sprachliche Besonderheiten hatten unüberhörbar Spuren in seinem Deutsch hinterlassen, das durch den ausgeprägten französischen Akzent noch komischer klang. Percy wusste das natürlich, aber er machte keinerlei Anstalten, das zu ändern. Und das wäre auch schade gewesen, fand Laura. Es klang lustig, wie Percy sprach, und sie mochte es einfach.

Sie mochte eigentlich alles an Percy.

Laura lächelte ihren Sportlehrer an. »Danke, Monsieur Valiant«, sagte sie.

Wieder deutete der junge Mann eine Verbeugung an.

»Mögest du mir Niischtswürdigem meine Ungebührliischkeit verzeihen, dass iisch eine liebreizende Demoiselle wie diisch 'ab warten lassen!«

Laura musste grinsen. »Macht nichts«, sagte sie. »Schon okay!«

Dann wurde Percy ernst. »Wohl denn«, sagte er. »Der Worte sind genug gewechselt, jetzt will iisch endliisch Taten se'en, werte Laura.«

»Einen Moment!« Laura trat einen Schritt näher an ihn heran. »Was ist mit Professor Morgenstern?«

Percy runzelte die Stirn. »Lass die Sorgen niischt dein 'erz betrüben«, antwortete er dann leise. »Unser 'ochlöbliischer Professor wird schon bald wieder auf dem Pfade der Genesung wandeln!«

»Aber was hat er denn? Warum kann mir das niemand sagen?«

»Fasse diisch in Geduld, Laura!«, mahnte Percy. »Du wirst schon bald verste'en! Und jetzt los – die gleische Übung wie letztes Mal!«

Er streifte die halblangen Blondhaare aus der Stirn, setzte die Maske auf und ging mit dem Florett in der Hand vor Laura in Position. Auch Laura setzte ihre Maske auf und nahm ihre Waffe in die rechte Hand.

Sie war bereit.

»En garde!«, kam es dumpf unter Percys Maske hervor, und dann ging es los. Angriff, Parade, Konterattacke. Die Klingen ihrer Florette tanzten durch die Luft, glänzten im Schein der Deckenbeleuchtung und trafen mit hellen silbrigen Klängen aufeinander.

Angriff, Parade, Konterattacke – immer wieder.

Schweiß strömte unter der engen Maske über Lauras Gesicht, und ihr Atem ging heftig. Laura war flink und konnte Percys Attacken immer wieder geschickt ausweichen, sodass der Fechtlehrer keinen Treffer setzen konnte. Nun ging sie selbst zum Angriff über. Percy konnte ihn zunächst abwehren, aber Laura ließ nicht locker. Sie setzte nach.

Ich muss ihn überraschen, ging es ihr durch den Kopf. Und im selben Augenblick wusste sie, was sie tun musste. Bei den letzten drei Angriffen hatte sie versucht, ihn zu täuschen. Hatte immer einen Stoß auf seinen Oberkörper angedeutet, war dann aber im letzten Moment unter seiner Waffe hindurch getaucht, um ihn an der Seite zu treffen. Und jedes Mal hatte Percy ihren Plan durchschaut und ihren Angriff mit Leichtigkeit abgewehrt. Diesmal musste sie es anders machen.

Laura federte zwei Schritte vor und ließ ihr Florett auf Percy zuzucken. Der parierte den ersten Stoß, doch Laura setzte nach. Wieder schnitt die Klinge durch die Luft, zielte erneut auf Percys Oberkörper, um dann im letzten Moment …

Nein, diesmal ging Laura nicht unter der Waffe ihres Gegners hindurch, wie der es erwartet hatte. Er machte sofort eine entsprechende Abwehrbewegung – und damit war seine Brust ohne Deckung! Darauf hatte Laura nur gewartet – blitzschnell stieß sie ihre Waffe vor und traf auf Percys wattierte Fechtjacke.

Treffer!

Percy hob die Hand und zog die Maske vom Kopf. »Bravo, Laura!«, sagte er schnaufend. »Du wirst immer besser. Und wenn –«

Aus den Augenwinkeln vermeinte er einen schwarzen Schatten in der dunklen Hälfte der Turnhalle zu sehen. Doch als er sich umdrehte und zur anderen Seite spähte, war da nichts. So angestrengt er auch in jeden Winkel blickte, er konnte nichts entdecken.

Auch Laura setzte die Maske ab. Der Schweiß glänzte auf ihrem Gesicht, und ihr Atem flog. Fragend blickte sie den Trainer an: »Was ist denn los, Monsieur Valiant?«

»Iisch weiß niischt«, antwortete er. »Iisch 'ab gedacht, iisch 'ätte jemanden gese'en, aber offensiischtliisch 'aben mir meine Sinne einen Streiisch gespielt.«

Ein weiteres Mal noch ließ er seine Augen durch die andere Hallenhälfte streifen. Sein Blick verharrte mehrere Sekunden auf dem Mattenstapel – doch da war nichts. Es war niemand zu entdecken. Percy drehte sich wieder um, machte einen Schritt auf Laura zu, als plötzlich eine Tür schlug. Der Sportlehrer wirbelte herum, und auch Laura starrte in die entfernte Ecke der Halle, aus der das Geräusch gekommen war. Dort, ganz in der Nähe der aufgeschichteten Matten, war eine kleine Nottür in der Wand. Sie zitterte leicht, als wäre sie eben erst geschlossen worden.

Percy und Laura hetzten darauf zu, der Lehrer riss die Tür auf, und beide spähten hinaus in die einsetzende Dunkelheit. Doch sie konnten niemanden mehr entdecken. Der heimliche Beobachter, wer immer es auch gewesen sein mochte, hatte sich vermutlich in der Deckung der Büsche davongemacht und war verschwunden.

Da bemerkte Laura den seltsamen Geruch, der in der Luft hing. Sie schnupperte. Es war nur ein feiner Hauch, leicht modrig und kaum wahrnehmbar, aber trotzdem kam er Laura irgendwie bekannt vor. Sie hatte ihn schon früher einmal gerochen, da war sie sich ganz sicher. Aber leider fiel ihr nicht ein, wann und wo.

Percy Valiant starrte nachdenklich vor sich hin. »Iisch war also mitniischten einer Täuschung unterlegen«, murmelte er. Dann blickte er das Mädchen mit großem Ernst an.

»Du musst mir ein 'eiliges Verspreschen geben, Laura«, sagte er. »Bei deinem Leben, pass gut auf diisch auf, ja?«

Laura nickte. Auch wenn sie nicht die geringste Ahnung hatte, was Percy damit meinte, fühlte sie tief in ihrem Innern, dass sie in Gefahr war.

In großer Gefahr.

Auf dem breiten Flur im Küchentrakt der Gralsburg herrschte geschäftiges Treiben. Mägde wuselten aufgeregt umher, Knechte schleppten Säcke mit Lebensmitteln herbei, und Ritter, die gerade keinen Dienst taten, stahlen sich in die Küche, um mit dem Gesinde zu plaudern oder sich ein Stück Speck oder einen Kanten Brot einzuverleiben.

Alienor trug eine leere Schüssel in der Hand und strebte auf die Küche zu, als sie die Stimme ihres Bruders hörte.

»Pssst!«, machte Alarik. »Pssst, Alienor.«

Das blond bezopfte Mädchen blieb stehen und schaute sich erstaunt um. Zunächst konnte es Alarik nicht sehen in dem dämmrigen Gang, doch dann entdeckte es ihn. Er stand hinter einer Säule verborgen in einer dunklen Ecke und winkte ihm zu.

Rasch ging Alienor näher. »Was willst du?«

Alarik trug den Swuupie auf dem linken Arm und kraulte ihn mit der rechten Hand. Vorsichtig lugte der Junge nach allen Seiten, bevor er sich der Schwester zuwandte. »Hast du eine Ahnung, was mit Elysion geschehen ist?«

»Mit Elysion?« Alienor war verwundert. »Warum fragst du?«

»Weil ich ihn heute noch nicht gesehen habe und mir jeder, den ich nach ihm frage, eine ausweichende Antwort gibt. Selbst Paravain, der bislang immer ein offenes Ohr für mich hatte, weicht mir aus. Ich glaube, man verschweigt uns was.«

Alienor machte ein überraschtes Gesicht. »Aber was denn?«

»Keine Ahnung.« Alarik legte die Stirn in nachdenkliche Falten, während der Swuupie auf seine Schulter kletterte und ihm zärtlich die Wange abschleckte. »Aber ich vermute, dieser Zwischenfall in der letzten Nacht war gar nicht so harmlos, wie die Weißen Ritter behaupten.«

»Nein?«

Alarik schüttelte den Kopf. »Nein. Möglicherweise haben Borboron und seine Krieger doch mehr Unheil angerichtet, als man uns erzählt hat.«

Das Mädchen erbleichte. »Du meinst …?«

»Ja. Vielleicht haben sie dem Hüter des Lichts etwas angetan«, sagte Alarik in ernstem Ton. »Warum hätte Paravain Pfeilschwinge sonst mit einer Botschaft zu Morwena geschickt?«

Alienor schaute den Bruder nachdenklich an. »Ich weiß es nicht – und mir ist auch nichts aufgefallen, Alarik. Höchstens, dass Paravain heute in der Frühe die für Elysion bestimmte Schüssel mit Wasser höchstpersönlich entgegengenommen hat, und nicht sein Kammerdiener wie –«

In diesem Moment fiepte Schmatzfraß erschrocken auf und flüchtete sich unter Alariks Wams. Die Geschwister blickten überrascht auf und sahen Paravain, der auf sie zutrat.

Der Ritter musterte den Jungen kurz und wandte sich an seine Schwester: »Alienor?«

Das Mädchen sah ihn mit unterwürfigem Blick an. »Ja, Herr?«

»Nun …« Der Ritter brach ab und räusperte sich, bevor er fortfuhr. »Du … du gehst doch schon seit geraumer Zeit bei Morwena in die Lehre?«

»Ja. Seit fast zwei Sommern schon.«

»Hat Morwena dich bereits gelehrt, wie man Fieber behandelt und was bei … bei allgemeiner Erschöpfung hilft?«

»Aber natürlich, Herr.« Die blauen Augen des Mädchens leuchteten auf. »Gegen Fieber verabreicht man einen Aufguss aus Güldenkraut. Es stammt aus meiner Heimat, und bei Erschöpfung, da –«

Der Ritter fiel ihr ins Wort. »Komm mit!«, sagte er knapp und wandte sich, bereits im Gehen, noch einmal an Alarik.

»Und du solltest dich lieber nützlich machen. Deine neugierigen Fragen schaffen nur Verwirrung und nützen keinem!«

Beim Abendessen war fast jeder Platz im Speisesaal besetzt. In der großen Halle, die zu den Lebzeiten des Grausamen Ritters der Schauplatz ausschweifender Feste und wüster Trinkgelage gewesen war, ging es auch jetzt hoch her, obwohl Reimar und seine wilden Kumpane bereits seit über achthundert Jahren im Staub der Geschichte ruhten. Die hohe altertümliche Balkendecke, die holzgetäfelten Wände und die stattlichen schmiedeeisernen Leuchter erinnerten noch immer an die bewegte Vergangenheit des Saals, auch wenn in den Leuchtern keine Wachskerzen und Fackeln mehr vor sich hin rußten, sondern ganz gewöhnliche Glühlampen für anheimelndes Licht sorgten. Die Kerzen auf dem Adventskranz, der in der Mitte des Raumes von der Decke hing, waren allerdings echt. Zwei davon brannten, und dünne Rauchfahnen stiegen von den Flammenspitzen zur Decke.

Die Schüler, die auf Bänken an langen Tischen saßen, fühlten sich sichtlich wohl. Teller klapperten, und Bestecke klirrten, ein munteres Stimmengewirr erfüllte den Saal, und immer wieder brandete fröhliches Gelächter auf.

Der Tisch der Lehrer stand auf einem kleinen Holzpodest an der Stirnseite der Halle, sodass sie ihre Schützlinge gut im Blick hatten, auch wenn das für gewöhnlich kaum fruchtete. Die Schüler ließen sich durch die Anwesenheit der Pauker nicht im Geringsten stören, und die Lehrer ließen sie meistens auch gewähren. Selbst Professor Aurelius Morgenstern griff nur dann tadelnd ein, wenn es die Zöglinge allzu wild trieben, was jedoch höchst selten vorkam. So gut wie nie. Morgenstern war der festen Überzeugung, dass Essen Spaß machen sollte. Wozu nicht nur schmackhafte Speisen notwendig seien, sondern auch eine angeregte Unterhaltung und gute Laune.

Heute jedoch saß Aurelius Morgenstern nicht am Lehrertisch. Dafür hatte sich Dr. Quintus Schwartz auf dem Stuhl des Direktors breitgemacht, der als einziger eine erhöhte Rückenlehne und Armlehnen besaß. Rebekka Taxus hatte sich an seine rechte Seite gepflanzt. Die schlanke und hochgewachsene Mathe- und Physiklehrerin trug ein pinkfarbenes Kleid. Sie hatte ihr karminrotes Haar in dünnen Rasta-Zöpfen um den Kopf geschlungen und war in ein Gespräch mit dem stellvertretenden Schulleiter vertieft.

Lauras Tisch war der dritte vom Eingang aus gesehen und stand an der Fensterseite. Sie saß direkt am Gang, neben ihr Kaja, und ihr gegenüber hockten ihr Bruder und Magda Schneider, ein Mädchen aus Lauras Klasse. Magda war etwa genauso groß wie Laura und hatte ebenfalls lange blonde Haare, war aber bei weitem nicht so hübsch. Jedenfalls behauptete das Philipp Boddin, der ebenfalls in die 7b ging. Seine Mitschüler nannten ihn Mr. Cool, weil Philipp auf superlässig machte, immer nur in topmodischen Klamotten herumlief und jede zweite Woche zum Friseur marschierte, um sich seine semmelblonde Mähne trendgemäß stylen zu lassen. Und natürlich verstand Mr. Cool auch was von Frauen. Behauptete er zumindest. Laura fand ihn albern, und die meisten anderen Mädchen aus ihrer Klasse teilten diese Meinung. Bis auf Caro Thiele natürlich. Die war in Mr. Cool verschossen. Aber Caro war ohnehin etwas neben der Spur.

Heute gab es eine von Lauras Lieblingsspeisen: Spaghetti Bolognese. Auch Kaja war ein großer Spaghetti-Fan, und deshalb stand auch schon der zweite Teller vor ihr auf dem Tisch. Sie machte sich mit einem solchen Heißhunger darüber her, als hätte sie schon seit Stunden keinen einzigen Bissen mehr zwischen die Zähne bekommen. Dabei hatte sie sich erst kurz vor dem Abendessen eine halbe Tafel Rum-Trauben-Nuss-Schokolade gegönnt. Als Vorspeise sozusagen. Nicht nur Kaja, sondern auch viele der anderen Schüler hatten deutliche Spuren von Tomatensoße im Gesicht und auf den Kleidern. Die langen dünnen Nudeln flutschten immer wieder von der Gabel und landeten überall, nur nicht dort, wo sie eigentlich hingehörten.

Auch Magda hatte heftig mit den widerspenstigen Spaghetti zu kämpfen. Was sie allerdings nicht im Geringsten davon abhielt, unentwegt auf ihre Freunde einzureden. Denn Magdas Mund stand so gut wie nie still.

»Ist das nicht voll peinlich?«, fragte sie und stieß Laura an.

»Was denn?«

Magda deutete hinüber zum Lehrertisch, wo Rebekka Taxus aufgeregt mit ihrem Tischnachbarn tuschelte. »Wie Pinky Taxus sich an Dr. Schwartz heranwanzt. Und alles nur, weil der jetzt Direx ist!«

»Watsch!«, mümmelte Kaja. »Wie weiwen wecken woch wimmer wuwammen!« Sie hatte den Mund randvoll.

Laura brauchte denn auch einen Moment, bis sie kapierte, was Kaja eigentlich gesagt hatte. Sie machte ein erstauntes Gesicht. »Echt? Das hab ich noch gar nicht mitbekommen.«

»Typisch!«, kommentierte Lukas. »Das weiß doch längst jeder, nur du natürlich nicht.«

»Haha!« Laura schnitt ihrem Bruder eine Grimasse.

Magda beugte sich näher zu ihren Freunden und senkte ihre Stimme. »Habt ihr schon gehört?«, fragte sie im verschwörerischen Ton.

Kaja und Lukas antworteten fast gleichzeitig: »Was denn?«

Magda schaute sich nach allen Seiten um, vergewisserte sich, dass niemand sie heimlich belauschte, und flüsterte den Freunden zu: »Es hat einen Toten gegeben am Wochenende!«

Laura machte ein entsetztes Gesicht. »Was? Wie denn das?«

Magdas blaue Augen funkelten vor Aufregung. »Ihr kennt doch die Alte Gruft im Henkerswald?«

»In der Reimar von Ravenstein begraben liegt?«, fragte Laura verwundert.«

»Die wir nicht betreten dürfen, weil es dort spukt?«, wollte Kaja wissen.

»Die wir nicht betreten dürfen, weil dort Einsturzgefahr herrscht!«, erklärte Lukas in seinem Oberlehrerton.

Magda nickte. »Genau die! Und gestern ist es passiert: Ein Schüler hat sich nicht an das Verbot gehalten und ist von einer einstürzenden Mauer erschlagen worden!«

Kaja ließ entsetzt die Hand mit der vollen Gabel sinken – und die Spaghetti nebst Tomatensoße landeten auf ihren Jeans. »Uups«, sagte sie und machte sich hastig daran, ihre Hose mit der Serviette zu säubern.

Laura schüttelte in stummer Verzweiflung den Kopf. Einfach unmöglich, ihre Freundin! Dann wandte sie sich an Magda. »Das ist ja schrecklich.« Lauras Stimme war voller Mitgefühl. »Woher weißt du das?«

»Eleni aus der 7a hat es mir erzählt, und die weiß es von einer Freundin aus der 9b. Aber woher die es weiß, weiß ich auch nicht.«

»Wer war es denn?«, fragte Laura, sichtlich geschockt.

»Eleni behauptet, die Internatsleitung würde versuchen, die Sache zu vertuschen – weiß der Geier, warum«, antwortete Magda. »Aber sie hat den Namen des toten Schülers trotzdem rausgekriegt: Alain Schmitt.«

»Alain Schmitt?«, wunderte sich Kaja. »Nie gehört.«

»Ich auch nicht«, erklärte Lukas.

Magda nickte. »Er ging in die Elfte, aber keiner, mit dem ich gesprochen habe, scheint ihn gekannt zu haben.«

Laura sah ihre Freunde nachdenklich an. »Das ist doch komisch, oder?«, sagte sie. »Ich meine, so viele Ravensteiner gibt es ja auch wieder nicht, da müsste doch –«

In diesem Augenblick wurden sie durch das Bimmeln einer Glocke unterbrochen. Dr. Schwartz hatte etwas Wichtiges zu verkünden. Mitteilungen und Anordnungen der Internatsleitung wurden stets während des Abendessens verkündet. Nur dem jeweiligen Direktor stand das Recht auf eine solche Ankündigung zu, es sei denn, er billigte ausdrücklich jemand anderem aus dem Kollegium zu, das Wort an die Schüler zu richten. Professor Morgenstern hatte das gelegentlich getan, und deshalb hatten die Schüler schon Ansprachen der verschiedensten Lehrer erlebt. Von Schnuffelpuff zum Beispiel oder von Magister Sebaldus, wie der spindeldürre und immer etwas verhuscht wirkende Deutschlehrer Sebald Mages nur genannt wurde.

Einer allerdings war ihnen bislang erspart geblieben: Dr. Quintus Schwartz.

Typisch!, dachte Laura. Kaum vertritt er Professor Morgenstern für einen Tag, da muss er sich auch schon wichtig machen. Dabei ist er doch nur vorübergehend im Amt!

Dr. Schwartz hatte sich von seinem Platz erhoben und die Arme vor der Brust verschränkt. Gerade so, als habe er Lauras Gedanken erraten, schaute er sie einen Moment hintergründig lächelnd an. Seine dunklen Augen funkelten.

Er hob die rechte Hand, und der Lärm ebbte ab. Die Schüler unterbrachen ihre Gespräche, das Geklapper der Bestecke wurde leiser, und schließlich kehrte Ruhe ein.

Dr. Quintus Schwartz ließ seinen Blick in die Runde schweifen. Es gab rund zweihundert Schüler am Internat und gut zwei Dutzend Lehrer – und ihrer aller Augen waren jetzt auf den stellvertretenden Direktor gerichtet.

Quintus schien es zu genießen, im Mittelpunkt der Aufmerksamkeit zu stehen. Er räusperte sich kurz, bevor er das Wort ergriff.

»Liebe Kolleginnen und Kollegen, liebe Schüler«, sagte er mit seiner tiefen, durchaus angenehmen Stimme, »wie die meisten von euch sicherlich bereits erfahren haben, ist unser verehrter Direktor –« Er brach ab und räusperte sich laut vernehmlich, bevor er fortfuhr: »Professor Morgenstern ist bedauerlicherweise erkrankt. Aus diesem Grunde werde ich seine Amtsgeschäfte wahrnehmen, bis seine Gesundheit wiederhergestellt ist!«

Bei diesen Worten ging ein gequältes Stöhnen durch die Reihen der Schüler.

Kaja verdrehte die Augen. »Oh, nö!«, stöhnte sie leise, und Magda flüsterte aufgebracht: »Womit zum Geier haben wir das verdient?«

Laura schaute sich um. Wohin sie auch blickte, überall nur betretene Gesichter.

Auch Dr. Schwartz blieben die Reaktionen der Internatszöglinge nicht verborgen. Allein, sie schienen ihn nicht zu stören. Es hatte im Gegenteil den Anschein, als erfreue er sich daran. Ein süffisantes Lächeln verbreitete sich auf seinem Gesicht, und er ging mit keinem einzigen Wort auf die Reaktionen der Schüler ein.

»Ich habe den Eindruck, dass in letzter Zeit die Sitten an unserer altehrwürdigen Einrichtung etwas verlottert sind«, fuhr er fort, »und dass Disziplin und Ordnung etwas lasch gehandhabt wurden. Viel zu lasch, wie ich meine. Ich werde deshalb in Zukunft verstärkt darauf achten, dass die Schul- und auch die Hausordnung strikt eingehalten werden! Und es versteht sich von selbst, dass jeder Schüler, der gegen diese Vorschriften verstößt, mit den vorgesehenen Sanktionen rechnen muss!«

Wieder ging ein Stöhnen durch den Saal.

»Der ist wohl verrückt geworden!«, erregte sich Kaja, und Magda giftete: »Der hat doch voll die Macke!«

Auch am Lehrertisch zeichnete sich auf den meisten Gesichtern Unverständnis ab. Percy Valiant schüttelte missbilligend den Kopf, und Miss Mary Morgain starrte nur mit einem Ausdruck unverhohlenen Missfallens vor sich hin. Schnuffelpuff hatte die kahle Stirn in Falten gelegt. Magister Sebaldus blinzelte nervös und putzte hektisch seine Brille. Nur Pinky Taxus grinste zufrieden. Sie war die Einzige, die ihre Sympathie für Dr. Quintus Schwartz offen zur Schau stellte. Die meisten Kolleginnen und Kollegen schienen keinerlei Verständnis für den verschärften Kurs von Dr. Schwartz zu haben. Schließlich war es unter Professor Morgensterns Leitung zu keinerlei Problemen gekommen, obwohl dieser die Schulordnung eher großzügig auslegte und nicht als eine penibel zu befolgende Anweisung zur Gängelung der Schüler verstand.

Dr. Quintus Schwartz ließ der allgemeine Unmut völlig kalt. Ungerührt wiederholte er die wichtigsten Vorschriften: »Ab sofort sind die Essens-, Lern- und Ruhezeiten wieder strikt einzuhalten. Schüler dürfen sich nur in den für sie bestimmten Räumlichkeiten aufhalten, das Betreten von Bibliothek und Turnhalle außerhalb der üblichen Öffnungszeiten ist untersagt. Und ganz wichtig: Während der allgemeinen Nachtruhe, die von heute an wieder pünktlich um 22.00 Uhr beginnt, ist es jedem Schüler strikt verboten, sich außerhalb seines Schlaftraktes aufzuhalten, es sei denn, er hätte dazu die ausdrückliche Genehmigung der Schulleitung!«

Die meisten Ravensteiner konnten nun nicht mehr an sich halten. Sie machten ihrer Empörung Luft, sodass die Worte von Dr. Schwartz unterzugehen drohten. Er griff zur Glocke und schwang sie wütend hin und her.

»Ruhe!«, donnerte er. »Gebt augenblicklich Ruhe!« Seine Augen blitzten böse.

Die Schüler verstummten.

»So ist ’s gut.« Dr. Schwartz klang etwas versöhnlicher. »Ich will auch gleich zum Ende kommen. Nur das Allerwichtigste noch zum Schluss: Die Alte Gruft im Henkerswald, die auf einige von euch so eine ungemein große Anziehungskraft auszuüben scheint, ist für alle Schüler strikt tabu! Ich wiederhole: Das Gelände der Alten Gruft ist strikt tabu!«

Er kniff die Augen zusammen und blickte lauernd in die Runde. Angesichts der empörten Gesichter trat ein Grinsen auf sein Gesicht. Dann setzte er sich und nahm seine Unterhaltung mit Rebekka Taxus wieder auf, als habe er in den letzten Minuten nur ein paar Banalitäten vorgetragen und nicht die gesamte Schülerschaft und den größten Teil des Lehrerkollegiums in helle Aufregung versetzt.

Laura Leander schüttelte den Kopf. Sie kapierte einfach nicht, was Quintus Schwartz mit dieser Anordnung bezweckte, zu der es keinerlei Anlass gab. Der stellvertretende Direx war zwar alles andere als beliebt bei den Schülern und hatte auch unter seinen Kollegen so gut wie keine Freunde. Aber selbst seine schlimmsten Feinde würden nicht bestreiten, dass er äußerst intelligent war. Weshalb also griff er gleich am ersten Tag zu einer völlig überflüssigen Maßnahme, von der er zudem wissen musste, dass sie nur böse Stimmung erzeugen und fast alle gegen ihn aufbringen würde? Das machte doch keinen Sinn! Es sei denn – da steckte mehr dahinter. Viel mehr, als alle anderen ahnten.

»Der Typ hat irgendetwas vor«, murmelte Laura nachdenklich vor sich hin.

Eine bange Ahnung hatte sie befallen, eine Ahnung, die sie nicht wieder losließ.

Kapitel 7 Geheimnisse der Nacht

Tiefe Nacht hatte sich über Ravenstein gesenkt. Die schmale Sichel des abnehmenden Mondes stand bleich am fast wolkenlosen Himmel und tauchte die Burg in ein fahles Licht. Aus der Ferne, vom Henkerswald her, erscholl der Ruf einer Eule, und dann hallten die tiefen Schläge der Turmuhr durch die Stille.

Es war Mitternacht.

Laura Leander lag in ihrem Bett und schlief. Ihr Atem ging ruhig und regelmäßig. Aus Kajas Bett tönte sanftes Schnarchen, der Wecker auf ihrem Nachttisch tickte leise vor sich hin. Das Mondlicht fiel durch die Gardine und zeichnete gespensterhafte Schatten an die Wände.

Plötzlich war ein seltsames Geräusch zu hören. Es klang wie das Heulen eines Wolfes. Laura stöhnte leise auf und drehte sich in ihrem Bett um, als störe das schaurige Heulen ihren Schlaf. Im selben Moment wurde die Klinke der Zimmertür geräuschlos nach unten gedrückt. Mit einem kaum hörbaren Knirschen öffnete sich die Tür. Ein dünner Lichtstrahl fiel vom Gang aus in den Raum, wanderte über die Wand, an der Lauras Bett stand, wurde größer und größer, bis er schließlich Lauras Gesicht erhellte. Stoff raschelte.

Erneut ging das schaurige Wolfsgeheul durch die Nacht, und Laura fuhr aus dem Schlaf. Sie öffnete die Augen, richtete sich in ihrem Bett auf und erschrak heftig, als sie eine dunkle Gestalt erblickte.

Oh, nein!

Laura wollte laut aufschreien, doch dann erkannte sie die nächtliche Besucherin. »Miss Morgain?« Verblüffung stand in Lauras Gesicht geschrieben.

Die zierliche Lehrerin war in einen langen Umhang gehüllt und verharrte ruhig an ihrem Platz.

»Komm mit!«, sagte sie ohne jede weitere Erklärung.

»Aber –« Laura wollte protestieren, doch Mary Morgain schnitt ihr unvermittelt das Wort ab.

»Bitte, Laura, komm mit!«, flüsterte sie eindringlich. Damit drehte sie sich um und trat in den Flur.

Laura starrte für einen winzigen Augenblick ratlos vor sich hin. Was hat das zu bedeuten?, fragte sie sich, aber da bemerkte sie auch schon zu ihrer eigenen Überraschung, dass sie die Decke zur Seite schlug und sich vom Bett erhob. Ohne dass sie es eigentlich wollte, stand sie auf, schlüpfte in die Winterstiefel, zog den roten Stepp-Anorak über den Pyjama und tastete benommen zur offenen Tür. Ein geheimnisvoller Bann schien ihre Schritte zu lenken, ohne dass sie auch nur das Geringste dagegen tun konnte. Es war, als habe eine fremde Macht von ihr Besitz ergriffen.

Als Laura in den Flur trat, hatte Miss Mary schon beinahe das Treppenhaus erreicht.

Irgendetwas stimmt hier nicht, dachte Laura. Und plötzlich fiel es ihr auf: Während die eigenen Schritte zwar gedämpft, aber dennoch deutlich zu vernehmen waren, bewegte sich die Lehrerin, ohne ein einziges Geräusch zu verursachen. Laura musterte sie näher und hatte den Eindruck, als würde Miss Mary die Beine überhaupt nicht bewegen! Gut, der Umhang der Lehrerin reichte fast bis auf den Boden, sodass weder Beine noch Füße zu sehen waren, aber auch der schwere Stoff des Capes ließ keinerlei Bewegung erkennen. Kein Kräuseln, kein Faltenwurf, nichts. Die zierliche Lehrerin schien zu schweben und glitt vollkommen laut- und schwerelos auf die Treppe zu.

Seltsam!, dachte Laura. *Wirklich seltsam!*

Nur ein funzeliges Notlicht brannte, und auch das fahle Mondlicht, das ab und an durch ein Fenster schien, konnte den langen Flur nicht erhellen. Dunkle Gestalten tauchten in den Nischen des Ganges aus dem Halbdunkel auf wie mordlüsterne Gesellen aus dem Hinterhalt. Obwohl Laura wusste, dass es sich um die alten Ritterrüstungen handelte, die dort aufgestellt waren, beschlich sie ein beklemmendes Gefühl. Gänsehaut prickelte über ihren Körper.

Laura atmete auf, als sie endlich die Treppe erreichte, die in die Eingangshalle hinunterführte. Hier war es zwar ebenfalls recht dunkel, aber wenigstens gab es keine gespensterhaften Rüstungen mehr.

Miss Mary war fast schon am Fuße der Treppe angelangt. Die Lehrerin schaute sich nicht einmal um. Sie schien auch so zu wissen, dass Laura ihr folgte.

Das Mondlicht flutete durch das runde Ornamentfenster über dem Eingangsportal und malte ein fahles Licht auf das Gemälde an der gegenüberliegenden Wand. Unwillkürlich drehte Laura den Kopf zum Bild. Was sie erblickte, ließ sie erschrocken zusammenfahren. Wie angewurzelt blieb sie stehen und hielt die Luft an. Für die Dauer eines Herzschlags wusste Laura nicht mehr, ob sie tatsächlich wach war oder alles nur träumte. Auf dem Gemälde war nur noch die junge Frau im weißen Gewand zu sehen. Aus unendlich traurigen Augen schaute sie Laura unverwandt an. Der große schwarze Wolf, der für gewöhnlich zu ihren Füßen lag, war jedoch spurlos verschwunden!

Laura schüttelte verwirrt den Kopf. Das war doch nicht möglich! Sie musste sich täuschen! Sie blinzelte heftig und rieb sich die Augen, aber noch immer war keine Spur von dem Wolf zu entdecken. Der Platz zu den Füßen der Weißen Frau war leer. Als habe es niemals einen Wolf gegeben, stand Silva ganz allein auf der Waldwiese und starrte Laura unverwandt an.

Dafür konnte es nur eine Erklärung geben: Jemand hatte den Wolf übermalt! Aber warum bloß? Und ob das in der kurzen Zeit, die seit dem Abendessen verstrichen war, überhaupt möglich war? Denn als sie nach dem Essen mit Kaja die Halle auf dem Weg zu ihrem Zimmer durchquert hatte, war das Bild noch unverändert gewesen.

Da hörte Laura das Heulen des Wolfes. Es schien aus dem Henkerswald hinter dem Park zu kommen. Sie hatte sich bestimmt nicht getäuscht, denn es ertönte ein weiteres Mal. Sollte der Wolf lebendig geworden sein und aus dem Bild …?

Unsinn! Laura ärgerte sich über sich selbst. Wie konnte sie nur auf eine derart krasse Idee kommen!

Das Knarzen der Eingangstür riss sie aus den Gedanken. Laura sah Miss Mary gerade noch zum Portal hinaushuschen und beeilte sich, ihr zu folgen.

Als Laura ins Freie trat, schlug ihr die kalte Nachtluft entgegen. Obwohl sie sich tiefer in den Anorak kuschelte, fröstelte sie.

Ich hätte besser meine Jeans und einen Pulli übergezogen, schoss es ihr durch den Kopf. Aber dazu ist es jetzt zu spät.

Mary Morgain war bereits am Ende der Freitreppe angelangt, und Laura musste sich sputen, um den Anschluss nicht zu verlieren. Sie hastete die Stufen hinunter, passierte den Steinernen Riesen, der das Vordach trug, und hatte bald darauf den Weg erreicht, der in den Park führte. Auf den Gedanken, sich nach dem Riesen umzublicken, kam Laura nicht.

Dafür aber blickte der Riese dem Mädchen nach. Er blinzelte, legte die breite Stirn in nachdenkliche Falten und ließ Laura nicht aus den Augen. Er drehte den großen Kopf ein wenig zur Seite, um sie besser sehen zu können. Aber das, was er sah, schien ihn nicht gerade zu erheitern. Im Gegenteil: Der Steingigant wirkte ernst.

Sehr ernst.

Der schmale Weg führte am Hauptgebäude der Burg entlang. Lauras Anorak leuchtete wie ein rotes Signallicht im Dunkel der Nacht, während sie der Lehrerin folgte, die gut zwanzig Meter vor ihr völlig lautlos dahinglitt. Der Kies knirschte unter Lauras Stiefeln, die kalte, feuchte Nachtluft kribbelte in ihrer Nase und roch – nein, leider nicht nach Schnee. Es war Kastor Dietrich gewesen, der Laura beigebracht hatte, dass man Schnee riechen kann. Überhaupt hatte der Bauer ihr so einiges vermittelt. Er hatte sie gelehrt, auf die Zeichen der Natur zu achten, aus denen der Kundige vieles abzulesen vermag. Aber nun roch Laura nur modrige Blätter und fauliges Holz.

An einem Fenster im zweiten Stock des Burggebäudes wurde der Vorhang zur Seite geschoben. Es war das Fenster des Lehrerzimmers. Der Raum war dunkel, aber dennoch waren hinter der Scheibe die schemenhaften Umrisse einer finsteren Gestalt zu erkennen, die aufmerksam hinunter in den Park zu spähen schien.

Laura bemerkte nicht, dass sie beobachtet wurde. Doch plötzlich glaubte sie aus dem Augenwinkel eine Bewegung zu erkennen. Sie drehte den Kopf und blickte hinüber zum Hauptgebäude – und sah nur noch, wie sich der Vorhang hinter dem Fenster des Lehrerzimmers sachte hin und her bewegte. Die finstere Gestalt war bereits verschwunden.

Als das Mädchen sich wieder Miss Mary zuwandte, tauchte diese gerade in die Nebelschwaden ein, die durch den Park drifteten. Laura beschleunigte die Schritte. Wenige Augenblicke später war auch sie vom grauen Dunst umhüllt. Er behinderte ihre Sicht. Sie konnte Miss Mary nicht mehr erkennen, und auch sonst war keine Menschenseele zu entdecken. Der Nebel wurde dichter. Wie geisterhafte Schemen tauchten die Büsche und Sträucher, die den Weg säumten, daraus auf. In der Ferne bellte ein Fuchs, und zwei geflügelte Schatten strichen lautlos über Lauras Kopf hinweg. Das Mädchen zuckte zusammen, aber da waren die Schatten bereits wieder verschwunden. Laura redete sich zu ihrer Beruhigung ein, dass es nur das Steinkauzpärchen gewesen sein konnte, das in der alten Eiche hinter der Turnhalle nistete, und ging hastig weiter.

Als sie an eine Weggabelung gelangte, wusste sie nicht, welche Richtung sie einschlagen sollte. Sie hatte nicht die geringste Ahnung, wohin Miss Mary sie führen wollte. Aber von der Lehrerin war keine Spur mehr zu entdecken, und so stand das Mädchen einen Augenblick unschlüssig da, bis es sich schließlich entschied, nach rechts abzubiegen. Wenn Laura sich nicht täuschte, führte der schmale Pfad zum Haus von Professor Morgenstern, das weit abseits des Hauptgebäudes in einem stillen Winkel des Parks lag. Vielleicht ist das ja das Ziel unseres Ausflugs?, überlegte Laura zaghaft und hastete beklommen weiter.

Der Nebel war jetzt so undurchdringlich, dass sie nur noch wenige Meter weit sehen konnte. Nur den Kiespfad vor sich vermochte sie noch zu erkennen, die Büsche und Sträucher des Parks aber waren hinter einem grauen Schleier verborgen. Doch das Haus des Direktors tauchte nicht auf, obwohl sie es längst hätte erreicht haben müssen. Der Pfad schien einfach kein Ende zu nehmen und immer tiefer in den wabernden Dunst zu führen. Da wurde Laura klar, dass sie die Orientierung verloren hatte. Sie wusste nicht mehr, wo sie war. Angst stieg in ihr auf, und obwohl sie wusste, dass das völlig unsinnig war, rannte sie nur noch schneller.

Als das Ungeheuer aus dem Nebel vor ihr aufragte, hätte Laura beinahe laut aufgeschrien. Aber dann ging ihr auf, dass es sich bei dem mächtigen Pferd nur um das überlebensgroße Standbild von Reimar von Ravenstein handeln konnte, das sich auf einem kleinen runden Platz mitten im Park erhob. Dennoch pochte ihr Herz zum Zerspringen, während sie sich mit zögernden Schritten dem steinernen Monument näherte.

Der Grausame Ritter hatte das Denkmal noch zu Lebzeiten errichten lassen, kurz nachdem er im Jahre 1153 von einem Kreuzzug zurückgekehrt war, der ihn jahrelang in fremden Landen festgehalten hatte. Er hatte wohl geahnt, dass ihm nach seinem Tode niemand eine Träne nachweinen oder gar ein Denkmal setzen würde. Deshalb hatte er selbst dafür gesorgt, dass sein Abbild der Nachwelt erhalten blieb, und einen Bildhauer aus seiner Grafschaft damit beauftragt, ihn auf seinem Lieblingspferd »naturgetreu« in Granit zu hauen.

In der Dunkelheit und von Nebelschleiern umflort, wirkte das Standbild noch monströser, als es ohnehin schon war. Laura schielte zaghaft zu dem unheimlichen Ritter empor, der in voller Rüstung und mit einem mächtigen Schwert an der Seite auf seinem Streitross saß und mit starrem Blick in die Ferne schaute.

Reimar musste ein Mann von abgrundtiefer Hässlichkeit gewesen sein, denn selbst sein geschöntes Antlitz wirkte noch abstoßend und grausam. Die Augen lagen im Schatten des Helmes. Aber das war nicht der Grund, warum sie kalt und böse wirkten – Reimars Augen *waren* kalt und böse, und selbst in der steinernen Gestalt flößte der Ritter den meisten Betrachtern noch Furcht ein. Sogar die Tauben schienen Angst zu verspüren, denn sie wagten nicht, sich auf seinem Kopf niederzulassen oder ihn gar zu beschmutzen. Jedenfalls behauptete Albin Ellerking das immer wieder steif und fest.

Und in der Tat fand sich niemand, der solche Frevel jemals beobachtet hätte.

Auch Laura, die im Allgemeinen alles andere als ängstlich war, hatte stets aufs Neue ein ungutes Gefühl angesichts des Steinernen Ritters. Dennoch konnte sie den Blick kaum abwenden. Wie gebannt starrte sie den Recken an, als er plötzlich den Kopf drehte und ihr direkt in die Augen schaute.

Laura schrie laut auf, wich einige Schritte zurück – und stieß mit jemandem zusammen. Erneut entfuhr ihr ein Aufschrei des Schreckens. Hastig wandte sie sich um – und da stand Miss Mary und schaute ganz besorgt. »Was ist denn los, Laura? Warum hast du geschrien?«

»Derderderder …«, stammelte Laura nur.

»Wer?«, fragte Miss Mary ruhig. »Wen meinst du?«

Laura schaute zum Denkmal – und da merkte sie, dass sie sich getäuscht haben musste: Reimar von Ravenstein starrte wie immer finster in die Ferne, gerade so, als lebe er in einer anderen Welt. Der Nebel und die eigene Angst hatten ihr wohl einen Streich gespielt.

»Ähm«, sagte Laura verlegen. »Es … es war nichts.«

Die Lehrerin nahm Laura an die Hand. »Schon bald wirst du verstehen, Laura«, flüsterte sie und zog Laura sanft fort. »Jetzt komm endlich – wir werden erwartet.«

Laura war froh, als sie das Rondell endlich hinter sich gelassen hatten und nach links in einen Pfad einbogen. Der Nebel riss auf, und nun konnte sie erkennen, dass sich der Kiesweg durch das lockere Gehölz schlängelte, hinter dem das efeuüberwucherte Haus von Professor Morgenstern lag.

Genau in diesem Augenblick geschah es: Ein leises raues Knirschen war zu hören. Es war der Steinerne Ritter, der seinen Kopf drehte und dem Mädchen in dem roten Anorak nachschaute. Er verengte die Augen zu Schlitzen und beobachtete Laura mit bösem Blick. Fast hatte es den Anschein, als wolle er im nächsten Moment vom Pferd steigen, um ihr zu folgen.

Der Weg durch die Auenlande war Morwena schier endlos vorgekommen. Obwohl ihr Zweihorn ihn fast vollständig im Galopp zurückgelegt hatte, war er ihr viel länger erschienen als sonst, hatte sie doch die ganze Zeit voller Sehnsucht an Hellunyat gedacht. Sie konnte es gar nicht erwarten, endlich dort anzugelangen. Als das Brausen des Donnerflusses an ihr Ohr klang, hoffte sie inständig, dass der Flusslauf jeden Moment vor ihr auftauchen würde. Doch zu ihrer Enttäuschung verstrich noch eine geraume Zeit, bis sie den mächtigen Strom endlich erreichte.

Der Anblick der neuen Brücke entschädigte Morwena für die bange Erwartung der vergangenen Stunden. Obwohl es mitten in der Nacht war, konnte die Heilerin schon von ferne erkennen, dass sie mittlerweile fertig gestellt war. Ihre Hoffnung auf eine Abkürzung hatte sich erfüllt. Wie ein eingelöstes Versprechen schimmerte ihr das Holzbauwerk im hellen Licht der beiden Monde entgegen. Stolz und kühn spannte die Brücke sich über die gurgelnden Fluten. Dank der dicken Stützpfeiler und soliden Planken wirkte sie dennoch viel vertrauenswürdiger als so manche schnell errichteten Stege, die andernorts die Reisenden um ihr Leben fürchten ließen. Sie schien für die Ewigkeit gebaut zu sein.

Ungeduldig lenkte Morwena ihr Zweihorn auf die Brücke zu. Hier, dicht am Ufer, brausten die Wasser so laut, dass das Heulen des Windes und das Fiepen der Swuupies in den nahen Auenwäldern ebenso übertönt wurden wie die schaurigen Rufe der Nachtpfeifer.

Unmittelbar vor der Brücke scheute Feenbraut. Sie wieherte und scharrte aufgeregt mit den Hufen.

Morwena konnte ihr Reittier nur zu gut verstehen. Sie waren den ganzen Tag und die halbe Nacht hindurch geritten, und der lange Ritt hatte Feenbraut erschöpft. Eine Rast war längst überfällig. Sie täschelte dem Zweihorn zärtlich den Hals und flüsterte matt: »Ich weiß, Feenbraut, auch ich würde mich jetzt lieber ausruhen, aber wir müssen weiter. Elysion braucht meine Hilfe, und wir werden auf Hellunyat ungeduldig erwartet.« Dann schnalzte sie mit der Zunge, um das Zweihorn anzutreiben.

Aber Feenbraut blieb störrisch und rührte sich nicht. Sie schnaubte und prustete nur. Die beiden Elfenbeinhörner auf ihrer Stirn glänzten im Mondlicht.

Morwena war verwundert. Ein derart widerspenstiges Gebaren war sie von ihrem Reittier nicht gewohnt. Schon fragte sie sich, ob Feenbraut Gefahr wittern mochte, als ihr einfiel, dass es die neue Brücke sein musste, die das Zweihorn so verunsicherte.

»Schon gut, Feenbraut, schon gut.« Morwena strich dem Zweihorn beruhigend über den Hals. »Du brauchst keine Angst zu haben. Auch wenn wir die Brücke nicht kennen – sie wird uns sicher tragen.«

Das Zweihorn wieherte erneut, schüttelte den Kopf und bewegte sich nicht von der Stelle.

Morwena wurde langsam ungeduldig. »Jetzt stell dich nicht so an, Feenbraut!«, sagte sie hörbar verärgert. »Wir haben keine Zeit für solche Spielereien. Jeder Augenblick ist kostbar!«

Da erregte eine Bewegung am anderen Ufer Morwenas Aufmerksamkeit. Eine dunkle Gestalt näherte sich auf dem Weg zur Brücke. Die Heilerin kniff die Augen zusammen, um sie besser sehen zu können. Es war eine alte Frau, eine Bäuerin, der einfachen Kleidung nach zu urteilen. Sie trug eine Kiepe auf dem Rücken. Die Last war offensichtlich schwer, denn sie ging vornübergebeugt und schleppte sich mühsam auf die Brücke zu.

Mitleid für die arme Alte, die nicht einmal in der Nacht zur Ruhe kam, rührte Morwenas Herz.

Als die Bauersfrau an der Brücke angelangt war, griff sie an das Geländer und stützte sich darauf, während sie sich mit kleinen Schritten auf die Heilerin und ihr Reittier zubewegte.

»Siehst du, dein Misstrauen ist vollkommen fehl am Platze!«, raunte Morwena dem Zweihorn zu.

Feenbraut prustete und beäugte die Alte, die sich schwerfällig näherte. Ihr Anblick schien das Zweihorn zu beruhigen. Es setzte sich in Bewegung und betrat die Brücke.

Die Heilerin war erleichtert. Endlich, dachte sie. Endlich wird Feenbraut vernünftig.

Bedächtig trabte das Zweihorn über die Brücke. Die Planken polterten dumpf unter seinen Hufen. Die Wasser des Donnerflusses rauschten, die Schaumkronen auf den Wellen leuchteten fahl im Licht der Monde.

Die alte Bauersfrau schien das Zweihorn und seine Reiterin nicht zu bemerken. Von der Last der Kiepe niedergedrückt, kämpfte sie sich vorwärts. Selbst als sie nur noch ein kurzes Stück entfernt war und den Hufschlag hören musste, hob sie den Kopf nicht.

Die arme Alte wird taub sein, dachte Morwena – als sich die Brücke unter ihr urplötzlich in nichts auflöste.

Morwena und Feenbraut stürzten in die Tiefe, und der entsetzten Heilerin blieb keine Zeit, sich zu vergegenwärtigen, dass sie auf ein teuflisches Blendwerk der Dunklen Mächte hereingefallen war. Sie hatte sich diese Brücke so sehnlichst gewünscht, dass es ein Leichtes gewesen war, sie mit einer Scheinbrücke zu täuschen.

Die Fluten des Donnerflusses schlugen über Morwena zusammen, und die eisige Kälte durchflutete ihren Körper wie ein tödlicher Schmerz, als sie von der gefährlichen Strömung fortgerissen wurde.

Die Heilerin strampelte und kämpfte sich mit allen Kräften an die Oberfläche zurück. Sie keuchte und spuckte und rang nach Luft. Als Feenbrauts Kopf ganz in der Nähe aus dem Wasser auftauchte, fühlte Morwena sich erleichtert. Sie reckte den Kopf über die schäumenden Wellen und hielt Ausschau nach der Bäuerin, aber sie konnte sie nicht entdecken. Nur ihre Kiepe trieb auf den Fluten dahin.

Da vernahm Morwena ein schrilles Gelächter über sich, das Gelächter einer Frau. Erstaunt hob die Heilerin den Blick – und bemerkte ein riesiges geflügeltes Wesen, das über dem Donnerfluss schwebte und sich dann mit kräftigen Schlägen seiner mächtigen Schwingen in den Nachthimmel schraubte. Noch bevor Morwena erkennen konnte, worum es sich handelte, wurde sie gegen einen Felsblock gespült, der im Wasser aufragte. Als ihr Kopf gegen den Felsen prallte, hörte sie noch einen lauten Knall. Dann wurde alles schwarz um sie herum, und sie verlor das Bewusstsein.

Kapitel 8 Ein schicksalhafter Auftrag

Als Laura in das Wohnzimmer von Professor Morgenstern trat, staunte sie: Der Raum war groß – riesig groß. Dabei wirkte das Haus von außen kaum größer als ein Gartenhaus. Und dann dieses Zimmer hier, das gut zehn mal zwanzig Meter messen musste – wie war das nur möglich?

Im steinernen Kamin an der Stirnseite prasselte ein großes Feuer. Es erhellte einen Teil des Zimmers und malte züngelnde Schatten an die Wände. Lange Holzscheite brannten in der Glut, und der würzige Geruch von trockenem Harz stieg Laura in die Nase. Schon nach kürzester Zeit hatten sich ihre Augen an das Halbdunkel gewöhnt. Der Raum war nur spärlich und schlicht möbliert. Einfache Holzschränke und einige hölzerne Kommoden und Regale standen an den Wänden, weiter nichts. In der Mitte des Zimmers stand ein runder Tisch von knapp zweieinhalb Metern Durchmesser. In seinem Zentrum befand sich eine schmucklose Feuerschale aus Stein, in der eine seltsame Flamme loderte. Sie war kaum handgroß, dafür aber strahlend weiß und von einer derart gleißenden Helligkeit, dass Laura die Augen zusammenkneifen musste, als sie hineinblickte.

Um den Tisch herum standen vier Stühle. Percy Valiant saß auf einem davon; neben ihm hatte Miss Mary Platz genommen. Professor Aurelius Morgenstern saß auf dem dritten. Er war in einen altertümlichen Mantel gehüllt und wirkte erschöpft. Seine sonst so imposante Gestalt war in sich zusammengesunken, die graue Haarmähne zerzaust, und das ehrwürdige Altmännergesicht mit den hellwachen strahlend blauen Augen trug eine bleiche Maske der Müdigkeit.

Besorgt wollte sich Laura nach seinem Gesundheitszustand erkundigen, doch Morgenstern gebot ihr mit einer raschen Geste zu schweigen. Für einen Moment herrschte Stille. Der Professor schenkte Laura ein gequältes Lächeln und deutete auf den leeren Stuhl.

Als er zu sprechen anhob, wurde Laura endgültig bewusst, dass er krank war. Sehr krank, denn seine Stimme klang gebrochen.

»Bitte setz dich, Laura«, sagte er matt.

Laura tat wie geheißen. Dann schaute sie die anderen, die mit ihr am Tisch saßen, neugierig an. Warum hatte Miss Mary sie mitten in der Nacht aus dem Bett geholt? Was wollten die drei von ihr?

Doch die Gesichter der Lehrer verrieten nichts. Weder Percy Valiant noch Miss Mary und schon gar nicht Professor Aurelius Morgenstern war anzusehen, welchem Zweck dieses geheimnisvolle Treffen dienen sollte.

Als habe er ihre Gedanken erraten, wandte sich Morgenstern an Laura: »Weißt du, warum ich dich habe rufen lassen?«

Laura schüttelte stumm den Kopf.

Der alte Herr schien ein wenig irritiert. Jedenfalls glaubte Laura, einen Anflug von Überraschung in seinem Gesicht zu entdecken.

»Dein Vater hat es dir doch gesagt – oder nicht, Laura?«

»Was – was meinen Sie denn?«

»Er hat dir doch gesagt, dass du ab heute eine von uns Wächtern bist und von nun an auf der Seite des Lichts kämpfen wirst, oder?«

»Ja klar, natürlich«, antwortete Laura eilig, und im gleichen Moment kam ihr ein Gedanke, der sie plötzlich mit großer Hoffnung erfüllte. Erwartungsvoll sah sie Morgenstern an. »Bedeutet das, dass Papa wirklich noch am Leben ist und ich seinen Besuch gestern Nacht nicht nur geträumt habe, sondern dass Papa tatsächlich an meinem Bett gestanden hat?«

Professor Morgenstern nickte. »Ja«, sagte er leise.

»Und … wo ist er jetzt? Warum hat er sich so lange nicht gemeldet, und warum kommt er nicht zu uns zurück? Ich … ich versteh das alles nicht.«

»Genau deshalb bist du ja hier«, antwortete Aurelius mit einem müden Lächeln. »Der Zeitpunkt ist gekommen, an dem du das große Geheimnis erfahren sollst, das unsere Welt im Inneren zusammenhält. Dann wirst du vieles von dem verstehen können, was dir jetzt noch rätselhaft erscheinen mag. Also höre gut zu, Laura, und präge dir alles ganz genau ein, denn die Zeit ist knapp, und meine Kräfte schwinden, sodass ich dir nur das Allernotwendigste erzählen kann.«

Laura blickte den Professor aus großen Augen an. Sie wagte kaum zu atmen. Sie spürte das aufgeregte Pochen ihres Herzens und das Pulsieren des Blutes in ihren Adern.

»Nur die wenigsten Menschen wissen«, begann Aurelius Morgenstern flüsternd, »dass seit Anbeginn der Zeiten eine Parallelwelt zu unserer Erde existiert. Sie ist viel älter als unser Planet und wird ›Aventerra‹ genannt. Aus dieser geheimnisvollen Welt der Mythen, die jenseits des menschlichen Wissens liegt, haben einstmals Gut und Böse ihren Weg auf unsere Erde gefunden, denn auf Aventerra stehen sich die Krieger des Lichts und die Mächte der Dunkelheit im ewigen Kampf gegenüber und streiten erbittert um die Vorherrschaft.

Die Kräfte des Guten werden angeführt von Elysion, dem Hüter des Lichts. An der Spitze der Dunklen Heere steht der

Schwarze Fürst Borboron, der ohne Unterlass und mit anhaltendem Zorn seine zahllosen Anhänger in den Kampf gegen die Verteidiger des Lichts führt, Legionen von Dunklen Kriegern, die sich niemals erschöpfen. Seit ewigen Zeiten verfolgt der Schwarze Fürst nur ein einziges Ziel: Er will den Hüter des Lichts töten und damit den Dunklen Mächten zum endgültigen Sieg verhelfen. Dann aber wird die Herrschaft des Ewigen Nichts anbrechen, und Aventerra wird untergehen – und unsere Erde auch!«

»Oh, nein!«, rief Laura. »Das darf nicht sein – niemals!«

»Du sagst es«, antwortete Professor Morgenstern ernst. »Und dennoch war die Gefahr, dass genau das eintreten könnte, niemals größer als jetzt!«

Laura schluckte. Sie schaute Percy Valiant an, der ihren Blick mit sorgenvoller Miene erwiderte. Auch das Gesicht von Miss Mary Morgain war von tiefer Besorgnis gezeichnet, und da begriff Laura, dass Aurelius Morgenstern nicht im Geringsten übertrieb.

»Was ist geschehen?«, fragte sie leise.

»Vor zwei Tagen ist es dem Schwarzen Fürsten gelungen, den Hüter des Lichts mit seinem Schwert Pestilenz zu verletzen. Die Wunden dieses Schwertes heilen nie; die ihm innewohnenden schwarzmagischen Kräfte zehren die Lebensenergie des Verletzten auf. Elysion wird sterben, wenn er nicht bald in den Besitz des Gegenmittels gelangt.«

»Es gibt ein Gegenmittel?«, fragte Laura erstaunt.

»Natürlich, denn das Böse ist ohne das Gute nicht denkbar und umgekehrt – weil gegensätzliche Kräfte sich gegenseitig bedingen. So wie es ohne Plus kein Minus gäbe und kein Leben ohne Tod, könnte auch das Gute nicht ohne das Böse bestehen. Sie sind wie die zwei unterschiedlichen Seiten einer Münze. Sie können niemals zur Deckung kommen – und sind dennoch untrennbar verbunden.«

Laura schwirrte der Kopf. So ganz vermochte sie den Worten des Professors nicht zu folgen. Sie verstand nicht, was das alles mit ihrem Vater zu tun hatte – und vor allem mit ihr selbst. Schließlich war sie die Letzte, die diesem Hüter des Lichts helfen konnte. Verwundert blickte sie Aurelius Morgenstern an. »Was ist das für ein Gegenmittel?«

»Es ist das Wasser des Lebens«, antwortete der Professor. »Wenn man die Wunden auch nur mit einem Tropfen davon benetzt, heilen sie auf der Stelle, und der Verletzte erlangt innerhalb kürzester Zeit die Gesundheit wieder.«

»Wo kann man dieses Wasser denn finden?«

»Genau das ist das Problem«, antwortete der Professor. »Das Wasser des Lebens befindet sich im Kelch der Erleuchtung, der seit Anbeginn der Zeiten im Labyrinth von Hellunyat aufbewahrt wird. Hellunyat heißt die mächtige Gralsburg, in der der Hüter des Lichts mit seiner Gefolgschaft residiert.«

»Dann verstehe ich nicht ganz, weshalb –«, warf Laura verwirrt ein, wurde aber sogleich von Morgenstern unterbrochen.«

»Dem Schwarzen Heer ist es bereits vor längerer Zeit gelungen, den Kelch der Erleuchtung aus dem Labyrinth zu entwenden und auf unsere Erde zu bringen«, erklärte er. »Und bedauerlicherweise ist sein Versteck bis heute nicht gefunden worden!«

Laura war verwirrt. »Aber wie … wie konnte dieser Kelch auf unsere Erde gelangen?«

Ein verständnisvolles Lächeln erschien auf dem Gesicht des Professors. »Durch die magischen Pforten, die Aventerra mit unserer Erde verbinden. Durch sie kann man von der einen Welt in die andere wechseln.«

»Die magischen Pforten?« Lauras Stimme war anzuhören, dass sie sich darauf keinen Reim machen konnte.

»Ja. Du kennst doch sicher die vier Sonnenfeste, die in den Lauf des Jahres eingebettet sind?«

Laura nickte und dachte im Stillen an Rudolf »Dschingis« Wagner, ihren Sachkundelehrer, der sie erst vor kurzem mit den unterschiedlichsten Kalenderarten und den Zeitrechnungen verschiedenster Epochen und Völker gequält hatte.

»Sie meinen sicherlich Jul, Ostara, Mittsommer und Winternacht?«

»Genau.« Morgenstern lächelte zufrieden. »Der Lauf der Sonne bestimmt das Leben auf Aventerra genauso wie das auf unserer Erde, und die Gesetze der Natur sind in beiden Welten wichtiger und mächtiger als die Gesetze der Menschen. Auf Aventerra ist man sich dessen immer noch bewusst und hält dieses Wissen deshalb heilig. Auf unserer Erde aber ist es im Laufe der Zeit immer mehr in Vergessenheit geraten. Das ist auch der Grund, weshalb so gut wie niemand mehr um die besondere Bedeutung dieser Sonnenfeste weiß. Dabei öffnen sich an diesen Tagen schon seit uralter Zeit die geheimen Verbindungswege zwischen unseren Welten, die nicht nur von Personen beschritten werden können. Es ist auch möglich, über sie Gegenstände von einer Welt in die andere zu bringen. Auf diese Weise ist auch der Kelch der Erleuchtung auf unsere Erde gelangt. Krieger des Schwarzen Heeres haben ihn hierher entführt und auf der Burg oder in ihrer unmittelbaren Umgebung versteckt, wie wir inzwischen herausfinden konnten.«

Laura blickte den Professor staunend an. »Echt?«

Aurelius Morgenstern nickte.

»Und wann war das?«

»Letztes Jahr – am Tag der letzten Wintersonnenwende. Wie du sicherlich weißt, ist das ein anderer Name für das Julfest, das am einundzwanzigsten Dezember begangen wird.«

Laura runzelte die Stirn. »Sicher?«

»Ganz sicher.« Aurelius Morgenstern nickte. »Unsere Nachforschungen haben das zweifelsfrei ergeben.«

»Und Papa? Was hat Papa damit –«

»Wir vermuten, dass er die Schwarzen Ritter bei ihrer schändlichen Aktion überrascht hat – wahrscheinlich haben sie ihn gefangen genommen und nach Aventerra verschleppt.«

»Oh, nein!« Laura schluckte. Wie entsetzlich!, dachte sie Aber gleichzeitig war sie erleichtert, dass ihr Vater ganz offensichtlich noch lebte. *Fantastisch!*, staunte sie. *Das alles ist einfach fantastisch!* Lukas und Kaja werden Augen machen, wenn ich ihnen das erzähle. Aber wahrscheinlich werden sie mir kein einziges Wort glauben. Kein Wunder – das Ganze hörte sich ja auch unglaublich an.

Voller Skepsis musterte sie den Professor. »Und … woher wissen Sie das alles?«, fragte sie, und in ihrer Stimme schwangen Zweifel mit.

»Ich weiß, dass dir das alles unglaubwürdig vorkommt«, antwortete der Professor. »Mir jedenfalls ist es so ergangen, als ich das erste Mal von dem großen Geheimnis gehört habe.«

»Und wann war das?«

»An meinem dreizehnten Geburtstag, an dem Tag, an dem ich so alt wurde wie du heute. Denn das ist der Tag, an dem einige wenige Menschen in das große Geheimnis eingeweiht werden, das hinter dem Anschein der Dinge verborgen liegt und dennoch das Leben aller Menschen bestimmt.«

»Und diese wenigen, das sind die Wächter?«

»Ja, Laura. Wie ich schon sagte, sind Gut und Böse einst aus Aventerra in unsere Welt gekommen. Zu der Zeit, als sowohl die Kräfte des Lichts wie auch die Mächte des Bösen ihre Vertreter hierher geschickt haben, damit sie sich auf unserer Erde ansiedelten. Seitdem herrscht auch bei uns der ewige Kampf zwischen Gut und Böse, wenn auch nicht in der reinen und für jeden klar erkennbaren Form wie auf Aventerra. Auf unserer Erde findet diese Auseinandersetzung meistens im Verborgenen statt, und die Menschen können häufig gar nicht richtig erkennen, worum es eigentlich geht. Aus diesem Grunde ist es wichtig, dass es einige wenige gibt, die wachsam sind und die Augen offen halten. Das ist die vordringlichste Aufgabe von uns Wächtern: wachsam und immer auf der Hut vor dem Bösen zu sein. Denn nur wenn wir die Pläne unserer Feinde rechtzeitig erkennen, können wir sie durchkreuzen.«

Klingt irgendwie einleuchtend, dachte Laura, auch wenn es nicht alles erklärt.

»Und warum bin ausgerechnet ich eine von den Wächtern? Und Sie und Percy und Mary auch? Denn das sind sie doch, oder?«

Professor Morgenstern schmunzelte. »Wir alle sind direkte Nachkommen jener Krieger des Lichts, die vor undenklichen Zeiten mit dem Auftrag in unsere Welt gekommen sind, hier auf der Erde für die Sache des Guten zu streiten. Seitdem ist diese besondere Aufgabe von Generation zu Generation weitergegeben worden.«

»Ah, so«, sagte Laura überrascht. »Dann wird Lukas im nächsten Jahr auch ein Wächter?«

Aurelius schüttelte den Kopf. »Nein. Männliche Lichtkrieger geben ihren Auftrag an ihre erstgeborene Tochter weiter und die wiederum an ihren erstgeborenen Sohn.«

»Und wenn jemand keine Kinder hat?«, überlegte Laura laut.

»Dann wird die Kette der Generationen unterbrochen, und ein Licht mehr erlischt«, seufzte Morgenstern. »Das ist auch der Grund, warum es immer weniger Wächter gibt auf der Welt, und wir müssen von Glück reden, dass es den Dunklen auch nicht besser ergeht als uns. Zumal sie uns seit jeher zahlenmäßig weit überlegen sind.«

Laura war überwältigt. Viel ging ihr durch den Kopf, und sie hatte noch unzählige Fragen, aber vor allem wollte sie mehr über ihren Vater wissen: »Wenn Papa sich wirklich auf Aventerra befindet, wie können wir ihm dann helfen? Und wie war es überhaupt möglich, dass er mich gestern Nacht besuchen konnte? Und –«

»Nur gemach, Laura!«, fiel ihr der Professor ins Wort. »Glaub mir bitte, dass wir ihm helfen können – aber das muss fürs Erste genügen. Percy, Miss Mary und auch ich werden dir in der nächsten Zeit alles erklären, was du noch wissen musst.« Er blickte die beiden Lehrer an, und diese nickten ernst. Dann wandte sich Morgenstern wieder dem Mädchen zu. »Zunächst musst du von der großen Aufgabe hören, die dir das Schicksal zugedacht hat.«

Laura merkte, dass sie ein leichter Schwindel befiel. Sie hielt den Atem an. Was konnte der Professor nur meinen? Und warum ausgerechnet sie?

»Welche … Aufgabe denn?«, fragte sie schüchtern.

Zum ersten Mal meldete sich Percy zu Wort: »Diir ist es aufgetragen, den Kelsch der Erleuschtung zu finden, Laura, und dergestalt zu ver'indern, dass der 'üter des Liischts sein Leben verliert.«

»Nur du bist dazu in der Lage«, ergänzte Mary Morgain, als sie den überraschten Gesichtsausdruck des Mädchens bemerkte. »Du bist im Zeichen der Dreizehn geboren und verfügst deshalb über ganz besondere Kräfte!«

»Aber … das … das kann doch nicht sein«, stammelte Laura. »Ich bin doch nur ein ganz gewöhnliches Mädchen.«

Morgenstern schüttelte den Kopf. »Du weißt, dass das nicht stimmt«, sagte er sanft. »Denn sonst hättest du die Zeichen nicht gesehen.«

»Die Zeichen? Welche Zeichen denn?«

Aber plötzlich fiel es ihr ein. Ja, natürlich – Professor

Morgenstern hatte Recht: die Krähen und der unheimliche Schwarze Reiter, das geheimnisvolle Auftauchen ihres Vaters und ihre Mutter, die ihr vom Foto zugelächelt und mit ihr gesprochen hatte! Plötzlich erschienen all diese mysteriösen Ereignisse auf eine merkwürdige Weise Sinn zu machen. Und wenn das tatsächlich der Fall war, dann mussten auch das geheimnisvolle Hundebellen, das Blinzeln des Säulenriesen und das Verschwinden des schwarzen Wolfes von dem Gemälde eine besondere Bedeutung haben. Mit einem kläglichen Ausdruck im Gesicht schaute Laura den Professor Hilfe suchend an.

»Wie … wie soll ich diesen Kelch denn finden?«, fragte sie. »Ich meine, wenn es bislang keiner geschafft hat, weshalb soll ausgerechnet mir das gelingen?«

»Du wirst es schaffen, Laura!«, sagte Morgenstern bestimmt. »Schließlich besitzt du das Rad der Zeit. Es wird dir eine große Hilfe sein bei der Suche.«

Laura wurde blass. »Sie meinen den Anhänger an der Kette?«

Der Professor nickte. »Genau den, Laura. Von Generation zu Generation haben ihn die Wächter, die im Zeichen der Dreizehn geboren wurden, weitergereicht – bis er in *deine* Hände gelangt ist.«

Laura schluckte, senkte den Kopf und starrte beschämt auf die Tischplatte.

»Was hast du denn?« Aurelius Morgenstern klang misstrauisch. »Stimmt etwas nicht?«

Das Mädchen antwortete nicht.

»Bitte schau mir in die Augen, Laura.« Das Mädchen hob den Kopf und blickte den Professor an. »Ist etwas passiert? Ist es vielleicht –« Seine Augen wurden groß vor Entsetzen, und er schlug die Hand vor den Mund. »Bitte sag, dass das nicht wahr ist.«

Gänzlich fahl geworden, nickte Laura. »Doch«, flüsterte sie kaum hörbar. »Die Kette … sie ist verschwunden.«

Percy und Miss Mary schauten sich erschrocken an. *»Quel malheur!«*, hauchte der Sportlehrer, und Mary Morgain stammelte: »Nein … nein … das glaub ich einfach nicht.«

Professor Morgenstern fand als Erster die Fassung wieder. »Wie konnte das geschehen?«, fragte er, um Ruhe bemüht.

»Ich … ich weiß es nicht. Wenn ich mich recht erinnere, hatte Papa sie in der Hand, bevor er sich in nichts auflöste. Und am nächsten Morgen konnte ich sie nirgends finden.«

Percy und Mary stöhnten auf, und Professor Morgenstern war noch blasser geworden. Mühsam rang er nach Luft.

Als er sich wieder gefasst hatte, blickte er einen Augenblick nachdenklich vor sich hin. »Nun, das macht die Aufgabe nicht einfacher«, stellte er schließlich fest. »Aber keine Angst, Laura.« Er lächelte sie aufmunternd an. »Du wirst es trotzdem schaffen, auch ohne die Kette!« Damit wandte er sich an die jungen Lehrer. »Glaubt ihr nicht auch?«

»Natürliisch!«, antwortete Percy eine Spur zu schnell, und auch er lächelte Laura an. »Du musst nur an diisch glauben!«

»An dich und an die Kraft des Lichts«, ergänzte Miss Mary. »Dann wird es dir mit Sicherheit gelingen!«

Noch immer war Lauras hübsches Mädchengesicht von Verzweiflung gezeichnet.

»Wir werden dir beistehen, Laura«, erklärte Professor Morgenstern in tröstendem Ton. »Wir werden dich lehren, die alten Fähigkeiten einzusetzen, die unsere Vorfahren dereinst aus Aventerra mitgebracht haben.«

»Traumreisen!«, sagte Percy.

»Gedankenlesen!«, rief Miss Mary.

»Und natürlich Telekinese!«, ergänzte der Professor.

Laura schluckte. Telekinese? Was war das überhaupt? Und Traumreisen? Auch davon hatte sie noch nie etwas gehört. Ihr wurde plötzlich schwindlig, denn immer mehr Gedanken wirbelten durch ihren Kopf.

Den Kelch der Erleuchtung finden! Mit dem Wasser des Lebens! Und das ausgerechnet ich! Ein ganz normales Mädchen von dreizehn Jahren!

Das Karussell in ihrem Kopf drehte sich immer schneller, es rotierte heftiger und heftiger, bis es plötzlich von einem einzigen Gedanken gestoppt wurde.

Unmöglich! Das ist völlig unmöglich!

Aber andererseits – hatte nicht auch ihr Vater gesagt, dass sie eine von den Wächtern war? Wenn es einen Menschen gab, auf den Verlass war und dem sie felsenfest vertraute, dann war das Papa. Sie war sicher, dass er sie noch niemals belogen hatte. Und warum sollte er ausgerechnet in dieser wichtigen Angelegenheit die Unwahrheit sagen?

Niemals! Niemals würde Marius das tun. Es musste stimmen, was Morgenstern, Percy und Miss Mary da gerade erzählt hatten. Es musste sich um die Wahrheit handeln – um die reine Wahrheit, auch wenn es sich eher wie pure Fantasie anhörte.

Professor Morgenstern ließ Laura nicht aus den Augen. Es hatte den Anschein, als kenne er ihre Gedanken und wolle sie nur nicht unterbrechen, bis sie eine Entscheidung gefällt hatte. Schließlich richtete er erneut das Wort an das Mädchen.

»Also, Laura«, sagte er, und seine Stimme hatte einen feierlichen Klang. »Willst du deine Aufgabe annehmen und von nun an mit uns gegen die Mächte des Bösen streiten?«

Lauras Entscheidung war bereits gefallen. »Ich … ich will es versuchen!«

Die Anspannung wich aus den Gesichtern der beiden jungen Lehrer, und die Miene des Professors wurde von einem zufriedenen Lächeln erhellt.

»So sei es, Laura!«, sagte er. »Wir wollen dich aufnehmen

in den Kreis, der alles verbindet: Erde und Aventerra, Anfang und Ende, Licht und Finsternis, Gut und Böse.« Bei diesen Worten erhob er sich.

Auch Percy Valiant und Mary Morgain standen auf, und Laura folgte dem Beispiel der Erwachsenen. Die vier streckten die Arme aus, reichten sich die Hände und bildeten einen Kreis um den Tisch. Erst jetzt bemerkte Laura, dass feine Intarsien im Tischblatt ein Rad mit acht Speichen bildeten, das genauso aussah wie das verschwundene Amulett.

Was hat das bloß zu bedeuten?, fragte Laura sich, aber da wurde ihre Aufmerksamkeit auch schon von Professor Aurelius Morgenstern in Anspruch genommen, der einen eigentümlichen Gesang anstimmte. Seine Stimme, die vorher so matt geklungen hatte, war plötzlich wieder kraftvoll und klar. Beschwörend tönte sein Lied durch den Raum. Und obwohl Laura die Verse nicht verstand, die einer fremden Sprache entstammten, einer Sprache, die sie nie zuvor gehört hatte, ging eine eigentümliche Stärke von ihnen aus. Eine seltsame Ruhe erfasste Laura, und sie fühlte plötzlich eine tiefe, nie gekannte Zuversicht. Sie wusste nun, dass alles gut werden würde.

Die Flamme in der Feuerschale loderte auf, wurde heller und heller, bis ein fast überirdisches Strahlen von ihr ausging. Fasziniert starrte Laura in das Licht, das jetzt so intensiv war, dass es beinahe schmerzte. Und dennoch konnte Laura den Blick nicht abwenden.

Heller und heller wurde das Licht, größer und größer, bis es den Raum ganz auszufüllen schien. Nichts anderes mehr vermochte Laura zu sehen. Weder Percy Valiant noch Mary Morgain und auch Professor Aurelius Morgenstern nicht. Um sie herum war nur noch ein einziger gleißender Lichtwirbel, der sie in seine Mitte zu saugen schien. Laura gab sich diesem seltsamen Geschehen hin. Ohne jede Furcht und ohne jeden Widerstand – bis sie sich völlig eins fühlte mit dem Licht.

Kapitel 9 Eine schreckliche Unterrichtsstunde

Als Laura die Augen aufschlug, lag sie in ihrem Zimmer im Bett. Überrascht richtete sie sich auf und sah sich um. Ihr roter Anorak hing am Haken, und ihre Stiefel standen an der gleichen Stelle, an der sie sie am Vorabend abgestellt hatte.

Wie war das möglich? Wie war sie aus dem Haus des Professors zurück in ihr Zimmer gekommen? Sie hatte nicht die geringste Ahnung. Blitzartig traten ihr die Ereignisse der letzten Nacht in den Sinn, doch alles, was geschehen war, nachdem dieser geheimnisvolle Lichtwirbel sie förmlich verschlungen hatte, schien vollständig aus ihrem Gedächtnis gelöscht zu sein. Sie hatte nicht den Hauch einer Ahnung, was passiert war. Ob sie das alles am Ende nur geträumt hatte?

Kajas Stimme beendete das Grübeln. »Guten Morgen, Laura!« Die Freundin hatte sich im Bett aufgesetzt und strahlte sie fröhlich an. »Hast du gut geschlafen?«

»Ähm«, machte Laura. Im Gegensatz zu Kaja, die nach dem Aufwachen stets wie auf Knopfdruck hellwach zu sein schien, war Laura ein Morgenmuffel. Nicht dass sie dann schlecht gelaunt war. Aber sie brauchte immer einige Zeit, um richtig zu sich zu kommen.

Kaja dagegen sprang munter aus dem Bett, watschelte plattfüßig zum Adventskalender, öffnete ein Türchen und steckte sich das Schokostück, das sich dahinter befand, in den Mund. Kauend schaltete sie das Radio ein. Eine Stimme verkündete mit bemühter Fröhlichkeit die Zeit: »Es ist jetzt sieben Uhr sechs.« Dann träufelten die ersten Takte eines bekannten Popsongs in das Zimmer. *»I wanna be sunlight, only warmer, I wanna be daylight in your eyes …«*, sang eine Girl-Group fünfstimmig und bestens gelaunt. Aber gute Laune war etwas, was Laura so früh am Morgen auf den Tod nicht leiden konnte. Sie zog ein Gesicht, während Kaja die Melodie munter mitträllerte. Und sie traf die Töne sogar beinahe richtig.

Kaja ging zum Fenster und schlug die Vorhänge zurück. Die Dämmerung hatte noch nicht eingesetzt. Die Sonne würde erst in einer knappen Stunde aufgehen.

»Aufstehen, Laura!«, mahnte Kaja. »Sonst müssen wir beim Frühstück wieder nur hetzen. Und du weißt doch: Das Frühstück ist die wichtigste Mahlzeit des Tages!«

»Ja, ja«, muffelte Laura. »Und das Mittagessen und das Abendessen natürlich auch.«

»Ja, logo!« Kaja grinste, stimmte wieder in den Song mit ein: *»I wanna be love, only stronger, I wanna be daylight …«* Bevor sie nach ihrem Kulturbeutel griff, brach sie noch rasch ein großes Stück von der Tafel Schokolade auf ihrem Nachttisch ab, und schneller, als ein Chamäleon eine Fliege verschlucken kann, verschwand es in ihrem Mund. Dann trat sie zur Tür, um sich auf den Weg zum Waschsaal zu machen. Als sie an die Klinke fasste, hielt Laura sie zurück.

»Kaja?«

»Ja?«

»Ist dir heute Nacht vielleicht was –« Laura brach ab, weil sie nicht so richtig wusste, wie sie es ausdrücken sollte. Wenn sie das alles tatsächlich nur geträumt hatte, dann musste Kaja diese Frage ziemlich blöd vorkommen.

»Was denn, Laura?«, drängte die Freundin ungeduldig.

Laura fasste sich ein Herz. »Ist dir heute Nacht vielleicht was Außergewöhnliches aufgefallen?«

»Was Außergewöhnliches?« Kaja machte ein verwundertes Gesicht. »Was meinst du damit?«

»War ich … vielleicht mal weg, oder so?«

Kaja dachte für einen kurzen Moment nach, dann schüttelte sie den Kopf. »Nein. Nicht dass ich wüsste.«

Sie drehte sich um und wollte das Zimmer verlassen, als ihr der Kulturbeutel aus den Händen glitt. Er fiel zu Boden, platzte auf, und das Waschzeug verteilte sich auf dem Fußboden.

»Uups«, sagte Kaja und bückte sich, um ihre Siebensachen wieder einzusammeln.

Laura nahm das gar nicht wahr. Nachdenklich starrte sie vor sich hin. Hatte sie sich ihr nächtliches Abenteuer also doch nur eingebildet? Oder hatte sich alles tatsächlich so zugetragen, wie sie es in Erinnerung hatte? Schließlich war Kaja bekannt für ihren festen Schlaf. Wenn sie erst mal schlief, dann war sie kaum wieder wach zu kriegen, selbst das heftigste Gewitter störte sie nicht. Schließlich hatte sie ja auch nicht bemerkt, dass Miss Mary mitten in der Nacht ins Zimmer gekommen war – falls sie wirklich da war …

Endlich hatte Kaja ihr Waschzeug wieder beisammen. Bereits wieder fröhlich vor sich hin singend, verließ sie das Zimmer, während Laura die Decke zurückschlug und aufstand. Mit tapsigen Schritten ging sie zu ihrem Schreibtisch und griff nach dem gerahmten Foto, das darauf stand. Es war ein altes Familienfoto, das Marius und Anna Leander mit ihren beiden kleinen Kindern im Garten ihres Hauses zeigte. Laura musste damals fünf Jahre alt gewesen sein. Sie hielt Lukas an der Hand und grinste mit ihm um die Wette, und auch ihre Eltern lächelten glücklich in die Kamera. Wenn Laura sich recht erinnerte, dann war das das letzte Familienfoto, das vor Annas Tod entstanden war. Schon wenige Tage später hatte sich das schreckliche Unglück ereignet.

Nachdenklich blickte Laura ihre Eltern an, und plötzlich fühlte sie sich furchtbar allein. Angst stieg in ihr auf.

Große Angst.

Zunächst hörte Morwena nur ein Rauschen. Ein Rauschen, das von mehrmaligem Wiehern unterbrochen wurde. Überrascht öffnete sie die Augen und richtete sich mühsam auf – und da sah sie, dass sie am Ufer des Donnerflusses lag. Feenbraut, ihr Zweihorn, stand dicht neben ihr und schnaubte erfreut, als die Heilerin das Bewusstsein wiedererlangte.

Hastig rappelte Morwena sich auf. Es war bereits heller Tag, die Sonne stand hoch am Himmel, und sie hatte nicht die geringste Ahnung, wie lange sie ohnmächtig gewesen war. Ebenso wenig wusste sie, wie sie ans Ufer gelangt sein mochte. Sie konnte nur vermuten, dass Feenbraut sie vor dem Ertrinken gerettet hatte, nachdem sie gegen den Felsen getrieben und bewusstlos geworden war. Irgendwie musste das Zweihorn es auch geschafft haben, sie an Land zu schleppen – oder war sie dort angespült worden?

Morwena fehlte jede Erinnerung. Ihre Glieder schmerzten, und der Kopf brummte, als habe sich ein Bienenschwarm darin eingenistet. Die Heilerin fasste sich an die Stirn. Als sie die dicke Beule ertastete, war sie erleichtert. Der Sturz von der Scheinbrücke und der Aufprall auf dem Felsen hätten weit schlimmere Folgen haben können.

Feenbraut schien unverletzt, und auch der Sattel und das Zaumzeug hatten keinen Schaden genommen. Nur die Satteltaschen mit den Vorräten waren verschwunden. Die Sonne hatte das seidige Fell des Zweihorns bereits getrocknet, und es scharrte tatenfroh mit den Hufen.

Morwena blickte an sich hinunter. Ihr Gewand war noch feucht, aber einigermaßen heil. Nur der rechte Ärmel war zerfetzt, und an der linken Seite klaffte in Taillenhöhe ein großer Winkelriss. Sie musste an einem Felsen oder an einem in den Fluss hineinragenden Ast hängen geblieben sein.

Hastig blickte sie sich um. Am jenseitigen Ufer ragten steile Klippen auf, von denen sich schäumende Wasserfälle in den Fluss ergossen. Die Gegend war ihr völlig fremd, sie hatte nicht die geringste Ahnung, wo sie sich befand. Offensichtlich hatten die reißenden Wasser sie weit abgetrieben.

Ganz in der Nähe tollte eine Familie wilder Swuupies umher, ein Weibchen mit drei Jungen. Mit ihren rosigen Zungen schleckten die Jungen hastig Wasser aus dem Fluss, swuupten ausgelassen am flachen Ufer entlang und wälzten sich im Sand. Als das Weibchen die Heilerin bemerkte, ließ es ein wütendes Fauchen hören. Dann stieß es einen Warnlaut aus, und augenblicklich machten die Jungen kehrt und zogen sich in den Schutz des dichten Auenwaldes zurück, der die Ufer säumte. Das Muttertier fauchte Morwena noch ein letztes Mal an, bevor es im Dickicht verschwand.

Die Heilerin blickte ihm lächelnd nach, als ihr plötzlich aufging, dass sie sich noch immer auf der Flussseite befand, die zu den Auenlanden hin gelegen war. Sie war auf die falsche Seite zurückgespült worden und hatte den Donnerfluss noch gar nicht überquert!

Morwena erschrak. Sie hatte nicht nur kostbare Stunden verloren, sondern jetzt auch noch einen viel weiteren Weg bis nach Hellunyat vor sich! Und das alles nur, weil sie auf diese Scheinbrücke hereingefallen war.

Die Heilerin merkte, wie Wut in ihr aufstieg. Eine Wut, die sich in Entschlossenheit verwandelte. Wenn die Dunklen Mächte glaubten, sie dadurch aufhalten zu können, hatten sie sich getäuscht! Sie würde sich nicht unterkriegen lassen und niemals aufgeben. Niemand würde sie hindern, in die Gralsburg zurückzukehren.

Ein entschlossener Ausdruck trat in das Gesicht der Heilerin, und ihr Körper straffte sich. Morwena stieß einen Pfiff aus. Augenblicklich trabte Feenbraut heran und wieherte freudig erregt.

Morwena tätschelte dem Zweihorn den Hals und schwang sich in den Sattel.

Schon beim Frühstück wurde Laura klar, dass das nicht ihr Tag werden würde. Erst war die Milch sauer, die sie sich über ihre Cornflakes gegossen hatte. Sie musste sich beinahe übergeben, als sie den ersten Löffel in den Mund gesteckt hatte. Und als sie sich an der Essenstheke eine neue Schüssel holen wollte, war die Cornflakes-Packung leer. Die Küchenhilfe brauchte natürlich ewig, bis sie endlich eine neue Packung gefunden hatte, und deshalb passierte genau das, was Kaja hatte verhindern wollen: Sie musste sich beeilen und das Frühstück förmlich herunterschlingen.

In der ersten Stunde hatten sie auch noch Mathe. Ausgerechnet! Schon beim Gedanken daran bekam Laura Bauchweh. Während sie zusammen mit Kaja in Richtung Klassenzimmer hetzte, fiel ihr plötzlich siedend heiß ein, dass sie mit ihren Hausaufgaben nicht fertig geworden war. Pinky Taxus hatte ihnen über das Wochenende einige Textaufgaben aufgebrummt. Angeblich waren sie leicht, aber Laura hatte sie trotzdem nicht kapiert. Und lösen konnte sie sie erst recht nicht. Sie hatte deshalb beschlossen, Lukas um Hilfe zu bitten, aber über all den merkwürdigen Dingen, die während des Sonntages geschehen waren, hatte sie das glatt vergessen. Oh, Mann! Hoffentlich rief die Taxus sie nachher nicht auf! Aber vielleicht konnte Kaja ihr ja helfen?

»Hast du eigentlich die Aufgaben rausgekriegt?«, fragte Laura.

»Welche denn?«

»Die Textaufgaben natürlich, welche sonst?«

»Die mit den Mädchen und den Schokoküssen?«

»Die ganz besonders!«, sagte Laura. »Ich hab absolut keine Ahnung, wie die zu lösen ist.«

»Aber – das ist doch ganz einfach! Pass auf …«

In diesem Moment blieb Laura wie angewurzelt stehen und machte ein Gesicht, als sähe sie ein Gespenst.

Der schwarze Wolf – er war wieder da! Er lag friedlich ausgestreckt zu Füßen der Weißen Frau in dem Gemälde gegenüber vom Eingangsportal, gerade so, als wäre er nie verschwunden gewesen! Das gab 's doch einfach nicht!

»Laura?« Kaja schaute die Freundin verwundert an. »Was ist denn los?«

Laura antwortete nicht, sondern starrte nur auf das Bild an der Wand. Sie hatte es doch ganz deutlich gesehen! Der Wolf war weg gewesen. Spurlos verschwunden. Und jetzt war er einfach wieder da. Das konnte nur eines bedeuten: Den nächtlichen Besuch bei Professor Morgenstern hatte sie in Wirklichkeit nur geträumt!

In diesem Moment schrillte die Schulglocke. Die erste Stunde begann.

»Jetzt aber los, Laura!«, herrschte Kaja sie an. »Pinky Taxus macht wieder einen Aufstand, wenn wir zu spät kommen!«

Trotz ihres Spurts betraten Laura und Kaja als Letzte das Klassenzimmer – noch später als Stinkefurz, der sonst immer der Nachzügler war. Rebekka Taxus saß bereits hinter dem Lehrertisch und grinste. Und wenn Pinky Taxus grinste, dann war das ein denkbar schlechtes Zeichen.

Während Laura zu ihrem Platz ging, sich setzte und die Mathesachen aus dem Rucksack holte, beschlich sie ein ganz komisches Gefühl. Ihr war nicht wohl in ihrer Haut.

Dabei begann der Unterricht ganz normal. Rebekka Taxus erhob sich und schaute die Schüler mit ihrem falschen Lächeln an.

»Nachdem unss nun alle die Ehre ihress Erscheinenss gegeben haben, können wir ja endlich anfangen, sstimmt 'ss?« Sie hatte einen Sprachfehler und verzischte alle S-Laute wie eine lispelnde Klapperschlange.

Dann trat sie zur Tafel, nahm ein Stück Kreide in die Hand und schrieb in ihrer schnörkellosen Schrift eine Aufgabe an, deren Text sie gleichzeitig laut und deutlich verkündete: »Ssechss Mädchen esssen hundertzwanzig Schokoküssse in ssechss Tagen. In wie vielen Tagen esssen zwei Mädchen hundertachtzig Schokoküssse?«

Laura stöhnte leise und verdrehte die Augen – ausgerechnet die Aufgabe, die sie am allerwenigsten kapiert hatte! Sie konnte wirklich nur hoffen, dass Pinky Taxus jemand anderen an die Tafel rief. Und die Chancen dazu standen immerhin eins zu vierzehn. Warum also sollte es ausgerechnet sie erwischen?

Rebekka Taxus drehte sich um und ließ ihren Blick über die 7b schweifen.

»Wie ihr euch ssicher erinnert, isst diess eine der Aufgaben, die ich euch alss Haussaufgabe aufgegeben hatte, nicht wahr?«

»Jawohl, Frau Taxus«, antwortete Paul Müller.

Na klar, wer auch sonst? Der schmächtige Junge mit der großen Hornbrille hatte feuerrote Haare und mehr Pickel im Gesicht, als es Sterne in der Milchstraße gab. Eigentlich war Laura ja der Meinung, dass es fies ist, sich über das Aussehen von anderen lustig zu machen. Aber dass Paul Müller von allen nur Pickel-Paule genannt wurde, fand sie okay. Angesichts der Vielzahl seiner Pickel war das noch geschmeichelt. Paul Müller konnte von Glück sagen, dass man ihn nicht Eiter-Paule rief.

Das wäre zwar ziemlich krass, aber gar nicht mal so abwegig. Verdient hätte er es allemal. Nicht genug, dass Pickel-Paule ein verdammter Streber war – in keinem Fach stand er schlechter als zwei, außer in Sport natürlich. Aber was schlimmer war – er war auch noch ein elender Schleimer und eine Petze vor dem Herrn. Kein Wunder also, dass ihn keiner in der Klasse leiden konnte. Und die meisten Lehrer auch nicht. Nur Rebekka Taxus schien einen Narren an ihm gefressen zu haben. Sie lächelte den in der ersten Reihe sitzenden Paul anerkennend an und wandte sich dann an die anderen Schüler.

»Wer von euch hat denn die Freundlichkeit, unss zu demonsstrieren, wie man diesse kleine Aufgabe lösst?«

Pickel-Paules Arm schoss in die Höhe.

»Ich weißs, Paul, dasss du dass weißst!«, sagte Pinky Taxus und blickte den Rest der 7b auffordernd an. Der jedoch starrte schweigend vor sich hin. Fast reglos saßen die Schüler da und stierten voller Konzentration auf die Tische. So, als hätten sie dort gerade etwas ungemein Wichtiges entdeckt, was sie unter keinen Umständen aus den Augen lassen durften.

»Hey, hey, nicht sso sstürmisch«, spöttelte die Taxus. »Ich kann nicht alle auf einmal drannehmen! Aber wie wäre ess denn mit … mit …«

Ihr Blick ging erneut in die Runde und blieb an Franziska Turini hängen. Franziska wurde blass. Was schon etwas heißen wollte, denn ihr italienischer Vater hatte ihr nicht nur seine pechschwarzen Haare, sondern auch seine tiefbraune Haut vererbt.

Laura atmete auf. *Puuh – noch mal Glück gehabt!*

Franziska quälte sich unendlich langsam von ihrem Stuhl hoch, um den Gang zum Schafott anzutreten, als die Taxus es sich doch noch anders überlegte.

»Lieber nicht, Franzisska«, sagte sie. »Du hattesst doch ersst in der letzten Sstunde dass Vergnügen.«

Auch Franziska Turini gehörte zu den ausgesprochenen »Lieblingen« der Taxus. Sie wurde von ihr getriezt, wo es nur ging. Und das alles vermutlich nur, weil die Taxus es nicht ausstehen konnte, wenn jemand gepierct war. Franziska trug gleich zwei Piercings: einen Ring an der rechten Augenbraue und einen am linken Nasenflügel. Aber wahrscheinlich wäre es Franziska Turini ohne Piercing auch nicht besser ergangen. Rebekka Taxus fand immer einen Grund, ihren Schülern das Leben zur Hölle zu machen. Wovon auch Laura ein Lied singen konnte.

Jetzt hatte die Taxus Laura ins Visier genommen.

Oh, nein!

Irgendwie musste die Lehrerin die Angst des Mädchens spüren, denn ein seltsamer Glanz trat in ihre Augen. Sie schien sich ganz sicher zu sein, das richtige Opfer gefunden zu haben.

»Ich glaube, ich weißs, wem wir heute diessen kleinen Sspaßs gönnen. Und zwar unsserer … lieben Laura! Komm schon, Laura!«

Laura wurde schlecht. Heute würde sie ihre Fünf in Mathe bestimmt nicht loswerden.

Ganz im Gegenteil!

»Hey!«, flüsterte Kaja, während Laura sich zögernd erhob. »Schau immer zu mir, ich versuch dir zu helfen!«

Mit weichen Knien trat Laura zur Tafel. Die Lehrerin drückte ihr das Kreidestück in die Hand.

Der Duft von Pinkys Parfüm stieg Laura in die Nase. Es roch schwülstig-herb nach Moschus und besaß einen derart modrigen Unterton, dass sie es verächtlich »Gruftie-Duft« getauft hatte. Plötzlich erinnerte Laura sich wieder: Derselbe Modergeruch hatte, wenn auch kaum wahrnehmbar, am Vortag in der Turnhalle geschwebt. Rebekka Taxus also hatte Percy und sie beim Fechttraining beobachtet – fragte sich nur, warum?

»Sso, Laura.« Die zischende Stimme der Lehrerin holte das Mädchen aus seinen Gedanken. »Sspann unss nicht länger auf die Folter, und demonsstriere unss endlich den richtigen Lössungssweg.«

Laura überlegte fieberhaft. Dreisatz, wie ging der noch mal? Irgendwie musste man die richtigen Komponenten in das richtige Verhältnis setzen. Aber was waren die richtigen Komponenten und was das richtige Verhältnis? Hilfe suchend blickte sie Kaja an.

Kaja nickte aufmunternd.

»Also«, sagte Laura und räusperte sich.

»Ssoweit isst dass schon mal richtig!«, kommentierte Pinky Taxus. Die triefende Ironie in ihrer Stimme wäre nicht einmal einem Schwerhörigen entgangen.

»Man … ähm … man bildet erst das Verhältnis …«, fuhr Laura fort, und Kaja nickte eifrig. »Das Verhältnis … der Schokoküsse …«

Kaja hörte auf zu nicken und zog die Stirn kraus. Was hatte das zu bedeuten? War das nun richtig oder falsch?

»… und das multipliziert man dann mit … mit dem Verhältnis … der … ähm … Mädchen?«

Kaja verdrehte gequält die Augen, die Taxus jedoch schaute Laura mit einem überlegenen Grinsen an.

»Äußsersst interesssant, Laura!«, sagte sie. »Aber für gewöhnlich pflegen Mädchen keine Verhältnisse miteinander zu haben!«

Spontanes Gelächter brach in der Klasse aus. Max Stinkefurz wieherte wie ein wild gewordener Esel, und Ronnie Riedel quakte wie ein Breitmaulfrosch, wobei er Laura unverwandt anstierte. Nur Mr. Cool machte ein blasiertes Gesicht und tat so, als stünde er meilenweit über solch kindischen Scherzen.

Laura merkte, dass sie rot wurde – und ärgerte sich über

sich selbst. Diese alberne Bemerkung war doch wirklich kein Grund zu erröten!

»Und wie geht ess weiter, Laura?«, setzte die Lehrerin unbarmherzig nach. »Ich bin schon äußsersst gesspannt!«

Laura versuchte nachzudenken, aber sie hatte den Faden jetzt völlig verloren. Wie eine Ertrinkende auf der Suche nach Rettung schielte sie zu Kaja. Die Freundin machte ihr Zeichen, aber Laura verstand einfach nicht, was Kaja andeuten wollte. Meinte sie eine Zwei oder eher eine Sechs? Sollte das multiplizieren bedeuten – oder vielleicht doch dividieren? Laura hatte keine Ahnung – und Pinky Taxus kein Erbarmen.

»Jetzt mach schon!«, blaffte sie. »Wir haben nicht ewig Zeit!«

Laura blieb keine andere Wahl, als einfach zu raten. Vielleicht hatte sie ja Glück und lag zufällig richtig. Und wenn nicht, dann konnte sie das auch nicht ändern. Aber alles war besser, als gar nichts zu sagen. Sie atmete durch und fuhr fort.

»Und … das Ganze multipliziert man dann mit … mit –«

Sie brach ab und warf Kaja einen letzten verzweifelten Blick zu. Plötzlich meinte sie zu erkennen, was die ihr signalisierte: eine Sechs – natürlich!

»Das Ganze multipliziert man dann mit sechs!«, sagte sie hastig.

Kaja sank mit theatralischer Verzweiflung auf dem Stuhl zusammen, und Laura wusste, dass sie Stuss verzapft hatte. Ängstlich blickte sie die Taxus an.

Doch deren Gesicht zeigte keinerlei Reaktion. Kein Grinsen, kein überhebliches Lächeln, nichts. »Mit ssechss alsso?«, fragte sie nur ganz ruhig. »Kannsst du unss auch erklären, wesshalb?«

Laura war verblüfft. »Ähm«, hob sie an, aber dann schwieg sie lieber und schüttelte nur stumm den Kopf.

»Dass hab ich mir gedacht, Laura«, sagte die Lehrerin. »Und ssoll ich dir auch ssagen, warum? Ersstenss isst dass, wass du hier von dir gegeben hasst, völliger Unssinn – und ess liegt nun mal in der Natur der Ssache, dasss man Unsinn nicht erklären kann, ssonsst wäre ess ja keiner, nicht wahr?! Und zweitenss – zweitenss hasst du offenssichtlich für alless mögliche Zeit, nur nicht dafür, dich ordentlich auf den Unterricht vorzubereiten, sstimmt'ss?«

Laura antwortete nicht. Was meinte Pinky Taxus damit? Was wollte sie damit andeuten?

»Wenn ich dir einen Rat geben darf, Laura – ess wäre bessser, wenn du deine Zeit zum Lernen nutzen würdesst, ansstatt dich nachtss im Park herumzutreiben!«

Das also war es! Die Taxus hatte mitbekommen, was in der Nacht vor sich gegangen war. *Mist!* Wenn sie das nun Dr. Schwartz petzte? Aber im gleichen Moment schoss Laura ein anderer Gedanke durch den Kopf. Ein Gedanke, der sie alles andere sofort vergessen ließ: Wenn Rebekka Taxus sie tatsächlich im Park gesehen hatte, dann bedeutete das doch, dass sie die Ereignisse der vergangenen Nacht nicht geträumt hatte … Genau! Alles musste sich tatsächlich so zugetragen haben, wie sie es in Erinnerung hatte.

Laura wurde zugleich heiß und kalt. Sie wusste nicht, ob sie sich freuen oder fürchten sollte. Sie konnte einfach keinen klaren Gedanken fassen – bis auf den einen: Ich bin also wirklich eine von den Wächtern!

Oh, Mann!

Rebekka Taxus schaute sie kalt an. »Du hasst doch ssicherlich gehört, wass Quint … äh … Dr. Schwartz gesstern beim Abendesssen angekündigt hat? Jeder Verstoßs gegen die Schulordnung wird von nun an sstreng besstraft, oder?«

Laura schluckte. »Ich weiß«, sagte sie leise.

»Und? Warum hältsst du dich dann nicht daran?«

Laura antwortete nicht.

»Wass ssoll ich denn jetzt mit dir machen? Ssoll ich dich dem Direktor melden? Oder ssoll ich Gnade vor Recht ergehen lasssen?« Sie drehte sich um und wandte sich an die Klasse: »Wass meint ihr – ssoll ich Laura melden oder nicht?«

Es wurde mucksmäuschenstill im Klassenzimmer. Laura beobachtete ihre Mitschüler ängstlich. Würde sich jemand gegen sie aussprechen? Möglich war das schon. Pickel-Paule zum Beispiel traute sie das ohne weiteres zu und Max Stinkefurz auch. Und ganz besonders Caro Thiele. Caro hatte was gegen sie, auch wenn sie nicht wusste, warum.

»Alsso«, sagte Pinky Taxus, »wer isst dafür, dasss ich Laura melde? Hand hoch!«

Zu Lauras großer Überraschung hob niemand die Hand. Pickel-Paule wollte sich zwar melden, aber Kaja verpasste dem direkt vor ihr sitzenden Jungen rasch einen harten Knuff in den Rücken und fauchte ihn derart böse an, dass er es doch lieber sein ließ.

Rebekka Taxus schien über die Reaktion der 7b überrascht zu sein. Aber noch gab sie nicht auf. »Gegenprobe!«, ordnete sie an. »Wer isst für Gnade für Laura?«

Dreizehn Hände schossen in die Luft. Pickel-Paule zögerte einen Moment, aber Kaja knuffte ihn erneut, und da hob er lieber die Hand. Er war also nicht nur ein Streber und Schleimer, sondern auch noch ein Feigling dazu! Aber immerhin fiel das Votum der Klasse dadurch einstimmig zu Lauras Gunsten aus.

Die Mathelehrerin nickte nachdenklich mit dem Kopf. »Gut. Wenn ihr ess sso wollt!« Sie trat ganz nahe an Laura heran und blickte ihr in die Augen. »Diesses Mal hasst du noch mal Glück gehabt«, sagte sie. »Aber dass nächsste Mal kommsst du nicht mehr ungesstraft davon! Dann werde ich dich der Schulleitung melden, und du wirsst die Konssequenzen tragen müssen. Isst dass klar?«

Laura schluckte, aber sie antwortete nicht.

Das Gesicht der Lehrerin verfinsterte sich. »Ob dass klar isst, will ich wisssen?«, zischte sie wütend. Sie hörte sich an wie ein gefährliches Reptil.

»Ja«, sagte Laura leise.

»Schön, dann haben wir unss ja versstanden. Ssetz dich!«

Laura drehte sich um und ging zu ihrem Platz zurück. Sie hatte ihren Tisch fast schon erreicht, als Pinky Taxus sie noch einmal ansprach.

»Ach – noch wass, Laura!«

Überrascht blieb Laura stehen. Das überhebliche Grinsen im Gesicht der Taxus verhieß nichts Gutes.

»Dasss ich dir für diesse grandiosse Leisstung nur ein Ungenügend geben kann, wirsst du ssicherlich versstehen?«, sagte sie voller Hohn.

Laura fühlte, wie kalte Wut in ihr aufstieg. Natürlich wusste sie, dass sie sich eine glatte Sechs eingehandelt hatte. Aber wozu musste die Taxus ihr das auch noch genüsslich unter die Nase reiben? Das Mädchen kniff die Augen zusammen und feuerte böse Blicke auf die Lehrerin ab. Laura beherrschte sich mit Mühe und biss sich auf die Lippen, damit sie nicht aussprach, was sie dachte: *Du blöde Kuh!*

Da geschah etwas äußerst Merkwürdiges. Zorn verzerrte plötzlich das Gesicht der Lehrerin. Und sie zischte Laura wütend an: »Wage ess bloßs nicht zu ssagen!« Ihre Stimme hatte einen gefährlichen Unterton, und die schwarzen Augen funkelten böse.

Eigenartig, dachte Laura. Wieso hat Pinky Taxus erraten können, was mir gerade durch den Kopf gegangen ist? Wie ist das nur möglich?

Plötzlich kam ihr ein furchtbarer Verdacht.

Kapitel 10 ❧ Fremde Gedanken

Miss Mary Morgain machte ein ernstes Gesicht. »Jetzt sag schon, was du auf dem Herzen hast!« Obwohl die zierliche Frau in Schottland geboren und aufgewachsen war, sprach sie ohne jeden Akzent.

Die beiden standen inmitten der lärmenden und wild durcheinander wuselnden Ravensteiner auf dem Burghof. Miss Mary hatte Pausenaufsicht, und Laura war nach der Mathestunde direkt zu ihr geeilt.

»Vielleicht täusche ich mich ja«, sagte das Mädchen vorsichtig, »aber irgendwie hab ich das Gefühl, dass Pinky … ähm … Frau Taxus, mein ich, Gedanken lesen kann?«

Ein sanftes Lächeln spielte um die Lippen der Lehrerin. »Stimmt.«

»Aber … das würde ja bedeuten, dass sie … dass sie –« Laura brach ab, weil ihr die Vorstellung einfach ungeheuerlich erschien.

»Du hast es erraten!«, nahm Miss Mary ihren Gedanken auf. »Rebekka Taxus gehört tatsächlich zu den Dunklen – und sie ist beileibe nicht die Einzige.«

»Nein?« Laura war geschockt. »Es gibt noch mehr Dunkle auf Ravenstein?«

»Natürlich. Sowohl unter den Lehrern als auch unter den Angestellten.«

»Echt?« Das Mädchen schaute die Lehrerin erschrocken an. »Und wer sind die?«

»Das, liebe Laura, das musst du schon von alleine herausfinden«, antwortete Miss Mary sanft. »Und keine Angst, sobald du deine besonderen Fertigkeiten auch nur ein bisschen beherrschst, wird dir das kaum Probleme bereiten.«

Laura legte die Stirn in Falten. Sie schien nicht ganz überzeugt zu sein.

Miss Mary versetzte ihr einen aufmunternden Klaps. »Du kannst mir glauben, Laura. Wie wär 's denn mit einem Versuch?«

»Einem Versuch?« Lauras Gesicht zeigte, dass sie nicht verstand, was Miss Mary von ihr wollte. »Welchem Versuch denn?«

»Einem Versuch im Gedankenlesen, was sonst? Oder hast du schon vergessen, dass das mein Spezialgebiet ist und ich dich darin unterrichten werde?«

»Ähm – nein«, sagte Laura hastig. »Natürlich nicht. Ich weiß nur nicht, wie … wie das gehen soll. Gedankenlesen, mein ich.«

»Dafür bin ich ja da!« Mary Morgain lächelte ihr aufmunternd zu. »Also, pass auf. Es ist gar nicht so schwierig, wie du dir das vielleicht vorstellst. Das Wichtigste dabei ist, dass man sich gut in sein Gegenüber hineinversetzt, in seine Gefühle, geheimen Wünsche und Ängste – ohne Vorbehalte und unbeeinflusst von der eigenen Meinung oder Vorurteilen. Verstehst du?«

»Ich glaub schon.« Laura klang unsicher. »Man soll gewissermaßen vergessen, was man von dem anderen hält oder für ihn empfindet?«

»Ganz genau. Das ist schwerer, als man glaubt. Aber wenn es gelingt, dann ist das Schwierigste beinahe geschafft. Komm, lass es uns versuchen! Vielleicht kannst du ja herausfinden, was die anderen Schüler denken. Deine Klassenkameraden zum Beispiel.« Miss Mary und Laura wanderten langsam durch die Menge.

Als sie bei Alexander Haase angelangten, der mit anderen Jungs zusammenstand und lautstark mit ihnen diskutierte, stieß Miss Mary Laura an.

»Los, Laura – was mag Alex gerade denken?«

Laura musterte den Jungen mit den schwarzen Stoppelhaaren eingehend. Woran konnte Alex nur denken? Was wohl? Sie starrte ihn an, als wolle sie ihn mit ihren Blicken durchdringen. Plötzlich hatte sie eine Ahnung. »Alex denkt an … an Bayern München«, sagte sie mehr fragend als überzeugt.

Die Lehrerin grinste zufrieden. »Stimmt. Er denkt an das Spiel gegen Borussia Dortmund am nächsten Samstag und hofft natürlich, dass Bayern gewinnt.« Anerkennend tätschelte Mary dem Mädchen den Rücken. »Sehr gut, Laura! Obwohl – so schwer war das ja auch nicht, oder?«

Mary Morgain hatte Recht. Alexander Haase lief selbst im Internat in einem Bayern-Fanhemd herum – im Moment lugte es unter seiner dicken Winterjacke hervor – und redete von morgens bis abends nur über Fußball.

Bei Mr. Cool fand Laura es es schon weniger offensichtlich, was ihn gerade bewegte. Philipp lehnte in einer Jack-Wolfskin-Jacke lässig an einem der geflügelten Löwen und trug trotz der Jahreszeit eine Gucci-Sonnenbrille auf der Nase. Was es erschwerte, seine Gedanken zu lesen, denn wie Miss Mary Laura erklärt hatte, gelang das am besten, wenn man seinem Gegenüber in die Augen blicken konnte.

Laura versuchte es trotzdem. »Mr. Cool überlegt gerade, ob … ähm … Caro seine neue Jacke toll findet.«

Die Lehrerin lachte. »Nicht schlecht, Laura, wenn auch nur halb richtig. Philipp fragt sich in der Tat, ob ein bestimmtes Mädchen ihn cool findet – nur, dass es sich dabei nicht um Caro handelt!«

»Nein?«

»Nein«, antwortete Miss Mary und lächelte still in sich hinein.

Bei Stinkefurz allerdings lag Laura komplett daneben. Was auch nicht verwunderlich war, denn kaum hatten Mary und sie sich dem Fettwanst genähert und ihn für einen Moment gemustert, als der sich auch schon zu Laura umwandte und ihr eine fiese Grimasse schnitt.

»Was glotzt du mich so an, du … du –« Ohne den Satz zu beenden, drehte der Dicke sich um und stiefelte mit hochrotem Kopf davon.

Die Lehrerin sah das Mädchen mit unergründlichem Blick an. »Nun? Was mag Max wohl gedacht haben?«

Laura verzog das Gesicht. »Das war ihm ja förmlich anzusehen: Stinkefurz hat bestimmt gedacht, dass ich eine blöde Kuh bin, und überlegt, wie er mir am besten Stress machen kann?«

»Falsch, Laura. Ganz falsch!«

»Echt?«

»Ja. Max Finkensturz hat eher das genaue Gegenteil von dem gedacht, was du vermutest!«

Das Mädchen war überrascht. »Tatsächlich?«, fragte es. »Was denn?«

»Das musst du schon alleine herausfinden«, antwortete Miss Mary vieldeutig, als das Läuten der Schulglocke die Pause beendete. »Und denk bitte dran: Wir treffen uns nach dem Mittagessen im Turmzimmer!«, gab die Lehrerin Laura noch mit auf den Weg, bevor sie zurück ins Internatsgebäude gingen.

Ein Schleier aus Schwarzem Nebel lag über der Dunklen Festung, die sich am Rande des tückischen Schwefelsumpfes erhob. Ein riesiger Schwarm Krähen kreiste um die Zinnen. Ihr schrilles Gekreische erfüllte die Luft und war selbst bis in Syrins Gewölbe zu hören, das tief im Inneren der Trutzburg gelegen war.

Borboron stand in der Nähe des großen Feuers, das den höhlenartigen Raum in flackerndes Licht tauchte, und lauschte mit ausdruckslosem Gesicht dem Bericht der unheimlichen Frau. Als Syrin geendet hatte, nickte er ihr zufrieden zu. »Gut gemacht, Syrin. Ich wusste, dass Verlass auf dich ist – du hast mein Vertrauen nicht enttäuscht!«

Ein triumphierendes Lächeln verzerrte das bleiche Gesicht der Frau. Rasch trat sie auf den Schwarzen Fürsten zu. »Das war erst der Anfang, Borboron! Seit sich das Rad der Zeit in meinem Besitz befindet, verliert der Lichtzauber, mit dem Elysion meine Kräfte zu bannen versuchte, mit jedem Tag an Wirkung.«

Syrin nestelte die Kette mit dem goldenen Anhänger vom Hals und betrachtete ihn gierig. »Lichtalben haben zwei dieser Amulette zu Anbeginn der Welten aus dem gleichen Gold geschmiedet, aus dem auch der Kelch der Erleuchtung gefertigt ist. Sie verleihen ihrem Besitzer große Macht und helfen bei der Suche nach dem Kelch, sobald er verloren geht. Elysion – er möge in den Tiefen der Finsternis verrotten! – besitzt eines davon. Das hier aber –« Damit hielt sie das stilisierte Rad direkt vor das Gesicht des Schwarzen Fürsten – »– das hier wurde vor undenklichen Zeiten auf den Menschenstern gebracht. Aber jetzt – jetzt gehört es mir! Mir! Mir!«

Ihre krallenartigen Finger schlossen sich so fest um das Schmuckstück, als wollte sie es nie wieder hergeben, und ein irres Leuchten ließ ihre Augen strahlen. »Bald schon werde ich wieder über den Sehenden Kristall gebieten können, und dann, Borboron, dann –«

Das Öffnen der Tür unterbrach sie, und der Fhurhur trat in das Gewölbe. Sofort schoss Syrin auf den Mann im scharlachroten Kapuzenumhang zu. »Hast du mitgebracht, worum ich dich gebeten hatte?«

Anstelle einer Anwort griff der Fhurhur unter seinen Umhang, holte eine unscheinbare Flasche darunter hervor und reichte sie der bleichen Frau. Eine klare Flüssigkeit befand sich darin, die wie Wasser aussah.

Hastig zog Syrin den Korken aus dem Hals der Flasche und schnupperte daran. »Es … es riecht nach nichts«, stellte sie beinahe enttäuscht fest und schaute den Fhurhur fragend an.

Der Mann nickte. »Stimmt«, antwortete er mit seiner dünnen Fistelstimme. »Deshalb wird auch niemand etwas merken, wenn du es ihm in den Trank mischst!«

»Und das Elixier ist tatsächlich so wirksam, wie du behauptest?«

Ein Anflug von plötzlichem Zorn verfinsterte das Gesicht des Schwarzmagiers. »Hüte deine Zunge, Weib, und wage nicht an meinen Kräften zu zweifeln!«

»Schon gut, schon gut!« Syrins Stimme klang sanft und schmeichelnd. »Ich bin doch nur ein … unwissendes Weib, wie du richtig feststellst!«

Der Fhurhur musterte die Frau mit zweifelndem Blick, als sei er sich nicht sicher, ob sie es ernst meinte oder sich über ihn lustig machte. Als er weitersprach, klang er besänftigt.

»Das Elixier hat seine Wirksamkeit schon zahllose Male unter Beweis gestellt – sowohl bei uns wie auch auf dem Menschenstern. Ein Tropfen davon bringt den sicheren Tod – und der ist qualvoller, als selbst du dir vorstellen kannst!«

»Gut! Sehr gut!« Wieder glänzten Syrins Augen wie die einer Irren. »Dann ist Elysions Schicksal besiegelt – und selbst das Wasser aus dem Kelch wird ihm nicht mehr helfen!«

Das Turmzimmer war im obersten Stock des Bergfrieds gelegen und nahm die gesamte Etage ein. Die Fenster, die den Blick in alle vier Himmelsrichtungen freigaben, boten eine herrliche Aussicht über Burg Ravenstein und ihre Umgebung. Bei schönem Wetter konnte man kilometerweit sehen und manchmal sogar die schneebedeckten Gipfel im fernen Süden erkennen. Heute jedoch war der Himmel grau und wolkenverhangen, und ein fahler Dunstschleier behinderte die Sicht. Was nicht weiter schlimm war, denn Miss Mary und Laura waren nicht wegen der Aussicht in das Zimmer hinaufgestiegen, das für gewöhnlich von verschiedenen Arbeitsgemeinschaften des Internats benutzt wurde. Von der Tanz-AG zum Beispiel, dem Gitarrenensemble und auch der Theatergruppe, die Miss Mary leitete. Auch Laura gehörte zur Truppe der Darsteller, und die Lehrerin hatte deshalb entschieden, dass Lauras Unterricht im Gedankenlesen in dem abgelegenen Raum stattfinden sollte. Zum einen waren sie da ungestört, und zum anderen würde es niemandem verdächtig erscheinen, wenn sich die beiden zum Üben dorthin zurückzogen.

Mary Morgain unterrichtete Englisch und Französisch in Ravenstein. Sie war eine der beliebtesten Lehrerinnen am Internat, weil sie es verstand, den Unterricht nicht als lästige Pflichtübung, sondern vielmehr als großen Spaß anzulegen. Selbst Dschingis, der tolle Sachkundelehrer, konnte in dieser Hinsicht nicht mithalten. Außerdem hörte man von Mary so gut wie nie ein böses Wort, und sie gab sich größte Mühe, jeden ihrer Schüler gerecht zu behandeln. Wahrscheinlich war das der Grund, weshalb sich selbst die faulsten und renitentesten Ravensteiner bei ihr in nahezu mustergültige Schüler verwandelten. Selbst Max Stinkefurz war bei ihr sanft wie ein Lamm, und im Gegensatz zu den meisten anderen Stunden, in denen er nicht an sich halten konnte und seinem Spitznamen für gewöhnlich alle Ehre machte, musste nach den

Englisch- und Französischstunden nur selten gelüftet werden. Miss Mary wurde von den meisten ihrer Schützlinge innig geliebt, was nur wenige Lehrer auf Ravenstein von sich behaupten konnten. Und eine ganz gewiss nicht: Rebekka Taxus. Aber zum Glück hatte Laura inzwischen herausgefunden, welchen Grund das hatte.

Laura ging unruhig im Turmzimmer auf und ab und blieb dann vor Miss Mary stehen, die ruhig auf einem Stuhl in der Mitte des Raumes saß.

»Eins verstehe ich nicht«, sagte das Mädchen aufgewühlt. »Wenn es auf Ravenstein noch mehr Leute gibt, die auf der Seite der Dunklen Mächte stehen, warum sagen Sie mir dann nicht –«

»Du!«, unterbrach Miss Mary.

Laura schaute die Lehrerin verständnislos an.

»Warum sagst *du* mir dann nicht!«, verbesserte Miss Mary das Mädchen. »Wir Wächter reden uns untereinander mit ›Du‹ und dem Vornamen an. Nur bei den besonders honorigen unter uns, wie Professor Morgenstern zum Beispiel, machen wir eine Ausnahme von diesem uralten Brauch!«

»Aber vorhin auf dem Schulhof –«, wollte Laura einwerfen, wurde von der Lehrerin aber sofort unterbrochen. »Da waren Dritte zugegen, andere Schüler und andere Lehrer, und vor denen wollen wir die formellen Umgangsformen beibehalten!« Mary Morgain lächelte. »Es muss ja nicht jeder wissen, wie wir zueinander stehen, oder?«

»Ja, klar, Miss … ähm, Entschuldigung … Mary.«

Erneut schenkte die Lehrerin ihr ein freundliches Lächeln. »Du wirst dich schon noch dran gewöhnen, Laura«, sagte sie. »Aber zurück zu deiner Frage: Wir sagen dir nicht, wer alles zu den Dunklen gehört, weil du selbst lernen musst, sie zu erkennen. Ihr Verhalten wird dir verraten, mit wem du es zu tun hast.«

»Aber Sie … ähm … du könntest mir doch einfach sagen, wer zu wem gehört.«

»Natürlich könnte ich das. Aber es wäre nicht hilfreich für dich.«

Laura zog die Stirn kraus und blickte Mary Morgain zweifelnd an. *Und ob das hilfreich wäre!*

»Das verstehe ich nicht«, sagte sie. »Das würde doch alles viel einfacher machen.«

Die Lehrerin schüttelte milde lächelnd den Kopf. »Nein, Laura, das würde es nicht. Ich will versuchen, es dir anhand eines Beispiels zu erklären. Du hast Probleme in Mathematik, wie ich hörte, und da ganz besonders bei der Dreisatzrechnung, nicht wahr?«

Laura wurde rot.

»Nehmen wir also an, du hast eine Aufgabe vor dir, die du nicht lösen kannst. Womit wäre dir dann besser gedient? Wenn dir jemand das Ergebnis verrät, oder wenn dir jemand den Rechenweg erklärt und dich damit in die Lage versetzt, selber die richtige Lösung zu finden?«

Laura musste nicht lange überlegen. Die grässliche Mathestunde war ihr noch bestens im Gedächtnis. »Mit dem zweiten Fall natürlich.«

»So ist es, Laura. Das Ergebnis alleine hilft dir wenig, weil es nur für diese eine Aufgabe gilt. Du musst vielmehr verstehen, wie es zustande kommt, denn nur dann bist du in der Lage, weitere Aufgaben zu lösen. Ähnlich verhält es sich auch hier. Es wird nämlich nicht ausbleiben, dass du mit Fremden zu tun hast. Mit Leuten, die dir noch nie zuvor begegnet sind. Wenn du dann nicht fähig bist, hinter die Maske dieser Menschen zu blicken und ihre wahren Absichten zu erkennen, wirst du in große Gefahr geraten. Schließlich können wir anderen Wächter nicht immer an deiner Seite sein. Und deshalb, Laura, deshalb musst du unbedingt lernen, das wahre Wesen der Menschen zu erkennen. Damit du ganz schnell durchschaust, ob du es mit einem Verbündeten oder mit einem Feind zu tun hast. Verstehst du mich jetzt?«

Laura nickte. Natürlich verstand sie, was Mary meinte. Und noch etwas anderes wurde ihr plötzlich klar. »Ist es möglich, dass auch Dr. Quintus Schwartz zu unseren Feinden gehört?«, fragte sie nachdenklich.

»Bravo, Laura! Ich sehe, du lernst schnell. Ich halte Dr. Schwartz sogar für weit gefährlicher als Rebekka Taxus.«

»Kann er auch Gedanken lesen?«

Miss Mary schüttelte den Kopf. »Nein. Bei den Dunklen verhält es sich genauso wie bei uns Wächtern. Nur die im Zeichen der Dreizehn Geborenen verstehen sich auf alle alten Fertigkeiten. Alle anderen beherrschen jeweils nur eine davon. Quintus Schwartz zum Beispiel ist ein Meister der Telekinese – und hat damit leider bereits großes Unheil angerichtet.«

Mary Morgain brach ab und sah Laura nachdenklich an. Das Mädchen glaubte sogar einen mitleidigen Ausdruck in ihrem Gesicht zu entdecken.

»Was meinst du damit?«

Doch Mary schüttelte nur den Kopf. »Nicht jetzt«, sagte sie. »Du wirst es noch früh genug erfahren. Außerdem – was geschehen ist, ist geschehen, und wir können nichts mehr daran ändern.«

Laura wusste nicht, warum, aber plötzlich ahnte sie, dass dieses geheimnisvolle Ereignis, über das Mary Morgain nicht reden wollte, mit ihr, Laura, zu tun haben musste. Was es auch war, es hatte ihr Leben vermutlich entscheidend beeinflusst. Und sie fürchtete sich vor dem Augenblick, in dem sie die Wahrheit erfahren würde.

Die Lehrerin holte Laura aus ihren Gedanken. »Wir müssen endlich anfangen, Laura. Du hast noch so viel zu lernen, und uns bleibt nur wenig Zeit.«

»Ich weiß. Aber ob du mir noch eine einzige Frage beantworten würdest?«

Mary Morgain nickte.

»Wenn ihr so sicher seid, dass der Kelch der Erleuchtung hier auf dem Gelände der Burg versteckt wurde – warum habt ihr ihn dann noch nicht finden können?«

»Weil wir es mit Gegnern zu tun haben, die äußerst raffiniert zu Werke gehen. Wir vermuten, dass sie den Kelch und sein Versteck mit einem Illusionszauber belegt haben, den wir nicht kennen. Zu den Verbündeten der Dunklen zählen nämlich auch die gefürchteten Fhurhurs. Das sind mächtige Schwarzmagier, deren teuflische Künste den Kriegern des Lichts und uns Wächtern schon viele Probleme bereitet haben. Wahrscheinlich haben sie auch den Zauber ausgeheckt, der den Kelch schützt und vor unseren Augen verborgen hält.«

»Und warum soll dann ausgerechnet ich ihn finden können?«

»Du verfügst über ganz besondere Kräfte, wie du bereits erfahren hast, Laura. Aber diese Kräfte und Fähigkeiten sind noch nicht vollständig ausgebildet – und deshalb ist anzunehmen, dass der Zauber bei dir nicht richtig wirkt!«

Laura schaute die Lehrerin verwirrt an. »Das verstehe ich nicht.«

»Das ist ziemlich einfach zu verstehen! Jedes Mittel, das einem bestimmten Zweck dient, kann nur in diesem Sinne wirksam sein. Nasentropfen zum Beispiel helfen nur gegen eine verstopfte Nase. Bei Bauchschmerzen dagegen sind sie völlig nutzlos. Und ein Illusionszauber, der Krieger des Lichts und ausgebildete Wächter verwirren oder mit Blindheit schlagen soll, hat bei einem Lehrling, wie du einer bist, wahrscheinlich sehr viel weniger Erfolg.«

Laura überlegte einen Augenblick lang. Das klang überzeugend. Aber dann fiel ihr noch was ein. »Ich vermute, du kannst genauso gut Gedanken lesen wie die Taxus – wenn nicht sogar besser?«

Miss Mary nickte.

»Und warum hast du dann nicht aus ihren Gedanken lesen können, wo der Kelch versteckt ist? Pinky Taxus wird doch sicherlich wissen –«

»Natürlich«, unterbrach Mary Morgain. »Natürlich kennt Rebekka Taxus das Versteck und Dr. Schwartz auch. Allerdings ...«

»Ja?«

»Es gibt einen starken Schutz gegen das Gedankenlesen«, erklärte die Lehrerin. »Wenn du ihn perfekt beherrschst, dann ist es einem anderen so gut wie unmöglich, in deine Gedanken einzudringen. Selbst wenn es sich bei ihm um einen Großmeister handeln sollte!«

»Echt? Und wie geht das?«

»Du musst zunächst den direkten Blickkontakt vermeiden. Wenn du jemandem in die Augen siehst, erleichterst du ihm nämlich den Zugang zu den Gedanken. Nicht umsonst behauptet man, dass die Augen der Menschen der Spiegel ihrer Seele sind.«

»Das hat Mama auch immer gesagt.« Laura klang traurig.

»Siehst du? Man muss also den Blickkontakt vermeiden und einfach gar nichts denken.«

»Was?« Laura schien perplex. »Man muss einfach nichts denken?«

»Ja«, sagte Miss Mary. »Rein gar nichts.«

»Aber – das geht doch überhaupt nicht!«

Die Lehrerin lächelte das Mädchen aufmunternd an. »Doch, Laura – das geht. Man muss es nur üben. Und deshalb wollen wir unseren Unterricht auch mit einer Übung dazu beginnen. Bitte setz dich.«

Laura nahm auf einem Stuhl gegenüber von Mary Morgain Platz und blickte die junge Lehrerin erwartungsvoll an.

»Schließe die Augen, und lasse deinen Gedanken freien Lauf!«, gebot ihr diese mit sanfter Stimme.

Nahezu willenlos gab Laura sich den Anweisungen hin, die Mary ihr erteilte. »Welche Gedanken dir auch kommen mögen – lasse sie einfach zu, und versuche in keiner Weise, sie zu beeinflussen oder in eine bestimmte Richtung zu lenken. Lass sie durch dein Bewusstsein fließen, ruhig und träge wie einen breiten Strom. Ohne Absicht und ohne Ziel. Biete ihnen keinen Widerstand, und mit der Zeit wirst du merken, wie sie allmählich abnehmen und immer mehr versickern, bis sie zu einem dünnen Rinnsal geworden sind, das schließlich versiegt.«

Laura machte alles genau so, wie die Lehrerin es ihr gebot. Schließlich musste sie alles Nötige so schnell wie möglich lernen und wollte es auch. Wie sollte sie sonst gegen die Dunklen bestehen? Wenn sie sich nicht anstrengte, dann würde der Hüter des Lichts sterben! Die Dunklen Mächte würden siegen! Die Herrschaft des ewigen Nichts anbrechen!

Dann wäre alles verloren!

Das Gedankenkarussell in ihrem Kopf setzte sich wieder in Bewegung, drehte sich wilder und wilder – und da wurde Laura plötzlich klar, dass sie alles falsch gemacht hatte!

Sie hatte einfach alles falsch gemacht.

Sie öffnete die Augen und schaute Mary verzweifelt an. Die Lehrerin lächelte. Sie hatte jeden von Lauras Gedanken verfolgt. Das Mädchen zuckte resignierend mit den Schultern.

»Das geht nicht«, sagte es. »Man kann einfach nicht nichts denken.«

»Tatsächlich?«

»Ja!« Lauras Stimme klang trotzig.

»Nun, dann wird das ja auch stimmen«, sagte Mary Morgain tonlos. »Immerhin hast du es ja endlose fünfundvierzig Sekunden lang versucht. Es war zwar erst dein erster Versuch, aber kein Zweifel – wenn es dir beim ersten Mal nicht gelungen ist, dann wirst du es mit Sicherheit nie schaffen können. Niemals.«

Laura schluckte. Mary hatte ja Recht – wie konnte sie nur so ungeduldig sein? So kleinherzig und ohne jeden Mut?

Die Lehrerin machte ein kummervolles Gesicht. »Schon wieder falsch, Laura!«, sagte sie. »Du hast nicht den geringsten Grund, dir etwas vorzuwerfen! Du hast ja Recht – zumindest beinahe: Nichts zu denken ist viel schwieriger, als man glaubt. Aber es geht! Du musst es nur üben. Oft und ausdauernd üben. Immer und immer wieder. Und du wirst sehen: Mit jedem Male wird es dir leichter fallen. Bis du eines Tages schließlich an dein Ziel gelangst. Und dann wirst du dich fragen, was daran eigentlich so schwer sein konnte. Denn plötzlich bereitet es dir nicht mehr die geringsten Schwierigkeiten. Und deshalb, Laura, schließe wieder die Augen, und mach einfach weiter. Immer weiter. Bitte!«

Mary Morgain schaute das Mädchen eindringlich an. Laura schloss erneut die Augen und ließ die Gedanken strömen. Und sie fühlte, dass sie ruhiger wurde.

Immer ruhiger.

Kapitel 11 ❧ Eine entsetzliche Verwandlung

Der Tennisball ploppte mit einem dumpfen Knall gegen das hölzerne Scoreboard und fiel dann auf den Ring des Basketballkorbes. Das zerfetzte Netz, das daran hing, zitterte leicht. Der Ball tanzte zweimal unentschlossen auf und ab, bis er sich schließlich doch dafür entschied, außerhalb des Ringes hinunter auf den Boden zu fallen.

»Zu blöd!«, schimpfte Lukas. »Der war ja schon fast drin!«

Er stand auf dem Basketball-Court hinter der Turnhalle und starrte kopfschüttelnd auf seinen Boris-Becker-Wimbledon-Matchball-Ball, der das Ziel wieder einmal verfehlt hatte.

»War er aber nicht!«, sagte Kaja. Sie lehnte am Ständer des Basketballkorbes, grinste den sichtlich enttäuschten Jungen hämisch an und biss herzhaft in einen Schokoriegel. »Knapp daneben ist auch vorbei, und deswegen hast du verloren!«, fuhr sie kauend fort. »Du hast nur fünf Treffer bei zehn Würfen, und nicht sechs, wie du gewettet hast!«

»War aber ziemlich eng, musst du zugeben!« Auch wenn Lukas versuchte, es sich nicht anmerken zu lassen, ärgerte er sich über die verlorene Wette. Und insbesondere darüber, dass er ausgerechnet gegen Kaja verloren hatte.

»War gigantomanisches Pech. Nach den Gesetzen der Wahrscheinlichkeit hätte von den drei Ringtreffern mindestens einer im Korb landen müssen – und nicht alle drei daneben!«

»Sind sie aber!« Kaja grinste schadenfroh. »Und deshalb krieg ich 'ne Tafel Schokolade von dir.«

»Ist ja schon gut, du Spar-Kiu!«, giftete Lukas. »Mach dir deswegen nur nicht in die Hosen.« Er schaute auf seine Uhr. »Ich versteh nicht, wo Laura so lange bleibt. War doch schließlich ihre Idee, dass wir uns hier treffen, oder?! Weißt du wenigstens, was sie von uns will?«

Kaja schüttelte den Kopf. »Nö. Sie hat nur gesagt, es ist wichtig. Und dass sie eine Aufgabe für uns hat.«

Lukas schaute das rothaarige Mädchen überrascht an. »Eine Aufgabe? Welche Aufgabe denn?«

»Keine Ahnung! Weiter hat sie nichts gesagt.«

»Komisch«, brummte Lukas. Ungeduldig ließ er den abgegriffenen Tennisball in der Hand auf und ab ploppen. Dann schielte er zum Korb, zielte und warf. Der Ball sauste in einem perfekten Bogen durch das trübe Licht des Nachmittags und landete mitten im Ring. Treffer! »Mist!«, schimpfte Lukas. Jetzt, wo es um nichts mehr ging, traf er plötzlich ohne Probleme.

Kaja grinste nur still vor sich hin.

»Was ist? Wollen wir noch mal wetten?«, fragte Lukas, aber da kam Laura auch schon angerannt. Sie war völlig außer Atem.

»Tut mir leid«, sagte sie. »Aber es hat länger gedauert, als ich dachte.«

»Das haben wir gemerkt!«, gab Lukas mit grimmigem Blick zurück. »Was hast du denn gemacht?«

»Ähm«, antwortete Laura. Sollte sie den beiden erzählen, was Sache war? Nein, besser nicht. »Ich … Ich … Ich … hatte was Wichtiges zu besprechen. Mit Mary Morgain.«

»Tatsächlich?« Auf Lukas' Stirn war wieder die tiefe Falte zu sehen. Offensichtlich glaubte er ihr nicht.

Kaja half ihrer Freundin aus der Verlegenheit. »Was liegt denn an, Laura?«

Vorsichtig blickte Laura sich nach allen Seiten um. Sie vergewisserte sich, dass sie nicht beobachtet wurden. Dann trat sie ganz dicht an die Freunde heran und sprach mit gesenkter Stimme. »Hört zu: Mal angenommen, ihr müsstet hier auf Ravenstein etwas Wertvolles verstecken, etwas äußerst Wertvolles – wo würdet ihr das tun?«

Lukas und Kaja sahen sie für einen kurzen Moment überrascht an. Dann begannen sie angestrengt nachzudenken. Kaja schürzte die Lippen, und Lukas ließ seinen Tennisball auf den Boden ticken. Schon nach kurzer Zeit hatte er eine Idee.

»Wie wär 's denn … mit der Alten Gruft im Henkerswald?«

»Oh, nö! Dort soll 's doch spuken!«, rief Kaja.

»Ebendrum!«, gab Lukas trocken zurück.

Kaja kapierte nicht sofort, was Lukas damit meinte. Verwirrt schaute sie ihn an und fragte: »Was willst du damit sagen?«

»Er meint, eben weil es dort angeblich spukt, traut sich dort kaum jemand hin!«, erklärte Laura. »Und genau aus diesem Grund wäre die Alte Gruft ein ideales Versteck. Wo niemand hingeht, kann auch niemand was finden!«

Nach einem kurzen Moment des Nachdenkens nickte Kaja. »Ah, so – natürlich.« Ihre verkniffene Miene hellte sich wieder auf. »Wie wär 's mit der kleinen Insel?«, schlug sie dann vor.

Sie meinte die Insel im großen Drudensee, der südlich des Parks von Burg Ravenstein gelegen war. In dem klaren Gewässer gab es zahlreiche Fische, die hin und wieder die Speisekarte des Internats bereicherten. Die Ufer waren von Schilf und von alten Weiden bestanden, und an einer Stelle gab es auch einen großen Strand mit feinem Sand. An warmen Sommertagen war es herrlich am Drudensee. Die Ravensteiner badeten und surften dort, während er im Winter, wenn er zugefroren war, zum Schlittschuhlaufen und Eishockey einlud. Beim strengen Frost der ersten Dezembertage hatte sich auch in diesem Jahr eine Eisdecke auf dem See gebildet, aber durch die milde Luft, die der Sturm in der vorletzten Nacht mit sich gebracht hatte, war sie mittlerweile wieder getaut.

Die kleine Insel in der Mitte des Drudensees war dicht bewachsen. Allerdings bestand die Vegetation fast ausschließlich aus undurchdringlichem Dornengestrüpp, das von Brennnesseln und giftigen Pflanzen durchsetzt war. Die Internatszöglinge wurden bei ihrer Aufnahme in Ravenstein denn auch eindringlich davor gewarnt, das Eiland zu betreten. Trotzdem gab es immer wieder Wagemutige, die sich von diesen Warnungen nicht abschrecken ließen und heimlich versuchten, die Insel zu erkunden. Diese Exkursionen brachten in der Regel nicht allzu viel ein – außer Hautabschürfungen, Kratzwunden sowie starken Juckreiz und Ausschlag, sofern man mit Herkuleskraut, Giftmilch oder Stinkwacholder in Berührung kam. Vor drei Jahren hatte sich allerdings ein besonders schlimmer Vorfall ereignet: Ein Schüler hatte nach einem nächtlichen Ausflug zur Insel von seltsamen Lichtphänomenen und schattenhaften Gestalten berichtet, die er dort gesehen haben wollte. Unmittelbar darauf war er in einen Fieberwahn gefallen und schließlich erblindet. Glücklicherweise konnte er vollständig geheilt werden. Aber seit der Zeit wurde das Inselchen fast ängstlich gemieden. Deshalb hatte Kaja Recht: Auch die Insel im Drudensee kam als Versteck für den Kelch durchaus in Betracht.

»Stimmt«, sagte Laura. »Die Insel wär sicher eine gute Möglichkeit. Fällt euch sonst noch was ein?«

»Wie wär 's denn mit dem Burgkeller?«, fragte Kaja. »Der muss doch riesengroß sein. Oder vielleicht mit der Folterkammer?«

»Bist du denn sicher, dass es die überhaupt gibt?«

»Sicher nicht. Aber wenn, dann käm die doch auch infrage, oder?«

Laura verzog nachdenklich das Gesicht. Warum eigentlich nicht? In einem weitläufigen Keller mit engen Gängen und zahllosen Verliesen, Kammern und Gelassen musste es unzählige Möglichkeiten für ein gutes Versteck geben.

»Wenn mich nicht alles täuscht«, sagte Lukas nachdenklich, »dann habe ich irgendwo gelesen, dass Reimar von Ravenstein …«

»Du meinst den Typen, der die Burg hat bauen lassen?«, unterbrach ihn Kaja.

»Exaktenau!« Lukas holte tief Luft und begann zu dozieren. »Reimar von Ravenstein, genannt der Grausame Ritter, geboren Anno 1111, gestorben 1155. Unmittelbar nach der Rückkehr vom zweiten Kreuzzug ins Heilige Land ließ er sich ein imposantes Standbild –«

Laura unterbrach ihn unwirsch: »Hey!« Lukas musste doch langsam wissen, dass sie es auf den Tod nicht ausstehen konnte, wenn er sich wie ein wandelndes Lexikon aufführte. Zudem war die Geschichte von Reimar von Ravenstein hinlänglich bekannt, sodass es wirklich keinen Anlass gab, Kaja und ihr die Ohren damit zuzutexten. »Spar dir deinen Vortrag«, raunzte sie, »und komm endlich zur Sache!«

Lukas verzog beleidigt das Gesicht. »Okay«, sagte er eingeschnappt. »Wenn euch die Geschichte unseres Internats nicht interessiert!«

Laura und Kaja verdrehten fast gleichzeitig die Augen, und Lukas kapierte endlich, dass er den Bogen nicht überspannen durfte. Er klang denn auch schon versöhnlicher, als er schließlich fortfuhr: »Okay, okay – ist ja gut! Also – angeblich hat dieser Reimar damals nicht nur eine Unmenge an Gold und Silber aus dem Heiligen Land mitgebracht, sondern auch einen maurischen Baumeister. Dieser Mann soll ein wahrer

Meister seiner Kunst gewesen sein. Neben berühmten Moscheen und Palästen hat er auch zahlreiche Festungsanlagen der Tempelritter entworfen. Allerdings ist den wenigsten bekannt, dass Reimar von Ravenstein diesen Baumeister seinerzeit nicht nur damit beauftragt hat, die Gruft im Henkerswald zu bauen, sondern …« Er hielt inne und schaute die beiden Mädchen erwartungsvoll an. Fast schien es, als wolle er sich an ihrer Neugier weiden.

»Sondern?«, drängte seine Schwester ungeduldig. Laura wollte unbedingt wissen, wie die Sache weiterging. Lukas grinste nur, und Laura musste an sich halten, um nicht aus der Haut zu fahren. »Jetzt mach schon, Lukas, und spann uns nicht auf die Folter!«, sagte sie mit leicht drohendem Unterton. Ihr Bruder konnte manchmal echt nervig sein.

»Sondern – auch eine geheime Kammer, in der er die wertvollen Schätze, die er im Heiligen Land geraubt hatte, sicher aufbewahren konnte.«

»Echt?« Laura staunte. »Weißt du auch, wo sich diese Kammer befindet?«

»Angeblich irgendwo im Burgkeller. Aber ob das auch tatsächlich stimmt, weiß ich natürlich nicht. Mit eigenen Augen hab ich sie nämlich noch nicht gesehen.«

»Klasse, Lukas!«, lobte Laura. »Diese Kammer wär mit Sicherheit ein Superversteck! Wenn dieser Baumeister wirklich so ein toller Typ war, wie du erzählst, dann hat er doch bestimmt dafür gesorgt, dass man sie nicht so leicht entdeckt!«

»Wär logosibel!« Lukas grinste verlegen. Offensichtlich war er nicht gewohnt, von Laura gelobt zu werden.

»Wir müssen dringend danach suchen!«, fuhr Laura fort.

»Danach suchen? Wieso denn?« Kaja klang plötzlich ängstlich.

»Ja – wieso?«, wollte nun auch Lukas wissen.

»Ähm«, sagte Laura. Wie immer, wenn ihr etwas nicht

gleich einfiel. »Ähm … Das … Das erzähle ich euch später.« Schnell blickte sie auf ihre Armbanduhr. »Außerdem haben wir heute eh keine Zeit mehr zum Suchen. Es gibt bald Abendessen, und danach hab ich noch zu tun! Ich schlage vor, wir treffen uns morgen wieder – und zwar gleich nach dem Unterricht.«

Das Feuer im Kamin knisterte, und der flackernde Schein erhellte das Gesicht des Professors. Aurelius Morgenstern wirkte erschöpft. In seinen altertümlichen Mantel gehüllt, saß er am großen runden Tisch seines Wohnzimmers und starrte vor sich hin. Er schien nichts um sich herum wahrzunehmen. Nicht das Licht in der Feuerschale in der Mitte des Tisches, nicht die Kerzen, die auf der schmalen Kommode an der Wand brannten, und auch nicht Laura, die ihm gegenüber Platz genommen hatte.

Das Mädchen musterte den Direktor voller Sorge. Kein Zweifel: Sein Gesundheitszustand hatte sich weiter verschlechtert, und es fragte sich, wie lange er sich wohl noch auf den Beinen halten würde. Ziemlich eigenartig, dass die Ärzte noch immer nicht herausgefunden hatten, was ihm fehlte. Aber warum ließ sich der Professor auch nicht in eine Klinik einweisen? Mit Sicherheit würde man dort schnell wissen, woran er litt, und ihn wahrscheinlich auch heilen können. Warum also machte Aurelius Morgenstern das nicht?

Ein plötzlicher Verdacht stieg in Laura auf: Sollte der Professor gar keine normale Krankheit haben? Sollte er leiden, weil es dem Hüter des Lichts schlecht ging? Vielleicht konnte ihm deshalb kein Arzt helfen … Genauso musste es sein! Und das würde bedeuten …

Laura hielt den Atem an. Die Tragweite ihrer Gedanken war ihr soeben bewusst geworden. Wenn es stimmte, dass der Zustand des Professors abhängig war von der Gesundheit des

Hüters des Lichts, dann ließ das nur einen einzigen Schluss zu: Wenn der Hüter des Lichts starb – dann musste auch Aurelius Morgenstern sterben!

Oh, nein!

Der Professor räusperte sich. »Auf die Idee, nach dieser Schatzkammer zu suchen, sind wir natürlich auch schon gekommen, Laura.«

»Und? Habt ihr sie entdeckt?«

Der Professor schüttelte den Kopf.

»Schade.« Laura klang enttäuscht.

»Du missverstehst mich«, erklärte Morgenstern. »Entdeckt haben wir sie sehr wohl! Allerdings erst nach langer Suche. Aber dann ist es Percy gelungen, die alten Pläne aufzutreiben, die der Baumeister aus dem Orient angefertigt hat. Und auf diesen Plänen waren zu unserem Glück auch die Kammer und der einzige Zugang eingezeichnet.«

»Ja, aber …?«

»Mit Hilfe des Planes haben wir schließlich den versteckten Gang im Keller entdeckt und sind in ihn eingedrungen. Aber dann wurde uns plötzlich klar, dass es keinen Sinn hat, in der Schatzkammer zu suchen.«

Laura verzog überrascht das Gesicht. »Warum denn nicht?«

»Weil der einzige Zugang vollständig verschüttet ist. Rund dreißig Meter nach dem Beginn des Ganges wird das weitere Fortkommen durch einen riesigen Haufen von Steinen und Schutt unmöglich. Er füllt den Gang vollständig aus, und zwar schon seit vielen Jahren, wie wir schnell feststellen konnten.«

»Aber – der Kelch könnte doch trotzdem in Reimars Schatzkammer sein, oder nicht?«

Morgenstern schüttelte den Kopf.

»Nein, Laura. Überleg doch mal: Der Kelch der Erleuchtung ist vor einem Jahr aus dem Labyrinth der Gralsburg

Hellunyat geraubt worden. Zur letzten Wintersonnenwende wurde er dann durch die magische Pforte von Aventerra auf unsere Erde gebracht und irgendwo hier in Ravenstein versteckt. Und genau deswegen kann sich der Kelch gar nicht in Reimars Schatzkammer befinden – weil der Zugang nämlich schon lange vorher blockiert worden ist! Verstehst du?«

Das Mädchen machte ein enttäuschtes Gesicht. »Klingt einleuchtend«, murmelte es.

Ein angestrengtes Lächeln huschte über das faltige Antlitz des Professors. »Meine Worte!«, sagte er. »Aber jetzt lass uns endlich fortfahren mit dem Unterricht.«

Er griff in die Tasche seines Mantels, und als die knochige Hand wieder daraus hervorkam, hielt sie eine weiße Holzkugel von der Größe eines Tennisballs. Morgenstern legte die Kugel vor sich auf den Tisch und schaute Laura eindringlich an. »Konzentriere all deine Gedanken und all deine Energie auf diese Kugel hier – und lass sie über den Tisch rollen!«

Laura war perplex. Verständnislos schaute sie den Professor an. »Wie soll das denn gehen?«, fragte sie ungläubig.

»Einzig und allein durch die Kraft deiner Gedanken. Gedanken sind nichts weiter als Energie, und mittels Energie wird Materie bewegt, wie du im Physikunterricht gelernt haben müsstest.«

»Ja, schon – aber trotzdem. Das ist doch nicht möglich!«

»Doch, Laura, das ist es. Das Phänomen der Telekinese ist selbst auf unserer Erde schon seit vielen Jahren bekannt und unzählige Male dokumentiert worden. Geheimdienste haben damit experimentiert, und die Streitkräfte vieler Länder haben versucht, diese Kräfte für ihre Zwecke zu nutzen. Auf Aventerra kennt man die Telekinese schon seit Anbeginn der Zeiten. Sie zählt zu den alten Fertigkeiten und ist deshalb auch vielen von uns Wächtern gegeben. Auch du kannst sie beherrschen, Laura, du musst nur üben. Es ist gar nicht so schwer, wie du glaubst. Schau her!«

Aurelius Morgenstern richtete den Blick auf den Holzball, der vor ihm auf dem Tisch lag. Er konzentrierte sich, schien nichts mehr wahrzunehmen außer dieser weißen Kugel. Nur diese tennisballgroße Kugel – weiter nichts. Seine Augen waren starr, kein Blinzeln bewegte die Lider, und Laura vermeinte eine seltsame Energie in seinen Pupillen zu erkennen.

Im selben Moment geschah es: Ein Ruck ging durch die Kugel, ein winziges Zucken nur, und sie bewegte sich. Wie von Geisterhand angestoßen, rollte sie langsam und gleichmäßig quer über den Tisch und blieb unmittelbar vor Laura liegen.

Laura staunte mit großen Augen – das war doch nicht möglich! Ungläubig schaute sie den Professor an.

Doch der nickte nur aufmunternd. »Jetzt bist du an der Reihe, Laura.«

Das Mädchen schluckte. Das konnte sie doch nicht. Niemals! Aber dann versuchte Laura es doch. Sie blickte auf die Kugel, die vor ihr lag. Jetzt beweg dich schon, dachte Laura, jetzt mach schon! Doch nichts geschah. Die weiße Holzkugel verharrte an ihrem Platz, als wäre sie dort festgeklebt. Wie sollte das auch gehen? Aber – vielleicht war ja auch ein Trick dabei? Ein Trick wie bei einem Zauberkunststück, den Aurelius Morgenstern nur noch nicht verraten hatte?

Der Professor runzelte ärgerlich die Stirn. »Sammle dich, Laura, und werde eins mit deiner Aufgabe. Dann wird die Kugel auch dir zu Willen sein.«

Also doch kein Trick!

Laura räusperte sich, rutschte unruhig auf dem Stuhl hin und her und blickte erneut auf den Holzball. Sie versuchte sich zu konzentrieren und nur diese Kugel zu sehen. Nur sie und sonst nichts. Sie stellte sich vor, wie diese ins Rollen kam, zögernd zuerst, und sich dann ganz sachte über die glatte Tischplatte auf den Professor zubewegte. Nur diese stetig rollende Kugel sah sie in ihren Gedanken, die langsam zu kullern begann.

Laura merkte, dass ihre Schläfen pochten. Ein leichter Schwindel erfasste sie, und ihr Kopf wurde heiß.

Da! Ein leichtes, kaum merkliches Zittern erfasste die Kugel, sie ruckte und setzte sich tatsächlich in Bewegung. Nein! Wie war das nur möglich? So was war ihr doch nie zuvor gelungen …

Da stoppte der Holzball plötzlich. Er hatte kaum vier oder fünf Zentimeter hinter sich gebracht, da war der ganze Zauber auch schon wieder vorbei.

Mist!

Laura hatte keine Ahnung, was der Grund dafür war. Was hatte sie bloß falsch gemacht? Enttäuscht ließ sie die Schultern hängen und atmete geräuschvoll aus. »Ich schaff das einfach nicht!«, rief sie resigniert.

Aurelius Morgenstern blickte sie tadelnd an. »Wenn du nicht daran glaubst, dann wirst du es niemals schaffen!«

»Aber das ist so schwer!«

Der Professor schüttelte den Kopf. »Das ist nicht schwer, Laura. Das ist im Gegenteil eine der leichtesten Übungen. Viel leichter als das hier zum Beispiel!«

Er drehte den Kopf zur Seite und blickte zu dem dreiarmigen Kerzenleuchter auf der Kommode an der Wand. Einen Moment nur schaute Aurelius Morgenstern die mittlere Kerze mit seltsam starren Augen an. Dann blinzelte er – und mit einem leisen »Wusschh« erlosch die Flamme.

Laura schüttelte ungläubig den Kopf. Wie machte der Professor das nur?

Ein Lächeln hatte sich auf das Gesicht des alten Mannes gelegt, als er fortfuhr: »Und noch viel schwerer ist dieses hier!«

Erneut wandte er seinen Blick der weißen Holzkugel zu, die vor Laura auf dem Tisch lag. Das Mädchen hatte den Eindruck, als verengten sich seine Pupillen leicht. Er fixierte die hölzerne Kugel mit einer derartigen Intensität, als wolle er durch sie hindurchschauen. Nach nur wenigen Augenblicken wurde der Ball erneut von einem Zittern erfasst. Doch was dann geschah, ließ Laura unwillkürlich die Luft anhalten: Die Kugel löste sich von der Tischplatte und begann, wie von unsichtbaren Fäden gezogen, langsam in die Höhe zu steigen! Höher stieg sie und höher, bevor sie in der Luft verharrte.

Mit offenem Mund starrte Laura auf die Kugel, die direkt vor ihr einen knappen Meter über dem Tisch schwebte.

Das war doch nicht möglich!

»Nein!«, flüsterte Laura überwältigt. »Nein.«

Die Worte waren kaum über ihre Lippen gekommen, als die Schwerkraft urplötzlich die Herrschaft über die Kugel zurückerlangte und diese mit lautem Poltern wie ein Stein auf den Tisch knallte. Laura bemerkte noch, dass die Wucht des Aufpralls eine kleine Delle im Holz hinterließ, aber dann wurde ihre Aufmerksamkeit auch schon von Professor Morgenstern in Anspruch genommen. Er war auf dem Stuhl zusammengesunken und hatte das Bewusstsein verloren.

Hastig sprang Laura auf, eilte auf den Ohnmächtigen zu und beugte sich besorgt über ihn. Der Professor atmete noch, sie konnte seinen Herzschlag fühlen. Wahrscheinlich nur ein Schwächeanfall, aber es war besser, wenn sich jemand um ihn kümmerte, der sich mit diesen Dingen auskannte.

»Mary!«, rief Laura. »Bitte, Mary, schnell!«

Aber da wurde die Zimmertür auch schon aufgerissen, und Mary Morgain eilte herbei. Auch sie vergewisserte sich, ob der Professor noch atmete, und fühlte seinen Puls. Sie schob ein Augenlid zurück und blickte ihm in die Pupille. Dann schien sie beruhigt.

»Keine Angst, Laura. Nur eine kleine Ohnmacht, er wird bald wieder zu sich kommen. Ich kümmere mich um ihn, und du gehst jetzt am besten, damit du rechtzeitig auf deinem Zimmer bist. Gute Nacht, Laura.«

»Gute Nacht, Mary.«

Als Laura die Tür erreicht hatte, drehte sie sich noch einmal um. Der Professor hing immer noch ohnmächtig im Stuhl. Mary Morgain hielt ihm ein Fläschchen unter die Nase. Als Laura das fahle Gesicht des alten Mannes sah, wurde ein entsetzlicher Gedanke Gewissheit: Der Professor war viel schlimmer erkrankt, als sie geahnt hatte.

Professor Aurelius Morgenstern war krank bis auf den Tod.

Der Hüter des Lichts stöhnte leise. Sofort trat Paravain an sein Lager und beugte sich besorgt über ihn.

»Was habt Ihr, Herr?«, fragte der junge Ritter. »Habt Ihr Schmerzen?«

Doch der Hüter des Lichts antwortete nicht. In eine tiefe Ohnmacht versunken, lag er auf der Schlafstatt seiner schlichten Kammer und nahm nichts von dem mehr wahr, was um ihn herum vorging.

»So antwortet doch, Herr!« Paravains Stimme hatte einen flehenden Klang.

Alienor, die auf einem Schemel neben Elysions Lager saß, räusperte sich. »Er … er kann Euch nicht hören«, sagte das Mädchen zögernd. »Der Trank aus Schlummerwurz und Güldenkraut, den ich ihm verabreicht habe, lindert nicht nur das Fieber, sondern schenkt auch einen erholsamen Schlaf.«

»Aber das rettet ihn nicht!«, brauste der Ritter auf. »Du siehst doch, dass er mit jeder Stunde schwächer wird!«

Alienor errötete und senkte den Kopf. »Tut mir leid, Herr«,

flüsterte sie. »Aber mehr kann ich nicht tun. Ich bin doch nur eine Schülerin.«

Voller Verzweiflung schüttelte Paravain wieder und wieder den Kopf und hämmerte sich mit der Faust an die Stirn. »Wenn Morwena doch hier wäre!«, stöhnte er. »Sie könnte ihm bestimmt helfen! Ganz bestimmt!«

Alienor schluckte, entgegnete aber nichts, während der Ritter unruhig in der Kammer auf und ab zu wandern begann.

Mit einem Male waren draußen hastige Schritte zu hören. Augenblicke später sprang die Tür auch schon auf, und eine Frau in einem schlichten weißen Gewand trat in die Kammer.

»Morwena! Endlich!« Ein Strahlen ging über das Gesicht des Ritters, als er auf die Heilerin zueilte, um sie mit einer Umarmung zu begrüßen.

»Es ging nicht schneller, Paravain, ich bin aufgehalten worden.« Die Heilerin löste sich aus den Armen des Ritters und warf dem Hüter des Lichts einen schnellen Blick zu. »Wie geht es ihm?«

»Elysion wird von Stunde zu Stunde schwächer.« Ein Ausdruck der Verzweiflung legte sich auf Paravains Gesicht. »Wenn du ihm nicht helfen kannst, dann weiß ich auch nicht …«

Die Heilerin lächelte ihn aufmunternd an. »Ich werde tun, was in meiner Macht steht. Ich habe einen ganz besonderen Trank aus meiner Heimat für ihn mitgebracht«, sagte sie und zog ein silbernes Fläschchen aus ihrem Gewand hervor, während sie auf Elysions Lager zuschritt.

Alienor erhob sich von ihrem Schemel, um der Heilerin Platz zu machen, und lächelte sie freudig an. »Seid gegrüßt, Morwena«, sagte sie.

Die Heilerin beachtete das Mädchen nicht. Hastig griff sie zu dem irdenen Becher auf dem Nachtschrank und leerte den

Inhalt des Fläschchens in den Rest des Schlummertrunks, der sich darin befand. Dann schob sie die linke Hand unter Elysions Kopf und richtete ihn auf.

»Aber, Herrin, Ihr werdet ihn aufwecken!«, rief Alienor besorgt, doch Morwena ließ ihren Einwand nicht gelten.

»Je eher er davon trinkt, umso besser!« Damit setzte sie dem Hüter des Lichts den Becher an die Lippen, um ihm den Trank einzuflößen.

Verwundert beobachtete Alienor ihre Lehrerin, als eine kleine Spinne über Elysions Kissen krabbelte und sich anschickte, den Arm der Heilerin zu erklimmen.

»Verschwinde!«, zischte Morwena herrisch und schüttelte das harmlose Tier ab – und da begriff Alienor, dass etwas nicht stimmen konnte.

»Vorsicht, Herr!«, schrie sie Paravain zu und warf sich nach vorne, um der Frau den Becher aus der Hand zu schlagen.

Mit lautem Klirren zerbarst er auf den Steinfliesen. Der Inhalt verteilte sich auf dem Boden. Einige Tropfen flossen auf das Schaffell neben Elysions Lager – von dem augenblicklich unter lautem Zischen und Brodeln schwarzer Rauch aufstieg. Das unheilvolle Elixier fraß große Löcher in das Fell.

Paravain riss das Schwert aus der Scheide und stürmte auf die falsche Morwena zu. Da verwandelte sie sich in eine schwarzhaarige Frau mit einem totenbleichen Gesicht, die wütend fauchte: »Du erwischst mich nicht, du Narr!«

Mit einer blitzschnellen Bewegung wich sie dem Schwerthieb des Ritters aus. Dann stieß sie ein schrilles Gelächter aus, stürmte auf das geschlossene Kammerfenster zu und stürzte sich durch die Scheibe!

Das Glas zerbarst mit lautem Splittern, Scherben gingen klirrend zu Boden.

Einen Moment war Paravain wie gelähmt, und auch Alienor konnte nicht fassen, was sich vor ihren Augen abgespielt hatte. Dann aber eilten beide zum Fenster und schauten hinunter in den Burghof, wo der zerschmetterte Körper der unheimlichen Frau liegen musste – aber da war nichts, nur ein dunkler Schatten, der über den Boden huschte. Paravain und Alienor hoben die Augen gen Himmel – und erblickten ein mächtiges Flügelwesen mit dem Gesicht und dem Oberkörper einer hässlichen Greisin und den Schwingen und dem Gefieder eines riesigen Geiers: eine Harpyie!

Pestartiger Gestank schlug ihnen entgegen, als der Sturmdämon auf sie zuflatterte. Mit einem irren Gelächter, das sowohl dem Ritter und dem Mädchen durch Mark und Bein ging, flog er auf das zerborstene Fenster zu.

Paravains Schwert zuckte vor, aber da drehte die Harpyie auch schon ab und schraubte sich mit ihren riesigen Schwingen in den Himmel.

Kapitel 12 Die Insel im Drudensee

Am nächsten Tag begann es zu regnen. Fette Wolken standen am Himmel und entledigten sich ihrer nassen Last. Burg Ravenstein war in einen feuchten Schleier gehüllt. Am Tag darauf wurde es nicht besser. Im Gegenteil: Am Vormittag kam auch noch ein Sturm auf – und der Regen nahm zu. Böige Winde peitschten dicke Regenschnüre schräg vor sich her, sodass sie jedem, der leichtsinnig genug war, sich ins Freie zu wagen, erbarmungslos und mit ungestümer Heftigkeit ins Gesicht fuhren. Der Regen war so stark, dass selbst die beste Regenkleidung keinen Schutz bot.

Der Boden war bald völlig durchnässt und so mit Feuchtigkeit voll gesogen, dass er keinen Tropfen mehr aufnehmen konnte. Die Bäche, die sonst durch die Täler des Hügellandes plätscherten und nur leise vor sich hin murmelten, hatten sich in reißende Ströme verwandelt, deren Gurgeln weithin zu hören war. Sie traten über die Ufer und überschwemmten das Land. Auch der Spiegel des Drudensees, in den zwei dieser Wildwasser mündeten, stieg kräftig an. Das Unwetter dauerte drei volle Tage. Erst in der dritten Nacht hörte der Regen auf.

Als Laura nach dem Aufwachen aus dem Fenster blickte, hatte es bereits aufgeklart, und vereinzelt war sogar die fahle Wintersonne zwischen den Wolken zu sehen.

Laura schöpfte endlich wieder Hoffnung. Aber leider hatte sie drei volle Tage verloren. Drei Tage, in denen sie zur Untätigkeit verdammt gewesen war. Drei Tage, in denen sie nicht nach dem Kelch hatte suchen können. Dabei hatte sie so wenig Zeit!

Nun gut – ganz untätig war sie nicht gewesen in diesen drei Tagen. Sie hatte den Unterricht bei Mary Morgain fortgesetzt, und einmal war es ihr sogar gelungen, nichts zu denken! Zumindest fast nichts. Dieser Zustand hatte auch nur wenige Augenblicke angedauert, bevor ihr wieder alle möglichen Gedanken durch den Kopf geschwirrt waren – aber es war immerhin ein erster Schritt, und Laura glaubte inzwischen, dass sie das Gedankenlesen vielleicht doch lernen könnte.

Ihre telekinetischen Kenntnisse dagegen machten kaum Fortschritte. Der Unterricht bei Professor Morgenstern war ziemlich mühsam. Der Kranke musste immer häufiger und in immer kürzer werdenden Abständen Pausen einlegen, da er von Tag zu Tag schwächer wurde. Immer wieder verlor er das Bewusstsein. Miss Mary ermahnte ihn, sich zu schonen und den Unterricht mit Rücksicht auf seine angeschlagene Gesundheit lieber ganz einzustellen. Doch davon wollte der Professor nichts wissen. Schließlich war er der einzige Wächter, der sich auf die Telekinese verstand. Und wenn er Laura nicht unterrichtete, von wem sollte sie es dann lernen?

Miss Mary hatte eingesehen, dass jeder Widerspruch zwecklos war, und ließ ihn gewähren. Ihr war bewusst, dass Aurelius Morgenstern schon bald in eine anhaltende Ohnmacht fallen würde. Dann konnte er Laura überhaupt nicht mehr helfen.

Lauras erste Unterrichtsstunde im Traumreisen war ein kompletter Reinfall gewesen. Sie war nicht über die ersten Minuten hinausgediehen. Percy Valiant hatte ihr nur einen dicken Wälzer in die Hand drücken können – »Über das Traumreisen und andere wundersame Fertigkeiten« lautete der Titel der alten Schwarte, die von einem gewissen Prof. Dr.

Dr. Moebius Sandmann verfasst worden war – und ihr erklärt, dass es sich dabei um *das* Standardwerk zum Thema Traumreisen handele. »Genauso, wie siisch ein jeder Fa'rschüler mit den Verke'rsregeln auseinandersetzen und sie siisch gut einprägen muss, Laura, genauso musst auch du diisch mit den t'eoretischen Grundlagen dieser 'ochlöbliischen Kunst befassen!«, hatte Percy gerade erläutert, als die Pieselstein auftauchte, um ihn zum Direktor zu beordern. Der habe was Dringendes mit ihm zu bereden, hatte sie erklärt. Wegen des alljährlichen Basketball-Turniers! Dabei fand das immer erst zu Ostern statt. Den entsprechenden Hinweis Percys hatte das Mäusegesicht schlicht ignoriert, sodass sich der Sportlehrer wohl oder übel den Anweisungen seines Vorgesetzten fügen musste – und Lauras Unterrichtsstunde ausfiel.

Laura hatte sich zwar mit Feuereifer in das Buch vertieft, aber selbst nach vierhundert Seiten verstand sie immer noch nicht so richtig, wie dieses Traumreisen funktionieren sollte. Aber kein Wunder: Diese Fähigkeit, sich in ein Geschehen hineinzuträumen, das sich an einem anderen Ort oder sogar zu einer anderen Zeit abspielte, um es genauso zu erleben, als sei man leibhaftig dabei, war so fantastisch, dass sie mit dem menschlichen Verstand kaum zu begreifen war. Um wie viel schwerer musste es dann sein, sie praktisch zu beherrschen?

Über all den verschiedenen Beschäftigungen war Laura kaum Zeit geblieben, für den Mathetest zu lernen. Dabei war der irre wichtig. Wenn sie wieder eine schlechte Note schreiben würde, wuchs die Gefahr, das Klassenziel erneut nicht zu erreichen. Rebekka Taxus würde bestimmt keine einfachen Aufgaben für den Test aussuchen, um es Laura leicht zu machen. Im Gegenteil: Die Taxus würde besonders schwere Aufgaben stellen, denn wenn Laura am Jahresende durchfiel, wäre sie gezwungen, das Internat zu verlassen, und damit würde es einen Wächter weniger auf Ravenstein geben.

Dennoch entschied Laura, dass ihre besondere Aufgabe Vorrang haben musste. Den Kelch der Erleuchtung zu finden war wichtiger als alles andere. Wenn Aventerra unterging und die Herrschaft des Ewigen Nichts anbrach, war es schließlich auch um den Bestand der Erde geschehen. Und was machte es dann noch aus, ob sie weiter das Internat besuchte oder nicht?

Aber was noch viel wichtiger war: Ohne den Kelch würde sie Papa nicht wiedersehen. Nie mehr! Und ihr Vater war ihr wichtiger als alles andere auf der Welt.

Am Freitag nach dem Mittagessen meldete sich Sayelle per Handy bei Laura und teilte ihr mit, dass sie wegen eines wichtigen Interviews mit einem Wirtschaftsboss für ein paar Tage verreisen müsse. Laura und Lukas konnten am Wochenende also nicht nach Hause kommen und mussten im Internat bleiben. Laura hätte am liebsten laut gejubelt über diese Nachricht ihrer Stiefmutter, die ihr mehr Zeit zur Suche gab.

Aber leider war selbst nach dem Ende des Unwetters nicht daran zu denken, die Suche fortzusetzen. Der Park und die Umgebung von Ravenstein waren so feucht, dass man fast bis zu den Knöcheln im Boden versank, wenn man einen Fuß irgendwohin setzte. Laura musste erst warten, bis alles einigermaßen abgetrocknet war – wodurch wiederum kostbare Zeit verloren ging. Und so verstrich das gesamte dritte Adventswochenende ungenutzt, was Laura so sehr verstimmte, dass sie keine rechte Lust zum Mathepauken mehr aufbrachte.

Außerdem klammerte sie sich an die Hoffnung, bis zum Mathetest das Gedankenlesen so weit zu beherrschen, dass sie sich in Pickel-Paules Gehirn einklinken konnte. Das Mathegenie würde mit Sicherheit die richtigen Lösungen wissen! Selbst wenn sie nur einen Teil seiner Gedanken lesen konnte, würde sie auf diese Weise den besten Test seit Jahren schreiben.

Insgeheim freute Laura sich schon auf das dämliche Gesicht, das Pinky Taxus machen würde, wenn sie ihre Testergebnisse zu Gesicht bekam!

Am Sonntagnachmittag bekam Laura den ersten praktischen Unterricht von Percy. Zumindest beinahe.

»Du musst versuchen, in den Tunnel zu kommen!«, erklärte ihr der Lehrer im ruhigen Turmzimmer.

»Hä?« Laura musste wohl ein ziemlich dämliches Gesicht machen, den Percy lachte unwillkürlich.

»Natürliisch!«, sagte er, immer noch schmunzelnd. »Als guter Läuferin müsste dir dieser Ausdruck doch gewärtiisch sein, oder?«

Da erst verstand Laura, was Percy meinte. Mit »Tunnel« – manche nannten es auch »Zone« oder »Flash« – bezeichneten Läufer jenen fast tranceartigen Zustand, in den sie gelegentlich gerieten, wenn sie bei langen, anstrengenden Läufen den Zustand der vermeintlichen Erschöpfung überwanden und einfach weiterrannten. Viele fühlten sich dann wie im Rausch und völlig losgelöst von der irdischen Schwere. Andere meinten zu schweben und fühlten sich geradezu euphorisch – weshalb sie immer wieder aufs Neue versuchten, in diesen Tunnel zu kommen.

Und genau den gleichen Zustand musste man erreichen, wenn man zu einer Traumreise aufbrechen wollte. Jedenfalls behauptete Percy das.

Laura blickte ihn skeptisch an. »Sie … ähm … du …« – natürlich hatte auch der Sportlehrer darauf bestanden, dass Laura ihn duzte und mit seinem Vornamen anredete – »Du meinst, man kann sich in diesen Zustand versetzen, ohne dass man vorher läuft?«

»Natürliisch! Dursch ganz bestimmte Atemtechniken zum Beischpiel! Lass es uns einfach versuchen.«

Es klappte besser, als Laura gedacht hatte. Wobei ihr sicherlich hilfreich war, dass sie diesen Tunnel-Zustand vom Laufen her kannte.

»'ervoragend! Süperb!«, lobte Percy überschwänglich. »Miisch dünkt, du 'ast ein natürliisches Talent für das Traumreisen!«

Percy wollte ihr gerade eine weitere Übung erklären, als Attila Morduk ins Turmzimmer polterte. Dr. Schwartz würde überall nach Percy suchen, teilte er dem Lehrer kurz angebunden mit. Auf Percys Frage nach dem Grund brummte er nur: »Weiß ich doch nicht. Aber ich an Ihrer Stelle würde sofort zu ihm gehen. Wenn Dr. Schwartz euch hier erwischt, ist der Teufel los!«

Percy war wenig begeistert von dem offensichtlichen Störmanöver des Dunklen, musste sich aber fügen.

Attila Morduk warf Laura noch einen finsteren Blick zu, bevor er mit Percy das Turmzimmer verließ, und Laura bekam es plötzlich mit der Angst zu tun.

Mit diesem Typen ist sicherlich nicht zu spaßen, dachte sie. Kein Wunder, dass er den Büttel für Dr. Schwartz macht!

Am Montag hatte der Wind den Boden endlich so weit getrocknet, dass man sich wieder ins Freie wagen konnte. Als Laura Kaja allerdings vorschlug, sich nach dem Essen mit Lukas am Drudensee zu treffen, schaute die sie ganz entgeistert an.

»Zum Drudensee? Heute? Ich dachte, wir wollten heute endlich mal Mathe lernen?«

»Das können wir doch morgen auch noch!«

Kaja schüttelte missbilligend den Kopf. »Ich versteh dich einfach nicht, Laura«, sagte sie. »Du weißt doch, wie wichtig der Test für dich ist. Aber anstatt zu lernen, hängst du andauernd mit Miss Mary und Percy rum. Und dann kümmerst du dich zu allem Überfluss auch noch um den Professor, was nun wirklich Schwachsinn ist. Erstens macht Miss Mary das sowieso schon, und zweitens kannst du ihm ja doch nicht helfen. Also, was soll das?«

Laura verzog genervt das Gesicht. »Ach«, sagte sie gedehnt. »Das verstehst du nicht.«

»Dann erklär 's mir eben! Ganz so bescheuert bin ich doch auch nicht, dass ich das nicht verstehen würde, wenn du wirklich wichtige Gründe dafür hättest.«

Laura biss sich auf die Lippen. Vielleicht würde Kaja es ja tatsächlich verstehen? Vielleicht sollte sie ihr endlich sagen, was Sache ist. Schließlich war sie auf deren Hilfe angewiesen. Und auf die von Lukas auch. Irgendwann würde der Moment ohnehin kommen, an dem sie die beiden einweihen musste. Warum dann nicht gleich? Dann hätte wenigstens diese ewige Fragerei ein Ende.

Aber Laura entschied sich dagegen. Sie konnte Kaja noch nicht einweihen. Und auch Lukas nicht. Die Geschichte, die sie ihnen erzählen musste, war derart fantastisch, dass sie ihr nicht glauben würden. Lukas mit Sicherheit nicht. Und Kaja wahrscheinlich auch nicht. Jedenfalls zum jetzigen Zeitpunkt noch nicht.

»Klar weiß ich, wie wichtig der Test für mich ist«, sagte Laura deshalb hastig. »Und ich versprech dir, dass wir ab morgen auch regelmäßig dafür lernen. Aber heute lass uns zum Drudensee gehen, okay?«

Kaja antwortete nicht. Nachdenklich sah sie Laura an, und ihrem Blick war zu entnehmen, dass sie sich nicht schlüssig war, ob sie Lauras Vorschlag gut finden sollte oder nicht.

»Also, was ist?«, drängte Laura ungeduldig. »Kommst du nun mit – oder nicht?«

Eine knappe Stunde später standen die drei Freunde auf dem Bootssteg in der Nähe der Badebucht. Die hölzernen Planken waren schwarz vor Nässe und schwankten leicht. Der Himmel über dem Drudensee sah aus wie frisch gegossenes Blei. Ein kräftiger Wind strich über die Wasserfläche und verpasste ihr ein unruhiges Kräuselmuster. Zwei Ruderboote waren am Steg festgemacht. Unruhig tanzten sie auf und ab und zerrten an den Tauen. Fast schien es so, als könnten sie es gar nicht erwarten, endlich auf den See hinausgelenkt zu werden.

Die kleine Insel lag vielleicht zweihundert Meter vom Ufer entfernt. Aus der Ferne wirkte das Gestrüpp, mit dem sie bewachsen war, wie ein undurchdringlicher Wall. Kein Zugang zur Insel war zu sehen, und kein Laut drang von ihr herüber an die Ohren der Freunde. Die Stille, die von ihr ausging, war fast unheimlich.

Kaja wurde blass, als sie bemerkte, wie unruhig das Wasser war. »Sollen wir da wirklich rüber? Und dann auch noch ohne dich?«

Laura nickte. »Tut mir leid, Kaja. Aber seit dem Unfall –« Sie brach ab, weil die Erinnerung an den schrecklichen Tag mit einem Male wieder so lebendig wurde, als sei es erst gestern gewesen. Sofort fühlte sie die maßlose Angst wieder, die sie damals ergriffen hatte. Sie sah das gurgelnde Wasser wieder vor sich, das in das Auto eindrang und rasch anstieg, höher und höher. Und sie sah ihre Mutter, die hinter dem Lenkrad eingeklemmt war und verzweifelt versuchte, ihren Gurt zu lösen.

Doch Anna Leander hatte es nicht geschafft. Es war ihr nur noch gelungen, Laura aus dem Sicherheitsgurt zu befreien und sie im letzten Moment aus dem sinkenden Auto zu stoßen. Laura sah es wieder vor sich, das Ufer, auf das sie mit letzter Kraft zu schwamm. Laura wusste noch, dass sie den Kopf gedreht hatte, um zurückzublicken … Aber an das, was danach geschehen war, konnte sie sich nicht mehr erinnern. Offensichtlich hatte das Gedächtnis Mitleid mit ihr und die schrecklichen Bilder vollständig gelöscht. Obwohl das alles nun schon über acht Jahre her war, legte sich eine seltsame Beklemmung auf Lauras Brust, und das Atmen fiel ihr plötzlich schwer.

»Du meinst den Unfall, bei dem eure Mutter ertrunken ist?«, fragte Kaja vorsichtig.

»Ja«, sagte Laura. »Seitdem krieg ich Panik, wenn ich Wasser nur sehe!«

Kaja legte ihr die Hand auf die Schulter und schaute sie mitfühlend an. »Schon okay, Laura.«

»Jetzt komm endlich, Kaja«, sagte Lukas. »Wir schaffen das auch alleine!«

Er ging zum Rand des Stegs und stieg in eines der Ruderboote. Es schwankte heftig unter seinem Gewicht. Dabei wog er nicht mehr als vierzig Kilo. Er setzte sich auf die Ruderbank, ergriff die beiden Riemen und schaute Kaja auffordernd an. »Worauf wartest du denn noch?«

Kaja wechselte einen fragenden Blick mit Laura. Sie schien immer noch nicht so richtig angetan zu sein von der Idee, zur Insel zu rudern. Vielleicht fürchtete sie sich ja auch?

Laura nickte ihr aufmunternd zu. »Du brauchst keine Angst zu haben«, sagte sie. »Du wirst sehen: Lukas bringt euch heil hinüber – und auch wieder zurück.«

Kaja zuckte mit den Schultern. »Wenn du meinst«, sagte sie und wandte sich mit gequältem Lächeln zum Boot. Lukas zog es ganz dicht an den Steg heran. Dennoch schwankte es heftig, als Kaja einstieg. Sie stieß einen spitzen Laut aus und verlor das Gleichgewicht. Nur Lukas' blitzschneller Reaktion hatte sie es zu verdanken, dass sie nicht kopfüber ins eiskalte Wasser stürzte – seine Hand schnellte vor, erwischte sie im letzten Moment am Kragen ihres Anoraks und hielt sie fest.

»Uups«, sagte Kaja und lächelte Lukas verlegen an. »Vielen Dank.«

»Schon okay«, antwortete der und bedeutete ihr, sich auf die Heckbank zu setzen.

Kaja ließ sich vorsichtig nieder und umklammerte mit beiden Händen den Bootsrand, einen ängstlichen Blick auf die Freundin auf dem Steg gerichtet.

Lukas nickte seiner Schwester zu. »Mach das Tau los«, bat er.

Laura bückte sich, löste den Knoten, warf Lukas das Tau zu und verpasste dem Boot einen kleinen Stoß. Sofort glitt es auf den See hinaus. Die unruhigen Wasser ließen es schaukeln, und Kajas Blick wurde noch ängstlicher. Mit wenigen gekonnten Schlägen richtete Lukas das Boot aus, bis dessen Spitze in Richtung Insel zeigte. Dann begann er, die Riemen durch das Wasser zu ziehen. Kräftig und gleichmäßig zog er, als hätte er in seinem Leben noch nie etwas anderes getan, und sie glitten ruhig auf die Insel zu.

Laura stand reglos auf dem Bootssteg und beobachtete den Bruder und die Freundin besorgt. Obwohl sie wusste, dass Lukas ein ausgezeichneter Ruderer war, hatte sie ein beklemmendes Gefühl.

Einige Minuten später hatte das Boot die Insel erreicht. Lukas ruderte nahe am Ufer entlang, um eine geeignete Stelle zum Anlegen zu finden. Doch das erwies sich als äußerst schwierig, ja nahezu unmöglich. Ein abweisender Saum aus stacheligen Brombeersträuchern, Weißdorn- und Schlehenbüschen zog sich um die Insel. Sie standen so dicht beeinander, dass ein Durchkommen fast unmöglich erschien, und so mussten die beiden beinahe das ganze Eiland umrunden, bis sie endlich eine kleine Bucht fanden, deren Uferstreifen weniger stark bewachsen war.

Kies schrappte unter dem hölzernen Rumpf des Kahns, und Sand knirschte, als er aufsetzte. Lukas stakte ihn mit einem Riemen noch höher an Land. Dann sprang er hinaus, packte das Tau und zog das Boot die Uferböschung hoch. Auffordernd streckte er Kaja die rechte Hand entgegen – wie ein Kavalier in einem Musketier-Film.

Einen Augenblick war Kaja unschlüssig – sollte sie sich von Lukas helfen lassen oder nicht? Doch dann ergriff sie seine Hand und stieg aus dem Boot.

»Danke«, sagte sie lächelnd.

»Gerne«, antwortete der Junge. Fast schien es, als würde er erröten. Schnell ließ er die Hand des Mädchens los, drehte sich um und musterte skeptisch das dichte Gestrüpp sowie die kahlen Birken und jungen Fichten im Wintergrün hinter der Uferlichtung.

»Komm, Kaja. Wir schauen uns mal um.« Lukas schlug sich in die Büsche. Das Mädchen folgte ihm.

Sie waren erst wenige Meter gegangen, als Kaja laut aufschrie: »Aua!« Eine stachelige Brombeerranke hatte sich in ihrem Haar verfangen und ziepte an ihren Locken, sodass sie vor Schmerz das Gesicht verzog. Das Mädchen hielt Lukas die Handrücken entgegen, die von mehreren Kratzwunden gezeichnet waren. Einige wenige waren tiefer und bluteten leicht. Auch in ihrem Gesicht konnte Lukas Kratzer entdecken.

Er bemerkte plötzlich, dass die dornigen Schlehen-, Brombeer- und Hagebuttensträucher auch auf seinen Händen blutige Spuren hinterlassen hatten. Und sein Gesicht sah wahrscheinlich auch nicht besser aus als Kajas.

Die tiefe Falte furchte sich in die Stirn des Jungen, während er Kaja von dem lästigen Stachelzweig befreite.

»Danke, Lukas.«

»Schon gut«, brummte er. Nachdenklich warf er einen Blick in die Runde. Er musste einsehen, dass es einfach nicht mehr weiterging. Das Buschwerk stand jetzt so dicht, dass sich nicht einmal mehr eine ausgehungerte Schlange hätte hindurchschlängeln können. Und wohin Lukas auch schaute – nirgends konnte er eine Schneise oder einen Weg entdecken, der durch das Gestrüpp führte. Es gab noch nicht einmal einen schmalen Pfad, der ins Innere der Insel führte.

Enttäuscht schüttelte der Junge den Kopf. Obwohl sie sich kaum zehn Meter vom Ufer entfernt hatten, war es einfach unmöglich, weiter vorzudringen. Dabei hatten sie an der Stelle angelegt, an der die Bäume und Büsche am wenigsten dicht zu sein schienen! Missmutig blickte er Kaja an. »Hier kommt niemand weiter«, sagte er. »Allenfalls mit Buschmesser oder Machete.«

Auch Kaja zog die Stirn in Falten. »Und wenn das jemand getan hat?«, fragte sie.

Wieder schüttelte Lukas den Kopf. »Das würde man sehen, Kaja. Laura hat doch gesagt, dass das Versteck, nach dem sie sucht, maximal vor einem Jahr angelegt worden ist, oder?«

»Ja, und?«

»Wenn sich vor einem Jahr jemand durch dieses Dickicht gekämpft hätte, dann würde man den Pfad immer noch erkennen können. Der wär doch unmöglich wieder vollständig zugewachsen!«

Auch wenn Kaja keine allzu großen Kenntnisse in Botanik besaß, so war ihr trotzdem klar, dass das wohl stimmte. In einem Zeitraum von zwölf Monaten hätten selbst schnell wachsende Sträucher nicht alle Spuren eines Pfades verdecken können. Aber genau das war hier der Fall: Im Gestrüpp war nicht die geringste Spur eines noch so schmalen Durchlasses zu entdecken.

»Du hast Recht, Lukas«, sagte sie. Sie war hörbar enttäuscht.

»Lass uns zurückrudern!« Lukas wollte den Weg zum Ufer einschlagen, als er plötzlich stehen blieb und ein überraschtes Gesicht machte. »Merkwürdig!«, sagte er nachdenklich.

Kaja verstand zunächst nicht, was Lukas meinte. Doch dann sah sie, worüber Lukas sich wunderte: Wenige Meter von ihnen entfernt rankte sich eine seltsame Schlingpflanze um eine schmächtige Birke. Kaja hatte eine solche Pflanze noch nie zuvor gesehen. Wie eine grüne Schlange wand sie sich um den Baum. Die großen fleischigen Blätter waren fast unwirklich grün. Am auffälligsten aber waren die üppigen Blütenkelche der Pflanze. Sie waren von einem auffallend kräftigen Rot und hatten lange gelbe Staubfäden.

Laura schaute den Bruder überrascht an. »Was ist daran so merkwürdig?«, fragte sie.

Lukas verzog das Gesicht. Er stand auf dem Bootssteg und hielt Laura eine rote Blüte entgegen. Er hatte sie auf der Insel gepflückt, bevor er mit Kaja wieder zurückgerudert war.

»Fragst du das im Ernst?«, sagte er, während er Laura zweifelnd anblickte. »Überleg doch mal: Eine Blüte im Dezember ist an sich schon ziemlich ungewöhnlich …«

Laura schlug sich mit einem leisen Stöhnen an die Stirn. »Natürlich! Da hätt ich auch von alleine drauf kommen können!«

»Sag ich doch, du Spar-Kiu!« Lukas grinste. Dann wurde er wieder ernst. »Was allerdings noch merkwürdiger ist, ist die Tatsache, dass es sich hier um eine Alamania punicea handelt – und diese Pflanze ist hier überhaupt nicht heimisch! Sie wächst nicht bei uns, weder in unserer Gegend noch irgendwo sonst in Deutschland. In ganz Europa gibt 's dieses Gewächs nicht!«

Die Mädchen schauten ihn überrascht an. Was hatte das zu bedeuten?

»Die Alamania punicea miraculosa ist eine äußerst seltene Orchideenart, die eigentlich nur in den Tropen vorkommt«, fuhr Lukas fort. »Was allerdings das Allermerkwürdigste ist …« Er machte eine kleine Pause, um die Mädchen ein bisschen auf die Folter zu spannen.

Kaja schaute ihn böse an und knuffte ihn an den Arm. »Jetzt sag schon!«, forderte sie ihn ungehalten auf.

Ein Lächeln huschte über das Gesicht des Jungen. Immer wieder erstaunlich, wie leicht Mädchen auf die Palme zu bringen waren!

»Das Allermerkwürdigste ist, dass die Alamania punicea miraculosa auch in Mexiko, ihrer Ursprungsregion, bereits seit mehr als hundert Jahren als ausgestorben gilt!«

»Was?«, staunte Kaja. »Aber das gibt 's doch nicht!«

»Das ist tatsächlich seltsam«, sagte Laura. »Ich meine, du hast die Blüte doch eben erst auf der Insel gepflückt, oder?«

»Ja«, antwortete Lukas. »Es gibt dort auch noch mehr davon.«

»Und was schließt du daraus?«

Lukas zuckte mit den Schultern. »Keine Ahnung. Jedenfalls ist mir bislang noch keine einleuchtende Erklärung eingefallen.«

Auch Kaja machte ein ratloses Gesicht. Wenn der belesene und neunmalkluge Lukas das nicht wusste, wie sollte sie dann das wissen?

»Und ihr seid sicher, dass auf der Insel niemand was versteckt haben kann?«, fragte Laura weiter.

»Exaktenau«, antwortete Lukas. »Das kann ich mir beim besten Willen nicht vorstellen. Und wenn du mit eigenen Augen gesehen hättest –«

»Ist schon okay, Lukas«, unterbrach ihn Laura rasch. »Ich glaub's euch ja.«

Eine Weile starrte sie schweigend vor sich hin. Das sanfte Plätschern des Wassers war zu hören, das gegen den Bootssteg schwappte, eine einsame Ente quakte im Schilf, und einige neugierige Spatzen auf Futtersuche tschilpten.

Laura schien nachzudenken. Dann nickte sie mit dem Kopf. »Wenn das Versteck weder die geheime Schatzkammer noch auf der Insel sein kann«, sagte sie gedehnt, »dann bleibt uns eigentlich nur noch eine einzige Möglichkeit.« Sie schaute die beiden Freunde auffordernd an.

Kaja verstand zunächst nicht, was Laura meinte, aber dann dämmerte es ihr. Ein ängstlicher Ausdruck legte sich auf ihr Gesicht. »Oh, nö!«, stöhnte sie. »Müssen wir da wirklich hin?«

»Ich fürchte, es bleibt uns nichts anderes übrig!«, erklärte Laura ernst. Damit drehte sie sich um und lief los.

Morwena fühlte sich wie ausgedörrt, ihre Zunge klebte am Gaumen. Die Heilerin hatte Durst, schrecklichen Durst. Vor Stunden schon war ihr Wasservorrat zur Neige gegangen, und ein Ende der Glimmerwüste war immer noch nicht in Sicht. Dabei konnte es doch gar nicht mehr weit sein bis zur Dusterklamm.

Auch Feenbraut litt unter der unerträglichen Hitze. Mühsam schleppte sich das Zweihorn durch den tiefen Wüstensand, und Morwena vermeinte die Erschöpfung ihres Reittieres fast körperlich zu spüren. Sie stellte sich im Steigbügel auf und spähte zum Horizont – obwohl ihre Sicht durch eine mächtige Staubwolke behindert wurde, glaubte sie in der flirrenden Ferne die hoch emporragende Felsnadel zu erkennen, die den Beginn der Dusterklamm markierte. Morwena schöpfte neuen Mut und trieb Feenbraut mit sanftem Schenkeldruck an. Plötzlich entdeckte sie den Wandernden Sandstrudel.

Die Heilerin erschrak, und ihr Herz begann heftiger zu schlagen. Wandernde Sandstrudel stellten für Reisende die größte Gefahr in der gefürchteten Glimmerwüste dar. Die tückischen Strudel lauerten fast überall, schlichen sich lautlos und meist völlig unbemerkt an ihre Opfer heran, um dann jeden, der hineintappte, blitzschnell in ihren endlosen Schlund hinabzusaugen. Ihr Appetit und ihre Blutgier kannten keine Grenzen.

Beklommen drehte Morwena sich nach dem Wandernden Sandstrudel um, der ihrem Zweihorn in sicherer Entfernung folgte. Er machte sich nicht die Mühe, sich unter dem Sand zu verstecken, sondern setzte ihr mit offenem Schlund nach. Auch Feenbraut hatte ihn bereits bemerkt, denn sie wieherte unruhig und schlug ein schärferes Tempo an.

Morwena wusste, dass das nichts helfen würde. Wandernde Sandstrudel waren schnell und konnten jedem Reittier mühelos folgen. Sie waren an das Leben in der Wüste gewohnt und bewegten sich unter dem Sand viel schneller vorwärts als die Lebewesen, die die Wüste auf dem Sand überwinden wollten. Allerdings konnten die Sandstrudel die Wüste nicht verlassen.

Wenn es Morwena gelang, die Dusterklamm zu erreichen, ohne in den Wandernden Sandstrudel hineinzutappen, war sie in Sicherheit. Sie hoffte das zu schaffen, denn sie hatte es nicht mehr allzu weit, und glücklicherweise war der Wandernde Sandstrudel allein. Wandernden Sandstrudeln, die im Rudel jagten, zu entkommen war nahezu aussichtslos.

Feenbraut wieherte unruhig.

Die Heilerin beugte sich vornüber und flüsterte dem Zweihorn beruhigende Worte ins Ohr. »Ruhig, Feenbraut, nur die Ruhe! Wir haben es bald geschafft, und wenn wir gut aufpassen, kann uns nichts geschehen.«

Doch Feenbraut wollte sich nicht beruhigen. Trotz ihrer Erschöpfung warf sie schnaubend den Kopf nach oben und wieherte ängstlich.

Morwena drehte sich um – und da bemerkte sie den zweiten Strudel. Er näherte sich von der Seite und wälzte sich rasend schnell heran. Er war noch größer als der erste und schien noch gieriger zu sein. Mit weit aufgerissenem Schlund pirschte er sich ganz nahe an das Zweihorn heran, und fast sah es so aus, als wolle er nach ihm schnappen.

Mit einem hastigen Sprung wich Feenbraut dem Zugriff des Wandernden Sandstrudels aus – und Morwena glaubte aus der Tiefe des endlosen Schlundes ein enttäuschtes Fauchen zu hören. Aber vielleicht war es auch nur die flirrende Hitze über der Wüste, die das Geräusch verursacht hatte?

Durch die Attacke des Artgenossen ermutigt, schlich der erste Strudel näher heran. Er lauerte bereits dicht hinter Feenbraut. Doch das Zweihorn war geschickt. Es wich den Wandernden Sandstrudeln aus und beging keinen Fehltritt.

Wieder hörte die Heilerin ein Fauchen. Und diesmal war die Hitze mit Sicherheit nicht die Ursache dafür – es stammte vielmehr von einem ganzen Rudel Wandernder Sandstrudel. Fünf, sechs, sieben Strudel rollten hinter einer Düne hervor und bewegten sich unter dem Sand rasend schnell auf Morwena und Feenbraut zu.

Augenblicke später waren das Zweihorn und seine Reiterin von Wandernden Sandstrudeln eingekreist. Morwena starrte in die aufgerissenen Schlünde, die in grausige Tiefen führten. Sie hörte ihr gieriges Fauchen, und als sie in einem der gähnenden Abgründe die Gebeine früherer Opfer zu sehen glaubte, setzte ihr Herz beinahe aus.

Doch noch schnappten die Wandernden Sandstrudel nicht zu. Wie hungrige Wölfe umkreisten sie ihre Opfer, näherten sich hin und wieder, um nach den Beinen des Zweihorns zu schnappen, bevor sie sich blitzschnell wieder zurückzogen. Fast hatte es den Anschein, als wolle das Rudel mit Morwena und Feenbraut spielen, vollkommen sicher, dass es für die beiden kein Entkommen mehr gab.

Kapitel 13 Im Henkerswald

Der Henkerswald machte seinem Namen alle Ehre. Es war unheimlich dort. Nahezu gespenstisch. Ein schmaler Waldweg schlängelte sich durch den Forst, der schon seit vielen Jahren nicht mehr bewirtschaftet wurde. Es wurde kein Holz mehr geschlagen und auch keine Setzlinge mehr angepflanzt. Und ebenso wenig kümmerte man sich um die Schäden, die Stürme oder andere Unwetter anrichteten. Entwurzelte Bäume wurden nicht entfernt, und niemand räumte gefallene Äste zur Seite. Die Natur blieb einfach sich selbst überlassen, und so war im Laufe der Zeit ein kleiner Urwald entstanden. Die mächtigen alten Bäume – überwiegend Eichen, Buchen, Kiefern und Fichten – standen dicht an dicht und reckten sich hoch zum grauen Nachmittagshimmel, der hin und wieder durch die Wipfel schimmerte. Die dicken Stämme waren mit dichtem Moos bewachsen und von Efeu überzogen. Von vielen Ästen hingen lose Flechten und allerlei Ranken und Schlingpflanzen. Aus dem mit welkem Laub bedeckten Boden sprossen meterhohe Farne, deren Wedel graubraun verfärbt waren.

Trotz der frühen Nachmittagsstunde herrschte bereits Dämmerlicht im Henkerswald. Den Freunden war unbehaglich zumute, während sie dem schmalen Weg in Richtung Gruft folgten. Kaja blickte sich ängstlich um, und auch die Gesichter von Laura und Lukas hatten einen angespannten Ausdruck angenommen. Der Klang ihrer Schritte wurde durch einen dicken Teppich aus alten Tannennadeln und verrottendem Laub gedämpft. Der Geruch von Moder und Fäulnis lag in der Luft. Wieder und wieder raschelte und wisperte es im Unterholz, und auch Knacken und Knistern waren zu hören. Doch es war niemand zu entdecken, der diese Geräusche verursacht haben konnte. Kein Mensch und kein Tier.

Komisch, dachte Laura, nicht mal ein Vogel ist zu sehen.

Im gleichen Augenblick fiel ihr auf, dass auch kein Vogelgezwitscher zu hören war. Natürlich wusste sie, dass sich im Winter weniger Vögel im Wald aufhielten als während der warmen Jahreszeit. Aber trotzdem hätte man zumindest einige Vogellaute hören müssen. Als sie sich suchend umblickte, bemerkte sie düstere Schatten, die über Bäume und Sträucher strichen. Oder waren das am Ende gar keine Schatten, sondern die Geister, die im Henkerswald angeblich ihr Unwesen trieben? Die Geister der Ravenstein'schen Ritter vielleicht? Oder die Geister der unschuldig Hingerichteten?

In früheren Zeiten hatte eine Lichtung im Wald als Richtstätte gedient. Viele Unschuldige waren unter den Unglücklichen, die an diesem grausigen Platz den Tod durch den Henker fanden – besonders unter Reimar von Ravenstein. Ein fadenscheiniger Beweis oder die Aussage eines windigen Zeugen hatten genügt, und schon war es um den armen Kerl oder die arme Frau geschehen. Und wenn es der Grausame Ritter höchstpersönlich auf jemanden abgesehen hatte, dann bekam der Henker auch Arbeit, ohne dass ein Gericht zuvor ein Schandurteil fällen musste.

Seit jenen Tagen schon erzählte man sich in der Gegend mancherlei Schauergeschichten über die Geister dieser unschuldig Gerichteten, die angeblich, ruhelos auf Rache sinnend, im Henkerswald ihr Unwesen trieben. Natürlich wurden diese Gruselstorys auch im Internat mit Begeisterung weitererzählt. Gesehen hatte diese Geister allerdings noch niemand, nur ihr schauerliches, durch Mark und Bein gehendes Heulen wollten einige wenige Ravensteiner schon gehört haben. Oder zumindest kannten sie jemanden, der es vernommen haben wollte. Natürlich wusste auch Laura um diese Gerüchte, aber sie hatte nie ernsthaft daran geglaubt.

Doch irgendeine Ursache mussten diese unheimlichen Geräusche ja haben, die sie seit dem Moment begleiteten, in dem sie den Henkerswald betreten hatten …

Plötzlich schrie Kaja laut auf. Wie angewurzelt blieb sie stehen. Alles Blut war aus ihrem Gesicht gewichen.

Überrascht schaute Laura die Freundin an. »Was ist los?«

»Hast du das nicht gehört?«

»Was denn?«, fragte Laura. Und da erst bemerkte sie, dass Kaja am ganzen Leibe zitterte.

»Dieses … schreckliche Heulen«, antwortete Kaja. »Es war richtig unheimlich. Wie … wie von einem Geist.«

»Du spinnst!«, sagte Lukas kühl. »Das hast du dir nur eingebildet.«

»Hab ich nicht!«

»Und warum haben Laura und ich es dann nicht gehört?«, fragte Lukas. »Du hast es doch auch nicht gehört, oder, Laura?«

Laura schüttelte den Kopf.

»Weiß ich doch nicht!«, sagte Kaja trotzig. »Vielleicht weil es nur ganz leise war und auch noch ein Stück entfernt. Aber ich hab 's trotzdem ganz deutlich gehört.«

»Alles nur Einbildung«, widersprach der Junge. Dann fügte er grinsend hinzu: »Wenn man Angst hat, setzt bekanntlicherweise das Denken aus, und man wird anfällig für dummes Zeug!«

Kaja starrte ihn böse an. »Willst du etwa behaupten, ich hätte Angst?«, fragte sie in einem lauernden Ton, der nichts Gutes verhieß.

Lukas grinste noch breiter. »Ich bewundere deine Kombinationsgabe!«, höhnte er. »Du bist ganz schön clever – für einen Spar-Kiu zumindest!«

Kaja blies empört die Wangen auf und ließ die Luft geräuschvoll ausströmen. »Du … du hast sie ja nicht mehr alle!«, giftete sie Lukas an. »Du … du blöder –«

»Hey!«, fuhr Laura schroff dazwischen. »Kommt wieder runter, ihr beiden, und führt euch nicht auf wie im Kindergarten!«

Kaja japste. Kurz sah es so aus, als wolle sie etwas sagen, aber dann ließ sie es lieber bleiben. Stattdessen schoss sie einen wütenden Blick auf Lukas ab, und der schnitt ihr eine hämische Grimasse.

»Hört endlich auf mit dem Quatsch!«, mahnte Laura. Sie schien jetzt ernsthaft sauer zu sein. »Wir haben schließlich noch was vor. Okay?«

Mit finsterem Blick schaute sie Kaja an.

Die schluckte und nickte zustimmend. »Okay.«

Laura wandte sich an ihren Bruder. »Okay?«, fragte sie.

Lukas verzog beleidigt den Mund. Doch dann nickte auch er. »Okay.«

»Na, also!« Laura klang erleichtert. »Dann können wir ja endlich weitergehen.«

Wenig später schimmerten die Mauern der Alten Gruft zwischen den Bäumen hindurch. Schon aus der Entfernung wirkte das halbverfallene Gemäuer abschreckend. Laura erinnerte sich dunkel, dass sie eine ähnliche Ruine vor nicht allzu langer Zeit auf einem alten Gemälde gesehen hatte. Sayelle hatte sie und Lukas in das Museum geschleppt, in dem es hing. Es war das einzige unter den zahllosen Bildern dort, das Laura nachhaltig beeindruckt hatte. Denn die verfallene Grabstätte auf dem Gemälde hatte richtig unheimlich gewirkt – fast so unheimlich wie diese Gruft im Henkerswald. An den Namen des Malers allerdings konnte Laura sich nicht mehr erinnern.

Unwillkürlich verlangsamte das Mädchen den Schritt, und auch Kaja und Lukas zögerten. Die Reste der Bruchsteinmauern waren in ein gespenstisches Licht getaucht. Die Bäume, die rings um die Gruft standen, schienen noch älter und höher zu sein als die übrigen Bäume im Wald, und durch die mächtigen Wipfel drang kaum Sonne.

Trotzdem konnte Laura die Mistelbüsche erkennen, die sich in den Baumkronen breit machten. Es mochten gut hundert sein, vielleicht auch mehr. Sie waren groß und wiegten sich leicht im Wind, der durch die Wipfel strich. Das war wohl der Grund, warum sie Laura so seltsam lebendig vorkamen – wie eine stumme Armee schattenhafter Luftgeister, die nur auf sie gelauert zu haben schien.

So ein Unsinn!, dachte Laura kopfschüttelnd. Sie zwang sich weiterzugehen, als sie mit einem Male eine entsetzliche Kälte spürte. Sie blieb stehen.

»Spürt ihr das auch?«, fragte sie verwundert. »Es ist plötzlich so kalt geworden!«

»Stimmt«, sagte Lukas. »Als ob die Temperatur von einer Sekunde auf die andere unter den Gefrierpunkt gefallen wäre!«

Lukas musste Recht haben, denn plötzlich kondensierte der Atem zu frostigen Wölkchen, und der Eiseshauch fuhr ihnen derart unter die Haut, dass sie trotz der warmen Anoraks schlotterten.

Laura war verwirrt. Was mochte der Grund für diesen plötzlichen Temperatursturz sein? War es möglich, dass diese eisige Kälte aus der Gruft zu ihnen drang?

Sie machte einen weiteren Schritt auf die Grabstätte zu, um der Sache auf den Grund zu gehen, als sich ein unheimliches Rauschen in der Luft erhob. Überrascht blickte Laura auf, und noch im gleichen Augenblick wurde ihr noch kälter. Die Mistelbüsche in den Baumkronen verformten sich! Sie wurden lebendig und verwandelten sich innerhalb weniger Augenblicke in riesige pechschwarze Krähen. Wie auf ein geheimes Kommando hin flogen die Todesvögel von den Ästen auf und stimmten das gleiche entsetzliche Krächzen an wie der Krähenschwarm, der Laura bei ihrem Ausritt verfolgt hatte. Dann stießen sie auf die Freunde herab. Zahllose schwarze Schwingenpaare senkten sich hinab, das Schlagen der Flügel war deutlich zu hören, und das Gekreische wurde immer schriller. Schon kreiste eine dichte Wolke aus schwarzem Gefieder über den Eindringlingen, die sich aneinanderdrängten und unwillkürlich die Köpfe einzogen. Die heiseren Schreie der Krähen schmerzten in den Ohren, und die Angst vor dem Angriff der scharfen Schnäbel ließ den Freunden das Blut in den Adern stocken.

Doch die Attacke blieb aus. Dafür aber hallte eine grollende Stimme durch die Dunkelheit. »Was, zum Teufel, treibt ihr hier?«

Laura wirbelte herum und sah eine gedrungene Gestalt neben dem Stamm einer alten Buche stehen. Wie aus dem Nichts war sie plötzlich aufgetaucht. Auf den ersten Blick konnte Laura nicht erkennen, um wen oder was es sich handelte – sie sah aus wie ein Mensch, aber neben seinem Kopf mit dem grünlich schimmernden Augenpaar schien ihm noch ein zweiter lang gezogener Kopf aus der Schulter gewachsen zu sein – und daraus funkelte ihr ein schwefelgelbes Teufelsauge entgegen.

Kaja hatte es die Sprache verschlagen.

Laura rang nach Luft. Für einen Moment drohte das Herz in ihrer Brust stillzustehen, nur um dann noch heftiger zu hämmern als zuvor.

Feenbraut war am Ende ihrer Kräfte. Die Flucht vor den angriffslüsternen Sandstrudeln hatte das Zweihorn total erschöpft.

Die Wandernden Strudel kamen näher. Die Schlünde im Sand öffneten und schlossen sich, während das Rudel seine Opfer enger und enger einkreiste, um sich zum tödlichen Angriff bereitzumachen.

Das Zweihorn konnte sich nicht mehr von der Stelle bewegen. Reglos stand Feenbraut da und wartete auf das Ende.

Auch Morwena schloss mit dem Leben ab. Sie hob den Blick zum Himmel, um sich auf das Sterben vorzubereiten, als ein ebenso wütender wie herrischer Adlerruf an ihr Ohr drang. Im selben Moment noch senkte sich Pfeilschwinge aus dem Blau des Äthers über der Heilerin herab.

Ein Zischen ging durch die Luft. Die Heilerin schaute verwundert auf, und da sah sie einen mächtigen Brandpfeil, der auf sie zuflog.

Dicht neben Feenbraut schlug das brennende Geschoss direkt in den weit aufgerissenen Schlund eines Sandstrudels. Und dann flog ein fauchendes Pfeilgeschwader heran und bohrte sich mit lodernden Spitzen in die sandigen Rachen.

Die Wandernden Sandstrudel heulten vor Entsetzen und Wut auf. Nichts auf der Welt fürchteten sie mehr als Feuer – denn nur die Hitze des Feuers vermochte den Sand zum Schmelzen zu bringen und ihnen gefährlich zu werden. Augenblicklich ließen sie von ihren Opfern ab und ergriffen in rasender Eile die Flucht. Ihr enttäuschtes Heulen wurde von Hufschlag übertönt.

Als Morwena Paravain erblickte, der mitsamt seinen Weißen Rittern in einer Staubwolke angesprengt kam, ging ein erleichtertes Lächeln über ihr Gesicht.

»Das war Rettung in allerhöchster Not«, rief sie den Rittern zu, als sie bei ihr angelangt waren. »Ich danke euch!«

»Bedank dich nicht bei uns. Bedank dich lieber bei ihm!« Paravain wies auf den Adler, der majestätisch über ihnen schwebte. »Pfeilschwinge hat mir berichtet, dass du dich in Gefahr befindest, und so wie es aussieht, sind wir gerade noch rechtzeitig gekommen.«

Die Heilerin nickte. »In wenigen Augenblicken wäre es zu spät gewesen. Aber reiten wir, Paravain – bevor es für Elysion zu spät ist!«

Das Blut pochte wie wild in Lauras Adern, bis sie endlich erkennen konnte, wen sie vor sich hatte: Es war Albin Ellerking, der Gärtner, und auf seiner Schulter hockte Groll, sein Katervieh. In der Dunkelheit kam es Laura wie ein unheimlicher Gremlin vor. Groll hatte den buschigen Schwanz aufgestellt, machte einen Buckel und ließ ein heiseres Fauchen hören. Das gelbe Schlitzauge in der hässlichen Katzenfratze funkelte.

Laura war wie gelähmt. Wo kamen die beiden so plötzlich her? Warum hatten sie sie nicht eher bemerkt? Und was wollte der Gärtner von ihnen?

Albin Ellerking hob den Kopf und blickte hoch zu den Krähen, die, immer noch laut krächzend, über den Freunden kreisten. Er streckte die rechte Hand aus – und augenblicklich verstummten die Vögel. Sie flogen zu den kahlen Ästen in den Baumwipfeln zurück, wo sie innerhalb weniger Augenblicke wieder ihre Mistelgestalt annahmen.

Einen Moment herrschte eine unheimliche Stille. Kein Flügelschlag, kein Windhauch, nicht der geringste Laut waren mehr zu hören, und selbst das Knistern und Rascheln im Unterholz waren verstummt.

Doch dann geschah etwas, was Laura in ihrem Leben nie wieder vergessen würde: Groll bewegte plötzlich das Katzenmaul und begann zu sprechen!

»Soll ich euch dem Direktor melden?«, fragte er mit der gleichen Stimme, die kurz zuvor erklungen war.

Laura konnte es kaum fassen: Der Kater war die Stimme seines Herrn! Albin Ellerking bewegte nicht einmal die Lippen, sondern starrte die Eindringlinge nur unverwandt an.

Wie war das nur möglich?

Wie vermochte ein Mensch über Krähen zu gebieten, und wie konnte eine Katze sprechen? So was gab es doch gar nicht – es sei denn, sie waren mit den dunklen Mächten im Bunde. Aber das hätte ja bedeutet, dass Albin Ellerking auch einer von den Dunklen war? Und sein Kater ebenfalls?

Noch ehe Laura darüber nachdenken konnte, sprach Groll auch schon weiter: »Oder wollt ihr lieber auf Nimmerwiedersehen in der Gruft verschwinden und den Geistern der Ravenstein'schen Ritter Gesellschaft leisten?«

Noch während er so redete, drangen aus der Tiefe der Grabstätte seltsam röchelnde Laute, so, als würde jemand unter größter Mühe Luft holen. Und gleich darauf ertönte ein schauerliches Heulen. Es fuhr Laura durch Mark und Bein.

Die Geister!

Die Geister der verstorbenen Ritter!

Laura hielt es einfach nicht mehr aus. Sie wandte sich um und stürmte in wilder Flucht davon. Sie lief so schnell wie noch nie zuvor in ihrem Leben.

Weg, nur weg!, schoss es ihr durch den Kopf. Weg aus diesem unheimlichen Wald!

Sie hörte die hastigen Schritte der Freunde in ihrem Rücken, aber sie drehte sich nicht um. Sie wollte gar nicht wissen, ob Albin Ellerking und Groll sie verfolgten.

Nur weg, hämmerte die innere Stimme ihr ein, *schnell weg!*

Es war eher unwahrscheinlich, dass der Gärtner ihnen folgte. Laura konnte sich nicht erinnern, ihn jemals bei einer raschen Bewegung beobachtet zu haben. Zudem zog er einen Fuß leicht nach. Aber man konnte ja nie wissen!

Bei diesem Gedanken wurde Laura noch schneller. Ihr Atem ging keuchend, und das Herz pochte wie wild, aber dennoch hetzte sie weiter, immer weiter.

Es kam Laura wie eine Ewigkeit vor, bis sie endlich den Rand des Henkerswaldes erreicht hatten. Sie hielt an, beugte sich vornüber, stützte die Arme auf die Knie und rang keuchend nach Luft. Auch Lukas schnaufte wie ein Rennpferd nach einem wilden Ritt, und Kaja sah aus, als würde sie gleich zusammenklappen. Sie schnaufte wie eine defekte Dampfmaschine.

»Ich fass es einfach nicht!«, keuchte Kaja, als sie etwas zu Atem gekommen war. Mit einem Ausdruck der Empörung wandte sie sich an ihre Freunde. »Und ihr habt mir nicht glauben wollen, dass ich ein Heulen gehört habe! Jetzt müsst ihr es wohl, oder?«

Laura antwortete nicht, und auch Lukas schwieg. Er starrte nur verwundert vor sich hin, die Stirn in tiefe Falten gezogen. Laura glaubte zu erraten, was in ihm vorging: Er suchte fieberhaft nach einer logischen Erklärung für das, was sie vor wenigen Augenblicken erlebt hatten. Doch selbst sein Denkerhirn schien sich keinen Reim auf das Geschehen machen zu können.

Schließlich sagte Lukas: »Eins weiß ich mit Sicherheit – wenn mir das jemand erzählen würde, dann würde ich ihn für verrückt erklären!« Einer plötzlichen Eingebung folgend, fuhr er fort: »Was geht hier eigentlich vor, Laura?«

Laura musterte ihren Bruder. Hatte er Verdacht geschöpft? War ihm etwas aufgefallen? War es vielleicht besser, ihn jetzt endlich einzuweihen? Und Kaja auch? Sie wandte ihren Blick zu ihrer Freundin. Auch diese musterte sie mit nachdenklicher Miene.

»Hey, ich hab dich was gefragt!« Lukas klang ungeduldig.

»Ähm.« Laura zuckte scheinbar gleichgültig mit den Schultern. »Woher soll ich das wissen?«

Die Skepsisfalte auf Lukas' Stirn wurde noch tiefer. Er glaubte ihr nicht. Er vermutete, dass sie mehr wusste. Sie musste ihn ablenken.

»Ähm … könnte es sein, dass die Krähen Albin Ellerking alarmiert haben?«

Lukas nickte. »Gut möglich. Wenn ich es mir recht überlege, dann halte ich das sogar für sehr wahrscheinlich. Warum sonst wäre er so plötzlich aufgetaucht?«

»Du hast Recht, Lukas«, stimmte Kaja zu. »Schließlich gibt es dort nichts zu tun für den Gärtner.«

Laura biss sich nachdenklich auf die Lippen. Dann wandte sie sich an den Bruder. »Weißt du zufällig, ob Krähen in der Nacht schlafen?«

»Möglich ist das schon. Soweit mir bekannt ist, zählt die Gattung der Corvus corone corone, gemeinhin auch Rabenkrähe genannt, nicht zu den nachtaktiven Tieren! Und das lässt vermuten, dass sie nachts in der Tat schlafen.«

Kaja schaute Laura neugierig an. »Warum willst du das denn wissen?«

»Na ja«, antwortete Laura gedehnt, »ganz einfach: Wenn die Krähen in der Nacht schlafen, dann können sie Albin Ellerking nicht alarmieren, wenn wir zu dieser Zeit zur Gruft gehen.«

Kaja starrte Laura an, als habe die den Verstand verloren. »Bist du verrückt geworden!«, rief sie. »Du glaubst doch nicht im Ernst, dass ich auch nur noch ein einziges Mal dorthin gehe? Und schon gar nicht mitten in der Nacht!«

Laura antwortete nicht. Sie schaute ihre Freundin nur ruhig und ernst an, und damit wurde der alles klar.

»Oh, nö!«, empörte sich Kaja. »Ich bin doch nicht lebensmüde!«

Noch immer sagte Laura nichts. Dafür aber schaltete Lukas sich ein.

»Kaja hat Recht. Vergiss nicht, Laura: Wenn Ellerking uns bei der Schulleitung anschmiert, dann hat Dr. Schwartz allen Grund, uns eine Schulstrafe aufzubrummen. Und ich glaube nicht, dass es unbedingt klug ist, einen Verweis zu riskieren.«

»Ach«, schnaubte Laura verächtlich. »So ein läppischer Verweis ist doch nur Kinderkram!«

»Einer schon«, erwiderte Lukas ruhig. »Aber beim zweiten sieht 's schon anders aus. Dann stehen Dr. Schwartz fast alle Möglichkeiten offen – bis hin zum Verweis vom Internat. Willst du es wirklich darauf ankommen lassen?«

Laura schaute Lukas mit gerunzelter Stirn an. Er hatte wieder mal Recht. Schließlich hatte der stellvertretende Direktor das Betreten der Alten Gruft ausdrücklich untersagt. Und Dr. Quintus Schwartz würde nicht die geringste Nachsicht mit ihr haben, wenn sie eines Verstoßes gegen die Schulordnung überführt wurde. Er würde im Gegenteil die härteste Strafe gegen sie verhängen, die möglich war. Andererseits: Sie musste in die Gruft. Es gab keine andere Möglichkeit.

Lukas schien zu merken, dass seine Argumente sie immer noch nicht überzeugt hatten. »Solange wir nicht wissen, was dort vor sich geht, ist das viel zu gefährlich, Laura. Und so wichtig kann das Versteck, das du suchst, ja auch nicht sein, dass wir dafür unseren Hals riskieren!«

Lauras Gesicht verfärbte sich. »Du kapierst auch gar nichts!«, schrie sie. »Um Papa wiederzufinden, würde ich alles riskieren. Alles, verstehst du?!«

Oh, Mann – das hätte sie nicht sagen dürfen! Laura schluckte und biss sich auf die Lippen.

Lukas war für einen Moment völlig perplex, dann musterte er seine Schwester eindringlich. »Papa? Was hat Papa denn damit zu tun?«

Laura ärgerte sich über ihre unbeherrschte Reaktion. Zu blöd von ihr, so was zu sagen. Natürlich konnte ihr Bruder nicht nachvollziehen, was sie meinte.

Sie machte einen Schritt auf Lukas zu, sah ihn mit großen Augen an und legte ihm eine Hand auf die Schulter. »Vertrau mir einfach, Lukas«, sagte sie sanft. »Bitte!«

Irgendwie schien ihr Bruder zu ahnen, dass sie wichtige Gründe hatte, die es ihr unmöglich machten, ihm mehr zu sagen. Sonst war er nämlich nicht so leicht von etwas abzubringen. Er bohrte immer unbarmherzig nach, bis er eine Antwort erhielt, die ihn zufrieden stellte. Diesmal aber nickte er nur.

»Okay«, sagte er leise. »Okay, Laura.«

Laura lächelte ihn dankbar an. Dann wurde sie wieder ernst. »Irgendwie muss es doch möglich sein, unbemerkt in die Gruft zu kommen?«

Kaja zog eine Schnute. Lukas aber schien plötzlich eine Lösung gefunden zu haben.

»Kein Problem«, sagte er.

»Echt?«

Laura schaute ihn gespannt an – aber da verzog der Junge das Gesicht auch schon zu einem breiten Grinsen. »Wir müssen uns nur unsichtbar machen, weiter nichts!«

Ärger stieg in Laura auf. »Haha! Wirklich sehr witz–«

Natürlich!

Dass sie da nicht eher dran gedacht hatte! Das war die Lösung! Deshalb hatte Papa ihr diesen Hinweis gegeben.

Ein freudiges Strahlen erhellte ihr Gesicht. »Ja, klar, Lukas«, sagte sie. »Das ist die Lösung! Kommt schon – ich muss dringend in die Bibliothek!«

»A … a … aber …«, stammelte Kaja. »Die hat doch schon zu!«

»Na, und?« Laura grinste schelmisch. »Jetzt kommt endlich!«

Kapitel 14 ❧ Im Bann der Schlange

Die hereinbrechende Nacht hatte einen grauschwarzen Schleier über Burg Ravenstein gelegt. Der Mond war bereits aufgegangen und stand als silberne Sichel über dem Park. Ganz weit im Westen leuchtete der Himmel im letzten orangefarbenen Licht. Aber dafür hatten Laura, Lukas und Kaja keinen Blick.

Dicht aneinandergedrängt, kauerten sie im Park hinter dem Stamm einer mächtigen alten Eiche. Ihre Augen waren auf das kleine Haus aus grauen Feldsteinen gerichtet, das nicht weit von ihnen im Schatten einer Buche stand und von einem großen Haselnussstrauch halb verdeckt wurde. Wahrscheinlich gab es darin nicht mehr als zwei, drei Räume. Auf der Längsseite des Häuschens waren zwei winzige Fenster zu sehen. Schummriges Licht fiel durch die Sprossenscheiben mit den putzigen Gardinen. Auf der Querseite gab es ebenfalls ein Fenster und außerdem eine niedrige Haustür aus massivem Holz. Das windschiefe Dach war mit Schieferschindeln gedeckt. Rauch kräuselte aus dem Schornstein in den dunkler werdenden Himmel.

Zu den Zeiten von Reimar von Ravenstein hatte der Burgkaplan in dem Haus gewohnt. Allerdings nicht sehr lange, denn als der fromme Diener Gottes es gewagt hatte, seinem Herrn Vorhaltungen wegen seines wenig gottgefälligen Lebenswandels zu machen, musste der Scharfrichter bereits am nächsten Tage erneut seinem grausigen Handwerk nachgehen. Im Laufe der Jahrhunderte hatte das Gemäuer die verschiedensten Bewohner gesehen, aber nun lebte dort seit endlos vielen Jahren Attila Morduk, der Hausmeister des Internats.

Der Ruf eines Käuzchens hallte durch den Park, und am Fuß der Eiche huschte etwas raschelnd durch das dichte Laub.

Eine Maus? Kaja verzog das Gesicht. Ein leichtes Unbehagen hatte sie ergriffen. »Also, ich weiß nicht, Laura, ob das hier wirklich so eine tolle Idee ist«, erklärte sie.

»Natürlich, das ist unsere einzige Chance!«

»Und wenn der Hausmeister nun doch nicht geht?«

»Er wird gehen, verlass dich drauf!«, sagte Laura. »Attila Morduk geht jeden Tag um diese Zeit hinüber in die Burg und trinkt in der Küche Schnaps mit dem Koch!«

»Pssst!«, zischte Lukas. »Seid doch endlich still!«

Er schmiegte sich dichter an den Stamm der Eiche und deutete aufgeregt hinüber zum Haus. Die Eingangstür wurde gerade geöffnet, und die grobe Gestalt von Attila Morduk erschien auf der Schwelle.

»Hab ich 's euch nicht gesagt?«, flüsterte Laura.

Der Mann trat ins Freie, schloss die Tür hinter sich und setzte sich in Bewegung.

»Super!«, flüsterte Lukas.

»Was denn?«, wisperte Kaja.

»Er hat nicht abgeschlossen!«, antwortete der Junge.

»Wahrscheinlich kann er es gar nicht erwarten, zu seinem Schnaps zu kommen«, murmelte Laura.

Der Hausmeister schien nicht zu bemerken, dass er von drei Augenpaaren beobachtet wurde. Mit ausladenden Schritten eilte er den Pfad entlang, der sich durch die Bäume des Parks schlängelte und von seinem versteckt liegenden Häuschen zum Burggebäude führte. Die langen Arme schlenkerten ungelenk an den Seiten seines massigen Körpers, der sich im wiegenden Seemannsgang dahinbewegte. Plötzlich begann er ein Lied zu pfeifen. Laura traute ihren Ohren nicht – der finstere, grimmige Attila pfiff eine fröhliche Melodie. Wenige Augenblicke später war der Hausmeister von der Dunkelheit verschluckt.

Die Luft war rein.

Laura stieß die beiden Freunde an. »Okay«, flüsterte sie. »Es ist so weit.«

Lukas schaute seine Schwester an. Etwas schien ihn zu bedrücken. »Soll ich nicht lieber gehen?«, fragte er.

Laura schüttelte energisch den Kopf. »Nein, ganz bestimmt nicht. Ihr haltet die Augen offen und passt auf, dass mich niemand überrascht. Und wenn doch jemand kommen sollte – ihr wisst, was ihr dann zu tun habt?«

Lukas nickte. »Ja, klar!«

»Viel Glück, Laura«, flüsterte Kaja. Auch sie machte ein besorgtes Gesicht.

Laura lächelte ihr aufmunternd zu. »Danke«, wisperte sie.

Sie erhob sich und schlüpfte hinter dem Stamm der Eiche hervor. Vorsichtig sah sie sich nach allen Seiten um. Nein – niemand war zu sehen. Laura atmete noch einmal tief durch und rannte los. Flink wie ein Wiesel huschte sie davon, wo immer es ging, Deckung suchend. Nur noch wenige Augenblicke, und sie würde die Tür erreicht haben.

Aus ihrem Versteck hinter dem Eichenstamm heraus beobachteten Lukas und Kaja sie. Lukas knabberte aufgeregt an den Fingernägeln. Kaja dagegen fasste geistesabwesend in die Tasche, holte einen Schokoladenriegel hervor, riss das Papier auf und biss ein Stück Schokolade ab. Dass sie mit Nougat gefüllt war, merkte sie nicht, denn ihre Gedanken waren einzig und allein bei Laura.

Laura schaute sich noch einmal nach allen Seiten um, dann griff sie zur Klinke und drückte vorsichtig gegen die Holztür, die sich mit einem leisen Knarren öffnete. Geräuschlos schlüpfte das Mädchen ins Innere des Häuschens.

Nachdem Laura die Tür wieder geschlossen hatte, sah sie – nichts. Sie stand völlig im Dunkeln. Allerdings wagte sie nicht, das Licht anzumachen. Die Gefahr, dass das von jemandem bemerkt wurde, war einfach zu groß. Es war warm in der Hütte, fast stickig, und ein seltsamer Geruch schlug Laura entgegen. Sie schnupperte, konnte ihn aber nicht einordnen. Es war ein leicht muffiger Gestank mit fauligem Unterton. Aber da war noch etwas, was Laura einfach nicht benennen konnte. Es roch nach … nach …

Gefahr?

Auch wenn es Laura ziemlich abwegig erschien, so war das die einzige Bezeichnung, die ihr für diesen süßlichen Hauch in Morduks Hütte in den Sinn kam.

Nach wenigen Augenblicken hatten sich ihre Augen an die Dunkelheit gewöhnt. Die Konturen der Möbel in Attilas Wohnraum formten sich in der Schwärze: Schränke und Regale an den Wänden, ein Tisch und Stühle in der Mitte des Zimmers.

Der Raum hatte keine Decke. Er war offen bis unter das schräge Dach, das von zahlreichen Holzbalken getragen wurde. Ein seltsames, knäuelartiges Gebilde ringelte sich um einen der Stützbalken, aber es war nicht zu erkennen, was es war. Ein dickes Tau? Ein Schlauch oder ein Reifen?

Laura machte ein, zwei tastende Schritte in das Zimmer hinein. Sie hielt sich nahe an der Wand, um nicht versehentlich einen Stuhl umzustoßen und sich durch ein lautes Poltern zu verraten. Vorsichtig tat sie einen weiteren Schritt, doch ein Zischen ließ sie zurückweichen und wie zu Eis erstarren.

Nur einen knappen Meter vor ihr hatte sich wie aus dem Nichts eine Schlange aufgerichtet.

Eine Kobra. Eine aufs Äußerste gereizte Kobra! Ihr Hals war weit gespreizt, die gespaltene Zunge zuckte aus dem Maul, und sie zischte so bedrohlich, dass Laura vor Angst vollständig gelähmt war und den Atem anhielt.

Der Kopf der Kobra pendelte hin und her – als wolle sie Maß nehmen für den Angriff. Sich eine geeignete Stelle für den tödlichen Biss aussuchen. Nur noch Sekunden, und sie würde die spitzen Zähne in Laura schlagen und das tödliche Gift in deren Körper spritzen.

Schon schnellte das Schlangenhaupt mit einer peitschenartigen Bewegung auf Laura zu – als sie endlich erkannte, dass sich die Kobra in einem Terrarium befand.

Oh, Mann!

Erleichtert ließ Laura die angehaltene Luft aus der Lunge strömen. Ihr Puls wurde ruhiger.

So was Bescheuertes! Wie konnte sie sich nur von einer eingesperrten Schlange in Angst und Schrecken versetzen lassen?

Die Brillenschlange war bei dem Angriff mit einem dumpfen Schlag gegen die Glasscheibe des Terrariums geprallt. Allerdings ließ sie sich dadurch nicht davon abhalten, eine weitere Attacke zu starten. Doch diesmal blieb Laura völlig ungerührt.

Der Behälter mit der angriffslustigen Kobra stand in einem großen Regal, das die gesamte Längswand des Raumes einnahm. Unzählige Terrarien waren darin aufgereiht, in denen sich weitere Tiere befanden. Meistens Reptilien. Aber Laura entdeckte auch Spinnen und Skorpione, deren Anblick sie allerdings nicht erschreckte. Dennoch beschlich sie ein beklemmendes Gefühl. Attila Morduk musste ein komischer Kauz sein, wenn er sich in der Gesellschaft solcher Ekeltiere wohl fühlen konnte. Aber irgendwie passte es schon zu ihm.

Nun konnte Laura sich auch erklären, woher der seltsame Geruch rührte. Von den Tieren, aber wahrscheinlich auch von ihrem Futter. Laura vermutete, dass dazu auch lebendige Mäuse und Aas gehörten. Schon bei dem bloßen Gedanken daran verspürte sie einen Würgereiz.

Dann entdeckte Laura das Schlüsselbrett neben dem Fenster an der Stirnwand. Es war ein großes, altertümliches Holzbrett mit zahlreichen Schlüsseln. An den verschnörkelten Formen konnte Laura erkennen, dass es sich um die des Internatsgebäudes handeln musste.

Hoffentlich befand sich auch der Bibliotheksschlüssel darunter!

Rasch durchquerte das Mädchen den Raum. Die Dielen knarrten leise.

Im selben Augenblick kam Leben in das seltsame Knäuel am Stützbalken. Es wand und verformte sich, ein mehr als armdicker Strang schlängelte sich daraus hervor und glitt langsam den Balken entlang.

Es war eine Riesenboa, die aus dem Schlaf aufgeschreckt worden war. Geräuschlos schob sich der mächtige Schuppenleib über den Holzbalken, der genau über dem Fenster verankert war. Nicht der geringste Laut war zu hören, während die Würgeschlange langsam auf das Fenster zukroch.

Schließlich verharrte die Schlange und ließ ihren keilförmigen Kopf in die Tiefe gleiten. Sachte, bedächtig fast, pendelte die Boa hin und her. Sie hatte die orangegelben Knopfaugen mit den senkrechten schwarzen Pupillen starr auf Laura gerichtet und züngelte mit leisem Zischen. Die Boa nahm Witterung auf und hatte ihre Beute bald ausgemacht.

Laura stand ahnungslos im fahlen Mondlicht vor dem Schlüsselbrett und ließ den Blick über die vielen Schlüssel schweifen. Sie zog die Augenbrauen kraus. Verdammt, welcher war wohl der passende für die Bibliothek? Woran konnte sie ihn bloß erkennen? Während sie sich den Kopf zermartete, war der kriechende Tod nur noch knapp zwei Meter von ihr entfernt.

Kaja biss zu. Und noch einmal. Schließlich schob sie sich das letzte Stück Schokolade in den Mund. »Wie wange waucht wie wenn woch?«, fragte sie, mit vollen Backen kauend.

Lukas schaute sie zunächst ratlos an. »Wie lange sie noch braucht? Keine Ahnung.«

Er wandte den Blick wieder dem Haus zu, das kaum mehr zu erkennen war. Dicke Wolken ballten sich am Himmel zusammen. Wieder rief ein Käuzchen, und die Glocke der nahen Turmuhr schlug drei Mal. Lukas blickte auf seine Armbanduhr: Viertel vor zehn. Laura musste sich beeilen, wenn sie rechtzeitig vor Beginn der Nachtruhe auf ihren Zimmern sein wollten.

Der Junge sah auf, und da entdeckte er ein halbes Dutzend kleiner Schatten, die lautlos über den Dachfirst des Hauses flogen und auf die kahlen Wipfel der Bäume im Park zugeisterten.

Fledermäuse. Seltsam. Eigentlich hielten Fledermäuse doch Winterschlaf … Was machten die mitten im Dezember im Park von Ravenstein? Äußerst seltsam. Fast so seltsam wie Lauras Verhalten in den letzten Tagen.

Lukas ließ die Flattertiere nicht aus den Augen. Wie schwarze Gespenster schwebten sie zwischen den großen Bäumen hindurch und hielten auf die Burg zu. Er sah noch, wie sie den Ostturm umkreisten, bevor sie verschwanden.

Vielleicht leben sie unter dem Dach des Turms?, überlegte Lukas – und im selben Moment noch schrak er zusammen, denn er sah den Hausmeister, der gerade das Internatsgebäude verließ. Attila Morduk kehrte zurück.

Aufgeregt stieß Lukas Kaja mit dem Ellenbogen an und deutete hinüber zu der schaukelnden Gestalt.

Kaja hörte vor Schreck auf zu kauen.

Attila Morduk hatte es offenbar eilig, wieder ins Warme zu kommen. Es konnte nicht mehr lange dauern, bis er sein Häuschen erreicht hatte.

Der Hüter des Lichts lag reglos auf dem Lager in seiner Schlafkammer, während Paravain die Heilerin entsetzt anstarrte. »Du kannst wirklich nichts für ihn tun?«, fragte er ungläubig.

Morwena wandte ihren Blick von dem Kranken ab und schaute den jungen Ritter fast mitleidig an. »Tut mir leid, Paravain. Aber du weißt doch selbst, dass jede Heilkunst gegen die zerstörerischen Kräfte des Schwarzen Schwertes machtlos ist. Ich kann Elysions Schmerzen lindern und sein Fieber senken, und meine Tränke werden ihm einen ruhigen Schlaf schenken. Und sicherlich vermag ich auch seinen Verfall aufzuhalten, für eine gewisse Zeit zumindest. Aber heilen –«

Sie brach ab und schüttelte resigniert den Kopf. In ihren sanften Augen stand Hilflosigkeit geschrieben. Dann räusperte sie sich und fuhr mit leiser Stimme fort: »… heilen kann ich ihn nicht. Nur das Wasser des Lebens kann ihm helfen, sonst nichts.«

Morwena senkte den Blick. Sie nahm das Leinentuch und wollte es in die Schüssel tauchen, als sie sah, dass sich kaum mehr Wasser darin befand.

Die Heilerin wandte sich an Alienor, die neben Elysions Lager stand. »Würdest du bitte frisches Wasser holen, Alienor?«

»Aber natürlich«, sagte das Mädchen und griff zur Schüssel.

Alarik fing seine Schwester vor dem Thronsaal ab. Erwartungsvoll blickte er das Mädchen an. »Und? Was sagt sie?«

Alienor schüttelte nur betrübt den Kopf.

»Aber das ist doch nicht möglich!« Das blanke Entsetzen klang aus der Stimme des Jungen. »Sie muss doch was tun können!«

Wieder schüttelte Alienor den Kopf. »Morwena sagt, dass sie ihn nicht heilen kann. Nur das Wasser des Lebens kann ihm –«

»Das glaube ich einfach nicht!«, schnitt Alarik ihr das Wort ab. »Das ist einfach nicht möglich! Sie ist doch eine Heilerin – die beste in ganz Aventerra! Da stimmt doch etwas nicht!«

Der Junge stapfte so wütend mit dem Fuß auf, dass Schmatzfraß erschrocken von seiner Schulter swuupte und sich in eine Ecke verzog.

Alienor legte ihrem Bruder beruhigend die Hand auf die Schulter. »Das ist Unsinn, Alarik. Morwena möchte doch genauso wenig wie wir, dass Elysion stirbt – warum also sollte sie das Gegenteil behaupten, wenn sie ihm helfen könnte?«

Alarik machte ein trotziges Gesicht. »Keine Ahnung. Aber warum hat Paravain Elysions Zustand vor uns verborgen gehalten? Weil er geglaubt hat, dass wir zu jung wären, um die Wahrheit zu verkraften? Vielleicht glaubt Morwena das ja auch? Oder sie fürchtet sich einfach davor, etwas zu Elysions Rettung zu unternehmen – weil es ihr viel zu gefährlich erscheint.«

Alienor machte ein erstauntes Gesicht. »Meinst du wirklich?«

»Könnte doch sein, oder? Du weißt doch, wie Erwachsene manchmal sind. Sie wägen erst alles gründlich ab, müssen erst lang und breit das Für und Wider bedenken, anstatt einfach entschlossen zu handeln!«

Das Mädchen sah den Bruder nachdenklich an. »Aber … Was … was sollen sie denn tun?«

»Ich weiß es nicht, Alienor. Ich weiß nur eins: *Ich* werde nicht tatenlos zusehen, wie alles zugrunde geht. Und ich werde nicht so lange zögern wie die Erwachsenen!«

»Tu bloß nichts Unüberlegtes, Alarik, bitte!« Alienor sah den Jungen flehend an. »Und sag mir Bescheid, bevor du etwas unternimmst.«

Alarik lächelte die Schwester beruhigend an. »Keine Angst – ich werde gründlich nachdenken, bevor ich mich zum Handeln entschließe. Und ich werde dich ins Vertrauen ziehen – das versprech ich dir, Alienor.«

Der Bibliotheksschlüssel! Welches war nur der blöde Bibliotheksschlüssel? Zwar waren alle Schlüssel mit einem Anhänger versehen, aber deren Beschriftung war so altertümlich, dass Laura sie kaum zu entziffern vermochte. Ihre Uroma, die längst verstorbene Großmutter ihres Vaters, hatte die gleiche merkwürdige Handschrift gehabt, erinnerte sich Laura. Marius Leander hatte im Keller ihres Hauses einige Kladden mit ihren selbst verfassten Geschichten entdeckt. Doch als Laura sie hatte lesen wollen, hatte sie sich mit der seltsamen Schrift so schwer getan, dass sie das Vorhaben bald aufgegeben hatte.

Eigenartig. Attila Morduk konnte doch unmöglich zu der gleichen Zeit Schreiben gelernt haben wie ihre Urgroßmutter? Oder doch? Laura verwarf den Gedanken rasch wieder, denn das hätte ja bedeutet, dass er über hundert Jahre alt war. Und so alt sah der Hausmeister nun auch wieder nicht aus. Maximal wie fünfzig, wenn nicht jünger.

Endlich entdeckte Laura den gesuchten Schlüssel. Zumindest hoffte sie, dass das Wort auf dem Anhänger des Schlüssels auf dem letzten Haken auch »Bibliothek« heißen sollte. Wenn nicht, dann hatte sie eben Pech gehabt und musste sich etwas anderes einfallen lassen.

Rasch nahm Laura den großen Metallschlüssel an sich und ließ ihn in die Tasche ihres Anoraks gleiten. Sie drehte sich um und wollte schon zur Tür huschen, als ihr mit einem Male zwei orangerote Punkte aus der Dunkelheit entgegenglühten. Wie ein Paar großer Leuchtkäfer schwebten sie langsam auf sie zu. Laura erschrak – was war das? Erst als sich das unheimliche Lichterpaar bereits dicht vor ihrem Gesicht befand, begriff sie: Es waren Augen – die Augen einer riesigen Schlange! Einer Boa. Laura erstarrte. Hypnotisch stierte das Reptil sie an. Laura wollte zurückweichen, aber sie konnte den Blick einfach nicht von diesen glühenden Punkten wenden. Sie war wie gelähmt. Sie wusste, dass sie sich bewegen musste, dass sie schnellstens fliehen musste, wenn sie der tödlichen Umklammerung der Würgerin entgehen wollte. Aber sie schaffte es nicht. Der Blick der Boa ließ sie nicht los und schien sie mit unsichtbaren Kräften festzuhalten.

Der Schlangenkopf kam näher. Leise zischend schoss die gespaltene Zunge aus dem Maul und tastete sich langsam auf das Gesicht des Mädchens zu. Laura ließ es einfach geschehen. Obwohl sie wusste, dass sich der riesige Schuppenleib in wenigen Augenblicken um ihren schlanken Körper ringeln und alles Leben aus ihm herauspressen würde, stand sie einfach da und sah dem Tod ins Auge.

Entsetzt blickte Kaja auf den Hausmeister. Attila Morduk war nur noch knapp zwanzig Meter von seiner Haustür entfernt – und Laura war immer noch in seiner Wohnung!

Kaja stieß Lukas an.

»Jetzt mach doch endlich!«, sagte sie mit kläglicher Stimme. »Wir müssen sie warnen! Sonst schnappt er sie.«

Da hob Lukas die Hände und setzte sie wie einen Trichter an den Mund. Er holte tief Luft und ließ den dumpfen Ruf einer Eule erschallen. Er war so täuschend echt, dass er vom Ruf einer richtigen Eule nicht zu unterscheiden war.

Laura bewegte sich immer noch nicht. Wie angewurzelt stand sie da und blickte in die Augen der Schlange. Die Zunge der Boa tastete über ihre Nasenspitze. Doch Laura bemerkte es nicht. Sie sah nur die Augen der Schlange, die in der Dunkelheit des Zimmers wie kleine Haltesignale glühten, während der riesige Schlangenleib mehr und mehr vom Stützbalken glitt und sich wie ein lebendes Lasso auf ihren Kopf zubewegte.

Plötzlich drang von ganz ganz weit her ein Laut in Lauras Bewusstsein.

War das ein … Eulenruf?

Wieder erklang der Vogelruf. Und da fiel es ihr wieder ein: *das Warnsignal!*

Das war das Warnsignal, das sie mit Kaja und Lukas vereinbart hatte. Wenn sich jemand näherte, dann wollten sie sie durch einen Eulenruf warnen!

Mit der Erinnerung kam endlich wieder Leben in Laura. Als sei sie aus einem tiefen Schlaf erwacht, erkannte sie plötzlich die tödliche Gefahr. Nur den Bruchteil einer Sekunde bevor der schlängelnde Leib der Boa sich um sie schlingen konnte, sprang Laura zur Seite. Rasch huschte sie in Richtung Tür. Doch da hörte sie Schritte vor dem Haus, und sie wusste, dass es zu spät war.

Attila Morduk schien mit sich und der Welt zufrieden. Ein seltenes Lächeln lag auf seinem Vollmondgesicht. Und er hatte auch allen Grund dazu: Der Geschmack des Wacholderschnapses brannte noch in seiner Kehle nach, und gleich würde er sich ins Bett legen und dem nächsten Tag entgegenschlummern.

Der Hausmeister griff zur Türklinke. Plötzlich hörte er ein Geräusch in seinem Rücken. Was war das? Eine Maus bestimmt nicht. Und auch kein anderes Tier, da war er sich sicher. Misstrauisch drehte er sich um und spähte in die Runde. Doch sosehr er seine Augen auch anstrengte – und er hatte verdammt scharfe Augen! –, er konnte nichts entdecken. Da war nichts. Nichts außer Bäumen, Büschen und Sträuchern.

Er musste sich getäuscht haben. Attila Morduk drehte sich zur Tür und öffnete sie. Seine Hand tastete nach dem Lichtschalter. Das Deckenlicht flammte auf und tauchte den Raum in ein spärliches Licht. Attila war nicht nur als Hausmeister des Internats, sondern auch in seinem privaten Bereich ein äußerst sparsamer Mensch.

Laura stand hinter der Tür und wagte nicht zu atmen. Aber wahrscheinlich würde das ihre Entdeckung auch nicht verhindern. Wenn Attila Morduk die Tür schloss, würde er Laura gegenüberstehen. Ihr war in der Eile kein besseres Versteck in den Sinn gekommen.

Attila Morduk griff zur Klinke und wollte die Tür gerade ins Schloss werfen – aber da fiel sein Blick auf die Boa, die vom Deckenbalken hing. Ein sanftes Lächeln erhellte sein sonst so finsteres Gesicht, seine Hand löste sich vom Türgriff, und er ging mit wiegenden Schritten auf die Schlange zu.

»Cleopatra, meine Süße«, sagte er zärtlich. »Was machst du denn da?«

Mit einer Behutsamkeit, die ihm niemand zugetraut hätte, nahm er die Würgeschlange vom Balken, legte sie sich um die Schulter und barg ihren Kopf in seinen Händen. Er streichelte und liebkoste den schuppigen Leib, und Cleopatra züngelte ihren Herrn liebevoll an. Dann beugte Attila Morduk sich vor, spitzte die Lippen und drückte der Boa schmatzend einen Kuss auf das breite Maul.

Die zitternde Laura schloss für eine Sekunde angewidert die Augen. Eine Mischung aus Angst und Ekel jagte ihr einen prickelnden Schauer über den Rücken. Doch dann fasste sie sich wieder. Lautlos huschte sie hinter der Tür hervor, die sie vor Attilas Blicken verborgen hatte, und schlich auf Zehenspitzen hinaus.

Gerettet! Cleopatra sei Dank!

Doch kaum hatte Laura sich in Sicherheit gebracht, da zog Attila Morduk eine Grimasse. Er drehte sich um und starrte zur Tür, durch die Laura verschwunden war. Dann trat er zum Fenster, schob die Gardinen zur Seite und blickte hinaus in die Dunkelheit – und ein wissendes Lächeln legte sich auf sein Vollmondgesicht.

Es war kurz vor zehn, als Laura, Lukas und Kaja das Internatsgebäude erreichten. Hastig eilten sie die große Eingangstreppe hinauf und verschwanden im Portal. Keiner von ihnen bemerkte, dass der Säulenriese seine steinernen Augen verdrehte und ihnen bekümmert nachschaute.

Als sie durch die Eingangshalle hetzten, war kein Mensch zu sehen. Wie immer trennten sie sich unter dem alten Gemälde.

»Gute Nacht – und bis morgen!«, rief Lukas, während er sich nach links wandte.

»Gute Nacht!« Laura und Kaja eilten nach rechts zur Treppe, die in den dritten Stock des Mädchenflügels führte. Mit der linken Hand stützte Kaja sich immer wieder auf das steinerne Geländer, denn der kurze Sprint von Attilas Haus bis zum Hauptgebäude hatte sie aus der Puste gebracht.

»Um Mitternacht schleich ich mich in die Bibliothek – kommst du mit, Kaja?«, fragte Laura.

»Hast du immer noch nicht genug?«, keuchte die kurzatmig. »Sei froh, dass Attila Morduk dich nicht erwischt hat. Das war wirklich haarscharf.«

Laura grinste. »Ich weiß. Aber er hat mich nun mal nicht geschnappt. Und warum sollte ich in der Bibliothek weniger Glück haben?«

Kaja schüttelte den Kopf. Wie konnte Laura nur so stur sein? Warum musste sie das Glück unbedingt herausfordern? Warum nur begab sie sich wegen nichts und wieder nichts in Gefahr? Kaja konnte es einfach nicht begreifen. Schließlich war es den Internatsschülern strengstens verboten, die Bibliothek außerhalb der Öffnungszeiten aufzusuchen. Dr. Quintus Schwartz hatte sie doch ausdrücklich daran erinnert. Kapierte Laura denn wirklich nicht, was das bedeutete?

»Und wenn sie dich doch schnappen?«, fragte Kaja. »Du weißt, was dann passiert.«

Doch Laura winkte nur ab. »Du machst dir unnötig Sorgen, Kaja. Wer soll mich denn erwischen? Um Mitternacht schlafen doch alle. Auch die Lehrer. Außerdem weiß ja niemand, was ich vorhabe.«

Schnelle Schritte waren zu hören, und dann kam Mr. Cool die Treppe heruntergehetzt. Er hatte es so eilig, dass er zwei Stufen auf einmal nahm. Als er die Mädchen erblickte, grinste er Laura an.

»Passt auf!«, raunte er ihnen zu, ohne anzuhalten. »Pinky Taxus schleicht hier irgendwo rum.« Im selben Augenblick war er bereits wieder verschwunden.

Laura und Kaja sahen sich erschrocken an.

»Ist es denn schon zehn?«, fragte Kaja.

»Keine Ahnung.« Laura hatte auch keine Uhr dabei.

Endlich hatten sie die dritte Etage erreicht. Laura spähte vorsichtig in den langen Gang, der zu ihrem Zimmer führte. Kein Mensch war zu sehen. Keine Rebekka Taxus.

Niemand.

Das Deckenlicht tauchte den Flur in ein heimeliges Licht. Die Ritterrüstungen in den dunklen Nischen sahen jetzt weit weniger bedrohlich aus als mitten in der Nacht.

Die Mädchen traten in den Gang und huschten leise zu ihrem Zimmer. Ihre Schritte waren kaum zu hören. Sie hatten ihr Ziel beinahe erreicht, als sie mit einem heillosen Schrecken zusammenfuhren. Wie aus dem Boden gewachsen, stand plötzlich die Taxus vor ihnen und versperrte ihnen den Weg. Offensichtlich hatte sie ihnen hinter einer Rüstung aufgelauert.

Kaja schaute die Taxus ängstlich an. Laura dagegen blickte zu Boden.

Die Lehrerin war wie immer ganz in Pink gekleidet. Ihre rötlichen Rasta-Locken sahen aus wie kleine Schlangen, die sich um ihren Kopf ringelten. Sie verschränkte die Arme vor der Brust und musterte die beiden Mädchen kühl. »Guten Abend, die Damen.«

»A … A … Abend«, stotterte Kaja.

Die Taxus schlug den Ärmel ihrer Jacke zurück und blickte auf die Armbanduhr. Ihre Stirn legte sich in nachdenkliche Falten. »Glück gehabt«, stellte sie fest. »Zwei Minuten sspäter, und ich wäre leider gezwungen gewessen, Dr. Schwartz Meldung zu machen.«

In diesem Augenblick bemerkte Rebekka Taxus, dass Laura peinlich darauf bedacht war, den Blickkontakt mit ihr zu vermeiden.

»Schau mich gefälligsst an, wenn ich mit dir rede!«, zischte die Lehrerin wütend.

Wie eine Schlange!, dachte Laura. Genau so hat sich das Zischen der Schlangen in Attilas Hütte angehört. Allein der Gedanke jagte ihr Eisesschauer über den Rücken. Wortlos hob sie den Kopf und blickte die Mathelehrerin an, die sie mit finsterer Miene musterte. *Nicht daran denken!*, schoss es dem Mädchen durch den Kopf. Denk bloß nicht an das, was du vorhast!

Die Taxus ließ Laura nicht aus den Augen. Unverwandt schaute sie die Schülerin an.

Laura schluckte. Ihre Kopfhaut begann zu kribbeln, und ein plötzliches Unbehagen befiel sie. Dieser starre Blick – er war kalt und scharf wie ein Skalpell. Laura spürte förmlich, wie ihr die Klinge in die Stirn fuhr, um ihre Gedanken bloßzulegen.

Nicht daran denken!, erinnerte Laura sich selbst. Denk bloß nicht daran, dass du nachher …

Die Stimme der Lehrerin war überraschend sanft. Fast einschläfernd. »Ich weißs nicht, warum, aber irgendwie habe ich dass Gefühl, dasss du nicht sso recht weißst, wass du tusst, Laura?« Sie sah das Mädchen lauernd an.

Laura antwortete nicht. Fragen wirbelten durch ihren Kopf. Was meinte die Lehrerin damit? Wusste sie bereits Bescheid?

»Ess wäre nämlich zweifelloss bessser, wenn du Mathe lernen würdesst, ansstatt dich herumzutreiben«, fuhr die Taxus fort. »Schließslich schreiben wir übermorgen einen wichtigen Tesst. Einen äußsersst wichtigen Tesst ssogar!«

Immer noch sah sie Laura mit ihrem sezierenden Blick an. Dann huschte ein hintergründiges Lächeln über ihr Gesicht.

»Aber – du mussst ja sselber wisssen, wass wichtig für dich isst. Nicht wahr, Laura?«

Das Mädchen anwortete immer noch nicht.

Und auch Rebekka Taxus schwieg. Wortlos drehte sie sich um und eilte davon. Das Lächeln war aus ihrem Gesicht verschwunden, sie schaute im Gegenteil finster drein.

Sehr finster sogar.

Kaja blickte ihr mit ängstlicher Miene nach. »Hast du bemerkt, wie sie dich angestarrt hat?«

»Es war nicht zu übersehen.«

»Geh lieber nicht in die Bibliothek, Laura. Ich glaube, Pinky Taxus ahnt was. Ganz bestimmt sogar!«

Laura schüttelte den Kopf. »Ganz bestimmt nicht!«, entgegnete sie. »Ich hab doch nichts gedacht.«

»Hä?« Kaja machte ein verwirrtes Gesicht. »Nichts gedacht? Also ehrlich, Laura, du sprichst in Rätseln. Was soll das schon wieder heißen – nichts gedacht?«

»Erklär ich dir später, Kaja. Jedenfalls bin ich mir sicher, dass die Taxus nicht rausgekriegt hat, dass ich einen Schlüssel für die Bibliothek habe. Und jetzt komm endlich! Die verbleibenden Stunden bis Mitternacht möchte ich schon gerne noch schlafen.«

Der Schlüssel passte. Laura atmete erleichtert auf.

Ein Glück!

Sie hatte sich den roten Stepp-Anorak über den Schlafanzug gezogen und stand nun vor der schweren Bibliothekstür und spähte nach allen Seiten. Niemand war zu sehen. Sie konnte es also wagen.

Laura drehte den Schüssel herum. Sie hörte ein leises Knacken, als der Riegel im Schloss zurückgeschoben wurde, und drückte die Klinke nach unten. Knarrend schwang die Tür auf. Rasch schlüpfte Laura in den Saal.

In früheren Zeiten hatte man darin festliche Bankette und prunkvolle Bälle abgehalten, doch seit der Gründung des Internats beherbergte er die Bibliothek, die im Laufe der Jahre einen enormen Umfang angenommen hatte.

Schwarzseidene Dunkelheit umfing Laura, und für einen Moment konnte sie nicht das Geringste sehen. Das überlaute Ticken der Wanduhr war zu hören, und der Geruch von altem Papier und Druckerschwärze stieg in ihre Nase. Es gab nicht eine einzige Lichtquelle im Bibliothekssaal. Die Vorhänge der beiden großen Fenster an der Stirnseite waren zwar geöffnet, aber draußen vor den Scheiben herrschte nur tiefe Nacht.

Nur langsam lösten sich die Umrisse der raumhohen Regale mit den zahllosen Büchern aus dem gespenstischen Duster. Mindestens dreißig dieser Regale reihten sich über die gesamte Länge der Bibliothek. Dazwischen gab es schmale Durchgänge, die höchstens zwei Schultern breit waren. Auch an den Wänden standen Bücherregale, außerdem Schränke und Ablagetische.

Laura blickte sich ratlos um. Wo sollte sie nach diesem Nebel suchen, den ihr Vater hier versteckt hatte? Sie hatte nicht die geringste Ahnung, und die Bibliothek war groß.

Wo sollte sie mit der Suche beginnen?

Und schlimmer noch – *wonach* sollte sie eigentlich suchen? Wie sah ein versteckter Nebel wohl aus? Was hatte man sich darunter vorzustellen?

Laura hatte nicht einmal eine vage Idee, und das machte die Sache so verflixt schwierig. Langsam wanderte sie die Regalreihen entlang und schaute sich nach allen Seiten um. Vielleicht war dieser geheimnisvolle Nebel ja zwischen den Büchern versteckt und stand in einem der Regale?

Gut möglich – aber in welchem?

Laura kam ein Gedanke: Nebel begann mit »N« – vielleicht sollte sie im Regal für diesen Buchstaben suchen? Warum eigentlich nicht? Irgendwo musste sie ja anfangen, und einen Versuch war es sicherlich wert.

Sie beschleunigte den Schritt und ging auf das entsprechende Regal zu. Sie bog in den schmalen Gang zwischen dem M- und N-Regal ein, als sie ein Geräusch hörte, das ihr den Angstschweiß auf die Stirn trieb – die Tür knarrte!

Und dann waren auch schon Schritte am Eingang zu hören.

Oh, nein!

Sie musste sich verstecken, und zwar schnell. Gehetzt blickte Laura sich um, fieberhaft überlegend, wo sie sich verbergen könnte – aber ihr fiel nichts ein. Die Regale taugten nicht dazu, und den Ablagetisch an der Wand konnte sie auch vergessen. Sie würde innerhalb kürzester Zeit entdeckt werden, wenn sie sich darunter verkroch!

Das Deckenlicht flammte auf. Die plötzliche Helligkeit blendete Laura, und sie kniff einen Moment die Augen zusammen. Dann sah sie das Schränkchen. Ein paar Schritte vom Ablagetisch entfernt stand es an der Wand, knapp einsfünfzig hoch mit zwei schmalen Flechttüren. Es war das Schränkchen von Fräulein Amalie Bröselsam, der Bibliothekarin von Ravenstein. Sie pflegte ihre Jacke oder ihren Mantel darin aufzuhängen und ihren Hut darin abzulegen. Außerdem bewahrte sie allerlei persönlichen Krimskrams darin auf.

Laura eilte darauf zu. Zum Glück war es nicht abgeschlossen. Rasch zog sie die Tür auf. In der linken Schrankhälfte waren fünf Regalbretter, die über und über mit allem Möglichen gefüllt waren. In der rechten Hälfte befand sich eine Garderobenstange, an der auf zwei Bügeln eine altmodische Wolljacke mit Lederflicken an den Ellbogen und eine hässlich geblümte Kittelschürze hingen.

Schnell klemmte Laura sich zwischen die beiden Kleidungsstücke und zog die Tür hinter sich zu. Keine Sekunde zu spät, denn schon näherten sich die Stimmen.

Laura drückte die Augen ganz dicht an das engmaschige Flechtwerk der Tür und spähte hinaus. Das Gittermuster beeinträchtigte den Blick, aber trotzdem erkannte sie die beiden Besucher sofort: Dr. Quintus Schwartz und Rebekka Taxus.

Die beiden Dunklen standen gut vier Meter von Lauras Versteck entfernt im Gang und blickten sich suchend in der Bibliothek um. Offensichtlich konnten sie nicht entdecken, wonach sie suchten, denn Dr. Schwartz sah Pinky Taxus fragend an.

»Bist du auch sicher, dass Laura Leander hierher wollte?«

Das Gesicht der Lehrerin verfinsterte sich. »Abssolut ssicher!«, lispelte sie. Es war ihr anzuhören, dass sie über die Frage ziemlich verärgert war. »Im Gedankenlessen macht mir sso schnell keiner wass vor. Dass ssolltesst du allmählich wisssen, Quintuss!«

Beschwichtigend legte Dr. Schwartz eine Hand auf ihre Schulter. »Nichts für ungut, Rebekka. Schauen wir einfach mal nach – vielleicht hat sie sich ja irgendwo versteckt, als sie uns hat kommen hören.«

Die Lehrer trennten sich. Dr. Schwartz suchte die eine Hälfte der Bibliothek ab, Pinky Taxus nahm sich die andere vor.

Angespannt verfolgte Laura jede Bewegung der beiden. Es wurde allmählich warm in dem Schränkchen. Die Luft war stickig, und der Duft von 4711, der aus Amalie Bröselsams Jacke aufstieg, begann in ihrer Nase zu kitzeln. Trotzdem ließ sie die Lehrer nicht aus den Augen.

Langsam schritten die Erwachsenen die Regale ab und spähten aufmerksam zwischen die Bücher und unter die Ablagetische. Sogar hinter die bodenlangen Vorhänge schauten sie – vergeblich.

Laura musste grinsen, als sie bemerkte, dass Dr. Schwartz und die Taxus ihre Suche abbrachen und sich wieder zueinandergesellten, direkt vor ihrem Versteck. Sie hielt den Atem an. Sie schwitzte, und das Kitzeln in ihrer Nase wurde immer stärker.

»Tut mir leid«, sagte Dr. Schwartz, »aber ich habe nicht die geringste Spur von ihr entdeckt.«

»Verdammt!« Pinky Taxus klang wütend, und ihr Zischen glich wieder dem einer Schlange. »Entweder ssind wir zu sspät gekommen, und ssie war schon hier – oder ssie hat ssich 'ss anderss überlegt.«

Dr. Quintus Schwartz verzog das Gesicht. »Vielleicht hast du Recht«, sagte er. »Wonach sie hier suchen wollte, hast du nicht rausfinden können?«

Mit grimmiger Miene schüttelte die Taxus den Kopf. Ihre Augen funkelten böse. »Nein!«, zischte sie. »Diessess Balg lernt schneller, alss ich dachte. Der Unterricht bei diesser Schlampe trägt bereitss Früchte!«

»Hölle, Tod und Teufel!« Wütend stampfte Dr. Schwartz mit dem rechten Fuß auf. Er ballte die Rechte zur Faust und schlug damit heftig gegen das Regal, das neben ihm stand. Es schwankte leicht, und die Bücher auf den Brettern verrutschten. Laura konnte hören, dass der stellvertretende Direktor plötzlich keuchte und nach Luft rang, und schon griff er in die Tasche, holte eine kleine Sprayflasche daraus hervor und sprühte sich sein Asthma-Mittel in den Mund. Als er sich wieder der Kollegin zuwandte, bemerkte Laura plötzlich, dass sich seine Augen verändert hatten.

Sie glühten rot!

Diese Erscheinung hielt zwar nur den Bruchteil einer Sekunde an, aber Laura war sicher, dass sie sich nicht getäuscht hatte: Die Augen von Dr. Quintus Schwartz waren glutrot gewesen.

Glutrot wie die Hölle.

Der Dunkle starrte die Taxus eindringlich an. »Wir müssen dringend was gegen diese Göre unternehmen!«, sagte er kalt. »Sie bringt unsere Pläne völlig durcheinander!«

»Du weißst, dasss dass nicht geht, Quintuss. Die uralten Gessetzse verbieten unss, gegen Gegner vorzugehen, die ssich noch in der Aussbildung befinden. Schließslich halten sich auch die Wächter an diesse Vorgabe. Außserdem –«

Sie brach ab und trat näher an Dr. Schwartz heran. Fast

zärtlich schaute sie ihn an und strich ihm mit der rechten Hand beruhigend über den Oberarm.

»Außserdem ssind ess doch nur noch ein paar Tage biss zur Winterssonnenwende, und biss dahin kann ssie den Kelch unmöglich finden!«

Dr. Schwartz schnaubte wütend. Dann schüttelte er vehement den Kopf. »Das ist mir viel zu unsicher!« Er war jetzt richtig zornig. »Wir haben unser Ziel schon fast erreicht und dürfen den Sieg jetzt nicht mehr aufs Spiel setzen – unter keinen Umständen! Und deshalb, Rebekka, deshalb bleibt uns keine andere Wahl, als sie aus dem Weg zu räumen!«

Laura erstarrte. *Nein!* Das konnte doch nicht sein Ernst sein! Die konnten sie doch nicht einfach ... *umbringen?!*

Lauras Herz hämmerte zum Zerspringen, und sie schnappte entsetzt nach Luft. Schnell legte sie die Hand vor den Mund, um sich nicht durch ihr heftiges Atmen zu verraten. Gleichzeitig wurde das Kitzeln in der Nase immer stärker. Fast unerträglich stark. Laura verzog die Nase, um den Niesreiz zu unterdrücken. Aber es half nichts. Im Gegenteil: Das Kribbeln wurde unerträglich. Sie war verloren. Mit Daumen und Zeigefinger klemmte sie sich die Nase zu und hielt die Luft an.

»Ich kann dich ja versstehen, Quintuss.« Rebekka Taxus blickte den Kollegen fast flehend an. »Aber dass dürfen wir nicht. Ess isst verboten!«

»Du hast Recht, obwohl ...« Dr. Schwartz machte eine kleine Pause und starrte die Lehrerin nachdenklich an. Als er weitersprach, verzog sich sein Gesicht zu einem schrägen Grinsen. »... *uns* ist das in der Tat verboten, Rebekka – aber nicht unseren Geschöpfen!«

Die Taxus schaute ihn verwundert an. Doch dann schien sie zu begreifen, was Schwartz vorhatte. »Genial, Quintuss! Du bisst *einfach genial*!« Hochachtung lag in ihrer Stimme, und dann brach sie in ein wieherndes Lachen aus.

Dr. Schwartz stimmte in das Hohngelächter ein. Dann wandten sich die beiden zum Gehen. Das Lachen verhallte, während sie sich von Lauras Versteck entfernten. Dann erlosch das Licht, und das Gelächter riss völlig ab.

Laura konnte jetzt nicht mehr an sich halten. Ein lauter Nieser entfuhr ihr, gefolgt von einem zweiten. Angespannt lauschte sie in die Dunkelheit, aber es blieb alles still. Einige Augenblicke noch verharrte das Mädchen in seinem Versteck, bevor es die Tür aufstieß und aus dem engen Schrank herauskletterte.

Erleichtert atmete Laura auf. Puuh – das ist ja gerade noch einmal gut gegangen!

Schweiß stand auf ihrer Stirn. Ihr rechter Fuß war eingeschlafen, und ihre Knie zitterten. Aber schon wenige Augenblicke später fühlte sie sich wieder völlig in Ordnung und setzte die Suche fort.

Doch sie fand nichts. Nicht einmal den geringsten Hinweis auf diesen geheimnisvollen Nebel. Für einen Moment glaubte sie sich zwar auf der richtigen Spur – es fiel ihr nämlich auf, dass neben einem alten Kupferstich, der an der Wand hing, ein etwa faustgroßes Stück Mauer aus der Wand gebrochen war. Der Stich zeigte ausgerechnet die Alte Gruft im Henkerswald. Vielleicht hatte das ja was zu bedeuten? Vielleicht war das eine Art Markierung? Ein Hinweis auf ein ... Versteck?

Als Laura den Stich jedoch von der Wand nahm, sah sie ihre Hoffnung getäuscht. Da war nichts hinter dem Bild. Rein gar nichts. Nur die nackte Wand.

Da wurde Laura klar, dass es keinen Sinn mehr machte, blindlings weiterzusuchen. Es war völlig aussichtslos. Die Bibliothek war viel zu groß. Ohne einen Hinweis, und sei er noch so klein, würde sie diesen rätselhaften Nebel niemals finden.

Ganz bestimmt nicht.

Kapitel 15 Eine doppelte Überraschung

Am nächsten Tag nach dem Mittagessen klopfte es an die Tür. Laura und Kaja hatten sich gerade auf ihr Zimmer zurückgezogen und wollten eben mit den Hausarbeiten beginnen. Laura war überrascht. Sie erwartete keinen Besuch. Fragend blickte sie Kaja an. Doch auch die zuckte nur mit den Schultern. Sie hatte ebenfalls keine Ahnung, wer das sein konnte.

Laura ging zur Zimmertür und öffnete.

Es war Percy Valiant. Laura musterte ihn verwundert. »Was ist los, Percy?«

Percy machte eine kavaliersmäßige Verbeugung. »Darf iisch diisch bitten, mir zu folgen, werte Laura?

Das Mädchen verzog erstaunt das Gesicht. »Dir zu folgen? Unser Fechttraining ist doch erst heut Abend – oder täusche ich mich?«

Percy schüttelte den Kopf. »Mitniischten, Mademoiselle. Du unterliegst keinerlei Täuschung. Aber niischtsdestotrotz möschte iisch diisch bitten, diisch mir anzuschließen und mir die E're deiner Gesellschaft zu erweisen.«

»Was … was hast du vor?«

Der Sportlehrer tat geheimnisvoll. »Bitte 'ab Geduld, Laura, und 'alte deine Neugier im Zaume. Eine Überraschung iist nur dann eine Überraschung, wenn man niischt weiß, worum es geht. Und nun beeile diisch bitte! Die Zeit ist flüschtiisch, und wir wollen vor Anbruch der Dunkel'eit wieder zurück sein. Iisch warte auf dem Parkplatz auf diisch.«

Er wollte schon gehen, als ihm noch etwas einfiel. »Es würde dir durschaus zum Vorteil gereischen, wenn du diisch warm ankleiden würdest!« Damit drehte er sich um und ging davon.

Laura schaute ihm verwundert nach. Was kann Percy bloß von mir wollen? In Gedanken versunken, ging sie zu ihrem Schreibtisch zurück.

»Was hat Percy denn vor?«, wollte Kaja wissen.

»Keine Ahnung. Aber ich werde es bald erfahren, denke ich.«

»Dann willst du also gehen?«

»Natürlich! Was hast du denn gedacht?«

»Dass wir für den Mathetest lernen wollen, das hab ich gedacht. Du weißt doch, wie wichtig der ist.«

»Ja, klar. Aber das, was Percy vorhat, ist sicherlich ebenso wichtig. Sonst würde er mich doch nicht bei den Hausaufgaben stören!«

Kajas Miene verfinsterte sich. »Mademoiselle Laura muss es ja wissen«, äffte sie beleidigt Percys Tonfall nach.

»Hey! Zieh bitte nicht so ein Gesicht, Kaja! Es dauert bestimmt nicht lange, und wenn ich wieder zurück bin, setzen wir uns hin und lernen Mathe.«

Kaja schaute sie skeptisch an. »Versprochen?«

»Versprochen!«

Die Miene der Freundin hellte sich wieder auf. »Okay. Dann geh halt. Und viel Spaß, was immer ihr auch vorhabt.«

Sie holte eine Tafel Schokolade aus der obersten Schublade ihres Schreibtisches hervor. Alpensahne mit Haselnüssen. Mit zwei, drei hastigen Bewegungen fetzte sie die Packung auf, brach ein großes Schokostück ab und steckte es sich in den

Mund. Sie hatte kaum zu kauen begonnen, als sie auch schon genüsslich die Augen verdrehte.

Kajas Welt war wieder in Ordnung, und die drohende Mathearbeit wurde von cremigem Schmelz versüßt. Laura jedoch schlüpfte hastig in ihre Winterstiefel, zog ihren Anorak an und setzte die Dockmütze auf. Dann eilte sie aus dem Zimmer.

Die Fahrt mit Percys klapprigem Peugeot dauerte nicht lange. Bereits nach fünf Minuten setzte er den Blinker, fuhr von der Landstraße ab und bog in einen schmalen Fahrweg ein, der zu einem einsam gelegenen Bauernhof führte. Weit und breit waren keine anderen Häuser zu sehen.

Laura schaute den Sportlehrer erstaunt an. »Ist das der Hof, wo dein Pferd untergebracht ist?«

Percy verzog das Gesicht zu einem geheimnisvollen Lächeln. »Geduld, liebe Laura, 'ab nur Geduld!«

Vor dem Stallgebäude stand ein Pferdetransporter. Percy parkte direkt daneben, stellte den Motor ab und stieg aus.

Laura verließ ebenfalls das Auto. Sie schlug die Wagentür zu und folgte Percy, der zielstrebig auf die Stalltür zuschritt. Schon von weitem stieg Laura der warme Geruch von Pferden und Streu in die Nase. Sofort musste sie an Sturmwind denken, und es wurde ihr ein wenig wehmütig ums Herz.

In der Stalltür stand ein Mann. Er zog genüsslich an der Pfeife in seinem Mundwinkel. Qualmwölkchen stiegen zum bleigrauen Nachmittagshimmel auf. Laura erkannte ihn sofort: Es war Kastor Dietrich, der Bauer, bei dem sie Sturmwind untergestellt hatte.

»Sie?«, fragte sie den älteren Mann verwundert. »So ein Zufall! Was machen Sie denn hier?«

Das wettergegerbte Gesicht des Bauern verzog sich zu einem freundlichen Grinsen. »Guten Tag, mein Fräulein«, begrüßte er sie. »Kennen wir uns?«

Laura blickte ihn erstaunt an. »Aber natürlich. Natürlich kennen wir uns. Sie sind Bauer Dietrich –«

»Stimmt«, unterbrach sie der Mann lächelnd.

»– und mein Pferd steht in Ihrem Stall!«

»Auch das ist richtig!«, pflichtete er ihr bei, und Laura wunderte sich jetzt nur noch mehr.

»Dann müssen Sie mich doch auch kennen!« Mit leichter Irritation schüttelte sie den Kopf.

Es war doch nicht möglich, dass Bauer Dietrich so vergesslich war! So alt war er doch noch gar nicht, und irgendwelche Anzeichen einer Krankheit hatte sie bei ihm bislang nicht entdecken können. Da kam ihr plötzlich ein Verdacht. Sie kniff die Augen zusammen und sah Bauer Dietrich misstrauisch an.

»Wollen Sie mich vielleicht auf den Arm nehmen?«

Der Mann nahm die Pfeife aus dem Mund und lachte herzlich. »Nein, ganz bestimmt nicht. Wieso sollte ich?«

»Dann wissen Sie also doch, dass ich Laura Leander bin?

Der Bauer schüttelte den Kopf. »Nein, das weiß ich nicht, sagte er völlig ernst. »Und ich hab dich noch nie gesehen.«

»Aber …«

Laura schnappte nach Luft. Sie verstand die Welt nicht mehr. Mit hilfesuchendem Blick wandte sie sich an Percy Valiant, der die Unterhaltung verschmitzt grinsend verfolgt hatte. »Was wird hier eigentlich gespielt?«, fragte sie, leicht verärgert. »Entweder ihr beiden verschaukelt mich – oder ich bin total bescheuert.«

»Das bist du mit Sicherheit nicht!« Die vertraute Männerstimme kam aus dem Stall. »Und verschaukelt wirst du auch nicht.«

Laura drehte sich überrascht um und sah einen Mann, der aus dem Dunkel des Stalles trat.

Es war – Kastor Dietrich.

Lauras Augen wurden groß vor Staunen. Vor ihr stand Bauer Dietrich, kein Zweifel – aber das gleich zweimal. Die beiden Männer in der Stalltür glichen sich wie ein Ei dem anderen. Selbst ihre Pfeifen sahen vollkommen gleich aus.

Der Dietrich, der soeben aus dem Stall gekommen war, nickte ihr freundlich zu. »Tag, Laura. Darf ich dir meinen Bruder vorstellen. Meinen Zwillingsbruder Nikodemus!«

Verärgert über die eigene Begriffsstutzigkeit, schüttelte Laura den Kopf. Mit der flachen Hand schlug sie sich an die Stirn. »Mann!«, stöhnte sie gequält. »Wie kann man nur so bescheuert sein.«

Kastor Dietrich lächelte verständnisvoll. »Gräm dich nicht, Laura. Du bist nicht die Erste, die Nikodemus und mich verwechselt. Aber – willst du nicht in den Stall sehen?«

Laura blickte Percy fragend an. Immerhin war er es ja gewesen, der sie hierhergebracht hatte. Und vielleicht wollte er ja gar nicht in den Stall?

Doch Percy nickte ihr nur aufmunternd zu. »Aber natürliisch, Laura. Einziisch und alleine aus diesem Grunde 'aben wir uns an diesen freundliischen Ort begeben.«

Na, denn!

Laura wollte gerade in den Stall treten, als sie es plötzlich bemerkte. Sie sog die Luft ein und schnupperte wie ein aufmerksam witterndes Tier. Und zur Sicherheit noch ein zweites Mal. Nein, sie hatte sich nicht getäuscht – es roch tatsächlich nach Schnee! Dabei betrug die Temperatur beinahe acht Grad plus, und der Wetterbericht hatte einen Tiefdruckausläufer gemeldet, der in den nächsten Tagen Regen bringen sollte.

Wie um alles in der Welt kann ich da Schnee riechen?, wunderte sie sich. Fragend schaute sie Kastor Dietrich an. »Riechen Sie es auch?«

»Was denn?«

»Dass es Schnee geben wird?«

Doch Kastor Dietrich schüttelte nur den kantigen Schädel. »Nein. Ich rieche nichts.« Er schaute seinen Zwillingsbruder an. »Du vielleicht?«

Doch auch Nikodemus Dietrich schüttelte den Kopf. »Nein, Kastor. Ich riech auch keinen Schnee.«

Der Angesprochene wandte sich schulterzuckend an Laura. »Tut mir leid, aber du musst dich wohl täuschen!«

»Ähm!«, brummte das Mädchen nur. Dabei war Laura sich völlig sicher – dieser Geruch in der Luft bedeutete ihr, dass es schon bald Schnee geben würde. Nachdenklich trat sie in den Stall.

Noch bevor Laura Sturmwind sehen konnte, erkannte sie ihn am Wiehern. Es kam aus der letzten Box. Das war ihr Sturmwind – ganz bestimmt!

Laura stürmte los.

Sturmwind stand dicht an der Tür, hatte ihr den Kopf zugewandt und prustete und schnaubte freudig. Seine spitzen Ohren bewegten sich unruhig hin und her, und er scharrte aufgeregt mit den Vorderhufen.

Laura schob den Riegel zurück, öffnete die Tür und trat zu ihrem Pferd. Zur Begrüßung tätschelte sie den schlanken Hals des Hengstes und rieb ihm zärtlich mit der Faust über die breite Pferdenase. »Hey, mein Alter«, flüsterte sie. »Schön, dich zu sehen.«

Sturmwind schnaubte und ließ erneut ein Wiehern hören.

Die drei Männer tauchten in der offenen Boxentür auf und blickten mit zufriedenem Lächeln auf das Mädchen und das Pferd.

»Das war eine gute Idee, Percy.« Kastor Dietrich klopfte dem Sportlehrer anerkennend auf die Schulter. »Eine ausgezeichnete sogar!«

Laura wandte sich um und sah die Männer verwundert an. »Ihr kennt euch wohl schon länger?«

Die Männer grinsten breit.

»Natürliisch!«, sagte Percy. »Und es ist mir eine große Freude, miisch der Bekanntschaft dieser 'ochlöbliischen Männer rü'men zu können!«

Lauras Stirn bewölkte sich einen Augenblick, doch dann verstand sie plötzlich, was das bedeutete. Kastor Dietrich war ein Wächter. Und sein Zwillingsbruder wohl auch.

Dass ich da nicht schon früher drauf gekommen bin!, ärgerte sie sich. Deshalb also hat Kastor von meinem Geburtstag gewusst. Und dass ich im Zeichen der Dreizehn geboren bin.

»Richtig!«, bestätigte Kastor. »Es ist genau so, wie du vermutest, Laura.«

Kastor konnte also ebenfalls Gedanken lesen.

Und Nikodemus?

Ein Lächeln huschte über das Gesicht des Mannes. Dann blickte er konzentriert auf die Boxentür – und Augenblicke später drehte diese sich in den Angeln und wurde wie von Geisterhand geschlossen.

»Genügt das als Erklärung?«, fragte er.

Laura grinste. Natürlich genügte das!

Eines allerdings verstand sie immer noch nicht: Was nur hatte Percy veranlasst, Sturmwind im Stall von Nikodemus Dietrich unterzubringen?

»Kannst du dir das niischt denken, Laura?«, antwortete der Lehrer. »Zum einen wird es Sturmwind 'ier an niischts fe'len, und er kann außerdem die Bekanntschaft von Salamar machen!« Er deutete auf die Nachbarbox, in der ein prächtiger Schimmel stand. Neugierig äugte er zu Laura herüber und wieherte wie zur Bestätigung. »Zum anderen aber ist der 'of von Nikodemus viel nä'er bei Ravenstein gelegen als der seines Bruders.«

Laura machte ein mürrisches Gesicht. »Das weiß ich auch. Aber dafür hab ich es von Hohenstadt dann viel weiter hierher!«

»Stimmt. Und trotzdem, Laura – es war eine ganz bestimmte A'nung, die miisch zu diesem Schritt veranlasst 'at. Frag miisch niischt, wo'er meine Vermutung rü'rt – aber iisch bin der festen Überzeugung, dass diir dein Pferd noch von se'r großem Nutzen sein wird bei deiner großen Aufgabe! Und des'alb, Laura, des'alb sollten wir von nun an niischt nur das Feschten trainieren, sondern auch das Reiten.«

Du bist nicht recht bei Sinnen, Alarik!« Alienor fuhr aufgebracht herum und schaute ihren Bruder vorwurfsvoll an. »Das ist viel zu gefährlich!«

»Aber irgendjemand muss doch was tun!« Alariks Stimme klang trotzig. »Wir können doch nicht einfach nur rumsitzen und tatenlos auf das Ende warten!«

Alienor zögerte mit der Antwort und beobachtete den Knappen, der neben ihr auf der Bank im Garten des Hospitals saß. Von hohen Feldsteinmauern umgeben, lag der abseits des hektischen Betriebes der Gralsburg direkt hinter dem Krankentrakt. Die Heilerinnen züchteten und hegten hier die Pflanzen, aus denen sie die Arzneien, Salben und Tinkturen zur Pflege der Kranken gewannen. Gedämpft klangen vom Burghof das Hämmern der Schmiede, die Laute der Tiere in den Stallungen und die Rufe der Bediensteten herüber. Obwohl Hellunyat vom Untergang bedroht war, ging das alltägliche Leben weiter wie eh und je.

Alarik schien nichts davon wahrzunehmen. Er hatte die Beine eng an den Oberkörper gezogen, die Arme um die Knie geschlungen und das Kinn aufgestützt und starrte finster vor sich hin. Die blonden Haare hingen ihm wirr in die Stirn, die er in krause Falten gelegt hatte.

Schmatzfraß, Alariks verfressener Swuupie, saß auf der Schulter des Jungen und knabberte schmatzend an einem Duftapfel, den er geschickt in den Vorderpfoten hielt.

Zwei weiße Tauben flatterten aus dem trüben Nachmittagshimmel heran, ließen sich in der Nähe der Bank nieder und pickten in den Beeten nach Futter. Doch auch von ihrem Gurren ließ sich der Junge nicht ablenken.

Alienor musterte den Bruder voller Sorge. Gedankenverloren spielte sie mit den dicken blonden Zöpfen, die ihr bis weit über die Schulter reichten. Schließlich räusperte sie sich und legte zärtlich eine Hand auf seinen Arm. »Überleg doch mal, Alarik. Die Dunkle Festung wird streng bewacht. Selbst Paravain und den Weißen Rittern ist es noch nicht gelungen, dort einzudringen. Wie willst ausgerechnet du das dann schaffen?«

Der Junge entspannte sich, und ein listiges Lächeln huschte über sein Gesicht. »Ich hab es mir gut überlegt«, sagte er. »Erstens rechnen die Dunklen Mächte nicht damit, dass einer alleine in ihre Zwingburg einzudringen versucht, und schon gar nicht ein Knappe.«

»Und zweitens?«

»Zweitens werden sie mit Sicherheit nicht vermuten, dass ich durch den Schwefelsumpf komme!«

»Durch den Schwefelsumpf?« Alienor erschrak und wurde blass. Für einen Moment glaubte sie, ihr Herz bleibe stehen.

Schmatzfraß ließ überrascht den Apfel fallen, als habe er verstanden, worum es ging, und nur durch schnelles Flügelschlagen konnte der Swuupie verhindern, dass er von Alariks Schulter purzelte.

Der tückische Sumpf war Alienor wohlbekannt. Er bildete die Grenze zwischen dem Güldenland, dem Fürstentum ihres Vaters, und dem Reich des Dunklen Fürsten und wurde von allen gemieden, die bei Sinnen waren. »Das ist Wahnsinn,

Alarik! Der Sumpf hat noch jeden verschlungen, der sich hineingewagt hat. Vorausgesetzt, die giftigen Schwefeldämpfe haben dem Ärmsten nicht schon vorher das Leben geraubt.«

Während Schmatzfraß die Flügel ausbreitete und zu Boden flatterte, um den Apfel wieder aufzunehmen, sah Alarik die Schwester mit ernster Miene an. »Aber versteh doch: Genau das ist meine Chance. Genau aus diesem Grunde wird die am Sumpf gelegene Mauer der Dunklen Festung doch kaum bewacht!«

»Aber was sollte dir das nutzen?« Vor Sorge um den Bruder hob Alienor die Stimme. »Du wirst die Mauer gar nicht erst erreichen, wenn du den Sumpf zu durchqueren suchst!«

Alarik schüttelte den Kopf. »Es gibt Pfade, die hindurchführen. Silvan hat es sogar mehrere Male geschafft, heil durch den Sumpf zu reisen.«

»Silvan?«

»Ja. Der Waldläufer. Du wirst dich erinnern, dass er mehrere Sommer auf der Burg unseres Vaters verbracht hat. Ich bin häufig mit ihm durch Wald und Flur gestreift, und Silvan hat mich vieles gelehrt, was von großem Nutzen für das Leben in der Natur sein kann.«

»Hat er dir den Weg durch den Sumpf gezeigt?«

Alarik antwortete nicht.

»Ob er dir den Weg durch den Sumpf gezeigt hat, will ich wissen?« Alienor wurde ungeduldig.

Der Knappe räusperte sich. »Nein. Aber er hat ihn mir genau erklärt.« Er tippte mit dem Zeigefinger an seine Stirn. »Er hat sich da oben eingeprägt wie auf einer Karte.«

Alienor wollte zu einer heftigen Entgegnung anheben, doch dann unterließ sie es lieber. Es wäre sinnlos. Sie kannte ihren Bruder. Er konnte stur sein wie ein störrischer Esel. Was er sich einmal in den Kopf gesetzt hatte, ließ er sich von niemandem mehr ausreden. Und von ihr schon gar nicht!

Das Mädchen atmete tief durch und verzog zweifelnd das Gesicht. »Mal angenommen, du schaffst es tatsächlich, heil in die Dunkle Festung zu gelangen – was versprichst du dir eigentlich davon?«

»Das liegt doch auf der Hand, oder?« Alarik fuchtelte mit dem ausgestreckten Zeigefinger vor Alienors Gesicht hin und her. »Die Dunklen haben uns den Kelch geraubt, also gibt es in der Dunklen Festung jemanden, der weiß, wo der Kelch versteckt ist!«

»Und weiter?«

»Wenn ich sie heimlich belauschen kann, dann gelingt es mir vielleicht, einige Hinweise auf das Versteck aufzuschnappen.«

»Das mag sein, aber es ist zu gefährlich«, flüsterte Alienor und schaute ihren Bruder flehentlich an. »Tu 's nicht, Alarik, ich bitte dich!«

Alarik starrte nur wortlos auf die Kräuterbeete.

»Dann steht dein Entschluss also fest?« Die Worte des Mädchens waren kaum zu vernehmen.

Der Knappe schaute seine Schwester entschlossen an. »Ja. Und niemand kann mich davon abbringen.«

Alienor schluckte, ihre Augen schimmerten feucht. »Kann ich dir irgendwie dabei helfen?«

»Ja.« Alarik holte den Swuupie von der Schulter und reichte ihn der Schwester. »Pass bitte gut auf Schmatzfraß auf, solange ich weg bin. Und außerdem –«

Er brach ab und sinnierte einen Moment vor sich hin, bevor er fortfuhr: »Ich werde mich nach Einbruch der Nacht davonstehlen – und es würde mir sehr helfen, wenn du niemandem verrätst, was ich vorhabe. Niemandem, hörst du? Und schon gar nicht Paravain! Wenn der von meinem Plan erfährt, wird er mich auf der Stelle zurückholen lassen!«

Laura und Percy saßen auf den Rücken ihrer Pferde und preschten über die Felder und Wiesen des hügeligen Landes. Percys Salamar besaß die gleiche unbändige Energie wie Lauras Sturmwind. Kaum gaben die Reiter die Zügel frei, da fielen die beiden Hengste in einen ungestümen Galopp. Sie schienen unter sich ausmachen zu wollen, wer von ihnen der schnellere war. Ihre Sprünge wurden immer länger, und ihr Tempo immer größer. Schließlich war es so wild, dass Percy eingriff.

Er zügelte Salamar, und auch Laura zog die Zügel ihres Pferdes an. Anfangs widersetzte sich Sturmwind seiner Reiterin. Er schnaubte aus Protest, doch dann fügte er sich und verfiel in den Schritt. Seite an Seite stapften die beiden Schimmel über einen schmalen Feldweg dahin und wiegten die Reiter gemächlich hin und her.

Laura spähte zum Horizont, wo der graue Winterhimmel fast nahtlos mit der grauen Landschaft verschmolz. Nebelschleier waren in der Ferne aufgezogen, drifteten dicht über die Felder dahin und hielten auf Burg Ravenstein zu, die auf dem nächsten Hügel thronte.

Plötzlich konnte Laura wieder Schnee riechen.

Eigenartig, ging es ihr durch den Kopf. Die Plusgrade und der Wetterbericht – all das deutet darauf hin, dass es nicht schneien wird. Und der Nebel macht das noch unwahrscheinlicher. Aber ich kann trotzdem ganz deutlich Schnee riechen. Dafür muss es doch einen Grund geben?

Laura fand keine vernünftige Erklärung. Die fernen Nebelschwaden brachten sie auf einen anderen Gedanken. Sie berichtete dem Sportlehrer von ihrer nächtlichen Suche nach dem Nebel in der Bibliothek.

Als sie fertig war, schaute Percy sie vorwurfsvoll an. »Deine Leischtfertiischkeit schreit zum 'immel, Laura«, tadelte er sie. »Mein 'erz pocht bei der Vorstellung, wie mü'elos die Dunklen deiner 'ätten 'ab'aft werden können!«

»Ich weiß, Percy.« Laura klang kleinlaut. »Aber was hätte ich denn machen sollen? Papa hätte den Nebel bestimmt nicht erwähnt, wenn er nicht furchtbar wichtig wäre. Meinst du nicht auch?«

Percy zog ein nachdenkliches Gesicht. »Die Mögliischkeit besteht fürwahr. Aber leider 'at Mariüs es verabsäumt, diir auch nur den 'auch einer Andeutung zu 'interlassen. Auf diese Weise 'ätte er diir die große Mühsal der Suche um vieles erleischtern können!«

»Das hätte er auch bestimmt getan«, antwortete Laura mit gequälter Miene. »Aber er hatte keine Zeit mehr dazu.«

»Das will iisch gerne glauben, aber leider 'ilft uns das niischt weiter!« Er machte ein ratloses Gesicht. »Denn wenn iisch der Wa'r'eit die Ehre geben darf, dann bin auch iisch mit meinem Latein am Ende. Die Bibliothek ist riesig, und iisch kann diir niischt den kleinsten Rat geben, wo du nach diesem Nebel suchen sollst.«

Laura musterte ihn nachdenklich. Das sonst so zuversichtliche Jungengesicht von Percy hatte einen ernsten Ausdruck angenommen, und ihr wurde klar, dass der Lehrer wirklich keinen Rat wusste.

Wortlos ritten sie weiter. Ein leichter Wind säuselte, das Schnauben der Pferde war zu hören, das dumpfe Knirschen des Leders und das Klirren des Zaumzeugs. Weit in der Ferne krächzte ein Rabe, und keckernd bellte ein Fuchs.

Laura war tief in Gedanken versunken. Was soll ich bloß tun?, überlegte sie. Wenn mir Percy nicht helfen kann – wer dann? Und was passiert, wenn ich den Nebel wirklich nicht finde?

Wieder stieg ihr dieser intensive Geruch nach Schnee in die Nase – und da plötzlich fiel es ihr ein.

Genau – das war die Lösung!

Aufgeregt zügelte sie ihr Pferd und strahlte Percy an. »Ja,

klar! Natürlich! Ich weiß es, Percy. Ich weiß, wie wir den Nebel finden können!«

Percy brachte sein Pferd ebenfalls zum Stehen und schaute sie überrascht an. »Du weißt es?«

Laura nickte und schlug sich mit der flachen Hand an die Stirn. »Ja, klar! Wie doof von uns, dass wir nicht eher daran gedacht haben!«

Percy musterte das Mädchen mit gerunzelter Stirn. Dann verstand er plötzlich, was Laura vorhatte. »Nein, nein und noch mal nein! Schlag dir das aus deinem 'übschen Kopf, Laura! Noch ist deine Fertiischkeit niischt dergestalt gereift, dass du diisch auf eine Traumreise begeben könntest. Zu viel der Gefa'ren würden auf diisch lauern, als dass iisch diese große Verantwortung übernehmen könnte!«

Laura pustete empört die Wangen auf und verdrehte die Augen. »Mann, Percy!«

Der Sportlehrer schüttelte den Kopf und schaute sie mit ernstem Gesicht an. »Vergiss niischt, Laura – du bist noch eine Elevin und 'ast erst einen winziischen Schritt eines langen Weges 'inter diisch gebracht.«

Laura schnaufte verächtlich. »Ja, schon. Aber ich hab das Buch von Professor Moebius Sandmann schon komplett durchgearbeitet!«

»Das ist niischts als bloße Theorie!«

»Klar! Aber die ersten Übungen hab ich doch super hingekriegt. Das hast du doch selbst gesagt, Percy!«

Die Miene des Lehrers verfinsterte sich. »Glaube niischt, du könntest miisch mit Schmeischelei umgarnen! Mein Einverständnis wirst du trotzdem niischt er'alten.«

Laura wollte schon zu einer heftigen Erwiderung ansetzen, aber sie zügelte sich. Das bringt nichts, fiel ihr ein. Percy wird sich dadurch nicht umstimmen lassen. Ich muss versuchen, ihn auf andere Art und Weise zu überzeugen.

»Und was ist, wenn wir ohne diesen Nebel den Kelch der Erleuchtung nicht finden können?«, fragte sie, bemüht um einen ruhigen Ton.

Percy hob nachdenklich die Augenbrauen. »Die Mögliischkeit besteht durchaus. Und das käme fürwahr einer Tragödie gleich.«

Er schwieg eine Weile und starrte gedankenverloren vor sich hin.

Als er fortfuhr, schöpfte Laura wieder Hoffnung.

»Misch dünkt, es gibt da noch ein Problem, Laura – zwar ist es uns bekannt, dass Marius den Nebel in der Bibliothek versteckt 'at, aber bedauerlischerweise kennen wir weder Tag noch Stunde –«

»Doch!«, fiel Laura ein. »Er hat mir gesagt, dass er ihn gerade noch verstecken konnte, bevor sie ihn geschnappt haben. Es muss also an dem Tag geschehen sein, an dem er verschwunden ist.«

»Am Tag der Wintersonnenwende, meinst du?«

»Genau! Und da er noch am Abendessen teilgenommen hat, muss es später gewesen sein. In den Stunden danach oder in der Nacht.«

»Und wenn du diisch täuschst?«

»Ich täusche mich nicht, Percy. Ganz bestimmt nicht.« Laura sah ihren Sportlehrer flehentlich an. Doch zu ihrer großen Enttäuschung schüttelte der erneut den Kopf.

»Nein, Laura, es geht trotzdem niischt. Es wäre des Risikos einfach zu viel. Du weißt doch, dass du dem Traum aus eigener Kraft niischt so schnell zu entflie'en vermagst. Und wenn du ernsthaft in Gefa'r gerätst, dann iist es um diisch gesche'en!«

Laura spürte einen Kloß im Hals. Sie räusperte sich und warf Percy Valiant einen verzweifelten Blick zu. Sie schien den Tränen nahe. »Lass es mich doch wenigstens versuchen!«, bat sie. »Nur ein einziges Mal. Außerdem bist du doch hier bei mir und kannst aufpassen, dass mir nichts passiert.«

»Iisch kann nur auf deinen Körper aufpassen, der in der Gegenwart zurückbleibt. Was allerdings deiner Traumgestalt widerfährt, darauf 'ab iisch niischt den geringsten Einfluss!«

Laura schluckte. Es war ihr klar, dass sie sich auf ein äußerst gefährliches Wagnis einließ. Und trotzdem, überlegte sie. Ich will es trotzdem versuchen.

Ich muss einfach!

»Bitte, Percy!«, flüsterte sie. »Bitte!«

Schweigend sah der Sportlehrer das Mädchen an. Großer Ernst stand in seinen hellen blauen Augen.

»Bitte, Percy!«, wiederholte Laura flehend.

Endlich ließ sich Percy Valiant erweichen. »Wo'l denn, es sei! Aber nur, wenn du mir ein 'eiliges Verschpreschen giibst: Was immer dir auch widerfa'ren mag auf deinem Traum durch die Zeit – du darfst diisch unter keinen Umständen einmischen. Verschprochen?«

»Versprochen!«

Sie stiegen aus dem Sattel, banden die Pferde am kahlen Geäst eines umgestürzten Baumes fest, der beim Unwetter der letzten Tage entwurzelt worden war, und ließen sich auf dem dicken Stamm nieder. Der Sportlehrer schaute seine Schülerin eindringlich an.

»Du begibst diisch in 'öchste Gefa'r, Laura«, mahnte er noch einmal. »Lass äußerste Vorsiischt walten, denn es geht um niischts weniger als dein Leben.«

Laura schluckte. Natürlich. Natürlich war es gefährlich, was sie vorhatte. Schließlich hatte sie sich noch niemals in dieser einzigartigen Fertigkeit der Wächter versucht. War noch nie in ihre Traumgestalt geschlüpft, um sich darin an einen anderen Ort oder in eine andere Zeitebene zu begeben. Sie wusste noch nicht einmal, ob ihr das überhaupt gelingen würde. Sie hatte ja kaum Zeit zum Üben gehabt. Aber es blieb ihr keine andere Wahl – sie musste es wagen.

Percy klopfte ihr aufmunternd auf die Schulter. »Halte diisch an das, was du gelesen ’ast und was iisch dir beigebracht ’abe in der Übungsstunde, und vertraue fest auf die Kraft des Liischts. Dann wird es gelingen, Laura. Ja?«

Laura zwang sich zu einem zuversichtlichen Lächeln.

»Nun schließe die Augen und konzentriere all deine Gedanken und deine gesamte Energie ganz fest auf den Ort und den Zeitpunkt, in den du einzutauchen wünschst. Und sobald du eins geworden bist mit deinen Gedanken, versuchst du diisch von dir selbst zu lösen. Lass diisch einfach treiben und vertraue diisch völliisch dem ewigen Strom der Zeiten an.«

Laura schloss die Augen und konzentrierte sich. Sie verdrängte alle anderen Gedanken aus dem Kopf, bis sie nur noch von dem Ziel und dem Zeitpunkt ihrer Reise erfüllt war. Die Welt um sie herum verstummte allmählich. Das Schnauben und Stampfen der Pferde wurden leiser und leiser, bis nur noch die eindringliche Stimme von Percy Valiant an ihr Ohr drang. Er sprach die uralte Beschwörungsformel, mit der die Wächter seit Anbeginn der Zeiten ihre Traumreisen antraten:

»Strom der Zeit, ich rufe dich;
Strom der Zeit erfasse mich!
Strom der Zeit, ich öffne mich;
Strom der Zeit verschlinge mich!«

Laura merkte, wie Percys Stimme schwächer und schwächer wurde, bis sie in weiter Ferne verhallte. Ein warmes, angenehmes Kribbeln lief durch ihren Körper, und schließlich sah sie das Licht. Hell und strahlend umkreiste es sie. Schneller und schneller drehte es sich, bis sie von einem einzigen gleißenden Wirbel eingehüllt war. Laura befand sich genau in seiner Mitte und fühlte sich eins mit dem Licht. Ihr wurde glühend heiß, zugleich jedoch fühlte sie sich unendlich leicht. Alle körperliche Schwere war von ihr gewichen – und sie wusste, dass sie auf dem rechten Weg war.

Plötzlich war das Licht verschwunden, und die Hitze ihres Körpers war gewichen. Schwärze hielt Laura umfangen, und sie spürte einen kühlen Windhauch auf den Wangen. Sie schlug die Augen auf und sah, dass sie am Ziel ihrer Traumreise angelangt war.

Kapitel 16 Die Traumreise

Laura stand im Schatten einer Mauer. Als sie sich umblickte, bemerkte sie, dass sie sich auf dem Burghof von Ravenstein befand. Die Fenster der Burg waren dunkel, und nirgendwo brannte Licht. Es musste ziemlich spät sein. Wahrscheinlich nach Mitternacht. Die Nacht war klar und frostig. Lauras Atem formte kleine Wolken vor dem Mund. Der bleiche, noch fast volle Mond stand hoch am Himmel und tauchte alles in ein fahles Licht. Laura verstand nun, warum sie am Nachmittag im Gegensatz zu Kastor und Nikodemus Dietrich einen intensiven Schneegeruch wahrgenommen hatte – das ganze Land lag unter einer dichten Schneedecke.

Die Kälte fuhr Laura in die Glieder, und trotz des dicken Anoraks und der Mütze begann sie zu frieren. Dennoch lächelte Laura zufrieden. Sie erinnerte sich daran, dass es am Nachmittag der letzten Wintersonnenwende zunächst geschneit hatte und dann lausig kalt geworden war. Alles deutete darauf hin, dass sie den richtigen Tag erwischt hatte.

Laura schaute sich um. Der Schnee war jungfräulich, nicht eine einzige Spur war darin zu erkennen. Ungläubig schüttelte sie den Kopf – wie aus dem Nichts musste sie in ihrer Traumgestalt im Hof gelandet sein. Vorsichtig machte sie einen Schritt, und ihr Fuß hinterließ einen deutlichen Abdruck im Schnee. Kaum zu glauben: Das alles war nicht nur ein Traum, sondern sie befand sich leibhaftig in der Vergangenheit. *Un-*

fassbar!, dachte Laura. Es funktioniert wirklich. Traumreisen sind tatsächlich möglich!

Plötzlich glaubte sie in der Ferne das aufgeregte Krächzen von Krähen zu hören. Sie lauschte angestrengt. Kein Zweifel – vom Henkerswald her drang das Gekreische der Totenvögel herüber. Lukas hatte sich also getäuscht: Die Krähen schliefen doch nicht in der Nacht!

Im selben Augenblick entdeckte sie den Mann. Er war noch ein gutes Stück weit entfernt, aber es war nicht zu übersehen, dass er auf der Flucht war. In panischer Hast kam er aus der Richtung des Henkerswaldes gelaufen und hielt auf die Burg zu. Schnee wirbelte auf unter seinen Füßen, und sein langer Mantel wehte wie eine Schleppe hinter ihm her.

Laura drückte sich tiefer in den Schatten der Mauer. Sie wollte unter keinen Umständen entdeckt werden. Da erblickte sie auch schon die Verfolger: drei dunkle Gestalten, die dem Flüchtenden dicht auf den Fersen waren. Noch hatte er einen Vorsprung, aber die Häscher schlossen mehr und mehr zu ihm auf. Als sie näher heran waren, erkannte Laura, dass sie schwarze Rüstungen trugen.

Schwarze Ritterrüstungen.

Laura verzog verwundert das Gesicht. Was hat das zu bedeuten? Bin ich doch zu weit zurückgereist in der Zeit? Männer in schwarzen Rüstungen gibt es doch schon seit Jahrhunderten nicht mehr auf Ravenstein. Hab ich etwas falsch gemacht?

Der Flüchtende hatte den Burghof nun fast erreicht. Laura hörte seinen keuchenden Atem und das Knirschen seiner Stiefel, die sich durch den tiefen Schnee kämpften. Da fiel der Schein des Mondes auf das gehetzte Gesicht des Mannes – und Laura erkannte sofort, wer er war.

Papa!

Überrascht schnappte Laura nach Luft. Sie verspürte ein unbändiges Verlangen: Sie wollte zu ihrem Vater eilen und ihm um den Hals fallen.

Papa. Endlich!

Schnell tat sie einen Schritt auf Marius Leander zu. Aber dann fiel ihr Percy Valiants Warnung wieder ein: Was immer auch gesche'en mag auf deinem Traum durch die Zeit – du darfst diisch unter keinen Umständen einmiischen!

Mitten in der Bewegung hielt Laura inne. Es ist wohl besser, wenn ich mich an Percys Vorgabe halte, kam es ihr in den Sinn, und rasch trat sie zurück in den Schatten. Dicht an die Wand gedrückt, stand sie da und verfolgte mit angehaltenem Atem den Lauf der Ereignisse, die sich vor ihren Augen abspielten.

Marius Leander hetzte um die Mauerecke. Der schmale Weg, der sich an der Längsseite des Internatsgebäudes hinzog, war vom Schnee geräumt und gestreut. Marius wollte ihm schon folgen, als er sich plötzlich anders entschied. Er stoppte unvermittelt und verschwand mit einem schnellen Sprung hinter der dichten Ligusterhecke, die den Pfad säumte. Die Schritte und das Keuchen der Verfolger waren bereits zu hören, als Marius plötzlich auffiel, dass sein Fuß einen deutlich sichtbaren Abdruck im tiefen Schnee neben dem Weg hinterlassen hatte. Rasch beugte er sich hinter der Hecke hervor und verwischte die verräterische Spur mit den Händen. Gerade noch rechtzeitig zog er sich wieder in sein Versteck zurück, denn nur einen Augenblick später stürmten seine Häscher auch schon um die Ecke.

Als sie keine Spur von ihrem Opfer entdecken konnten, blieben sie überrascht stehen. Die Schwarzen Männer steckten die Köpfe zusammen und beratschlagten sich. Laura konnte hören, dass sie aufgeregt flüsterten.

Das Mädchen hielt den Atem an. Hoffentlich – hoffentlich suchen sie nicht in der Hecke, vor der sie gerade stehen!, schoss es Laura durch den Kopf.

Einer der Schwarzen Ritter machte seinen Kumpanen ein Zeichen und deutete den Weg entlang, der in einiger Entfernung hinter der Gebäudeecke verschwand. Dann stürmten die drei Männer in die Richtung, in der sie Marius vermuteten.

Laura atmete erleichtert auf. Zum Glück ist Papas Finte aufgegangen!

Da wagte Marius Leander sich auch schon aus seinem Versteck. Er warf einen Blick zu der Ecke, hinter der seine Verfolger eben verschwunden waren, bevor er in die entgegengesetzte Richtung hetzte und zu der Treppe rannte, die zum Eingangsportal führte. Wenige Augenblicke später hatte das Internatsgebäude ihn verschluckt.

Laura verharrte noch für kurze Zeit an der Mauer. Sorgfältig schaute sie nach allen Seiten, um sich zu vergewissern, dass die Männer in den schwarzen Rüstungen nicht zurückkamen. Doch die blieben verschwunden. Nicht einmal mehr das Scheppern ihrer Rüstungen war zu hören.

Sehr gut!

Das Mädchen löste sich aus dem Schatten, überquerte geschwind den Hof und huschte zur Treppe. Der Schnee knirschte, während es die Stufen emporeilte.

Als Laura in die Eingangshalle trat, konnte sie keine Spur von ihrem Vater entdecken. Doch sie wusste auch so, wo er hingegangen sein musste: zur Bibliothek – wohin sonst?

Der lange Flur, der zum Bibliothekssaal führte, war duster. Die funzelige Notbeleuchtung spendete kaum Licht. Ein beklemmendes Gefühl bemächtigte sich Lauras. Die kahlen Wände lagen im Dunkeln, und die zahllosen Mauernischen gähnten sie finster an. Sie konnte nicht erkennen, was sich in der unheimlichen Schwärze verbarg.

Pochenden Herzens schlich Laura den Gang entlang. Als sie sich der Bibliothek näherte, sah sie, dass sie richtig vermutet hatte: Es brannte zwar kein Licht in dem Saal, aber die Tür stand einen Spalt breit offen.

Laura beschleunigte die Schritte, huschte zur Tür und stieß sie vorsichtig auf. Dann trat sie über die Schwelle und blickte sich suchend in der dunklen Bibliothek um.

Marius Leander kniete an der entfernten Wand, nicht weit vom Ausleihtresen entfernt, hinter dem für gewöhnlich Amalie Bröselsam saß und ihren Hühnergeierblick durch den Saal schweifen ließ. Laura konnte nicht erkennen, was ihr Vater tat. Er hatte ihr den Rücken zugekehrt und machte sich offensichtlich am Boden zu schaffen.

Laura wollte gerade auf ihn zugehen, als sie plötzlich Schritte im Flur hörte.

Das Mädchen machte kehrt und steckte den Kopf zur Tür hinaus. Das Herz schlug Laura bis zum Halse, als sie die drei Männer in den schwarzen Ritterrüstungen am Ende des Ganges erblickte. Sie stürmten auf die Bibliothek zu und kamen rasch näher.

Sehr rasch!

Laura huschte in die Bibliothek zurück. Obwohl Percy Valiant ihr jede Einmischung strengstens verboten hatte, konnte sie einen Warnschrei nicht unterdrücken.

»Vorsicht, Papa!«

Damit hastete sie in einen der engen Gänge zwischen den Bücherregalen und drückte sich tief in den Schatten.

Marius Leander richtete sich auf und sah sich überrascht um. Da stürmten die drei Schwarzen Ritter zur Tür herein. Sie erblickten Marius sofort.

»Los, schnappt ihn euch!«, befahl der Anführer.

Hände flogen an die Griffe der Schwerter, und mit gezogenen Waffen stürmten die Männer auf Marius zu, der hilflos in der Falle saß. Er wehrte sich heftig, versuchte mit aller Kraft, sich ihrem Zugriff zu entziehen, aber er hatte keine Chance. Er musste sich der Übermacht geschlagen geben. Die Schwarzen Ritter ergriffen ihn, rissen ihm grob die Hände auf den Rücken und banden sie zusammen. Zwei der Männer zerrten Marius an den Oberarmen in Richtung Tür. Der dritte folgte ihnen mit grimmigem Gesicht.

Als die Gruppe den Gang zwischen den Bücherregalen passierte, in dem Laura sich versteckt hielt, sah sie, dass die Schwarzen ihrem Vater ein Tuch in den Mund gesteckt hatten. Der Knebel sollte wohl verhindern, dass er laut um Hilfe rief.

Laura erschrak und drückte sich näher ans Regal.

Wie kann ich Papa nur helfen?, überlegte sie fieberhaft. Soll ich vielleicht eingreifen? Aber was kann ich schon ausrichten gegen die schwer bewaffneten Männer?

Die Krieger mit dem Gefangenen hatten die Tür fast schon erreicht, als der dritte Häscher plötzlich stehen blieb, langsam den Kopf drehte und in Lauras Richtung starrte.

Oh, nein! Hat er was bemerkt? Oder hat er mich sogar schon entdeckt?

Laura wagte nicht, sich zu rühren. Ihr Herz pochte so laut, dass sie fürchtete, das Puckern könne sie verraten.

Immer noch starrte der dritte Krieger in ihre Richtung und lauschte. Endlich wandte er sich ab und folgte seinen Kumpanen durch die Tür.

Erleichtert ließ Laura die angehaltene Luft aus der Lunge strömen. Sie richtete sich auf – und stieß mit dem Ellbogen ein dickes Buch aus dem Regal. Es fiel zu Boden und schlug mit einem Knall auf den Holzdielen auf. Wie ein Pistolenschuss hallte der Laut durch die nächtliche Stille.

Sofort machte der dritte Ritter kehrt, zog sein Schwert und trat zurück in die Bibliothek. Zielstrebig schritt er auf das Regal zu, hinter dem Laura sich verbarg. Einen Augenblick später hatte er das zitternde Mädchen entdeckt. Triumphierend lächelnd beugte er sich zu Laura hinunter.

Laura blickte auf und wurde von maßlosem Entsetzen gepackt. Das Auge! Der Ritter hatte ein drittes Auge auf der Stirn, das sie ebenso grimmig anblickte wie sein normales Augenpaar. Schritt für Schritt wich Laura zurück – doch dann ging es nicht weiter. Sie stand mit dem Rücken an der Wand.

Das dreiäugige Ungeheuer fixierte Laura. Und auch sie starrte es unverwandt an und erwartete den Tod.

Aber der Ritter hatte es nicht eilig. Er schien sich an der Todesangst des Mädchens zu weiden. Mit verächtlichem Blick musterte er sein Opfer, und sein Grinsen wurde breiter. Endlich hob er das Schwert zum tödlichen Hieb.

»Nein!«, flehte Laura. »Nein, nicht! Bitte nicht!«

Doch es half alles nichts. Der Schwarze Ritter schlug zu. Die Klinge schnitt blitzend durch die Luft – als sich das Mädchen in nichts auflöste und spurlos verschwand.

Die Schwertklinge fuhr neben dem Kupferstich der Alten Gruft in die Wand. Funken sprühten auf, und ein faustgroßes Stück fiel polternd aus der Mauer. Der Recke aber starrte fassungslos vor sich hin. Er schien nicht zu begreifen, was sich eben zugetragen hatte. Dabei hatte er Laura doch mit eigenen Augen gesehen – mit allen dreien sogar.

Laura sah nur ein gleißendes Licht. Es strahlte so hell, dass sie geblendet wurde. Dann ließ das Strahlen nach, und das Mädchen erkannte eine dunkle Kontur. Sie war verschwommen, nahm aber immer deutlichere Formen an. Leise Töne drangen wie aus weiter Ferne an Lauras Ohr. Noch konnte sie nicht genau ausmachen, um welche Klänge es sich handelte, aber sie wurden immer lauter und deutlicher. Schließlich hörte sie eine Stimme.

»Laura«, flehte die Stimme, »jetzt mach schon, Laura, sag endlich was!«

Das Mädchen schlug die Augen auf – und blickte Percy mitten ins Gesicht.

Der junge Mann war bleich und schaute sie mit größter Besorgnis an. »Bist du wo'lauf? Ist alles in Ordnung? Was ist gesche'en? Jetzt sag doch schon!«, bestürmte er sie.

Laura richtete sich auf und schaute sich verwirrt um. Es war heller Nachmittag, und sie saß auf dem Stamm eines entwurzelten Baumes. Sturmwind und Salamar waren an den Ästen festgemacht und knabberten friedlich an den kahlen Zweigen. Percy saß ihr gegenüber.

Laura blinzelte überrascht. Wie war sie hierhergekommen? Und was hatten Percy und die Pferde hier zu suchen? Für einen Augenblick konnte Laura sich nicht mehr daran erinnern, was geschehen war, doch dann fiel es ihr wieder ein: Sie hatte es tatsächlich geschafft, eine Traumreise zu machen! Wie sie in die Gegenwart zurückgekehrt war, wusste sie allerdings nicht. Sie konnte es nur vermuten. Unsicher blickte sie Percy an.

»Hast … hast du mich aus meinem Traum zurückgeholt?«

Der Blondschopf nickte. »Natürliisch. Dein klägliisches Wimmern 'at miisch an mein 'erz gerührt, und dein Antlitz sa' aus, als würdest du an der Pforte des Todes stehen!«

Laura starrte nachdenklich vor sich hin. Die Erinnerung an den durchlebten Schrecken stand ihr deutlich ins Gesicht geschrieben.

»Es war so schrecklich, Percy. Ich hatte wahnsinnige Angst und dachte schon, ich müsste sterben.« Sie zitterte bei der Erinnerung. »Viel hat wirklich nicht gefehlt!«

»Und?« Percy schaute sie gespannt an. »War das große Abenteuer, auf das du diisch eingelassen 'ast, wenigstens von Erfolg gekrönt?«

»Ja!« Laura nickte, unfähig, mehr zu sagen. Eine bleierne Müdigkeit hatte sie erfasst, alle Kraft war aus ihrem Körper gewichen. Sie war fertig. Völlig fertig. Es war schlimmer als nach einem Zehn-Kilometer-Lauf. Sie gähnte und gähnte und konnte sich kaum aufrecht halten.

Verwirrt schaute sie Percy an. »Was ist bloß los mit mir?«, fragte sie, und jedes Wort kostete sie unsägliche Mühe. »Ich bin plötzlich so müde. So furchtbar müde.«

»Iisch weiß, Laura. Und iisch ’abe diisch auch bereits in der ersten Stunde unseres Unterriischts darauf ’ingewiesen. Auch Moebius Sandmann widmet diesem Phänomen ein ganzes Kapitel seines Buches, wie du diisch erinnern müsstest: Jede Wanderung durch die Weiten der Zeit ze’rt ganz schreckliisch an den Kräften und lässt uns in völliischer Ermattung zurückke’ren. Das ist nun mal der Preis, den wir Traumreisenden zu za’len ’aben für unsere außerordentliische Fä’iischkeit.«

Laura hörte ihm gar nicht mehr richtig zu. Sie hatte nur noch einen Wunsch: Schlafen! Nur noch schlafen!

Percy Valiant musste ihr in den Sattel helfen. Aus eigener Kraft hätte sie es nicht geschafft. Auf dem Ritt zurück zum Stall krallte sich Laura am Sattelknopf fest. Trotzdem schwankte sie bedrohlich hin und her. Auch Sturmwind schien zu spüren, dass seine Reiterin stark geschwächt war. Behutsam setzte der Schimmel einen Fuß vor den anderen, stets darauf bedacht, jede hektische Bewegung zu vermeiden. Dennoch wäre das Mädchen mit Sicherheit vom Pferderücken gestürzt, wenn sein Lehrer nicht dicht neben ihm her geritten wäre und es ab und an gestützt hätte.

Nachdem sie zur Burg zurückgekehrt waren, wollte Percy Laura bis zu ihrem Zimmer begleiten. Aber sie wehrte sich dagegen. Ich bin doch kein Kind mehr!, dachte sie. Es ist ja okay, dass er mich auf der Vortreppe gestützt hat, aber den Rest schaff ich doch alleine!

In der Eingangshalle löste sie sich aus dem Griff des Lehrers und verabschiedete sich. »Danke, Percy, vielen Dank. Aber es ist wirklich nicht nötig, dass du mich nach oben bringst.«

»Bist du vom Gelingen deines Vor'abens auch fest überzeugt, Laura?«

Sie verzog das Gesicht. »Ja, klar.«

»Nun denn – es sei, wie du es wünschst.« Percys Miene drückte große Skepsis aus. Dennoch ließ er das Mädchen gewähren.

»Misch dünkt, es wär zu deinem Besten, wenn du diisch umge'end zur Ru'e betten würdest!«, gab er ihr noch mit auf den Weg. »Die er'olsamen Stunden des Schlafes werden diisch wieder zu Kräften kommen lassen. Des'alb wünsche iisch diir einen angene'men Schlummer, werte Laura.«

Er verabschiedete sich mit der üblichen Verbeugung und verließ das Internatsgebäude. Laura aber wankte mit weichen Knien zur Treppe.

Sie hatte noch nicht einmal den ersten Stock erreicht, als sie auch schon bereute, Percys Hilfe abgelehnt zu haben. Von Minute zu Minute fühlte sie sich schwächer. Jeder Schritt kostete sie eine schier übermenschliche Kraft. Mit beiden Händen klammerte sie sich am Geländer fest und zog sich Stufe für Stufe empor. Als sie endlich das Zwischenpodest erreicht hatte, musste sie sich erst einmal ausruhen. Schnaufend ließ sie sich auf den Boden nieder und lehnte sich mit dem Rücken an das Geländer.

Weit und breit war niemand zu sehen, der ihr helfen konnte. Die Schüler befanden sich auf ihren Zimmern und waren vermutlich mit den Hausaufgaben beschäftigt, und Lehrer hielten sich um diese Zeit nur selten im Hauptgebäude auf. Aber einfach laut um Hilfe zu rufen, dazu konnte sich Laura auch nicht überwinden.

Wär doch voll peinlich, so was!

Da hörte Laura plötzlich Schritte in einem der oberen Stockwerke. Hoffungsvoll blickte sie die Treppe hoch und lauschte. Die Schritte kamen näher.

Welch ein Glück! Jetzt kann mir doch jemand helfen.

Leider war es ausgerechnet Max Stinkefurz, der die Treppe herunterkam.

So ein verflixtes Pech!, ärgerte Laura sich im Stillen. Von Max Stinkefurz werde ich mir ganz bestimmt nicht helfen lassen.

Niemals!

Schon bei dem Gedanken, dass seine fetten Wurstfinger sie berührten, wurde ihr schlecht. Und die Vorstellung, dass sie sich auf den schwabbeligen Fettwanst stützen sollte, um sich von ihm zweieinhalb Stockwerke hoch zu ihrem Zimmer führen zu lassen, verursachte ihr vollends Übelkeit.

Als Stinkefurz Laura bemerkte, blieb er überrascht stehen, das übliche dümmliche Grinsen auf dem Gesicht. »Wie nennt man das, was du hier treibst, Laura?«, fragte er. »Bodenturnen?«

Laura antwortete nicht, sondern sah Stinkefurz nur böse an.

»Was würdest du davon halten, wenn ich dir dabei Gesellschaft leiste?«, fuhr der Dicke lauernd fort. »Beim Bodenturnen, mein ich?« Sein Grinsen wurde breiter, und er ließ sein wieherndes Eselslachen hören.

Laura durchbohrte ihn förmlich mit ihren Blicken. Sie wollte zu einer wütenden Entgegnung ansetzen, als sie mit einem Male die Gedanken von Max lesen konnte. Zumindest einige.

Sie ist eigentlich richtig niedlich, dachte er. Weiß gar nicht, was Ronnie gegen sie hat. Aber wenn ich nett zu ihr bin, macht er mich mit Sicherheit zur Schnecke.

Laura war baff. Mit allem hätte sie gerechnet, nur nicht mit so etwas.

Er ist also nur eklig zu mir, weil er Angst vor Ronnie Riedel hat?

Nicht im Traum wäre ihr eingefallen, dass dies der Grund dafür war, dass Max Stinkefurz sich ihr gegenüber meistens ziemlich fies verhielt. Sie empfand plötzlich so etwas wie Verständnis für ihn – und gleichzeitig ärgerte sie sich über seinen fehlenden Mut.

So ein feiger Blödmann!

»Hey, Stinkefurz!«, sagte sie schroff.

Das Lachen des Dicken verstummte, und er starrte sie finster an. »Pass bloß auf, was du sagst!«

»Reg dich ab, Stinkefurz. Ich wollte dir nur eine Frage stellen.«

»Eine Frage? Welche denn?«

»Ganz einfach – wozu hast du eigentlich einen Kopf, Stinkefurz?«

Max machte ein überraschtes Gesicht. »Hä?«

Laura lächelte. »Hab ich 's mir doch gedacht, dass du das nicht weißt. Ich will es dir verraten, Stinkefurz – weil es dir sonst in den Hals regnen würde, deshalb. Das ist der einzige Grund, warum du einen Kopf hast!«

Der Junge starrte sie entgeistert an. Dann verzog er weinerlich das Gesicht. »Du bist ja so was von bescheuert!«, sagte er gekränkt und verzog sich eilig.

Laura sah ihm nach, und da tat ihr der blöde Spruch auch schon leid.

Das war doof von dir, Laura, dachte sie. Er hat bestimmt schon genug unter Ronnie zu leiden, und du hättest ihm nicht auch noch wehtun müssen.

Unter größten Mühen zog sie sich am Geländer hoch.

Geschieht dir recht. Wärst du nicht so fies zu Max gewesen, dann hätte er dir vielleicht geholfen.

Sie beschloss, sich bei der nächsten Gelegenheit bei ihm zu entschuldigen – und ihn nie mehr Stinkefurz zu nennen. Dann nahm sie den Rest ihres Weges in Angriff.

Es dauerte über zehn Minuten, bis Laura endlich ihr Zimmer erreicht hatte. Mühsam drückte sie die Klinke herunter und öffnete die Tür. Kaja saß an ihrem Schreibtisch, war in ein Schulbuch vertieft und mampfte gedankenverloren Schokoladentaler. Als sie Laura hörte, drehte sie sich um und sah sie vorwurfsvoll an. »Wo bleibst du denn? Wir müssen doch dringend für den Mathetest –«

Da erst bemerkte Kaja, in welcher Verfassung sich die Freundin befand. Sie sprang auf und eilte Laura entgegen, die mit weichen Knien zum Bett wankte.

»Was ist denn los? Was ist passiert?«

Doch Laura winkte nur kraftlos ab. Sie wirkte beinahe apathisch. »Erzähl … ich … dir später«, murmelte sie und ließ sich in voller Montur aufs Bett fallen.

Kaja betrachtete sie besorgt. »Was hast du denn, Laura?«

Laura wollte den Kopf schütteln, doch selbst dazu war sie nicht mehr in der Lage. »Nichts … nichts Schlimmes, Kaja«, stammelte sie nur undeutlich. »Ich … will … nur noch … schlaf–«

Die Augen fielen ihr zu, der Kopf sank zur Seite, und im nächsten Moment schon war ein leises Schnarchen zu hören.

Kaja stand vor ihrem Bett und starrte Laura verwundert an. Sie beugte sich über die Freundin, packte sie an der Schulter und schüttelte sie sanft. »Laura! Wach auf, Laura!«

Doch Laura reagierte nicht.

Kaja zog ihr den dicken Anorak und die Schuhe und

Strümpfe aus. Anschließend wollte sie Laura den Pullover vom Leibe streifen. Doch Laura lag wie ein nasser Sack da und half nicht ein bisschen mit, sodass Kaja es trotz größter Anstrengung nicht schaffte. Sie deckte die Freundin sorgsam zu und ließ sie schlafen. Dann setzte sie sich wieder an den Schreibtisch und schlug das Schulbuch auf. Der Gedanke an die Mathearbeit am nächsten Tag ließ eine leichte Übelkeit in ihr aufsteigen, über die sie sich rasch mit einem Schokotaler hinweghalf. Ihre Befürchtung, dass der Test in einer Katastrophe für Laura enden würde, ließ sich damit jedoch nicht vertreiben.

Morwena schloss die Tür der Schlafkammer hinter sich und trat zu Paravain, der am großen Tisch des Thronsaals lehnte und sie erwartungsvoll ansah. Die Heilerin schüttelte den Kopf: Nein, es war ihr nicht gelungen, das Wüten der Pestilenz, die Elysions Leib mit unerbittlichem Griff gefangen hielt, aufzuhalten. Sie konnte lediglich seine Leiden lindern – mehr stand nicht in ihrer Macht.

Der Ritter ließ sich auf einen Stuhl sinken. Er fühlte, dass Wut in ihm aufstieg. Ohnmächtige Wut. In seiner Hilflosigkeit ballte er die Hand zur Faust und schlug damit auf den Tisch, immer und immer wieder, und dabei schüttelte er voller Verzweiflung den Kopf.

Morwena legte ihm wortlos die Hand auf die Schulter und wartete, bis er sich wieder beruhigt hatte.

Die sanfte Berührung tat Paravain gut. Er fühlte, dass es jemanden gab, der seine Sorgen und Ängste teilte. Das Gefühl der Ohnmacht wich von ihm, und er atmete tief durch. Dann stand er auf, ging zur Kommode, die an der Wand stand, und griff sich die Karaffe mit Wein. Er goss sich einen Becher davon ein, wandte sich Morwena zu und schaute sie fragend an. »Möchtest du auch etwas von dem roten Wein?«

Morwena schüttelte den Kopf.

»Ich mach mir nichts daraus«, sagte sie und lächelte ihm aufmunternd zu. »Aber lass dich von mir nicht abhalten, Paravain. Ein Becher oder zwei können nicht schaden.«

Der Ritter erwiderte ihr Lächeln. »Dann bin ich ja beruhigt. Du musst es ja wissen!«

Paravain griff sich den Becher, nahm einen Schluck und stellte die Karaffe zurück auf die Kommode. Langsam schritt er zum Fenster. Nachdenklich schaute er hinaus in die Dunkelheit, die sich über die weite Hochebene von Calderan gesenkt hatte. Der Himmel war wolkenlos, und nichts behinderte den Blick auf die beiden Monde von Aventerra. Der Menschenstern leuchtete prall und blau wie immer. Der Goldmond hingegen war fahl, denn er hatte erst den halben Weg bis zum Zenit zurückgelegt. Sieben Tage würden vergehen, bis er wieder in vollem Glanz erstrahlte.

Sieben Tage.

Genau sieben Tage blieben noch, um den Kelch der Erleuchtung zu finden, eine winzige Zeitspanne nur im Vergleich mit den nahezu dreizehn Monden, seit denen die Verbündeten auf dem Menschenstern schon nach dem Kelch suchten. All ihre Bemühungen waren vergeblich gewesen, und eine bange Frage stieg in dem jungen Ritter auf: Wenn es ihnen in dieser langen Zeit nicht gelungen war, den Kelch zu finden, wie durfte er dann darauf hoffen, dass ihre Suche in diesen sieben Tagen Erfolg haben sollte? War die Sache nicht aussichtslos und alles Hoffen umsonst?

Paravain ließ den Blick über die nächtliche Ebene schweifen. Wenn er sich nicht täuschte, dann hatten die Schwarzen Nebel schon wieder an Boden gewonnen. Bereits die Hälfte der Hochebene war von einer undurchdringlichen Nebelbank bedeckt, die sich hoch zum Himmel auftürmte – wie ein riesiges unheimliches Tier, das sich zum Angriff bereitmachte. Doch Paravain wusste auch so, was jenseits der Nebel lauerte.

Das Ewige Nichts.

Ein kalter Schauer lief über den Rücken des Ritters. Obwohl die Schwarzen Nebel noch ein gutes Stück von der Gralsburg entfernt waren, konnte er die Kälte, die von ihnen ausging, bereits deutlich spüren.

Paravain hörte leise Schritte. Morwena blieb neben ihm stehen und schaute ebenfalls hinaus in die Nacht. Ihr Gesicht war ausdruckslos, während sie die Schwarzen Nebel betrachtete. Dann legte sie dem Ritter eine Hand auf die Schulter und sah ihn mit großen Augen an.

»Du hast Angst – nicht wahr?«

Paravain zögerte mit der Antwort. Schließlich nickte er und sagte: »Sosehr ich auf das Licht vertraue, Morwena – aber wenn nicht bald etwas geschieht, dann gibt es keinerlei Hoffnung mehr! Schließlich –«

Das Geräusch der sich öffnenden Tür ließ ihn abbrechen und sich umdrehen. Alienor, Morwenas Elevin, verließ mit einer großen Schüssel die Schlafkammer Elysions und strebte fast geräuschlos zum Ausgang. Wie an jedem Abend wollte sie zur Küche, um frisches Wasser zu holen. Ihre blonden Zöpfe wippten sanft, während sie hurtigen Schrittes den Saal durchquerte. Das Mädchen hatte die Tür schon fast erreicht, als Paravain rief: »Einen Moment noch, Alienor!«

Die Elevin hielt überrascht inne. »Ja, Herr?«

»Würdest du bitte deinen Bruder zu mir schicken?«

Alienor erbleichte. »Alarik?«, fragte sie.

»Natürlich Alarik – wen sonst?«

»Das … äh … Das …« Sie sah den Ritter hilflos an. »Ich fürchte, das wird nicht gehen.«

»Nein?« Paravain war sichtlich überrascht. »Warum denn nicht?«

»Weil … weil … ähm«, stammelte das Mädchen.

»Nun mach schon!«, forderte der Ritter ungeduldig.

»Weil … weil er sich schon zu Bett begeben hat und bestimmt schon schläft.« Ein erleichtertes Lächeln huschte über das Gesicht der Schülerin.

»Tatsächlich?« Paravain runzelte verwundert die Stirn. »So früh schon?«

Alienor nickte aufgeregt.

»Nun, dann kann man nichts machen.« Resigniert zuckte der Ritter mit den Schultern. »Aber morgen, gleich in aller Frühe, schickst du ihn zu mir, verstanden? Ich habe Wichtiges mit ihm zu besprechen!«

Kapitel 17 ❧ Das Versteck in der Bibliothek

Es war fast mucksmäuschenstill im Klassenzimmer. Wortlos schwitzte die 7b über dem Mathetest. Nur das leise Rascheln von Papier war zu hören, das Kratzen der Stifte, die über die Testbögen huschten, und das Klacken der hohen Absätze von Rebekka Taxus auf den Holzdielen. Die Mathelehrerin spazierte langsam durch die Reihen der Schulbänke. Wie ein Adler auf Beutejagd drehte sie ihren Kopf hin und her und ließ ihren Blick über die Schülerinnen und Schüler schweifen. Wohin Rebekka auch schaute, überall nur nachdenkliche und angestrengte Gesichter. Einige ließen bereits Anzeichen von Panik und Verzweiflung erkennen.

Gut. Sehr gut!

Pinky Taxus lächelte zufrieden. Die Aufgaben waren also genauso schwierig, wie sie sich das vorgestellt hatte. So schwierig, dass der größte Teil der 7b sich die Zähne daran ausbeißen würde.

Und Laura Leander mit Sicherheit!

Plötzlich schoss der Kopf der Lehrerin ein Stück in die Höhe. »Alexs!«, zischte sie scharf. »Alexsander Haasse! Noch der kleinsste Verssuch – und für dich ist Schlusss, versstanden!«

Hoppel, wie Alexander von seinen Mitschülern nur genannt wurde, saß rechts neben Pickel-Paule. Obwohl er in Mathe eigentlich recht gut mitkam und auf einer sicheren

Drei stand, bereitete ihm dieser Test erhebliche Probleme. Er hatte erst knapp die Hälfte der Aufgaben gelöst und keinen blassen Schimmer, wie er den Rest angehen sollte. In seiner Not versuchte er bei seinem Nachbarn zu spicken. Deshalb warf er hin und wieder einen verstohlenen Blick auf das Blatt von Pickel-Paule, der beinahe schon fertig war mit der Arbeit. Als Pickel-Paule den Abschreibversuch seines Nachbarn bemerkte, stellte er seinen Stuhl schräg, rückte sein Blatt auf den äußersten linken Rand seines Platzes und schirmte es zudem mit Arm und Schulter ab, sodass Hoppel jetzt keine Chance mehr zum Spicken hatte. Es sei denn, er reckte den Kopf und beugte sich auffällig zu ihm hinüber – aber natürlich würde bereits der Ansatz dazu von der Taxus bemerkt werden.

Hoppel ließ es denn auch lieber sein. Pinky Taxus würde ihm mitleidslos eine Sechs geben, wenn sie ihn noch mal beim »Unterschleif-Versuch« ertappte, wie sie das Abschreiben zu bezeichnen pflegte. Genervt rollte er mit den Augen und wandte sich wieder den Aufgaben zu. Gleichzeitig schwor er sich, Pickel-Paule bei der nächsten Gelegenheit eine Abreibung zu verpassen. Dieser miese Streber würde für seinen Egoismus zahlen müssen. Und zwar ordentlich.

»Klack. Klack. Klack!«

Wie das Ticken einer lauten Uhr hallte das Geräusch von Rebekkas Absätzen durch das Klassenzimmer, während sie langsam durch die Reihen schritt und sich dem Tisch von Kaja und Laura näherte.

Laura bemerkte die Lehrerin nicht. Sie starrte fast teilnahmslos auf das Testblatt. Sie fühlte sich müde. Unendlich müde. Dabei hatte sie in der vergangenen Nacht mehr als zwölf Stunden geschlafen. Am Morgen jedoch hatte sie den Wecker nicht gehört, und Kaja war es nur mit der allergrößten Mühe gelungen, sie wachzurütteln. Am liebsten hätte Laura weitergeschlafen.

Nach Schlafen stand ihr auch in diesem Augenblick der Sinn – schlafen, nichts als schlafen. Die Mathearbeit konnte ihr gestohlen bleiben! Als Laura auf den Testbogen blickte, bemerkte sie, dass sie noch nicht eine einzige Lösung eingetragen hatte. Wie auch? Sie hatte nicht den blassesten Schimmer, wie die blöden Aufgaben zu lösen waren. Sie verstand noch nicht einmal, wie die in den Textaufgaben verborgenen Fragestellungen eigentlich lauteten. Lauras Kopf war völlig leer, ihr Gehirn wie ausgebrannt. Sie fühlte sich außerstande, auch nur einen einzigen vernünftigen Gedanken zu fassen. Und natürlich gelang es ihr auch nicht, Pickel-Paules Gedanken zu lesen. Nicht einen einzigen! Eines allerdings war ihr trotz der Erschöpfung klar: Wenn die Leere in ihrem Kopf anhielt und sie bis zum Ende der Stunde nicht wenigstens eine Aufgabe lösen konnte, dann würde sie null Punkte bekommen – eine glatte Sechs.

Laura seufzte. Vielleicht hätte ich doch lieber auf Percy hören und auf die Traumreise verzichten sollen?, kam es ihr kurz in den Sinn. Andererseits war diese Reise ungemein wichtig, und dass sie eine solche Erschöpfung hervorrufen würde, das hatte sie trotz Percys Warnung nicht vermutet!

Laura drehte den Kopf und schielte zu Kaja. Die Freundin saß über das Blatt gebeugt und schrieb eifrig. Offensichtlich konnte Kaja die Aufgaben lösen.

Ich muss versuchen, bei ihr abzuschreiben, dachte Laura. Selbst wenn die Taxus das mitbekommt – ist doch egal, aus welchem Grunde sie mir eine Sechs aufbrummt!

Vorsichtig stieß sie Kaja mit dem Bein an. Die verstand sofort. Sie rückte den Testbogen zur Mitte des Tisches, damit Laura eine bessere Sicht darauf hatte. Laura neigte sich ein wenig nach links – als plötzlich das ätzende Gruftie-Parfüm der Taxus ihre Nase kitzelte. Im selben Moment hörte sie auch schon ein lautes Räuspern neben sich. Sie fuhr zusammen und blickte auf. Die Mathelehrerin stand direkt neben Lauras Stuhl und starrte sie vorwurfsvoll an.

»Ich würde ess nicht einmal verssuchen, Laura!«, zischte sie kalt. »Ssonsst isst nämlich Schlusss für dich – und außserdem ssetzse ich euch ausseinander!«

Oh, nein! Alles, nur das nicht!

Laura erwiderte den durchdringenden Blick der Lehrerin. Keine von ihnen sagte ein Wort. Doch Laura war klar, dass die Lehrerin die Drohung ernst meinte.

Rebekka Taxus blickte auf die Uhr. »Nur noch zehn Minuten, Laura. Alsso worauf wartesst du noch? Auf ein Wunder?«

Laura antwortete nicht.

Die Lehrerin hatte das wohl auch nicht erwartet. Süffisant lächelnd setzte sie ihren Weg durch die Klasse fort.

»Klack. Klack. Klack!«

Aber dennoch ließ Rebecca Taxus Laura bis zum Ende der Stunde keine Sekunde mehr aus den Augen. Als zehn Minuten später die Schulglocke schrillte, war Lauras Testbogen noch genauso leer wie am Anfang der Mathestunde.

Wut! Laura fühlte nichts als kalte Wut. Sie griff sich einen flachen Kieselstein aus dem feuchten Ufersand und schleuderte ihn mit aller Kraft über die grauen Wasser des Drudensees. Der Stein tanzte zwei-, dreimal auf der Oberfläche, bevor er schließlich in der Tiefe versank.

»Es ist unfair!«, schrie sie, und es klang zornig und hilflos zugleich. »Es ist so verdammt unfair, dass wir den Test ausgerechnet heute schreiben mussten!«

Lukas schaute sie überrascht an. Die dunklen Wolken am Himmel spiegelten sich verschwommen in seinen Brillengläsern. »Das verstehe ich nicht, Laura. Was wäre denn anders gelaufen, wenn ihr den Test morgen und nicht heute geschrieben hättet? Außerdem wusstest du doch lang genug von dem Termin.«

Laura verdrehte die Augen – doch dann sah sie die ratlosen Gesichter von Lukas und Kaja, die neben ihr am Seeufer standen, und da fiel ihr wieder ein, dass die beiden überhaupt nicht verstehen konnten, was sie so sehr beschäftigte. Sie wussten schließlich nichts von ihrer Traumreise am Vortag, und sie hatten auch nicht die geringste Ahnung, was auf Burg Ravenstein vor sich ging.

»Lukas hat Recht«, sagte Kaja. »War einfach nur Pech, dass du dich ausgerechnet gestern so schlapp gefühlt hast. Und vorhin war 's auch nicht viel besser, oder?«

Mit einem Nicken bestätigte Laura die Vermutung.

»Vielleicht wirst du krank?« Kaja machte sich Sorgen. »Zur Zeit plagen sich ja viele mit einer Erkältung rum.«

»Nein, nein«, antwortete Laura rasch. »Das ist es mit Sicherheit nicht.«

»Was dann?« Ihr Bruder sah sie forschend an. Die Skepsis-Falte hatte sich wieder in seine Stirn gekerbt.

»Ach – ich weiß auch nicht«, antwortete Laura ausweichend. »Ich weiß nur, dass ich das Schuljahr langsam abhaken kann. Mit null Punkten im Mathetest ist die Sache doch so gut wie aussichtslos.«

»Ach komm, Laura«, tröstete Kaja sie. »So schlimm wird das schon nicht sein. Du wirst doch nicht alle Aufgaben falsch gelöst haben!«

»Du hast Recht. Ich habe in der Tat nicht eine einzige falsche Lösung – weil ich nämlich keine einzige Aufgabe gelöst habe!«

Während Laura sich bückte, einen weiteren Stein aufhob und ihn über das Wasser tanzen ließ, sahen sich Kaja und Lukas betreten an.

»Vergiss den Test einfach«, sagte Kaja besänftigend. »Kann

doch mal vorkommen, dass man den totalen Blackout hat. Und bis zum Jahresende ist es noch lang.«

Laura antwortete nicht, sondern starrte nur finster vor sich hin.

»Kaja hat Recht.« Lukas setzte wieder seinen klugen Oberlehrerblick auf. »Die Jahresnote wird bekanntlicherweise nicht durch einen einzigen Test ermittelt, sondern stellt vielmehr den Quotienten der Addition aller Testergebnisse, dividiert durch die Anzahl der Tests, dar!«

Das war zu viel. *Das war einfach zu viel!*

Laura konnte nicht mehr an sich halten. »Seid doch endlich still! Ihr fliegt ja nicht vom Internat, wenn ich das Jahr wieder nicht schaffe. Ich kann euer Gelaber nicht mehr ertragen. Ihr hört euch ja fast schon so an wie Sayelle – und deren Gejammer nervt schon mehr als genug!«

Kaja und Lukas schwiegen betroffen.

Wütend kickte Laura einen Stein ins Wasser und wanderte mürrisch auf und ab. Schließlich blieb sie stehen und starrte hinaus auf den See. Ein leichter Wind wehte vom Wasser her, zu ihren Füßen plätscherten die Wellen ans Ufer und leckten an ihren Stiefeln. Eine einsame Ente flatterte schwerfällig heran und landete geräuschvoll auf dem Wasser. Über die kleine Insel hatte sich ein durchscheinender Nebelschleier gelegt, dessen Konturen sich in der sanften Brise stetig veränderten.

Lukas schaute Kaja fragend an. Als sie ihm aufmunternd zunickte, ging er zu seiner Schwester und stellte sich neben sie.

Laura beachtete ihn nicht.

Lukas räusperte sich. »Ich kann ja verstehen, dass du wütend bist – und trotzdem ist es nicht richtig, wenn du dich jetzt hängen lässt«, sagte er dann. »Oder hast du schon vergessen, was Papa immer gesagt hat?«

Lauras Kopf flog herum. Aus großen Augen schaute sie den Bruder an.

Lukas lächelte sanft. »Ich sehe, du erinnerst dich. ›Nur wer aufgibt, hat schon verloren!‹, hat er immer gesagt. Wenn wir *down* waren, eine Enttäuschung erlebt hatten. Papa wäre mit Sicherheit enttäuscht, wenn du dich jetzt einfach hängen lassen und es nicht weiter versuchen würdest!«

Laura schluckte. Sie wandte sich ab und starrte wieder schweigend auf den See. Er hat ja Recht, wurde ihr schmerzlich bewusst. Lukas hat wieder mal Recht. Als sie ihren Bruder anblickte, schimmerten ihre Augen feucht. »Danke, dass du mich dran erinnert hast, Lukas!«, sagte sie leise. »Tut mir leid, dass ich euch angebrüllt habe.«

»Schon okay«, antwortete Lukas.

»Macht doch nichts.« Kaja lächelte freundlich und strich Laura besänftigend über den Arm.

Laura wischte sich rasch die Tränen aus den Augen und quälte sich ebenfalls ein Lächeln ab. »Also gut. Ich werde mich von jetzt an zusammenreißen und jeden Tag mit dir lernen, Kaja!«

»Super!« Lukas freute sich.

Kaja dagegen schien immer noch skeptisch zu sein. »Versprochen, Laura?«

»Versprochen! Aber dafür müsst ihr beiden mir auch einen Gefallen tun, okay?«

Alarik ritt aus dem Schatten der Bäume heraus und hielt sein Steppenpony am Waldrand an. Der Braune schnaubte. Obwohl Steppenponys äußerst ausdauernde Tiere waren, schien er dankbar über diese erste Pause zu sein, die ihm sein Reiter seit ihrem Aufbruch von Hellunyat gönnte. Sie waren die ganze Nacht und den halben Tag hindurch geritten. Die Furcht, dass Paravain sein Vorhaben vielleicht doch noch entdecken könne, hatte Alarik unablässig weiter getrieben. Jetzt aber, da er die Drachenberge hinter sich gelassen und die Grenze des Güldenlandes erreicht hatte, fühlte er sich sicher.

Mit der Hand schirmte er die Augen gegen die Sonne ab und spähte mit banger Erwartung hinunter in den riesigen Talkessel, der sich vor ihm erstreckte. Als sich der vertraute Anblick des väterlichen Reiches darbot, atmete der Junge erleichert auf. Sein Blick ging ungehindert über das fruchtbare Land, das sich bis zum weit entfernten Horizont erstreckte. Noch hatten die Schwarzen Nebel seine Heimat nicht erreicht. Güldenland konnte immer noch eindrucksvoll unter Beweis stellen, dass es seinen Namen nicht von ungefähr trug: Wogende Felder, auf denen die Frucht reifte, Wiesen im üppigen Grün und dichte Wälder mit mächtigen Bäumen, deren Wipfel den Himmel zu berühren schienen, badeten im goldenen Sonnenlicht, das glitzernde Lichtreflexe auf den breiten Strom zauberte, der in der Talmitte träge dahinfloss. Doch Alarik wusste, dass dieser Anblick trog. Wenn Elysion in die Ewige Dunkelheit einging, würden sich die Schwarzen Nebel auch hier breitmachen und das Ewige Nichts würde auch seine Heimat verschlingen. Alarik war froh, dass wenigstens im Güldenland offensichtlich noch alles in bester Ordnung und nichts von dem drohenden Unheil zu bemerken war.

Der Junge nestelte den Wasserbeutel vom Sattelknopf und setzte ihn an die Lippen. Als er den Durst gestillt und das Behältnis aus gegerbtem Leder wieder am Sattel befestigt hatte, wandte er den Blick nach rechts, wo in der Ferne die spitzen Zinnen von Burg Gleißenhall im Sonnenlicht glänzten. Dort waren seine Eltern und seine Geschwister zu Hause.

Bei dem Gedanken an seine Familie wurde Alarik plötzlich weh ums Herz. Seit er und Alienor vor zwei Jahren die väterliche Burg verlassen hatten, um Elysions Ruf an die Gralsburg zu befolgen, hatte er weder die heimatlichen Lande betreten noch die Lieben wiedergesehen. Voller Sehnsucht haftete sein Blick an der Burg, und fast unbändig verlangte es Alarik danach, den Eltern und Geschwistern einen Besuch abzustatten, und sei er noch so kurz. Aber dazu war keine Zeit.

Sein Ziel lag weiter im Süden, jenseits des Schwefelsumpfes, der sich am Rand des Horizonts befinden musste. Alarik kniff die Augen zusammen, vermochte aber nicht die geringste Spur der Dunklen Festung zu erblicken. Auch den Sumpf selber konnte er nicht sehen. An der Stelle, an der er ihn vermutete, schwebte vielmehr eine Wolke aus brodelndem Dampf und schmutzig gelbem Dunst über dem Land. Sie war mit Blicken nicht zu durchdringen, aber Alarik wusste, was es mit dem Gebräu auf sich hatte: Es bestand aus den giftigen Schwefeldünsten, die ohne Unterlass vom Sumpf ausgestoßen wurden, um sich als eine erstickende Maske über alles zu legen, was sich zu nahe heranwagte.

Alarik verzog unwillkürlich das Gesicht. Vielleicht sollte ich doch lieber umkehren?, ging es ihm plötzlich durch den Kopf.

Nicht dass er von der Richtigkeit seines Planes nicht überzeugt gewesen wäre. Im Gegenteil: Während des nächtlichen Rittes hatte er immer wieder darüber nachgedacht, und er war zu dem Schluss gekommen, dass es besser war zu handeln, als einfach nur abzuwarten. Aber Alienor hatte Recht: Das Vorhaben war gefährlich. Lebensgefährlich sogar. Zumal er den Weg durch den Sumpf gar nicht so genau kannte, wie er seiner Schwester gegenüber behauptet hatte. Er hatte Alienor nur beruhigen wollen. In Wahrheit hatte Silvan ihm nur ein einziges Mal von dem geheimen Pfad erzählt. Und das war so lange her, dass er sich kaum daran erinnerte. Aber er musste es einfach wagen.

Viel zu viel hing davon ab.

Alarik wollte gerade losreiten, als er den Grolff hörte. Der durchdringende Schrei kam direkt aus dem Wald hinter ihm. Der Junge hatte noch nie eines dieser unheimlichen Wesen zu Gesicht bekommen, von denen die Bewohner des Güldenlandes nur hinter vorgehaltener Hand zu sprechen wagten. Alarik vermutete sogar, dass wahrscheinlich noch niemand jemals einen Grolff gesehen hatte. Weder sein Vater, der ein kluger Mann war, noch seine Mutter, noch irgendjemand sonst hatte ihm dieses Wesen zu beschreiben vermocht, das angeblich in den Grenzwäldern sein Unwesen trieb. Dennoch war man sich im Güldenland darüber einig, was dessen Schreie bedeuteten. Alariks Großmutter hatte es Alarik erzählt, als er noch ein Kind war: Wer den Schrei eines Grolffs hört, dem droht Unheil, hatte sie geflüstert. Großes Unheil – und manchmal sogar der Tod! Und Alarik hatte ihr jedes Wort geglaubt.

Dem Jungen lief ein eisiger Schauer über den Rücken, als er seinem Pony die Sporen gab.

Fräulein Amalie Bröselsam schaute von einem Buch auf, schob die Lesebrille auf die Nasenspitze, lugte über die halbrunden Gläser und musterte Laura mit einem misstrauischen Hühnergeier-Blick. Das Mädchen stand in der Nähe des Ausleihtresens und studierte nun schon seit über fünf Minuten mit scheinbar allergrößtem Interesse die dicken Schwarten im Regal vor ihm. Ein großes Schild daran kennzeichnete das Fachgebiet, dem die Wälzer zugeordnet waren, als »Altbyzantinische Kunstgeschichte«. Genau das hatte Fräulein Bröselsams Misstrauen geweckt.

Die altjüngferliche Bibliothekarin hatte schon Generationen von Ravensteinern überlebt und war mit allen Schlichen und Kniffen vertraut. Im Laufe der Jahre hatte sie ein nahezu untrügliches Gespür dafür entwickelt, wenn einer der Zöglinge etwas im Schilde führte. Sich ein Buch unter den Nagel reißen, ein Video oder eine CD klauen wollte. Oder einfach nur eine Illustration aus einem Buch reißen wollte. Aus einem Kunstband mit Abbildungen von recht freizügigen Frauengestalten zum Beispiel oder aus medizinischen Fachbüchern, die sich mit der menschlichen Sexualität beschäftigten. Diese Bücher erfreuten sich großer Beliebtheit bei den männlichen Ravensteinern, insbesondere bei halbwüchsigen Knaben. Weshalb bei Amalie Bröselsam sämtliche Alarmglocken schrillten, wenn sich ein Junge den entsprechenden Regalen auch nur näherte. Fräulein Bröselsam konnte es förmlich spüren, wenn etwas nicht stimmte. Oder einfach »nicht normal« war, wie sie schlichtweg alles bezeichnete, was nicht ihrer Vorstellungswelt entsprach. Und dass ein dreizehnjähriges Mädchen sich über fünf Minuten vor der »Altbyzantinischen Kunstgeschichte« herumdrückte und die verstaubten Fachbücher so interessiert studierte, als handelte es sich um eines dieser entsetzlich schrillen Teenie-Rock-Pop-Film-und-Fernseh-Magazine, war ganz bestimmt nicht normal.

Da stimmte etwas nicht!

Amalie Bröselsam verdrehte den Hals und blickte zur laut tickenden Uhr an der Wand über ihr: fünf vor fünf. Sie wandte sich wieder Laura zu und räusperte sich geräuschvoll. »Wir schließen in fünf Minuten, mein Fräulein!« Der Vorwurf in der Stimme war nicht zu überhören.

Laura drehte sich rasch um. Sie machte ein Gesicht, als sei sie bei etwas Unrechtem ertappt worden. »Ähm«, sagte sie. »Ich … Ähm … Ich weiß.«

Amalie kniff die Augen zusammen. Zweifel lagen in ihrem Blick. »Kann ich dir vielleicht helfen?«, fragte sie, um einen neutralen Tonfall bemüht.

Laura schüttelte schnell den Kopf. Eine Spur zu schnell,

wie Amalie Bröselsam fand. »Nein … ähm … Das ist nett von Ihnen, aber ich … ich komm schon alleine zurecht.« Dann kehrte sie der Bibliothekarin wieder den Rücken zu und starrte weiter auf die Buchrücken, als könne sie gar nicht genug davon bekommen.

Fräulein Bröselsams schmaler Schildkrötenmund verformte sich zu einem nach unten zeigenden Bogen, und die tiefen Falten um ihre Augen wurden noch tiefer.

Da trat Kaja Löwenstein an den Ausleihtresen und lenkte die Aufmerksamkeit der Bibliothekarin auf sich: »Entschuldigung, aber wo finde ich denn Bücher über Dinosaurier?«

Fräulein Bröselsam blickte das Mädchen verwundert an. »Hinten in der Ecke – wo denn sonst!«, antwortete sie pikiert.

Kaja schüttelte den Kopf. »Hab ich ja auch gedacht – aber da sind sie nicht!«

Fräulein Bröselsam spitzte die Lippen und sah beleidigt aus. »Aber Kind – das ist unmöglich! Die Ur- und Frühgeschichte befindet sich seit Jahren am selben Platz – die Bücher *müssen* einfach dort hinten stehen.«

Erneut schüttelte Kaja den Kopf. »Eben nicht! Ich hab extra nachgeschaut!«

»Das ist doch nicht normal!«, stöhnte Amalie Bröselsam.

Mit einem genervten Gesichtsausdruck legte die Bibliothekarin ihren Schmöker zur Seite und setzte die Brille von der Nase. Die Brillenbügel waren an einer silbernen Kette festgemacht, die Amalie um den Hals hing. Als sie sich von ihrem Stuhl erhob und hinter dem Ausleihtresen hervorkam, baumelte die Brille vor Amalie Bröselsams wogendem Busen, der in einer weißen Rüschenbluse steckte. Während Amalies Gestalt mit erhobenem Kinn auf die entfernte Ecke der Bibliothek zuwogte, raschelte ihr grauer Faltenrock, der bis zu den altmodischen Halbschuhen reichte, leise. Kaja zwinkerte

Laura verschwörerisch zu, und dann folgte sie der Bibliothekarin, die gleich einer stolzen Fregatte durch den Büchersaal segelte.

Die beiden waren kaum hinter den Regalen verschwunden, da huschte Laura geschwind zu der Stelle an der Wand, an der sie ihren Vater während der Traumreise beobachtet hatte. Sie kniete nieder und nahm den Fußboden näher in Augenschein.

Auf den ersten Blick war nichts Auffälliges zu entdecken. Die hölzernen Bodendielen und die Scheuerleiste sahen aus wie – wie ganz normale Bodendielen und Scheuerleisten eben.

Schnell tastete sie mit der Hand darüber, prüfte, ob sie vielleicht eine lockere Stelle, eine Einkerbung oder eine Vertiefung fand. Aber da war nichts. Absolut nichts.

Das gibt es doch nicht, dachte sie. Papa hat doch nicht ohne Grund da gekniet!

Rasch klopfte sie die Dielenbretter mit den Fingerknöcheln ab. Doch keine Stelle klang hohl. Erst bei der Scheuerleiste hatte sie endlich Erfolg. Ein Abschnitt klang tatsächlich hohl, und beim genaueren Hinsehen bemerkte Laura, dass das schmale Brett ein klein wenig von der Wand abstand.

Also doch!

Hastig versuchte sie die Leiste zu lockern und von der Wand abzuziehen. Aber sie war nicht zu bewegen. Nicht einen einzigen Millimeter. Und die Bibliothekarin konnte jeden Moment zurückkommen.

Amalie Bröselsam starrte verwundert auf das Regal. Es war voll von allen möglichen Büchern über alle nur vorstellbaren Spezies von Urwelttieren. Natürlich befanden sich auch jede Menge Bände darunter, die sich mit Dinosauriern beschäftigten. Die Bücher standen im selben Regal wie immer.

Wo auch sonst?

Das energische Fräulein drehte sich um und schaute Kaja vorwurfsvoll an. »Da sind die Bücher doch – ich achte schließlich auf Ordnung!«

Kaja zog eine Schnute und machte ein verwundertes Gesicht. »Das verstehe ich nicht«, sagte sie mit Unschuldsmiene. »Ich hätte schwören können, dass sie vorhin nicht da waren. Wahrscheinlich habe ich mich im Regal geirrt. Vielen Dank jedenfalls, Fräulein Bröselsam!«

Die Bibliothekarin wirkte für einen Augenblick unsicher. Sie schien nicht zu wissen, ob das Mädchen es ernst meinte oder nicht. Dann jedoch rang sie sich ein zustimmendes Nicken ab. »Nichts dafür! Aber beim nächsten Mal machst du gefälligst die Augen besser auf, verstanden?«

Kaja hatte große Mühe, sich ein Grinsen zu verkneifen. Mit gespielter Zerknirschung antwortete sie: »Selbstverständlich, ganz bestimmt!«

Ein zufriedenes Lächeln huschte über das Hühnergeier-Gesicht, dann wandte Fräulein Bröselsam sich ab, um zum Ausleihtresen zurückzusegeln. Sie hatte noch keine drei Meter zurückgelegt, als Kaja sich wieder meldete.

»Ach, Fräulein …?«

Amalie Bröselsam blieb stehen. Sichtlich genervt drehte sie sich zu dem Mädchen um. »Ja?« Die Stimme hatte einen gefährlichen Unterton.

»Wo … Wo steht denn was über … Velociraptoren und Brontosaurier drin?«

Die Bibliothekarin schnappte nach Luft. Sie schnaufte wie ein kurzatmiger Hausdrache, stemmte die Arme in die Hüften und blickte das Mädchen so empört an, dass selbst der gestrengste Strafprediger vor Neid erblasst wäre.

»Das ist doch nicht normal, Katharina Löwenstein!«, ereiferte sie sich. »Wenn du nicht in der Lage bist, das alleine rauszufinden, dann hast du in unserem Internat nichts verloren – aber auch nicht das Geringste!«

Ohne die Erwiderung des Mädchens abzuwarten, drehte sie sich um und dampfte mit grimmigem Blick zu ihrem Platz zurück.

Laura keuchte vor Anstrengung. Sie hatte die Fingerspitzen der rechten Hand in den schmalen Spalt zwischen der Wand und der Scheuerleiste gezwängt und ruckelte heftig damit hin und her. Die Finger taten ihr weh, und der Nagel ihres Mittelfingers war abgebrochen. Einige Finger waren bereits aufgeschunden und hinterließen blutige Schmierflecken auf dem hellen Putz. Das Mädchen zerrte, ruckelte und zog, doch die Leiste rührte sich nicht von der Stelle.

Es war sinnlos. Sie schaffte es einfach nicht.

Aber ich muss es schaffen!, durchfuhr es Laura. *Ich muss einfach!* Sie atmete tief durch und schöpfte Luft. Dann stemmte sie die Beine gegen die Wand, umfasste das rechte Handgelenk mit ihrer Linken und zog mit aller Kraft. Lauras hübsches Gesicht lief rot an und verzog sich zu einer Grimasse. Aus ihrem Mund kamen angestrengte Laute. Ihr Handgelenk brannte wie Feuer – doch die Leiste ließ sich nicht lockern.

Sie löste sich nicht einen Millimeter.

Laura gab auf. Ihr Atem flog vor Anstrengung. Enttäuscht beugte sie sich vornüber und stützte sich auf die Hände, die auf der Scheuerleiste ruhten. Da ertönte ein leises Klicken. Die Leiste klappte in der gesamten Länge nach vorn, ohne dass es dazu auch nur der geringsten Anstrengung bedurft hätte. Dahinter klaffte eine schmale Öffnung in der Wand.

Fräulein Bröselsam befand sich bereits auf der Höhe der letzten Regalreihen. Es waren höchstens noch fünf Meter bis zum Ausleihtresen.

Plötzlich trat Lukas Leander aus einem Gang hervor und stellte sich ihr in den Weg. »Fräulein Bröselsam?«, sprach er sie mit unschuldiger Miene an.

Amalie fuhr zusammen. Sie fasste sich ans Herz und rang nach Luft. »Das ist doch nicht normal!«, keuchte sie Lukas vorwurfsvoll an. »Hast du mich vielleicht erschreckt!«

»Tut mir leid«, sagte der Junge mit einschmeichelnder Stimme. Dabei schaute er die Bibliothekarin so treuherzig aus seinen großen blauen Augen an, dass er selbst die härtesten Steine hätte schmelzen können.

Amalie Bröselsam konnte sich der Wirkung dieses Blickes nicht entziehen. Ihre gestrengen Züge entspannten sich. »Schon gut, Lukas.« Ihre Stimme war nun so weich wie ein Flausch-Pullover. »Was kann ich für dich tun?«

»Wo finde ich denn eine Abhandlung über die Hawking'sche Definition des Raum-Zeit-Kontinuums und der Singularität Schwarzer Löcher?«

»Hä?« Amalie Bröselsams Gesichtszüge entgleisten.

»Wo finde ich eine Abhandlung über die Hawking'sche Definition des Raum-Zeit-Kontinuums und der Singularität Schwarzer Löcher?«, wiederholte Lukas mit seinem Steine-Schmelz-Blick.

Endlich schien Fräulein Bröselsam zu verstehen, was er meinte. Sie schenkte ihm ein Geier-Lächeln und tätschelte ihm zärtlich die Wange. Dass Lukas zurückzuckte und widerwillig das Gesicht verzog, fiel ihr zum Glück nicht auf.

»Ach, das meinst du, Lukas!«, sagte sie überfreundlich. »Entschuldige, wenn ich ein wenig verwirrt war, aber ich hätte nicht damit gerechnet, dass sich ein Schüler deines Alters mit hochwissenschaftlichen Fragen beschäftigt, die selbst die Begriffsfähigkeit unserer Abiturienten überfordern würden. Komm mit, mein Junge, ich zeig dir alles, was du brauchst!«

Laura beugte sich vor und schob die Hand tiefer in die schmale Öffnung in der Wand. Tastend wanderten ihre Finger durch den Hohlraum – und plötzlich spürte sie etwas. Einen kleinen Gegenstand. Er fühlte sich hart und rau an – wie ein Stein. Sie fasste ihn mit den Fingerspitzen und zog die Hand vorsichtig aus der Öffnung.

Es war tatsächlich ein Stein. Ein kleiner Brocken von maximal drei Zentimetern Durchmesser, der offensichtlich aus einem größeren Stein herausgebrochen worden war. Eine Seite war glatt, während er ansonsten uneben war. Auf der glatten Seite war etwas eingraviert, was Laura auf den ersten Blick nicht genau erkennen konnte. Außerdem hatte sie jetzt keine Zeit, sich damit zu beschäftigen. Sie musste den Nebel finden. Wieder steckte sie die Hand in die Öffnung und fingerte darin herum.

Amalie Bröselsam lächelte Lukas freundlich an und deutete auf den breiten Regalabschnitt vor ihnen. »Hier, mein Junge, hier müsstest du alles finden, was dein junges Forscherherz begehrt!«

»Super!« Lukas strahlte. »Und vielen Dank auch!«

»Nichts dafür! Aber beeil dich bitte, wir schließen nämlich gleich. Aus diesem Grunde kann ich dir im Augenblick auch nicht weiter behilflich sein, erst muss ich den Tagesbericht fertig machen. Aber wenn du morgen wiederkommst, mein Junge, bin ich ganz für dich da!«

Sie beugte sich Lukas entgegen und strahlte ihn an. Der süßliche Duft ihres Parfüms belästigte seine Nase. Noch einmal tätschelte sie ihm zum Abschied die Wange und wogte davon.

Lukas schüttelte sich. Er holte ein Taschentuch aus der Hosentasche und wischte sich über die Wange.

Der große Zeiger der Wanduhr ruckte mit einem lauten Klicken voran. Die Uhr zeigte jetzt eine Minute vor fünf.

Laura achtete nicht auf die Uhr. Ihr Kopf lehnte dicht an der Wand, während sie auf der Suche nach dem Nebel angestrengt in dem Hohlraum herumfingerte. Sie meinte bereits, jeden Millimeter abgetastet zu haben, und wollte gerade aufgeben, als ihre Fingerspitzen doch noch einen Gegenstand erspürten. Er fühlte sich glatt und kalt an. Nur mit allergrößter Mühe gelang es ihr, ihn zu greifen und aus dem Versteck zu ziehen.

Zu ihrer Enttäuschung handelte es sich lediglich um ein unscheinbares Fläschchen aus grünem Glas. Es war nicht viel größer als ein Handy und von Staub und Schmutz bedeckt. Der schlanke Hals war durch einen Korken verschlossen.

Von einem Nebel keine Spur!

Enttäuscht legte sie das Fläschchen neben den Gesteinsbrocken, um erneut in den Hohlraum zu greifen. In diesem Augenblick hörte sie die Schritte der Bibliothekarin in ihrem Rücken. Sie waren bereits sehr nahe.

Hastig ließ Laura die beiden Fundstücke in der Hosentasche verschwinden. Sie klappte die Scheuerleiste an die Wand zurück und wollte sich aufrichten. Aber da war Amalie Bröselsam auch schon heran.

Kapitel 18 – Der Flüsternde Nebel

Die Flammen des Kaminfeuers zeichneten züngelnde Schatten auf das totenbleiche Gesicht von Syrin. Mit stechendem Blick starrte die Gestaltwandlerin auf den Sehenden Kristall auf dem Tisch vor ihr.

Die durchsichtige Kugel hatte die Größe eines Kinderkopfes und glänzte im Schein des Feuers. In ihrem Inneren brodelte eine undurchdringliche Wolke aus Schwarzem Nebel. Der Nebel drehte sich spiralförmig, schneller und schneller, und lichtete sich plötzlich. Als er sich aufgelöst hatte, gab er den Blick frei auf eine Miniaturlandschaft. Syrins Kopf schoss vor, die Augen leuchteten wie im Fieber, und die schmalen Lippen verzogen sich zu einem höhnischen Grinsen, während Syrin auf den magischen Stein deutete. »Dieser Narr! Glaubt er denn, er kann unserer Aufmerksamkeit entgehen?«

Borboron, der hinter ihrem Stuhl stand, beugte sich über ihre Schulter und blickte ebenfalls auf den Kristall. Obwohl er sich schon unzählige Male von Syrins Kräften hatte überzeugen können, wunderte er sich stets wieder aufs Neue, wie genau und plastisch der Sehende Kristall selbst ein meilenweit entferntes Geschehen wiedergeben konnte.

Die Landschaft, die sich im Inneren des Kristalls abzeichnete, war dem Schwarzen Fürsten wohlvertraut: Es war die Grenzregion des Güldenlandes. Ein Junge, dessen Kleidung ihn als Knappen von Hellunyat auswies, galoppierte südwärts und hielt geradewegs auf den Schwefelsumpf zu.

Borborons rote Höllenaugen glühten auf, als er die Gestaltwandlerin ansah, und seine kehlige Stimme klang bedrohlich. »Du meinst wirklich, er führt etwas gegen uns im Schilde?«

»Natürlich!« Syrin schob das Kinn vor und verzog verächtlich das Gesicht. »Warum sonst sollte er sich in dieser Gegend herumtreiben, die von ihm und seinesgleichen ansonsten gemieden wird wie die schwarze Pest?«

Borborons Miene verfinsterte sich, während er sich nachdenklich das Kinn rieb. »Ich fürchte, du hast Recht, Syrin«, sagte er schließlich. »Ich werde meine Reiter aussenden, damit sie ihm einen gebührenden Empfang bereiten!«

Wie von einer Tarantel gestochen, schnellte Syrin von ihrem Stuhl empor. »Nein!«, fauchte sie, und ihre Stimme klang nun wie die einer Raubkatze. »Überlasst ihn mir! Ich werde mich höchstpersönlich um den Knaben kümmern – und ich verspreche Euch: Wenn ich mit ihm fertig bin, wird der Narr sich wünschen, er wäre niemals geboren worden. Vorausgesetzt natürlich – er überlebt die Begegnung!«

Die Gestaltwandlerin starrte Borboron böse an. Dann brach sie in ein schrilles Gelächter aus, das so schaurig durch ihr Gemach hallte, dass sich der Schwarze Fürst plötzlich fürchtete.

Laura hielt die Luft an. Verwundert starrte die Bibliothekarin auf das kniende Mädchen. Sofort nistete sich wieder der Hühnergeier-Blick in ihrem Gesicht ein. »Was um alles in der Welt treibst du da unten?«

»Ähm«, machte Laura. »Meinen … meinen Sie mich?«

»Ja!«, antwortete Amalie Bröselsam streng. »Oder siehst du sonst noch jemanden? – Was machst du da, Laura? Das ist doch nicht normal!«

»Ähm«, antwortete Laura ein zweites Mal. »Ich … Ähm …«

Fieberhaft suchte sie nach einer Erklärung, während die Bibliothekarin sie mit wachsendem Misstrauen musterte.

Endlich fiel Laura eine passende Ausrede ein. »Ich … Ähm … Mein Schnürsenkel war aufgegangen, und da … da habe ich ihn zugebunden!«

Mit einem übertrieben freundlichen Lächeln schaute sie Fräulein Bröselsam an.

Die Bibliothekarin schien völlig überrascht über diese simple Erklärung. Verwundert starrte sie Laura ins Gesicht, blickte dann auf deren Schuhe und schaute dann erneut in das Gesicht des Mädchens. »Na, denn!«, sagte sie tonlos, wandte sich ab und ging zu ihrem Platz zurück.

Der große Uhrzeiger klackte auf die Zwölf.

»Feierabend!«, sagte Amalie Bröselsam. »Wir schließen.«

Kaja verzog enttäuscht das Gesicht. Kopfschüttelnd blickte sie auf die beiden Fundstücke, die Laura auf ihren Schreibtisch gelegt hatte. »Mehr hast du nicht gefunden?«

Laura zuckte fast resignierend mit den Schultern. »Tut mir leid, aber mehr war nicht drin in dem Versteck.«

»Was hast du eigentlich erwartet, was du finden würdest?«, fragte Lukas und schaute sie eindringlich an. Die tiefe Falte hatte sich wieder in seine Stirn gekerbt.

»Ähm«, machte Laura und sah ihren Bruder überrascht an. »Warum fragst du?«

»Ganz einfach – du kannst mir doch nicht erzählen, dass du uns dieses Ablenkungsmanöver für die Bröselsam wegen nichts und wieder nichts hast inszenieren lassen. Du musst doch einen ganz bestimmten Grund dafür gehabt haben – und den möchte ich jetzt wissen, Laura.«

Laura zögerte. Sie blies die Wangen auf und ließ dann lautstark die Luft zwischen den Lippen hervorströmen. »Ach! Das war … Das war nur … nur wegen Papa!«

»Wegen Papa?« Die Falte in Lukas' Stirn wurde noch eine Spur tiefer.

»Ja. Er … er hat irgendwann mal erwähnt, in der Bibliothek gäbe es ein geheimes Versteck. Das wollte ich suchen, weil … weil ich dachte, darin finden wir vielleicht einen Hinweis. Wo er sein könnte zum Beispiel oder so.«

»Echt?«, sagte Lukas mit einem zweifelnden Unterton. »Und das fällt dir ausgerechnet jetzt ein? Fast ein Jahr nachdem er verschwunden ist?«

»Warum nicht?«

Laura bemühte sich um ein unschuldiges Lächeln. Doch Lukas kaufte ihr das nicht ab. Er warf Kaja einen fragenden Blick zu. Auch ihr war deutlich anzusehen, dass sie Laura keine Silbe glaubte.

Lukas wandte sich wieder an seine Schwester und schaute sie böse an. »Es reicht jetzt, Laura! Hör auf, uns für dumm zu verkaufen! Erzähl uns endlich, was hier abläuft!«

Laura wusste nicht so recht, was sie tun sollte. Unsicher wanderte ihr Blick von ihrem Bruder zu Kaja und dann wieder zurück. Die beiden schmollten offensichtlich. Gleichzeitig las Laura die unausgesprochene Bitte in ihren Gesichtern: *Vertrau uns doch, Laura!* Doch keiner der beiden sagte ein Wort. Nur das helle Ticken der Uhr auf Kajas Nachttisch war zu hören, und von draußen, vom Basketball-Court, drang gedämpft der Lärm einiger Spieler herauf. Laura starrte gequält auf den Schreibtisch.

»Es ist genau so, wie ich es euch gesagt habe«, flüsterte sie kaum hörbar. »Warum glaubt ihr mir denn nicht?«

Sie nahm den Steinbrocken und musterte die Gravur auf der glatten Seite. Wenn sie nicht alles täuschte, handelte es sich um das Bruchstück eines Reliefs, das zwei Ritter auf einem einzigen Pferd darstellen sollte, die von einem Kreis aus Wörtern in einer fremden Sprache umschlossen wurden. Auf dem Stein jedoch war nur die obere Hälfte zu erkennen, die Oberkörper der Ritter und Kopf und Hals des Pferdes. Der Rumpf und die Läufe fehlten ebenso wie die untere Hälfte des Wortkreises.

Laura kniff die Augen zusammen und versuchte die fremdartigen Wörter zu entziffern. Doch es gelang ihr nicht. Die Buchstaben ergaben keinen Sinn. Jedenfalls keinen, der sich ihr erschloss. Fragend hielt sie den Steinbrocken ihrem Bruder entgegen: »Ist das Latein?«

Wortlos nahm Lukas das Bruchstück aus ihrer Hand und musterte die Gravur eingehend. »Habt ihr eine Lupe?«, fragte er dann, ohne den Blick von dem Relief zu wenden.

Kaja zog eine Schublade ihres Schreibtisches auf, nahm eine Lupe heraus und reichte sie Lukas.

Der Junge hielt das Vergrößerungsglas über den Stein und betrachtete die Inschrift näher. Er nahm sich Zeit, bis er schließlich antwortete. »Gut möglich, dass das Latein ist. Wahrscheinlich handelt es sich um die Abbildung eines alten Siegels – aber ganz sicher bin ich mir nicht. Dazu müsste ich erst ein wenig recherchieren.«

Laura nickte, und Lukas ließ den Steinbrocken in seine Hosentasche gleiten.

Kaja verstaute die Lupe wieder in der Schublade und ließ sich auf ihren Schreibtischstuhl plumpsen. Sichtlich genervt schüttelte sie den Kopf. »So ein Schwachsinn! Diese ganze Aufregung wegen einem ollen Stein und einer vergammelten Flasche! Wahrscheinlich ist da noch nicht mal was drin!«

Sie griff sich das Fläschchen und zog den Korken heraus. Dann kniff sie das linke Auge zusammen, hielt die Flaschenöffnung vor das rechte und linste hinein. »Da ist nicht das Geringste zu sehen!«

Kaja drehte die Flasche nun so, dass die Öffnung nach unten zeigte. Nicht ein einziger Tropfen lief heraus. »Hab ich 's nicht gesagt?« Enttäuscht drückte sie Laura das Fläschchen mitsamt Korken in die Hand. »Die kannst du nur noch in den Altglas-Container schmeißen! Zu mehr taugt die nicht.«

Auch Laura war erkennbar unzufrieden mit dem Ausgang ihres Unternehmens. Sie wollte das Fläschchen gerade wieder zustöpseln, als ein seltsamer Laut aus seinem Inneren kam. Es hörte sich an wie ein leises, herzhaftes Gähnen. Laura erschrak, stellte die Flasche schnell auf den Schreibtisch und wich einen Schritt zurück.

Das ist doch nicht möglich, oder?

Das unscheinbare Fläschchen wackelte plötzlich kaum merklich, ein leises Zischen ertönte, und dann stieg Rauch aus dem schmalen Hals auf. Weißer Nebel! Mehr und mehr davon quoll daraus hervor und formte über der Öffnung eine kleine Wolke, die größer und größer wurde, bis der Nebel schließlich fast bis zur Decke reichte.

Mit großen Augen starrte Laura auf die undurchdringliche weiße Wolke. Lukas stand dicht neben ihr. Auch er war verblüfft und beobachtete voller Spannung das rätselhafte Geschehen. Kaja aber war hastig vom Stuhl aufgesprungen, hatte sich auf ihr Bett geflüchtet und sich in die äußerste Ecke verdrückt. Sie machte ein ängstliches Gesicht. Die Geschichte schien ihr nicht geheuer zu sein.

Da ertönte eine heiser flüsternde Stimme aus dem Nebel. Sie klang merkwürdig verhallt und schwang auf und ab im Ton. Noch viel merkwürdiger allerdings aber war ihre Ausdrucksweise.

»Was von mir Ihr wollt, Herrin – von mir Ihr wollt?«, fragte die Stimme, und es hörte sich an, als spreche sie ihr Echo gleich mit.

Laura warf Lukas einen überraschten Blick zu, doch der verzog nur ratlos das Gesicht.

»Ähm … Wer … wer bist du?«, fragte sie leise.

»Rauenhauch ich heiße, ein Flüsternder Nebel ich bin – Flüsternder Nebel ich bin!«

Ein freudiger Schimmer huschte über Lauras Gesicht, doch dann wurde sie wieder ernst. »Ein Flüsternder Nebel?«, wiederholte sie stirnrunzelnd.

»So es ist – es ist!«, wisperte die heisere Stimme aus dem Nebel. Sie klang unterwürfig. Fast demütig.

»Und was ist das, ein Flüsternder Nebel?«

»Uns Flüsternde Nebel schon seit Anbeginn der Zeiten es gibt – Zeiten es gibt. Unserem Herrn und Meister stets zu Diensten wir sind – Diensten wir sind, wann immer aus unserem Schlummer wir geweckt – Schlummer wir geweckt. Was für Euch ich tun kann, Herrin – für Euch ich tun kann?«

Laura war ratlos. Sie schaute den Bruder an, doch auch der zuckte nur mit den Schultern. Kaja schüttelte nur hastig den Kopf. Sie schien noch immer ziemliche Angst zu haben.

Da fiel Laura etwas ein. Mit freudiger Erwartung blickte sie auf die Nebelwolke. »Kannst du mir vielleicht sagen, wo ich den Kelch der Erleuchtung finde?«

Die Antwort kam ohne jedes Zögern. »Um Verzeihung ich bitten muss, Herrin, aber leider das ich nicht weiß – ich nicht weiß.«

»Nein?« Das hoffnungsvolle Lächeln auf Lauras Gesicht erlosch.

»Nein!«, flüsterte der Nebel. »Sonst noch einen Wunsch Ihr habt, Herrin – Wunsch Ihr habt?«

»Ähm«, stammelte Laura verwirrt. Dann schüttelte sie den Kopf. »Nein. Aber hör endlich auf, mich Herrin zu nennen!«

»Wenn Euer Wunsch es ist – Wunsch es ist«, wisperte der Nebel. »Dann wieder zurückziehen ich mich werde, Herrin – zurückziehen ich mich werde.«

Ein lautes Gähnen kam aus der Wolke. Erneut war ein leises Zischen zu hören, und der Flüsternde Nebel verschwand wieder in der Flasche. Fast hatte es den Anschein, als werde er von dem Fläschchen aufgesaugt. Es dauerte nur wenige Augenblicke, dann war nicht mehr die geringste Spur von Rauenhauch zu erkennen. Dafür aber klang nun ein Schnarchen aus dem Inneren der Flasche. Ein deutlich vernehmbares Schnarchen, das erst verstummte, als Laura den Korken wieder in den Flaschenhals drückte.

Lukas schüttelte verwundert den Kopf und starrte verwirrt vor sich hin. Dann machte er einen Schritt auf seine Schwester zu. Sein Gesicht glich einem einzigen Vorwurf, und die Falte auf seiner Stirn war so tief wie nie zuvor. »Ich glaube, du bist uns jetzt wirklich eine Erklärung schuldig, Laura! Was läuft hier eigentlich ab?«

Auch Kaja rutschte hastig vom Bett, trat auf Laura zu und schaute sie finster an. »Lukas hat Recht – sag uns endlich, was los ist.«

Laura zögerte noch, aber dann wurde ihr klar, dass ihr keine andere Wahl blieb. Ich muss sie endlich einweihen in mein großes Geheimnis, kam es ihr in den Sinn, sonst ist es aus mit unserer Freundschaft!

»Also gut, hört zu.«

In dieser Sekunde klopfte es an die Tür.

Laura drehte sich überrascht um. »Ja?«

Die Tür wurde geöffnet, und Magda trat ins Zimmer. Als sie die drei Freunde erblickte, sah sie Kaja erstaunt an. »Bin ich zu früh?«, fragte sie. »Ich dachte, wir wollten ›Tomb Raider‹ spielen, wenn Laura beim Fechttraining ist?«

Laura warf einen Blick auf die Uhr auf Kajas Nachttisch. »Oh, Mann, ist ja gleich sechs! Höchste Zeit für mich.«

Hastig zog sie die Schranktür auf und holte ihre Sporttasche heraus. Als sie nach ihrer Fechtmaske und dem Florett greifen wollte, fiel Lukas ihr in den Arm und schaute sie vorwurfsvoll an.

»Hey!«, sagte er. »Du kannst doch jetzt nicht einfach abhauen!«

Laura biss sich auf die Lippen. Natürlich, dachte sie. Natürlich hat er Recht. Ich kann ihn und Kaja jetzt nicht einfach ohne Erklärung zurücklassen.

Sie wandte sich an Magda. »Kannst du mir einen Gefallen tun?«

Magda zog abwartend die Schultern hoch. »Kommt drauf an.«

»Könntest du zu Percy in die Turnhalle gehen und ihm sagen, dass ich eine Viertelstunde später komme?«

»Was?«, fragte Magda und machte ein empörtes Gesicht, als habe Laura sie aufgefordert, in eiskaltes Wasser zu springen. »Wie stellst du dir das denn vor, zum Geier? Es ist schweinekalt draußen – da frier ich mir doch sonst was ab!«

Das war nicht einmal eine Ausrede. Es war ziemlich kalt geworden, und Magda trug nur ein dünnes Sweatshirt. Sie brauchte etwas Wärmeres, wenn sie zu Percy gehen sollte.

»Zieh doch einfach meinen Anorak über!«, schlug Laura vor.

Magda blickte auf Lauras roten Stepp-Anorak, der an einem Bügel am Schrank hing. Dann schaute sie Kaja fragend an.

Die nickte ihr aufmunternd zu und sagte: »Bitte, Magda, wir haben noch was zu klären!«

Obwohl Magda eigentlich wenig Lust hatte, sich in die Kälte zu begeben, ließ sie sich breitschlagen. »Okay!«, sagte sie, aber in ihrer Stimme lag wenig Begeisterung. Sie zog den Anorak über und ging zur Tür. »Bis gleich!«

Als Magda das Zimmer verlassen hatte, begann Laura zu erzählen. Sie weihte sie ein in das große Geheimnis, das unsere Welt zusammenhält und die Erde und Aventerra, den ältesten der uralten Planeten, miteinander verbindet. Sie erzählte vom

Hüter des Lichts und vom Fürsten der Dunkelheit; von den Kriegern des Lichts und den Herren der Finsternis; von den Wächtern und den Dunklen; vom ewigen Kampf zwischen Gut und Böse; und von der besonderen Aufgabe, die ihr selbst zugedacht war.

Alarik konnte den Schwefelsumpf seit Einbruch der Dunkelheit riechen. Der Gestank nach faulen Eiern wurde mit jedem Tritt des Ponys schlimmer. Der Knappe folgte einem schmalen Pfad, der durch feuchte Wiesen führte und immer morastiger wurde. Der Braune war schweißnass und schnaubte vor Anstrengung. Er war in den Schritt gefallen. Seine Hufe verursachten jedes Mal schmatzende Laute, wenn sie sich vom schlammigen Untergrund lösten.

Als Alarik eine Gruppe von Weiden und Erlen hinter sich gelassen hatte, hielt er das Pony an. Der Schwefelsumpf lag direkt vor ihm. Der Gestank nahm ihm fast den Atem. Die Wolke aus Schwefeldämpfen und giftigen Gasen, die wie eine Drohung über dem Sumpf hing, schimmerte schmutzig gelb in der Dunkelheit.

Plötzlich glaubte Alarik in der Ferne ein kleines Licht zu erkennen. War da vielleicht jemand im Sumpf? Doch augenblicklich verlosch das geheimnisvolle Leuchten, um wenig später an anderer Stelle wieder aufzuscheinen.

Alarik schauderte es, denn er wusste, was es mit dem Lichterspuk auf sich hatte: Es waren die Sumpfgeister, die danach trachteten, jeden, der in ihr Reich eindrang, vom rechten Weg abzubringen und in die Irre zu führen. Was für die Ärmsten, die auf die Lichtzeichen hereinfielen, den sicheren Tod bedeutete. Doch Alarik würde den Verlockungen der Sumpfgeister nicht erliegen, schließlich hatte Silvan ihn oft genug vor ihnen gewarnt.

Der Knappe kniff die Augen zusammen und suchte die verkrüppelte Trauerweide, von der der Waldläufer ihm erzählt hatte. Dort begann der einzige Pfad, der sicher durch den Sumpf führte. Endlich entdeckte der Junge den Baum. Er erkannte ihn sofort, denn der Blitz hatte den Stamm in zwei Hälften gespalten. Die eine war verdorrt und abgestorben, während die andere gedieh, als sei nichts geschehen, und kräftige Äste und saftige Blätter trug.

Alarik stieg aus dem Sattel und band das Pony an einer Erle fest. Er achtete darauf, dass der Braune genügend Freiraum hatte, sodass er grasen und sich von den Strapazen des Rittes erholen konnte, während er selbst sich zur Dunklen Festung aufmachte. Er fuhr durch die zottelige Mähne und tätschelte ihm den Hals. »Mach 's gut, Brauner!«

Das Pony hob den Kopf, schnaubte zweimal und sah dem Knappen nach, der vorsichtig auf die Trauerweide zuschritt. Ihre Äste hingen bis auf den Boden herab und bildeten ein Dach aus Laub und Zweigen.

An ihrem dicken Stamm hielt Alarik an und strich bedächtig über die knorrige Rinde, als wolle er sich zum letzten Male eines festen Haltes versichern, bevor er sich in den Sumpf wagte. Der beißende Gestank war nun so unerträglich, dass Alarik ein Tuch aus der Tasche zog und es sich schützend vor Mund und Nase hielt. Er umrundete den Baum mit gesenktem Blick.

Der Übergang zwischen dem festen Untergrund und dem Sumpf war kaum zu erkennen. Dichtes Riedgras und Schlangenknöterich bedeckten den Boden, dazwischen standen Blutauge, Wollgras und Binsen. Vorsichtig setzte Alarik den rechten Fuß vor – und sank bis zum Knöchel in die braune Brühe ein, die der Bewuchs den Blicken verbarg.

Alarik zog den Fuß zurück und blickte sich unsicher um. Unablässig und aus allen Richtungen drangen die blubbernden Geräusche der aufsteigenden Gase an sein Ohr. In der Ferne quakte ein Moorfrosch.

»Zwei übereinandergelegte Feldsteine kennzeichnen die Stelle, an der der Pfad in den Sumpf führt«, hatte Silvan Alarik erzählt. »Von da aus muss man sich stets nach Süden halten, bis man an eine einsame Moorbirke gelangt.«

Alarik fand die Steine sofort. Der Boden dahinter unterschied sich nicht im Geringsten vom übrigen Gelände. Nichts deutete darauf hin, dass er trug. Im Gegenteil, der Bereich hinter den Feldsteinen wirkte besonders feucht. Vielleicht spielte ihm die Erinnerung ja einen Streich und der Pfad begann an einer anderen Stelle? Ob die Feldsteine ihn ins sichere Verderben führen würden?

Alarik zögerte, doch er hatte keine Wahl. Entweder war seine Erinnerung richtig – dann eröffnete sie die Möglichkeit, in die Dunkle Festung einzudringen. Oder sie trog – dann würde er den Untergang Aventerras nicht mehr erleben.

Durch das Tuch hindurch atmete der Junge tief ein und tat den Schritt ins Ungewisse.

Tiefe Dunkelheit hatte sich über Burg Ravenstein gesenkt, obwohl es erst kurz vor achtzehn Uhr war. Es lag zwar immer noch kein Schnee, aber dennoch war deutlich zu spüren, dass der Winter das Land immer mehr in seinen Griff nahm. Es war sehr kalt, die Temperatur schwankte um den Gefrierpunkt, und die Luft war unangenehm feucht. Dichter Dunst kroch um die Gebäude der Burg, und durch den Park drifteten dicke Nebelschwaden. Die graue Suppe hüllte Bäume und Sträucher ein, sodass sie nur noch als Schemen zu erkennen waren. Plötzlich tauchte zwischen ihnen ein verschwommener roter Fleck auf, der sich langsam bewegte.

Es war Magda, die missmutig durch den Park in Richtung

Turnhalle stapfte. Längst schon bereute sie, dass sie sich zu diesem Botendienst hatte überreden lassen. Obwohl Lauras Anorak dick gepolstert war, kroch ihr die Kälte bis unter die Haut. Sie hatte die Kapuze tief ins Gesicht gezogen, aber dennoch zwickte der Frost an den Ohren, und auch die Wangen taten ihr weh.

Ich lass mich nie wieder auf so was ein!, schwor sie sich. Das war das letzte Mal, dass ich so bescheuert war!

Urplötzlich tauchten die Umrisse des steinernen Denkmals aus dem Nebel auf. Wie ein unheimliches Monster ragte das Standbild des Grausamen Ritters auf im Dunst. Magda schauderte ein wenig und verkroch sich tiefer in den Anorak.

Sie hatte das Denkmal soeben hinter sich gelassen, als sie ein seltsames Geräusch in ihrem Rücken hörte. Es war ein schabendes Knirschen. Als ob ein rauer Stein über einen anderen schrammen würde. Die Misstöne verursachten Magda Gänsehaut, und ein unangenehmes Kribbeln lief über ihren Kopf. Sie blieb stehen und drehte sich um.

Als sie zum Denkmal blickte, fiel ihr auf, dass etwas nicht stimmte. Wegen des Nebels vermochte sie nicht genau zu erkennen, was da nicht in Ordnung war, denn es waren nur Schemen zu sehen. Dann aber rissen die Dunstschleier ein wenig auf – und Magda wurde von Entsetzen gepackt: Der Grausame Ritter war vom Rücken seines Pferdes verschwunden. Das steinerne Tier stand reiterlos im Park!

Das Mädchen stand wie angewurzelt da und traute seinen Augen nicht.

Nein! Wie ist das nur möglich?

Da! Wieder dieses Geräusch – Stein, der auf Stein reibt. Knirschender Kies, schwere Schritte, die unaufhaltsam näher kamen. Näher und näher.

Schon waren sie direkt neben Magda. Zitternd vor Angst

drehte sich das Mädchen langsam in ihre Richtung – und sah dem Unhold mitten ins Gesicht. Der Grausame Ritter erhob sich vor ihr und starrte sie aus kalten Augen an. Schädelspalter, sein mächtiges Schwert, baumelte an seiner Seite. Als er die steinerne Hand hob, war erneut das schreckliche Knirschen zu hören.

Magdas Entsetzensschreie gellten durch den Park. Doch dann verstummten sie plötzlich. Gerade so, als seien sie mitten in der Luft abgeschnitten worden.

Nur das Ticken der Uhr war im Zimmer zu hören, ansonsten war es still. Kaja saß schweigend auf dem Bett und starrte Laura ungläubig an. Sie schien nicht fassen zu können, was die Freundin ihr und Lukas gerade erzählt hatte. Immer wieder schüttelte sie den Kopf, als wolle sie sich versichern, dass sie nicht träumte. Schließlich holte sie eine Tafel Schokolade aus der Schreibtischschublade, brach ein Stück davon ab und steckte es sich gedankenverloren in den Mund.

Lukas lehnte mit dem Rücken an Lauras Schrank, hatte die Stirn in Falten gezogen und war in tiefes Nachdenken versunken.

Endlich brach Kaja die Stille. Sie wandte sich an Laura, die auf ihrem Schreibtischstuhl saß und vor sich hingrübelte. »Der Hüter des Lichts muss also wirklich sterben, wenn du diesen Kelch nicht findest?«

Laura hob den Kopf und sah ihre Freundin mit ernster Miene an. »Ja. Und Professor Morgenstern auch. Das Schicksal der beiden ist untrennbar miteinander verknüpft. Nur das Wasser des Lebens kann sie retten. Das Schlimme ist nur, dass die Zeit langsam knapp wird. Mir bleiben nur noch wenige Tage, um den Kelch der Erleuchtung zu entdecken.«

»Warum das denn?«

»Weil der Kelch noch nach Aventerra gebracht werden

muss, deshalb. Allerdings geht das nur durch die magische Pforte, die unsere Erde mit Aventerra verbindet.«

»Ja und? Wo ist das Problem?« Wieder verschwand ein Stück Schokolade in Kajas Mund.

»Ganz einfach – diese magischen Pforten stehen nur in den Nächten der großen Sonnenfeste offen. Von Sonnenuntergang bis Sonnenaufgang. Das nächste Sonnenfest ist die Wintersonnenwende am einundzwanzigsten Dezember. Danach schließen sich die Pforten wieder, und bis zum Ostara-Fest im März kann niemand mehr nach Aventerra gelangen – oder umgekehrt. Bis dahin aber ist der Hüter des Lichts vermutlich längst tot. Und Professor Morgenstern auch.«

Kaja hörte auf zu kauen. Offenbar war ihr der tödliche Ernst der Lage endlich aufgegangen.

Es war still in dem kleinen Internatszimmer, und die Sekunden tröpfelten dahin.

»Theoretisch ist das durchaus möglich«, meldete sich Lukas schließlich zu Wort.

Seine Schwester schaute ihn verwundert an. »Was?«

»Dass Aventerra existiert und man Traumreisen machen kann – beides ist nach den Erkenntnissen der modernen Physik durchaus möglich, wenn ich mich nicht täusche. Ich erinnere mich, eine Abhandlung von Stephen Hawking gelesen zu haben, der die Meinung vertritt, es könnten bis zu zehn Universen parallel zueinander existieren, womit auch Gegenwart und Vergangenheit gleichzeitig –«

»Lukas!«, fiel Laura ihm scharf ins Wort. »Ich brauch deine wissenschaftlichen Erklärungen nicht! Und die von diesem Hawdingsbums, oder wie immer er heißt, erst recht nicht. Ich weiß auch so, dass das stimmt! Ich hab es nämlich am eigenen Leibe erlebt, verstehst du!«

»Schon gut, schon gut!«, wehrte Lukas ab. »Ich bezweifele das doch gar nicht. Ich hab nur nach einer rationalen Erklärung gesucht für diese – wie du selbst zugeben musst – außergewöhnlichen Phänomene!«

»Phäno-was?« Kaja schaute ihn mit gerümpfter Nase an.

»Phänomene – du Spar-Kiu«, erklärte Lukas geduldig. »So bezeichnet man eine mit den Sinnen wahrnehmbare Erscheinung.« Aber dann konnte er es doch nicht lassen, einmal mehr den Professor herauszukehren. »Und falls es dich interessieren sollte: Die Phänomenologie ist die Beschreibung von sinnlich wahrnehmbaren Gegebenheiten, während der Phänomenalismus lehrt, dass alle Dinge nur so beschrieben werden können, wie sie erkannt werden.«

»Ah jaa?«, sagte Kaja gedehnt und verdrehte genervt die Augen.

Lukas tat so, als bemerke er das nicht, und wandte sich an seine Schwester. »Warum bist du so sicher, dass die Schwarzen Ritter Papa nach Aventerra verschleppt haben?«

»Das liegt doch auf der Hand, Lukas: Wahrscheinlich hat er beobachtet, wo sie den Kelch versteckt haben. Deshalb mussten sie sichergehen, dass er das Versteck nicht verraten kann. Außerdem mussten sie verhindern, dass er mich zum Wächter ausbildet. Normalerweise sind es nämlich immer die Eltern, die für die Ausbildung und Erziehung zuständig sind.«

»Und warum haben sie ihn nicht einfach –«

Lukas brach ab, weil er es nicht fertigbrachte, das schreckliche Wort auszusprechen. Aber dann zwang er sich doch dazu. »Warum haben sie ihn nicht einfach getötet?«, flüsterte er heiser.

Laura schluckte. »Das hab ich mich natürlich auch schon gefragt. Professor Morgenstern ist fest davon überzeugt, dass sie ihn als Faustpfand benutzen. Das hat er mir jedenfalls erzählt, als er noch bei Bewusstsein war. Sie halten Papa als Geisel – für den Fall, dass ich den Kelch doch finden und den Hüter des Lichts retten kann.«

»Hoffentlich hat er Recht«, sagte Lukas tonlos. Dann schüttelte er heftig den Kopf. »Sayelle wird uns für verrückt erklären, wenn wir ihr das erzählen!«

»Stimmt!«, antwortete Laura. »Und deshalb erzählen wir ihr das am besten erst gar nicht!« Sie sah zur Uhr. Es ging schon auf halb sieben zu. »Jetzt muss ich aber wirklich los!«

Hastig packte sie die Fechtsachen zusammen. Plötzlich fiel ihr etwas ein. Sie drehte sich um und schaute Kaja fragend an: »Ich versteh nicht, wo Magda bleibt.«

»Keine Ahnung«, sagte Kaja. »Vielleicht hatte sie keine Lust mehr auf Computerspiele?«

»Schon möglich.« Laura runzelte die Stirn. »Aber dann hätte sie wenigstens meinen Anorak zurückbringen können, oder?«

Als Laura in der Turnhalle eintraf, wollte Percy Valiant gerade gehen. Er machte ein verkniffenes Gesicht und schien sauer zu sein. Lauras Anblick erhellte seine Miene nicht. Im Gegenteil.

Was hat er bloß?, fragte sich Laura überrascht und lächelte ihn freundlich an. »Hallo, Percy!«

Der Sportlehrer schien ungerührt. »Es gesche'en noch Zeischen und Wunder, wie der Diischter sagt!«, spöttelte er. »Diisch gibt es also doch noch? Und iisch 'atte schon ge'offt, deine Gesellschaft bliebe mir für 'eute erspart!«

Er war tatsächlich sauer. Und zwar richtig.

Aber warum bloß?

»Mann, Percy! Nur weil ich etwas später komme, als Magda gesagt hat, brauchst du doch nicht gleich auszurasten. Dafür machen wir halt ein bisschen länger, oder?!«, schmeichelte Laura.

»Länger ist 'eute nisscht mögliisch! Und da war auch keine Magda, die mir was gesagt 'at!«

»Was?« Laura war perplex. »Sag das noch mal.«

»Da war keine Magda, die mir was gesagt 'at«, wiederholte er. »Ist das so schwer zu verste'en?«

Laura war wie vom Blitz getroffen. Sie ließ die Sporttasche fallen und starrte Percy ungläubig an. »Magda hat dir nicht Bescheid gesagt?«

Percy schüttelte den Kopf. »Nein. Sie 'at mir niischt die E're i'res Erscheinens gegeben – genauso weniisch wie du!«

Laura schnappte erschrocken nach Luft. Dann schlug sie die Hände vors Gesicht. Ein schrecklicher Gedanke war ihr gekommen: *Magda muss etwas passiert sein!*

»Schnell, Percy, schnell!«, rief sie voller Panik. »Wir müssen Magda suchen.«

Kapitel 19 ❧ Ein rätselhafter Überfall

Der Nebel hatte sich gelichtet. Dafür war es jetzt richtig dunkel geworden. Stockdunkel. Weder Mond noch Sterne vermochten die dichte Wolkendecke zu durchdringen, und die wenigen Lampen im Park standen in so großem Abstand, dass ausgedehnte Bereiche in völlige Dunkelheit getaucht waren.

Glücklicherweise war Percy nicht in die gleiche Panik verfallen wie Laura. Er hatte das Mädchen beruhigt und erst einmal Taschenlampen besorgt, bevor sie sich auf die Suche nach Magda machten. Die Strahlen der Stableuchten durchschnitten wie gleißende Finger die Finsternis, während Laura und der Lehrer in einigem Abstand voneinander durch den Park streiften und gründlich den Weg absuchten, der von der Turnhalle zum Internatsgebäude führte.

Sie leuchteten hinter die Bäume, durchsuchten das Strauchwerk am Wegesrand und riefen immer wieder nach Magda.

Doch sie bekamen keine Antwort, noch konnten sie eine Spur von der Schülerin entdecken.

Das Standbild des Steinernen Ritters tauchte aus der Dunkelheit auf. Wieder befiel Laura das beklemmende Gefühl, das sie jedes Mal bei seinem Anblick erfasste. Sie blieb stehen und ließ den Strahl ihrer Taschenlampe langsam über das Denkmal wandern. Der helle Lichtkegel kroch an dem grauen Pferd empor, glitt über die imposante Reitergestalt und verharrte auf dem Granitgesicht des Ritters. Da kniff Reimar von Ravenstein das linke Auge zusammen und blinzelte Laura drohend zu.

Laura schrie gellend auf vor Schreck und ließ die Taschenlampe fallen.

Unverzüglich eilte Percy zu ihr. »Was iist los, Laura?«

Das Mädchen zitterte und starrte auf das Standbild. »Der … der … der Ritter!«, stammelte es.

»Was iist mit ihm?«

»Er … er … hat mich angeblinzelt!«

»Der Ritter?«, fragte Percy zweifelnd, hob die Taschenlampe auf und musterte Laura nachdenklich. Dann leuchtete er dem Grausamen Ritter mitten ins Gesicht.

Laura sah, dass sie sich getäuscht haben musste: Völlig reglos schaute Reimar von Ravenstein mit bösem Blick in unbestimmte Ferne. Sein Gesicht war starr. Kein Muskel zuckte, keine Lippe zitterte, nichts. Und natürlich blinzelte er auch nicht.

Wie sollte er auch?

»Komm«, sagte Percy und zog Laura sanft fort. »Suchen wir weiter.«

Sie ließen das Rondell hinter sich und schlugen den Weg ein, der über den Burggraben zum Internatsgebäude führte. Nach einigen Schritten drehte Laura sich noch einmal um und richtete ihre Taschenlampe auf das Gesicht des Ritters. Aber das sah genauso versteinert und böse aus wie eh und je. Nichts daran hatte sich geändert.

Ich muss mich wirklich getäuscht haben, dachte Laura.

»Magda! Maagda!« Die lauten Rufe des Sportlehrers rissen sie aus den Gedanken.

Sie hatten den Burggraben erreicht und traten auf die schmale Holzbrücke, die sich darüberspannte. Die Planken knarrten, als sie sie überquerten. Laura beugte sich über das

Brückengeländer und leuchtete hinunter in den Graben, der hier vier bis fünf Meter tief sein mochte. Modergeruch stieg daraus empor. Dichtes Laub lag auf dem Boden des Grabens. Die Herbststürme hatten es hierher geweht, wo es nun langsam vor sich hin rottete. Plötzlich leuchtete etwas rot im Lichtkegel auf.

Laura beugte sich tiefer über das Geländer, richtete die Taschenlampe direkt auf den roten Fleck und spähte in die Tiefe.

»Magda!«, schrie sie entsetzt auf. »Um Himmels willen, Magda!« Dann lief sie los, und Percy folgte ihr.

Der Burggraben fiel fast senkrecht ab. Sich an Sträuchern und Wurzeln festhaltend, hangelten sich die beiden hinunter. Auf halber Höhe verlor Laura plötzlich den Halt und rutschte ab. Sie schrie auf, ihre Finger suchten verzweifelt nach etwas, woran sie sich festklammern konnten. Doch sie griffen ins Leere, und Laura schrammte ungebremst den Abhang hinunter. Zum Glück wurde ihr Aufprall vom Laub gedämpft, sodass sie nur leichte Schrammen an den Händen davontrug.

Magda lag auf dem Boden des Grabens. Ihr linker Unterschenkel stand in einem grotesken Winkel vom Bein ab. Offensichtlich war es gebrochen.

Laura und Percy beugten sich besorgt über die Verletzte. Magda lebte und war bei Bewusstsein. Sie stöhnte und rang mühsam nach Luft. Eine Platzwunde auf ihrer Stirn blutete heftig, und ein blutiges Rinnsal sickerte aus einem Mundwinkel. Die blassen Lippen zitterten, und in Magdas Blick lag Angst.

Große Angst.

Laura strich ihr sanft über die Haare und versuchte sie zu beruhigen. »Keine Angst, Magda«, flüsterte sie. »Es wird alles gut.«

Magda mühte sich zu einem dankbaren Lächeln. Gleich darauf aber nahmen ihre Züge wieder einen entsetzten Ausdruck an. Sie musste Schreckliches durchgemacht haben. Sie öffnete die Lippen und sagte etwas. Laura konnte sie nicht verstehen. Sie beugte sich tiefer und hielt ihr Ohr dicht an Magdas Mund.

»Der … der Ritter«, hauchte das Mädchen mühsam, »er … er –«

Magda röchelte, und ein Blutschwall ergoss sich aus ihrem Mund. Sie stöhnte, ihre Augenlider flatterten heftig, fielen zu, und ihr Kopf sackte zur Seite.

»Ist sie tot?«, fragte Laura mit erstickter Stimme.

»Nein! Nur eine O'nmacht 'at sich i'rer bemäschtiischt. Aber sie ist sischer schwer verletzt. Wir müssen den Notarzt rufen!«

Blaulicht zuckte durch den Burghof, huschte über die alten Mauern des Gebäudes und die blassen Gesichter der Schüler, die sich auf dem Hof versammelt hatten. In Grüppchen standen sie beisammen und diskutierten aufgeregt miteinander. Dabei beobachteten sie die Rettungssanitäter, die die Liege mit der bewusstlosen Magda zum Notarztwagen trugen, der mit laufendem Motor im Burghof stand.

Ein Verband war um Magdas Kopf gewickelt, und ein Mann in einer rotgelben Fleece-Jacke ging neben der Bahre her. »Notarzt« stand in großen gelben Leuchtbuchstaben auf seinem Rücken. In der Hand hielt er eine durchsichtige Plastikflasche, aus der durch einen Schlauch Flüssigkeit in Magdas Arm tröpfelte. Die Sanitäter schoben die Trage in den Rettungswagen, und der Arzt kletterte mit ins Wageninnere. Er hängte den Tropf an einen Haken, beugte sich über Magda, zog ihre Lider zurück und leuchtete ihr mit einer Taschenlampe in die Augen. Mehr war nicht zu sehen, denn die Sanitäter schlossen die Hecktüren und stiegen ins Führerhaus. Augenblicke später heulten die Sirenen auf, und das Rettungsmobil raste davon.

Die Schülerinnen und Schüler starrten ihm noch nach, als das Heulen der Sirenen bereits in der Ferne verklang. In Windeseile hatte es sich unter ihnen herumgesprochen: Irgendjemand hatte Magda Schneider überfallen und von der Brücke hinunter in den Burggraben gestoßen.

Aber wer? Wer würde so etwas Schreckliches tun?

Und vor allen Dingen – *warum?*

Wer hatte ein Motiv für diese grausame Tat? Niemand konnte sich einen Reim auf diesen rätselhaften Überfall machen, und bald machten die wildesten Spekulationen die Runde.

Attila Morduk wanderte mit finsterem Gesicht durch die Reihen der Ravensteiner. Dass diese sich um diese Zeit und in dieser Menge auf dem Burghof aufhielten, missfiel ihm ganz offensichtlich. »Jetzt aber endlich rein mit euch!«, blaffte er. »Hier gibt es nichts mehr zu glotzen. Es ist Zeit zum Abendessen! Jetzt macht schon!«

Widerwillig fügten sich die Internatszöglinge den Anweisungen des Hausmeisters. Murrend zogen sie sich in das Burggebäude zurück.

Nur Laura, Lukas und Kaja standen noch mit Percy Valiant zusammen. Erschüttert hatten die beiden aufgenommen, was Magda passiert war. Dabei hatte sie bei allem Unglück noch Glück gehabt. Jedenfalls war Percy dieser Ansicht. Er war fest davon überzeugt, dass ihr Sturz tödlich gewesen wäre, hätte die dicke Laubschicht auf dem Boden des Burggrabens ihn nicht gedämpft. Auf einem härteren Untergrund hätte sich Magda mit Sicherheit das Genick gebrochen.

Ein ungeheuerlicher Gedanke!

Die Freunde schwiegen betreten. Kaja schaute den Sportlehrer ängstlich an. »Aber Magda wird doch wieder gesund, oder?«, fragte sie schließlich.

»Natürliisch. Der Notarzt 'at mir sein Wort verpfändet, dass ihre Verletzungen niischt lebensgefährliischer Natur sind. Allerdings wird es noch eine geraume Weile dauern, bis sie siisch wieder vollster Gesund'eit erfreuen kann.«

Kaja atmete erleichtert auf.

Laura hatte immer noch nicht so richtig begriffen, was geschehen war. Und natürlich beschäftigte sie die gleiche Frage wie alle anderen auch: Warum? Und warum Magda? Wer um alles in der Welt konnte ihr so etwas antun? Doch sosehr sie auch grübelte, sie fand keine Antwort darauf. Nachdenklich blickte sie Percy an.

»Sie hat etwas von einem Ritter gemurmelt, bevor sie ohnmächtig geworden ist, und –«

»Von einem Ritter?«, unterbrach Percy sie mit ungewohnter Schärfe in der Stimme und sah sie verwundert an.

»Ja. Was kann sie damit gemeint haben?«

Der Lehrer war sichtlich irritiert. »Iisch weiß es niischt. Keine A'nung. Aber – vielleischt 'ast du diisch auch ver'ört, Laura?«

Doch Laura war sich sicher, dass Magda richtig gehört hatte. Genauso, wie sie sich sicher war, dass Percy ihnen etwas verschwieg. Er hatte einen Verdacht und wollte nur nicht damit herausrücken.

Aber warum?

Laura wandte sich an Kaja und Lukas, ließ den Sportlehrer aber nicht aus dem Blick. »Ich verstehe einfach nicht, warum es ausgerechnet Magda getroffen hat. Ihr vielleicht?«

Percy zuckte nur kurz mit den Schultern, und Lukas schwieg.

Kaja pustete die Wangen auf und machte ein ratloses Gesicht. »Keine Ahnung«, sagte sie.

Plötzlich ging ein Leuchten über Lukas' Gesicht. »Ja, klar!«, rief er aus. »Der Anorak!«

Laura verstand nicht, was er meinte. »Der Anorak?«

Ihr Bruder nickte heftig. »Natürlich! Das ist doch logosibel. Magda hatte deinen Anorak an und wurde deshalb mit dir verwechselt. Sie hat eine ähnliche Figur wie du, und außerdem ist es ziemlich dunkel im Park.«

Verblüfft starrte Laura den Bruder an. Das ist doch nur eine Vermutung, dachte sie. Aber trotzdem –

»Eigentlich gehe sonst ich immer um diese Zeit zur Turnhalle«, sagte sie nachdenklich.

»Exaktenau!«, erwiderte Lukas. »Ein Indiz mehr für meine Theorie!«

Percy grübelte vor sich hin. Schließlich blickte er Laura mit ernster Miene an. »Ich fürschte, dein Bruder 'at der Wahr'eit Kern getroffen. Dieser abscheuliche Anschlag 'at diir gegolten, Laura, und niischt Magda!«

Laura war sprachlos. Dieser Gedanke war so ungeheuerlich, dass er ihr fast unwirklich vorkam. Ihr schwindelte leicht.

Das darf doch einfach nicht wahr sein!

Aber was fast noch schlimmer war: An ihrer Stelle hatte es jetzt Magda getroffen. Dabei hatte die mit der ganzen Sache nicht das Geringste zu tun!

Laura schluckte. Ihre Augen schimmerten feucht, als sie sich an Percy wandte. »Die arme Magda«, flüsterte sie. »Und alles nur meinetwegen. Wenn ich sie nicht gebeten hätte, dir Bescheid zu sagen, dann –«

»Niischt doch, Laura!«, unterbrach der Sportlehrer sie. »Bitte niischt! Lass die Trübsal niischt dein 'erz verdunkeln, denn niischt ein Jota Schuld lastet auf deinen Schultern!«

Laura schüttelte wild den Kopf. »Doch!«, sagte sie trotzig. »Ich hätte mir denken können, dass die Dunklen dazu fähig sind!« Tränen traten in ihre Augen und rollten über die Wangen. »Es ist alles meine Schuld«, schluchzte sie. »Und Magda muss jetzt dafür büßen.« Damit wandte sie sich ab und rannte davon.

Besorgt blickte Lukas seiner Schwester nach. »Warte, Laura!«, rief er und wollte ihr folgen.

Doch Percy hielt den Jungen zurück. »Niischt, Lukas. Laura muss alleine mit siisch und der Sache ins Reine kommen! Geben wir i'r einfach ein biisschen Zeit und ge'en derweil zum Abendessen!«

Dr. Schwartz und Rebekka Taxus standen Schulter an Schulter am Fenster des dunklen Lehrerzimmers. Hinter dem Vorhang verborgen, blickten sie schweigend in den Burghof, wo Percy Valiant, Lukas und Kaja mit bedächtigen Schritten zum Internatsgebäude gingen.

Quintus Schwartz hatte die Augen zu schmalen Schlitzen zusammengekniffen, sodass die schwarzen Pupillen kaum mehr zu erkennen waren. Seine Wangen zuckten unruhig, und die Kiefer arbeiteten deutlich sichtbar. Er war wütend. Richtig wütend. Plötzlich atmete er heftiger, öffnete den Mund wie ein Fisch auf dem Trockenen und schnappte rasselnd nach Luft. Eilends fasste er in seine Hosentasche, holte die kleine Sprayflasche mit dem Asthmamittel daraus hervor und sprühte sich eine Dosis in den Mund. Nachdem der Anfall vorbei war und sein Atem sich wieder beruhigt hatte, fixierte Dr. Schwartz Rebekka Taxus durchdringend.

»Wie zum Teufel konnte das passieren?!«, herrschte er die Mathelehrerin in heiserem Flüsterton an, und seine Augen glühten rot auf.

Die Taxus wich zurück. Obwohl sie das Aufflackern der roten Wut in Quintus' Augen schon unzählige Male erlebt hatte und das feurige Glimmen jeweils nur für Bruchteile von Sekunden anhielt, verfehlte es niemals die Wirkung. Es erschreckte die Lehrerin immer wieder aufs Neue. Gleich jedoch hatte sie sich wieder in der Gewalt. Wie eine wütende Schlange zischte sie zurück. »Diesser Schwachkopf! Er hat nichtss alss Sstein in sseinem Schädel. Er musss ssie verwechsselt haben, anderss kann ich mir dass nicht erklären!«

Quintus Schwarz antwortete zunächst nicht, sondern sah Rebekka Taxus unverwandt an. Das rote Höllenfeuer in seinen Augen war erloschen. Die Pupillen bewegten sich unruhig, während er angestrengt nachdachte. Nach einer kleinen Weile öffnete er die Lippen und sagte eisig: »Sieh zu, dass du das endlich auf die Reihe kriegst, Rebekka. Noch so einen Fehler – und du wirst dem Schwarzen Fürsten höchstpersönlich Rechenschaft ablegen müssen!«

Ohne ihre Antwort abzuwarten, machte er auf dem Absatz kehrt und ging grußlos zur Tür.

Rebekka starrte ihm nach, die Lippen zu einem bösen Strich verkniffen. Plötzlich kam Leben in ihre Rasta-Zöpfe. Sie kringelten sich und verfielen in schlängelnde Bewegungen, als würde ein gutes Dutzend kleiner Vipern um das Haupt der Lehrerin züngeln. Ein böses Zischen wurde hörbar, das im gleichen Augenblick wieder erstarb. Rebekkas karminrotes Haar schimmerte nun matt, und sie stieß einen leisen Fluch aus. Dann erstarrte sie, kniff die Augen zusammen und blickte nachdenklich vor sich hin.

Rebekka Taxus schien eine Eingebung zu haben. Ein triumphierendes Lächeln legte sich auf ihr Gesicht, und bevor sie das Lehrerzimmer verließ, zischte sie leise: »Du wirsst deinem Schickssal nicht entgehen, Laura Leander. Niemalss!«

Laura saß auf dem Bett und hing ihren Gedanken nach. Die Wangen waren von Tränenspuren gezeichnet. Wie ein gefangenes Tier wippte sie unablässig mit dem Oberkörper vor und zurück. Immer wieder musste sie an Magda denken.

»Das ist so unfair«, murmelte sie leise vor sich hin. »Das ist so verdammt unfair!«

Ein Räuspern in ihrem Rücken ließ sie zusammenzucken.

»Ich weiß, dass das unfair ist, Laura«, sagte Anna Leander leise. »Aber willst du deshalb aufgeben?«

Das Mädchen fuhr herum und starrte auf das Porträtfoto an der Wand, von dem ihre Mutter sie mit einem sanften Lächeln anblickte. »Willst du das, Laura?«

Ein Ausdruck der Verzweiflung trat in Lauras Gesicht. Warum versteht Mama mich denn nicht?, dachte sie gequält. Warum nur?

»Ich schaff das doch eh nicht!«, klagte sie. »Ich hab alles versucht, aber alles, was ich mache, geht schief. Ich bekomme schlechte Zensuren, Magda muss meinetwegen ins Krankenhaus – aber den Kelch hab ich trotzdem nicht gefunden. Nicht mal die kleinste Spur davon hab ich entdeckt. Das ist doch alles sinnlos!«

Das Lächeln verschwand aus Anna Leanders Gesicht. Mit großem Ernst blickte sie ihrer Tochter in die Augen. »Findest du? Dann war es vielleicht auch sinnlos, dass ich den rechten Weg gegangen bin?«

»Was meinst du damit, Mama?«

»Vielleicht wäre ich noch am Leben, wenn ich mich meiner Bestimmung widersetzt hätte – das meine ich, Laura!«

»Hättest du das doch nur getan!«, klagte Laura verzweifelt, und erneut füllten sich ihre Augen mit Tränen. »Ich vermisse dich so. Und Papa auch.«

»Ich weiß. Und ich vermisse euch auch, Laura – viel mehr, als du dir vielleicht vorstellen kannst. Und trotzdem würde ich den gleichen Weg wieder gehen. Immer wieder!«

Das verstand Laura erst recht nicht. »Warum denn? Es wäre doch viel schöner, wenn wir alle noch zusammen sein könnten.«

Anna schüttelte sanft den Kopf. »Der Preis wäre zu hoch gewesen – viel zu hoch! Im Moment kannst du das nicht verstehen, aber schon bald wird sich dir der Sinn meiner Worte erschließen. Allerdings nur, wenn du jetzt nicht aufgibst, Laura. Du musst an dich glauben und den Weg weitergehen, der dir vorgezeichnet ist, auch wenn dir das noch so schwer fallen mag. Du darfst die Hoffnungen nicht enttäuschen, die in dich gesetzt werden, denn sonst ist alles verloren, und ich habe mich umsonst geopfert!«

Anna machte eine kleine Pause und schaute ihre Tochter eindringlich an. Sehnsucht spiegelte sich in ihren blauen Augen. Große Sehnsucht und große Trauer.

»Mach 's gut, Laura«, sagte sie dann leise.

»Du auch, Mama«, flüsterte das Mädchen. »Du auch.«

Mit einem letzten Lächeln erstarrten die Gesichtszüge der blonden Frau, und kurz darauf war jedes Leben aus dem Foto gewichen.

Laura schluchzte laut auf, griff nach einem Taschentuch und wischte sich die Tränen aus dem Gesicht. Dann streckte sie die rechte Hand aus und näherte sie ganz langsam dem Fotorahmen, bis sie ihn schließlich berührte. Laura streichelte sanft über das Gesicht ihrer Mutter, und plötzlich war ihr, als könne sie durch das Glas hindurch die Wärme von Annas Wangen spüren. Sie fühlten sich an, als wäre Anna noch am Leben.

Aber das ist doch nicht möglich!, durchfuhr es Laura.

Als es an die Tür klopfte, wusste Laura nicht mehr, wie lange sie schon auf das Foto ihrer Mutter starrte. Es kam ihr vor, als erwache sie aus einem tiefen Traum. Sie hatte jegliches Zeitgefühl verloren. Verwundert blickte sie auf die Uhr auf Kajas Nachttisch. Es war kurz nach acht. »Ja?«

Die Tür öffnete sich, Lukas steckte den Kopf ins Zimmer und schaute sie fragend an. »Hattest du keinen Hunger?«

»Keinen Hunger? Wieso?«

»Weil du nicht zum Abendessen erschienen bist, deshalb!«

»Ähm – nein, nein«, antwortete Laura schnell.

»Wirklich nicht?« Lukas blinzelte sie nachdenklich an. Laura war zwar längst nicht so ein Essmonster wie Kaja, aber es kam selten vor, dass sie eine Mahlzeit ausließ. Das war einfach nicht normal. Aber was war im Augenblick schon normal bei seiner Schwester?

»Was ist los?« Damit unterbrach Laura seine Gedanken, und da fiel Lukas wieder ein, weshalb er gekommen war.

»Percy hat was Interessantes entdeckt«, sagte er. »Komm und schau es dir an.«

Alienor hatte die Tür der Kräuterküche schon erreicht, als Morwenas Stimme an ihr Ohr drang: »Hast du nicht etwas vergessen?«

Das Mädchen fuhr herum und blickte die Heilerin überrascht an. »Ver … vergessen?«, stammelte es. »Was meint Ihr?«

Die Heilerin stand an einem Arbeitstisch, den zwei Leuchter in helles Licht tauchten, und bereitete in einem Mörser eine Arznei zu. Mit ernstem Gesicht blickte sie ihre Schülerin an, während ihre rechte Hand den Stößel immer wieder in das dickbauchige Gefäß trieb. »Den Tee für Elysion mein ich«, antwortete sie ruhig.

Alienor errötete. »Natürlich! Bitte entschuldigt meine Nachlässigkeit, Herrin.«

Sie holte einen eisernen Topf aus dem Schrank, eilte damit zum Spülstein und schöpfte rasch Wasser aus einem Kessel. Als sie den Topf zur Hälfte gefüllt hatte, legte sie den Deckel auf und trug ihn zum Herd, wo sie ihn so ungestüm auf die Platte über dem Schürloch stellte, dass etwas Wasser überschwappte und laut zischend auf der Herdplatte verdampfte. Alienor schenkte dem keinerlei Beachtung. Sie legte ein Holzscheit nach, hastete zum Vorratsschrank und zog die Schublade auf, in der sich die Kräutermischung für Elysions Schlaftrunk befand. Schnell maß sie zwei Löffel Kräuter aus dem Leinenbeutel ab und gab sie in einen irdenen Becher.

Morwena beobachtete die hastigen Verrichtungen des Mädchens stirnrunzelnd. »Was ist bloß heute mit dir los, Alienor?«, fragte sie besorgt.

Das Mädchen fuhr so schnell herum, als sei es bei etwas Verbotenem ertappt worden. »Was soll denn los sein?«, fragte es mit unsicherer Stimme.

»Genau das möchte ich ja von dir wissen! Du bist heute so fahrig und gar nicht du selbst.«

»Aber das stimmt doch nicht!« Alienor klang wenig überzeugend.

»Natürlich stimmt es«, sagte Morwena sanft. »Oder wann hättest du jemals vergessen, Elysions Tee zuzubereiten?«

Alienor antwortete nicht. Sie blickte beschämt zu Boden.

Morwena unterbrach ihre Arbeit, stellte den Stößel in den Mörser und gesellte sich zu ihrer Schülerin an den Herd. Mit einer Hand hob sie Alienors Kinn und sah sie mit gütigem Blick an. »Sag an, Alienor: Was lastet auf deinem Herzen? Du kannst dich mir anvertrauen, das weißt du doch?«

Das Mädchen schlug verlegen die Augen nieder, während seine Gedanken fieberhaft arbeiteten. Ich kann ihr doch nicht sagen, was Alarik vorhat?, überlegte es. Und auch nicht, dass ich mich zu Tode sorge um ihn. Morwena würde mit Sicherheit Paravain einweihen.

»Ihr irrt Euch, Herrin«, sagte Alienor schließlich und schüttelte energisch den Kopf. »Es ist nichts – wirklich nicht!«

Morwena kniff die Augen zusammen und musterte das Mädchen abwägend. »Gut«, sagte sie und nahm die Hand von

Alienors Kinn. »Du willst nicht reden, und das respektiere ich. Aber merk dir – es ist meistens nur zum Besten, wenn man seine Sorgen mit jemandem teilt.« Damit wandte sie sich ab und nahm die Arbeit wieder auf.

Während das monotone Stampfen des Stößels an Alienors Ohr drang und die Holzscheite im Herd knisterten, hob sie mit glühenden Wangen den Deckel des Topfes, in dem das Wasser nun zu sieden begann. Der aromatische Duft der Teekräuter im Becher stieg Alienor in die Nase: Schlummerwurz, Fieberbrech und Drachendistel. Doch das Mädchen nahm das nur beiläufig wahr, denn seine Gedanken weilten bei Alarik.

Zum Glück war niemandem aufgefallen, dass er abwesend war. Am Morgen hatte sie den Bruder bei Paravain entschuldigt. Er fühle sich nicht ganz wohl, hatte sie behauptet, und wolle den Tag lieber im Bett verbringen. Diese Lüge hatte ihr die Röte ins Gesicht getrieben, was der Anführer der Weißen Ritter jedoch nicht bemerkt hatte. Niemand hatte entdeckt, dass Alarik nicht in seiner Kammer weilte, und so war das Geheimnis der Geschwister bis zum Abend gewahrt worden. Was einem Wunder gleichkam, wenn man das auffällige Verhalten von Schmatzfraß bedachte.

Seit Alarik fort war, spielte der Swuupie verrückt. Wahrscheinlich war es die Sehnsucht nach seinem Herrn, die ihn unablässig herzzerreißende Laute ausstoßen ließ. Selbst die schönsten Leckereien konnten seinen Kummer nicht lindern. Immer wieder kratzte er an der Tür von Alienors Kammer, und er hatte versucht, durch das Fenster davonzufliegen. Bislang hatte Alienor das mit knapper Not verhindern können. Da ihr Zimmer abgelegen war, hatte noch niemand das Spektakel gehört, das Schmatzfraß veranstaltete. Doch es konnte nicht mehr lange unentdeckt bleiben.

Während Alienor ungeduldig auf das Kochen des Wassers wartete, um Elysions Schlaftrunk endlich aufgießen zu können, hoffte sie inständig, dass der Swuupie inzwischen müde geworden war und sich still verhielt.

Laura erkannte die Abbildung sofort, die auf dem Computermonitor flimmerte – die zwei Ritter in dem Kreis aus lateinischen Wörtern waren vollkommen identisch mit den Rittern auf dem Steinbrocken, den sie in der Bibliothek gefunden hatte. Das Fundstück lag auf dem Schreibtisch neben dem Rechner, und ein Blick darauf bestätigte ihr, dass sie sich nicht getäuscht hatte. Nur dass die Abbildung auf dem Bildschirm vollständig war und nicht bloß bruchstückhaft wie auf dem Stein.

Percy Valiant und die Freunde standen vor dem Computer in seinem Arbeitszimmer und blickten gespannt auf die Internetseite, die er aufgerufen hatte. Der Lehrer deutete auf den Monitor. »Das 'ier ist eindeutiisch das Siegel der Tempelritter! Was die lateinische Inschrift beweist: ›SIGILLUM MILITUM XRISTI‹ – ›Siegel der Soldaten Christi‹.«

Kaja spitzte die Lippen zu einer Schnute und zog die Augenbrauen hoch. »Der Tempelritter? Nie gehört!«

Auch Laura schaute Percy fragend an. »Wer waren diese Tempelritter?«

Lukas holte Luft und wollte gerade zu einer Antwort ansetzen, als er bemerkte, dass Percys Miene sich verfinsterte. Deshalb zog er es vor zu schweigen.

Mit zwei schnellen Mausklicks rief der Lehrer eine neue Internetseite auf. Die Zeichnung eines mächtigen Reiterheeres erschien auf dem Bildschirm. Auf den Schilden und Umhängen der Ritter waren große Kreuze zu sehen, deren Balken zu den Enden hin breiter wurden. Die Heerbanner, die über ihren Köpfen wehten, trugen ebenfalls das Zeichen dieses Kreuzes. Percy deutete auf den Monitor.

»Bei den Tempelrittern 'andelte es siisch um eine Schar frommer und edler Recken, die zur Zeit der Kreuzzüge einen 'eiligen Bund schlossen. Sie zogen ins 'eilige Land, erriischteten viele Festungen und kämpften gegen die 'eiden. Vor allem aber 'atten sie siisch einer besonderen Aufgabe verschworen: Sie wachten über den 'eiligen Gral!«

»Den Heiligen Gral?« Kaja blickte den Lehrer verwundert an. Offensichtlich hatte sie noch nie etwas von diesem Gral gehört.

»Ja«, bestätigte Percy. »Ein überaus wertvoller Kelsch, der nach alter Überlieferung den Quell des Ewigen Lebens ent'alten soll. Viele Männer 'aben nach ihm gesucht, aber bis 'eute fehlt von ihm jegliische Spur.«

Laura runzelte die Stirn. »Den Quell des Ewigen Lebens, sagst du?«

Percy nickte.

»Dann muss dieser Gral ja so was Ähnliches wie der Kelch der Erleuchtung gewesen sein?«

»Du sagst es, Laura. Namen sind Schall und Rauch, und der wa're Ge'alt der Dinge liegt meist unter der Oberfläsche verborgen.«

Lukas griff sich den Steinbrocken vom Schreibtisch und starrte grübelnd auf das Siegelfragment. Dann wandte er sich an Percy. »Was ich nicht ganz verstehe – wenn diese Tempelritter im Heiligen Land ansässig waren, wie kommt ihr Siegel dann hierher auf Burg Ravenstein?«

»Die Erklärung dafür iist ziemliisch einfach: Reimar von Ravenstein 'atte siisch damals für einige Zeit den Tempelrittern angeschlossen.«

»Weil er den Heiligen Gral bewachen wollte?«

»Nein, mitniischten!« Percy schüttelte den Kopf. »Weil er den Gral ste'len wollte.«

»Echt?«, wunderte sich Lukas. »Und? Ist es ihm gelungen?«

Percy antwortete nicht sofort. Er griff wieder zur Maus, und nach ein paar weiteren Klicks baute sich die Abbildung eines prächtigen Kelches auf dem Monitor auf. Obwohl es sich lediglich um eine Schwarz-Weiß-Darstellung handelte, konnte man erkennen, dass das Gefäß sehr wertvoll sein musste. Es war offensichtlich aus Gold gefertigt und über und über mit Edelsteinen besetzt.

Laura beugte sich vor. Ein seltsamer Glanz trat in ihre Augen, während sie voller Faszination auf den Kelch blickte. »Ist das der Heilige Gral?«, fragte sie leise. Ihre Stimme hatte einen beinahe andächtigen Klang.

Percy wandte sich vom Monitor ab und schaute das Mädchen an. »Nun – zumindest 'at Reimar das geglaubt. Er 'at ihn geraubt und 'ier'er gebracht. In Wahr'eit aber 'andelte es siisch lediglich um eine täuschend eschte Kopie, und als der Grausame Ritter von dem Elixier trank, das siisch darin befand, ereilte i'n eine furschtbare Strafe für seinen Frevel: Er begann bei lebendiischem Leibe zu verfaulen.«

Kaja schlug entsetzt die Hand vor den Mund. Auch Lukas blickte den Lehrer mit unverhohlenem Schrecken an.

Laura aber griff zur Maus und klickte das Druck-Menu des Computers an. Als der Drucker zu summen begann, wandte sie sich wieder an Percy. »Woher weißt du das eigentlich alles?«

Ein Lächeln erschien auf dem Gesicht des Lehrers. »Von eurem Vater natürliisch. I'r wisst doch, dass er sich seit längerer Zeit mit der Geschiischte von Burg Ravenstein beschäftiischt und entspreschende Nachforschungen betrieben 'at. Und da wir uns das Arbeitszimmer 'ier geteilt 'aben, 'at er mir 'äufiisch über den Stand seiner Forschungen berischtet.«

Natürlich!, dachte Laura. Hätte ich ja auch von alleine drauf kommen können!

»Und dann?«, fragte sie weiter. »Was geschah dann? Konnte Reimar gerettet werden?«

Percy schüttelte den Kopf. »Nein, mitniischten. Den siischeren Tod vor Augen, machte er seinem grausamen Ruf ein weiteres Mal alle E're und entwickelte einen perfiden Plan: Er beschloss, niischt nur den falschen Kelsch mit dem todbringenden Elixier, sondern auch die vier besten seiner Ritter, die i'n zur letzten Ru'e betten würden, mit in den Tod zu ne'men!«

Während Kaja und Lukas erneut entsetzte Blicke wechselten, spukte der Drucker die Abbildung der Kelchkopie aus.

Laura griff sich den Print, faltete ihn zusammen und steckte ihn ein. Dann wandte sie sich wieder an Percy Valiant. »Wie hat der Grausame Ritter das denn angestellt?«

Percy zuckte mit den Schultern. »Das entzie't siisch leider meiner Kenntnis. Fest ste't nur, dass die vier Männer auf Nimmerwiederse'en in der Gruft verschwunden sind. Und seit'er –«

»– spuken ihre Geister dort herum!«, unterbrach ihn Kaja.

Der Lehrer lächelte. »Vielleischt. Jedenfalls be'auptet man das. Aber misch dünkt, es 'andelt siisch lediglIisch um ein Märschen.«

»Das ist nicht wahr, Percy!«, protestierte Kaja. »Wir haben ihr Heulen nämlich selbst gehört. Stimmt 's?« Sie blickte Lukas fragend an, und der nickte. Dann wandte sie sich an die Freundin. »Oder, Laura?«

Laura beantwortete Kajas Frage ebenfalls mit einem Nicken. »Das stimmt wirklich, Percy!«

Doch der war immer noch nicht zu überzeugen. »Iisch möschte keinesfalls in Zweifel zie'en, dass ihr ein 'eulen ge'ört 'abt. Aber mit Siischer'eit stammte es niischt von Geistern!«

»Wieso denn nicht?«, widersprach Laura. »Woher willst du das denn wissen?«

»Euer Vater 'at der Gruft me'rere Male einen Besuch abgestattet. Aber von Geistern 'at er mir nie etwas beriischtet. Und ihr könnt mir glauben, das 'ätte er getan – falls es dort wirkliisch welsche geben würde!«

Damit hielt er Lukas auffordernd eine Hand entgegen. »Wenn du die große Freundliischkeit 'aben würdest, mir den Stein zu reischen?«

Lukas gab ihm den Steinbrocken aus der Bibliothek. Percy wog ihn kurz in der Hand, um das Gewicht abzuschätzen. Dann hob er den Stein vor das rechte Auge, kniff es leicht zusammen und musterte ihn eingehend. Anschließend tastete er die Oberfläche sorgfältig mit den Fingerspitzen ab, hielt ihn unter die Nase und schnupperte daran. Als Percy die Prüfung beendet hatte, wandte er sich mit einem bedächtigen Nicken an die Kinder. »Das ist eindeutiisch maltesischer Mamor, daran beste'en für miisch niischt die geringsten Zweifel. Der Brocken 'ier muss aus der Grabkammer in der Alten Gruft stammen, denn nirgendwo sonst auf der Burg wurde solsches Gestein verbaut!«

»Echt?«, fragte Lukas überrascht. »Und was –«

Weiter kam er nicht. Im selben Moment wurde die Tür aufgerissen, und Miss Mary eilte in das Arbeitszimmer. Sie wirkte gehetzt, und ihre Miene war angespannt. Als sie Percy erblickte, legte sich ein Ausdruck der Erleichterung auf ihr Gesicht. »Ach, hier bist du«, seufzte sie. »Ich hab dich überall gesucht.«

Percy schaute sie besorgt an. Schon auf den ersten Blick hatte er gesehen, dass etwas passiert sein musste. Er ging ihr entgegen. »Was 'ast du auf dem 'erzen, 'olde Mary?«

Der ängstliche Ausdruck erschien wieder auf dem Gesicht der Lehrerin, und sie schaute Percy hilfesuchend an. »Komm bitte schnell mit! Der Professor – ich mache mir ernste Sorgen um ihn.«

Laura fuhr zusammen. Während Percy seinen Mantel vom Haken nahm und ihn sich überwarf, trat sie vor Miss Mary hin. »Was ist mit dem Professor?«, fragte sie mit brüchiger Stimme.

»Er hat hohes Fieber und ist kaum noch ansprechbar«, antwortete die Lehrerin. »Und wenn er doch einmal antwortet, redet er nur wirres Zeug. Seine Worte geben keinen Sinn.« Sie wandte sich von Laura ab und schaute Percy eindringlich an. »Kommst du endlich?«

»Iisch eile!«, antwortete dieser und wandte sich an die Freunde. »Iisch bitte um Vergebung, dass iisch eusch keine Gesellschaft me'r leisten kann. Aber iisch fürschte, im Augenblick gibt es für miisch Wischtigeres zu tun!«

Damit folgte er Miss Mary, die bereits wieder zur Tür hinaus war. Laura überlegte kurz, ob sie sich Percy anschließen sollte, doch der bedeutete ihr mit einem schnellen Kopfschütteln, lieber darauf zu verzichten.

Nachdem der Lehrer die Tür hinter sich geschlossen hatte, schauten sich die drei Freunde ratlos an.

»Und jetzt?«, fragte Lukas. »Was machen wir jetzt?«

Kaja warf einen Blick auf ihre Armbanduhr. »Nichts!«, sagte sie. »Es ist schon halb zehn; in einer halben Stunde beginnt die Nachtruhe. Das Einzige, was wir jetzt noch tun können, ist, auf unsere Zimmer zu gehen. Oder was meinst du, Laura?«

Laura antwortete nicht. Sie stand vor dem Computer und blickte nachdenklich auf den falschen Gral, der immer noch auf dem Monitor flimmerte. Nach einer Weile drehte sie sich um, fasste sich mit der rechten Hand ans Kinn und starrte grübelnd vor sich hin.

»Wenn der Stein mit dem Siegel wirklich aus der Grabkammer stammt ...?«, begann sie bedächtig.

»Ja?«, fragte Lukas schnell und sah seine Schwester erwartungsvoll an. Er spürte, dass sie einer ganz bestimmten Vermutung nachhing.

»... dann ist dort vielleicht ja auch der Kelch versteckt?«

Lukas verzog skeptisch das Gesicht. Die Falte kerbte sich wieder in seine Stirn. »Bist du sicher?«

Laura schüttelte den Kopf. »Sicher nicht. Aber überleg doch mal: Auf meiner Traumreise habe ich beobachtet, wie Papa am Abend der letzten Wintersonnenwende aus der Richtung der Alten Gruft gelaufen kam. Und da die Schwarzen Ritter ihn verfolgt haben, vermute ich mal, dass er dort etwas gesehen hat, was er lieber nicht hätte sehen sollen, oder?«

»Ja, klar«, rief Kaja, die Lauras Ausführungen bislang schweigend verfolgt hatte. »Klingt einleuchtend.«

»Und bevor sie ihn dann überwältigen konnten, hat er noch etwas in der Bibliothek versteckt – und ich bin fest davon überzeugt, dass es sich dabei um den Steinbrocken gehandelt hat.«

»Bestimmt!«, pflichtete Kaja ihr bei. »Was denn sonst?«

»Möglicherweise war es ja auch das Fläschchen mit dem Nebel?«, gab Lukas zu bedenken. »Der Stein kann doch schon ewig hinter der Leiste gelegen haben.«

Überrascht schaute Laura ihren Bruder an. Ja, das ist durchaus möglich, kam es ihr in den Sinn. Aber es ist ebenso möglich, dass ich Recht habe. Also –

»Warum schauen wir nicht einfach in der Gruft nach?«, schlug sie den beiden vor und schaute sie erwartungsvoll an.

Lukas verzog ablehnend das Gesicht. »Du hast doch gehört, was Kaja gesagt hat. Es ist bald zehn, und vor Mitternacht wären wir mit Sicherheit nicht zurück. Das wäre ein schwerer Verstoß gegen die Hausordnung!«

Vorwurfsvoll sah Laura ihn an, zu allem entschlossen. »Na, und? Ist dir die Hausordnung wichtiger als Papa? Oder meine Aufgabe?«

Lukas schwieg. Er wusste, dass es sinnlos war, weiter mit

seiner Schwester zu diskutieren. Sie würde sich ohnehin nicht von ihrem Vorhaben abbringen lassen.

Von keinem Argument der Welt.

Kaja schaute die Freundin unsicher an. »Ich versteh nicht ganz«, sagte sie. »Meinst du wirklich, dass wir zur Gruft gehen sollen?«

»Ja, klar.«

Kaja erbleichte. Ihre Augen weiteten sich, und ihre Sommersprossen schienen zu verblassen. »Jetzt? Um diese Zeit? Mitten in der Nacht?«

Laura nickte. »Wann denn sonst?«

»Oh, nö!«, stöhnte Kaja. »Niemals, Laura – höchstens über meine Leiche!«

Kapitel 20 Der heulende Lemur

Der Mond kam hinter den Wolken hervor und tauchte den Henkerswald in fahles Licht. Obwohl die drei Freunde erst vor wenigen Tagen in dem kleinen Waldstück gewesen waren, wirkte es auf Laura im Dunkel der Nacht noch bedrohlicher. Der Wald schien auf eine geheimnisvolle Art lebendig geworden zu sein. Wie ein Heer von riesigen Urzeitmonstern ragten die alten Bäume zum Himmel empor und streckten ihnen ihre unzähligen Äste in stummer Abwehr entgegen. Die kahlen Büsche und Sträucher zwischen den mächtigen Stämmen glichen einer gespensterhaften Bodentruppe aus finsteren Orks und fiesen Trollen, die ein Eindringen in die Reihen der Monster unmöglich machen sollte. Bizarre Schemen und Schattengespinste geisterten über den laubbedeckten Waldboden, und überall waren Geräusche zu hören. Es raschelte und raunte, es knarrte und knurrte, knackte und knisterte im Unterholz – und doch war nicht zu erkennen, woher die Laute kamen.

Die Freunde hielten sich dicht beieinander, während sie sich der Gruft näherten. Zum Glück hatte Laura an Taschenlampen gedacht. Drei kräftige Strahlenfinger erleuchteten den schmalen Fußweg, der sich durch den Urwald schlängelte. Ab und an richtete einer der Freunde die Lampe zur Seite, und der helle Lichtkegel huschte über Bäume und Sträucher. Moosflecken an den Stämmen und lange Flechten, die von den Ästen hingen, leuchteten gespenstisch bleich auf, und hin und wieder wurde der Lichtstrahl von einem glänzenden Augenpaar reflektiert – ein Tier auf nächtlicher Beutejagd. Ein Fuchs vielleicht oder ein Dachs. Aber vielleicht waren auch andere Wesen im Wald unterwegs?

Kaja wandte sich an die Freundin: »Bist du auch sicher, dass die Krähen nachts schlafen?«

Laura schüttelte den Kopf. »Sicher nicht.«

Kaja blieb stehen und schaute Laura ängstlich an. »Nein?! Aber … aber dann werden sie doch sofort wieder Albin Ellerking alarmieren?«

Erneut schüttelte Laura den Kopf. »Nein, werden sie nicht«, sagte sie bestimmt.

»Wie … wie willst du das denn verhindern?«

»Ich nicht«, antwortete Laura, und ein kleines Lächeln trat in ihr Gesicht. »Aber unser Freund hier!«

Damit griff sie in die Tasche ihrer Winterjacke – der rote Stepp-Anorak, den sie Magda geliehen hatte, war bei dem Unglückssturz zerrissen und nicht mehr zu gebrauchen – und holte das Fläschchen mit dem Nebel hervor.

Erwartungsvoll starrten die Freunde auf das dunkelgrüne Glasgefäß.

»Macht die Lampen aus«, bat Laura. Kaja und Lukas löschten die Taschenlampen und ließen sie in ihre Jackentaschen gleiten. Nachdem Laura ihrem Beispiel gefolgt war, zog sie den Korken aus dem Flaschenhals. Zunächst tat sich überhaupt nichts.

Laura runzelte die Stirn. »Vielleicht … schläft er?«, überlegte sie und klopfte mit ihrem Zeigefinger sachte gegen das Glas. Nur wenige Augenblicke später quoll weißer Rauch aus der Flasche, wurde dichter und dichter. Rauenhauch wuchs zu einer übermannsgroßen Nebelwolke und ließ ein herzhaftes Gähnen hören. Dann meldete er sich mit seiner heiseren Flüsterstimme zu Wort.

»Womit Euch dienen ich kann, Herrin – dienen ich kann?«

»Gib uns Schutz, Rauenhauch«, befahl Laura dem Flüsternden Nebel, »und hülle uns ein, damit wir nicht gesehen werden.«

»Euer Wunsch Befehl mir ist, Herrin – Befehl mir ist!«

Ein leises Zischen war zu hören, und dann ein Wehen, das wie der sanfte Hauch des Windes klang. Es kam Bewegung in die Nebelwolke. Sie begann sich zu verformen und auszudehnen und glitt langsam auf die Freunde zu. Sie schlängelte sich um die drei herum, bis sie vollständig von weißem Dunst eingehüllt waren.

»Es Euch recht so ist, Herrin – recht so ist?«, erkundigte sich Rauenhauch, nachdem er Lauras Befehl nachgekommen war.

»Alles super!«, tönte es aus dem Nebel. »Nichts wie los!«

Bald tauchten die schattenhaften Umrisse der Alten Gruft zwischen den mächtigen Bäumen auf. In ihren Wipfeln konnte Laura das Heer der Misteln entdecken, deren Gestalt die unheimlichen Krähen, die den Eingang zur Gruft bewachten, angenommen hatten, um über ihre Anwesenheit hinwegzutäuschen.

Kaum wurde die Nebelwolke zwischen den Bäumen sichtbar, als die Verwandlung auch schon einsetzte, und nur Augenblicke später waren aus den Misteln riesige Krähen geworden. Die Vögel schienen allerdings schläfrig zu sein. Träge dösten sie auf den Ästen vor sich hin. Ihr Gefieder schimmerte bläulich schwarz im fahlen Licht des Mondes.

Plötzlich wurden einige der Totenvögel von einer seltsamen Unruhe erfasst, und ihre Knopfaugen leuchteten auf wie kleine Lichtpunkte. Unruhig wippten die Krähen auf und ab und traten von einer Kralle auf die andere. Sie spreizten die Flügel, reckten die Hälse und starrten in die Tiefe, wo der Nebelhaufen auf die Gruft zu waberte. Einige von ihnen öffneten die Schnäbel, aber noch gab keine einen Laut von sich.

Im Schlafzimmer des Professors war es still. Aurelius Morgenstern lag in seinem Bett und war in einen fiebrigen Schlaf gesunken. Schweiß stand auf seiner Stirn, unruhig warf er den Kopf auf dem Kissen hin und her. Immer wieder bewegte er die Lippen und murmelte kaum verständliche Worte: »Laura … aufpassen … Laura …«

»Was will er uns wo'l damit sagen?« Percy sah Miss Mary, die auf einem Hocker vor dem Bett saß, fragend an. »Vielleischt … möschte er uns damit etwas andeuten?«

»Vielleicht«, antwortete Mary beklommen. »Aber vielleicht macht Aurelius sich einfach auch nur Sorgen um Laura. Es steht eine Menge auf dem Spiel, und es wäre nur zu verständlich, wenn das Wissen um ihre schwere Aufgabe ihn selbst noch im Fieber quälen würde.«

Percy kniff die Augen zusammen, seine Stirn legte sich in nachdenkliche Falten, während er die besorgte Lehrerin musterte. Ihr kastanienbraunes Haar schimmerte matt im Schein der Kerze, die auf dem Nachttisch brannte. Ein würziger Kräutergeruch stieg aus dem irdenen Becher auf, der neben dem Leuchter vor sich hin dampfte.

Da fuhr Aurelius Morgenstern plötzlich in seinem Bett hoch. Er riss die Augen weit auf und starrte mit wirrem Blick in eine unbestimmte Ferne. »Die Hunde!«, stieß er atemlos hervor. »Die Hunde der Nacht! Sie werden sie tö–«

Er brach ab und rang röchelnd nach Luft. Sein Gesicht war angstverzerrt. Percy und Mary sahen sich erschrocken an, aber da kamen auch schon weitere Worte über die Lippen des Professors: »Der … der schwarze Wolf!«, stammelte er. »Nur der Wolf …« Doch mitten im Satz verließ ihn der letzte Rest an Kraft, der noch in ihm war. Er sank auf das Kissen zurück, und seine Augen fielen zu.

Mary beugte sich besorgt über ihn. »Herr Professor. Herr Professor!«

Aurelius Morgenstern antwortete nicht. Sein Atem aber ging jetzt viel ruhiger als zuvor, und sein Brustkorb hob und senkte sich regelmäßig.

Mary Morgain drehte sich zu Percy um und deutete auf den Becher auf dem Nachttisch. »Sieht ganz so aus, als ob der Schlaftee endlich wirken würde. Ich kann jetzt nur hoffen, dass er auch sein Fieber lindert und ihm eine ruhige Nacht schenkt.«

»'offentliisch.« Nachdenklich blickte Percy auf den Professor, der in einen tiefen Schlaf gefallen zu sein schien. Dann schaute er Mary an. »Was bleibt uns sonst noch zu tun?«

Miss Mary schüttelte sachte den Kopf. »Im Moment weiter nichts. Ich werde während der Nacht bei ihm wachen, und du, du solltest dich in dein Bett begeben. Das ist das Vernünftigste, was du tun kannst.«

»Bist du siischer, dass iisch sonst niischts auszuriischten vermag?«

Wieder schüttelte die Lehrerin den Kopf.

»Gut«, sagte Percy. »Aber für den Fall, dass siisch etwas Unvor'ergese'enes ereignen sollte, musst du mir auf der Stelle Bescheid geben! Verschprochen?«

Mary Morgain lächelte sanft. »Versprochen, Percy. Und jetzt gute Nacht.«

Nach einem letzten Blick auf den Kranken ging Percy Valiant zur Tür. Dort hielt er inne und wandte sich noch einmal an die Lehrerin. »Vielleischt sollte iisch noch mal nach Laura se'en?«

»Nach Laura sehen?«, wiederholte Mary Morgain überrascht. »Wieso das denn?«

Percy zuckte mit den Schultern. »Iisch weiß niischt. Nur so ein Gefü'l.«

Miss Mary blickte auf die Uhr. »Es ist schon bald elf. Laura und Kaja liegen längst im Bett und schlafen.«

»Wahrscheinliisch 'ast du Rescht. Aber trotzdem …«

»Was denkst du denn, was sie machen?«

»Keine A'nung, aber irgendwie 'atte iisch das Gefü'l, dass sie vielleischt zur Alten Gruft –«

»Zur Alten Gruft?«, fiel Mary Morgain ihm überrascht ins Wort. Dann schüttelte sie den Kopf. »Kann ich mir nicht vorstellen, Percy, beim besten Willen nicht. Erstens wissen sie, dass das verboten ist – und Laura wird nicht so dumm sein, einen Schulverweis zu riskieren. Denn dann ist alles aus, und sie hat keine Chance mehr, ihre Aufgabe zu erfüllen. Und zweitens: Selbst wenn sie in die Gruft einsteigen sollte, dann bestimmt nicht mitten in der Nacht. Dazu hat sie viel zu viel Angst und ihre Freundin erst recht!«

»Stimmt.« Percy nickte. »Sie 'aben mir selbst erzä'lt, dass sie das 'eulen der Gruftgeister ge'ört haben wollen.«

Mary lächelte. »Siehst du?«

Percy erwiderte ihr Lächeln. »Sie't ganz so aus, als würde iisch mir o'ne Grund Sorgen machen.«

»Mit Sicherheit, Percy. Laura und ihre Freunde sind bestimmt nicht so unvernünftig, mitten in der Nacht in die Gruft einzudringen. Sie wissen doch, dass das viel zu gefährlich ist!«

Endlich war die Nebelwolke mit den drei Freunden am Eingang der Gruft angekommen. Einer nach dem anderen trat aus dem Dunst in den dunklen Gang, der ins Innere der Grabstätte führte.

Während Kaja und Lukas ihre Taschenlampen aufflammen ließen, zog Laura die kleine Flasche aus der Jacke und wandte sich an den Nebel. »Vielen Dank, Rauenhauch. Du darfst dich jetzt wieder ausruhen.«

»Sehr großmütig es von Euch ist, Herrin – es von Euch ist!«, antwortete der Flüsternde Nebel und gähnte, bevor er sich mit einem leisen Zischen zurückzog. Er war noch nicht ganz in der Flasche verschwunden, als er auch schon zu schnarchen begann. Laura stöpselte sie zu und ließ sie in die Jackentasche gleiten. Dann folgte sie Kaja und Lukas.

Die beiden leuchteten mit ihren Lampen in den engen Gang hinein, der sich in der Tiefe der Gruft verlor. Er schien lang zu sein. Jedenfalls war kein Ende zu erkennen. Die Lichtkegel geisterten über Wände aus grob behauenem Stein und über steinerne Bodenplatten, die vom Schmutz der Jahrhunderte bedeckt waren. Von der niedrigen Decke hingen Staubfäden und Spinnennetze, in denen die Hüllen toter Insekten vor sich hin moderten.

Kaja verzog angewidert das Gesicht. »Ihhh!«

Auch Laura fühlte sich nicht wohl in ihrer Haut. Aber es waren nicht die verwesten Käfer und Fliegen, die sie zögern ließen, sondern der Geruch, der ihr aus der Tiefe der Gruft entgegenschlug.

Es roch nach Tod und Verderben.

Laura schluckte beklommen. Dann aber nahm sie all ihren Mut zusammen, holte die Taschenlampe aus der Jacke und knipste sie an. »Los, kommt!«, sagte sie und setzte sich langsam in Bewegung. Nach kurzem Zögern folgten ihr Lukas und Kaja dicht auf den Fersen.

Die drei Freunde hatten noch keine zehn Meter hinter sich gebracht, als ein schauriges Heulen anhob. Es schien direkt aus dem Gang vor ihnen zu kommen, und selbst Laura, die sonst nur wenig schreckhaft war, zuckte zusammen.

Kaja aber wurde von einem unfassbaren Grauen gepackt. Sie schrie laut auf, und ihre Taschenlampe fiel klirrend zu Boden. Das Mädchen schlotterte am ganzen Körper und klammerte sich wie eine Ertrinkende an Laura.

»Diediedie Geister!«, stotterte Kaja in panischer Angst. »Schnell, lasst uns abhauen, bevor sie uns schnappen!«

Laura legte einen Arm um die Freundin. »Beruhige dich, Kaja. Du hast doch auch gehört, was Percy gesagt hat: Es gibt hier keine Geister.«

»Ja, schon. Aber ich hab auch gehört, was ich gerade gehört habe!«, sagte sie mit zittriger Stimme, bevor sie erneut laut aufschrie: »Da! Hörst du!«

Schon wieder ertönte dieses schauerliche Geheul, dieses Mal noch lauter als zuvor. Dazu schlug ihnen plötzlich ein kühler Lufthauch ins Gesicht. Es fühlte sich an, als würde eine kalte Geisterhand über ihre Wangen streichen und nach ihnen greifen.

»Neein!« Kaja klammerte sich noch fester an Laura.

Lukas gab nicht einen Laut von sich. Ganz ruhig stand der Junge neben den beiden Mädchen, ließ den Strahl seiner Taschenlampe langsam durch die Dunkelheit wandern und starrte angestrengt geradeaus. Mit einem Male verzog er den Mund zu einem schmalen Lächeln.

»Nicht schlecht!«, sagte er.

Laura schaute ihn verwundert an. »Was?«

Der Junge leuchtete in den Gang. Etwa fünf Meter vor ihnen öffnete sich eine Nische in der Wand, und darin wurde im Schein der Lampe ein steinerner Monsterkopf sichtbar, eine grässliche, Furcht erregende Fratze.

»Was ist das?«, fragte Laura ängstlich.

»Ein Lemur, nehme ich an. So haben die alten Römer die bösen Geister der Verstorbenen genannt. Sie haben sie in Stein gemeißelt, um sie zu bannen und auch andere böse Wesen damit abzuschrecken.«

Mit weit aufgerissenem Maul starrte der steinerne Lemur

die Kinder an, und schon im nächsten Augenblick heulte er laut auf, sodass Kaja erneut aufschrie.

Laura versuchte sie zu beruhigen und wandte sich dann wieder an den Bruder. »Wie … wie funktioniert das?«

Lukas bedeutete ihr, ihm zu folgen, und ging auf den Geisterkopf zu. Laura kam kaum hinterher, weil sie die sich sträubende Kaja mit sich ziehen musste.

Vor der Gespensterfratze blieb Lukas stehen und zeigte auf den geöffneten Mund, dessen wulstige Lippen ein fast kreisrundes Loch bildeten.

»Ihr müsst euch das so ähnlich vorstellen wie bei einer Orgel oder beim Flaschenblasen«, erklärte er. »Dieses Fratzenmaul hier stellt wahrscheinlich die untere Öffnung eines Rohres dar, das aus dem Inneren des Kopfes nach oben ins Freie führt.«

»Daher also der kalte Hauch, den wir gespürt haben?«

»Exaktenau, Laura.«

»Aber – woher kommt dieses schreckliche Heulen?«

»Ganz einfach. Jeder Windhauch, der durch das Rohr streicht, erzeugt periodische Schwingungen mit unterschiedlichen Frequenzen. Auf diese Weise entsteht dieses schauerliche Geräusch, dessen Lautstärke jeweils proportional zum Quadrat der Schallamplitude ist.«

»Ah, ja?«, sagte Laura gedehnt und schaute Lukas verständnislos an.

Ein überhebliches Lächeln erschien auf dessen Gesicht. Es war ihm klar, dass weder Laura noch Kaja seine Ausführungen verstanden. Aber manche Dinge waren nun einmal kompliziert und nicht so einfach zu erklären.

»Damit sollen wohl ungebetene Besucher abgeschreckt werden, nehme ich an?«, fuhr Laura fort.

»Das ist doch logosibel, oder? Dieses Prinzip, durch Wind und Luft Schauergeräusche zu erzeugen, um ängstliche Naturen abzuschrecken, wird schon seit Urzeiten angewandt. Und wie man sieht, funktioniert es immer noch bestens!« Damit wandte sich Lukas Kaja zu und grinste breit.

Der Rotschopf schnappte nach Luft. »Was?«, empörte sich das Mädchen. »Wie kommst du denn darauf?«

Lukas sagte nichts, aber sein Grinsen wurde noch breiter.

Kaja war jetzt richtig sauer. »Mir … mir war doch sofort klar, dass das keine Geister sein können! Stimmt's, Laura?«

»Natürlich.« Laura lächelte milde. »Und jetzt lasst uns endlich weitergehen.«

Beim Schein der Taschenlampen folgten sie dem abschüssigen Gang in die Tiefe. Er war verwinkelt und wurde immer enger, je weiter sie vordrangen. Der faulige Geruch nahm ihnen jetzt beinahe den Atem. Die Wände glänzten vor Nässe, es tropfte unentwegt von der Decke, und auf dem Boden hatten sich vereinzelte Pfützen gebildet. Sie mussten aufpassen, dass sie sich keine nassen Füße holten.

Wenig später war der Ausflug plötzlich zu Ende.

Albin Ellerking war wütend. Äußerst wütend sogar. Er kickte einen Stein vom Kiesweg, verkroch sich missmutig tiefer in seinen dicken Filzmantel und setzte den Kontrollgang durch den Park von Ravenstein schlurfend fort.

Groll saß auf seiner Schulter und spähte wie sein Herrchen nach allen Seiten. Doch alles war ruhig, und niemand war zu entdecken.

Kein Wunder!, ärgerte sich der Gärtner im Stillen. Wer war denn auch so unvernünftig und trieb sich in einer so ungemütlichen Nacht im Freien herum? Niemand – außer ihm natürlich. Dabei lag er doch sonst um diese Zeit längst in seinem warmen Bett. Dass er sich nun aber die Nacht um die Ohren schlagen musste, daran war nur diese Schlange schuld.

Rebekka Taxus.

Nach dem Abendessen hatte sie ihn beiseite genommen und

ihn eindringlich gemahnt, von nun an doppelt wachsam zu sein. Nichts dürfe mehr schiefgehen, und niemand dürfe ihre Pläne mehr stören. Deshalb hatte sie ihm auch aufgetragen, von nun nach Anbruch der Schlafenszeit regelmäßig eine Runde um die Burg und durch den Park zu drehen, um nach dem Rechten zu sehen und auf jede verdächtige Regung zu achten.

»Niemand darf unbemerkt in die Gruft gelangen, hörsst du!«, hatte sie ihn angezischt und ihn mit ihrem kalten Natternblick fixiert. »Und wenn dass trotzsdem gesschehen ssollte, dann möchte ich nicht in deiner Haut sstecken. Dann werde ich nämlich bösse werden – und Borboron auch. Ssehr, ssehr bösse!«

Albin Ellerking hatte schon zu einer Antwort ansetzen wollen, es dann aber doch lieber bleiben lassen. Zum einen, weil es sinnlos gewesen wäre, und zum anderen, weil er wusste, dass die Taxus sich unnötig sorgte.

Bisher war es noch niemandem gelungen, unbemerkt in die Gruft zu gelangen. Die Krähen hatten noch jeden unbefugten Eindringling erspäht und Alarm geschlagen. Kein Mensch konnte ihren Spähaugen entgehen. Nicht am Tag und auch nicht in der Nacht. Außerdem würde es ohnehin keiner der Schüler wagen, sich zu nächtlicher Stunde zur Gruft zu begeben. Dazu hatten sie viel zu viel Angst. Besonders seit sich das bedauerliche Schicksal von Alain Schmitt herumgesprochen hatte.

Albin Ellerking musste grinsen. Die Sache mit Alain Schmitt war seine Idee gewesen. Eine brillante Idee, wie er fand, aber die Schlange von Taxus hatte sich nicht einmal dafür bedankt. Und Quintus Schwartz natürlich auch nicht. So war das eben! Er musste die Drecksarbeit übernehmen und erntete dafür nicht die geringste Anerkennung.

Der Gärtner seufzte. Der Anblick des ehemaligen Stallgebäudes, in dem seine winzige Wohnung gelegen war, besänftigte sein aufgewühltes Gemüt und versöhnte ihn etwas mit dem fortwährenden Unrecht, das das Schicksal für ihn bereithielt. Endlich neigte sich der Kontrollgang dem Ende zu. Nur noch wenige Minuten, und er würde in seinem weichen Bett liegen und in den ersehnten Schlummer fallen.

Ellerking steuerte schon auf die Eingangstür zu, als Groll plötzlich laut fauchte. Und dann noch einmal. Überrascht blieb der Gärtner stehen, drehte sich um – und da erblickte er die Krähen. Weit in der Ferne kreisten sie am Nachthimmel über dem Henkerswald. Direkt über der Alten Gruft. Keine gab einen Laut von sich, aber Albin Ellerking war dennoch schlagartig klar, dass es einen Grund für dieses ungewöhnliche Verhalten geben musste.

Irgendetwas stimmte hier nicht – aber was?

Albin Ellerking fiel keine einleuchtende Erklärung ein, und so beschloss er, einfach nach dem Rechten zu sehen. Sicher ist sicher, dachte er. Mit Rebekka Taxus war schließlich nicht zu scherzen.

Und mit Borboron erst recht nicht.

Die Freunde standen ratlos vor einer Mauer, die das weitere Vordringen unmöglich machte.

»Eigenartig«, stellte Laura nachdenklich fest.

»Du sagst es«, pflichtete Kaja ihr bei. »Ich verstehe auch nicht, warum sie den Gang einfach zugemauert haben.«

Laura schüttelte den Kopf. »Ich meine nicht die Mauer.«

»Nein? Was meinst du denn?«

»Hat Magda neulich nicht erzählt, dass dieser Junge – er hieß Alain Schmitt, wenn ich mich recht entsinne – von einer einstürzenden Wand erschlagen wurde?«

»Ja, und?«

»Das fragst du noch? Hast du etwa eine eingestürzte Wand gesehen?«

»Nein«, antwortete Kaja arglos, aber dann fiel endlich auch bei ihr der Groschen. »Aber – das würde ja bedeuten …«

»Genau! Irgendjemand hat die Geschichte frei erfunden. Fragt sich nur, warum?«

Niemand antwortete, schließlich gab es dringendere Probleme zu lösen. Ratlos blickten die Freunde auf das Hindernis.

»Und jetzt?«, fragte Kaja und blickte Lukas erwartungsvoll an.

Doch der Junge schwieg.

»Du hast doch sonst immer für alles eine Lösung!«, spöttelte Kaja. »Aber wenn 's dann wirklich mal drauf ankommt, weißt du auch nicht weiter.«

Lukas wollte schon zurückgiften, aber da ging Laura dazwischen.

»Hey!«, fuhr sie die Freunde scharf an. »Lasst den Quatsch, ja?«

Die beiden schwiegen, und Laura wandte sich wieder der Mauer zu. Sie leuchtete sie mit der Taschenlampe von oben bis unten ab. Sie klopfte dagegen und fuhr mit den Fingerspitzen über die Oberfläche der Steine. Dann holte sie das Bruchstück, das sie in der Bibliothek gefunden hatte, aus der Tasche und hielt es zum Vergleich an die Wand. Es hatte die gleiche Farbe und die gleiche Maserung wie die Steine in der Mauer, und Laura machte ein zufriedenes Gesicht.

»Wenn ich mich nicht sehr täusche, dann besteht die Wand hier ebenfalls aus maltesischem Marmor. Und nach allem, was Percy uns erzählt hat, muss die Grabkammer direkt dahinter liegen.«

»Klingt logosibel«, antwortete Lukas. »Fragt sich nur, wie wir da reinkommen.«

Anstelle einer Antwort ließ Laura erneut den Lichtkegel der Lampe über die Mauer kriechen und leuchtete sorgfältig jedes Fleckchen ab. Doch es war nichts Auffälliges zu erkennen. Ein Stein glich dem anderen. Reihe für Reihe waren die

Quader aufeinander geschichtet und bildeten ein unbezwingbares Hindernis.

Plötzlich entdeckte Laura ein kleines Relief, das in einen der Steinquader gemeißelt war. Es befand sich in Kniehöhe am äußersten rechten Rand der Wand. Sie ging davor in die Hocke und nahm es näher in Augenschein. Lukas und Kaja stellten sich hinter sie, beugten sich über ihre Schulter und richteten ihre Lampen ebenfalls auf das Relief. Nun konnte Laura erkennen, dass es sich lediglich um ein Fragment handelte, denn ausgerechnet an dieser Stelle war ein Stück aus dem Stein herausgebrochen. Dort, wo eigentlich die obere Hälfte des Reliefs sein sollte, klaffte ein kleines Loch in der Wand. Darunter war der Rumpf eines Pferdes mitsamt Beinen sowie die Beine von zwei Reitern in Rüstungen zu erkennen. Ein Halbkreis aus lateinischen Wörtern bildete den äußeren Rand der bruchstückhaften Gravur. Laura wusste dennoch sofort, worum es sich handelte.

»Das Siegel der Tempelritter«, flüsterte sie den Freunden überrascht zu.

Sie hielt das Fundstück aus der Bibliothek daneben – kein Zweifel, darauf befand sich eindeutig die fehlende obere Hälfte des Reliefs. Der Steinbrocken stammte also aus dieser Wand.

Was hat das zu bedeuten?, überlegte Laura. Warum hat Papa das Fragment mitgenommen und versteckt?

Da hatte sie eine Eingebung. Sie versuchte den Steinbrocken an seiner ursprünglichen Stelle einzufügen und drückte ihn in das Loch in der Mauer, was ohne Probleme gelang. Dann jedoch klemmte das Bruchstück. Es stand noch ungefähr einen halben Zentimeter aus der Mauer hervor, ließ sich aber selbst durch kräftiges Drücken nicht weiter bewegen. Kurzerhand drehte Laura ihre Taschenlampe um und verpasste dem Stein einen kräftigen Schlag mit dem Lampenstiel. Und siehe da: Der Stein rutschte vollends in die Wand, und das Siegel war damit komplett. Nichts deutete mehr darauf hin, dass kurz vorher noch ein Teil gefehlt hatte.

Augenblicklich erhob sich ein unheimliches Rumpeln und Rumoren aus der Tiefe der Gruft. Laura richtete sich hastig auf und schaute die anderen erschrocken an. Das Rumpeln kam immer näher und nahm stetig an Lautstärke zu. Plötzlich begann die Mauer vor ihnen zu beben.

Die drei sprangen zwei Schritte zurück, wechselten entsetzte Blicke und starrten dann wieder mit großen Augen auf die immer stärker vibrierende Wand. Staub rieselte von der Decke herab, und im Schein der Taschenlampen konnten sie unzählige Spinnen erkennen, die hastig davonkrabbelten. Dann fing der Boden unter ihnen an zu schwanken. Ganz leicht nur, aber es war trotzdem deutlich zu spüren.

Kaja packte Lauras Hand und klammerte sich daran fest. Ihre Fingernägel krallten sich in Lauras Handteller. Doch die merkte es nicht, denn auch sie beobachtete gebannt das seltsame Geschehen.

Die gesamte Mauer bewegte sich. Erst langsam, dann immer schneller rumpelte sie knirschend zur Seite, bis sie mit einem dumpfen Schlag vollständig in der linken Seitenwand verschwand. Dann war wieder Stille. Das Beben und Schwanken hatte aufgehört.

Der Weg war frei.

Als Laura den Strahl ihrer Taschenlampe in die Dunkelheit richtete, sah sie, dass sich eine große Kammer vor ihnen öffnete. In ihrer Mitte stand ein mächtiger Sarkophag. Sie waren am Ziel: Sie standen direkt vor dem Grabmal von Reimar von Ravenstein.

»Ja!«, jubelte Laura. Lukas und Kaja stimmten in ihre Jubelschreie mit ein, fielen einander um den Hals und führten einen kleinen Freudentanz auf.

Kapitel 21 ❧ Das Grauen in der Gruft

»Schmatzfraß!!!« Alienor konnte ihren Ärger nicht länger zurückhalten. »Bei allen Geistern: Willst du wohl endlich still sein, du Biest!«

Doch der Swuupie dachte gar nicht daran zu gehorchen. Er öffnete die spitze Schnauze und stieß einen lang gezogenen Schrei aus, der an das ängstliche Fiepen eines Rehkitzes erinnerte. Dann flatterte er mit den Fledermausflügeln, swuupte zur Tür von Alienors Kammer, krachte mit einem lauten »Rummms« dagegen und stürzte kopfüber zu Boden. Wieder ließ Schmatzfraß einen Schrei hören, diesmal aber leiser und kläglicher als zuvor.

Alienor eilte zur Tür und hob das geflügelte Pelztierchen auf. »Das hast du davon, dass du so ungehorsam bist!«, schimpfte sie. »Wenn du so weitermachst, wirst du dir noch das Genick brechen! Und was noch viel schlimmer ist: Dein albernes Getue wird die ganze Burg darauf bringen, dass Alarik sich nicht auf Hellunyat befindet!«

Der Swuupie sah das Mädchen mit seinen dunklen Knopfaugen an, und Alienor hatte plötzlich den Eindruck, als verstehe er sie. Zärtlich strich sie ihm über den Kopf, kraulte die Teddybärohren und streichelte den pelzigen Leib. »So ist's gut, Schmatzfraß. Warum denn nicht gleich so!«

Alienor ging zum Holztisch in der Mitte der Kammer, nahm einen Apfel aus der Obstschale und hielt ihn dem Kleinen entgegen.

Schmatzfraß packte ihn mit den Vorderpfoten und machte sich mit Heißhunger darüber her. Dabei schmatzte er lauter als eine ganze Herde Schweine.

»Das hättest du früher haben können, du Dummkopf«, brummte sie missmutig. »Und mir wäre eine Menge Aufregung erspart geblieben!«

Da hallten im Flur Schritte heran, hielten auf Alienors Zimmer zu und kamen rasch näher.

Swuupie ließ den Apfel fallen, und bevor Alienor reagieren und ihm die Schnauze zuhalten konnte, stieß er auch schon einen Klageruf aus.

»Psssst!« Mit unerbittlichem Griff erstickte Alienor die Laute des Pelztierchens. Zu spät: Ein lautes Pochen ließ die Türe erzittern, und noch bevor Alienor »Herein« rufen konnte, schwang sie auf und Ritter Paravain trat ein.

»Entschuldige«, sagte er, »aber ich bin auf der Suche nach deinem Bruder. In seinem Zimmer habe ich ihn nicht angetroffen, niemand vermag mir zu sagen, wo ich ihn finden kann, und da dachte ich, dass du viellei –«

Paravain brach ab und starrte auf den Swuupie in Alienors Hand. »Was macht Schmatzfraß denn bei dir? Alarik und er sind doch unzertrennlich.«

»Äh … Es ist … äh … Alarik … er …«

Paravain kniff misstrauisch die Augen zusammen. »Was ist mit Alarik? Los, rede!«

Alienor senkte den Blick, Schamesröte flammte auf in ihrem Gesicht, und Tränen traten in ihre Augen.

Der Weiße Ritter blickte das Mädchen eindringlich an. »Hör zu, Alienor: Ich weiß, dass du mir etwas verschweigst. Aber wenn du deinen Bruder liebst, dann sagst du mir jetzt, was geschehen ist.«

Einen Moment noch presste das Mädchen trotzig die Lippen zusammen, doch dann war es um seinen Widerstand geschehen. Unter Tränen öffnete Alienor ihr Herz und berichtete Paravain von dem Vorhaben des Bruders.

Als sie alles gestanden hatte, war der Ritter bleich geworden und starrte fassungslos vor sich hin. Immer wieder schüttelte er ungläubig den Kopf.

»Wie konntest du das nur zulassen, Alienor?« Paravain sah das Mädchen vorwurfsvoll an. »Warum hast du mir nicht schon früher davon erzählt?«

»Weil ich ihm versprechen musste zu schweigen.«

Paravain stöhnte laut und wanderte aufgeregt im Zimmer umher.

Als er sich wieder etwas gefasst hatte, blieb er vor Alienor stehen. Seine Stimme klang nun sanft. »Es ist richtig, dass man seine Versprechen hält – aber nur, wenn man damit niemanden gefährdet, verstehst du!« Seine Stimme war wieder lauter geworden. »Und dass Alarik sich in Lebensgefahr begibt, das hättest du doch wissen müssen!«

Alienor schluckte. Ihre tränenfeuchten Wangen glühten. »Aber er hat gesagt, dass er einen geheimen Weg durch den Sumpf kennt. Silvan, der Waldläu–«

»Und wenn schon!« Mit donnernder Stimme schnitt Paravain ihr das Wort ab und schritt erneut unruhig in der Kammer auf und ab. »Selbst wenn er heil durch den Sumpf hindurchgelangen sollte – was ich sehr bezweifle! –, dann hat er doch erst den ungefährlichsten Teil seines wahnwitzigen Unternehmens hinter sich gebracht! Seit Borboron und die Mächte der Finsternis sich in den Besitz des Kelches gebracht haben, verfügen sie über Kräfte, die Alarik nicht einmal erahnen kann! Wie soll er dagegen bestehen?«

Grenzenlose Angst stand in Alienors bleichem Mädchengesicht geschrieben. »A … a … aber«, stammelte sie. »Dann müssen wir ihm sofort zu Hilfe eilen!«

»Wie stellst du dir das vor, Alienor? Der Schwefelsumpf ist

über einen Tagesritt von uns entfernt – wie sollten wir Alarik da helfen können, wenn er in Gefahr gerät?«

Mit vorsichtigen Schritten betraten Laura, Lukas und Kaja die Kammer. Es roch muffig, das monotone Geräusch von Wassertropfen, die auf den Steinboden platschten, war zu hören. Das Licht der Taschenlampen geisterte durch das Dunkel des Raumes. Es war schwer, seine Ausmaße richtig abzuschätzen, aber Laura vermutete, dass er rund fünfzehn Meter lang und zehn Meter breit war. Und die Raumhöhe entsprach vielleicht der doppelten Länge eines kleinen Mannes.

Während die drei Freunde auf den Sarkophag zugingen, ließ Laura den Strahl ihrer Lampe über die Seitenwände wandern. Es stimmte wohl, was Percy ihnen erzählt hatte: Die Mauern der Grabkammer bestanden vollständig aus Marmor. Der mannshohe Steinsarg war aus dem gleichen Material gefertigt. In seine Seiten waren eine Reihe von Reliefs gemeißelt, die Szenen aus dem ritterlichen Leben darstellten. Zudem war er mit dem Wappen und den Insignien derer von Ravenstein geschmückt. Eine Inschrift auf dem Sockel bestätigte, dass es sich tatsächlich um die letzte Ruhestätte des Reimar von Ravenstein handelte.

»Wir sollten uns aufteilen und jede Ecke der Kammer absuchen«, schlug Laura vor.

»Gute Idee!«, fand Lukas.

»Muss das wirklich sein?«, fragte Kaja mit banger Stimme.

»Du brauchst keine Angst zu haben. Geister stehen nicht auf Rothaarige«, spöttelte Lukas. »Und Untote auch nicht.«

»Lukas! Lass den Quatsch!«, mahnte Laura und wandte sich an die Freundin. »Wir können zusammenbleiben, wenn dir das lieber ist.«

»Nein, nein«, wehrte Kaja ab. »Ist schon gut.«

Sie wollte sich keine Blöße vor Lukas geben. Was sollte schon passieren? Laura und Lukas waren doch ganz in der Nähe.

Unsicher entfernte sich Kaja ein paar Schritte von dem Sarkophag, drehte sich dabei aber immer wieder ängstlich zu Laura und Lukas um, die sich langsam zur entgegengesetzten Seite bewegten.

Kaja schwenkte ihre Taschenlampe – und erblickte direkt vor ihrem Gesicht ein abscheuliches Viech: Eine fette, eklige Spinne seilte sich dicht vor ihrer Nase von der Decke ab! Voller Panik schrie Kaja auf, wie von einem Stachel gepiekt, und wich entsetzt zurück, bis sie mit dem Rücken an ein mannshohes Etwas stieß. Es schepperte metallisch, und im selben Moment legten sich zwei schwere, kalte Arme um ihre Schultern. Ein riesiges Ungeheuer versuchte sie zu Boden zu drücken! Als Kaja die bleichen Skeletthände am Ende der Eisenarme erblickte, packte sie das Grausen. Die Knochenhände waren zu schrecklichen Krallen gebogen.

Gleich werden sie sich um meinen Hals legen und zudrücken, fuhr es Kaja durch den Kopf. Erneut stieß sie einen schrillen Schrei aus.

Laura und Lukas eilten augenblicklich herbei und sahen sofort, was geschehen war – Kaja war an eine Ritterrüstung gestoßen, die an der Wand der Kammer gelehnt haben musste. Jetzt lastete sie mit dem ganzen Gewicht auf dem Mädchen, die Armpanzer hielten es umfangen und baumelten vor Kaja hin und her.

Kaja seufzte erleichtert, als sie bemerkte, dass es sich bei dem eisernen Ungeheuer lediglich um eine alte Rüstung handelte. Der Helm, auf dem noch die verrotteten Überreste des einst stolzen Helmbusches baumelten, war schräg nach vorn geneigt und befand sich neben ihrem Kopf. Langsam wandte sie sich ihm zu und schielte ängstlich durch das aufgeklappte Visier in das Innere des Helms. Ein bleicher Totenschädel, an dem noch einige verschrumpelte Hautfetzen hingen, glotzte ihr mit zahnlosem Grinsen entgegen. Aus der dunklen Höhlung seines linken Auges krabbelte eine weitere Spinne, ließ sich auf Kajas Schulter hinunter und suchte hastig den Weg zum Boden. Von kaltem Grausen ergriffen, kreischte das Mädchen erneut schrill auf.

»Ist ja gut, Kaja.« Laura musste beinahe lachen. »Kein Grund zur Panik, es ist alles in Ordnung!«

Laura und Lukas packten die Rüstung, wuchteten sie von Kajas Rücken und legten sie auf dem Boden ab.

Dann zeigte Laura auf das Skelett, das in der Rüstung steckte. »Er kann dir nichts mehr tun – er ist tot.«

»Und die hier auch!«, meldete sich Lukas zu Wort.

Im Schein seiner Taschenlampe wurden drei weitere Rüstungen sichtbar, die auf dem Boden der Grabkammer lagen. Sie waren stark verrostet – und in jeder von ihnen steckte ebenfalls ein Skelett.

»Die vier verschwundenen Ritter, die Reimar von Ravenstein zu Grabe gebettet haben!«, stellte Laura nachdenklich fest.

Kaja nickte mit bleichem Gesicht. Sie hatte sich wieder beruhigt und blickte voller Mitgefühl auf die Gestalten auf dem Boden. »Die Armen«, seufzte sie. »Wie die wohl gestorben sind?«

Laura und Lukas wechselten einen ratlosen Blick.

»Und warum sind ihre Rüstungen so verrostet?«, fuhr Kaja fort.

»Das ist wohl logosibel, oder?«, antwortete Lukas. »Überleg doch mal ein bisschen, du Spar-Kiu: weil sie schon seit Jahrhunderten hier liegen und weil es ziemlich feucht ist hier unten – deshalb!«

Kaja verzog das Gesicht. Die Antwort schien sie nicht ganz zufrieden zu stellen, aber sie schwieg.

»Okay«, meinte Laura. »Lasst uns weiter suchen.«

Diesmal blieben die Freunde zusammen. Dicht nebeneinander gingen sie langsam durch die Kammer und leuchteten sie ab. Schon nach wenigen Augenblicken fiel der Schein ihrer Lampen auf einen eisernen Wandhalter, in dem eine Pechfackel steckte.

»Wartet, ich will mal was versuchen«, sagte Lukas. Er ging auf die Fackel zu, holte ein Feuerzeug aus der Tasche, schlug es an und hielt die Flamme an die Fackel. Und tatsächlich: Schon nach kurzer Zeit fing das mit Pech getränkte Tuch Feuer und loderte auf. Das flackernde Licht tauchte die Grabkammer in ein Halbdunkel, und die Freunde konnten nun erkennen, dass sich außer dem Sarkophag von Reimar von Ravenstein keine weiteren Grabstätten mehr in der Gruft befanden. Genauso einsam, wie er sein Leben verbracht hatte, ruhte der Grausame Ritter auch im Tode – wenn man von den vier unglücklichen Recken absah, die ihm – sicher unfreiwillig – im ewigen Schlaf Gesellschaft leisteten.

Plötzlich bemerkte Laura einen Schimmer an der entfernten Stirnseite der Kammer. Rasch schritt sie darauf zu, und die Freunde folgten ihr.

Augenblicke später schon hatte sie die Ursache dieses Glitzerns entdeckt: In einem schlichten Schrein, der in die Wand eingelassen war, stand ein großer Kelch auf einem kleinen Steinsockel. Er musste aus purem Gold gefertigt sein, denn er funkelte im Licht der Taschenlampen. Und er war über und über mit Edelsteinen besetzt. Wenn Laura sich nicht ganz täuschte, dann handelte es sich bei den roten um Rubine und bei den grünen um Smaragde.

Die Freunde bestaunten das goldene Gefäß mit großen

Augen. Niemals zuvor hatten sie ein solch kostbares Stück gesehen.

»Wow!«, hauchte Kaja bewundernd. »Der muss ja voll wertvoll sein.« Dann wandte sie sich an Laura. »Ist das der Kelch der Erleuchtung?«

Laura machte ein skeptisches Gesicht. »Leider nicht«, sagte sie, griff in die Tasche und holte den Computer-Ausdruck hervor, den sie in Percys Arbeitszimmer gemacht hatte. Sie faltete ihn auseinander und hielt die Abbildung der Gralskopie, die Reimar von Ravenstein zum Verhängnis geworden war, zum Vergleich neben den Kelch in der Nische. Schon auf den ersten Blick war zu erkennen, dass die beiden Gefäße identisch waren.

»Das ist nur die Nachbildung des Heiligen Grals, die dem Grausamen Ritter so viel Unheil gebracht hat«, stellte Laura fest. »Percy hat doch erzählt, dass er sie mit in den Tod genommen hat. Kommt und lasst uns weitersuchen, vielleicht haben wir ja Glück und können den Kelch hier doch irgendwo entdecken.«

Sie teilten sich wieder auf und schritten getrennt die Kammer ab. Doch sosehr sie auch suchten, in alle Ecken, Nischen und Ritzen leuchteten und die Wände nach geheimen Verstecken und verborgenen Hohlräumen abklopften – sie konnten keine Spur vom Kelch der Erleuchtung entdecken.

Nicht die geringste.

Laura wollte die Suche schon enttäuscht abbrechen, als sie plötzlich stehen blieb und mit angestrengtem Gesicht lauschte. »Psst!«, mahnte sie die Freunde. »Hört ihr das auch?«

Kaja und Lukas sahen sich an und zogen fragend die Brauen hoch.

»Was denn?«, wollte Kaja wissen.

»Ich weiß nicht genau. Hört sich an, als wär da irgendwo … Wasser, fließendes Wasser.«

»Quatsch!«, widersprach Kaja und winkte ab. »Du hörst Gespenster, das ist alles.«

Doch Laura ließ sich nicht beirren. Sie war sicher, dass sie sich nicht getäuscht hatte. Schnell machte sie ein paar Schritte bis zur Wand, legte ihr Ohr daran und horchte. Plötzlich bemerkte sie, dass ihr Bruder wieder auf den Schrein mit der Gralskopie zuschlenderte, vollkommen sorglos den Kopf hineinsteckte, um das Gefäß mit dem tödlichen Inhalt näher in Augenschein zu nehmen. Sie richtete sich auf und rief: »Vorsicht, Lukas! Denk daran, was Percy über das grausame Ende des Ritters erzählt hat. Nicht dass es dir genauso ergeht!«

Lukas winkte gelassen ab. »Keine Panik, ich pass schon auf, dass ich mit dem Elixier nicht in Berührung komme!«

Wieder legte Laura ihr Ohr an die Wand und lauschte. Kein Zweifel – da war tatsächlich ein entferntes Geräusch. Es hörte sich an wie ein sanftes Rauschen oder ein gedämpftes Gemurmel. Aber es war so undeutlich, dass sie es nicht eindeutig zu erkennen vermochte. Möglich, dass es sich tatsächlich um Wasser handelte – aber vielleicht war es auch irgendetwas anderes.

Aber was?

Laura gesellte sich wieder zu Kaja und Lukas, die vor der Gralskopie standen. »Also, irgendwie ist das merkwürdig!«, sagte sie stirnrunzelnd.

»Das finde ich auch, Laura!« Die fauchende Stimme kam aus ihrem Rücken.

Die Freunde wirbelten herum. Zu ihrem Entsetzen erblickten sie Albin Ellerking, der am Eingang der Grabkammer stand und sie finster anstarrte. Auf seiner Schulter hockte sein Katzenvieh. Groll hatte das Fell gesträubt, den Schwanz steil erhoben, und sein Teufelsauge funkelte schwefelgelb im Schein der Fackel. Dann öffnete er das Maul.

»Ich werde euch helfen, hier herumzuschnüffeln!«, grollte der Kater.

»Oh, nö!«, jammerte Kaja. »Was machen wir jetzt, Laura?«

Laura wusste es nicht. Ängstlich beobachtete sie den Gärtner, der mit eckigen Bewegungen in die Grabkammer trat, die Fackel aus dem Halter nahm und drohend auf die Freunde zuging. Sie wichen zurück. Ellerking trieb sie immer weiter in die Ecke, bis sie schließlich mit den Rücken an der Wand standen. Laura versuchte rechts an dem Gärtner vorbei zu entwischen. Doch Albin war auf der Hut und schlug mit der brennenden Fackel nach ihr. Das Mädchen zuckte zurück und konnte der lodernden Pechflamme nur mit knapper Not ausweichen. Auch Lukas wollte vor Ellerking fliehen, doch er hatte ebenso wenig Erfolg wie seine Schwester. Im Gegenteil: Die Fackel versengte ihm ein Büschel Haare, und auch die Muschel seines rechten Ohres wurde in Mitleidenschaft gezogen.

Ein schadenfrohes Grinsen erschien auf Albins Gesicht, als er bemerkte, dass er den Jungen verletzt hatte. Er kam immer näher, und der Kater auf seiner Schulter fauchte wie ein wütender Drache.

Kaja schlotterte vor Angst. »Tu doch endlich was, Laura! Bitte, tu was.«

Da fiel Laura der Flüsternde Nebel ein. Rasch fasste sie in die Tasche, zog das Fläschchen hervor und entkorkte es. Diesmal war Rauenhauch schneller – er zischte aus dem Flaschenhals, als habe er auf seinen Einsatz gewartet.

Der Gärtner blieb überrascht stehen und glotzte mit großen Augen auf die wachsende Nebelwolke, und selbst Groll verstummte.

»Hülle ihn ein, Rauenhauch!«, befahl Laura dem Flüsternden Nebel. »Schnell!«

»Euer Wunsch ein Befehl mir ist, Herrin«, hauchte Rauenhauch gehorsam, »Befehl mir ist.«

Die Dunstwolke wischte auf den verwunderten Gärtner zu und wirbelte um ihn herum, bis er und sein Kater vollständig von einem dichten Schleier umhüllt waren. Nur seine Fackel leuchtete noch wie ein riesiges Glühwürmchen im Nebel.

»Zum Teufel noch mal!« Grolls Fluch war zwecklos. Er konnte nichts sehen und Albin Ellerking natürlich auch nicht. Der Gärtner versuchte verzweifelt, der Hülle zu entkommen und aus dem Nebel herauszutreten – ohne Erfolg. Zu ihrer Erleichterung konnte Laura beobachten, wie Rauenhauch jedem der zögernden Schritte folgte, als klebe er an dem Gärtner fest. Es musste jetzt ein Leichtes sein, Ellerking und seinem Kater zu entwischen.

Laura bedeutete ihren Freunden, ihr zu folgen, und legte den Finger vor den Mund. *Leise! Seid bitte leise!* Sie drückte sich dicht an die rechte Seitenwand und versuchte auf Zehenspitzen an dem Gärtner vorbei in Richtung Ausgang zu schleichen. Kaja und Lukas folgten ihr vorsichtig. Sie machten so gut wie kein Geräusch.

Groll mit seinen feinen Katzenohren konnte sie trotzdem hören. »Vorsicht! Sie versuchen zu entkommen!«, fauchte er seinem Herrn zu. »Links, mehr nach links!«

Prompt tapste Albin Ellerking ein Stück nach links und versperrte ihnen den Weg.

Mist!

Kurz entschlossen wechselte Laura die Richtung. Sie gab den Freunden ein Zeichen mit der Hand, und leise schlichen sie zur anderen Seite der Kammer.

»Nach rechts!«, fauchte der Kater. »Sie entwischen nach rechts!«

Und der Gärtner mitsamt der um ihn herumwirbelnden Dunsthülle bewegte sich prompt nach rechts. Schon sah es so aus, als würde er ihnen auch hier den Weg abschneiden können, als er plötzlich über eine herumliegende Ritterrüstung stolperte und mit lautem Scheppern zu Boden stürzte. Dabei fiel ihm die Fackel aus der Hand. Sie kam aus der Nebelwolke geflogen und landete direkt vor Lauras Füßen.

»Hölle, Tod und Teufel!«, maunzte der Kater im Nebel, während Laura sich rasch bückte und die Fackel ergriff. Sie hob sie hoch und drehte sich zu den Freunden um. »Los, nichts wie weg!«

Das ließen sich Kaja und Lukas nicht zweimal sagen.

Als Laura und ihre Freunde endlich den Ausgang der Gruft erreicht hatten, ließ sie die Fackel fallen. Sie landete in einer Wasserpfütze, in der die Flamme zischend erlosch. Dann rannten die drei weiter, als wären Dämonen hinter ihnen her.

Die großen Krähen in den Bäumen waren mit einem Schlag hellwach. Augenblicklich brachen die geflügelten Wächter der Grabstätte in ein ohrenbetäubendes Krächzen aus. Sie flogen mit wildem Geflatter auf und folgten den Flüchtenden, die durch den nächtlichen Henkerswald um ihr Leben rannten. Laura, Kaja und Lukas konnten das Flügelrauschen hören, und das schaurige »Krah-Krah« der Vögel gellte ihnen in den Ohren. Aber sie drehten sich nicht um und liefen immer weiter. Ängstlich zogen sie die Köpfe ein und rechneten jeden Moment mit spitzen Schnabelhieben.

Nach einiger Zeit jedoch wurden die Schreie der Vögel leiser und verebbten schließlich ganz. Laura blickte über ihre Schulter zurück. Die Krähen hatten von ihnen abgelassen und flogen zur Alten Gruft zurück. Das verfallene Gemäuer war längst nicht mehr zu sehen.

Wahrscheinlich bewachen sie nur das Gelände der Gruft, kam es Laura in den Sinn. *Und sie folgen uns nicht weiter, weil wir ihren Bannkreis verlassen haben.*

Aber wie auch immer – Hauptsache, die unheimlichen Vögel waren endlich fort. Wenn nichts Unvorhergesehenes mehr geschah, dann konnte es nicht mehr allzu lange dauern, bis sie den Henkerswald durchquert und den Waldrand erreicht hatten.

Lukas folgte dicht hinter ihr. Er schien noch gut bei Kräften zu sein. Kaja dagegen war bereits ein ganzes Stück zurückgefallen. Die ungewohnte Anstrengung war ihr anzusehen, und ihr Keuchen war weithin zu vernehmen.

Laura verlangsamte die Schritte und wartete, bis Kaja aufgeschlossen hatte. »Mach jetzt bloß nicht schlapp!«, feuerte sie die Freundin an. »Wir haben 's bald geschafft.«

»Ja, ja!«, japste der Rotschopf. »Schon okay.«

Aber Kajas Schritte wurden immer kürzer und schwerfälliger. Dafür schnaufte Kaja umso lauter. Sie hörte sich wie eine asthmatische Dampflok an. Wahrscheinlich war das der Grund, weshalb Laura beinahe die Stimme überhört hätte, die aus der Tiefe des Waldes an ihr Ohr drang. Sie klang wie ein fernes heiseres Flüstern.

»Halt! Halt!«, wisperte es durch die Bäume. »Auf mich wartet, Herrin – auf mich wartet!«

Laura bedeutete Kaja weiterzulaufen und blieb stehen. Ein erleichtertes Lächeln legte sich auf ihr Gesicht, denn sie hatte die Stimme sofort erkannt: Es war Rauenhauch, der Flüsternde Nebel.

Augenblicke später kam er bereits durch die Bäume hindurchgezischt, ein weißer Wirbelwind, der im Slalom um die Stämme kurvte und auf das wartende Mädchen zuhielt. Als Rauenhauch schließlich bei Laura angelangt war, keuchte er entsetzlich.

Besorgt runzelte Laura die Stirn. »Was ist denn los?«, erkundigte sie sich. »Hast du dich überanstrengt?«

»Der Rede es nicht wert ist, Herrin – es nicht wert ist. Etwas aus der Übung ich bin und nicht mehr gewohnt das Gehetze – gewohnt das Gehetze. Vielen Dank, dass auf mich gewartet Ihr habt – gewartet Ihr habt!«

»Ich muss mich bedanken!«, erwiderte Laura lächelnd. »Ohne deine Hilfe hätten Ellerking und sein Kater uns geschnappt.«

»Von selbst sich das versteht – sich das versteht!«, schnaufte Rauenhauch verächtlich. »Meine vornehmste Aufgabe es ist, zu dienen meiner Herrin – zu dienen meiner Herrin. Aber wenn die große Güte Ihr jetzt haben würdet, in meine Schlafkammer mich zu lassen – Schlafkammer mich zu lassen? So schrecklich müde ich …« – er gähnte laut und herzhaft –, »… so schrecklich müde ich bin.«

Laura holte die Flasche aus der Tasche und öffnete sie. In Windeseile verzog sich der Flüsternde Nebel in das Gefäß, und noch bevor das Mädchen es wieder verschließen konnte, war auch schon sein Schnarchen zu hören. Mit einem amüsierten Lächeln ließ Laura das Fläschchen in die Tasche zurückgleiten. Dann eilte sie hinter den Freunden her.

Albin Ellerking schnaufte wütend und verzog vor Schmerz das Gesicht. Sein linkes Bein brannte wie Feuer. Als er über die Ritterrüstung gestolpert und zu Boden gestürzt war, hatte er sich an dem rostigen Metall nicht nur die Hose zerfetzt, sondern sich auch das Schienbein auf der ganzen Länge blutig gerissen. Und dieser verdammte Nebel hatte ihm jegliche Sicht genommen, sodass er die Orientierung verloren hatte und mehrere Male gegen die Wand gelaufen war. Was schmerzhafte Beulen zur Folge hatte. Glücklicherweise war der blendende Dunst plötzlich verschwunden.

Der Gärtner fluchte still vor sich hin, während er auf den Ausgang zuhumpelte. *Diese verdammten Blagen!* Das werden sie mir büßen – das schwöre ich!

Groll, der seinen Platz auf der Schulter des Gärtners längst verlassen hatte, schlich einige Meter vor seinem Herrn aus der Gruft. Der Kater blieb stehen, machte einen Buckel, reckte den Schwanz in die Höhe und fauchte wie ein gereizter Dämon.

Als Albin Ellerking neben ihn trat und den Blick hastig in die Runde warf, wusste er, was Groll so aufgebracht hatte: Die Bälger waren spurlos verschwunden!

Verdammt!

Der Gärtner schnaubte wütend, und seine Miene verfinsterte sich. Doch da fiel ihm etwas ein, was seinen Ärger augenblicklich vertrieb. Er würde die Gören nicht mehr einholen können – aber sie würden trotzdem nicht entkommen! Mit Sicherheit nicht. Dafür würden Dragan und Drogur schon sorgen. Die hatten noch jeden geschnappt.

Ohne jede Ausnahme.

Albin Ellerking lächelte grimmig vor sich hin. Dann steckte er zwei Finger in den Mund und holte tief Luft.

Der Park von Ravenstein lag still im Dunkel der Nacht. Ein leichter Wind wehte und ließ die Zweige der Büsche und die Blätter der winterharten Gewächse in den Rabatten leise rascheln. Die Buchsbaumhunde standen nahezu reglos da.

Der Mond trat hinter den Wolken hervor, als ein schrilles Geräusch die nächtliche Stille brach. Es war ein Pfiff, der vom Henkerswald herüberhallte und über dem Rasen verklang. Dann war wieder alles ruhig, und kein Laut störte den Frieden der Nacht.

Plötzlich kam Leben in die Buchsbäume. Sie raschelten laut und begannen sich zu verformen. Die Blätter verschmolzen mehr und mehr miteinander, bis die beiden Hundegestalten von einer geschlossenen dunkelgrünen Decke überzogen waren. Ein dumpfes Grollen und ein heiseres Hecheln waren zu vernehmen, während die Verwandlung der Buchsbäume fortschritt. Aus der Blätterdecke formte sich schwarz glänzendes Hundefell, unter dem sich kräftige Muskeln abzeichneten. Adern wurden sichtbar, und eben noch leblose Augen funkelten plötzlich böse im Mondlicht. Die unbeweglichen Schwänze fingen von einer Sekunde auf die andere an zu wedeln, pelzige Pfoten zerrten am Erdreich und lösten sich mit einem Schmatzen vom Rasen: Die beiden harmlosen Buchsbaumhunde hatten sich in zwei gefährliche Doggen aus Fleisch und Blut verwandelt.

Die riesigen Hunde hoben die Köpfe, die spitzen Ohren in den Wind gedreht, und nahmen Witterung auf. Sie öffneten die Mäuler und entblößten mörderische Gebisse. Geifer tropfte von ihren Lefzen, während ein tiefes Knurren laut wurde. Noch einmal reckten und dehnten sie sich, als wollten sie die Starre ihres pflanzlichen Daseins endgültig abschütteln. Wieder schrillte ein Pfiff aus dem Henkerswald herüber, und Dragan und Drogur, die reißenden Doggen der Dunklen Mächte, hetzten mit lautem Gebell davon.

Kapitel 22 ☙ Der Sturmdämon

Alarik kroch dicht über dem Boden dahin, um den giftigen Dämpfen des Schwefelsumpfes zu entgehen. Trotzdem verspürte er ein Beißen im Hals, die Augen brannten, Knie und Hände schmerzten, und Schweiß strömte ihm aus allen Poren. Die ungewohnte Haltung war äußerst anstrengend und ließ ihn nur langsam vorwärts kommen. Dennoch widerstand der Junge der Versuchung, sich aufzurichten. Silvan hatte ihm eingeschärft, sich nur kriechend zu bewegen. Die Ratschläge des Waldläufers hatten sich allesamt als richtig erwiesen und ihn bislang sicher durch den Sumpf geführt. Nur einige Male war er eine Handbreit oder eine knappe Elle vom Pfad abgewichen. Sofort waren Arme und Beine in dem morastigen Boden versunken. Doch es war Alarik jedes Mal gelungen, auf festen Boden zurückzufinden.

Den Gestank und das Geblubber nahm Alarik längst nicht mehr wahr, wie er auch jegliches Zeitgefühl verloren hatte. Er wusste nicht mehr, wie lange er schon unterwegs war. Es erschien ihm wie eine Ewigkeit, aber von seinem Ziel war immer noch keine Spur zu erblicken.

Der Knappe hielt keuchend inne, richtete den Oberkörper etwas auf und spähte in den Dunst. Er konnte höchstens zehn Schritte weit sehen. Die Welt jenseits des Blickfeldes verlor sich im giftgelben Nebel, der mal dichter wurde, um gleich darauf wieder aufzureißen und eine flüchtige Ansicht des Sumpfgebiets zu bieten, das vor Alarik lag. Doch sosehr er sich auch anstrengte, er vermochte nichts genau zu erkennen.

Der Junge wischte sich mit dem Handrücken den Schweiß von der Stirn und hinterließ eine schmutzige Spur. Auch Arme und Beine und fast die gesamte Kleidung waren von Schlamm überzogen. Alarik nahm davon keine Notiz. Er dachte nur an eins: Er musste Borborons Feste erreichen, wenn er den Sieg der Finsternis verhindern wollte. Auch wenn die Hoffnung, das zu schaffen, allmählich schwand.

Der Knappe ließ sich wieder auf alle viere nieder und schob sich voran. Er wusste nicht, wie lange er bereits gekrochen war, als er ein seltsames Rauschen vernahm. Es schien aus großer Höhe zu kommen, von weit oberhalb der Schwefelwolke, und hörte sich an wie – wie das Schlagen mächtiger Schwingen.

Alarik hielt inne, legte den Kopf in den Nacken, spähte nach oben und lauschte. Doch er konnte nichts entdecken, denn der giftgelbe Dunst stahl ihm noch immer die Sicht. Schon wollte er weiterkriechen, als er das seltsame Rauschen erneut vernahm. Es schwoll an, und zugleich erklang ein Geräusch, das Alarik einen eisigen Schauer über den Rücken trieb: das höhnische Gelächter einer Frau. Der Knappe fuhr erschrocken zusammen, doch da war es bereits wieder verklungen. Nur das Blubbern des Sumpfes hielt unvermindert an.

Verwundert schüttelte Alarik den Kopf. Das ist doch nicht möglich!, überlegte er. Ich muss mich getäuscht haben. Wie sollte eine Frau in die Regionen oberhalb des Sumpfes gelangen? Dazu müsste sie ja fliegen … Unmöglich – es sei denn, es handelte sich um eine Harpyie, einen Sturmdämon!

Wie aus dem Nichts stieg die schauerliche Erkenntnis in Alarik auf, und augenblicklich befiel ihn Todesangst. So schnell er konnte, krabbelte er weiter. In Panik hastete er auf allen vieren voran. Dass er sich einem Sturmdämon auf diese Weise nicht entziehen konnte, kam ihm nicht in den Sinn.

Die Angst lähmte Alariks Geist, und so hastete er blind weiter, bis seine Kräfte schwanden und er zusammenbrach. Die Feuchtigkeit und Nässe in den Kleidern spürte er längst nicht mehr. Sein Herz raste so wild, dass die pochenden Schläge in seinem Kopf schmerzten. Die Lungen brannten, als wüte ein Feuer darin. Der Knappe keuchte und und rang nach Luft. Er war so sehr mit sich selbst beschäftigt, dass er die Stimme beinahe überhört hätte.

»Da sieh an – ein Knäblein!« Die Stimme klang freudig erregt. »Mein Flehen ist also doch erhört worden.«

Überrascht richtete Alarik sich auf und sah sich nach allen Seiten um. Da erst bemerkte er, dass der Schwefeldampf sich etwas gelichtet hatte, aber dennoch konnte er niemanden entdecken. Nur eine einsame Birke stand ein paar Schritte vor ihm. Das musste die einsame Moorbirke sein, an der der Pfad seine Richtung änderte.

Die Erkenntnis, dass er den größten Teil des Sumpfes bereits hinter sich gelassen hatte, ließ Alarik die Erschöpfung schlagartig vergessen. Er konnte es also schaffen! Sein Vorhaben war doch nicht so wahnwitzig, wie es ihm zwischenzeitlich erschienen war.

Die Stimme holte ihn aus den Gedanken. Sie klang richtig vergrätzt. »Hat keine Manieren, der Knabe. Hält es nicht mal für nötig zu grüßen!«

Wieder schaute Alarik sich um – und wieder konnte er niemanden entdecken. Nur die Moorbirke ragte vor ihm auf. Sie war nicht sehr hoch, hatte einen schlanken Stamm und ein spärliches Geäst. Sie schwankte sachte, obwohl es vollkommen windstill war.

»Was hältst du Maulaffen feil und glotzt mich so dämlich an?«

Alarik wurde schlagartig klar, dass es die Moorbirke war, die da sprach. »Mei … mei … meinst du mich?«, stotterte er überrascht.

»Wen denn sonst?« Die Birke schüttelte sich. »Oder siehst du hier noch jemanden?« Damit neigte sie sich, bis die Zweige ihn fast berührten. »Sag schon, mein Junge, was führt dich zu mir?«

»Zu dir? Ich will nicht zu dir. Mein Weg führt mich zur Dunklen Festung.«

»Schade!« Die Birke richtete sich wieder auf. »Ich hatte gehofft, du wolltest mir Gesellschaft leisten. Dabei bist du auch nur so ein Narr wie all die anderen.«

»Kannst du mir den Weg zur Dunklen Festung weisen?«

Die Birke schüttelte sich erneut. »Ja.«

»Wunderbar!«, jubelte der Knappe.

»Ich denke aber gar nicht dran, es zu tun«, fuhr die Moorbirke schnippisch fort. »Ich habe eine Ewigkeit auf Gesellschaft gewartet. Da werde ich dich doch nicht gleich wieder fortlassen!«

Alarik wollte zu einer Entgegnung ansetzen, als ihm ein Ekel erregender Gestank in die Nase stieg. Ein Pesthauch des Verderbens.

Der Odem des Todes.

Im selben Augenblick rauschte es in der Luft. Ein unheimliches Flügelwesen löste sich aus dem Dunst und schoss mit der Geschwindigkeit eines Pfeils auf Alarik herab.

Alarik blickte in eine grauenhafte Frauenfratze und sah den ausgemergelten Oberkörper einer Harpyie. Schon fuhr der stinkende Sturmdämon die spitzen Aasgeierkrallen aus. Der Knappe zog den Kopf ein und konnte der Attacke durch einen Hechtsprung fürs Erste entgehen, aber der Schlag der mächtigen Schwingen fegte ihn vom Pfad, sodass er mit einem Platscher in den Sumpf stürzte.

Sofort sank Alarik ein. Hektisch versuchte er, sich zum sicheren Pfad zurückzuarbeiten, aber da hatte die Harpyie bereits kehrtgemacht und kam erneut angeflogen.

Direkt vor Alariks Gesicht stand der Sturmdämon flatternd in der Luft, während der Knappe immer tiefer versank. Der Anblick der Bestie mit dem Kopf und Oberkörper einer hässlichen alten Frau war so abstoßend, dass ihm beinahe die Sinne schwanden. Es war, als würde er dem Bösen mitten in die Fratze blicken. Der Pestgestank, den das Untier verströmte, drohte Alariks Lungen zu verätzen.

Die Harpyie stieß ein gellendes Gelächter aus und kreischte: »Es ist nicht mehr nötig, dass man dir den Weg weist, du Narr! Dein Weg ist hier zu Ende! Zu Ende! Zu Ende!«

Erneut kreischte sie laut auf, spreizte die Krallen, holte mit ihrem Drachenfuß aus – und schlug zu.

Endlich hatten die Freunde den Henkerswald hinter sich gelassen und den offenen Park erreicht. Lukas hatte am Waldrand auf die Mädchen gewartet und trabte nun neben ihnen her. Sein rechtes Ohr schmerzte, und seine Haare verströmten einen leichten Brandgeruch.

Jenseits der großen Freifläche waren die Konturen des Burggebäudes bereits schemenhaft zu erkennen. Kaja seufzte erleichtert auf. Sie hielt an, um kurz zu verschnaufen, doch Laura trieb sie unbarmherzig weiter.

»Nicht stehen bleiben!«, feuerte sie die Freundin an. »Wir sind erst in Sicherheit, wenn wir die Burg erreicht haben!«

Kaja stolperte stöhnend weiter. Sie war völlig geschafft. Sie wollte protestieren, doch das laute Hundegebell, das plötzlich einsetzte, hielt sie davon ab. Es klang sehr bedrohlich und war gar nicht mehr weit entfernt. Da schossen auch schon zwei Doggen hinter dem Strauchwerk am Rande der großen Freifläche hervor und hetzten auf sie zu.

Kaja blieb wie angewurzelt stehen.

Obwohl die schwarzen Hunde noch einige hundert Meter

entfernt waren, erkannte Laura sofort, dass sie in Lebensgefahr schwebten.

»Lauft!«, schrie sie. »Lauft, so schnell ihr könnt!«

Damit packte Laura Kaja an der Hand und sprintete los. Auch Lukas stürmte davon. Schon nach wenigen Sekunden hatte er einen kleinen Vorsprung gewonnen. Er rannte so schnell, als gelte es, einen neuen Weltrekord aufzustellen. Und auch Kaja, die eben noch am Ende ihrer Kräfte gewesen war, war wie beflügelt angesichts der Gefahr. Aber dennoch lief sie langsamer als Laura, der es so vorkam, als würde Kaja immer schwerer an ihrer Hand.

Die Hunde preschten heran.

Laura konnte bereits ihr Hecheln hören und das Trommeln ihrer Pfoten. Sie mobilisierte ihre letzten Kräfte. »Schneller, Kaja!«, schrie sie, von Angst überwältigt. »So lauf doch endlich!«

Obwohl Lauras Lungen schmerzten und ihre Beinmuskeln brannten, verschärfte sie das Tempo. Doch Kaja hing an ihr wie ein Bremsklotz.

Gerade noch rechtzeitig sah Laura die Wurzel, die aus dem Erdreich ragte. Mit einem Sprung setzte sie darüber hinweg und rief der Freundin eine Warnung zu: »Vorsicht!«

Doch es war bereits zu spät. Kaja konnte nicht mehr ausweichen. Im vollen Lauf stolperte sie über das Hindernis und schlug der Länge nach hin. Glücklicherweise ließ sie Lauras Hand los, denn sonst wäre die Freundin mit Sicherheit ebenfalls umgerissen worden.

Als der erste Schmerz verebbt war, wollte Kaja sich aufrappeln – aber da waren die Doggen auch schon heran. Kaja spürte schon die Bisse im Nacken, wartete auf den Schmerz – doch er blieb aus. Überrascht sah sie auf. Die Hunde verharrten einige Meter von ihr entfernt auf der Stelle und bellten wütend. Sie schienen irritiert darüber zu sein, dass ihre Beute nicht weiter flüchtete, sondern sie in aller Ruhe erwartete.

Dabei war es nichts als Panik, die Kaja überwältigt hatte. Sie war nicht mehr fähig, auch nur eine einzige Bewegung zu machen. Wie gelähmt lag sie da, starrte die Hunde an und schrie: »Laura! Hilf mir, Laura!«

Laura zögerte nicht eine Sekunde. Sie machte auf der Stelle kehrt, eilte zu Kaja zurück und stellte sich schützend zwischen sie und die lauernden Doggen. Und auch Lukas, der bereits einen beträchtlichen Vorsprung gewonnen hatte, lief zu Kaja und Laura zurück.

Während der Junge Kaja aufhalf, behielt Laura die Hunde fest im Blick. Sie schaute ihnen direkt in die Augen. Blutgier spiegelte sich in den dunklen Pupillen. Und plötzlich fiel Laura ein, was sie falsch gemacht hatte.

Wir hätten nicht davonlaufen dürfen – niemals!, schoss es ihr durch den Kopf. *Ruhig, Laura, bleib ganz ruhig*! Nur keine unbedachte Bewegung – vielleicht lassen sie ja dann von uns ab. Gleichzeitig stieg eine verwegene Idee in ihr auf: Wenn es möglich ist, Gedanken zu lesen, vielleicht ist es dann ja auch möglich, einen fremden Willen zu beeinflussen?

Laura atmete tief durch und schaute die Doggen mit kühler Entschlossenheit an. Haut ab!, befahl sie ihnen in Gedanken. Haut endlich ab, und lasst uns in Ruhe!

Die Hunde ließen erneut ein bedrohliches Knurren hören und entblößten furchterregende Reißzähne, konnten sich aber nicht zu einem Angriff entschließen. Im Gegenteil: Als Laura einen vorsichtigen Schritt auf sie zu machte, wichen sie ein wenig zurück.

In Laura keimte Hoffnung auf. *Es klappt! Es funktioniert wirklich!*

Sie tat einen weiteren Schritt nach vorn, und die Hunde wichen im gleichen Maße zurück. Sie schienen sich zu beruhigen. Das Knurren wurde leiser.

Da schrillte erneut ein Pfiff durch die Nacht.

Die Doggen zuckten zusammen und waren augenblicklich wie verwandelt. Von neuer Angriffslust erfasst, bellten sie das Mädchen an. Ihre Schwänze peitschten durch die Luft. Die Vorderpfoten mit den langen Krallen in den Rasen gedrückt, duckten sie sich tief auf den Boden wie Panther vor dem Angriff. Dann schnellten sie auch schon wie Pfeile auf die Freunde zu – und hielten mitten in der Attacke inne. Ihr gefährliches Knurren hatte sich in ein ängstliches Winseln verwandelt. Verschreckt starrten die schwarzen Hunde in die Richtung der Kinder, um nur Sekunden später kehrtzumachen. Mit eingekniffenen Schwänzen ergriffen sie in weiten Sätzen die Flucht.

Verwundert blickten die Freunde sich an. Was hatte die Bestien so in Angst und Schrecken versetzt, dass sie von ihnen abgelassen hatten und geflüchtet waren? Da hörten die drei ein schauriges Heulen hinter sich. Sie drehten sich um.

Es war ein Wolf – ein großer schwarzer Wolf lief auf sie zu.

Laura wusste sofort, woher sie das Raubtier kannte: Es war der Wolf von dem Gemälde in der Eingangshalle! Sie war ganz sicher, auch wenn das unmöglich war. Du musst dich täuschen, dachte sie. Wie kann der Wolf auf einem Gemälde denn zum Leben erwachen?

Der Wolf, der nun auf sie zuhielt, war sehr lebendig. Mit mächtigen Sprüngen kam er näher, seine schwefelgelben Augen leuchteten in der Dunkelheit. Ohne den Freunden auch nur die geringste Beachtung zu schenken, hetzte er dicht an ihnen vorbei und setzte den flüchtenden Hunden nach. Wenig später schon war er verschwunden.

Kaja starrte wie abwesend vor sich hin. »Das glaub ich einfach nicht«, hauchte sie leise. Dann schüttelte sie den Kopf und wandte sich an Laura. »Hast du auch gesehen, was ich gesehen habe?«

Laura nickte stumm.

»Ich dachte, Wölfe wären längst ausgestorben in unserer Gegend«, murmelte Kaja.

»Sind sie auch!«, antwortete Lukas wie aus der Pistole geschossen. Er war nun wieder ganz in seinem Element. »Der letzte Wolf wurde Anfang des neunzehnten Jahrhunderts vom damaligen Burgbesitzer im Henkerswald erlegt. Angeblich ließ er den Kadaver ausstopfen und als Trophäe im Jagdzimmer aufstellen.«

»Aber – wenn es tatsächlich keine Wölfe mehr bei uns gibt«, überlegte Kaja, »wo ist dieser Wolf dann so plötzlich hergekommen?«

Lukas zuckte mit den Schultern. »Keine Ahnung!«

»Wer weiß – vielleicht war dieser Wolf ja auch kein richtiger Wolf?«

»Sondern?«

»Ein Geist.«

»Ein Geist?«, wunderte sich Lukas. »Du spinnst. Erstens gibt es keine Geister. Und zweitens ist das völlig unmöglich!«

»Warum denn nicht?«, erwiderte Kaja trotzig. »Nach allem, was wir in den letzten Tagen erlebt haben, halte ich nichts mehr für unmöglich.«

»Es war kein Geist«, sagte Laura ruhig.

»Ja, klar – ist doch logosibel!«, ereiferte sich Lukas. Dann aber furchte sich wieder die Falte in seine Stirn, und er sah seine Schwester misstrauisch an. »Warum bist du dir eigentlich so sicher?«

Laura wollte den Freunden gerade von dem Geheimnis des alten Gemäldes erzählen, als ihr eine bessere Idee kam. »Folgt mir«, sagte sie. »Ich will euch was zeigen.«

Blut tropfte in Alariks Augen und nahm ihm kurzzeitig die Sicht. Die Harpyie hatte ihn offenbar am Kopf erwischt. Alariks Stirn brannte wie ein Höllenfeuer – so, als habe die Kralle des Untiers sie in voller Breite mit einem giftigen Sekret verätzt.

Erneut griff der geflügelte Dämon an. Diesmal erwischte er den Jungen an der Wange. Alarik schrie auf vor Schmerz und wich zurück, so weit es ging.

Die Harpyie stieß ein hämisches Gelächter aus und kreischte mit ihrer schrillen Altweiberstimme: »Du wirst sterben, du Narr! Sterben! Sterben! Sterben!«

Alarik wusste, dass es keine Rettung mehr gab. Schließlich steckte er bereits bis zu den Schultern im Sumpf. Er hoffte nur darauf, dass der Sturmdämon seinem Leben schnell ein Ende machte.

Doch die Harpyie schien es gar nicht darauf abgesehen zu haben, ihn rasch zu töten. Ihre Attacken hatten vermutlich nur den Zweck, ihn zu quälen und zu verhindern, dass er auf den sicheren Pfad zurückkehrte. Das Untier würde sich daran weiden, wie er vollends im Sumpf versank und qualvoll in der fauligen Brühe erstickte. Dann erst würde es sich über ihn hermachen und ihn Stück für Stück verschlingen.

Natürlich!, schoss es Alarik durch den Kopf. Harpyien sind Aasfresser.

Erneut flog der Sturmdämon zum Angriff. Seine Augen glänzten vor Gier, als er die Krallen zum nächsten Hieb spreizte. Schon wollte das Biest zuschlagen, als ein Schrei ertönte. Er klang so majestätisch und gebieterisch, dass die Harpyie für einen Moment von ihrem Opfer abließ und sich erstaunt nach dem geheimnisvollen Rufer umwandte.

Da schoss Pfeilschwinge auch schon heran.

Wie ein Geschoss senkte sich der Adler der magischen Pforte aus den Wolken herab und griff den Sturmdämon unverzüglich an. Die mächtigen Krallen wie Lanzen zum Angriff gesenkt, fuhr Pfeilschwinge der Harpyie ins Gefieder und verpasste ihr zugleich einen Hieb mit dem scharfen Schnabel. Das Untier kreischte, Federn wirbelten durch die Luft, als die gewaltigen Geschöpfe mit urtümlicher Kraft aufeinanderprallten. Der Adler und die Harpyie bekämpften sich mit ungeheurer Wut.

Bereits nach kurzer Zeit aber musste die Harpyie erkennen, dass sie den gigantischen Kräften von Pfeilschwinge nicht gewachsen war. Ein letztes Mal schrie sie auf, wandte sich zur Flucht und flatterte eilig davon.

Pfeilschwinge machte sich an die Verfolgung des geflügelten Dämons. Er wollte wohl sichergehen, dass dieser nicht wieder kehrtmachte und Alarik erneut angriff.

Fassungslos sah der Knappe den Vögeln nach, bis sie seinen Blicken entschwunden waren. Er hatte sich bereits verloren geglaubt, aber als Pfeilschwinge so unvermittelt aufgetaucht war, hatte ihn neuer Lebensmut beflügelt. Und jetzt ließ der Adler, der Bote des Lichts, ihn einfach im Stich! Pfeilschwinge musste doch wissen, dass er ohne fremde Hilfe verloren war. Er musste bemerkt haben, dass Paravains Knappe bis zum Kinn im Sumpf steckte und sich nicht mehr rühren konnte! Und dennoch hatte er sich einfach davongemacht!

Aus! Es ist alles aus.

Schon wollte sich in Alarik eine endlose Leere breitmachen, als ihm aufging, dass es sinnlos war, mit dem Schicksal zu hadern. Er musste sich mit seinem unabwendbaren Geschick versöhnen. Der Knappe schloss die Augen. In den letzten Minuten seines Lebens sollten seine Gedanken bei denen verweilen, die seinem Herzen am nächsten waren: bei Alienor, seiner Schwester; bei Vater und Mutter und den anderen Geschwistern; bei Paravain und Morwena und natürlich auch bei Elysion, dem Hüter des Lichts. Er würde sie nie wiedersehen, und er würde sie in der Ewigen Dunkelheit sehr vermissen.

»Hey, du Träumer!«

Die Stimme des Mannes traf ihn wie ein Keulenhieb. Alarik riss die Augen auf und sah Silvan ins grinsende Gesicht. Der kräftige Mann mit dem Stoppelbart kniete auf dem Pfad, beugte sich zu dem Knaben und streckte die Hände nach ihm aus.

»Du?« Ungläubiges Staunen schwang in der Stimme des Jungen mit.

»Natürlich ich – oder glaubst du, ich bin ein Geist?«

»Aber … wo kommst du so plötzlich her, Silvan?«

»Paravain hat Pfeilschwinge mit einer Botschaft zu mir geschickt, und da hab ich mich sofort auf den Weg gemacht. Aber jetzt beiß die Zähne zusammen, es wird wehtun!« Silvan krallte die Pranken in Alariks Haar und zog mit aller Kraft.

Alarik fühlte keinen Schmerz, als der Waldläufer ihn dem Sumpf entriss. Er war viel zu glücklich. Er war gerettet, er würde leben! Er würde seine Familie, Paravain und den Hüter des Lichts wiedersehen! Er landete auf dem Pfad und blickte Silvan aus tränennassen Augen an.

»Vielen Dank, Silvan«, hauchte er noch, bevor er das Bewusstsein verlor.

Laura trat in die Eingangshalle und sah zu ihrer Erleichterung, dass sie keinem Irrtum erlegen war: Der schwarze Wolf war tatsächlich aus dem Bild verschwunden. Die Weiße Frau stand einsam auf der Waldlichtung.

Laura deutete auf das Ölgemälde. »Seht nur! Was sagt ihr dazu?«

Kaja und Lukas blickten auf das Bild und betrachteten es eingehend. Sie wechselten einen ratlosen Blick, bevor sie sich wieder an Laura wandten.

»Wenn du vielleicht die Güte haben würdest, uns zu erklären, was du meinst«, sagte Lukas. Er hatte die Augen zusammengekniffen und klang gereizt.

»Was gibt es denn da zu erklären?«, wunderte sich Laura. »Ihr seht es doch selbst.«

»Ja, was denn?«, fragte Kaja ungeduldig. »Was um alles in der Welt sollen wir sehen?«

Laura starrte sie verblüfft an. Sind die denn blind?, fragte sie sich. Oder tun sie nur so?

»Hört auf, mich auf den Arm zu nehmen«, brummte sie missmutig. »Ihr könnt doch genauso gut sehen wie ich, was mit dem Bild los ist!«

Erneut warf Kaja einen Blick auf das Gemälde und drehte sich dann wieder zu ihrer Freundin. Sie sagte nichts, aber in ihren Augen lagen Verwunderung und Verständnislosigkeit.

Lukas dagegen verzog verärgert das Gesicht. »Ich habe nicht die geringste Ahnung, wovon du sprichst«, sagte er. »Und ich weiß auch nicht, was du damit bezweckst. Aber das ist mir im Moment auch völlig egal.«

Er brach ab, weil er gähnen musste, nahm die Brille von der Nase und rieb sich die Augen. »Ich bin todmüde und muss dringend ins Bett«, fuhr er fort, nachdem er die Brille wieder aufgesetzt hatte. »Gute Nacht, und schlaft gut! Vielleicht bist du ja morgen wieder bei klarem Verstand, Laura.«

Damit drehte er sich um und schlurfte zum Jungentrakt. Laura schaute ihm für einen kurzen Moment verwundert nach.

»Okay, Kaja«, sagte Laura schließlich. »Jetzt mal ganz im Ernst – *du* kannst doch bestimmt sehen, was sich auf dem Bild verändert hat, oder nicht?«

Kaja schüttelte nur mitleidig den Kopf. »Ich glaube, Lukas hat Recht. Wir sind alle übermüdet. Es wird höchste Zeit, ins Bett zu gehen. Komm schon, Laura!« Ohne eine Antwort abzuwarten, ging sie zur Treppe.

Laura war fassungslos. Kaja kann also tatsächlich nicht sehen, dass sich nur noch die Weiße Frau auf dem Bild befindet, dachte sie. Und Lukas auch nicht.

Erneut richtete sie den Blick auf das Ölgemälde. Nein, sie hatte sich wirklich nicht getäuscht – der schwarze Wolf war spurlos daraus verschwunden. Und wenn Lukas und Kaja das nicht erkennen konnten, dann lag das vermutlich daran, dass sie keine Wächter waren. Sie konnten nur den äußeren Schein der Dinge wahrnehmen und nicht erkennen, was unter der Oberfläche verborgen war. Und schlagartig kam Laura ein schrecklicher Gedanke: Vielleicht sind Kaja und Lukas ja auch nicht in der Lage, den Kelch der Erleuchtung zu sehen? Vielleicht bleibt er ihren Blicken ebenso verborgen wie die Veränderungen auf dem Gemälde? Aber wie sollen sie mir dann bei der Suche helfen?

Laura fühlte sich plötzlich einsam und allein. Und schrecklich hilflos. Als sie sich endlich auf den Weg zu ihrem Zimmer machte, hatte sie alle Hoffnung begraben und verspürte nur noch Angst.

Angst zu versagen und die Angst, dass sie den Kelch niemals finden würde.

Mitten in der Nacht wurde Laura plötzlich wach. Im ersten Augenblick wusste sie nicht mehr, wo sie war. Doch als sie sich aufrichtete und sich umschaute, sah sie, dass sie sich in ihrem Zimmer befand.

Natürlich! Wo auch sonst?

Steter Regen prasselte gegen die Fensterscheiben, und aus Kajas Bett kam ein sanftes Schnarchen. Der Wecker auf dem Nachttisch tickte auf vier Uhr zu.

Oh, Mann! Nur noch drei Stunden bis zum Wecken!

Laura fühlte sich wie zerschlagen. Sie wollte sich gerade wieder unter die Decke kuscheln, als sie das Weinen hörte.

Leise, aber dennoch deutlich hörbar, drang es an ihr Ohr. Erstaunt richtete sie sich wieder auf und blickte hinüber zum Bett der Freundin. Doch Kaja schlief immer noch friedlich.

Aber wer war es dann, der so herzzerreißend weinte?

Laura schaute zur Tür – und plötzlich war sie sich sicher, dass dieses anrührende Wehklagen aus dem Flur kam. Sie schlug die Decke zur Seite und stieg aus dem Bett.

Als Laura in den Flur trat, wurden ihre Augen groß: Vor ihrer Zimmertür ging eine Frau auf und ab. Sie war in ein bodenlanges weißes Gewand gekleidet und schluchzte vor sich hin. Laura konnte sie nicht sofort erkennen, weil sie ihr den Rücken zuwandte, doch als die Gestalt sich umdrehte, sah sie, dass es sich um Silva, die junge Frau aus dem Gemälde in der Halle, handelte. Ihr blasses Gesicht zeigte wie stets tiefe Trauer, und nun kullerten sogar Tränen über ihre Wangen. Ihre Schritte waren nicht zu hören, während sie auf Laura zukam.

Silva schien das Mädchen gar nicht wahrzunehmen. Den Blick wie abwesend auf den Boden gerichtet, schwebte sie an Laura vorbei, um nach wenigen Schritten kehrtzumachen und die andere Richtung einzuschlagen. Dabei weinte sie ohne Unterlass.

Laura war ratlos. Was konnte sie tun? Und wie war es zu erklären, dass die Gestalt aus dem Gemälde leibhaftig vor ihr stand?

Laura zögerte, beschloss dann aber doch, die Frau in Weiß anzusprechen. Sie schien Trost und Zusprache zu benötigen. »Was … was hast du?«, fragte sie zaghaft. »Warum weinst du?«

Silva blieb stehen, hob den Kopf und schaute Laura aus ihren tiefblauen Augen an, die tränennass schimmerten. »Du, Laura, du bist der Grund!«, sagte sie mit erstickter Stimme. »Du denkst, dass du die Dinge durchschaust, dabei vermagst du ebenso wenig unter die Oberfläche zu blicken wie mein unglücklicher Hans!«

Laura starrte sie verständnislos an. Sie wollte um eine Erklärung bitten, aber da wandte Silva sich ab und schwebte davon. Nur ihr leises Schluchzen war noch zu hören, während sie sich durch den schummrigen Gang entfernte und im Treppenhaus verschwand.

Laura blieb noch eine Weile auf dem Flur stehen und schaute nachdenklich vor sich hin. Dann schüttelte sie verwirrt den Kopf. Alles wurde immer geheimnisvoller. Dabei war das alles doch schon geheimnisvoll genug.

Paravain stand am Fenster des Thronsaals und sah hinaus in die Dunkelheit. Doch der junge Ritter nahm nichts von dem wahr, was auf der nächtlichen Hochebene von Calderan vor sich ging. Sein Blick war ins Leere gerichtet, und sein Gesicht von tiefer Ratlosigkeit gezeichnet. Noch nie in seinem Leben hatte er sich so hilflos gefühlt wie in diesen Stunden. Vollkommen hilflos und gleichzeitig zur Untätigkeit verdammt. Elysion, der Hüter des Lichts, lag im Sterben. Aventerra und der Menschenstern waren vom Untergang bedroht, und er, Paravain, konnte nichts tun.

Gar nichts!

Wirre Gedanken gingen dem Ritter durch den Kopf. Wie oft schon hatte er sich das Gehirn zermartert, hin und her überlegt, ob es vielleicht doch noch eine Möglichkeit zum Eingreifen gäbe. Aber am Ende war er immer wieder zum gleichen Schluss gelangt: Er konnte nichts tun, um den Lauf des Schicksals zu beeinflussen. Der Kelch der Erleuchtung war auf dem Menschenstern verborgen, und der Weg dahin war ihm versperrt. Die magische Pforte war geschlossen. Bis sie sich öffnete, konnte er nur eines tun – warten.

Nichts als warten.

Dieser Zustand machte Paravain beinahe krank. Und was noch schlimmer war: Er zweifelte zunehmend daran, dass die Herrschaft des Ewigen Nichts überhaupt noch zu verhindern war. Schließlich lag ihr Schicksal einzig und allein in den Händen eines Mädchens. Sicherlich – Laura war im Zeichen der Dreizehn geboren und verfügte über ganz besondere Kräfte. Aber sie war erst vor kurzer Zeit in den Kreis der Wächter aufgenommen worden, und deshalb hatten sich ihre Fertigkeiten noch nicht richtig entfalten können. Das Mädchen verfügte erst über einen geringen Teil der magischen Fähigkeiten, und es stand zudem noch infrage, ob es diese schon richtig anzuwenden verstand. Vielleicht würde es ja genauso scheitern wie Alarik?

Der Gedanke an seinen Knappen trieb Paravain beinahe die Tränen in die Augen. Zwar hatte Pfeilschwinge ihm inzwischen die frohe Botschaft überbracht, dass der Junge in Sicherheit war und sich in Silvans Begleitung auf dem Rückweg nach Hellunyat befand, aber die Tatsache, dass Alarik sich in seiner Verzweiflung zu einem solch wahnwitzigen Vorhaben hatte hinreißen lassen, brach ihm fast das Herz. Nicht auszudenken, wenn Alarik etwas passiert wäre, wenn er ein Opfer von Syrin geworden wäre! Paravain war sicher, dass sich niemand anders als Borborons engste Vertraute in der Gestalt der Harpyie verborgen hatte.

Immerhin hatte Alarik Mut bewiesen. Auch wenn sein Einsatz letztlich nutzlos gewesen war, hatte er gezeigt, dass er bereit war, alles für die Sache des Lichts zu geben. Sogar sein Leben.

Ob Laura wohl aus dem gleichen Holz geschnitzt ist?, grübelte der Ritter. Ob sie auch so viel Mut besitzt? Ist sie auch bereit, alles in die Waagschale zu werfen – oder hat sie längst aufgegeben, und unser aller Schicksal ist in Wahrheit längst besiegelt, während wir noch auf Rettung hoffen?

Die Ungewissheit trieb Paravain beinahe in den Wahnsinn, und so entschloss er sich zu einem Schritt, vor dem er bislang zurückgeschreckt war: Mit Einbruch der Nacht würde er seinen Schatten auf den Menschenstern hinunterschicken. Dem gestaltlosen Wesen war es möglich, auch außerhalb der magischen Pforte einen Weg zum Schwestergestirn zu finden. Dort blieb der Schatten zwar zur Untätigkeit verdammt, war nichts weiter als ein Beobachter, der nicht eingreifen und nichts ausrichten konnte. Aber wenigstens würde der Schatten ihm nach der Rückkehr Bericht erstatten können und ihm Gewissheit darüber verschaffen, ob noch Hoffnung auf Rettung bestand.

Kapitel 23 ❧ Der Steinerne Riese

Am Morgen klarte es auf. Es hörte auf zu regnen, und die Wolken verzogen sich. Die Wintersonne tauchte den Himmel im Osten in ein sanftes Rosa. Die feuchten Dächer von Burg Ravenstein glänzten im matten Licht.

Laura beeilte sich mit dem Frühstück und bat dann Percy Valiant, ihr in die Eingangshalle zu folgen. Vor dem großen Gemälde berichtete sie ihm von ihren nächtlichen Erlebnissen – von dem Besuch in der Gruft, dem schwarzen Wolf, der sie und die Freunde vor den reißenden Doggen gerettet hatte, und auch von ihrer Begegnung mit der Frau in Weiß, die ihren Platz auf dem Gemälde wieder eingenommen hatte. Der Wolf lag zu ihren Füßen.

Nicht die geringste Spur deutete darauf hin, dass beide in der Nacht Gestalt angenommen hatten und Laura leibhaftig begegnet waren. Einen Augenblick lang fürchtete Laura deshalb, dass Percy ihr keinen Glauben schenken würde. Doch der Sportlehrer glaubte ihr jedes Wort – schließlich wusste er um das Geheimnis der unglücklichen Silva und des schwarzen Wolfes.

Silva hatte zu den Zeiten des Grausamen Ritters gelebt. Damals galt sie als das schönste Mädchen weit und breit. Reimar von Ravenstein hatte ein Auge auf sie geworfen und wollte sie zu seiner Frau machen, obwohl sie längst einem jungen Mann versprochen war. Als Silva sich weigerte und sich selbst durch die Androhung von Gewalt nicht zu einer

Heirat bewegen ließ, übte Reimar Rache und verhängte einen schrecklichen Fluch über sie.

Laura sah Percy mit erstauntem Blick an. »Er hat einen Fluch verhängt?«

Der Lehrer nickte. »Reimar war niischt nur ein übler Zeitgenosse, sondern er stand auch mit den Dunklen Mächten im Bunde. Da'er verfügte er auch über große Kenntnisse in Schwarzer Magie, von denen er, wann immer nötiisch, auch Gebrauch gemacht 'at!«

»Und alles nur, weil Silva ihn nicht heiraten wollte?«

»So iist es!«, bestätigte Percy. »Sein Fluch bescherte i'r ein tragiisches Schicksal: Am Tag musste Silva in einem finsteren Kerker schmachten, aber mit jedem Sonnenuntergang verwandelte sie siisch in einen reißenden Wolf, der die Bewo'ner in der Umgebung von Ravenstein in Angst und Schrecken versetzte. Selbst i'r Geliebter, ein Förstersbursche mit Namen 'ans, erkannte sie niischt wieder in der Gestalt der Bestie und machte unerbittliisch Jagd auf sie. Und das brach dem unglückliischen Mädchen beina'e das 'erz.«

Laura seufzte mitleidig. »Kein Wunder, dass sie immer so traurig dreinblickt. Aber trotzdem hat sie Reimar von Ravenstein nicht geheiratet?«

»Mitniischten! Als der sie nach Ablauf eines Jahres vor die Wahl stellte, i'n entweder zu 'eiraten oder sterben zu müssen, stürzte sie siisch vor seinen Augen von den Zinnen des Turmes in den Tod. Vor'er aber verfluchte Silva i'rerseits den Grausamen Ritter – er solle niischt e'er zur Ru'e kommen, bis seine Untat geräscht sein würde.«

»Und das ist bis heute nicht geschehen?«

»Nein!« Percy schüttelte den Kopf. »Noch immer ste't Reimar von Ravenstein im Banne dieses Fluches. Aber nach allem, was du mir erzä'lt 'ast, Laura, scheint auch Silva noch niischt zur Ru'e gekommen zu sein.«

Laura blickte den Lehrer nachdenklich an. »Sieht ganz danach aus. Aber was ich nicht ganz verstehe –«

Sie musste abbrechen, weil Mary Morgain herbeigeeilt kam. Mary war in heller Aufregung und schien der Verzweiflung nahe zu sein.

»Der Professor –«, hob Miss Mary an, aber da versagte ihr die Stimme, und Tränen schimmerten in ihren Augen.

»Was ist mit dem Professor?«, fragte Laura hastig.

»Er …« Miss Mary stockte, schnäuzte sich die Nase und wischte sich die Tränen aus den Augen. »Ich fürchte, es geht bald zu Ende. Er fiebert nur noch und ist in einen komaähnlichen Zustand gefallen, und –«

»Dann holt doch einen Arzt, schnell!«, unterbrach Laura.

Percy Valiant sah sie mitfühlend an. Er konnte die Sorge des Mädchens nur allzu gut verstehen. »Das würde niischts bringen, Laura – kein Arzt kann i'm mehr 'elfen. Das weißt du doch!«

Natürlich. Natürlich weiß ich das!, ging es Laura durch den Kopf. Aber trotzdem – wir können doch nicht tatenlos zusehen, wie er stirbt!

Plötzlich kam ihr eine Idee, und ein Anflug von Hoffnung trat in ihr Gesicht. »Ich weiß, was ich mache!«, rief sie aufgeregt. »Ich gehe zu Dr. Schwartz und frage ihn, wo sich der Kelch befindet!«

Percy Valiant runzelte überrascht die Stirn. »Um der Wa'r'eit die E're zu geben: Iisch 'abe niischt die blasseste A'nung, was du damit bezwecken willst, Laura. Das ist doch völliisch aussichtslos!«

»Das ist nicht nur aussichtslos, das ist völlig absurd!«, pflichtete Mary ihm bei. »Dr. Schwartz ist doch der Anführer der Dunklen. Er denkt doch im Traum nicht daran, dir zu verraten, wo der Kelch versteckt ist.«

»Natürlich nicht!«, sagte Laura. Sie musste sich ein Lächeln verkneifen, weil die beiden Lehrer ihrem Gedankengang offensichtlich nicht folgen konnten. Sie sahen sie vielmehr an, als habe sie den Verstand verloren.

»Aber Schwartz weiß doch auch, dass meine Ausbildung längst noch nicht beendet ist«, fuhr sie schnell fort. »Und vielleicht ist genau das ja meine Chance.«

Laura konnte Mary und Percy an den Gesichtern ablesen, dass sie immer noch nicht begriffen, was sie vorhatte. Ein gutes Zeichen, fand Laura, dann würde auch Dr. Schwartz es wahrscheinlich nicht so schnell erraten.

»Es ist doch ganz einfach«, erklärte sie. »Dr. Schwartz weiß, dass ich die Fertigkeiten der Wächter noch nicht richtig beherrsche. Möglicherweise wird er deshalb bei mir weniger vorsichtig sein und seine Gedanken nicht so gut abschirmen wie zum Beispiel gegen dich, Mary. Wär doch möglich, oder?«

Die Lehrerin zog die Stirn kraus. Sie schien nicht allzu viel von Lauras Plan zu halten, und auch Percy wirkte unentschlossen. »Iisch weiß niischt so rescht, ob das Sinn macht«, brummte er. »Aber vielleischt ist es ja einen Versuch wert.«

»Ja, natürlich!« Laura strahlte. Doch ein Blick in das Gesicht des Lehrers machte ihr sehr schnell klar, dass auch Percy Valiant nicht im Geringsten davon überzeugt war, dass ihre Finte Erfolg versprach.

Frau Prise-Stein lehnte Lauras Ansinnen, mit Dr. Schwartz zu sprechen, rundweg ab. Sie drehte ihr käsiges Spitzmausgesicht vom Computer weg, dessen Tastatur sie mit spitzen rot lackierten Fingern malträtierte, und schaute das Mädchen pikiert an. Auch ihre Stimme erinnerte an eine Maus: »Tut mir leid, Laura Leander, aber das ist ganz und gar unmöglich! In zwei Tagen ist Schulkonferenz, und der Direktor steckt bis über beide Ohren in den Vorbereitungen. Ich kann ihn unter keinen Umständen stören!«

»Aber ich muss mit ihm sprechen!«, beharrte Laura in eindringlichem Ton. »Wirklich, Frau Piesel … äh … Frau Prise-Stein. Es geht um Leben und Tod!«

Die gestrenge Hüterin des Direktoratszimmers starrte das Mädchen verwundert an. »Um Leben und Tod, sagst du?«

Laura nickte ernst. »Ja.«

»Könntest du mir das vielleicht ein bisschen … näher erklären?«

»Ähm«, stotterte Laura. Sie wollte sich schon eine möglichst einleuchtende Ausrede einfallen lassen, entschloss sich dann aber doch dazu, es lieber bei der Wahrheit zu belassen. »Mit Professor Morgenstern geht es zu Ende«, sagte sie. »Aber möglicherweise kennt Dr. Schwartz ein Mittel, das ihm das Leben retten könnte.«

»Wirklich?« Die Pieselstein war sichtlich geschockt.

Erneut antwortete Laura mit einem ernsthaften Nicken.

Das Spitzmausgesicht der Sekretärin wurde noch blasser, als es ohnehin schon war. »Warum hast du das nicht gleich gesagt?«, fragte sie betroffen. Sie schoss vom Stuhl hoch, kam hinter dem Schreibtisch hervor und trippelte zur Tür des Direktoratszimmers, durch die sie nach kurzem Anklopfen verschwand.

Nach wenigen Sekunden schon tauchte sie wieder auf. »Aber selbstverständlich, Laura.« Sie hielt ihr sogar die Tür auf. »Selbstverständlich ist Dr. Schwartz unter diesen Umständen für dich zu sprechen.«

Lauras Hoffnung, dass Dr. Schwartz möglicherweise von Mitgefühl ergriffen wurde und seinem Kollegen deshalb helfen wollte, wurde sehr schnell enttäuscht. Als sie den stellvertretenden Direktor nach dem Versteck des Kelches fragte, tat er völlig unwissend.

»Der Kelch«, fragte er bemüht, »was für einen Kelch meinst du denn?«

Wut stieg in Laura auf. Voller Empörung funkelte sie den Chemielehrer an, der hinter dem mit Papieren übersäten Schreibtisch des Direktors Platz genommen hatte und Laura scheinbar ahnungslos anblickte. »Sie wissen genau, was ich meine. Den Kelch der Erleuchtung natürlich – was denn sonst?!«

Das Gesicht von Dr. Schwartz verfinsterte sich. Das Mädchen ließ sich jedoch nicht einschüchtern und hielt dem stechenden Blick stand. Jeden Moment rechnete es damit, dass das höllische Glühen wieder in die Pupillen des Lehrers treten würde. Doch nichts dergleichen geschah. Im Gegenteil: Dr. Schwartz entspannte sich augenblicklich wieder – aber dafür konnte Laura plötzlich die Gedanken hinter seiner gerunzelten Stirn lesen.

Diese Rotzgöre, ging es ihm durch den Kopf, sie wird doch nicht glauben, dass sie es schon mit mir aufnehmen kann!

Als er zu einer Erwiderung ansetzte, war in seiner Stimme allerdings nicht die Spur einer Anspannung zu erkennen.

»Bedaure, Laura«, sagte er in beinahe mitleidigem Ton. »Ich weiß wirklich nicht, wovon du sprichst.«

Laura sprang vom Stuhl auf und warf ihm einen vorwurfsvollen Blick zu. »Hören Sie endlich auf, den Ahnungslosen zu spielen!«, fuhr sie ihn an. »Professor Morgenstern wird sterben, wenn ich den Kelch nicht finde …«

Na, hoffentlich!, fuhr es Dr. Schwartz durch den Kopf und drang in Lauras Bewusstsein.

»… also sagen Sie endlich, wo er versteckt ist!«

Das könnte dir so passen!, dachte der Dunkle, behielt aber äußerlich die Rolle des Unwissenden auf fast schon bewundernswürdige Weise bei.

»Ich fürchte, du verrennst dich da in etwas!«, entgegnete er mit einem verständnislosen Kopfschütteln, nachdem Laura wieder Platz genommen hatte. »Tut mir wirklich leid – aber was ich nicht weiß, das kann ich dir auch nicht verraten. Das wirst du wohl verstehen, oder?«

Und dass der Kelch in Reimars Schatzkammer versteckt ist, darauf wirst du niemals kommen!, dachte er hämisch. Sonst müsstest du ja klüger sein als Morgenstern und Percy Valiant!

Laura fuhr zusammen. Am liebsten wäre sie erneut aufgesprungen und hätte laut gejubelt.

Also doch! Es hat geklappt!

Aber sie bemühte sich, Dr. Schwartz nicht den geringsten Hinweis darauf zu liefern, dass sie seine Gedanken gelesen hatte. Um ganz sicherzugehen, spielte sie weiterhin die Empörte und überhäufte ihn mit zusätzlichen Vorwürfen. »Sie können doch nicht zulassen, dass der Professor stirbt! Das dürfen Sie einfach nicht!«

Ihre Finte war aufgegangen! Dr. Schwartz fühlte sich sogar zu einer scheinheiligen Entschuldigung bemüßigt.

»Glaub mir«, sagte er mit einem gekonnten Ausdruck des Bedauerns. »Niemand wäre betroffener als ich, wenn den verehrten Kollegen Aurelius Morgenstern ein solch schreckliches Schicksal ereilen würde – niemand, Laura!«

Dann warf er einen Blick auf die Uhr und zeigte zur Tür, zum Zeichen, dass ihr Gespräch beendet war. »Und jetzt entschuldige mich bitte, aber ich habe noch zu tun!«

Da Laura bereits erfahren hatte, was sie wissen wollte, erhob sie sich und ging. An der Tür wandte sie sich noch einmal um zum Schreibtisch des Direktors. Doch Dr. Schwartz hatte sich bereits wieder über die Schriftstücke gebeugt und schenkte ihr keinerlei Beachtung mehr. Das konnte nur bedeuten, dass er nicht den geringsten Verdacht geschöpft hatte.

Gut!, dachte Laura voller Freude. Jetzt wird doch noch alles gut!

»Auf Wiedersehen, Frau Prise-Stein«, rief Laura laut, als sie das Sekretariat durchquerte. »Und vielen Dank noch mal!«

»Keine Ursache«, flötete die Sekretärin und wandte sich wieder dem Computer zu.

Im Flur fiel alle Anspannung von Laura ab, und ein freudiges Strahlen erhellte ihr Gesicht. »Ja!«, jubelte sie laut. Sie ballte die Faust und machte einen kleinen Luftsprung vor Freude. Dann hastete sie davon. In der Eile entging ihr, dass sie beobachtet wurde. Und das finstere Gesicht des Mannes, der sich an ihre Fersen heftete, ließ nicht darauf schließen, dass er Gutes im Sinn haben könnte.

Laura konnte es kaum erwarten bis zum Sportunterricht.

Percy strahlte, als er die gute Neuigkeit hörte. »Der Kelsch der Erleuschtung befindet siisch also doch in der ge'eimen Schatzkammer von Reimar von Ravenstein?«, fragte er erstaunt.

Laura nickte.

»Bist du auch ganz siischer?«

Wieder nickte das Mädchen.

»Das 'ast du riischtiisch toll gemacht, Laura!« Der Sportlehrer war tief beeindruckt. Dann allerdings schüttelte er ärgerlich den Kopf. »Wir aber waren fürwa'r Idioten, dass wir uns 'aben die ganze Zeit an der Nase herumfü'ren lassen. Wenn siisch der Kelsch tatsächliisch im Burgkeller befindet, dann ist der Zusammenbruch des Ganges offensiischtliisch nur vorgetäuscht, um Eindringlinge von Reimars Schatzkammer fern zu 'alten.«

»Sieht ganz danach aus.«

Laura warf einen Blick über die Schulter und vergewisserte sich, dass der Rest der Klasse nichts von ihrem Gespräch mitbekam. Doch die Mitschüler hingen ein gutes Stück zurück, und Kaja und Max Stinkefurz bildeten gar die weit abgeschlagenen Schlusslichter des keuchenden Läuferfeldes. Dem wöchentlichen Geländelauf konnte außer Laura niemand in der

7b etwas abgewinnen. Mit offen zur Schau getragener Unlust trotteten ihre Klassenkameraden gemächlich durch den Park und machten keinerlei Anstalten, Laura und Percy einzuholen. Dabei hatten die beiden nun wirklich kein allzu schnelles Tempo vorgelegt. Sie waren noch nicht einmal aus der Puste geraten, was bei dem Schneckentempo der anderen auch kein Wunder war.

»Ich nehme an, dass auch die Story von der eingestürzten Mauer in der Gruft frei erfunden ist«, sagte Laura zu dem neben ihr laufenden Lehrer. »Wahrscheinlich hat es im Internat nie einen Schüler mit Namen Alain Schmitt gegeben.«

Percy konnte nur zustimmend nicken. »Misch dünkt, du ’ast Rescht. Iisch ’abe miisch im Schulregister schlau gemacht, und dieses weist einen solchen Namen in der Tat niischt aus!«

Sie bogen um die Ecke des Hauptgebäudes und hielten auf die Einfahrt zu. Auf der großen Rasenfläche im Hintergrund stand der Internatsgärtner. Er verharrte neben den beiden Buchsbaumdoggen. Laura konnte nicht genau sehen, was er dort machte, aber es hatte fast den Anschein, als würde er mit ihnen reden. Wieso auch nicht? Schließlich hatte sie schon des Öfteren gehört, dass Gärtner sich mit ihren Pflanzen unterhielten. Angeblich war das gut für deren Wachstum. Warum sollte dann nicht auch Albin Ellerking mit seinen Buchsbaumhunden reden? Allerdings fand sie es doch etwas merkwürdig, dass er ihnen dabei fast zärtlich den Rücken streichelte.

Groll, sein hässlicher Kater, strich zu seinen Füßen herum. Kaum dass er Laura erblickte, machte das Vieh auch schon einen Buckel, reckte den Schwanz steil in die Höhe und fauchte wütend in ihre Richtung. Allerdings war es viel zu weit entfernt, als dass Laura das hätte hören können. Aber auch so blieb dem Mädchen der Ausdruck seines unverhohlenen Missfallens nicht verborgen.

Groll mochte sie nicht, das war mehr als offensichtlich.

Aber war das verwunderlich? Gab es auch nur einen einzigen Dunklen, den der Anblick eines Wächters erfreut hätte? Wahrscheinlich nicht, auch wenn die meisten von ihnen ihre Abneigung sicherlich viel besser zu verbergen wussten als der einäugige Kater. Laura schenkte ihm denn auch weiter keine Beachtung und wandte sich wieder ihrem Sportlehrer zu.

»Wir werden heute Nacht versuchen, in die Schatzkammer einzudringen«, erklärte sie. Den Plan hatte sie in der vorangegangenen Unterrichtsstunde gefasst. »Ihr kommt doch sicherlich mit und helft uns, den Schutt wegzuräumen, Mary und du?«

Zu ihrer großen Enttäuschung schüttelte Percy sofort den Kopf. Natürlich blieb ihm die Reaktion des Mädchens nicht verborgen, sodass er schnell zu einer Erklärung anhob. »Iisch bedauere zutiefst, Laura – aber Dr. Schwartz 'at Miss Mary und miisch Unwürdigen für 'eute zu einem Nachtmahl geladen. Bleiben wir dem Essen fern, so schüren wir damit doch erst rescht sein Misstrauen! Schließliisch lässt er uns ständiisch beobachten, falls dir das noch niischt aufgefallen sein sollte.«

Unauffällig deutete er mit dem Kopf zum Gärtner. Da fiel Laura auf, dass der ihnen immer wieder verstohlene Blicke zuwarf. Er behielt sie stets im Auge. Und plötzlich erinnerte sie sich an einige merkwürdige Vorkommnisse der letzten Zeit.

»Ich hab es ja eigentlich für unbedeutend gehalten«, sagte sie nachdenklich. »Aber jetzt, wo du es erwähnst, fällt es mir wieder ein – in den letzten Tagen hatte ich öfter mal den Eindruck, als würde mich jemand heimlich beobachten. Aber jedes Mal, wenn ich mich dann umgesehen habe, um mich zu vergewissern, war niemand da. Trotzdem – irgendwie hatte ich das Gefühl, dass mir dauernd jemand nachschleicht. Hältst du so was für möglich, Percy?«

»Iisch 'alte das niischt nur für mögliisch, sondern sogar für se'r wa'rscheinliisch! Du würdest also gut daran tun, die Augen offen zu 'alten!«

Inzwischen hatten sie die Vorderseite des Burggebäudes passiert. Bevor sie um die Ecke bogen und die Richtung zur Turnhalle einschlugen, drehte der Sportlehrer sich um und rief: »Jetzt macht schon ein biisschen, i'r Schlafmützen! Niischt dass eusch noch die Füße festfrieren beim Laufen! Es sind doch nur noch ein paar 'undert Meter!«

Ein angestrengtes Keuchen und ein undeutliches Gemurmel antworteten ihm. Keiner von Lauras Klassenkameraden machte Anstalten, sich auch nur einen Deut schneller zu bewegen. Percy ließ sie gewähren. Er wusste, dass er seinen Schülern die Lust am Laufen nicht mit Gewalt beibringen konnte. Entweder sie kam von ganz allein – oder eben überhaupt nicht.

Seite an Seite liefen Laura und Percy über die schmale Holzbrücke, die den Burggraben überspannte, und bogen dann in den Weg ein, der sich zum Denkmal schlängelte. Als sie die dichte Strauchgruppe passierten, die gleich hinter der Abzweigung am Wegrand stand, bemerkte keiner von ihnen die dunkle Gestalt, die sich dahinter verborgen hatte. Es war Attila Morduk, der Hausmeister. Mit finsterem Gesicht schaute der Kahlkopf ihnen nach, bis sie seinen Blicken entschwunden waren.

Natürlich waren Laura und Percy die Ersten, die an der Turnhalle eintrafen. Sie machten ein paar Lockerungsübungen und dehnten sich, während sie auf die anderen warteten.

Laura nutzte die Gelegenheit und unternahm einen neuen Versuch, den Lehrer für das nächtliche Unternehmen zu gewinnen. »Irgendeine Ausrede wird euch doch einfallen, dass ihr heute Abend nicht zu Dr. Schwartz müsst!«

Doch Percy blieb standhaft. »Tut mir aufriischtiisch leid, Laura – aber es ge't wirkliisch niischt. Dr. Schwartz würde unser Manöver doch sofort durschschauen und seine Kumpane an'alten, doppelt wachsam zu sein. Eure Chance, unbemerkt in die Schatzkammer zu gelangen, wäre dann fast nüll! Es ist also viel besser für eusch, wenn wir seiner Einladung nachkommen und i'n in Siischer'eit wiegen!«

»Vielleicht hast du ja Recht, Percy. Wir müssen unbedingt versuchen, noch heute Nacht in die Schatzkammer zu kommen. Die Zeit läuft uns sonst davon. Aber wenn der Zugang verschüttet ist, dann weiß ich wirklich nicht, wie wir das ohne fremde Hilfe schaffen sollen.«

Der Lehrer blickte sie mit einem geheimnisvollen Lächeln an. »Wer be'auptet denn, dass i'r keine 'ilfe bekommt?«

Höchst verwundert erwiderte das Mädchen seinen Blick. Dann machte es eine weite Grätsche, um die Beine zu dehnen. »Wer soll uns denn helfen? Miss Mary und du, ihr seid verhindert, und Aurelius Morgenstern ist sterbenskrank. Wer bleibt da noch übrig?«

Percy antwortete nicht sofort, sondern lächelte nur still vor sich hin.

»Was ist denn mit Kastor und Nikodemus Dietrich?«, fiel Laura plötzlich ein. »Könnten die uns nicht helfen?«

Der Lehrer schüttelte den Kopf. »Auch das wird siisch leider niischt bewerkstelligen lassen«, erklärte er. »Einige i'rer Pferde 'at eine rätsel'afte Krank'eit 'eimgesucht. Sie 'aben alle 'ände voll zu tun.«

»Mist!«, schimpfte Laura enttäuscht, während sie den Rumpf beugte und mit den Fingerspitzen wechselseitig an die Kappen ihrer Turnschuhe tippte. »Dann können wir das glatt vergessen!«

»Aber, aber, Laura!«, tadelte Percy. »Wer wird denn beim kleinsten Problem gleisch aufgeben? Warte, bis die Turmglocke Mitternacht schlägt. Dann ge'st du zur großen Säule und reibst dreimal kreisförmiisch an i'rem Sockel.«

Laura richtete sich abrupt auf und schaute den Lehrer verständnislos an. »Was?«

»Wenn die Glocke Mitternacht schlägt, dann begebe diisch zur großen Säule und reibe dreimal kreisförmiisch an i'rem Sockel«, wiederholte Percy ruhig und wandte sich dann den anderen Schülern zu, die nun einer nach dem anderen eintrudelten.

Mr. Cool führte die Truppe der restlos erschöpften Turnschuhkrieger an. Er ließ sich japsend auf den Boden fallen. Hoppel und Franziska Turini beugten sich völlig ausgepumpt vornüber und stützten mit einem asthmatischen Keuchen die Arme auf die Knie, sodass Laura schon befürchtete, sie würden sich jeden Moment übergeben. Von Kaja und Max Stinkefurz war allerdings weit und breit keine Spur zu entdecken.

Percy Valiant blickte auf seine Stoppuhr und wandte sich dann an die Schüler. »Schade«, sagte er freundlich. »Noch ein biisschen langsamer, und der 'eutige Lauf 'ätte Eingang in das Guiness-Buch der Rekorde gefunden – als der langsamste Dauerlauf aller Zeiten! Aber iisch bin sisscher, beim nächsten Mal schafft i'r das ganz bestimmt.«

Der nahezu volle Mond stand bleich am wolkenlosen Nachthimmel über Ravenstein. Es war bitterkalt, und ein böiger Ostwind wirbelte lose Zweige und vertrocknete Blätter vor sich her. In der Burg war alles still, kein Licht brannte hinter den Fenstern.

Als der erste Schlag der Turmglocke durch die Stille dröhnte, kam an der Eingangspforte plötzlich Bewegung auf. Das Portal wurde einen Spaltbreit geöffnet, eine Gestalt, die in eine dicke Jacke gehüllt war und eine Dockmütze auf dem Kopf trug, zwängte sich ins Freie und huschte die Stufen hinunter. Am Sockel der großen Säule verharrte sie, drückte sich in den Schatten und wartete.

Es war Laura, die ungeduldig die Schläge der Turmuhr mitzählte. »Neun ... zehn ... elf ... zwölf.« *Endlich!*

Sie hob den Kopf und warf einen Blick in das Gesicht des Säulenriesen. Doch der sah genauso aus wie immer. Hintergründig lächelnd starrte er in die Ferne, und nichts deutete darauf hin, dass sich das jemals ändern würde.

Wie Percy es ihr eingeschärft hatte, schaute Laura sich sorgfältig um. Es war niemand zu sehen. Durch die Ereignisse der letzten Tage vorsichtig geworden, warf sie noch einen zweiten Blick prüfend in die Runde – doch wieder konnte sie niemanden entdecken.

Gut, dachte sie. Sehr gut. Dann kann ich es also wagen.

Sie zog den Handschuh von der rechten Hand und legte die Handfläche an den steinernen Sockel der Säule. Er war eisig, und die plötzliche Kälte fuhr ihr derart heftig unter die Haut, dass sie jäh zurückzuckte und nach Luft schnappte.

Laura atmete tief durch und unternahm einen zweiten Versuch. Diesmal war sie vorgewarnt und der Kälteschock deshalb leichter zu ertragen. Trotzdem schlug das Herz in ihrer Brust heftig, und ihr Puls raste. Aber daran war weniger die Kälte als vielmehr die große Aufregung schuld, die Laura erfasst hatte. Erneut holte sie Luft und zwang sich zur Ruhe. Dann endlich wagte sie es und rieb dreimal mit der Hand kreisförmig über den Sockel.

Es tat sich überhaupt nichts. Aber dann war ein dumpfes Grollen und Knirschen zu hören. Die Säule begann zunächst kaum merklich, dann immer heftiger zu zittern. Erschrocken trat Laura zurück und starrte auf den steinernen Giganten, in den allmählich Leben zu kommen schien. Er ruckte und zuckte, und seine Glieder bewegten sich. Erst langsam, dann immer stärker. Der Riese ächzte, während seine Hände, die das Vordach stützten, den Griff lockerten und sich schließlich ganz lösten. Die hünenhafte Gestalt schien zu schrumpfen.

Fassungslos stand das Mädchen da. Und tatsächlich: Der Säulenmann wurde kleiner und kleiner. Als er endlich zu schrumpfen aufhörte, war er allerdings immer noch ein mehr als zwei Meter großer Koloss, der eine beeindruckende Figur als Boxer oder Wrestler abgegeben hätte. Der Riese streckte die Arme zum Himmel und reckte sich ausgiebig, wobei er ein ebenso lautes wie herzhaftes Gähnen hören ließ.

Laura konnte den Blick nicht von dem Hünen wenden. Mit offenem Mund stand sie da und starrte ihn an. Noch immer schien sie nicht richtig zu begreifen, was geschehen war. Dabei hatte sie doch selbst mit angesehen, wie die Säule zum Leben erwacht war.

Nein, dachte sie. Nein, das gibt es einfach nicht. *So was ist doch nicht möglich!*

Das Gähnen wurde leiser und verstummte schließlich. Der Riese ließ die Arme sinken und drehte den Kopf in Lauras Richtung. Als er sie sah und ihr maßloses Erstaunen bemerkte, ging ein freundliches Lächeln über sein steingraues Gesicht. Dann verbeugte er sich ganz tief vor Laura und begann zu sprechen. Seine Stimme war überraschend sanft und hatte einen melodiösen Klang.

»Der Starke Portak werd ich genannt, bin Euch mit Diensten stets zur Hand!«, erklärte er und machte eine weitere Verbeugung.

Laura hatte es die Sprache verschlagen. Sie wusste nicht, was sie sagen sollte, und starrte Portak nur in stummer Verwunderung an.

Der lächelte immer noch freundlich, und seine grauen Augen blitzten vergnügt. »Mit Namen ich auch Reimund heiß, weil trefflich ich zu reimen weiß«, dichtete er weiter.

Aber Laura brachte immer noch kein Wort über die Lippen, sodass er freundlich nachsetzte: »Hast mich geweckt, drum nehm ich an, dass irgendwie ich helfen kann?«

»J … ja … ja«, stotterte Laura endlich. »Natürlich. Wenn du bitte mitkommen würdest, Po … Portak?«

Mit Hilfe des alten Bauplans, den Percy seinen Schülern mitgegeben hatte, fanden sie den geheimen Gang, der zu Reimars Schatzkammer führte, ohne größere Schwierigkeiten. Während Portak mit schwerfälligen Schritten hinter ihnen herstapfte, erhellten Laura, Lukas und Kaja mit den starken Strahlen ihrer Taschenlampen den im Keller der Burg versteckten Stollen.

Er war genauso eng wie der Zugang zur Grabkammer in der Alten Gruft, und genauso verwinkelt, wenn auch weitaus weniger feucht. Allem Anschein nach waren die beiden schlauchartigen Gewölbe vom selben Baumeister angelegt worden. Zu Kajas großer Erleichterung hatte dieser im Burgkeller jedoch auf die grässliche Lemurenfratze und deren schauerliches Geheul verzichtet.

Dafür aber hatte sich der Mann aus dem Maurenland etwas anderes einfallen lassen, um unerwünschte Besucher von der Schatzkammer fernzuhalten. Er hatte recht kunstvoll den Einsturz des Stollens vorgetäuscht, wie die Freunde alsbald feststellen mussten. Sie waren kaum um zwei Ecken gebogen, da standen sie auch schon an der vermeintlichen Unglücksstelle. Sie sah täuschend echt aus: Die Decke war auf einer Länge von fünf Metern eingebrochen, die Wände zusammengestürzt, und Steine, zersplitterte Stützbalken und Mauerreste türmten sich übermannshoch und machten jedes Vordringen so gut wie unmöglich. Kein Wunder also, dass Professor Morgenstern und Percy Valiant auf diese Täuschung hereingefallen waren und gar nicht erst versucht hatten, auf der Suche nach dem Kelch weiter in den Gang einzudringen.

Zum Glück wussten Laura und ihre Freunde nun besser

Bescheid. Das Mädchen drehte sich zu Portak um und deutete auf den riesigen Steinhaufen. »Wäre es vielleicht möglich, uns einen kleinen Durchgang zu verschaffen?«, fragte es zögernd.

Der Steinriese verneigte sich. »Gern will ich Euch behilflich sein und räum zur Seit' die dicksten Stein'!«, antwortete er mit ausgesuchter Höflichkeit und stampfte dann auf das aufgetürmte Geröll zu, wo er sich mit seinen Pranken sofort an die Arbeit machte.

Staub wirbelte auf. Portak schuftete wie ein Berserker. Er musste über ungeheure Körperkräfte verfügen, denn selbst die dicksten Brocken bewegte er mit einer Leichtigkeit, als wäre er ein Schaufelbagger und die Steine nichts weiter als federleichte Attrappen aus Schaumstoff.

Die Freunde mussten in Deckung gehen, um nicht von den wild umherfliegenden Trümmern getroffen zu werden. Staunend beobachtete Laura aus der Deckung heraus den Steinernen Riesen, der den Schuttberg mit einem aberwitzigen Tempo abräumte. Nachdem er einen ersten Durchbruch geschaffen hatte, benutzte er einen dicken Stützbalken als Werkzeug. Auf diese Weise ging ihm die Arbeit noch sehr viel schneller von der Hand. Es dauerte nur wenige Minuten, dann hatte Portak bereits ein Loch von mehr als einem Meter Durchmesser in den Geröllhaufen gerammt. Er hielt kurz inne und begutachtete sein Werk. Dann schaute er sich nach Laura um. Verwunderung trat in seinen Blick, als er sie nirgendwo entdecken konnte.

»Verehrtes Fräulein, seid so keck, und kommt heraus aus dem Versteck!« Seine laute Stimme hallte in dem engen Gang wieder.

Schnell trat Laura hinter der Ecke hervor. »Ja, Portak?«

Ein freundliches Lächeln erhellte seine Miene, als er sie sah. »Wenn Ihr braucht ein größ'res Loch, entfern ich weit're

Steine noch«, erbot er sich, ohne die geringste Spur von Anstrengung erkennen zu lassen.

Das Mädchen schüttelte schnell den Kopf. »Nein, nein, das reicht! Du hast uns super geholfen, Portak, vielen Dank.«

Der Riese warf den Balken zur Seite und verbeugte sich wieder vor Laura. Dazu beschrieb seine Pranke eine huldvolle Geste, die jedem Kavalier an einem königlichen Hofe zur Ehre gereicht hätte. »Ich werd Euch stets zur Seite steh'n, und müsst ich durch die Hölle geh'n!«, versprach er mit würdevollem Ernst.

Laura konnte nicht anders, sie musste einfach schmunzeln. Auch über die Gesichter von Lukas und Kaja huschte ein verschmitztes Lächeln. Sie waren hinter der Ecke hervorgekommen und an die Seite ihrer Freundin getreten.

»Danke, Portak, vielen Dank!«, sagte Laura schließlich und deutete ihrerseits eine Verneigung an. »Aber es ist wirklich nicht nötig, dass du dich weiter bemühst. Ab hier kommen wir schon alleine zurecht.«

Der Riese legte die Stirn in Falten und wiegte nachdenklich den mächtigen Schädel. Dann fügte er sich widerspruchslos Lauras Wünschen. »Wie Ihr es wünscht – dann mach ich schnell und trolle mich von dieser Stell'!« Damit stapfte er nach einer letzten Verneigung schwerfällig davon.

Laura und ihre Freunde sahen dem gutmütigen Koloss nach, bis er um die Ecke verschwunden war. Dann kletterten sie rasch durch das Loch.

Den Bauplan in der einen und die Taschenlampe in der anderen Hand, schritt Laura im tunnelartigen Gang voran. Der Lichtstrahl schnitt wie ein scharfer Leuchtfinger durch die Dunkelheit und geisterte über die steinernen Wände und die Bodenfliesen, die mit Staub und Sand bedeckt waren. Die Luft in der Tiefe des Burgkellers war weniger feucht als die in der Alten Gruft, aber es war stickig und roch ähnlich.

Auch hier stieg ein Geruch nach Tod und Verwesung auf, und Laura fühlte eine leichte Übelkeit.

Eigenartig, dachte sie, hier ist doch niemand begraben. Aber warum riecht es dann so ähnlich wie in der Gruft?

Im Schein der Lampe konnte sie erkennen, dass der Gang in rund zehn Metern Entfernung einen scharfen Knick nach rechts machte. Sie blieb stehen, richtete den Lichtstrahl auf den Plan und warf einen prüfenden Blick darauf. Dann nickte sie zufrieden und drehte sich zu den anderen um.

»Wenn der Plan stimmt, dann muss gleich hinter der Ecke dort der Eingang zur Schatzkammer sein«, erklärte sie. Sie faltete den Bauplan zusammen, ließ ihn in der Innentasche ihrer Jacke verschwinden und ging weiter.

Urplötzlich gab der Boden unter ihren Füßen nach. Laura trat ins Leere und stürzte in die Tiefe. Mit einem jähen Aufschrei warf sie die Arme nach oben und suchte verzweifelt nach Halt. Die Taschenlampe entglitt ihrer Rechten, stürzte polternd in den dunkel gähnenden Abgrund, und ihre Hände griffen ins Nichts. Im letzten Moment jedoch bekam Laura einen schmalen Vorsprung zu fassen und klammerte sich mit aller Kraft daran fest. Das Ganze hatte nur Bruchteile von Sekunden gedauert, aber Laura war es wie eine Ewigkeit vorgekommen.

Als sie den Blick nach unten richtete, konnte sie im Scheine der auf dem Grund liegenden Taschenlampe erkennen, dass sie über einer rund zehn Meter tiefen Grube baumelte. Eine geheime Falltür im Boden des Ganges hatte sie Lauras Blicken verborgen und sich unter ihrem Gewicht geöffnet. Der Boden der Grube war mit langen Eisenstäben gespickt, deren scharfe Spitzen sich ihr entgegenreckten. Drei unförmige Kleiderbündel steckten auf diesen Spießen. Sie waren zerfetzt und verrottet. Plötzlich wurde Laura klar, worum es sich handelte, und ein Aufschrei des Entsetzens entfuhr ihr.

Kapitel 24 Die geheime Schatzkammer

Percy blickte verstohlen auf die Uhr. Es war kurz nach halb eins. Ausgezeischnet, dachte er. Laura und die anderen sind jetzt mit Siischer'eit schon in der Schatzkammer!

Weder Dr. Schwartz noch Rebekka Taxus hatten einen Verdacht erkennen lassen. Sie schienen nicht im Geringsten zu ahnen, dass Mary Morgain und Percy Valiant die Einladung zum Abendessen nur deswegen angenommen hatten, damit Laura und ihre Freunde sich im Burgkeller ungestört auf die Suche nach dem Kelch machen konnten.

Percy unterdrückte ein Grinsen und stieß Miss Mary, die neben ihm saß, unter dem Tisch mit dem Knie an. Er zwinkerte ihr zu und zeigte ihr verstohlen den erhobenen Daumen. Alles bestens!

Ein angedeutetes Lächeln huschte über das Gesicht der Lehrerin. Auch sie freute sich, dass es ihnen gelungen war, die Dunklen von Laura abzulenken.

Der Abend verlief viel besser, als Percy und Mary zu hoffen gewagt hatten. Dr. Quintus Schwartz hatte sich als ungemein charmanter Gastgeber erwiesen, seine Gäste in eine angeregte Unterhaltung verwickelt und sie mit seiner sprühenden Laune geradezu angesteckt. Auch Rebekka Taxus hatte sich von einer liebenswürdigen Seite gezeigt. Die Kollegin hatte sich als überaus intelligente und vielfältig interessierte Gesprächspartnerin entpuppt, sodass Percy und Mary es äußerst verwunderlich fanden, dass sie sich im Kollegium und vor den Schülern sonst nur mit spitzer Zunge und übler Laune präsentierte.

Natürlich hatte Miss Mary versucht, die Gedanken von Rebekka Taxus und ihres Gastgebers zu lesen, aber sie hatte nichts Verdächtiges entdecken können. Wenn Mary nicht zweifelsfrei gewusst hätte, dass Dr. Schwartz und die Taxus auf der Seite der Dunklen Mächte standen und zu ihren erbittersten Gegnern gehörten, dann hätte sich aus diesem Abend mehr entwickeln können – möglicherweise sogar eine Freundschaft. Aber das war natürlich undenkbar.

Am meisten allerdings hatte sie das Essen begeistert. Percy konnte sich gar nicht erinnern, wann er zum letzten Mal so gut gespeist hatte, und deshalb wollte er es zunächst gar nicht glauben, als Quintus Schwartz ihnen offenbarte, dass er das exquisite Mahl höchstpersönlich zubereitet hatte. Schließlich hätte das Menu jedem Vier-Sterne-Koch zur Ehre gereicht. Allerdings hatte Quintus sich strikt geweigert, das Rezept preiszugeben. Es handele sich um eine Spezialität des Hauses, hatte er nur lächelnd geantwortet, aber mehr war ihm nicht zu entlocken gewesen. Percy hatte ihn denn auch nicht weiter gedrängt und sich lieber dem Wein zugewandt – denn der war noch köstlicher als die Speisen.

Percy leerte sein Glas und lächelte den stellvertretenden Direktor freundlich an. »Wäre es unverschämt, wenn iisch Sie um ein weiteres Glas bitten würde? Es ist ein gar zu deliiziöser Tropfen.«

»Aber selbstverständlich, Verehrtester!« Quintus Schwartz griff zur Flasche und goss Percy ein. Dann schaute er Miss Mary fragend an. »Darf ich Ihnen auch nachschenken?«

Mary Morgain wollte schon ablehnen, als Percy ihr aufmunternd zunickte. Sie verstand sofort: Wenn es ihnen gelang, die Dunklen eine weitere halbe Stunde aufzuhalten, dann waren Laura und ihre Freunde in Sicherheit. Schnell schob sie dem stellvertretenden Direktor ihr Glas entgegen. »Aber gerne. Die Weine aus Percys Heimat sind auch gar zu köstlich!«

Als alle Gläser noch einmal gefüllt waren, hob Quintus Schwartz seinen Weinpokal und sah die Gäste beinahe feierlich an. »Liebe Freunde«, sagte er, und nicht eine Spur von Falsch war in seiner Stimme zu erkennen, »lasst uns das Glas erheben und auf einen gelungenen Abend anstoßen! Auf einen äußerst gelungenen Abend sogar, wenn ich das als Gastgeber sagen darf.«

Für einen winzigen Augenblick glaubte Percy eine Spur von Spott herauszuhören, aber er musste sich getäuscht haben. Wie die anderen hob er das Glas und stieß mit ihnen an. Dann trank er einen kräftigen Schluck, und der rote Burgunder schmeichelte seiner Zunge. Er hatte den Pokal kaum abgestellt, als Übelkeit in ihm aufstieg. Ihn schwindelte, und ihm wurde schwummerig vor Augen.

Auch Miss Mary schien plötzlich Probleme zu haben. Schweiß trat auf ihre Stirn, und die Farbe wich aus ihrem Gesicht. Sie öffnete den Mund und schnappte nach Luft.

Da bemerkte Percy das triumphierende Grinsen auf den Gesichtern von Dr. Schwartz und Rebekka Taxus. Schlagartig wurde ihm klar, dass sie in eine Falle gegangen waren.

Voller Entsetzen starrte Laura auf die sterblichen Überreste von drei Männern. Dass es sich um Männer handelte, war allerdings nur noch an der Kleidung zu vermuten, denn die Leichen waren stark verwest. Die Unglücklichen mussten wohl schon vor langer Zeit das Opfer der tückischen Grube geworden sein.

Da tauchten Lukas' und Kajas Gesichter am Rand der Fallgrube auf. Der Junge leuchtete mit der Taschenlampe in die Tiefe.

Als Kaja realisierte, wie dramatisch Lauras Lage war, schlug sie bestürzt die Hände vors Gesicht.

»Helft mir!«, flehte Laura. »Bitte, helft mir!«

»Halt mich fest!«, wies Lukas Kaja an, legte die Lampe ab und streckte sich dann auf dem Boden aus. Während das rothaarige Mädchen nach seinem Hosenbund griff und ihn sicherte, beugte er sich so weit, wie es ging, in die Grube und streckte seiner Schwester die Hände entgegen. »Gib mir deine Hand, Laura!«

Laura merkte plötzlich, wie ihre Kräfte schwanden. Die Finger taten ihr entsetzlich weh, denn die scharfkantigen Steine des schmalen Mauervorsprungs schnitten immer tiefer in ihre empfindliche Haut.

»Ich kann nicht«, presste sie, keuchend vor Anstrengung, hervor.

»Doch, du kannst!«, schrie Lukas. »Gib mir deine Hand!«

Laura versuchte, ihre Rechte zu lösen und nach der Hand des Bruders zu greifen. Aber in dem Moment, in dem sie die Hand vom Vorsprung nahm, rutschte ihre Linke ein Stück weiter ab. Ihr ganzes Gewicht hing jetzt nur noch an den Fingerspitzen. Die mörderischen Eisenstäbe am Boden der Grube ragten ihr drohend entgegen, und in ihrer Todesangst kam es Laura mit einem Male so vor, als würden sie immer länger und spitzer werden.

»Deine Hand, Laura!«, schrie Lukas nun wieder. »Gib mir deine Hand! Versuch es wenigstens, verdammt noch mal!«

Laura atmete schwer. Ihr Gesicht war verzerrt vor Angst und Anstrengung. Sie sammelte alle noch verfügbaren Kräfte und streckte dem Jungen die Rechte entgegen. Zentimeter um Zentimeter näherte sie sich dem rettenden Griff. Nur noch ein winziges Stück, und Lukas würde sie zu fassen bekommen. Mit einer letzten verzweifelten Anstrengung reckte Laura sich Lukas entgegen – aber da rutschten ihre Fingerspitzen ab, und sie verlor endgültig den Halt.

»Neeeiiin!«, brüllte Lukas in wilder Panik und warf sich nach vorn – und bekam tatsächlich eine Hand seiner Schwester zu fassen, bevor Laura in die Tiefe stürzen konnte. Die plötzliche Wucht ihres Körpergewichts riss den Jungen ein Stück weit mit, und obwohl Kaja ihn mit all ihrer Kraft festhielt, konnte sie nicht verhindern, dass er immer weiter in die Grube hineingezogen wurde. Verzweifelt stemmte sich das pummelige Mädchen der mächtigen Last entgegen, die an ihren Armen zerrte. Aber die beiden waren einfach viel zu schwer. Kaja schaffte es nicht, Laura und Lukas zu halten. Ihre Füße verloren den Halt auf dem sandbedeckten Boden, und so rutschte der Junge immer weiter in die Tiefe. Bis zur Taille war er bereits in der Fallgrube verschwunden, und Kaja sah sich plötzlich vor einer schrecklichen Entscheidung: Wenn sie Lukas weiter festhielt, dann würde sie von ihm und Laura in den Abgrund gezogen werden und mit den Geschwistern in die tödlichen Eisenpieken stürzen. Ließe sie dagegen los, dann wären Laura und Lukas rettungslos verloren.

Fieberhaft suchte Kaja nach einem Ausweg, während sie immer näher zum Rand der tödlichen Grube gezogen wurde. Immer mächtiger wurde das Gewicht, das an ihr zerrte, und mit wachsendem Schrecken wurde ihr bewusst, dass es keine Rettung gab. Für sie nicht und für Laura und Lukas auch nicht.

Das war's, erkannte sie mit erschreckender Klarheit. *Es ist aus und vorbei!*

Sie schloss die Augen. Doch ein lautes Knirschen ließ sie sie sofort wieder aufschlagen. Eine hünenhafte Gestalt hatte sich über sie gebeugt. Portak! Seine kräftigen Hände griffen beherzt zu und packten Lukas am Hosenboden, um ihn mitsamt Laura so mühelos aus der Grube zu ziehen, als wären sie Spielzeugpuppen.

Portak schnaufte nicht einmal, als er Laura und Lukas neben Kaja auf dem Boden absetzte und sie vorwurfsvoll anschaute. »Was habt ihr euch dabei gedacht, dass ihr solch dumme Sachen macht?«

Den Freunden stand die Erleichterung ins Gesicht geschrieben. Sie atmeten tief durch, wechselten betretene Blicke und rappelten sich auf. Während Lukas sich den Staub aus den Kleidern klopfte, schaute Laura den Riesen dankbar an. »Danke, Portak«, murmelte sie leise. »Vielen Dank. Du hast uns das Leben gerettet.«

Der Hüne verzog missbilligend das Gesicht, drehte sich um, stapfte zu dem Geröllhaufen zurück und kramte einen langen Balken unter dem Schutt hervor. So als handele es sich um eine Pappmachérolle, klemmte er sich das Holz unter den Arm, marschierte zur Fallgrube und legte es quer über die gähnende Öffnung. Mit zwei, drei Handgriffen prüfte er die Festigkeit des Behelfssteges.

»Ich fürchte, rüber kann ich nicht, weil sonst bestimmt der Balken bricht«, erklärte er. Damit trat er zur Seite und machte den Weg frei.

Laura räusperte sich verlegen. Sie wusste, dass sie tief in der Schuld des Riesen standen. Ohne ihn wären wir jetzt mausetot, dachte sie beklommen.

Portak schaute sie missmutig an. »Jetzt geht schon los, und macht euch fort, und sucht den Kelch an diesem Ort!«, brummte er.

»Ja, ja, natürlich«, versicherte Laura eilig. Bevor sie einen Fuß auf den Balken setzte, drehte sie sich noch einmal zu ihrem Lebensretter um. »Vielen Dank noch mal, Portak!«

Doch der Riese winkte nur ab und stapfte davon.

Nur Augenblicke später standen Laura, Lukas und Kaja vor einer nackten Felswand. Es ging keinen Schritt mehr weiter. Mit maßloser Enttäuschung schauten die Freunde sich an.

»Oh, nö!«, seufzte Kaja. »Das kann doch nicht wahr sein!«

Auch Lukas schüttelte ungläubig den Kopf. »Laut Plan müsste doch hier der Eingang sein, oder?«

Laura holte den Bauplan aus der Jacke, faltete ihn auseinander und richtete ihre Taschenlampe auf die Zeichnung. Lukas hatte Recht: Nach dem Grundriss sollte genau an der Stelle, an der sie sich gerade befanden, der Eingang zu Reimars geheimer Schatzkammer liegen. Und nun das: nichts als nackter Fels.

Das konnte nicht sein! Sorgfältig klopften sie die Wand ab, um zu prüfen, ob sich dahinter nicht irgendwelche Hohlräume oder geheime Öffnungen verbargen, aber es gab nicht den geringsten Zweifel: Sie standen vor massivem Fels. Von einer Schatzkammer war weit und breit nichts zu entdecken.

Laura begriff als Erste, was das bedeutete. »Die haben uns reingelegt«, sagte sie und sah aus wie ein begossener Pudel. »Und Percy und Professor Morgenstern sind ebenfalls darauf reingefallen.«

»Echt?«, rief Kaja enttäuscht.

»Ja, leider!«, sagte Laura. »Dieser Plan ist nichts weiter als eine raffinierte Fälschung, mit der jeder, der sich darauf verlässt, in die Falle gelockt wird. Und dass das bestens funktioniert, haben wir ja selbst erlebt. Percy und Aurelius können von Glück reden, dass sie die falschen Schlüsse aus dem vorgetäuschten Einsturz gezogen haben.«

»Klingt logosibel!«, pflichtete Lukas ihr bei. »Fragt sich nur – was machen wir jetzt?« Er schaute Laura erwartungsvoll an.

»Ich habe keine Ahnung«, gab sie zu. »Ich hab nicht die geringste Idee.«

»Wer weiß, vielleicht existiert diese geheimnisvolle Kammer ja gar nicht?«, gab Kaja zu bedenken.

Laura schüttelte den Kopf. »Das glaub ich nicht, Kaja. Wenn es diese Kammer nicht geben würde, dann hätten die Dunklen den Kelch dort nicht verstecken können. Aber genau das haben sie getan, wie die Gedanken von Quintus Schwartz mir eindeutig verraten haben.«

»Laura hat Recht«, erklärte Lukas. »Ich habe eine ganze Menge alter Aufzeichnungen durchforstet. Aus allen geht hervor, dass es tatsächlich eine Schatzkammer im Burgkeller geben muss.«

»Ja, klar«, antwortete Laura. »Daran bestehen nicht die geringsten Zweifel. Das Problem ist nur – wir haben keinen Schimmer, wo sie sein könnte.«

»Es gibt noch ein Problem«, stellte Lukas nach einem Blick auf seine Uhr fest. »Es ist schon weit nach eins. Wir sollten längst zurück sein. Percy und Miss Mary machen sich bestimmt schon Sorgen.«

Percy Valiant und Mary Morgain hatten tatsächlich große Sorgen. Allerdings waren die ganz anderer Natur und hatten mit den Freunden nichts zu tun.

Die drei waren hundemüde und zutiefst niedergeschlagen, als sie sich unter dem großen Gemälde in der Eingangshalle trennten. Selbst Laura, die sonst immer optimistisch war, hatte beinahe jede Hoffnung verloren. Dennoch war sie bemüht, sich das nicht anmerken zu lassen. »Ich werd gleich morgen früh Percy und Mary fragen«, sagte sie mit einem aufgesetzten Lächeln. »Vielleicht haben die ja noch eine Idee.«

»Ziemlich unwahrscheinlich!«, meinte Lukas matt. »Die hätten sie dir doch längst verraten!«

Lukas hat Recht, dachte Laura. Wenn sie wirklich eine bessere Idee hätten, dann hätten sie den Kelch der Erleuchtung längst selbst gefunden und wären nicht auf meine Hilfe angewiesen.

Dennoch verpasste sie ihrem Bruder einen aufmunternden Klaps. »Man kann nie wissen! Manchmal kommt einem der rettende Gedanke erst im allerletzten Augenblick, wenn niemand mehr damit rechnet.«

»Ja, klar doch«, brummte der Junge. »Aber leider nur im Märchen. Trotzdem – schlaft schön, ihr beiden!«

»Danke, Lukas«, antwortete Kaja, bemüht, ein Gähnen zu unterdrücken. »Du auch!«

Laura nickte ihrem Bruder zum Abschied zu. Sie wollte sich schon umwenden und in Richtung Mädchenflügel gehen, als sie plötzlich ein leises Schluchzen hörte. Überrascht blieb sie stehen. War das Silva, die da leise vor sich hin weinte?

Als Laura zu dem Gemälde aufschaute, sah sie, dass sie richtig vermutet hatte: Der jungen Frau auf dem Bild kullerten dicke Tränen über die Wangen.

»Aber, Silva, du weinst doch nicht wieder meinetwegen, oder?«, fragte Laura betroffen.

»Mit wem redest du, Laura?« Kaja war die Verwunderung anzuhören.

Auch Lukas schien neugierig geworden zu sein. Er machte kehrt und trat zu den Mädchen. Er schob die Brille von der Nasenspitze zurück und starrte Laura besorgt an.

Laura wollte die Freunde gerade über die geheimnisvollen Vorgänge aufklären, als Silva ihr den Kopf zudrehte und zu ihr sprach: »Natürlich, Laura, natürlich bist du es, die mich wieder zu Tränen treibt. Weil du noch immer nicht verstehst. Wie oft schon hat man dir erklärt, dass die Wahrheit meist unter der Oberfläche verborgen liegt? Aber du verstehst einfach nicht, die richtigen Schlüsse daraus zu ziehen!«

Die Frau in Weiß schüttelte ihr bleiches Haupt und ließ einen herzzerreißenden Seufzer hören. »Ach, Laura«, schluchzte sie. »Ich fürchte, es ist hoffnungslos!«

Silva blinzelte das Mädchen an. Eine dicke Träne löste sich aus ihrem Auge und nässte Lauras Wange. Dann drehte Silva den Kopf in die ursprüngliche Position zurück und erstarrte. Ihre Tränen versiegten, ihre Wangen trockneten wie von Geisterhand, und schon sah das Gemälde wieder genauso aus wie zuvor. Stumm und starr blickte die Weiße Frau in die Ferne, und zu ihren Füßen ruhte der schwarze Wolf.

Laura stierte mit offenem Mund vor sich hin und fuhr sich mit dem Zeigefinger über die feuchte Wange.

»Was ist denn los, Laura?«, wollte Lukas wissen.

Doch seine Schwester antwortete nicht. Sie wirkte wie abwesend und schien nichts um sich herum wahrzunehmen. Wie in Trance bewegte sie die Lippen und begann undeutliche Worte zu murmeln.

»Die Wahrheit ist meist unter der Oberfläche verborgen … unter der Oberfläche verborgen … der Oberfläche verborgen … unter der Oberfläche –« Laura brach ab, und ein Strahlen ging über ihr Gesicht. »Ja, genau!«, rief sie aus. »Genau das ist es!«

Lukas und Kaja wechselten einen verständnislosen Blick.

»Hey – helft mir mal, das Bild abzunehmen!«, kommandierte Laura.

»Was?«, entfuhr es Lukas und Kaja fast gleichzeitig.

»Helft mir bitte, das Bild hier abzunehmen!«

»Was soll der Unsinn?«, protestierte Kaja. »Ich bin todmüde.«

Lukas dagegen wollte unbedingt den Grund für die ungewöhnliche Aktion erfahren.

Ein unwirscher Ausdruck zeigte sich für die Dauer eines Herzschlags auf Lauras Gesicht, bevor er hektischer Neugier wich. »Jetzt fragt nicht so lange!«, forderte sie ungeduldig, »sondern helft mir einfach.«

Laura rückte zwei Stühle unter das Bild, kletterte auf einen davon und fuhr ihren Bruder an: »Jetzt mach schon, Lukas – bitte!«

Lukas konnte den Kommandoton seiner Schwester nicht ausstehen. Trotzig verschränkte er die Arme vor der Brust und rührte sich nicht von der Stelle. Dabei fühlte er insgeheim, dass

Laura auf der richtigen Spur war. Trotzdem! Er war einfach nicht gewillt, sich von ihr herumkommandieren zu lassen.

Kaja schnitt ihm eine Grimasse, kletterte auf den anderen Stuhl, fasste den Bilderrahmen und half Laura, das Gemälde von der Wand zu nehmen. Es war ziemlich schwer.

»Sei bitte vorsich–«, wollte Laura die Freundin noch warnen, aber da passierte es schon: Das Bild rutschte Kaja aus den Händen und stürzte dem Boden entgegen.

»Pass doch auf!«, schrie Lukas. Seine Hände schossen nach vorn und packten zu – eine blitzschnelle Reaktion, mit der er im letzten Augenblick verhinderte, dass das Gemälde auf dem harten Fliesenboden aufschlug, wodurch es sicherlich Schaden genommen hätte.

»Uups!«, sagte Kaja und machte ein schuldbewusstes Gesicht. *»Sorry.«*

Laura antwortete nicht und starrte entgeistert auf das Bild. Was wäre aus Silva geworden, wenn es zerstört worden wäre?, kam es ihr plötzlich in den Sinn. Und aus dem schwarzen Wolf?

Die Unruhe aber, die sie befallen hatte, verscheuchte diese Gedanken schon mit dem nächsten Atemzug. Kaum hatten sie das Ölbild zur Seite gestellt, da pflanzte sich Laura breitbeinig vor der leeren Wand auf und betrachtete aufmerksam die behauenen Steinquader, aus der sie gefügt war. Die Umrisse des Gemäldes waren deutlich zu erkennen. Wo es gehangen hatte, waren die Steine heller als der Rest. Auf den ersten Blick war auf dieser Fläche nichts Ungewöhnliches zu sehen, aber dann entdeckte Laura es doch.

»Ja!«, rief sie triumphierend und ballte die Faust.

»Was denn?«, wollte Lukas wissen.

»Hier – schau doch mal!«

Laura deutete auf den Mauerstein, der sich exakt im Zentrum der Bildfläche befand. Und da sah Lukas es auch: In der

Mitte des Steins war das Siegel der Tempelritter eingemeißelt. Es maß nur knapp zwei Zentimeter im Durchmesser, war aber deutlich zu erkennen.

Schnell rückte Laura einen der Stühle unter den Stein, stieg darauf und drückte mit dem Daumen kräftig auf das Siegel. Schon im nächsten Augenblick zeigte sich, dass sie richtig vermutet hatte: Wie in der Gruft war plötzlich ein Grollen und Rumpeln zu hören. Es kam immer näher und wurde lauter. Es klang fast wie eine schwere Bowlingkugel, die langsam heranrollte. Als das Geräusch ganz nahe war, schwang ein Stück Mauer, wie von unsichtbarer Hand bewegt, nach hinten, ein schmaler Durchlass öffnete sich in der Wand und gab den Blick frei auf einen schlauchartigen Gang, der den Freunden dunkel entgegengähnte.

Laura wusste sofort, worum es sich handelte, und jubelte laut. Endlich hatten sie den Zugang zur geheimen Schatzkammer von Reimar von Ravenstein entdeckt!

Mit einem erleichterten Gesichtsausdruck wandte sie sich an die Freunde. »Los – kommt!«

Schon wenige Augenblicke später hatte der Gang alle drei verschluckt.

Der Park von Ravenstein lag verlassen da. Dicke Wolken waren am Nachthimmel aufgezogen und verdeckten den Mond. Kein Mensch war zu sehen, nur das Heulen des Windes war zu hören, unter dessen Ansturm sich die kahlen Bäume und Sträucher zur Seite neigten. Da riss die Wolkendecke plötzlich auf, das Mondlicht fand einen Weg zur Erde, und eine seltsame Erscheinung war im Park zu beobachten: Ein Schatten kroch über den Kiespfad.

Ein mannshoher Schatten.

Völlig geräuschlos bewegte sich das seltsame Schattenwesen über den Weg, der aus dem Park auf den Eingang der Burg zuführte. Es sah genauso aus wie der Schatten eines stattlichen Mannes – nur dass weit und breit kein Mann zu sehen war. Vielmehr hatte es den Anschein, als habe sich ein Schatten ohne seinen Herren auf den Weg gemacht.

Bevor der Schatten den Park verließ, verharrte er kurz und schaute sich um. Dann überquerte er rasch den Burghof, huschte geduckt zur Freitreppe und kroch lautlos die Stufen empor.

Vor dem Eingangsportal richtete er sich auf. Er verharrte und starrte auf die mächtige Tür, und fast sah es so aus, als sei er erstaunt darüber, dass sie geschlossen war. Dann blickte er sich um – zumindest erweckten die Umrisse seines Kopfes, die sich auf dem Portal abzeichneten, diesen Eindruck. Nach einer Weile schien er entdeckt zu haben, wonach er gesucht hatte. Er trat neben das Portal – und begann die Wand emporzukriechen. Völlig mühelos bewegte er sich in die Höhe, und obwohl dichter Efeu die Mauer überzog, war nicht das geringste Geräusch zu hören.

Der Schemen hielt auf ein Fenster im zweiten Stock zu, dessen Oberlicht gekippt war. Schon nach wenigen Augenblicken hatte er sein Ziel erreicht. Das Schattenwesen schlüpfte durch die schmale Öffnung und war wenig später im Inneren des Gebäudes verschwunden.

Portak, der wieder Säulenform angenommen hatte, wandte den Blick vom Fenster ab. Offensichtlich hatte er das geheimnisvolle Geschehen beobachtet, denn Ratlosigkeit und Verwunderung waren in sein Gesicht geschrieben.

In der Eingangshalle kroch der Schatten an den Mauern entlang. Als er das an der Wand lehnende Gemälde erblickte, verharrte er. Dann entdeckte er die Öffnung des Geheimganges, der zur Schatzkammer führte. Schnell huschte er darauf zu. Schon hatte es den Anschein, als wolle er darin verschwinden, als er sich anders besann. Er machte kehrt und zog sich unter die Treppe zurück, die in die oberen Stockwerke des Mädchentrakts führte. Er verschmolz fast vollständig mit der Dunkelheit, und nur die scharfen Augen eines Nachttieres hätten jetzt noch zu erkennen vermocht, dass dort ein geheimnisvolles Wesen lauerte. Ganz ruhig stand es da und wartete.

Laura, Lukas und Kaja gelangten ohne Zwischenfälle in die Schatzkammer. Als sie die Lichtkegel ihrer Taschenlampen suchend durch den Raum schweifen ließen, bemerkten sie, dass sie von etwa der gleichen Größe wie die Grabkammer war. Wie in der Gruft waren auch hier zahlreiche Nischen in die Wände eingelassen.

Doch von den Kostbarkeiten, die Reimar von Ravenstein angeblich auf dem Kreuzzug geraubt hatte, fehlte jede Spur. Leer gähnten die Nischen den Eindringlingen im Schein der Taschenlampen entgegen, sodass Lukas schon nach kurzer Zeit seiner Enttäuschung Luft machte.

»Mann!«, stöhnte er. »Und so was nennt sich nun Schatzkammer!«

Auch Laura war sichtlich enttäuscht. »Sieht ganz so aus, als hätten sich doch nicht alle von dem gefälschten Plan täuschen lassen«, vermutete sie. »Die meisten Schatzräuber waren offensichtlich doch klüger, als Reimars Baumeister sich das vorstellen konnte.«

»Und was ist, wenn es diesen Schatz gar nicht gegeben hat?«, wandte Kaja ein. »Wär doch auch möglich, oder?«

»Möglich schon, aber kaum logosibel«, sagte Lukas. »Reimar von Ravenstein hat die Schatzkammer nachweislich erst nach seiner Rückkehr vom Zweiten Kreuzzug bauen lassen. Und das hätte doch überhaupt keinen Sinn gemacht, wenn er nicht im Besitz von Kostbarkeiten gewesen wäre, die er vor einem Diebstahl schützen wollte, oder?«

In diesem Augenblick ließ Laura einen Laut der maßlosen Verwunderung hören. »Also doch!«, rief sie aufgeregt.

Lukas und Kaja blickten die Freundin überrascht an, die wie angewurzelt mitten in der Schatzkammer stand und gebannt in eine Ecke starrte.

»Seht euch das an!«, hauchte sie andächtig.

Lukas und Kaja schauten in die Richtung, die ihnen der Strahl von Lauras Lampe wies, und da sahen sie es auch: Es war ein Kelch.

Ein großer Kelch.

Er sah genauso aus wie die Nachbildung des Gralskelches in der Grabkammer. Er stand in einer dunklen Nische, und dennoch leuchtete und gleißte das goldene Gefäß so hell und prächtig im Lichte der Taschenlampen, als stünde es im strahlendsten Sonnenschein. Die Smaragde und Rubine, mit denen es besetzt war, funkelten um die Wette.

»Der Kelch der Erleuchtung«, flüsterte Laura ehrfurchtsvoll. »Endlich – endlich haben wir ihn gefunden!«

Jubelnd fielen sich die Freunde in die Arme. Überschäumend vor Freude, tanzten sie in der Schatzkammer im Kreise und lachten lauthals vor Erleichterung.

Ein nie zuvor erlebtes Glücksgefühl durchströmte Laura. Ihr wurde abwechselnd heiß und kalt, und die Gedanken wirbelten wie wild durch ihren Kopf. Endlich war sie in den Besitz des Kelches gelangt, der das Wasser des Lebens enthielt! Der erste wichtige Schritt zur Erfüllung ihrer Aufgabe war getan. Mit dem Elixier konnte der Hüter des Lichts geheilt werden. Alles würde wieder gut werden – und Professor Morgenstern würde leben.

Sie musste jetzt nur noch die magische Pforte finden – und der Sieg des Ewigen Nichts würde einmal mehr verhindert werden.

Der Kelch war viel schwerer, als Laura erwartet hatte. Ihre Arme zitterten unter dem Gewicht, als sie ihn behutsam durch das dunkle Treppenhaus hinauf zu ihrem Zimmer trug. Aus Furcht vor Entdeckung hatten Kaja und sie nicht gewagt, das Licht in der Halle einzuschalten. Natürlich hatten sie alle Spuren ihres nächtlichen Tuns verwischt, die Geheimtür wieder geschlossen und das Bild an seinen Platz zurückgehängt.

So geräuschlos wie möglich schlich Laura die Stufen empor und blickte angespannt auf den Kelch in ihren Händen. Der goldene Deckel saß lose und schepperte leise bei jedem Schritt. Das Wasser des Lebens schwappte gegen die Wände des Gefäßes. Laura hatte nicht gewagt, den Deckel abzunehmen und einen Blick hineinzuwerfen. Das wäre ihr wie eine Entweihung vorgekommen, und außerdem fürchtete sie, die wertvolle Flüssigkeit zu verschütten.

Kaja ging neben Laura und blickte ebenfalls gebannt auf den Kelch.

Und so bemerkte keines der Mädchen den mannshohen Schatten, der sich aus seinem Versteck löste und ihnen langsam folgte. Er benutzte jedoch nicht die Treppe, sondern schob sich geräuschlos an der Wand empor.

Plötzlich blieb Laura stehen, stellte den Kopf schräg und lauschte.

»Was ist?«, fragte Kaja und schaute sie ängstlich an.

»Ich dachte, ich hätte ein Geräusch gehört.«

»Ein Geräusch? Was für ein Geräusch denn?«

»Ich weiß nicht. Vielleicht habe ich mich ja auch getäuscht.«

Die Mädchen gingen weiter. Als sie in der dritten Etage angekommen waren, bogen sie in den langen Gang ein, der zu ihrem Zimmer führte.

»Vorsicht, eine Schwelle!«, warnte Kaja plötzlich mit heiserem Flüstern. »Weiß ich doch!«, zischte Laura und hob die

Füße, den Blick weiterhin auf den Kelch gerichtet. Die unheimlichen Ritterrüstungen, die wie düstere Schemen in den finsteren Nischen standen, beachtete sie nicht. Kaja dagegen gruselte sich vor den gespensterhaften Gestalten.

Die Mädchen hatten ungefähr die Hälfte des Weges zurückgelegt, als dröhnende Schritte an ihr Ohr drangen. Überrascht blieben sie stehen und schauten sich an.

»Was ist das?«, flüsterte Kaja ängstlich, während sich das Dröhnen unaufhaltsam näherte.

Laura zuckte nur ratlos mit den Schultern.

Die Tritte wurden lauter, der Boden unter Lauras Füßen vibrierte. Im selben Augenblick tauchte eine finstere Gestalt am Ende des Flures auf: Der Grausame Ritter aus Stein!

Kapitel 25 ❧ Der Angriff des Grausamen Ritters

Das glaub ich nicht!« Kaja war starr vor Entsetzen, als sie den Ritter erblickte. Er stapfte geradewegs auf die Mädchen zu. An seiner Seite baumelte Schädelspalter, sein mächtiges Schwert. Reimar von Ravenstein hielt den Blick unverwandt auf Laura gerichtet, als wolle er sie mit seinen stechenden Steinaugen durchbohren. Kaja dagegen schenkte er nicht die geringste Beachtung.

Laura erstarrte.

Der Mann aus Stein verzog das graue Gesicht zu einem höhnischen Grinsen. Seine Rechte fuhr zum Griff von Schädelspalter und zog das Schwert aus der Scheide.

Kaja packte Laura an der Hand. »Nichts wie weg!«

Laura wandte sich gerade zur Flucht, als sie den Schatten bemerkte. Hoch aufgerichtet stand das körperlose Wesen direkt hinter ihr, gerade so, als wolle es ihr den Rücken stärken. Sie spürte, dass alle Angst von ihr abfiel. Ein ungeahntes Gefühl von Kraft und Zuversicht durchströmte sie, und einen Herzschlag später wusste sie, dass sie keinesfalls davonlaufen und den Kelch im Stich lassen durfte.

Ruhig schüttelte Laura den Kopf, während sie dem Grausamen Ritter entgegensah, der sich unaufhaltsam näherte. »Keine Chance, Kaja«, sagte sie. »Wir wären viel zu langsam mit dem Kelch und würden das Wasser des Lebens nur verschütten!«

»A … ab …«, stotterte Kaja, »aber er, er wird uns umbringen!«

Laura antwortete nicht, denn der geheimnisvolle Schatten,

der sie zu beschützen schien, bewegte sich plötzlich. Die flüchtige Erscheinung huschte neben die Ritterrüstung in der nahe gelegenen Nische. Und da verstand das Mädchen.

Der Grausame Ritter war nur noch wenige Schritte von Laura entfernt, als sie der überraschten Kaja den Kelch in die Hand drückte. »Pass gut auf ihn auf!«, schärfte Laura der Freundin ein, sprang zur Seite und griff nach dem Schwert, das an der Blechgestalt in der Nische hing. Hastig zerrte sie die schwere Waffe aus der Scheide und reckte sie dem Angreifer entgegen.

Keine Sekunde zu spät, denn schon traf der erste Schlag des Ritters auf die stumpfe Klinge, die in den Jahrhunderten Rost angesetzt hatte. Funken stoben auf, als Schneide auf Schneide traf. Ein jäher Schmerz durchzuckte Lauras Arm. Die Wucht des Schlages war so groß, dass sie für einen Moment glaubte, ihr Handgelenk sei gebrochen. Schädelspalter blitzte erneut auf, und wieder gelang es Laura, die Attacke abzuwehren. Sie wollte zum Angriff ansetzen, aber daran war nicht zu denken. Das Schwert war viel schwerer als das gewohnte Florett. Sie musste es mit beiden Händen halten und alle Kräfte aufbieten, um es zu führen und die Attacken des Ritters abzuwehren.

Reimar von Ravenstein griff mit unbändiger Wut an. Seine Steinaugen fixierten Laura erbarmungslos, während er sie mit wuchtigen Schwerthieben vor sich hertrieb. Das Mädchen vermochte seinen Angriffen nur wenig entgegenzusetzen und wich mehr und mehr zurück.

Der Schatten blieb beharrlich an Lauras Seite, griff jedoch nicht ein. Aber vielleicht konnte er ihr ja gar nicht helfen?

Der Grausame Ritter schien die Anwesenheit des Schattenwesens ebenfalls zu spüren. Hin und wieder schlug er mit der Waffe wie wild auf es ein. Aber obwohl seine Schwerthiebe mitten durch den geheimnisvollen Schemen schnitten, konnten sie ihm offensichtlich nicht das Geringste anhaben. Der Ritter ließ denn auch bald von ihm ab und richtete seine gesamte Aufmerksamkeit auf Laura.

Lauras Kräfte erlahmten. Nur noch mit allergrößter Mühe konnte sie die schwere Waffe heben und die gegnerischen Schläge abwehren. Immer weiter wurde sie von dem Grausamen Ritter zurückgedrängt. Seine Schwertstreiche prasselten wie ein Wirbelsturm auf sie herab und verfehlten das Ziel immer knapper. Plötzlich stand Laura mit dem Rücken an der Balustrade des Treppenhauses. Sie konnte nicht mehr weiter zurück.

Sie saß in der Falle.

Ein kaltes Lächeln ging über das graue Gesicht ihres Gegners – und im nächsten Moment schlug er mit brutaler Wucht zu. Der Schmerz, der durch Lauras Handgelenke und Arme zuckte, raubte ihr beinahe das Bewusstsein. Das rostige Schwert wurde ihr aus den Händen gerissen. Es wirbelte durch die Luft und stürzte durch das Treppenhaus in die Tiefe, wo es mit einem lauten Scheppern auf dem Steinboden aufschlug.

Der Grausame Ritter verharrte einen Augenblick. Mitleidslos musterte er das Mädchen, das zitternd vor ihm stand und ihm hilflos ausgeliefert war. Seine Augen blitzten, und seine Mundwinkel deuteten ein Lächeln an. Dann hob er seinen Schädelspalter zum entscheidenden Schlag.

Laura starrte mit maßlosem Entsetzen auf die messerscharfe Waffe, die wie ein Richtbeil über ihrem Kopf schwebte.

Der Ritter zwang die Lippen auseinander, und ein wilder, unheimlicher Laut löste sich aus der steinernen Kehle. Ein Geschrei wie von einem tollwütigen Horrorfilm-Monster hallte durch das Treppenhaus, als Reimar einen schnellen Schritt auf Laura zu machte und das Schwert auf sie niedersausen ließ.

Aber darauf schien das Mädchen nur gewartet zu haben, denn noch im gleichen Augenblick duckte es sich und schnellte wie ein tanzender Irrwisch zur Seite. Schädelspalter traf ins Leere – und die Wucht des Schlages trieb Reimar von Ravenstein über das Geländer, sodass er mit einem lauten Aufschrei in die gähnende Tiefe stürzte.

Mit ungeheuerem Getöse zerschellte der Ritter auf den Steinfliesen der großen Halle. Laura schloss die Augen und hielt sich die Ohren zu, weil sie das Bersten und Zersplittern nicht ertragen konnte.

Als sie die Hände von den Ohren nahm, war fast schon wieder Ruhe eingekehrt. Nur noch das leise Kullern umherrollender Bröckchen war zu hören, bis gänzlich Stille eintrat.

Laura holte keuchend Luft. Dann öffnete sie die Augen, zog sich langsam am Geländer hoch und wagte endlich einen Blick in den Treppenschacht.

Der Steinerne Ritter war in Hunderte von Einzelteilen zerschellt, die am Fuße der Treppe verstreut lagen und den Fußboden übersäten. Kaum ein Teil seines Körpers war heil geblieben. Rumpf und Glieder waren in zahllose Bruchstücke zersprungen, und auch sein helmbewehrter Kopf war entzweigebrochen. Selbst der mächtige Schädelspalter war in mehrere Teile zersplittert.

Beinahe ungläubig starrte Laura auf das Trümmerfeld. Als sie den Blick schließlich abwandte, merkte sie, dass sie am ganzen Körper zitterte. Ihre Knie waren weich wie Wachs. Schweiß strömte über ihr Gesicht und brannte in den Augen. Der Schmerz in ihren Handgelenken stach wie ein glühend heißer Dorn in ihr Fleisch. Plötzlich fiel ihr der Schatten wieder ein. Doch sosehr sie sich auch umschaute – er war spurlos verschwunden.

Dafür kam Kaja zögernd auf sie zu. Alle Farbe war aus ihrem Sommersprossengesicht gewichen, und in ihren Augen stand noch immer der Schreck über das entsetzliche Geschehen geschrieben, das sie in den letzten Minuten hilflos hatte mit ansehen müssen. Sie schien völlig vergessen zu haben, dass sie den Kelch der Erleuchtung immer noch umklammert hielt. Mit einem verlegenen Lächeln sah sie ihre Freundin an. »Bist du okay, Laura?«, fragte sie leise.

»Ich glaub schon.« Doch dann legte sich Lauras Stirn in Falten. »Komisch«, sagte sie nachdenklich. »Woher hat dieser Ritter eigentlich gewusst, dass wir den Kelch haben?«

»Wieso?«

»Überleg doch mal – es kann doch kein Zufall sein, dass der Kerl ausgerechnet jetzt aufgetaucht ist. Wir würden doch längst im Bett liegen und schlafen, wenn wir nicht nach dem Kelch gesucht hätten.«

»Klingt logosibel – wie Lukas sagen würde«, stimmte ihre Freundin ihr zu. »Auch wenn es natürlich alles andere als logisch ist, dass ein Denkmal plötzlich lebendig wird. Aber nachdem ich heute schon Portak kennen gelernt habe, wundert mich überhaupt nichts mehr.«

»Kann ich verstehen!« Laura lächelte. »Aber das beantwortet meine Frage immer noch nicht. Woher hat der Grausame Ritter bloß gewusst, dass wir ausgerechnet heute den Kelch suchen?«

Kaja blies ratlos die Wangen auf. »Keine Ahnung! Vielleicht war es reiner Zufall. Lass uns endlich aufs Zimmer gehen, Laura. Ich bin todmüde.«

Sie wollte losgehen, aber Laura hielt sie zurück. »Ich glaube, das ist keine gute Idee«, sagte sie und nahm ihr den Kelch aus der Hand. »Geh schon vor, ich komm gleich nach!«

Kaja blickte sie überrascht an. Sie hatte nicht die geringste Ahnung, was Laura vorhatte. Aber zum Fragen war sie einfach zu müde. Gähnend drehte sie sich um und schlurfte in die Richtung ihres Zimmers davon.

Laura aber eilte rasch zur Treppe.

Alarik! Alarik!« Mit lauten Rufen winkte Alienor dem Bruder zu, der mit Silvan durch das große Tor der Gralsburg geritten kam und auf den Eingang des Hauptgebäudes zuhielt, und eilte ihm über den Burghof entgegen.

Schmatzfraß hatte sich längst ihrem Griff entwunden und swuupte, aufgeregt freudige Laute ausstoßend, zu seinem Herrn und flatterte in die Arme des Jungen. Die Begrüßung war überschwänglich. Alarik herzte seinen Liebling und drückte ihn fest an sich, während Schmatzfraß fiepte und quiekte und Hände und Wangen des Jungen ableckte.

Endlich war auch Alienor bei den Reitern angelangt. Silvan und Alarik stiegen aus den Sätteln und führten die Pferde an den Zügeln.

Überglücklich umarmte das Mädchen den Bruder. »Ich bin ja so froh, dass du wieder da bist«, flüsterte es ihm ins Ohr, bevor es sich wieder von ihm löste. »Du musst Schreckliches erlebt haben!«

Alarik lächelte scheu. »Ach, halb so wild!«, sagte er und machte eine abwertende Geste. Dabei sah er einfach furchtbar aus. Der schlaksige Junge steckte in viel zu großen Männerkleidern. Ein blutiger Verband war um seinen Kopf geschlungen, die Wangen waren aufgerissen, und die Augen blickten hohl aus einem vor Erschöpfung grauen Gesicht. Er schwankte leicht und konnte sich kaum auf den Beinen halten.

Alienor schob rasch ihren Arm unter den seinen und wollte ihn stützen, doch Alarik wehrte ihre Hilfe ab. »Danke, aber es geht schon.«

»Wie du möchtest.« Alienor klang enttäuscht, aber die Freude über die glückliche Rückkehr des Bruders gewann rasch die Oberhand. Dankbar lächelnd wandte sie sich an den Waldläufer. »Ich weiß gar nicht, wie ich dir das jemals vergelten kann, Silvan.«

»Nicht der Rede wert!« Der stoppelbärtige Mann grinste

breit. Die braunen Augen strahlten in seinem wettergegerbten Gesicht. »Ich konnte doch nicht zulassen, dass Alarik die Harpyie ganz alleine besiegt!« Er lachte herzhaft und drehte sich dann zu dem Jungen um. »Überlass dein Pony mir, Alarik, ich werde mich darum kümmern.«

Alarik übergab ihm die Zügel und verpasste seinem Braunen noch einen liebevollen Klaps, bevor Silvan die Pferde davonführte.

»Erzähl schon – was ist geschehen?«, forderte Alienor den Bruder gerade auf, als Ritter Paravain zu den Geschwistern trat.

Wie es einem Knappen geziemte, wollte Alarik sich vor ihm verbeugen, doch der Ritter hielt ihn davon ab.

»Schon gut«, sagte er und klopfte ihm zur Begrüßung auf die Schulter. »Ich freue mich, dich wiederzusehen, Alarik. Das war sehr tapfer von dir – und sehr leichtfertig!«

Alarik senkte den Kopf und schwieg.

»Ich weiß, du wolltest nur unser aller Bestes«, fuhr Paravain mit ernster Stimme fort, »aber auch in größter Not will jede Aktion wohlüberlegt sein. Blinder Eifer schadet nur, und gut gemeint ist leider nicht gleichbedeutend mit gut gemacht! Merk dir das für die Zukunft, Alarik.«

Dann aber lächelte der Ritter freundlich. Erneut klopfte er dem Jungen auf die Schulter. »Du hast großen Mut bewiesen, und dafür möchte ich dir Anerkennung zollen.«

Der Knappe hob das Gesicht und erwiderte das Lächeln seines Ritters dankbar.

»Jetzt aber schnell ins Bett mit dir!«, sagte Paravain mit spielerischer Strenge. »Du musst schlafen, damit du wieder zu Kräften kommst. Deine Schwester soll dir einen Tee bereiten!«

Er verpasste Alarik einen Klaps zum Abschied, nickte Alienor freundlich zu und ging davon.

Der Ritter war schon ein gutes Stück entfernt, als der Junge ihn noch einmal anrief: »Äh … Herr!«

Überrascht drehte Paravain sich um. »Ja?«

»Darf ich Euch morgen zur Pforte begleiten? Ihr werdet doch sicher dort hinreiten.«

Der Ritter schien überrascht über die Frage und zog ein nachdenkliches Gesicht.

Alarik sah den Weißen Ritter flehend an. »Bitte, Herr!«

Noch immer überlegte Paravain, doch dann nickte er. »Nun gut, du hast eine Belohnung verdient.«

»Danke, Herr!« Der Junge strahlte über das ganze Gesicht.

»Aber nur unter der Voraussetzung, dass du wieder einigermaßen auf den Beinen bist!«, fügte der Ritter hinzu, bevor er endgültig davoneilte.

Alienor schaute den Bruder kopfschüttelnd an. »Du bist einfach unbelehrbar, Alarik. Das wird doch viel zu anstrengend!« Als sie jedoch die freudige Erregung im Gesicht des Jungen wahrnahm, wurde ihr klar, dass alle Einwände vergeblich wären. »Geh schon in deine Kammer«, sagte sie mit leichter Resignation. »Ich brau dir einen Stärkungstrank, der dir neue Kräfte verleiht!«

Im Erdgeschoss blieb Laura stehen und warf einen scheuen Blick auf die Überreste von Reimar von Ravenstein, die am Fuße der Treppe verstreut lagen. Unwillkürlich drückte sie den Kelch fester an sich. Fast schien es, als habe sie Angst davor, dass der Ritter ihn ihr selbst jetzt noch entreißen könnte. Die steinerne Gestalt war in derart viele Trümmerteile zersplittert, dass es kaum mehr möglich war, die Bruchstücke einem bestimmten Körperteil zuzuordnen. Nur die rechte Hand des Ritters vermochte Laura genau zu erkennen. Der

Ring- und Zeigefinger waren abgebrochen und lagen fast zwei Meter von der Hand entfernt auf dem Boden.

Laura schluckte. Solange sie sich erinnern konnte, hatte ihr der Steinerne Ritter Furcht eingeflößt, und stets hatte sie sein Denkmal als Bedrohung empfunden. Wahrscheinlich hatte sie schon immer gespürt, dass er auf der Seite der Dunklen stand und zu ihren Feinden zählte.

Und dennoch – dass er nun ein derart schlimmes Ende gefunden hatte, berührte Laura zutiefst, und sie empfand unwillkürlich so etwas wie Mitleid für den zerschmetterten Reimar von Ravenstein. Schnell wendete sie sich ab, schlug einen weiten Bogen um die Trümmer und eilte zum Jungentrakt.

Laura war kaum über die Treppe entschwunden, da begann der abgebrochene Zeigefinger des Ritters zu zucken. Er krümmte sich und schnellte ein kleines Stück vorwärts, als sei noch ein Rest von Leben in ihm. Auch der Ringfinger rührte sich. Erst zitterte er kaum merklich, dann beugte sich das vorderste Glied ganz langsam, bis der schmutzige Fingernagel knirschend über den Steinboden schrammte. Wie auf ein geheimes Kommando hin bewegten sich die abgebrochenen Finger. Von unsichtbaren Kräften angetrieben, krochen sie wie fette Maden zielstrebig auf den Rest der rechten Hand zu – und fast sah es so aus, als wollten sie sich wieder mit ihr vereinen.

Mit verschlafenem Gesicht öffnete Lukas die Tür und schaute seine Schwester überrascht an, die mit dem Kelch in der Hand davorstand. »Was ist denn los?«

Laura drängte ihn zur Seite, trat hastig in sein Zimmer und schloss die Tür hinter sich.

»Jetzt sag schon, was los ist?«, fuhr der Junge sie ungehalten an. »Warum hast du den Kelch nicht auf euer Zimmer gebracht?«

Laura blieb nichts anderes übrig, als ihrem Bruder von dem Überfall des Grausamen Ritters zu berichten. Mit ungläubigem Staunen hörte er ihr zu.

»Das gibt 's doch nicht!«, stieß er atemlos hervor. »Das würde ja bedeuten, dass die Dunklen über unsere heutige Aktion informiert sind.«

»Genau das denke ich auch«, antwortete Laura mit großem Ernst. »Allerdings ist mir vollkommen schleierhaft, wie sie davon erfahren konnten. Aber wie auch immer – sie sind auf jeden Fall ziemlich raffiniert vorgegangen.«

Lukas schaute sie stirnrunzelnd an. »Wieso?«

»Ganz einfach: Um uns in Sicherheit zu wiegen, hat Dr. Schwartz Percy und Miss Mary zum Abendessen eingeladen. Auf diese Weise mussten die beiden den Eindruck gewinnen, dass Schwartz und die Taxus nicht den geringsten Verdacht geschöpft hatten – deshalb haben die uns ja auch ohne weitere Sicherheitsmaßnahmen gehen lassen.«

»Du hast Recht. Während sie ganz scheinheilig beim Essen saßen und die freundlichen Gastgeber spielten, haben sie wahrscheinlich insgeheim gehofft, dass wir in der Fallgrube aufgespießt würden.«

»Genau! Und um ganz sicherzugehen, haben sie vermutlich auch noch den Grausamen Ritter auf uns angesetzt. Für den Fall, dass wir der Falle wider Erwarten entgehen und den Kelch doch finden sollten. Obwohl sie damit mit Sicherheit nicht gerechnet haben.«

Der Gedanke an den hinterhältigen Plan der Dunklen ließ plötzlich Wut in Laura aufsteigen. Ihr Puls beschleunigte sich, und ihr Gesicht nahm einen finsteren Ausdruck an.

»Diese Typen sind gefährlicher, als ich dachte«, stellte Lukas nachdenklich fest. »Mit denen ist wirklich nicht zu spaßen!«

»Merkst du das etwa auch schon?«, gab seine Schwester zurück. Ihr Ärger ließ sie ungewohnt sarkastisch klingen. »Ich halte es deshalb auch für klüger, wenn wir den Kelch in deinem Zimmer verstecken. Wenn sie morgen früh merken, was mit Reimar von Ravenstein passiert ist, dann werden sie sich auf die Suche nach dem Kelch machen – und mit Sicherheit beginnen sie damit in unserem Zimmer!«

»Klingt logosibel – aber danach suchen sie gleich bei mir!«

Laura sah ihren Bruder bestürzt an. »Du hast wieder mal Recht«, sagte sie. »Wir müssen ein anderes Versteck suchen!«

»Müssen wir nicht!« Lukas schüttelte den Kopf und grinste.

»Aber – du hast doch selbst gesagt –«

»Wart 's doch ab!«, unterbrach Lukas seine Schwester. Damit erhob er sich und trat an seinen Schrank. Nachdem er die Tür aufgeschlossen hatte, holte er einen Teil seiner Kleider heraus und legte sie auf sein Bett.

Laura beobachtete Lukas mit gerunzelter Stirn. »Was soll das denn werden, wenn es fertig ist?«

»Kannst du dir das nicht denken, du Spar-Kiu?« Lukas kniete sich in die leere Hälfte des Kleiderschrankes und tastete mit den Fingern an der Bodenplatte entlang. Schon nach wenigen Sekunden hatte er gefunden, wonach er suchte. Er drückte auf einen in der Platte verborgenen Knopf, Laura hörte ein lautes »Klick«, und da löste sich die Rückwand des Schrankes. Lukas hob sie aus der Halterung und stellte sie zur Seite, und da sah Laura, dass der Schrank eine doppelte Rückwand besaß, in der ein geräumiges Geheimfach verborgen war.

Lukas drehte sich zu ihr um, schaute sie mit einem überlegenen Grinsen an und deutete auf den Hohlraum. »Das dürfte wohl reichen, oder?«

»Hey, toll!« Laura staunte.

Sie nahm den Kelch der Erleuchtung und stellte ihn in das

Geheimfach. Er passte exakt in die Öffnung, und fast hatte es den Anschein, als wäre das Versteck einzig und allein zu diesem Zwecke angefertigt worden.

Nachdem die Geschwister die vordere Rückwand wieder eingesetzt und die Kleider in den Schrank zurückgehängt hatten, deutete nichts mehr darauf hin, dass darin ein Gegenstand von ungeheurem Wert verborgen sein könnte.

Lukas schloss die Schranktür ab und legte den Schlüssel unter sein Kopfkissen. »Ich werde ihn tagsüber am Körper tragen, bis du den Kelch wieder abholst«, versprach er.

»Vielen Dank, Lukas!« Laura lächelte Lukas an und deutete dann auf den Schrank. »Ich hab gar nicht gewusst, dass du so was hast.«

»Ach, tatsächlich?« Der Spott in der Stimme des Jungen war nicht zu überhören. »Und ich hab immer gedacht, ein Geheimfach wird so genannt, weil es jeder kennt.«

»Ist ja gut, du Blödmann!« Laura war richtig wütend. Allerdings ärgerte sie sich mehr über ihre unbedachte Frage als über Lukas.

Laura zwang sich zur Ruhe. »Okay, Lukas. Ich geh jetzt schlafen, und du passt bitte gut auf den Kelch auf. Morgen Abend, sobald es dunkel ist, machen wir uns dann auf die Suche nach der Pforte.«

»Morgen Abend erst? Warum denn erst abends und nicht gleich nach dem Unterricht?«

»Erstens müssen Kaja und ich dringend für den Physiktest lernen. Und zweitens ...« – Laura machte eine bedeutungsvolle Pause, damit Lukas auch ja mitbekam, wie sie ihn nun mit seinen eigenen Waffen schlagen würde – »... zweitens fällt es in der Dunkelheit viel weniger auf, wenn wir uns auf dem Gelände der Burg rumtreiben – aber das kann ein Super-Kiu wie du ja nicht wissen!«

Triumphierend grinste Laura ihren Bruder an, der ärgerlich das Gesicht verzog. »Gute Nacht, Lukas. Schlaf schön!« Damit verließ sie sein Zimmer.

Alarik verzog den Mund, ließ den Becher sinken und sah Alienor, die auf der Kante seines Lagers saß, entsetzt an. »Was ist das denn für ein Gebräu?«

Das Mädchen machte ein pikiertes Gesicht. »Das ist Drachendistel-Sud. Das Beste bei Erschöpfung – er wirkt garantiert. Aber bitte, wenn du nicht möchtest!« Sie streckte die Hand aus, um den Becher an sich zu nehmen, doch Alarik zog ihn rasch weg.

»Nein, nein. Ist ja gut, ich trink ja schon. Er schmeckt nur schrecklich bitter. Wie Galle fast.«

»Ich weiß. Ich wollte ihn auch mit einem Löffel Honig süßen, aber dann …« – Ein süffisantes Lächeln spielte um Alienors Mund – »… dann hab ich mir gedacht, dass das Süße eher was für Mädchen ist und nichts für tapfere Helden!«

Alarik war zu erschöpft, um die spitze Bemerkung zu kommentieren. Vorsichtig schlürfte er den Trank, den Alienor ihm zubereitet hatte. Er schmeckte nicht nur bitter, sondern war auch siedend heiß, und so musste er aufpassen, dass er sich nicht verbrannte.

Alienor beobachtete den Bruder nachdenklich. »Glaubst du immer noch, dass das Mädchen auf dem Menschenstern, diese Laura, den Kelch rechtzeitig finden wird?«

»Ich kann es nur hoffen! Das ist unsere einzige Rettung. Obwohl –«

Alarik brach ab und starrte düster vor sich hin.

Alienor blickte ihn überrascht an. »Was hast du so plötzlich? Sag schon!«

Der Junge hob den Kopf, und großer Ernst zeichnete seinen Blick. »Ich habe die ganze Zeit gehofft und auf das Licht vertraut, aber seit ich die Fratze dieser Harpyie gesehen habe, bin ich mir nicht mehr sicher, ob der Kelch uns noch retten kann.«

»Was?« Alienor sprang vom Bett auf und starrte den Bruder ungläubig an. »Aber das kann doch nicht sein! Das Wasser des Lebens wird Elysion heilen, das weißt du doch!«

»Natürlich, Alienor, natürlich weiß ich das. Aber die Mächte des Finsternis sind uns immer einen Schritt voraus. Die Harpyie hat unmöglich wissen können, was ich vorhabe – und trotzdem hat sie mich aufgespürt! Du hättest ihre Augen sehen sollen! Sie waren so böse und gleichzeitig so siegesbewusst. Wenn es sich tatsächlich um Syrin gehandelt hat, wie Paravain annimmt, dann schien sie sich vollkommen sicher zu sein, dass nichts und niemand den Sieg der Finsternis noch verhindern kann.«

»Wie erklärst du dir das?«

Alarik zuckte hilflos mit den Schultern. »Keine Ahnung, Alienor. Möglicherweise verfügen Borboron und seine Verbündeten über einen letzten Trumpf, von dem keiner von uns etwas ahnt.«

Als Laura zum Mädchenflügel zurückging, merkte sie plötzlich, wie müde sie war. Kein Wunder – es musste bereits auf den Morgen zugehen, und die aufregenden Ereignisse der vergangenen Stunden hatten an ihren Kräften gezehrt.

Sie gähnte wie ein schläfriger Löwe, während sie die Eingangshalle durchquerte, und lag in Gedanken schon längst im Bett.

Schlafen, nur noch schlafen – eine innere Stimme lullte Laura ein. Nur beiläufig bekam sie mit, dass die Drei-Uhr-Schläge der Turmuhr durch die Nacht hallten.

Als Laura einen Fuß auf die erste Treppenstufe setzte,

schimmerte das große Ölbild undeutlich am Rande ihres Blickfeldes. Sie war schon auf der fünften Stufe, als ihr endlich bewusst wurde, dass auf dem Gemälde wieder einmal etwas nicht stimmte. Sie blieb stehen, drehte sich um und starrte verwundert auf das Bild.

Weder Silva noch der Wolf fehlten, beide befanden sich an den vertrauten Plätzen. Aber die Frau in Weiß hatte ihre Blickrichtung geändert. Sie schaute nicht wie sonst in eine unbestimmte Ferne, sondern richtete die Augen auf den Boden der Halle.

Als Laura Silvas Blick folgte, fiel ihr endlich auf, was sie eigentlich schon längst hätte bemerken müssen, aber in ihrer grenzenlosen Müdigkeit übersehen hatte: Der Boden am Fuße der Treppe war wie blank gefegt. Von den Bruchstücken des zerschmetterten Ritters fehlte jede Spur. Nichts, nicht einmal das winzigste Krümelchen, war mehr zu entdecken. Die steinernen Trümmer von Reimar von Ravenstein waren restlos verschwunden und wie vom Erdboden verschluckt.

Oh, nein! Erschrocken fuhr Laura zusammen. Wie ist das nur möglich? Ob jemand die Steinbrocken in der Zwischenzeit beseitigt hatte? Das war wenig wahrscheinlich, und deshalb gab es nur eine plausible Erklärung: Reimar von Ravenstein musste auf wundersame Weise wieder die ursprüngliche Gestalt angenommen haben und aus eigener Kraft von der Stätte seines vermeintlichen Endes verschwunden sein!

Sofort musste Laura an Kaja denken – wenn der Grausame Ritter tatsächlich wieder zum Leben erwacht war, dann hatte ihn sein allererster Weg mit Sicherheit zu ihrem Zimmer geführt – und dann schwebte Kaja in allergrößter Gefahr.

In Lebensgefahr.

Laura rannte los, so schnell sie konnte. Atemlos flog sie die Treppe empor, zwei, drei Stufen auf einmal nehmend. Als sie in den Gang einbog, der zu ihrem Zimmer führte, konnte sie schon von weitem sehen, dass Licht unter der Tür hindurchschimmerte.

Ein schlechtes Zeichen! Kaja war doch so müde, dass sie sich mit Sicherheit sofort schlafen gelegt und das Licht gelöscht hätte.

Aber vielleicht wartete sie ja auch nur auf sie und wollte wissen, ob und wie sie den Kelch der Erleuchtung in Sicherheit gebracht hatte? Oder aber der Grausame Ritter hatte sich ihrer bemächtigt, sie aus dem Zimmer verschleppt und vergessen, das Licht hinter sich zu löschen? Dieser Gedanke war so unerträglich, dass Laura ihre Schritte noch mehr beschleunigte.

»Kaja!«, rief sie, während sie den Gang entlangstürmte. »Kaja!«

Laura riss die Tür auf und stürzte ins Zimmer – und blieb wie angewurzelt stehen. Das Bett der Freundin war leer, dafür aber stand Rebekka Taxus mitten im Raum und grinste Laura höhnisch entgegen.

»Guten Abend, Laura Leander«, zischte die Dunkle ihr zur Begrüßung ins Gesicht. »Ess isst mir eine großse Freude, dich endlich zu ssehen!«

Bestürzt starrte Laura die Lehrerin an. Da hörte sie erstickte Laute neben sich. Laura drehte den Kopf und sah ihre Freundin neben dem Kleiderschrank stehen. Dr. Quintus Schwartz hielt sie mit seinen kräftigen Armen umfangen und hatte ihr mit der rechten Hand den Mund verschlossen. Das rothaarige Mädchen zappelte und wehrte sich heftig, konnte sich dem Griff des Lehrers aber nicht entwinden.

Laura wirbelte herum und wollte hastig durch die offene Tür flüchten. Doch da schlug die Zimmertür zu, wie von Geisterhand bewegt, der Schlüssel drehte sich knirschend im Schloss – und Laura wurde klar, dass sie nicht entkommen konnte.

Kapitel 26 ❧ Die Ratten

Das Knarren der Tür schreckte Paravain aus dem Schlaf. Hastig richtete der Ritter sich auf und sah sich verwirrt um – und da erst bemerkte er, dass er auf einem Stuhl am großen Tisch im Thronsaal saß. Die Müdigkeit war übermächtiger gewesen als seine Sorgen, und so war er wohl eingeschlafen, während er mit unruhigem Herzen darauf gewartet hatte, dass Morwena ihn über das Befinden ihres Herrn unterrichtete.

Die Heilerin kam aus der Schlafkammer und schaute Paravain mit unergründlicher Miene an. Als sie die Hoffnung im Blick des Ritters bemerkte, blieb sie stehen und schlug die Augen nieder. Ein Schatten legte sich auf ihr Gesicht. Dann wandte die junge Frau sich ab, schritt zum Fenster und sah wortlos hinaus in die Nacht.

Paravain ließ alle Hoffnung fahren. Rasch erhob er sich, gesellte sich zu Morwena ans Fenster, und auch sein Blick schweifte unruhig durch die Dunkelheit, die sich über die Ebene gesenkt hatte. Schweigend standen die beiden nebeneinander, bis der Ritter die quälende Stille nicht länger ertragen konnte.

»Wie geht es ihm?«

Morwena seufzte kaum hörbar. »Er ist in einen totengleichen Schlaf gefallen und nicht mehr ansprechbar. Meine Arzneien und Heilkräuter zeigen keinerlei Wirkung mehr.«

Der Ritter schüttelte voller Resignation den Kopf. »Nur

ein Tag noch! Uns bleiben nur noch ein einziger Tag und eine einzige Nacht! Und es gibt keinerlei Anzeichen, dass der Kelch der Erleuchtung bis dahin gefunden werden kann.«

Sein Blick suchte die Augen der jungen Frau.

»Du weißt, was das bedeutet, Morwena?«

»Ja. Elysion wird sterben, und das Nichts wird uns verschlingen.«

Sie verstummte, und auch Paravain schwieg. Nur das Knistern des Holzfeuers im Kamin belebte den Saal. Seite an Seite standen die Heilerin und der Weiße Ritter am Fenster und starrten hinaus auf die Hochebene, über der die beiden Monde am Himmel standen. Sie wirkten fahl, als habe sich ein dunkler Schleier vor sie gelegt.

Die Ebene war fast vollständig von dichtem Schwarzem Nebel bedeckt. Von den Landschaften in der Ferne war nicht das Geringste mehr zu sehen – weder vom Modermoor im Osten noch von den Drachenbergen im Süden oder vom Raunewald im Westen. An ihrer Stelle herrschte nur noch das dunkle Nichts. Es konnte nicht mehr lange dauern, bis die Schwarzen Nebel und die Ewige Dunkelheit auch die Mauern von Hellunyat erreichen und die Gralsburg verschlingen würden.

Langsam wandte Laura sich um und blickte Dr. Quintus Schwartz an. Der stellvertretende Direktor fixierte immer noch die Tür. Dann entspannte sich seine angestrengte Miene. Ein überlegenes Grinsen machte sich auf seinem Gesicht breit, während er Lauras vorwurfsvollen Blick erwiderte. Plötzlich lockerte er den Klammergriff und stieß Kaja von sich. Das Mädchen verlor das Gleichgewicht und taumelte auf Laura zu. Nur durch ein beherztes Zupacken konnte diese verhindern, dass die Freundin zu Boden stürzte.

Kaja schaute Laura mit Tränen in den Augen an. »Tut mir

leid«, sagte sie mit unterdrücktem Schluchzen, »aber sie haben mich überrascht und mir keine Chance gegeben, dich zu warnen.«

»Schon okay!« Laura schloss die Freundin in die Arme, strich ihr sanft über den Rücken und bemühte sich um ein Lächeln. »Keine Angst, Kaja, es wird alles gut.«

Dann wandte sie sich den beiden Dunklen zu und schaute ihnen furchtlos ins Gesicht. »Was wollen Sie von uns?«

Dr. Schwartz, der die ganze Zeit abwartend und mit vor der Brust verschränkten Armen am Kleiderschrank gelehnt hatte, trat zu Laura. Mit einem unergründlichen Blick seiner kalten Augen musterte er sie und fuhr dabei mit der rechten Hand nachdenklich über sein ausgeprägtes Kinn. »Kannst du dir das nicht denken, Laura?«, fragte er lauernd.

»Natürlich!« Laura machte ein trotziges Gesicht. »Sie wollen den Kelch – was denn sonst? Und wahrscheinlich wollen Sie auch zu Ende führen, was der Grausame Ritter nicht geschafft hat.«

Der Direktor setzte ein hämisches Lächeln auf und wechselte einen belustigten Blick mit der Mathelehrerin, die immer noch unter der Lampe stand. Ihre karminroten Haare schimmerten im Licht. »Verstehst du, wovon sie redet, Rebekka?«, fragte er amüsiert.

Die Frau in Pink machte ein paar Schritte auf ihren Kollegen zu. Ihre Augen funkelten vor Hohn, während sie den Kopf schüttelte. »Abssolut nicht, Quintuss. Diessess Gör sspricht in Rätsseln!«

Dr. Schwartz drehte sich wieder den Mädchen zu und breitete mit gespieltem Bedauern die Arme aus. »Da hörst du es, Laura. Wir haben leider nicht die geringste Ahnung, was du meinst. Wie ich dir heute früh bereits erklärt habe: Ich kenne diesen geheimnisvollen Kelch nicht, von dem du dauernd sprichst. Und der einzige Ritter, der mir bekannt ist, steht draußen im Park und ist aus Granit, wenn ich mich nicht täusche.«

»Hören Sie endlich auf mit diesem Theater!« Laura konnte ihre Wut nur noch mühsam im Zaum halten. »Ich weiß doch ganz genau, was Sie im Schilde führen. Wegen dieses Kelches sind Sie doch gekommen!«

»Tut mir leid, Laura, aber du täuschst dich.« Dr. Schwartz schüttelte den Kopf. »Wir sind nur gekommen, weil es unsere Pflicht ist!«

Was soll das denn schon wieder?, überlegte Laura.

»Wir können doch nicht tatenlos hinnehmen, dass ihr euch dauernd die Nächte um die Ohren schlagt«, fuhr der amtierende Direktor fort, »und eure Leistungen wegen eurer Eskapaden immer schlechter werden.«

»Wir haben unss großse Ssorgen gemacht, alss ihr die halbe Nacht nicht aufgetaucht sseid«, pflichtete Rebekka Taxus ihm bei, und ihre Stimme triefte vor Spott. »Wir haben sschon befürchtet, dasss euch etwass zugestoßsen ssein könnte.«

»Was glücklicherweise nicht der Fall ist, wie wir inzwischen feststellen konnten!«, erklärte Dr. Schwartz. »Allerdings bliebe da noch ein kleines Problem: Es dürfte euch wohl bekannt sein, dass ihr gegen die Schulordnung verstoßen habt, nehme ich an? Und das nicht zum ersten Male, wie uns unter anderem Albin Ellerking berichtet hat!«

Laura und Kaja wechselten wissende Blicke. Ihnen war klar, dass sie eine Verfehlung begangen hatten und dafür bestraft werden mussten. Die Frage war nur, wie.

So, als habe er ihre Gedanken erraten, fuhr Dr. Schwartz fort. »Euch ist doch sicherlich bekannt, welche Strafe unsere Schulordnung für solche Fälle vorsieht? Oder, Kaja?«

Kaja schaute nur wortlos zu Boden.

Daraufhin wandte Dr. Schwartz sich an Laura. »Und was ist mit dir?«, fragte er. »Weißt du es wenigstens?«

Auch Laura blieb stumm, weil sie die Antwort ebenso wenig kannte wie Kaja.

Mit einem theatralischen Seufzer drehte sich der Lehrer zu seiner Kollegin um. »Könntest du diesen vergesslichen Damen bitte auf die Sprünge helfen?«, bat er mit einem resignierten Gesichtsausdruck.

Ein böses Lächeln huschte über das Gesicht der Taxus. »Aber mit dem größsten Vergnügen! Für wiederholte schwere Verstößse gegen die Schulordnung isst meines Wissens … Arrest vorgessehen!«

Laura runzelte die Stirn. Arrest?, wunderte sie sich. Waren Arreststunden nicht längst abgeschafft worden? Sie hatte eher mit einem schriftlichen Verweis gerechnet. Wenn nicht gar mit Schlimmerem.

Dr. Quintus Schwartz lächelte hintergründig – und da wusste Laura, dass sie nicht so einfach davonkommen würden.

»Ganz recht, Rebekka – Arrest«, wiederholte der Lehrer, während er Laura unverwandt ansah. »Wir werden leider nicht umhinkommen, die beiden Damen mit Arrest zu belegen. Allerdings …« Mit einem Male leuchteten seine Augen glühend rot auf, und sein Atem ging plötzlich rasselnd: »Mit verschärftem Arrest für mindestens vierundzwanzig Stunden!«

Laura stieß einen Laut des Entsetzens aus und starrte Dr. Schwartz fassungslos an, der ungerührt das Asthmaspray aus der Tasche holte und sich die Medizin in den Mund sprühte. Das Glühen in seinen Augen war verschwunden, und seine tiefschwarzen Pupillen starrten die Schülerinnen kalt und mitleidslos an.

Laura wusste, dass er fest entschlossen war, sein Vorhaben in die Tat umzusetzen, auch wenn diese Strafe mit Sicherheit nicht der Schulordnung entsprach. Schließlich erreichte er damit genau das, was er wollte: Laura war während des ganzen nächsten Tages zur Untätigkeit verdammt. Die Wintersonnenwende würde verstreichen, ohne dass sie die Möglichkeit hatte, nach der magischen Pforte zu suchen und den Kelch nach Aventerra zu bringen – es sei denn, sie würde doch noch eine Möglichkeit finden, sich aus der Gewalt der Dunklen zu befreien.

Aber dazu bedurfte es wahrscheinlich eines Wunders.

Als sich die Gittertür des Kerkers hinter den Mädchen schloss, verließ Laura auch das letzte Quäntchen Hoffnung. Sie hatte zwar keine Ahnung, wo ihr fensterloses Gefängnis genau lag, aber eine innere Stimme sagte ihr sofort, dass sie in diesem düsteren Verlies mit Sicherheit niemand finden würde. Dr. Schwartz hatte ihnen die Augen verbunden, bevor er sie in den Kerker führte. Obwohl Laura nicht das Geringste sehen konnte, hatte sie versucht, sich den Weg einzuprägen, den sie zurücklegten. Doch schon nach kurzer Zeit hatte sie völlig die Orientierung verloren. Das Einzige, was sie sicher wusste, war, dass sie sich in den Kellergewölben der Burg befinden mussten. Sie waren Treppe um Treppe nach unten gestiegen und dann schier endlose Gänge entlangmarschiert, bis Dr. Schwartz ihnen endlich die Tücher von den Augen genommen und sie in das Verlies gestoßen hatte.

Der Raum, der nur von zwei Fackeln erleuchtet wurde, war feucht und kalt und maß vielleicht fünf mal sechs Meter. Zwei Schlafpritschen aus rohem Holz, auf denen grobe Decken lagen, waren die einzige Möblierung. Die Mauern waren aus rohem Stein gefügt und so dick, dass selbst die lautesten Hilfeschreie sie nicht zu durchdringen vermochten. Das Gitter, das ihr Verlies zum Gang hin abtrennte, war aus soliden Eisenstäben gefertigt. Sie waren gut armdick, und wahrscheinlich würde nicht einmal Portak mit seinen Riesenkräften sie verbiegen können. Auch die Tür, die Dr. Quintus Schwarz soeben verschloss, ließ eine Flucht aussichtslos erscheinen.

Der amtierende Direktor zog den großen Schlüssel ab und blickte die Mädchen durch das Gitter mit sichtbarer Belustigung an. »Ich bedauere zutiefst, dass ihr den Tag der Wintersonnenwende an diesem unwirtlichen Ort verbringen müsst«, sagte er mit kaum verhohlener Ironie. »Aber leider habt ihr mir keine andere Wahl gelassen!«

Laura baute sich hinter dem Gitter auf und schoss Dr. Schwartz wütende Blicke zu. »Freuen Sie sich bloß nicht zu früh!«, fuhr sie ihn an. »Miss Mary und Percy werden uns vermissen und nach uns suchen. Und ich garantiere Ihnen, dass die uns hier rausholen werden!«

Der Angesprochene grinste nur hämisch und wandte sich an Rebekka Taxus, die neben ihm stand. »Was meinst du, Rebekka?«, fragte er mit leisem Kichern. »Sollen wir ihnen die Hoffnung lassen, oder soll ich es ihnen lieber gleich sagen?«

»Ich denke, wir erzählen ess ihnen lieber gleich«, säuselte die Frau in Pink. »Dann wisssen ssie wenigsstens, woran ssie ssind.«

Damit wandte sie sich an die beiden Mädchen und blickte sie mit einem falschen Lächeln durch das Gitter an. »Ess tut mir ja leid, Laura«, zischte sie, »aber ich fürchte, du unterliegsst einem fatalen Irrtum. Bedauerlicherweisse musssten wir eure Freunde vor ein paar Sstunden inss Krankenhauss bringen. Die Ärzte haben eine Lebenssmittelvergiftung fesstgesstellt!«

Dr. Schwartz schüttelte den Kopf und ließ ein theatralisches Seufzen hören: »Tja, ich vermute fast, sie müssen was Verdorbenes gegessen haben!«

»Was Verdorbenes gegessen?«, wunderte Laura sich. »Die beiden waren doch bei Ihnen eingela–« Sie brach ab, weil ihr plötzlich klar wurde, was die Ursache von Percys und Marys Erkrankung sein musste. »Sie fiese Kröte! Sie mieser Kerl!«, schrie sie in ohnmächtiger Wut. »Sie haben den beiden was ins Essen gemischt – wahrscheinlich haben Sie sie auch nur deshalb eingeladen!«

Der Lehrer antwortete nicht. Doch Laura wusste auch so, dass ihre Vermutung richtig war. Die Taxus verzog ihr Gesicht zu einer hässlichen Fratze, und für die Dauer eines Atemzuges vermeinte Laura ein gutes Dutzend züngelnder Schlangen zu sehen, die sich anstelle der Haare um ihren Kopf kringelten.

Laura lief ein kalter Schauer über den Rücken. Plötzlich fror sie entsetzlich, und sie steckte die Hände in die Jackentasche – und da spürte sie ihr Handy. Jähe Hoffnung stieg in ihr auf. Noch war nichts verloren, denn mit dem Telefon würde sie Hilfe herbeirufen können.

Ja!!!, jubelte sie insgeheim, und sie lächelte unbewusst.

»Laura!« Dr. Schwartz' Stimme war schneidend. Er musterte Laura streng. Die Taxus hatte sich zu ihm gebeugt und flüsterte ihm etwas ins Ohr.

»Ja?«, fragte Laura.

Dr. Schwartz kniff die Augen zusammen. »Was hast du in deiner Tasche?«

»Ähm«, antwortete Laura. »Ähm … nichts weiter.«

»Ssie lügt!«, zischte die Mathelehrerin wütend. »Ssoll ich ssie durchssuchen?«

»Nicht nötig.« Quintus wandte sich wieder an Laura. »Würdest du bitte die Hände aus den Taschen nehmen?«

Laura wusste, dass es zwecklos war, sich zu widersetzen. Wenn sie sich nicht fügte, würde er sie mit Gewalt dazu zwingen, ihm zu gehorchen. Also zog sie die Hände aus den Jackentaschen.

Dr. Schwartz starrte mit abwesendem Blick auf Lauras Jacke, und schon einen Moment später konnte sie spüren, dass ihr Handy sich bewegte. Es glitt aus ihrer Jackentasche und schwebte durch den Raum auf den Dunklen hinter dem Gitter zu, der es packte und in seiner Manteltasche verschwinden ließ.

Dieser Widerling! Dieser fiese Kerl!

»Ich wünsche euch beiden eine gute Nacht!«, spottete Dr. Quintus Schwartz zum Abschied. »Und keine Angst – selbstverständlich werden wir euch morgen nach dem Aufstehen ein Frühstück servieren lassen. Schließlich soll es euch in unserer Obhut an nichts mangeln!«

Er hängte den Schlüssel an einen Haken an der gegenüberliegenden Wand des Ganges und trat dann wieder zu der Lehrerin. »Auch wir sollten noch ein paar Stunden schlafen, Rebekka«, schlug er vor, »damit wir den morgigen Tag ausgeruht und mit frischen Kräften begehen können. Ich bin nämlich fest davon überzeugt, dass die Wintersonnenwende sich zu einem ganz besonderen Tag entwickeln könnte, der uns allen unvergesslich bleiben wird!«

Damit brach Dr. Schwartz in ein dröhnendes Gelächter aus, in das die Taxus sofort einfiel. Dann verschwanden die beiden Lehrer in der Tiefe des Kellerganges, der von flackernden Fackeln in düsteres Zwielicht getaucht wurde. Ihr Gelächter hallte noch für geraume Zeit in den Ohren der Mädchen wider.

Laura sank zitternd auf die Pritsche. Sie konnte die Tränen nicht länger zurückhalten. All die Angst, all die Anstrengungen, die sie ausgestanden hatte, sollten vergeblich gewesen sein? Nun hatte sie den Kelch gefunden – und konnte ihn doch nicht nach Aventerra bringen. Das war nicht gerecht! Sollte das Böse wirklich siegen?

Laura musste an ihren Vater denken. Wenn Papa mir doch helfen könnte! Ich habe doch wirklich alles versucht – und jetzt kann ich nur noch aufgeben.

Aufgeben?

»Nur wer aufgibt, hat schon verloren«, hatte Papa gesagt. Laura schnäuzte sich. Sie wurde ruhiger und beschloss, sich in dem schummerigen Verlies umzusehen.

»Ob es hier wohl Mäuse gibt?«, fragte Kaja verlegen. Sie hatte Laura noch nie so weinen sehen.

»Ich weiß es nicht, Kaja«, schluchzte sie. Dass sie es für mehr als wahrscheinlich hielt, verschwieg sie lieber. Kaja würde sonst kein Auge zutun in der Nacht. Die Freundin wirkte ebenso entmutigt wie sie selbst.

Erschöpft fragte Kaja: »Und was machen wir jetzt?«

»Schlafen«, antwortete Laura matt, inzwischen wieder vollkommen gefasst. »Das ist das Einzige, was wir im Moment tun können. Ich kann schon gar nicht mehr klar denken, so müde bin ich. Und morgen früh, wenn wir ausgeschlafen sind, überlegen wir, wie wir hier rauskommen.«

»Glaubst du wirklich, dazu besteht eine Möglichkeit?«

»Natürlich«, antwortete Laura mit einem leisen Gähnen. »Eine Möglichkeit besteht immer, solange man die Hoffnung nicht aufgibt.«

Sie streckte sich auf der Pritsche aus und schlang sich die Decke um den Körper. Kaja tat es ihr gleich.

Zum Glück trugen die Mädchen noch immer die dicken Jacken, die sie schon vor Stunden, vor der Suche nach Reimars Schatzkammer, angezogen hatten, sodass die empfindliche Kälte, die in ihrem unwirtlichen Gefängnis herrschte, ihnen nicht allzu sehr zusetzte. Schon nach kürzester Zeit wurden die beiden vom Schlaf übermannt. Nur noch ihr Schnarchen klang durch den unterirdischen Kerker und übertönte das Trippeln flinker Füße, die über den Steinfußboden huschten.

Die Sonne ging auf am Himmel, und auf dem ältesten der alten Planeten brach der Tag der Wintersonnenwende an. Ritter Paravain stand auf dem großen Turm der Gralsburg und ließ seinen Blick über die Umgebung schweifen. Doch in welche Himmelsrichtung er auch schaute – nichts war mehr zu erkennen von den ursprünglichen Landschaften von Aventerra. Das Land war bis zum Horizont vollständig in einen dichten Schwarzen Nebel gehüllt, und nur noch die Mauern und Zinnen von Hellunyat ragten aus dem Nebelmeer hervor.

Grabesstille hatte sich über die Welt der Mythen gesenkt. Kein Laut war zu hören. Kein Wind wehte, und kein Vogel zwitscherte. Fast schien es, als habe das Ewige Nichts bereits die Herrschaft über Aventerra gewonnen.

Der junge Ritter seufzte. Das also ist das Ende, dachte er. Natürlich wusste er, dass noch ein ganzer Tag und eine ganze Nacht vor ihnen lagen und es in der verbleibenden Zeit immer noch möglich war, das drohende Schicksal abzuwenden. Aber seit sein Schatten zu ihm zurückgekehrt war und ihm von seinem Ausflug auf den Menschenstern berichtet hatte, wusste er, dass es so gut wie keine Aussicht auf Rettung mehr gab. Wozu sich in Hoffnung wiegen, wenn nicht der geringste Anlass mehr dazu bestand?

Das Schreckliche an der gegenwärtigen Situation war, dass sie es nicht mit einem leibhaftigen Gegner zu tun hatten, dem man sich in den Weg stellen konnte, um ihn aufzuhalten. Das Nichts war unbesiegbar, denn es bezog seine Stärke einzig und allein aus den zunehmend schwindenden Kräften von Elysion. In dem gleichen Maße, in dem der Hüter des Lichts an Lebensenergie verlor, nahm das Nichts an Stärke zu. Ihm, Paravain, und seinen Weißen Rittern waren die Hände gebunden. Sie waren zur Untätigkeit verdammt und konnten nur noch darauf warten, bis sie vom Ewigen Nichts verschluckt wurden.

Plötzlich hörte der Ritter ein Rauschen in der Luft. Er drehte den Kopf und sah Pfeilschwinge, den Adler, der sich im grauenden Licht des Morgens näherte. Der Bote des Lichts und Wächter der magischen Pforte segelte mit ausgebreiteten

Schwingen heran und setzte vor Paravain auf der Mauerkrone auf. Dann stieß er einen klagenden Laut aus und blickte Paravain aus den scharfen Augen eindringlich an.

Der junge Ritter verstand die Botschaft sofort, die der Adler ihm überbringen wollte: Es war an der Zeit, dass er mit den anderen Weißen Rittern die Reise in das Tal der Zeiten jenseits der Donnerberge antrat. Denn dort, in Pfeilschwinges Heimat, nahm die magische Pforte, die Aventerra mit dem Menschenstern verband, seit dem ersten Sonnenstrahl Gestalt an. So wie an jedem der vier Sonnenfeste seit Anbeginn der Zeiten. Bei Einbruch der Nacht würde sie sich öffnen und es so ermöglichen, den Kelch der Erleuchtung nach Aventerra zurückzubringen. Obwohl der Schwarze Nebel sich inzwischen überall auf Aventerra ausgebreitet hatte, waren die Gralsburg und das Tal der Zeiten bislang noch von ihm verschont geblieben, weil die Macht des Lichts an diesen Orten noch ungebrochen war. Aber auch damit würde es vorbei sein, sobald die Sonne am nächsten Tag am Himmel aufzog. Und obwohl Paravain keine Hoffnung mehr besaß, würde er dem Ruf der Pforte Folge leisten und mit seinen Weißen Rittern dort auf den Kelchträger warten, bis sie sich wieder schließen würde – und das für immer. Denn er war sicher, dass niemand kommen würde, um ihm den Kelch der Erleuchtung zu überbringen.

Der Ritter spürte die eisige Kälte, die ihm aus dem Nebel entgegenschlug. Bald würde sie sich über den gesamten Planeten und das ganze Universum legen und alles Leben erstarren lassen.

Plötzlich hörte er Schritte auf der Treppe im Inneren des Turms. Paravain erkannte sofort, wer seine Gesellschaft suchte: Es war Morwena, die Heilerin.

Die junge Frau trat aus der Tür in das frühe Licht des Morgens. Sie blieb stehen und blinzelte der Sonne entgegen, die soeben im Osten aufging.

Der Ritter musterte sie stumm. Sie ist schön, dachte er. Wunderschön – und dabei so stark. Viel stärker als ich.

Und wirklich: Nicht ein einziges Mal hatte die junge Frau in den letzten Tagen über ihr unausweichliches Schicksal geklagt. Paravain hatte beinahe den Eindruck gewonnen, als berühre es sie nicht im Geringsten, dass ihrer aller Ende unmittelbar bevorstand.

Morwena legte eine Hand an die Stirn und schützte die Augen vor dem blendenden Licht, während sie schweigend beobachtete, wie die Sonne ihre Reise am Horizont begann.

»Schau genau hin, Morwena«, sprach der Ritter sie an. »Wenn kein Wunder geschieht, dann ist das das letzte Mal, dass du die Sonne aufgehen siehst.«

Morwena antwortete zunächst nicht. Sie machte einige Schritte auf Pfeilschwinge zu und strich dem Adler sanft über das gefiederte Haupt. Dabei lächelte sie ihn milde an und flüsterte ihm Worte des Danks für Alariks Rettung ins Ohr. Dann erst drehte sie sich um und schaute Paravain mit würdevollem Ernst ins Gesicht.

»Hast du vergessen, was man uns seit Anbeginn der Zeiten lehrt, Paravain? Nur wer aufgibt, hat schon verloren, und solange das Licht noch leuchtet, gibt es noch immer Hoffnung.«

Als Laura aus dem Schlaf aufschreckte, wusste sie nicht, wo sie sich befand. Verwirrt blickte sie sich in dem schwach erleuchteten Raum um, aber da sah sie auch schon das dicke Eisengitter, und da fiel es ihr wieder ein.

Schnell warf sie einen Blick auf ihre Armbanduhr – es war bereits nach zwölf! Oh, Mann! Wir haben den ganzen Morgen verschlafen und nichts unternommen!

Hastig richtete Laura sich auf, schälte sich aus der Decke

und erhob sich von der Pritsche. Dann trat sie zu Kaja und rüttelte sie aus dem Schlaf.

Die Freundin schlug die Augen auf und schaute Laura schlaftrunken an. »Was ist denn los?«

»Aufstehen!«, antwortete Laura. »Frühstück ist fertig!«

Damit deutete sie auf einen kleinen Holztisch in der Nähe der Gittertür. Während sie im Schlaf gelegen hatten, musste jemand ihn hineingeschoben haben. Auf dem Tisch standen ein Krug mit Wasser und zwei Teller mit Brot, Wurst und Käse.

»Wer hat das denn gebracht?«, fragte Kaja erstaunt, während sie sich aufrappelte.

»Keine Ahnung. Stand schon da, als ich aufgewacht bin.«

Kaja reckte sich mit einem lauten Gähnen. Dann schlurfte sie zum Tischchen, griff sich ein Stück Brot und belegte es mit einer dicken Scheibe Wurst. Schon wollte sie davon abbeißen, als Laura plötzlich an ihre Seite sprang und ihr in den Arm fiel.

»Lieber nicht!«, warnte sie.

Kaja sah sie verwundert an. »Warum denn nicht?«

»Hast du schon vergessen, was mit Percy und Miss Mary passiert ist? Nach dem Essen bei Dr. Schwartz mussten sie mit Verdacht auf eine Lebensmittelvergiftung ins Krankenhaus gebracht werden!«

»Ja, schon«, antwortete Kaja. »Aber was hat das denn mit uns zu tun?«

»Überleg doch mal: Quintus und die Taxus haben doch so gut wie zugegeben, dass sie ihnen etwas ins Essen gemischt haben. Wer garantiert uns denn, dass das Gleiche nicht auch mit unserem Frühstück passiert ist?«

»Stimmt«, sagte Kaja und ließ seufzend die Hand mit der Schnitte sinken. »Schade«, sagte sie mit leisem Bedauern. »Ich hab einen Kohldampf, das kannst du dir gar nicht vorstellen.

Als hätte ich schon seit einer Woche nichts mehr zu essen gekriegt!«

»Meinst du, mir geht es anders? Aber es ist bestimmt besser, wenn wir vorsichtig sind.«

»Ist ja gut«, brummte Kaja. Missmutig trottete sie zur Pritsche zurück, ließ sich darauf nieder und schaute Laura mit leichtem Trotz an. »Und? Hast du schon eine Idee, wie wir hier rauskommen können?«

»Nein. Nicht die geringste.«

Laura setzte sich neben die Freundin, stützte den Kopf in die Hände und starrte mit trübem Blick vor sich hin. Auch wenn sie das vor Kaja nicht zugeben wollte, verspürte sie tief in ihrem Inneren bereits Resignation. Sie vermeinte eine nagende Stimme zu hören, die ihr einredete, dass die Lage aussichtslos sei.

Die Mädchen saßen schweigend da und schauten gedankenverloren in das Duster. Nur das Knistern der Fackeln und das Lodern der rußenden Flammen waren zu hören. Von außen drang nicht der geringste Laut zu ihnen.

Schon nach kurzer Zeit konnte Kaja die bedrückende Stille nicht mehr ertragen. Sie spürte die zunehmende Mutlosigkeit, die sich wie eine lähmende Fessel um ihre Freundin legte. Kaja räusperte sich, puffte Laura mit dem Ellbogen in die Seite und bemühte sich um ein hoffnungsvolles Lächeln. »Mach dir keine Sorgen«, sagte sie aufmunternd. »Lukas fällt bestimmt auf, dass wir verschwunden sind. Er wird mit Sicherheit nach uns suchen.«

Laura schüttelte den Kopf. »Nicht bevor es dunkel wird. Ich hab ihm doch erzählt, dass wir den ganzen Nachmittag über für den Physiktest lernen und erst nach Einbruch der Dunkelheit nach der magischen Pforte suchen wollen!«

»Oh, nö!«, stöhnte Kaja und kickte vor Enttäuschung mit dem Fuß gegen ein Bein der Pritsche. Die Liege wackelte leicht. Noch einmal kickte das Mädchen gegen das Holzbein, dann brütete es wieder vor sich hin. Doch im nächsten Moment hatte es bereits eine neue Idee.

»Was ist denn mit diesen besonderen Fähigkeiten, von denen du erzählt hast, Laura?«, fragte es und schaute die Freundin erwartungsvoll an. »Du weißt schon: Gedankenlesen, Traumreisen und Telekinese.«

Laura winkte ab. »Vergiss es! Die Zeit war doch viel zu knapp, um das alles richtig zu lernen. Das Einzige, was ich so einigermaßen beherrsche, ist das Gedankenlesen. Aber das nützt uns hier ja herzlich wenig, oder? Zum Traumreisen dagegen benötige ich unbedingt Percys Hilfe, und was die Telekinese betrifft –«

Sie unterbrach sich und machte eine resignierte Geste, bevor sie fortfuhr: »Ich hatte doch erst eine einzige richtige Unterrichtsstunde bei Professor Morgenstern und kenne noch nicht mal die Grundbegriffe.«

»Schade!« Kaja zog ein enttäuschtes Gesicht. »Sonst könntest du ja vielleicht an den Schlüssel kommen.« Sie deutete in Richtung Gitter, durch das man den Haken an der Wand sehen konnte, an dem der Kerkerschlüssel hing.

Wieder schüttelte Laura den Kopf. »Unmöglich! Oder glaubst du vielleicht, Dr. Schwartz hätte das Teil dahin gehängt, wenn er nicht genau wüsste, dass ich da nicht rankommen kann?«

Versuch es doch wenigstens, wollte Kaja gerade vorschlagen, aber in diesem Augenblick sah sie die Ratte. Entsetzt sprang sie auf, kletterte in kopfloser Panik auf die Liege und deutete in eine entfernte Ecke.

»Iihhgitt!«, schrie sie auf. »Nein! Oh, nein!«

Mach's gut, Alarik.« Alienor umarmte den Bruder und drückte ihn fest an sich. »Und pass auf, dass dir die Schwarzen Nebel nichts zu Leide tun.«

»Keine Angst!« Alarik lächelte sie beruhigend an. »Solange Elysion noch lebt, können sie uns nicht gefährlich werden. Und sie werden auch nicht verhindern können, dass wir ins Tal der Zeiten gelangen.«

Der Junge deutete hinüber zu den Stallgebäuden, wo sich die dreizehn Ritter mit ihrem Anführer zum Aufbruch fertig machten. »Paravain würde den Weg sogar mit verbundenen Augen finden.«

Alienor wollte schon antworten, als sie eine Bewegung unter dem Wams ihres Bruders bemerkte. Das Tuch beulte sich aus. Erstaunt blickte sie den Jungen an. »Was ist das?«

Alarik lief rot an. »Was meinst du?«

In dem Moment fiel Alienor die Erklärung ein. »Du nimmst Schmatzfraß mit zur Pforte?«, fragte sie ungläubig.

Der Junge antwortete nicht, aber sein Gesichtsausdruck verriet ihr, dass sie richtig vermutet hatte. »Paravain wird furchtbar wütend werden, wenn er Schmatzfraß entdeckt.«

»Ich weiß«, antwortete Alarik. »Aber … ich … äh …«

Paravains Stimme, die über den Hof schallte, half ihm aus der Verlegenheit. »Alarik! Wo bleibst du denn, Alarik? Wir müssen los!«

»Ich komm ja schon!«, rief der Knappe seinem Herrn zu, dann wandte er sich an seine Schwester und umarmte sie ein letztes Mal. »Leb wohl, Alienor«, flüsterte er ihr ins Ohr, und fast schien es so, als wolle er sie nie wieder loslassen.

Schließlich löste er sich von dem Mädchen und lief zu seinem Pony, das vor den Stallungen wartete. Er sprang in den Sattel und preschte hinter den Weißen Rittern her, die bereits auf das Tor von Hellunyat zuhielten. Kurz bevor Alarik die Gralsburg verließ, drehte er sich noch einmal zu seiner

Schwester um und winkte ihr. Da wusste Alienor, dass Alarik etwas im Schilde führte. Deshalb also hatte er Schmatzfraß mitgenommen und sie so innig umarmt wie noch niemals zuvor.

Wehmütig schaute Alienor ihrem Bruder nach, bis er ihren Blicken entschwunden war.

Laura sah die Ratte nun ebenfalls. Sie war riesig und kam aus einem Loch im Boden, das Laura bislang gar nicht aufgefallen war. Auf flinken Füßen huschte das fette Tier in den Schein der Fackeln, die sein dichtes Fell seidig glänzen ließen. Aber da folgte ihm auch schon ein zweites. Und dann noch eins und noch eins.

Vorsichtig trippelten die grauen Nager näher. Ihre Anführerin setzte sich auf die Hinterbeine, richtete sich auf und nahm schnuppernd Witterung auf. Ihre Knopfaugen funkelten, als sie die Mädchen erblickte, die sie von der Liege ängstlich beobachteten.

»Laura!« Kajas Hilferuf gellte durch das Verlies. Sie schien einem Kollaps nahe. »Bitte, Laura. Tu doch endlich was, bitte!«

Hektisch blickte Laura sich um. Aber sie sah nichts, womit sie die Ratten hätte abwehren oder in die Flucht schlagen können. Plötzlich kam ihr eine Idee. Mit einem schnellen Ruck zog sie die Decke von der Holzpritsche und rollte sie zusammen. Wie eine riesige Schleuder ließ sie die unhandliche Stoffrolle kreisen und schlug damit nach den Ekeltieren. Die wichen den Schlägen geschickt aus und zogen sich auch rasch zurück, aber nur, um sich im nächsten Augenblick bereits wieder zu nähern. Die flinken Nager schienen genau zu wissen, dass ihnen die Decke nichts anhaben konnte. Schlimmer noch – es sah ganz so aus, als würden Lauras Attacken sie zunehmend in Wut versetzen. Die Rudelführerin ließ ein schrilles Fiepen hören, das wie eine böse Drohung klang. Dann richtete sie sich auf die Hinterbeine auf und stieß ein heiseres Fauchen aus. Dazu fletschte sie die Zähne.

Laura wich zurück und ließ die Decke fallen. Es machte keinen Sinn, die Tiere noch mehr zu reizen, zumal sie immer zahlreicher wurden. Als seien sie durch das Signal der Rudelführerin alarmiert worden, kroch eine nach der anderen aus dem Loch, sodass sich bereits ein gutes Dutzend Ratten im Verlies befinden musste. Nicht auszudenken, wenn diese die Mädchen angreifen und über sie herfallen würden!

Ich muss sie von uns ablenken, dachte Laura hektisch.

Sie huschte zu dem Holztisch an der Gittertür, griff sich ein paar Wurstscheiben vom Teller und schleuderte sie in die Richtung der Ratten. Die fielen sofort darüber her, schlugen voller Gier die kräftigen Zähne in die Leckereien und fetzten große Stücke davon ab. Mit wütenden Bissen verteidigten sie die Beute gegen Artgenossen, die sie ihnen streitig machen wollten. Voller Abscheu beobachtete Laura das Treiben der durcheinanderwuselnden Ratten, die in kürzester Zeit die Wurst fast vollständig verschlungen hatten.

Rasch griff sich das Mädchen die restlichen Lebensmittel vom Tisch und warf sie der Meute zum Fraß vor. Das würde sie zumindest für eine kurze Weile beschäftigen.

»Wir müssen hier raus, Laura!«, kreischte Kaja. »Ich sterbe sonst vor Angst!«

Wieder suchte Lauras Blick den Schlüssel, der im Gang am Haken hing, und noch im gleichen Augenblick wurde ihr klar, dass er die einzige Möglichkeit darstellte, um aus ihrem Gefängnis zu entfliehen. Sie musste ihn einfach in die Hände bekommen.

Laura stellte sich dicht hinter die Gittertür und nahm den Schlüssel ins Visier. Dabei versuchte sie sich fieberhaft an das zu erinnern, was Aurelius Morgenstern ihr beigebracht hatte. »Konzentriere alle deine Gedanken und deine gesamte Energie auf den Gegenstand, den du bewegen möchtest, und werde eins mit deiner Aufgabe«, hatte der Professor ihr eingeschärft, »dann wird es auch gelingen.«

Laura schloss die Augen und sammelte sich. Dann richtete sie den Blick starr auf den Schlüssel und befahl ihm mit der Kraft ihres Geistes, sich zu bewegen. Sie stellte sich vor, wie er vom Haken ruckte, zu Boden fiel und quer über die Steinfliesen auf sie zuschlidderte – allein, es wollte nicht gelingen. Nichts tat sich. Reglos hing der große Schlüssel an der Wand und machte nicht den kleinsten Rucker. Das Fiepen der Ratten, die sich im Hintergrund um das Fressen balgten, klang plötzlich wie Hohngelächter.

Einfach absurd, dass ich es überhaupt versucht habe!, dachte Laura, beschämt über den ausbleibenden Erfolg. Aber da fielen ihr die Worte des Vaters wieder ein: »Nur wer aufgibt, hat schon verloren!«

Laura atmete tief durch und unternahm einen zweiten Versuch. Wieder schloss sie die Augen und versuchte sich zu konzentrieren. Und plötzlich verebbte der Lärm der Ratten mehr und mehr, bis die Nager schließlich vollständig aus ihrem Bewusstsein verdrängt wurden und nur noch der Schlüssel Lauras Gedanken erfüllte. Sie öffnete langsam die Augen und starrte ihn aus schmalen Schlitzen an. Ihr entrückter Blick galt einzig und allein dem Schlüssel – alles andere verschwamm und wurde mehr und mehr in den Hintergrund gedrängt.

Da ließ ein kaum merkliches Rucken das Metallteil am Haken erzittern. Ganz leicht schaukelte es hin und her. Das Schaukeln wurde heftiger, und dann schob sich der Schlüssel vom Haken und fiel scheppernd zu Boden.

Laura jubelte innerlich. Dass sie die Rechte zur Faust geballt hatte, bemerkte sie nicht.

Rasch kniete sie sich nieder und streckte die Hand durch das Gitter. Sie konnte den Schlüssel aber noch nicht greifen. Er lag an der gegenüberliegenden Wand des Ganges, viel zu weit von ihr entfernt.

Wieder richtete Laura den Blick konzentriert auf den Schlüssel, bemüht, ihm ihren Willen aufzuzwingen. Diesmal ging es viel leichter als beim ersten Mal. Der Schlüssel bewegte sich langsam über den Steinboden und schrammte auf Lauras Hand zu. Nur noch zehn Zentimeter, und sie würde ihn endlich fassen können.

Noch fünf Zentimeter.

Vier.

Drei.

Plötzlich hörte Laura die Ratten wieder. Mit der Schärfe eines Messers drang das aufgeregte Fiepen in Lauras Bewusstsein. Überrascht blickte sie sich nach den Graufellen um. Sie konnte gerade noch sehen, wie diese in panischer Flucht in ihrem Loch verschwanden.

Eigenartig, dachte das Mädchen. Was hat die denn so plötzlich vertrieben?

Laura drehte sich um, und da sah sie es: Wie aus dem Nichts senkte sich ein großer steingrauer Fuß auf den Zellenschlüssel und begrub ihn unter sich! Zu Tode erschrocken, hob Laura den Kopf und blickte geradewegs in die kalten Augen des Grausamen Ritters.

Kapitel 27 Die Folterkammer

Lukas machte sich wirklich Sorgen. Dass er Laura und Kaja während des gesamten Tages nicht zu Gesicht bekommen hatte, war ja noch zu erklären gewesen. Schließlich wollten die beiden für den Physiktest lernen. Als allerdings auch keine von ihnen zum Mittagessen erschienen war, hatte er sich doch etwas gewundert. So etwas war er nicht gewohnt. Von Kaja schon gar nicht. Wenn Lukas sich recht erinnerte, hatte sie während ihrer ganzen Zeit auf Ravenstein noch keine einzige Mahlzeit ausgelassen. Schließlich gab es für Kaja kaum etwas, was wichtiger war als Essen. Es musste ihr und Laura also wirklich ernst sein mit dem Lernen, wenn sie dafür sogar auf das Mittagessen verzichteten. Angesichts ihrer schlechten Noten war das auch gut so, fand Lukas, auch wenn er sich am liebsten so schnell wie möglich auf die Suche nach der Pforte gemacht hätte. Aber er hatte der Versuchung widerstanden, die Mädchen zur Eile anzutreiben, und hatte den Nachmittag vor seinem Computer verbracht.

Aber nun wurde es Zeit, dass die Mädchen endlich auftauchten. Die Sonne war bereits vor geraumer Zeit untergegangen, tiefe Dunkelheit hatte sich längst über Burg Ravenstein ausgebreitet, und die beiden waren immer noch nicht da. Lukas ging ungeduldig in seinem Zimmer auf und ab und starrte immer wieder zur Tür. Doch niemand klopfte.

Das ist doch wirklich nicht normal!, ging es Lukas durch den Kopf. Wir haben doch noch so viel vor in dieser Nacht!

Er griff zu seinem Handy und wählte Lauras Nummer. Doch die Schwester war nicht zu erreichen. Offensichtlich hatte sie ihr Gerät nicht eingeschaltet, denn es meldete sich nur die Mobilbox. Auch zu Kaja bekam er keine Verbindung.

Merkwürdig. Äußerst merkwürdig.

Lukas konnte verstehen, dass sie beim Lernen nicht gestört werden wollten. Aber dass sie beide ihre Handys ausgeschaltet hatten, das gab ihm zu denken. Und deshalb beschloss er, nach ihnen zu sehen.

Laura fuhr hoch und wich mit einem Aufschrei von der Gittertür zurück. Als sie an der Pritsche angelangt war, auf der noch immer ihre zitternde Freundin stand, griff sie nach Kajas Hand wie nach einem Rettungsanker.

Kaja hatte den Steinernen Ritter vor ihrem Verlies ebenfalls bemerkt. Sie sprang von der Pritsche und klammerte sich ängstlich an Laura. In Furcht vereint, starrten die Mädchen dem Grausamen Ritter entgegen, der sie nicht aus den Augen ließ und jede ihrer Bewegungen verfolgte.

Völlig überraschend öffnete er plötzlich die steingrauen Lippen. »Ich werde euch zeigen, was man zu meiner Zeit mit ungehorsamen Maiden wie euch gemacht hat!«, sprach er mit seiner Reibeisenstimme. Dann packte er die Gittertür mit beiden Händen, riss sie mit einem einzigen Ruck aus den Angeln und schleuderte sie zur Seite, als sei sie leicht wie eine Feder. Mit entschlossenen Schritten stapfte er auf die Mädchen zu.

»Nein! Oh, nein«, stöhnte Laura. Hand in Hand mit Kaja, die sich eisern an ihr festklammerte, wich sie immer weiter vor dem Ritter zurück, bis es nicht mehr weiterging. Sie konnten sich nur noch mit dem Rücken an die Wand pressen und ihrem Schicksal zitternd entgegensehen.

Da war der Grausame Ritter auch schon heran. Er packte die Mädchen mit seinen Steinpranken, hob sie hoch wie Spielzeugpuppen und trug sie aus dem Verlies. Die lauten Protestschreie der beiden verhallten ungehört, und auch das jämmerliche Flehen, in das sie bald verfielen, vermochte sein kaltes Herz nicht zu erweichen. Unerbittlich hielt er sie fest und schleppte sie von dannen.

Lukas klopfte an die Zimmertür, doch niemand antwortete. Kein Ton kam aus dem Zimmer der Mädchen.

»Laura?«, rief Lukas ungeduldig und klopfte ein weiteres Mal. »Es ist doch schon dunkel, Laura. Warum meldet ihr euch denn nicht?«

Als er wieder keine Antwort erhielt, drückte er kurzerhand die Klinke herunter. Die Tür ließ sich problemlos öffnen. Lukas trat ein und blieb wie angewurzelt stehen. Das Zimmer der Mädchen sah ganz so aus, als sei ein Tornado mitten hindurchgerast. Die Türen der Kleiderschränke und Schreibtische standen sperrangelweit offen, und der Inhalt lag auf dem Fußboden verstreut. Die Schubladen waren aufgezogen und offensichtlich durchwühlt worden, und selbst die Matratzen waren aus den Betten gerissen. Wer auch immer den Raum durchsucht haben mochte, er hatte ganze Arbeit geleistet.

Da entdeckte Lukas Kajas Handy, das in dem Durcheinander auf dem Boden lag. Er bückte sich und hob es auf. Als er es in seine Hosentasche gleiten ließ, vermeinte er einen bekannten Geruch in der Nase zu spüren. Er blähte die Nasenflügel, sog Luft ein und schnupperte. Es war nur ein winziger Hauch von Moschus, den er ausmachen konnte. Aber der Junge war sich dennoch sicher, dass nur das Gruftie-Parfüm der Taxus diese Duftspur hinterlassen haben konnte. Die Lehrerin musste vor nicht allzu langer Zeit im Zimmer gewesen sein, und damit war für Lukas klar: Nur die Taxus konnte alles durchwühlt haben, und wahrscheinlich hatte Dr. Schwartz ihr dabei geholfen. Zum Glück waren die beiden nicht fündig geworden, denn für Lukas gab es nicht den geringsten Zweifel, wonach sie gesucht hatten.

Wo um alles in der Welt aber waren Laura und Kaja?

Lukas kam recht schnell zu dem Schluss, dass es auf diese Frage eigentlich nur zwei vernünftige Antworten gab: Entweder waren Laura und Kaja von den Dunklen überrascht und in ihre Gewalt gebracht worden – oder sie hatten die Gefahr rechtzeitig erkannt und sich zu Percy Valiant oder Miss Mary geflüchtet. Sonst gab es niemanden auf der Burg, dem sie sich hätten anvertrauen können. Außer ihm selbst natürlich – aber wahrscheinlich hatten sie ihn und den Kelch nicht in Gefahr bringen wollen. Er musste also zu Percy, und zwar so schnell wie möglich.

Lukas verließ das Zimmer und schloss die Tür hinter sich. Als er sich umdrehte, stand urplötzlich Attila Morduk vor ihm. Der Hausmeister war wie aus dem Nichts aufgetaucht und starrte ihn finster an. »Was hast du hier zu suchen, Bürschchen?«, fragte er mit drohender Stimme.

Der Junge musterte den bärbeißigen Glatzkopf. Dass der auch ausgerechnet jetzt aufkreuzen muss!, ärgerte Lukas sich im Stillen. Laura und Kaja brauchen wahrscheinlich dringend Hilfe, und ich muss mich mit diesem Schnüffler rumschlagen. Aber – vielleicht sollte ich ihm sagen, dass die beiden verschwunden sind?

Lukas starrte Attila Morduk unschlüssig an. Er wusste nicht, was er tun sollte, denn er war sich einfach nicht sicher, ob er dem Hausmeister trauen konnte. Zwar hatte noch kein Schüler jemals etwas Schlechtes über Attila erzählt – aber etwas Gutes auch nicht. Die meisten fürchteten sich vor ihm. Was nur zu verständlich war angesichts der finsteren Miene, mit der Morduk stets durch die Gegend schlich. Sollte er sich ihm dann tatsächlich in einer solch wichtigen Angelegenheit anvertrauen?

Für einen Moment hatte Laura den Eindruck, als ob die Welt Kopf stehen würde. Dann bemerkte sie, dass in Wirklichkeit sie es war, die mit dem Kopf nach unten an einem Seil hing. Es lief über eine Rolle, die an der Decke einer düsteren Folterkammer befestigt war. Laura musste kurzzeitig das Bewusstsein verloren haben, als der Grausame Ritter ihre Füße an dem Seil festgemacht und sie dann mit einem Ruck nach oben gezogen hatte. Anders konnte sie sich ihren Orientierungsverlust nicht erklären.

Laura merkte, wie ihr das Blut in den Kopf schoss. Es pochte und dröhnte in den Adern, und der Druck in ihren Schläfen wurde immer stärker. Trotzdem zwang sie sich, nicht in Panik zu verfallen. Das wäre das Schlimmste, was ihr passieren könnte. Dann wäre sie mit Sicherheit verloren – und Kaja dazu.

Das Mädchen drehte den Kopf und versuchte einen Überblick über das schummerige Gewölbe zu gewinnen, in dem es hilflos von der Decke baumelte. Was nicht so einfach war, denn Lauras Augen begannen zu tränen. Aber trotz des feuchten Schleiers konnte sie erkennen, dass in ihrer Nähe ein riesiger eiserner Leuchter mit flackernden Kerzen hing. Er wurde ebenfalls von einem Seil gehalten, das über eine Rolle an der Decke lief. Das andere Seilende war an einem Haken an der Wand befestigt. Der Leuchter, der den Raum in ein gespenstisches Licht tauchte, war demnach in der Höhe verstellbar, auch wenn Laura nicht wusste, wozu das gut sein sollte.

Die Folterkammer musste auf derselben Ebene des Burgkellers gelegen sein wie das Verlies, in dem Dr. Schwartz und die Taxus sie in der Nacht gefangen gehalten hatten. Auf dem Weg hierher hatten sie nicht eine Treppe passiert, und die

Gänge hatten weder auf- noch abwärts geführt. Sie befanden sich also immer noch tief unter der Erde, und das bedeutete, dass niemand ihre Schreie hören würde. Weder ihre Hilfeschreie noch die Schmerzensschreie, die über ihre Lippen kommen würden, sobald der Grausame Ritter mit der Folter begann. Denn genau das schien Reimar von Ravenstein im Sinn zu führen.

Schon schnallte der Ritter Kaja auf einer Streckbank fest, die in der Mitte des Raumes stand. Das arme Mädchen jammerte ganz erbärmlich. Ob aus Angst oder bereits vor Schmerzen, konnte Laura nicht erkennen. Aber sie vermutete, dass es eher panische Angst war, denn Reimar war noch mit den Vorbereitungen der Folterung beschäftigt.

»Nein, nicht! Bitte nicht!«, flehte Kaja den Grausamen Ritter an, während der mit geübten Handgriffen ihre Fußschellen schloss. Es war ganz offensichtlich, dass sie nicht das erste Folteropfer war, das er sich vornahm. Das Mädchen wehrte sich, so gut es ging, und wand sich auf der harten Holzpritsche hin und her. Doch es nützte nichts, der Grausame Ritter hielt Kaja mit unerbittlichem Griff fest und zwang auch ihre Handgelenke in eiserne Fesseln, die durch Ketten mit dem Streckrad verbunden waren.

»Aufhören!«, schrie Kaja. »Sofort aufhören!«

Der Ritter trat an ihre Seite, legte eine Pranke auf ihren Mund und erstickte ihre Schreie. Dabei blickte er sie drohend an. »Einen Laut noch – und du bist des Todes!«, tönte es knirschend zwischen den Steinlippen hervor.

Kajas Augen weiteten sich vor Entsetzen. Schiere Todesangst blitzte darin auf, und alles Blut wich aus ihrem Gesicht, als Reimar ihren Mund wieder freigab.

»Wo ist der Kelch?«, donnerte er mit tiefer Stimme.

Kaja erstarrte und warf dann den Kopf hektisch hin und her. »Ich … ich weiß es nicht«, stieß sie hervor.

Der Ritter starrte sie ausdruckslos an, nicht die geringste Gefühlsregung war in dem Steingesicht zu erkennen. Er wandte sich ab, stapfte zum Streckrad und zog es mit einem kräftigen Ruck an. Die Eisenketten strafften sich, und Kaja spürte einen schmerzhaften Zug an den Armen. Mit der nächsten Raddrehung wurden das Reißen und Ziehen stärker, und eine Vorahnung grenzenlosen Schmerzes durchflutete Kaja.

»Nein, nicht, bitte nicht!«, flehte sie.

Ihr Peiniger aber ließ sich nicht erweichen. Erneut bewegte er das Rad, und Kajas Körper wurde mehr und mehr in die Länge gezogen. Schließlich wurde er unter dem Zug der Ketten so weit gestreckt, dass er fast jeden Kontakt zur Liegefläche verloren hatte und beinahe über der Streckbank schwebte.

»Wo ist der Kelch?«, bellte der Ritter, lauter und drohender als zuvor.

»Ich weiß es doch nicht!«, wimmerte Kaja. »Wirklich nicht!«

Höllische Pein hatte sich in ihr Gesicht gegraben, Tränenbäche rannen über ihre Wangen. In tiefer Verzweiflung drehte sie den Kopf und suchte den Blick ihrer Freundin. »Du musst es ihm sagen!«, flehte sie Laura unter Schluchzen an. »Sag 's ihm doch. Bitte!«

Laura dachte fieberhaft nach. Sie wusste, dass der Grausame Ritter nicht davor zurückschrecken würde, Kaja zu Tode zu foltern. Aber ebenso klar war ihr auch, dass keine von ihnen mit dem Leben davonkommen würde, auch wenn sie ihm das Versteck des Kelches offenbarte. Sie würde Kaja damit mit Sicherheit nicht helfen – und sich selbst auch nicht!

Aber was sollte sie tun? Konnte sie überhaupt etwas tun in ihrer Lage?

Laura drehte den Kopf zum Grausamen Ritter, der am Streckrad stand und sie nachdenklich anstarrte. Weiß das rothaarige Gör tatsächlich nicht, wo sich der Kelch befindet?, schien er sich zu fragen. Oder will es nur Zeit gewinnen?

Plötzlich wusste Laura, was sie tun musste. Sie ärgerte sich, dass es ihr nicht schon eher eingefallen war. Reimar von Ravenstein stand direkt unter dem Deckenleuchter. Wenn es ihr gelänge, den Knoten des Seils zu lösen, dann würde der schwere Leuchter auf den Ritter stürzen und ihn wahrscheinlich kampfunfähig machen.

Zumindest vorübergehend außer Gefecht setzen.

Hoffentlich!

Laura schloss die Augen und konzentrierte sich. Sie wusste, dass ihr nicht mehr viel Zeit blieb.

Reimar von Ravenstein hatte sich bereits ihr zugewandt. »Sag mir endlich, wo ihr den Kelch versteckt habt. Oder deine Freundin wird sterben!«, brüllte er. Seine Stimme klang für Laura wie die eines Höllenmonsters. Um seiner Forderung Nachdruck zu verleihen, griff er ans Streckrad und drehte es noch ein Stückchen weiter.

Kaja schrie durchdringend, doch Laura versuchte das ebenso zu ignorieren wie den Ritter, der sie wutschnaubend aufforderte, ihr endlich das Versteck des Kelches zu verraten. Laura nahm seine entsetzlichen Drohungen kaum wahr, alle ihre Gedanken und ihre gesamte Energie waren auf das Seil und den Knoten gerichtet, mit dem es am Haken befestigt war.

Löse dich, dachte sie, *löse dich, und falle herab!*

Nur noch diesen Knoten hatte Laura im Sinn. Sie hörte nicht, dass Kajas Schmerzensschreie in ein erbärmliches Wimmern übergingen und der Grausame Ritter zunehmend in Wut geriet und noch einmal am Streckrad drehte. Kajas Körper schwebte, zum Zerreißen gespannt, über der Bank und war von einem unkontrollierbaren Zittern befallen. Und schon wieder griff der Ritter an das Rad.

Nichts davon drang in Lauras Bewusstsein. Ihr gesamtes Denken war eins mit dem Knoten. *Löse dich,* befahl sie ihm, *löse dich, und befreie dich von deiner Last!*

Schon sah es so aus, als sollte Lauras Bemühen erfolglos bleiben, als sich der Knoten doch noch löste. Er ruckte einige Male, dann ging er auf, und im nächsten Augenblick sauste der Leuchter mit ungeheuerer Wucht in die Tiefe. Mit einem lauten Sirren sauste das Seil über die Deckenrolle. Der Grausame Ritter sah erschrocken auf. Als er den auf ihn zustürzenden Leuchter erblickte, wollte er zur Seite ausweichen, aber es war zu spät. Beim nächsten Wimpernschlag traf ihn die zentnerschwere Last am Kopf. Wie vom Blitz gefällt, ging der steinerne Reimar zu Boden, und der Leuchter begrub ihn mit Getöse unter sich.

Kaja schrie wie von Sinnen. In ihrem Schmerz und ihrer grenzenlosen Angst hatte sie nicht wahrgenommen, was um sie herum vorging.

»Ruhig, Kaja, ruhig!« Laura versuchte Zuversicht in ihre Stimme zu legen. »Beruhige dich, es wird alles gut.«

Damit versetzte sie ihren Körper in schaukelnde Bewegungen. Mehr und mehr schwang sie hin und her, bis sie endlich mit den Händen nach dem Seil greifen konnte, an dem sie festgebunden war. Geschickt zog sie sich daran hoch, und nach wenigen Augenblicken hatte sie den Knoten an ihren Beinen gelöst. Ihre Freundin aus der schrecklichen Marter der Streckbank zu befreien war dann nur noch ein Kinderspiel.

Kaja fiel ihr überglücklich um den Hals. »Danke, Laura«, stammelte sie. »Du hast mir das Leben gerettet.«

Laura schlug die Augen nieder. Trotz der geglückten Rettungsaktion hatte sie ein schlechtes Gewissen. »Das war das Mindeste, was ich für dich tun konnte«, sagte sie und umarmte Kaja ganz fest. »Schließlich hab ich dich erst in Lebensgefahr gebracht! Wenn ich dich nicht in die Sache reingezogen hätte, wär dir das alles erspart geblieben!«

Kaja löste sich aus den Armen der Freundin. »Ach, Unsinn!«, widersprach sie. Ihr tränenfeuchtes Gesicht zeigte bereits wieder eine Spur von Trotz, als sie sich daranmachte, ihre geschundenen Handgelenke und die aufgeschürften Knöchel zu massieren. »Dazu sind Freunde doch da, Laura – dass man sich an sie wenden kann, wenn man Hilfe braucht! Außerdem –«

Sie brach ab, weil hinter ihr plötzlich ein unterdrücktes Stöhnen zu hören war. Die Mädchen fuhren herum und starrten erschrocken auf den Leuchter, der den Grausamen Ritter fast vollständig bedeckte. Nur die Füße und die rechte Hand ragten noch darunter hervor. Der eiserne Ring mit den geschmiedeten Kerzenhaltern war verbogen und verbeult. Die meisten Kerzen waren aus den Haltern gefallen und beim Sturz entzweigebrochen. Auf dem Boden oder auf der Steingestalt des Ritters verstreut, brannten einige immer noch. Kleine Rinnsale aus heißem Wachs flossen über Reimars Granitkörper, der kaum beschädigt worden war. Soweit die Mädchen erkennen konnten, waren nur der Ring- und der Zeigefinger von der rechten Hand abgetrennt und lagen einige Zentimeter von ihr entfernt.

Wieder drang ein leises Stöhnen unter dem Leuchter hervor. Offensichtlich stand Reimar von Ravenstein kurz davor, sein Bewusstsein wiederzuerlangen. Da ging ein Zucken durch die beiden abgebrochenen Finger des Ritters. Sie krampften sich zusammen und krochen, wie von einer geheimnisvollen Kraft angezogen, langsam auf die Hand zu.

Wie gelähmt beobachtete Kaja die kriechenden Finger.

Auch Laura war reglos vor Schreck. Ein kalter Schauer lief über ihren Rücken, und auf dem Kopf spürte sie ein Kribbeln wie in einem Ameisennest, während sie gebannt zusah, wie der Ring- und der Zeigefinger des Ritters sich wieder mit der Hand vereinten. Reimar ballte die Rechte wie zur Probe zur Faust. Die Finger gehorchten ihm, als seien sie niemals abgetrennt gewesen. Der Ritter ließ ein zufriedenes Stöhnen hören und richtete sich auf.

Da erlangte Laura ihre Geistesgegenwart wieder. *Weg!*, durchfuhr es sie. *Nur schnell weg!* »Komm schon!« Sie stieß die immer noch wie versteinert neben ihr stehende Kaja an und zog sie mit sich fort.

Zum Glück hatte Reimar von Ravenstein die eiserne Tür zur Folterkammer offengelassen, als er die beiden Mädchen dorthin geschleppt hatte, und so fanden Laura und Kaja mühelos aus dem Schreckenskabinett.

Die Freundinnen gelangten in einen langen gewölbeartigen Gang. Er war eng und nur spärlich von Fackeln beleuchtet, die in größeren Abständen in schmiedeeisernen Wandhaltern steckten. Während Laura mit Kaja an der Hand dahinhetzte, bemerkte sie im flackernden Zwielicht, dass an den Mauern eine Unmenge alter Waffen aufgereiht waren: blanke Schwerter, eiserne Lanzen und blitzende Hellebarden. Selbst Morgensterne mit mörderischen Eisendornen fehlten nicht. Es sah ganz so aus, als habe der Bereich der Burg, in dem sie sich gerade befanden, früher als Arsenal gedient.

»Hast du eine Ahnung, wie wir hier rauskommen?«, keuchte Kaja. Sie war ziemlich außer Atem, und zu ihrem Schrecken musste Laura feststellen, dass ihre Freundin bereits langsamer wurde.

»Nein, nicht die geringste«, gab sie zurück. »Aber wenn wir immer weiterlaufen, müssen wir doch irgendwann einen Ausgang finden!«

Endlich waren sie am Ende des Ganges angelangt, der nun einen fast rechtwinkligen Knick nach rechts machte. Als sie um die Ecke bogen, bot sich ihnen ein seltsam bekannter Anblick: Der Gang, der sich vor ihnen erstreckte, sah exakt so aus wie der, den sie eben hinter sich gelassen hatten. Er war lang, eng, von Fackeln erleuchtet, und überall hingen Waffen an den Wänden. Bis zur nächsten Ecke, die vielleicht vierzig Meter entfernt sein mochte, war nicht die Spur eines Ausgangs zu entdecken.

Eigenartig, durchfuhr es Laura plötzlich. Sieht ja fast so aus, als stünden wir wieder am Anfang des Ganges und wären nicht einen Meter vorangekommen.

So schnell wie möglich verscheuchte sie diesen beunruhigenden Gedanken und zog Kaja weiter mit sich fort.

Kajas Kräfte schienen mehr und mehr nachzulassen. Sie wurde immer langsamer, und Laura wurde klar, dass sie nicht mehr lange durchhalten würde. Wenn sie nicht bald einen Ausgang fanden, würde der Grausame Ritter sie doch noch erwischen.

»Halte durch, Kaja!«, feuerte Laura die schwer atmende Freundin an und zog sie unter Aufbietung aller Kräfte weiter.

Endlich hatten sie das Ende des Ganges erreicht. Doch als sie um die Ecke bogen, war alles wieder genauso wie zuvor: Vor ihnen lag exakt der gleiche Gang, den sie nun schon zweimal durcheilt hatten.

Kaja blieb stehen. Völlig ausgepumpt beugte sie sich vornüber und stützte die Arme auf die Oberschenkel. »Das gibt 's doch nicht. Irgendwo muss doch ein Ausgang sein!«

Auch Laura atmete hörbar schneller. Mit einem nachdenklichen Kopfschütteln schaute sie die Freundin an. »Ich versteh das auch nicht. Schließlich sind wir doch irgendwie in die Folterkammer gekommen! Und wo ein Weg hineinführt, muss es auch einen Weg heraus geben, oder?«

»Logisch wär das schon«, antwortete Kaja. Aber dann legten sich Zweifel auf ihr Gesicht. »Es würde mich trotzdem nicht wundern, wenn der Gang kein Ende nähme. Schließlich haben wir in der letzten Zeit doch schon so viel erlebt, was alles andere als logisch war, oder?«

Laura sah die Freundin verwundert an. Dann nickte sie. Kaja hatte Recht – natürlich. Wenn es tatsächlich so war, dass seit Anbeginn der Zeiten eine Parallelwelt zur Erde existierte – und daran gab es keinen Zweifel mehr –, dann bedeutete das auch, dass die Welt in Wahrheit ganz anderen Gesetzen gehorchte, als sie bislang vermutet hatten. Die Welt hinter den Dingen war mit der menschlichen Logik einfach nicht zu erfassen, auch wenn das nur wenige Menschen verstehen mochten. Aber dennoch war es so – und deshalb war es sicherlich auch möglich, dass es endlose Gänge gab.

Der Gedanke erfüllte Laura mit Angst. Hastig wandte sie sich an die Freundin. »Wir müssen weiter, Kaja, wir müssen hier raus. Ich weiß zwar nicht wie, aber wir müssen es schaffen, sonst sehe ich schwarz.«

Die beiden Mädchen reichten sich wieder die Hände und liefen weiter. Kaja hatte neue Kräfte geschöpft. Sie war jetzt wieder viel leichter auf den Beinen, und in Laura wuchs die Hoffnung, dass ihre Flucht vielleicht doch ein erfolgreiches Ende nehmen würde.

Als sie um die nächste Ecke bogen, sah Laura, dass sie vergeblich gehofft hatte. Ihre Flucht war zu Ende. Sie wurden bereits erwartet. Eine massige Gestalt stand mitten in dem engen Gang und versperrte ihnen den Weg.

Kapitel 28 ❧ Eine verräterische Blüte

Als Attila Morduk die beiden Mädchen erblickte, verfinsterte sich seine Miene noch mehr. Laura war wie gelähmt beim Anblick dieser Maske des Bösen.

Natürlich!, ärgerte sich das Mädchen. Das hätte ich mir doch denken können, dass Morduk auf der Seite der Dunklen steht!

Es blieb ihnen nur eine Möglichkeit, seinen langen Armen zu entkommen – sie mussten umkehren! Aber da sprang Attila auch schon zur Seite und griff sich mit einer Geschwindigkeit, die Laura ihm niemals zugetraut hätte, einen Morgenstern von der Wand. In einer fließenden Bewegung ließ er die mörderische Waffe über dem Kopf kreisen, bevor er sie in die Richtung der Mädchen schleuderte!

Laura blieb kaum Zeit zum Reagieren. »Runter!«, schrie sie und riss Kaja mit sich zu Boden. Noch im Fallen konnte Laura den Lufthauch spüren, als die schreckliche Waffe dicht über sie hinwegzischte.

Da ertönte ein dumpfer Schlag, dem ein unterdrückter Schmerzensschrei folgte. Ein Poltern und Rumpeln war zu hören, als ginge eine Steinlawine zu Boden, und dann herrschte plötzlich Stille.

Überrascht richtete Laura sich auf und sah sich um. Der Hausmeister stand immer noch an derselben Stelle, doch er schaute über die Mädchen hinweg. Seine böse Maske war einem Ausdruck der Erleichterung gewichen. Laura drehte den

Kopf – und da ging ihr ein Licht auf: Attila Morduk hatte ihnen das Leben gerettet.

Nur wenige Meter hinter ihnen lag Reimar von Ravenstein am Boden, den mächtigen Schädelspalter in der Hand. Der Morgenstern hatte sich tief in seine Stirn gegraben. Ganz offensichtlich war der Ritter genau in dem Augenblick von dem Wurfgeschoss getroffen und zu Boden gestreckt worden, als er die Mädchen mit einem Schwerthieb erledigen wollte.

Dabei hatten wir noch nicht mal bemerkt, dass er uns bereits so nahe gekommen war!, fiel es Laura ein, und ihre Knie wurden weich.

Sie konnte nicht erkennen, ob der Grausame Ritter tot war oder nur schwer verletzt. Nach allem, was sie bislang mit ihm erlebt hatte, nahm Laura allerdings eher an, dass ihm wahrscheinlich nichts und niemand etwas anhaben konnte. Es blieb ihr jedoch keine Zeit mehr, darüber nachzudenken, denn Attila Morduk watschelte auf sie zu.

»Nun macht schon, schnell!«, herrschte er die Mädchen ungeduldig an. Er beugte sich zu ihnen hinunter und streckte ihnen eine Hand entgegen. Der Schein einer Fackel spiegelte sich auf seinem kahlen Schädel, der wie frisch poliert glänzte.

Laura ergriff die ausgestreckte Hand, rappelte sich hoch und half dann Kaja auf. Während sie sich den Staub aus den Kleidern klopfte, starrte sie den Glatzkopf mit großen Augen an. »Du … du bist einer von uns?«, fragte sie ungläubig.

Attila zog die wulstigen Augenbrauen hoch und zog ein beleidigtes Gesicht. »Was hast du denn gedacht?«, brummte er.

»Dann warst du es wohl auch, der mich in den letzten Tagen dauernd beobachtet hat, oder?«

»Natürlich. Irgendjemand musste ja aufpassen, dass dir nichts Schlimmes zustößt.«

Laura blies die Wangen auf. »Nichts Schlimmes?« Empört stemmte sie die Fäuste in die Hüften. »Nichts Schlimmes, sagst du? Wie würdest du das denn bezeichen, was wir heute Nacht –«

»Papperlapapp! Kommt endlich – oder wollt ihr hier Wurzeln schlagen?« Damit drehte der Hausmeister sich um und stapfte auf seinen kurzen Beinen davon. Laura und Kaja konnten nur noch schnell einen erstaunten Blick wechseln, bevor sie ihm folgten.

Attilas schwerfällig wirkender Entengang täuschte. Er war viel schneller, als es den Anschein hatte, und die Freundinnen mussten sich anstrengen, um den Anschluss nicht zu verlieren.

Sie waren kaum um die nächste Ecke gebogen, als Attila Morduk stehen blieb und einen leicht vorstehenden Mauerstein zur Seite rückte. Eine Geheimtür öffnete sich, hinter der eine steinerne Wendeltreppe sichtbar wurde.

Morduk deutete auf die Treppe. »Sie führt in den Burghof!«, sagte er. Rasch nahm er eine Fackel aus einem der Halter und drückte sie Laura in die Hand. »Beeilt euch, ihr habt nicht mehr viel Zeit!«

Laura trat in den dunklen Treppenschacht und leuchtete mit der Fackel nach oben. Die schneckenförmige Spirale schien endlos in die Höhe zu führen, bis sie sich in der Dunkelheit verlor. Laura stieß Kaja an, die mit ängstlichem Blick neben ihr stand. »Komm«, sagte sie, setzte einen Fuß auf die unterste Stufe und machte sich an den langen Aufstieg. Kaja folgte ihr. Nach wenigen Stufen blieb Laura noch einmal stehen und drehte sich nach dem Hausmeister um. »Danke. Vielen Dank.«

Attilas Gesicht verfinsterte sich. »Jetzt macht endlich!«, herrschte er sie an. »Schnell!«

Im selben Moment polterte es im Gang, und im fernen Fackellicht wurde eine granitgraue Gestalt sichtbar: Reimar von Ravenstein!

Hastig riss Attila eine Hellebarde von der Wand, während er aufgebracht »Nun verschwindet endlich!« schrie.

Laura und Kaja hetzten in panischer Flucht die Treppe empor. Sie hörten noch das Schließen der Tür in ihrem Rücken, dann war aus der Tiefe nichts mehr zu vernehmen. Nur die eigenen Schritte hallten durch den Treppenschacht, der kein Ende zu nehmen schien.

Als sie endlich oben angelangt waren, kam es Laura so vor, als seien sie weit mehr als tausend Stufen hochgestiegen. Die Fackel flackerte auf und erlosch. Laura konnte im letzten Licht gerade noch die schmale Eisentür erkennen, die in den Hof führte.

Als die Mädchen ins Freie traten, schlug ihnen eine eisige Nachtluft entgegen. Es herrschte strenger Frost, und der Boden war steinhart gefroren. Der Vollmond stand am wolkenlosen Himmel über der Burg und tauchte die Gebäude in einen silbrigen Glanz.

Unwillkürlich blieb Laura stehen. Das Mondlicht war seltsam verändert, irgendwie heller und strahlender. Aber vielleicht täuschte sie sich. Nach all den Stunden, die sie im düsteren Burgkeller zugebracht hatten, wäre ihr wahrscheinlich jedes Licht strahlend erschienen. Trotzdem – der Schimmer des Mondes hatte etwas ganz Besonderes an sich in dieser Nacht. Außerdem roch die Luft wieder nach Schnee – ganz ohne jeden Zweifel.

»Worauf wartest du noch?« Kajas ungeduldige Stimme holte Laura aus den Gedanken. »Wir haben es doch eilig, oder?«

Und ob sie es eilig hatten!

Lukas fiel eine ganze Steinlawine vom Herzen, als die beiden Mädchen in sein Zimmer stürmten. »Ein Glück!«, stieß er erleichtert hervor. »Attila hat euch tatsächlich gefunden?«

»Attila?«, wunderte sich Laura. »Dann hast du ihn also auf die Suche nach uns geschickt?«

Lukas nickte. Während er seinen Kleiderschrank öffnete und sich an seinem Geheimfach zu schaffen machte, berichtete er den Mädchen von seinem Zusammentreffen mit Attila und dem anfänglichen Misstrauen, das er ihm entgegengebracht hatte. Ein Misstrauen, das nur noch gewachsen war, als der Hausmeister ihm dringend davon abriet, ihre Stiefmutter über das Verschwinden von Laura und Kaja zu unterrichten. Das führe zu nichts, hatte er behauptet und versprochen, sich selber auf die Suche nach den Mädchen zu begeben. Wenn es jemanden gäbe, der sie finden könne, dann sei er das. Niemand würde sich auf Burg Ravenstein besser auskennen als er – weil er nämlich seinen Job schon seit mehr als hundert Jahren ausübe!

»Einen Moment mal, Lukas«, unterbrach Laura ihren Bruder verblüfft. »Hat er tatsächlich gesagt – seit mehr als hundert Jahren?«

»Ja.«

»Aber – das würde ja bedeuten, dass Attila Morduk schon weit über hundert Jahre alt ist?«, wunderte Kaja sich.

»Ja schon«, antwortete Lukas. »Und das ist wohl kaum logosibel, oder? Wahrscheinlich hat er sich in der Aufregung nur versprochen.«

Rasch löste Lukas die Rückwand aus seinem Schrank und holte den Kelch der Erleuchtung aus dem Geheimfach. Das Gefäß glänzte und funkelte im Lichte der Deckenbeleuchtung, als Lukas es seiner Schwester übergab. »Komm«, sagte er ungeduldig, »wir müssen die magische Pforte suchen. Weißt du inzwischen, wo sie ist?«

»Nein.« Laura schüttelte den Kopf, während sie das wertvolle Stück vorsichtig an sich nahm. »Aber vielleicht haben ja Percy oder Miss Mary eine Ahnung?«

»Dann sehe ich schwarz.« Lukas machte ein ernstes Gesicht. »Als ich vor einer Stunde nach ihnen sehen wollte, war keiner von ihnen da.«

»Dann sind sie wohl immer noch im Krankenhaus«, überlegte Laura.

»Und was machen wir jetzt?«, seufzte Kaja.

»Wir müssen zu Professor Morgenstern«, entschied Laura. »Vielleicht finden wir in seinem Haus ja irgendwo einen Hinweis auf die Pforte.«

Sie war bereits an der Tür angelangt, als ihr die Vase auf dem Schreibtisch ihres Bruders auffiel. Zwei große rote Blüten mit langen gelben Staubfäden standen darin. Blüten der Alamania punicea miraculosa. »Ich dachte, du hättest nur eine Blüte auf der Insel im Drudensee gepflückt?«

»Hab ich ja auch«, antwortete Lukas.

»Und wo hast du die zweite her?«

»Aus der Gruft vorgestern.«

»Komisch – wie kommt die denn dahin?«

Lukas verzog ungeduldig das Gesicht. »Keine Ahnung. Aber wir haben jetzt wirklich Wichtigeres zu tun, als uns darüber den Kopf zu zerbrechen. Also, worauf warten wir noch?«

»Ist ja gut«, brummte Laura und drehte sich zur Tür.

Es war ausgerechnet Lukas, der den Aufbruch verzögerte. Er schlug sich plötzlich mit der flachen Hand an die Stirn und murmelte: »Das hätt ich ja beinahe vergessen.« Eilig ging er zu seinem Schreibtisch zurück, zog eine Schublade auf und holte Kajas Handy hervor. »Hab ich vorhin in eurem Zimmer gefunden«, erklärte er, während er es Kaja reichte. »Ich dachte, es ist besser, ich nehme es an mich, bevor es jemand klaut.« Dann wandte er sich an Laura. »Von deinem hab ich allerdings keine Spur entdeckt.«

»Konntest du auch nicht – Dr. Schwartz hat es mir gestern Nacht abgenommen. Ich hoffe, wir können jetzt endlich.«

»Ja, ja«, brummte Lukas kleinlaut.

»Wird ja auch Zeit«, gab Laura zurück. Bevor sie das Zimmer verließen, schärfte sie Kaja und dem Bruder ein, bloß vorsichtig zu sein. »Es darf uns niemand mit dem Kelch sehen, kapiert? Selbst die Pauker würden nur dumme Fragen stellen. Und wenn die Dunklen uns entdecken, dann ist sowieso alles aus!«

Laura ging voran. Sie trug den Kelch. Immer wieder schaute sie sich um und vergewisserte sich, dass sie von niemandem beobachtet wurden. Mit größter Vorsicht schlichen sie durch die Flure des Internats und gelangten über einen abgelegenen Hinterausgang ungesehen ins Freie.

Im hellen Mondlicht waren sie weithin sichtbar. Sie bewegten sich deshalb ganz dicht an den Mauern der Burg entlang, während sie auf den Park zuschlichen. Plötzlich schraken sie zusammen. Eine unbekannte Gestalt kam ihnen entgegen. Es war ein Mann. So weit es ging, drückten sie sich in den Schatten der Mauer und hielten den Atem an, während sich der Unbekannte näherte. Glücklicherweise war es nur Schnuffelpuff, der Geschichtslehrer, der gedankenverloren auf das Internatsgebäude zusteuerte und ihnen keinerlei Beachtung schenkte. Nachdem er in der Burg verschwunden war, warteten die drei vorsichtshalber noch einige Sekunden, bevor sie weiterschlichen.

Endlich erreichten sie den Park. Die Bäume und Sträucher boten ihnen reichlich Deckung. Zudem war die Gefahr, dass ihnen unvermutet jemand über den Weg lief, hier viel geringer als in unmittelbarer Nähe der Burg. Als sie am Rondell ankamen, stand da nur der leere Sockel des Denkmals. Laura atmete erleichtert auf. Den gefährlichsten Teil des Wegs hatten sie nun hinter sich gebracht.

Die Freunde bogen in den Pfad ein, der sich zum Haus

von Professor Morgenstern schlängelte. Geflügelte schwarze Schatten geisterten durch die Nacht. Laura sah zum Himmel auf und glaubte das Steinkauzpärchen zu erkennen, das in der alten Eiche hinter der Turnhalle nistete. Die schaurigen Rufe, die es gleich darauf hören ließ, bestätigten ihre Vermutung. Dann gaukelte plötzlich ein Fledermausschwarm aus dem Ostturm lautlos über ihre Köpfe hinweg. Fast sah es so aus, als wollten die Flattertierchen den Freunden Geleitschutz geben auf ihrer wichtigen Mission.

Lächelnd senkte Laura den Blick – und erschrak zutiefst. Eine finstere Gestalt stand vor ihr und versperrte ihnen den Weg. Es war Albin Ellerking. Auf seiner Schulter thronte Groll, sein Katzenvieh.

»Halt!«, fauchte Groll.

Mit wachsender Unruhe starrte Borboron auf den Sehenden Kristall. Der magische Stein zeigte die Weißen Ritter, die sich durch die Schwarzen Nebel kämpften und das Tal der Zeiten jenseits der Donnerberge schon fast erreicht hatten. Pfeilschwinge, der Bote des Lichts, schwebte über dem Trupp der Reiter und hielt nach Feinden Ausschau.

Syrin, die ebenfalls in die Kristallkugel blickte, lachte hämisch. »Sieh an, sieh an, sieh an – der Knabe!«, murmelte sie und deutete mit ihrem Krallenfinger auf Alarik, der am Ende der Gruppe ritt. »Er scheint sich recht schnell erholt zu haben von seinem Schrecken.«

Der Schwarze Fürst schaute die Gestaltwandlerin fragend an. »Du bist ganz sicher, dass ihr Vorhaben fruchtlos sein wird?«

Syrin erwiderte den Blick des Schwarzen Fürsten ohne jede Furcht. »Ganz sicher, Borboron. Lasst die Narren nur zur Pforte reiten – ihr Warten wird vergeblich sein!«

Rasch nestelte sie die Kette mit dem Amulett vom Hals und hielt Borboron das stilisierte Speichenrad entgegen. »Muss ich Euch wirklich noch erklären, welch große Macht mit dem Rad der Zeit verbunden ist?«

Die Augen der Gestaltwandlerin leuchteten auf wie die einer Irren, und ihr bleiches Gesicht verzog sich zu einer Fratze des Triumphes. »Es wird mir zu erkennen geben, wenn der Kelch in die Hände unserer Feinde fallen sollte!«

Sie hob die Hand und ließ das goldene Amulett direkt vor dem Gesicht des Schwarzen Fürsten baumeln. »Schaut genau hin, Borboron, schaut es Euch genau an: Das Rad der Zeit schweigt, es ruht still und leuchtet nicht auf. Und das bedeutet, dass der Kelch sich noch in unserem Besitz befinden muss, auch wenn diese Narren anderer Ansicht sein mögen! Dieses Mal werden wir siegen, Borboron, und niemand kann uns mehr aufhalten.«

Damit brach sie in ein höhnisches Gelächter aus und legte sich die Kette mit dem Amulett wieder um den Hals.

Der Schwarze Fürst aber blieb nachdenklich. Es sah ganz so aus, als zweifele er immer noch an ihren Worten.

Laura war zu keiner Reaktion fähig, denn mit Albin und seinem Kater hatte sie nicht gerechnet. Und auch Lukas und Kaja standen wie angewurzelt da.

Der Gärtner streckte Laura fordernd eine Hand entgegen, während Groll das schiefe Katzenmaul öffnete. »Her mit dem Kelch!«, maunzte er.

Laura drückte den Kelch der Erleuchtung ganz fest an sich und sah dem Gärtner ohne Angst ins Gesicht. »Niemals!«, erklärte sie.

»Dann muss ich dich zwingen«, fauchte Groll. »Schau mal!«

Albin Ellerking hob eine Hand und deutete zum Himmel. Überrascht blickte Laura hoch. Eine riesige schwarze Wolke aus Tausenden von Krähen kreiste völlig lautlos über ihnen.

Kaja stöhnte ängstlich, und auch Lukas ließ erstickte Angstlaute hören.

»Sie haben Verstärkung bekommen, wie du siehst, und warten nur auf meinen Wink!«, drohte der Gärtner durch die Stimme des Katers.

Laura schluckte. Der Schwarm der Totenvögel vor dem silbrigen Nachthimmel bot einen unheimlichen Anblick. Wenn sie sich auf sie stürzten, dann war es mit Sicherheit um sie geschehen. Aber Laura war entschlossen, sich nicht einschüchtern zu lassen. Das goldene Gefäß fest im Griff, blickte sie Ellerking unerschrocken an. »Nein, niemals!«, sagte sie entschieden. »Freiwillig geb ich den Kelch nicht her!«

Ein gefährliches Funkeln blitzte auf in den Augen des Gärtners, während er den Blick des Mädchens mit finsterer Miene erwiderte. Der lauernde Kater zog eine furchterregende Fratze und fauchte wie ein rasend gewordener Drache. Sein schwefelgelbes Teufelsauge glühte unheilvoll auf, und, wie von einer Sehne geschnellt, löste sich Groll von der Schulter seines Herrn und flog direkt auf Lauras Gesicht zu.

Der Angriff erfolgte so überraschend, dass Laura zu spät reagierte. Erst im allerletzten Moment warf sie sich zur Seite. Um Haaresbreite entging sie den scharfen Krallen, verlor jedoch das Gleichgewicht und geriet ins Stolpern. Um einen Sturz zu verhindern, musste sie mit den Armen rudern, und der Kelch entglitt ihren Händen. Er fiel zu Boden und kippte um. Mit lautem Scheppern löste sich der Deckel, und das kostbare Wasser des Lebens begann auszulaufen.

Während Kaja und Lukas nur entsetzt aufschrien, reagierte Laura sofort. Blitzschnell bückte sie sich, richtete den Kelch wieder auf und nahm ihn an sich. Es hatte nicht länger als ein paar Sekunden gedauert, aber dennoch hatte sich bereits eine kleine Pfütze des Elixiers auf dem gefrorenen Erdboden gebildet. Gierig stürzte Groll darauf zu und senkte die Schnauze in das Nass. Albin Ellerking beobachtete mit einem zufriedenen Lächeln, wie sein Kater die heilende Flüssigkeit mit lautem Schlabbern aufschleckte.

Plötzlich hielt Groll inne und stieß einen Schrei aus, der so durchdringend war, dass er Laura bis ans Herz fuhr. Ein unkontrolliertes Schütteln erfasste den feisten Leib des Katers. Er wandte sich von der Pfütze ab, tapste schwerfällig zu seinem Herrn und maunzte gotterbärmlich.

Mit schreckgeweiteten Augen starrte Albin Ellerking auf den Kater, reglos und offenbar unfähig zu begreifen, was seinem Liebling widerfuhr. Es musste etwas Grausames sein, denn der Gärtner schloss schließlich die Augen. Dann endlich konnte auch Laura sehen, was mit Groll vor sich ging: Das Katzenvieh faulte bei lebendigem Leibe! So als würde eine ätzende Säure es von innen her auflösen, fraßen sich rasch größer werdende Löcher in sein rostbraunes Fell, und das darunter liegende Gewebe hatte sich bereits in fauliges Fleisch verwandelt, das einen ekelerregenden Aasgestank verströmte.

Albin Ellerking heulte vor Schmerz, und zum ersten Male konnten die Freunde seine Stimme hören. Sie war dünn und piepsig wie die eines altersschwachen Wichtes. »Nein! Nein!«, zeterte der Gärtner wie von Sinnen, stürzte zu seinem Kater, barg ihn in seinem Arm und flüchtete mit ihm ins Dunkel der Nacht. Die Krähen am Himmel folgten ihnen. Der riesige Schwarm drehte ab und war augenblicklich spurlos verschwunden.

Laura schien unter Schock zu stehen. Es war aber nicht allein das Schicksal des Katers, das sie bewegte. Ihr war auch schlagartig klar geworden, auf welch hinterhältige Weise Dr. Quintus Schwartz sie hinters Licht geführt hatte.

»Was war ich nur für ein Idiot!«, murmelte sie und schüttelte ungläubig den Kopf. »Jetzt weiß ich auch, warum er zugelassen hat, dass ich seine Gedanken lesen konnte!«

Lukas und Kaja blickten Laura verständnislos an. »Was … was meinst du damit, Laura?«, fragte Lukas schließlich.

»Dr. Schwartz hat mich ganz übel reingelegt. Er hat sofort durchschaut, dass ich nur deshalb zu ihm gekommen bin, weil ich seine Gedanken lesen wollte. Darum hat er vorgetäuscht, dass sie den Kelch der Erleuchtung in Reimars Schatzkammer versteckt hätten. Und dabei hat er ganz genau gewusst, dass wir ihn dort gar nicht finden würden, sondern –«

Laura brach ab und starrte mit wachsendem Entsetzen auf das goldene Gefäß in ihrer Hand.

»Sondern, was?« Kajas Stimme überschlug sich vor Ungeduld.

»Sondern … die Kopie des Gralskelches mit dem tödlichen Elixier!«, flüsterte Laura kaum hörbar, und dann schleuderte sie den falschen Kelch voller Abscheu von sich.

Das Gefäß schlug im Gebüsch auf, und der Inhalt ergoss sich über Äste und Zweige. Sogleich war ein leises Zischen zu hören. Rauch stieg auf, und die Freunde bemerkten schockiert, dass das Strauchwerk schrumpfte und schon wenig später wie wegradiert war.

»Oh, nö!« Kaja schüttelte schaudernd den Kopf und wandte sich an die Freundin. »Und wo ist der echte Kelch?«

Laura schlug leicht genervt die Augen zum Himmel. »In der Gruft – wo denn sonst?«

»Ist doch logosibel, oder?«, fügte Lukas hinzu.

»Ja, klar!«, antwortete Kaja schnell. »Hab ich mir doch gleich gedacht!« Dann aber nahm ihr Gesicht wieder einen nachdenklichen Ausdruck an. »Und – die Pforte, wo ist die?«

»Mensch, Kaja, jetzt stell dich doch nicht dümmer an, als du bist!« Die Begriffsstutzigkeit der Freundin schien Laura allmählich zu nerven. »Um das herauszufinden, wollten wir doch zum Professor – schon vergessen?«

»Nein, nein, natürlich nicht«, beeilte sich die Rothaarige zu versichern.

Bevor Lukas sticheln konnte, bedeutete Laura ihm mit einem warnenden Blick, es lieber zu lassen – das war nun wirklich nicht der richtige Zeitpunkt!

»Los, kommt!«, kommandierte Laura und wandte sich zum Gehen. Im nächsten Augenblick aber blieb sie schon wieder stehen. »Moment mal«, sagte sie und schaute den Bruder fragend an. »Wo genau in der Gruft hast du diese zweite Blüte gefunden?«

»In dem Schrein, in dem der Kelch stand. Von dem wir damals angenommen haben, dass es sich um die Nachbildung des Grals handeln würde. Der Stiel der Blüte hatte sich in einer Verzierung verfangen.«

»Verfangen, sagst du?«

»Exaktenau.«

Laura zog die Stirn kraus. »Wisst ihr, was das bedeutet?«, fragte sie dann.

»Ich ahne, worauf du hinauswillst«, antwortete Lukas und stupste die verrutschte Brille von der Nasenspitze zurück.

»Ist doch naheliegend, oder? Die einzige Stelle, an der die Alamania punicea miraculosa wächst, ist die Insel im Drudensee«, erklärte Laura, »und wenn sich eine ihrer Blüten an dem Kelch in der Gruft verfangen hatte, dann bedeutet das zwangsläufig –«

»… dass der Kelch schon mal auf der Insel gewesen sein muss!«, fiel Lukas ihr ins Wort.

»Genau! Und da stellt sich nun die Frage: Warum war der Kelch schon mal auf der Insel? Wie wir inzwischen herausgefunden haben, wurde er von den Dunklen am Tage der letzten Wintersonnenwende in die Gruft gebracht. Daraus folgt, dass er vorher auf der Insel gewesen sein muss. Und dafür gibt es nur eine einzige logische Erklärung!«

Erwartungsvoll blickte sie Kaja an. Doch Kaja zuckte nur die Achseln. »Woher soll ich das denn wissen?«

»Ist doch ganz einfach!«, erwiderte Laura und verzog den Mund zu einem Lächeln. »Weil sich auf der Insel im Drudensee die magische Pforte befindet – deshalb!«

»Hab ich mir doch auch gleich gedacht!« Kaja nickte wie selbstverständlich.

Laura und Lukas verkniffen sich einen Kommentar und eilten in Richtung Henkerswald davon. Kaja versuchte so rasch wie möglich Anschluss zu finden. Die Aussicht, allein den nächtlichen Schauerwald durchqueren zu müssen, beflügelte sie derart, dass sie die Freunde schon innerhalb kürzester Zeit eingeholt hatte.

Kaja hatte sich umsonst gesorgt. Der verwunschene Wald flößte den Freunden diesmal weit weniger Angst ein als bei ihrem letzten Besuch. Sie hatten auch gar keine Zeit, auf unbekannte Geräusche zu lauschen oder in jedem rätselhaften Schatten eine Gefahr zu vermuten.

Nur für einen Moment stieg ein banges Gefühl in den Freunden auf, als sie bei der Alten Gruft angelangt waren. Sie warteten förmlich darauf, von dem schrillen Gezeter der Krähen empfangen zu werden. Doch in den Wipfeln der Bäume blieb alles still. Als Laura die Baumkronen näher in Augenschein nahm, konnte sie keinen einzigen Mistelstrauch mehr entdecken. Dabei waren sie doch so zahlreich gewesen! Laura vermutete, dass die Totenvögel nun ihrem Herrn und Meister Gesellschaft leisteten. Albin Ellerking war derzeit wohl damit beschäftigt, mit Hilfe seiner dunklen Künste Groll am Leben zu erhalten. Dass die Krähen die Gruft nicht bewachten, wie es ihre Aufgabe gewesen wäre, fiel ihm deshalb offensichtlich gar nicht auf. Die Freunde gelangten jedenfalls unbehelligt zum Eingang der Gruft.

»Wir sollten auf Nummer sicher gehen«, schlug Laura vor. »Du bleibst hier am Eingang zurück, Lukas, und passt auf, dass uns niemand überrascht.«

Lukas war anzusehen, dass ihm der Vorschlag ganz und gar nicht behagte, obwohl es ein vernünftiger Vorschlag war. Widerwillig fügte er sich. »Okay«, brummte er missmutig. »Aber beeilt euch bitte. Schließlich müssen wir noch auf die Insel, bevor die Sonne aufgeht!«

Laura verkniff sich eine Antwort und verschwand zusammen mit Kaja in der dunklen Gruft.

Kapitel 29 Die tödliche Falle

Die Schwarzen Nebel lichteten sich, und ein überwältigender Anblick bot sich Paravain und den Weißen Rittern. Obwohl die Nacht längst hereingebrochen war, tauchte die Lichtsäule, die sich in der Mitte des Tales der Zeiten gebildet hatte und bis in die Unendlichkeit zu reichen schien, den gesamten Kessel in einen überirdischen Glanz.

Alarik hielt unwillkürlich die Luft an und betrachtete staunend die magische Pforte. Im Gegensatz zu den Rittern hatte er sie noch nie zu Gesicht bekommen, und er war schier überwältigt von dem Anblick.

Paravain ließ die Männer absitzen. »Wartet hier auf mich, und haltet Ausschau, damit uns niemand überrascht!«, befahl er. Dann schritt er auf die magische Pforte zu.

Während die Ritter sich um die Pferde kümmerten, eilte Alarik dem Anführer hinterher. »Herr! Bitte, Herr!«, bettelte er. »Nehmt mich mit!«

Doch Paravain schüttelte nur den Kopf. »Nein, Alarik, kommt nicht infrage. Dein Platz ist bei den Rittern – also geh zurück und warte!«

Ohne den Jungen weiter zu beachten, setzte er seinen Weg fort. An der Pforte blieb er stehen und wartete. Auch wenn er sich längst damit abgefunden hatte, dass sein Hoffen wohl vergeblich war, würde er dort ausharren bis zum allerletzten Augenblick.

Endlich hatten Laura und Kaja die Grabkammer erreicht. Die Geheimtür, die ihnen beim ersten Besuch so viel Kopfzerbrechen bereitet hatte, stand weit offen. Albin Ellerking musste vergessen haben, sie zu schließen, als er ihnen damals nachgeeilt war. Laura und Kaja betraten die Kammer und blieben vor dem kleinen Schrein in der Wand stehen. Wortlos blickten sie auf den Kelch der Erleuchtung, der im Schein ihrer Taschenlampen glänzte, als würde er vom hellsten Licht beleuchtet.

Mit einer Mischung aus Erregung und Ehrfurcht betrachtete Laura das kostbare Gefäß. Das war er also, der Kelch, nach dem sie seit mehr als zwei Wochen verzweifelt gesucht hatte! Nichts war ihr wichtiger gewesen, als ihn zu finden. Doch jetzt, da er endlich vor ihr stand, zögerte sie zuzugreifen, denn mit einem Male beschlich sie ein seltsames Gefühl. Dass sie das ersehnte Gefäß nur noch an sich zu nehmen brauchte und dabei nicht mehr das geringste Hindernis zu überwinden hatte, erschien ihr plötzlich höchst verdächtig.

Das ist zu einfach!, warnte eine innere Stimme. *Irgendetwas ist hier faul!*

Kaja schaute Laura überrascht an. »Worauf wartest du noch? Wir haben doch nicht ewig Zeit!«

Laura biss sich nachdenklich auf die Lippen. Wahrscheinlich hat Kaja Recht. Du siehst langsam Gespenster, Laura!, schalt sie sich selbst. Du siehst selbst da noch Probleme, wo es überhaupt keine mehr gibt!

Kurzerhand wischte sie die Bedenken zur Seite und trat ganz dicht an den Schrein heran. Sie streckte die Arme aus und hob den Kelch ganz vorsichtig von dem kleinen Steinpodest, auf dem er stand. Die Augen auf den Kelch gerichtet, drehte Laura sich zu Kaja um. »Ist er nicht wunderschön?«, flüsterte sie voller Bewunderung.

Auch Kaja hatte ein leuchtendes Gesicht bekommen. Sie nickte. »Er ist wirklich wunderschön.«

Verflucht!«, fauchte Syrin entsetzt und sprang von ihrem Schemel hoch. Das Amulett an ihrer Halskette zitterte und glühte plötzlich auf.

Borboron starrte die Gestaltwandlerin ungläubig an. Seine Höllenaugen funkelten rot in seinem totenbleichen Gesicht. »Verdammt!«, herrschte er die völlig fassungslose Frau an. »Das wirst du mir büßen!«

Wie ein Berserker stürmte er zu Syrin. Seine Hand schoss vor, um nach ihrem Hals zu greifen, als das Amulett sich beruhigte und verblasste.

Syrin brach in ein erleichtertes Gelächter aus. Der Schwarze Fürst aber starrte sie immer noch wütend an.

»Was hat das zu bedeuten, zum Teufel?«

»Nichts, was Euch Sorge bereiten müsste, Borboron«, antwortete die Gestaltwandlerin, die ihre Fassung wieder gewonnen hatte. »Sie haben den Kelch zwar – aber er wird ihnen nichts mehr nutzen. Nichts! Nichts! Nichts!«

Laura und Kaja starrten noch voller Bewunderung auf den Kelch, als der Boden plötzlich zu zittern begann und ein Rumpeln und Rumoren einsetzte. Wie ein rasch näher kommender Donner rollte das anschwellende Geräusch auf die Grabkammer zu. Entsetzen packte die Mädchen. Was war das? Was hatte das zu bedeuten?

Plötzlich wurde Laura alles klar: Als sie den Kelch von seinem Platz genommen hatte, musste sie einen verborgenen Mechanismus ausgelöst haben, der jetzt dafür sorgte, dass … dass die Kammer verschlossen wird!, schoss es ihr jäh in den Sinn.

»Los, raus hier!«, brüllte sie. »Nichts wie weg!« Sie wirbelte herum und hastete auf den Ausgang zu, doch es war bereits zu spät.

Die Eingangstür schlug mit einem ohrenbetäubenden »Rrrummms« vor ihr zu, und im selben Moment wurden große Steine mit ungeheurer Wucht aus den Seitenmauern der Grabkammer gesprengt. Mit einem lauten »Pffflokkk! Pffflokkk! Pffflokkk!« schossen sie den Mädchen um die Ohren.

Hektisch suchten die beiden hinter dem Sarkophag in der Mitte der Kammer Deckung. Doch die Steine kamen nun von allen Seiten geflogen. Eines der Geschosse traf Kaja am Kopf, die daraufhin zu Boden stürzte. Glücklicherweise war das Bombardement damit vorüber.

Laura schrie laut auf, sprang auf die Freundin zu und kniete neben ihr nieder. Kaja blutete aus einer Wunde an der Stirn und war ohne Bewusstsein. Schnell griff Laura nach ihrer Hand und fühlte den Puls. Sie lebte.

»Kaja! Wach auf! Bitte, Kaja!«

Doch die Freundin zeigte keine Reaktion. Laura packte sie an den Schultern und rüttelte sie heftig. Doch auch damit hatte sie keinen Erfolg – Kaja blieb in ihrer Ohnmacht gefangen.

Laura zog ein Taschentuch aus der Jackentasche, um Kajas blutende Wunde zu stillen, als sie ein plätscherndes Geräusch hörte. Überrascht richtete sie sich auf und blickte sich um. Was sie zu sehen bekam, ließ ihr den Atem stocken: Aus den Öffnungen, die sich in den Wänden gebildet hatten, sprudelte Wasser, unzählige Rinnsale, die sich in rasender Schnelligkeit in wahre Sturzbäche verwandelten.

Das also ist der Grund für das Rauschen, das ich beim letzten Besuch hinter den Wänden der Grabkammer gehört habe, dachte Laura. Die Gruft ist offensichtlich durch ein unterirdisches Leitungssystem mit dem Drudensee verbunden.

Der Boden der Kammer stand nun bereits vollständig unter Wasser – und es stieg unaufhaltsam weiter.

Wenn wir nicht schnellstens hier rauskommen, werden wir jämmerlich ertrinken wie die vier Ritter, die Reimar von Ravenstein zu Grabe getragen haben!, fuhr es Laura durch den Kopf.

Wie gelähmt stand sie da und starrte auf die anschwellenden Fluten. Ohne dass Laura sich dagegen wehren konnte, stiegen längst verdrängte Bilder in ihr auf. Bilder eines Unfallautos, in dem sie und ihre Mutter eingeschlossen waren. Auch damals war das Wasser immer höher gestiegen, höher und höher, und dann … Laura fühlte, dass eine grenzenlose Panik von ihr Besitz ergriff. Sie war unfähig, einen klaren Gedanken zu fassen, unfähig, sich zu rühren. Mit aufgerissenen Augen stand sie da und starrte apathisch vor sich hin. Nur ihre Lippen bewegten sich. »Nein, nein, nein!«, flüsterte sie. Immer wieder nur »Nein, nein!«. Dann begann sie am ganzen Körper zu zittern und heftig zu atmen.

Und das Wasser stieg und stieg.

Es war Kaja, die Laura aus der Erstarrung holte. Sie war wieder zu sich gekommen, und die Wunde hatte aufgehört zu bluten. Sie richtete ihren Oberkörper mühsam auf und brachte einige kaum verständliche Worte über die Lippen: »Laura … mein … mein Handy.«

Erst als Kaja ihre Aufforderung wiederholte, reagierte Laura. Als erwache sie aus einem tiefen Traum, starrte sie verwundert in Kajas blutiges Gesicht. »Was hast du gesagt?«

»Mein … Handy«, wiederholte der Rotschopf. »Lukas …«

»Was ist mit Lukas?«

»Ruf … ihn … an«, flüsterte Kaja.

Endlich kam Leben in Laura. Rasch durchsuchte sie Kajas Taschen und fand schließlich das Mobiltelefon. Schon wollte sie die Nummer ihres Bruders tippen, als sie das Handy enttäuscht sinken ließ. »Mist!«, fluchte sie.

»Wir haben kein Netz!« Laura hielt Kaja das Gerät vors

Gesicht, auf dessen Display der Hinweis »Netzsuche« blinkte. »Die Wände sind zu dick.« Am liebsten hätte sie laut geheult. Enttäuscht schleuderte sie das Handy von sich, das in einer dunklen Ecke mit einem lauten Platschen im Wasser versank.

»Scha … de«, flüsterte Kaja noch, bevor sie erneut das Bewusstsein verlor. Hastig versuchte Laura die Freundin wachzurütteln. Als das nichts fruchtete, versetzte sie ihr ein paar klatschende Ohrfeigen, beugte sich über sie und schrie sie an: »Nicht, Kaja, nicht! Du darfst jetzt nicht ohnmächtig werden. Bitte nicht!«

Kaja schlug die Augen wieder auf. Benommen lehnte sie am Sarkophag und hatte weder einen Blick für ihre verzweifelte Freundin noch für das steigende Wasser.

Aus!, ging es Laura durch den Kopf, es ist alles aus. Aber wie aus dem Nichts hatte sie eine Eingebung. Genau! Das ist *die* Chance.

Vorausgesetzt, ihr Vorhaben funktionierte.

Laura versuchte sich zu konzentrieren. Sie sammelte die Gedanken und blickte unverwandt zur Tür. Dann schloss sie die Augen.

Lukas hatte es sich auf einem Baumstumpf bequem gemacht und spielte gelangweilt mit seinem Boris-Becker-Wimbledon-Matchball-Ball. »Plopp … Plopp … Plopp.«

Wo die Mädchen bloß blieben? Die Grabkammer war doch nicht so tief unter der Erde gelegen, dass sie über eine Viertelstunde brauchten, um diesen Kelch zu holen? Aber vielleicht spielte ihm die Erinnerung ja auch einen Streich, und er täuschte sich in der Entfernung.

Gedankenverloren warf Lukas den Ball in die Luft und fing ihn auf. Wieder und wieder. Doch mit einem Mal wurden seine Augen groß, und er schüttelte verwirrt den Kopf.

Der Ball, den er soeben hochgeworfen hatte, fiel nicht wieder in seine Hand zurück, sondern hielt plötzlich mitten in der Flugbahn inne und schwebte reglos in der Luft!

»Hä?« Das war doch nicht möglich! Das war ganz und gar nicht logosibel und widersprach sämtlichen Gesetzen der Schwerkraft! Und dennoch konnte er mit eigenen Augen sehen, dass der Tennisball gut einen Meter über dem Erdboden bewegungslos in der Luft verharrte!

Verdutzt nahm Lukas die Brille ab und rieb sich die Augen. Dann streckte er vorsichtig den rechten Arm aus, um nach dem Ball zu greifen. Aber im selben Moment fiel der zu Boden und rollte zum Eingang der Gruft. Und da endlich begriff Lukas, was es mit diesem mysteriösen Geschehen auf sich hatte.

Es war ein Zeichen seiner Schwester! Laura brauchte Hilfe!

Hastig setzte der Junge die Brille wieder auf, schnellte vom Baumstumpf hoch und hetzte in die Gruft.

Lukas stand vor der Geheimtür aus maltesischem Marmor, hinter der die Grabkammer gelegen war. Verwundert blickte der Junge sich um. Wer konnte die Tür bloß geschlossen haben? Dass Laura und Kaja das getan hatten, war äußerst unwahrscheinlich. Andererseits hatte niemand die Gruft betreten, solange er am Eingang Wache gehalten hatte. Und dass die Tür rein zufällig zugeschlagen war, daran glaubte er erst recht nicht. Was also war geschehen?

Doch sosehr er auch überlegte, Lukas fand keine Erklärung. Er wusste nur eines: Er musste schnellstens versuchen, den Eingang zur Grabkammer zu öffnen. Von innen war das offensichtlich nicht möglich, denn sonst wären die Mädchen schon längst aufgetaucht.

Hastig suchte Lukas die Mauer nach dem Siegel der Tempelritter ab. Er entdeckte den Stein, auf dem es eingraviert war, recht schnell, setzte den Daumen darauf und drückte mit aller Kraft. Doch obwohl er alles genauso machte wie seine Schwester beim letzten Mal, tat sich diesmal nichts. Die Tür rückte nicht einen Millimeter zur Seite. Erneut drückte der Junge auf das Siegel – erneut ohne Erfolg. Der Öffnungsmechanismus funktionierte nicht mehr. Klemmte er? Oder war er vielleicht auf eine andere Weise außer Funktion gesetzt worden? Wie auch immer – Lukas spürte plötzlich, dass die Mädchen in größter Gefahr waren.

Er trat dicht an die Mauer heran, hämmerte mit bloßen Händen dagegen und rief laut nach seiner Schwester: »Laura? Laaauurraa!!! Kannst du mich hören, Laura?«

Das Wasser in der Grabkammer stand bereits einen knappen Meter hoch. Laura kniete auf dem Sarkophag von Reimar von Ravenstein. Sie hatte Kaja, die das Bewusstsein wiedererlangt und sich mühsam aufgerichtet hatte, unter den Schultern gepackt und versuchte angestrengt, sie auf das Grabmal zu ziehen. Den Kelch der Erleuchtung hatte sie bereits darauf abgestellt. Auf dem großen Sarkophag waren sie vor den rasch steigenden Wassermassen in Sicherheit. Zumindest für eine Weile – und vielleicht reichte diese Zeit ja aus, damit Lukas sie befreien konnte. Vorausgesetzt, sie hatte es tatsächlich geschafft, ihm ein Zeichen zu geben. Ob ihre geringen telekinetischen Kenntnisse wohl ausgereicht hatten?

Kaja hing wie ein nasser Sack in Lauras Händen. Sie wog schwerer als die ganze Last der Welt. Zumindest erschien es Laura so. »Komm schon, Kaja«, spornte sie die Freundin unter Keuchen an. »Hilf ein bisschen mit. Sonst schaff ich das nie!«

»Ja … ja«, murmelte Kaja matt. Dass ihr das eisige Wasser schon fast bis zum Po stand, hatte sie offenbar noch nicht bemerkt. Aber schließlich fruchtete Lauras Ansporn doch. Das pummelige Mädchen klammerte sich an Reimars Ruhestätte, stemmte und zog sich mit letzter Kraft nach oben, bis es mit Lauras Hilfe endlich auf den Sarkophagdeckel geklettert war. Völlig ausgepumpt sank Kaja in sich zusammen, und auch Laura rang mühsam nach Luft.

Die dunklen Fluten stiegen immer weiter an.

Laura schaute gespannt zur Tür. Hatte sie da nicht Geräusche gehört? Sie legte den Kopf schief und lauschte angestrengt – und hörte tatsächlich ein dumpfes Hämmern. Auch die Stimme ihres Bruders drang wie aus weiter Ferne an ihr Ohr: »Laura? Laauurra!!!«

»Lukas!«, jubelte sie laut. »Du musst die Tür aufbrechen, Lukas. Beeil dich, schnell!«

Lukas hatte sich zur Seite gebeugt und ein Ohr ganz dicht an die Tür gelegt. Es hatte fast den Anschein, als würde er an der Marmorwand kleben. Endlich verstand er, was Laura ihm zuschrie.

Der Junge richtete sich wieder auf und schüttelte missmutig den Kopf. »Ja, klar«, murmelte er vor sich hin. »Erst brech ich die Tür auf, und danach mach ich Herkules fertig!«

Die Tür aufbrechen – wie stellt Laura sich das denn vor? Wie soll ich das denn schaffen?

Hastig wanderte sein Blick durch den finsteren Gang. Doch nirgendwo war etwas zu entdecken, was sich als Werkzeug eignete. Und selbst wenn er etwas gefunden hätte – auch mit einer Brechstange oder einer Spitzhacke müsste er Riesenkräfte aufbieten, um sich durch die massive Wand hindurchzuarbeiten. Aber über solche verfügte er nun einmal nicht, und wahrscheinlich gab es niemanden auf der Welt, der stark genug war …

Plötzlich fiel Lukas ein, wen er um Hilfe bitten könnte. Er rannte los, so schnell er konnte.

Das Wasser stieg unaufhaltsam. Schon leckte es nach dem Deckel des Sarkophages, und es war nur noch eine Frage von wenigen Minuten, bis es ihn überflutet haben würde.

Laura hatte sich aufgerichtet und stieß mit dem Kopf fast an die Decke der Grabkammer. Den Kelch der Erleuchtung hielt sie fest umschlungen.

Kaja stand ebenfalls. Sie hatte sich an Laura geklammert und starrte mit geweiteten Augen auf das Wasser. »Wir … wir werden ertrinken«, stammelte sie mit kläglicher Stimme. »Wir werden ertrinken.«

»Aber nicht doch!« Laura versuchte ihr Mut zu machen. »Lukas holt uns bestimmt hier raus, glaub mir!«

Kajas blutverschmiertes Gesicht war verzerrt vor Angst. »Wie soll das denn gehen? Die Eingangstür kann kein Mensch durchbrechen! Schon gar nicht in kurzer Zeit! Du siehst doch selbst, wie schnell das Wasser steigt!«

Laura merkte, dass Kaja kurz davor war, die Nerven zu verlieren. Sie musste die Freundin beruhigen, denn wenn Kaja jetzt in Panik verfiel, war alles aus. Laura strich ihr besänftigend über die roten Korkenzieherlocken. »Glaub mir, Kaja, wir kommen hier raus. Ganz bestimmt!« Dabei bemühte sie sich um ein Lächeln, auch wenn ihr ganz und gar nicht danach zumute war.

Lukas lief so schnell wie noch nie zuvor in seinem Leben. Trotzdem kam es ihm wie eine halbe Ewigkeit vor, bis er den schaurigen Henkerswald und den angrenzenden Park durchquert hatte. Endlich erreichte er das Internatsgebäude.

Noch immer stand der volle Mond am Himmel, auch wenn er bereits ein großes Stück weiter gewandert war. Die Burg glänzte silbrig in seinem hellen Licht.

Lukas hastete auf die Freitreppe zu und kniete sich vor dem Sockel nieder, auf dem der Säulenriese stand. »Zwischen

Mitternacht und Morgengrauen erwacht er zum Leben, wenn man mit der flachen Hand drei Kreise auf den Sockel zeichnet«, hatte Laura erzählt. Und genau das tat Lukas nun auch. Dann trat er einige Schritte zurück und starrte gespannt auf die Säule.

Zunächst tat sich überhaupt nichts. Dann jedoch knirschte und rumpelte es. Die monumentale Säule begann tatsächlich zu schrumpfen! Aber das dauerte entsetzlich lange – viel zu lange!

»Jetzt beeil dich doch, Portak!«, rief Lukas ungeduldig. »Es geht um Leben und Tod!«

Portak, der noch gut über drei Meter maß, verzog sein Gesicht zu einem gutmütigen Lächeln.

»Bedaure, Herr, ich bin aus Stein, kann deshalb auch nicht schneller sein«, beschied er dem Jungen mit sanfter Stimme.

Endlich hatte er die richtige Größe erreicht und eilte mit Lukas davon.

Das ist das Ende! Laura starrte auf das Wasser, das ihr bereits bis an die Taille reichte. Wir werden entweder ertrinken – oder erfrieren!, ging es ihr durch den Kopf. Das Wasser war so eisig, dass sie die Beine schon nicht mehr spürte. Sie zitterte am ganzen Körper und war mit ihren klammen Fingern kaum noch in der Lage, den Kelch richtig festzuhalten. Sie musste ihn mit beiden Händen an die Brust drücken, damit er nicht ins Wasser fiel.

Kaja schlotterte noch heftiger als Laura. Sie war totenbleich, und ihre Lippen hatten sich bläulich verfärbt. »Soll ich jetzt immer noch glauben, dass Lukas uns hier rausholt?«, fragte sie mit zitternder Stimme.

Laura starrte auf die glucksenden Wassermassen, die die Grabkammer nun fast vollständig geflutet hatten. Zwischen der Wasseroberfläche und der Decke war kaum noch ein halber Meter Luft, und es konnte nicht mehr lange dauern, bis auch dieser letzte Raum geflutet war. Kaja hat Recht, dachte sie, es gibt keine Rettung mehr.

»Bitte, Kaja«, flüsterte sie, die Tränen mühsam unterdrückend. »Bitte sei still! Wir wollen uns doch in den paar Minuten, die uns noch bleiben, nicht –«

Plötzlich hielt Laura inne und sah mit ungläubigem Blick in Richtung Tür.

»Was ist denn los?«, wollte Kaja wissen. »Was hast du denn auf einmal?«

Laura legte den Finger vor den Mund. »Psst!« Dann neigte sie den Kopf und lauschte angestrengt. Und tatsächlich: Sie hatte sich nicht getäuscht. Ein Wummern drang an ihre Ohren, und Kaja hörte es jetzt auch.

Portak stand breitbeinig vor der Geheimtür aus maltesischem Marmor, einen dicken Baumstamm in den Händen. Gleich einem Rammbock donnerte er ihn mit aller Kraft gegen die Tür, immer und immer wieder. Die Wand zitterte unter der Wucht der dröhnenden Schläge.

Lukas spendete dem Steinriesen mit der Taschenlampe Licht und feuerte ihn lautstark an: »So ist 's gut, Portak, sehr gut! Mach weiter so. Gleich hast du 's geschafft!«

Aber Portak hielt inne. Er setzte den Stamm ab, drehte sich zu Lukas um und warf ihm einen vorwurfsvollen Blick zu.

»Schweigt, mein Herr, und stört mich nicht, bis endlich diese Mauer bricht!«, mahnte er.

Der sonst so gutmütige Hüne wirkte angespannt. Die Tür war äußerst stabil, und der Versuch, sie aufzubrechen, schien selbst ihn zu überfordern. Portak spuckte in die Pranken, packte den Baumstamm wieder und rammte ihn mit äußerster Wucht gegen die Wand. Ein Steinquader lockerte sich, Mörtelbrocken und Staub rieselten aus den Fugen, und beim nächsten Schlag wackelte der Stein bereits sichtbar. Der Säulenriese verdoppelte seine Anstrengungen. Wie eine Dampframme ging der Stamm jetzt auf das gelockerte Türstück nieder, und mehr und mehr Steine wackelten unter der ungestümen Wucht seiner Schläge.

»Ja!« Laura jubelte laut auf. Auch sie konnte nun sehen, dass die aus Marmorquadern gefügte Eingangstür unter den Schlägen des Riesen erzitterte und sich die Steine immer mehr lockerten.

»Ja!«, schrie sie noch einmal und drehte sich zu Kaja um. Obwohl den Mädchen das Wasser bereits fast bis zum Halse stand, zeigte sich neue Hoffnung in ihren Gesichtern. Zumal sie jetzt sehen konnten, wie der erste Stein aus der Marmortür gebrochen wurde. Laut klatschend fiel er ins Wasser. Ein zweiter folgte ihm, und gleich darauf ein dritter.

»Hab ich 's dir nicht gesagt?« Laura strahlte die Freundin an. »Die holen uns hier raus! Die holen uns hier raus!«

Auch Kaja lachte über das ganze Gesicht. »Ja, klar! Super! Hab ich doch gleich gewusst, dass die das schaffen!«

Portak arbeitete wie eine Maschine. Immer mehr Steine lösten sich unter seinen Schlägen, und dann war es mit einem Male um die Eingangstür geschehen. Fast explosionsartig barst sie unter dem Druck der in der Grabkammer aufgestauten Wassermassen, und eine riesige Fontäne schoss in den engen Gang.

Die Flut traf Lukas mit der Wucht einer Riesenfaust. Sie fegte ihn von den Beinen und riss ihn mit sich fort. Lukas suchte verzweifelt nach Halt, aber seine Hände griffen ins Leere. Er überschlug sich in den brodelnden Wassermassen und wurde immer weiter fortgerissen. Die Luft wurde ihm knapp, aber bei dem hektischen Versuch, Atem zu schöpfen, verschluckte er sich, und seine Lungen füllten sich mit Wasser.

Er keuchte und spuckte und glaubte schon zu ertrinken, als er wieder festen Boden unter sich spürte. Einige Meter noch schürfte er auf dem Hinterteil über den nackten Steinboden, dann war der Spuk vorbei. Die Flut war zu einem knöcheltiefen Rinnsal verebbt, und Lukas rappelte sich vorsichtig auf.

Er trug keinen trockenen Faden mehr am Leib. Er schüttelte sich wie ein nasser Hund und schaute sich um. Das ausströmende Wasser musste ihn mehr als fünfzig Meter mit sich gerissen haben, denn er konnte den Eingang zur Grabkammer nicht mehr sehen.

Die Mädchen, dachte er, was ist mit den Mädchen?

Doch da hörte er auch schon ein Platschen, und nur Augenblicke später eilte eine klatschnasse Laura herbei. Der Kelch der Erleuchtung funkelte in ihrer Hand, und Kaja und Portak folgten ihr.

Lukas hastete seiner Schwester entgegen und sah sie erleichtert an. »Laura! Seid ihr okay?«

Sie nickte nur lächelnd, stellte den Kelch ab und umarmte ihren Bruder ganz fest. »Danke«, flüsterte sie, »hab vielen Dank.«

Aber dann fiel ihr Blick auf die Armbanduhr ihres Bruders, und sie erschrak. »Oh, Mann, die Sonne wird bald aufgehen!«

Augenblicklich fing sie an zu rennen. Ohne auf die Freunde zu warten, hastete sie dem Ausgang entgegen.

Laura trat aus der Gruft und blickte sich unruhig um. Und tatsächlich: Der Nachthimmel verfärbte sich im Osten bereits grau. Die Sonne würde jeden Moment aufgehen. Noch war es nicht zu spät, aber wie sollte sie es bloß schaffen, in der kurzen Zeit, die ihr noch blieb, auf die Insel im Drudensee zu gelangen? Sie brauchte doch mindestens eine Viertelstunde bis ans Ufer des Sees, und dann musste sie noch hinüberrudern!

Laura wollte gerade losrennen, als sie plötzlich Hufschlag zu hören glaubte. Erstaunt drehte sie sich um, und da erblickte sie einen Reiter auf einem Schimmel, der im vollen Galopp durchs Gehölz brach und direkt auf sie zuhielt: Percy Valiant auf Salamar. Und am Zügel führte er Sturmwind mit sich.

Percy brachte die Pferde direkt vor Laura zum Stehen. Er wirkte gehetzt. »'urtiisch, Laura!«, rief er. »Steig auf, du musst diisch sputen!«

Laura reichte ihm den Kelch, sprang in den Sattel von Sturmwind und nahm das Gefäß wieder an sich. Dabei schaute sie den Lehrer fragend an. »Ich dachte, ihr wärt im Krankenhaus, Mary und du?«

Percy schüttelte schnell den Kopf. »Iisch fürschte, dies ist niischt der reschte Augenblick für langwieriische Erklärungen! Des Schicksals Fäden werden dursch unsere 'ände gleiten, wenn wir uns niischt der Eile befleißigen!« Damit wendete er sein Pferd, gab ihm die Sporen und galoppierte davon. Laura zog leicht am Zügel und schnalzte mit der Zunge. Sturmwind verstand sofort, was seine Reiterin wollte. Er fiel in den Galopp und folgte Salamar.

Die Pferdehufe trommelten ein Stakkato auf den hartgefrorenen Boden, als die beiden Reiter durch den Henkerswald galoppierten. Die Bäume flogen an den Reitern vorbei wie verwischte Schatten. Laura führte den Zügel nur mit einer Hand, denn im linken Arm hielt sie den Kelch der Erleuchtung, sorgsam darauf bedacht, ihn gerade zu halten, um den kostbaren Inhalt nicht zu verschütten. Sie war froh, dass sie sich trotz des höllischen Tempos im Sattel halten konnte, und dachte dankbar an ihren Vater, der sie schon von frühester Kindheit an zum Reiten geschickt hatte.

Allmählich lichteten sich die Bäume, und Laura und Percy erreichten den Waldrand. Vor ihnen erstreckte sich der Park von Ravenstein. Ohne anzuhalten, galoppierten sie weiter. Plötzlich bemerkte Laura vier Reiter. Drei schwarze Reiter auf schwarzen Pferden und ein grauer Recke, der an ihrer linken Flanke auf einem steingrauen Ross ritt. In einiger Entfernung preschten sie hinter einer schräg vor ihnen gelegenen Gruppe von Sträuchern hervor und hielten im spitzen Winkel auf sie zu. Offensichtlich wollten sie ihnen den Weg zum See abschneiden.

»Percy!«, rief Laura und deutete in die Richtung der Reiter.

»Diese elenden 'unde!«, fluchte der Lehrer, als er die Schwarzen erblickte, und trieb seine Sporen tief in Salamars Weichen. »Los, schneller, Laura! Sie dürfen diisch unter keinen Umständen erwischen!«

Sturmwind brauchte die Sporen nicht. Er reagierte sofort auf Lauras Schenkeldruck und beschleunigte das Tempo, dass sie nur so durch den Park flogen. Die vier Reiter waren dennoch bereits so dicht herangekommen, dass Laura auf den Rappen Dr. Schwartz, die Taxus und Albin Ellerking erkannte. Auf dem Grauen aber saß niemand anders als Reimar von Ravenstein, der Grausame Ritter.

Laura blieb keine Zeit, sich zu wundern, denn Percy brüllte: »'urtiisch, Laura! Schlage einen Bogen um die Burg, und reite alleine weiter. Du musst zur Pforte, schnell!«

Laura gehorchte. Während Percy unverändert auf die Schwarzen Reiter zuhielt, lenkte Laura Sturmwind in die angegebene Richtung. Sie sah noch, dass vier Reiter auf Schimmeln von der Burg her angesprengt kamen: Miss Mary, Attila Morduk und die Dietrich-Zwillinge. Sie eilten Percy Valiant zu Hilfe und stellten sich gemeinsam mit ihm den Dunklen. Aber dann versperrte dichtes Gebüsch den Blick, und Laura war von nun an ganz auf sich allein gestellt.

Kapitel 30 ❧ Die magische Pforte

Als Laura das Ufer des Drudensees erreichte, schimmerte der Himmel im Osten bereits erschreckend hell. Eine Glocke aus Dunst wölbte sich über der Insel. Sie leuchtete, als erstrahle ein Licht in ihrem Inneren.

Am Bootssteg zügelte Laura den Schimmel. Sie wollte absitzen, als ihr Blick auf die Ruderboote fiel. Sie waren bis zur Hälfte mit Wasser voll gelaufen, und große Löcher klafften in ihrem Boden. Ganz offensichtlich waren sie absichtlich zerstört worden, um Laura die Überfahrt unmöglich zu machen.

Laura war erschrocken und ratlos zugleich. Und was jetzt? Wie soll ich nun zur Insel kommen?

Sturmwind scharrte unruhig mit den Hufen und ließ ein lautes Wiehern hören. Dann machte der Schimmel kehrt und trabte ein gutes Stück vom Ufer weg, wendete erneut und blieb stehen. Er hob den Kopf und wieherte ein weiteres Mal. Und plötzlich verstand Laura, was das Pferd ihr bedeuten wollte: Sturmwind wollte sie auf seinem Rücken zur Insel tragen!

Aber – das ist doch nicht möglich!, schoss es ihr durch den Kopf. Es sind fast zweihundert Meter bis dorthin, kein Pferd der Welt kann so weit springen!

Wie aus dem Nichts stieg die Erinnerung an ihren Vater in ihr auf. Laura sah ihn fast leibhaftig vor sich, wie er in der Nacht vor ihrem Geburtstag an ihrem Bett gestanden hatte. In ihrem Kopf hallten seine eindringlichen Worte wider: »Ob es gelingt, hängt ganz allein von dir ab, Laura. Von deinem Willen und von deinem Glauben an dich selbst!«

Plötzlich wusste sie, was sie falsch gemacht hatte. Sie hatte einmal mehr vergessen, dass die Welt hinter den Dingen ganz anderen Gesetzen gehorchte als die Welt, wie die Menschen sie sahen. Hatte vergessen, dass sie zu den Wächtern gehörte und im Zeichen der Dreizehn geboren war und deshalb über Fertigkeiten verfügte, die nicht mit menschlichen Maßstäben zu messen waren. Vor allem aber hatte sie vergessen, auf die Kraft des Lichts zu vertrauen.

Eine neue Zuversicht erfüllte Laura. Sie sammelte sich und atmete tief durch. Dann gab sie Sturmwind die Zügel frei und schnalzte mit der Zunge. Der Hengst preschte davon. Er hielt geradewegs auf den See zu und wurde mit jedem Satz schneller. Sein Hufschlag hämmerte in Lauras Ohren, der Wind zauste kräftig an ihren Haaren und rauschte immer lauter. Schon nach kürzester Zeit war der Hengst so schnell, dass alles rings um Laura verwischte.

Kurz bevor sie das Seeufer erreichten, schloss Laura die Augen. Sie fühlte, wie Sturmwind mit einem kräftigen Satz vom Boden absprang – und in dem Moment sah sie das Licht. Ein stürmisches Brausen erfüllte Laura, und um sie herum war nur noch ein gleißender Wirbel. Alles war nur noch strahlend hell, und sie wusste sich eins mit dem Licht. Jedwede Schwere und jedes Gefühl für Raum und Zeit waren von ihr abgefallen. Körperlos schwebte sie im unendlichen Lichtraum dahin.

Nach einer Zeit, die sie nicht hätte messen können, spürte Laura einen Ruck, und da wusste sie, dass Sturmwind auf der Insel aufgesetzt hatte. Sie schlug die Augen auf – und tatsächlich: Ihr Pferd stand auf der Lichtung in Ufernähe, die von dichtem Gebüsch umgeben war. Der Schimmel war wohlbehalten und schnaufte nicht einmal besonders kräftig nach seinem fantastischen Sprung.

Laura blickte sich um und sah die Schneise, die sich im Gestrüpp gebildet hatte. Die dornigen Äste und Zweige hatten sich zur Seite geneigt, und ein schmaler Pfad führte schnurgerade zur Mitte der Insel. Dort, über dem Zentrum des Eilands, ragte eine strahlende Lichtsäule empor, die bis in die Unendlichkeit zu reichen schien. In der Mitte des Lichts stand ein Ritter in einem weißen Gewand. Er schien auf Laura zu warten, denn er winkte ihr zu und bedeutete ihr, sich zu beeilen.

Laura sprang aus dem Sattel und hastete mit dem Kelch zur Lichtsäule. Doch als ihre Füße den Boden berührten, erhob sich die Sonne am Horizont. Die Nacht der Wintersonnenwende war zu Ende. Mit dem ersten Sonnenstrahl verblasste die Lichtsäule, die hell glühende Dunstglocke über der Insel löste sich auf, die Zweige der Sträucher schnellten in die alte Lage zurück, sodass der Pfad verschwunden war und das Buschwerk wieder so undurchdringlich war wie zuvor.

Laura erstarrte. Tränen füllten ihre Augen, tropften auf den Kelch der Erleuchtung, und dann fühlte sie nur noch Scham.

Sie war zu spät gekommen.

Sie hatte versagt, und alles war zu Ende!

Paravain wich entsetzt zurück, als sich die magische Pforte vor seinen Augen in nichts auflöste. Sie flackerte noch einmal hell auf, als wolle sie mit einer letzten verzweifelten Anstrengung das Schicksal doch noch überlisten, aber dann war sie plötzlich verschwunden.

Paravain war wie erstarrt. Es war ihm, als sei alles Leben aus ihm gewichen. Er fühlte nur noch Müdigkeit.

Eine bleierne, tödliche Müdigkeit.

Unendlich langsam drehte er sich um und ging mit kraftlosen Schritten zurück zu den Weißen Rittern, die am Rand des Tales auf ihn warteten.

Mit ausdruckslosen Gesichtern sahen sie ihren Anführer an. Keiner von ihnen sagte ein Wort, aber der Ritter wusste auch so, was sie bewegte.

Paravain fühlte, dass ein Wort des Trostes angebracht wäre, aber wie sollte er seine Männer trösten, wenn es keinen Trost gab? Das Undenkbare war eingetreten: Aventerra würde untergehen.

Paravain schaffte es gerade noch, sich in den Sattel zu ziehen und stumm die Hand zum Zeichen des Aufbruchs zu heben. Er gab seinem Schimmel die Sporen und lenkte ihn in Richtung Hellunyat. Er wollte bei Elysion und Morwena sein, wenn das Ende nahte.

Die Weißen Ritter folgten ihm. In ihrer Trauer bemerkte keiner der Männer, dass Alarik nicht unter ihnen war.

Laura stand noch immer wie gelähmt da. Sie blickte auf den Kelch in ihren Händen und konnte immer noch nicht fassen, dass sie zu spät gekommen war. Das darf nicht sein, dachte sie. Es kann doch nicht alles zu Ende sein.

Aber die magische Pforte war verschlossen, und der Weg nach Aventerra war für den Kelch der Erleuchtung nun wieder für lange Zeit versperrt. Wie also sollte das Wasser des Lebens seine heilenden Kräfte entfalten können?

Laura hob den Blick zur Sonne, die sich langsam über dem Horizont erhob. Doch seltsam – obwohl keine Wolke am Himmel stand, war ihr Licht blass und kraftlos, als müssten die Strahlen erst einen unsichtbaren Schleier durchdringen, bevor sie die Erde erreichten. Griff das Ewige Nichts, das alles Leben unmöglich machte, bereits nach der Herrschaft? War der Hüter des Lichts seinen Verletzungen bereits erlegen, und musste Professor Morgenstern nun ebenfalls sterben?

Laura war versucht, sich enttäuscht zu Boden sinken zu

lassen und einfach nur abzuwarten, was geschehen würde, als ein Gedanke in ihr aufleuchtete wie eine Sternschnuppe in finsterer Nacht.

Natürlich – so müsste es gehen! Ich muss es einfach versuchen!

Sie schwang sich in den Sattel ihres Schimmels und wisperte ihm mit fiebriger Erregung ins Ohr: »Los, Sturmwind. Lauf, so schnell du kannst!«

Der Hengst hob den Kopf, blähte die Nüstern, wieherte aufgeregt und galoppierte so ungestüm davon, dass Erde und loses Gestein von seinen Hufen aufgewirbelt wurden.

Die Kerzen knisterten leise in der Schlafkammer der Gralsburg. Elysion lag reglos auf seinem Lager. Aus seinem Antlitz war jede Farbe gewichen.

Morwena saß auf einem Schemel neben Elysion und hielt seine Hand. Sein Puls war schwach, und obwohl sich die Brust des Alten noch regelmäßig hob und senkte, wusste die Heilerin, dass der Hüter des Lichts schon bald in die Ewige Dunkelheit eingehen würde.

Hinter den großen Fenstern der Kammer war der Schwarze Nebel aufgezogen. Er war so dicht, dass Morwenas Augen ihn nicht mehr zu durchdringen vermochten. Dabei musste die Nacht längst zu Ende gegangen und der Tag bereits angebrochen sein. Doch Hellunyat war in tiefe Finsternis getaucht. Hellunyat war verloren. Eine eisige Kälte kroch durch die Fensterritzen und überzog die Wände mit glitzerndem Frost.

Morwena fühlte die Kälte nicht, die ihr nach dem Leben zu greifen trachtete. Ihre Gedanken waren bei dem Sterbenden und nährten die Flamme der letzten Hoffnung, die ihr noch blieb: Sie hoffte, dass Paravain bei seiner Rückkehr den Kelch der Erleuchtung mit sich führen würde.

Aus dem Thronsaal hallten Schritte an ihr Ohr. Sie kamen näher, und Morwenas Pulsschlag beschleunigte sich. Sie erhob sich von ihrem Schemel und blickte angespannt zur Tür.

Endlich trat Ritter Paravain in die Kammer. Morwenas Blick suchte den Kelch, doch die Hände des Ritters waren leer. Zur Begrüßung schüttelte er nur stumm den Kopf, hob die leeren Hände und ließ sie kraftlos herabsinken.

Die Heilerin spürte, dass alle Kraft aus ihr wich. Sie sank auf den Schemel zurück und schlug die Hände vors Gesicht. Ein Zittern erfasste sie, und sie begann laut zu schluchzen – Morwena beweinte das Ende der Zeiten.

Aurelius Morgenstern lag totenbleich in seinem Bett. Er röchelte leise. Mary Morgain beugte sich über ihn, benetzte mit einem feuchten Leinentuch die trockenen Lippen und tupfte ihm den Schweiß von der Stirn. Doch der Sterbende schien es nicht mehr wahrzunehmen.

Percy Valiant stand am Fuße des Bettes und starrte gedankenverloren vor sich hin. Durch das Fenster hinter ihm kämpfte sich das blasse Licht des Morgens und malte ein dämmriges Grau in das Zimmer. Der Lehrer wirkte übernächtigt und erschöpft. Die Auseinandersetzung mit den Dunklen hatte Spuren hinterlassen. Er trug ein Pflaster auf der Stirn, und seine linke Wange war aufgeschürft. Er schreckte leicht zusammen, als Miss Mary ihn ansprach: »Ob sie es wohl geschafft hat?«

»Wer vermöschte das zu sagen, Mary? Noch bleibt uns der 'offnung Trost, doch ob diese siisch erfüllt, 'at das Schicksal bereits entschieden.«

Mary Morgain wandte sich ab und wanderte unruhig in dem Schlafzimmer auf und ab, während Percy am Fußende des Bettes verharrte. Keiner der beiden sagte ein Wort, denn es gab nichts mehr zu sagen. Nur das leise Röcheln des Professors und die von einem Teppich gedämpften Schritte Miss Marys waren noch zu hören.

Da erklang Hufschlag vor dem Haus, und das Wiehern eines Pferdes zerriss die Stille des trüben Morgens.

Mary wirbelte herum und blickte Percy an. »Das muss sie sein!«, rief sie atemlos, und ihre Wangen röteten sich. Ungeduldig eilte sie zur Tür und riss sie auf.

Da erblickte sie den Kelch in Lauras Hand, und sie wurde blass. Miss Mary taumelte und konnte sich gerade noch am Türrahmen festhalten, sonst wäre sie wohl zu Boden gestürzt.

Auch aus Percys Gesicht war alles Leben gewichen. »We'e uns, das ist das Ende«, murmelte er kaum hörbar.

Laura beachtete die beiden nicht. Entschlossen eilte sie an das Bett des Professors. Sie stellte den Kelch behutsam auf den Nachttisch, beugte sich über den Todkranken und flüsterte: »Er lebt also noch?«

»Ja – noch«, antwortete Miss Mary mit gebrochener Stimme, bevor sie einen ratlosen Blick mit Percy wechselte und langsam auf Laura zuging. »Was hast du vor, Laura?«

»Der Hüter des Lichts und Professor Morgenstern sind doch durch ihr Schicksal untrennbar miteinander verbunden, oder?«

Erneut schauten die beiden Wächter sich ratlos an. »Was möschtest du damit andeuten?«, fragte Percy verwundert.

»Ganz einfach – wenn die beiden so viel verbindet, dann muss das für alles gelten, was sie betrifft. Wenn Professor Morgenstern nur deshalb krank geworden ist, weil der Hüter des Lichts durch das Schwert Pestilenz verletzt wurde, dann müsste umgekehrt auch der Hüter des Lichts wieder gesund werden, wenn es uns gelingt, Professor Morgenstern zu heilen.«

Miss Marys Gesicht zeigte plötzlich rote Flecken. »Der Gedanke erscheint mir nicht nur absurd, sondern schlichtweg anmaßend zu sein!«, sagte sie in empörtem Ton.

Percy zog die Stirn kraus, starrte nachdenklich vor sich hin und zuckte nur hilflos mit den Schultern. »Iisch weiß niischt, aber vielleischt solltest du es einfach versuchen?«

Laura nahm den Deckel des Kelches ab und tauchte den Zipfel eines frischen Leinentuches in das Wasser des Lebens. Dann beugte sie sich über den Todkranken, hielt das Tuch an seinen Mund und benetzte die Lippen mit ein paar Tropfen des kostbaren Elixiers.

Miss Mary Morgain und Percy Valiant traten dicht heran. Mit angespannten Mienen beobachteten sie über Lauras Schultern hinweg das Gesicht des Professors.

Doch nichts geschah. Quälend versickerten die Sekunden im ewigen Strom der Zeit. Aurelius Morgenstern lag noch immer bleich und reglos da. Sein Bewusstsein hatte sich längst von der Welt abgekehrt, und nun hatte es den Anschein, als würde sein Atem schwächer. Er röchelte nicht einmal mehr.

Laura sah den Professor mit banger Erwartung an. Ein sehnsüchtiges Flehen lag in ihrem Blick. Allein, es half nichts – sein Zustand besserte sich nicht. Sie musste einsehen, dass ihre Hoffnung sie getrogen hatte. Sie hatte sich schlichtweg getäuscht.

Lauras Herz drohte auszusetzen. Ihre Knie wurden weich. Ihre Kräfte schwanden. Sie ließ sich auf die Bettkante sinken und schaute Miss Mary und Percy aus großen, traurigen Augen an. Stumm erwiderten die beiden Lauras Blick. »Verzeiht mir«, flüsterte das Mädchen. »Bitte verzeiht mir.«

Laura schlug die Augen nieder und schaute beschämt zu Boden. Sie schluckte, aber die Tränen ließen sich nicht länger zurückhalten. Langsam rollten sie über ihre Wangen.

Miss Mary und Percy Valiant schwiegen. Betroffen betrachteten sie Laura, die schluchzend auf der Bettkante zusammengesunken war.

Plötzlich hörte Laura ein Geräusch hinter sich: ein leises Gähnen. Erstaunt richtete sie sich auf und drehte sich zum Professor um.

Im selben Moment schlug Aurelius Morgenstern die Augen auf. Er gähnte verschlafen, reckte sich und rieb sich den Schlaf aus den Augen. Dann lächelte er Laura freundlich an.

»Laura!«, sagte er. »Sei mir gegrüßt, Laura Leander!«

Anschließend begrüßte der Professor die beiden Wächter, die in ihrem maßlosen Erstaunen vergaßen, seinen Gruß zu erwidern.

Der Hüter des Lichts schlug die Augen auf und sah in die verwunderten Gesichter von Morwena und Paravain. Der junge Ritter schreckte zurück, überrascht von dem plötzlichen Erwachen seines Herrn.«

»Sie … sie hat es also tatsächlich geschafft?«, stammelte er ungläubig.

Elysion musterte ihn mit strengem Blick. »Dann hast du also daran gezweifelt?«

Der Ritter schwieg, sein beschämtes Gesicht war Antwort genug. Der Hüter des Lichts wandte sich der Heilerin zu, die seinen prüfenden Blick mit einem erleichterten Lächeln erwiderte. Es war nicht nötig, dass Elysion ihre Gedanken las – er wusste auch so, dass sie nicht einen Augenblick schwankend geworden war in ihrem Glauben an das Licht.

»Natürlich hat sie es geschafft«, sprach er, an Paravain gerichtet. »Weil sie geglaubt hat! An die Kraft des Lichts und an sich selbst!«

Helle Sonne flutete nun in das Schlafgemach und vertrieb die bedrückende Finsternis. Elysion richtete sich mühelos auf, als habe das Gift der Pestilenz niemals in ihm gewütet. Die Blässe des Todes war verschwunden, und seine Augen strahlten wieder voller Kraft und frischem Lebensmut. Der Hüter des Lichts schlug die Decke zurück und erhob sich von seinem Lager.

Der Weiße Ritter wollte ihn stützen, doch Elysion hielt ihn davon ab. Ohne Hilfe schritt er zum Fenster. Sein Gang war aufrecht und sicher. Nichts deutete darauf hin, dass die Ewige Finsternis ihn schon beinahe verschluckt hatte, bevor ihn das Wasser des Lebens auf wundersame Weise wieder ins Licht zurückholte.

Elysion öffnete das Fenster. Köstliche klare Luft strömte in die Kammer und verscheuchte den fauligen Geruch des Todes. Der Alte hob den Kopf der Wintersonne entgegen, schloss die Augen und sog den würzigen Duft ein, der von der Wispergras-Ebene zu ihm emporstieg. Als er sich satt gerochen hatte, schlug er die Augen wieder auf und ließ seinen Blick über die Mauern von Hellunyat und die Umgebung der Gralsburg schweifen.

Die Ebene von Calderan strahlte in goldenem Glanz. Die Schwarzen Nebel waren bereits bis an den Rand zurückgedrängt worden und lösten sich allmählich auf.

Elysion seufzte. Es war geschafft! Das Licht hatte den Angriff der Finsternis abgewehrt. Das Leben hatte sich wieder einmal als stärker erwiesen als das Ewige Nichts.

Er drehte sich um und schaute Morwena und Paravain mit seinem ernsten Gesicht an, das die Spuren eines Lebens in sich trug, das fast so alt war wie der älteste der alten Planeten.

»Ihr wisst, was uns überliefert ist seit Anbeginn der Zeiten«, sprach er. »Solange es jemanden gibt, der an das Gute glaubt und dafür streitet, wird das Böse nicht den endgültigen Sieg erringen. Solange das Licht leuchtet, wird die Finsternis nicht triumphieren. Und dennoch wird die Finsternis immer wieder nach uns greifen, und wir müssen wachsam sein Tag für Tag.«

Morwena und Ritter Paravain traten an die Seite ihres Herrn, und gemeinsam sahen sie hinaus in den lichten Tag, auf das neue Leben auf Aventerra. Ungehindert wanderten ihre Blicke bis weithin zum Horizont. Zum Modermoor im Osten, den Drachenbergen im Süden und zum Raunewald im Westen. Und obwohl es früher Morgen war, konnten sie am Himmel noch immer einen der beiden Monde von Aventerra sehen.

Es war der Menschenstern. Die Zeit seines Untergangs war noch nicht gekommen.

Burg Ravenstein funkelte im Licht. Der Morgen war klar und heiter, aber von Osten her trieben dicke Wolken heran. Ein kräftiger Wind wehte um den großen Turm und zauste an Haaren und Kleidern der Menschen, die sich trotz der winterlichen Kälte auf der Aussichtsplattform versammelt hatten.

Professor Aurelius Morgenstern stand mit rosigen Wangen zwischen Mary Morgain und Percy Valiant. Laura, Lukas und Kaja hatten sich gegenüber den Lehrern aufgereiht. Das fröhliche Lärmen einiger Schüler, die im Park spielten, drang zu ihnen herauf, aber dafür hatten sie kein Ohr. Laura, die sich ihre Dockmütze tief in die Stirn gezogen hatte, schaute den Professor fragend an: »Dann haben wir also endgültig gesiegt?«

Aurelius Morgenstern schüttelte sein greises Haupt. »O nein, Laura«, antwortete er mit einem gütigen Lächeln, »noch lange nicht, und dir bleibt noch viel zu tun. Deine vordringlichste Aufgabe wird es von nun an sein, den Kelch der Erleuchtung vor den Dunklen zu schützen.«

»Sie werden alles daransetzen, ihn wieder in ihren Besitz zu bringen!«, warnte Miss Mary. »Denn er verleiht auch ihnen besondere Kräfte, wenn er in ihren Händen ist.«

»Schließliisch wissen sie ebenso gut wie wir, dass der Kelsch erst wieder in drei Monden nach Aventerra zurückgebracht werden kann – an Ostara, dem nächsten Sonnenfeste«, erklärte Percy. »Es bleibt ihnen fürwahr eine lange Zeit – und die werden sie mit Siischer'eit niischt ungenutzt verstreischen lassen. Sie werden teufliische Ränke schmieden und vor keiner Gemein'eit zurückschrecken, um ans Ziel ihrer Wünsche zu gelangen.«

Laura schluckte. Ganz schön heftig, was da auf mich zukommt!, dachte sie.

»Und außerdem«, fügte der Professor bedächtig hinzu, »außerdem musst du den Kelch wieder nach Aventerra in die Gralsburg zurückbringen.«

Laura machte ein grimmiges Gesicht und hob abwehrend die Hände. »Aber warum ausgerechnet ich?«

»Du bist im Zeichen der Dreizehn geboren«, antwortete Aurelius Morgenstern geduldig, »und deshalb zum Kelchträger bestimmt. Du bist als Einzige von uns in der Lage, die magische Pforte aus eigener Kraft zu durchschreiten –«

»... aber natürlich musst du vorher lernen, deine besonderen Fertigkeiten zu beherrschen!«, fiel Miss Mary Morgain ihm rasch ins Wort.

Laura legte die Stirn in Falten. *Ob mir das wohl gelingt?*, fragte sie sich.

Doch Percy Valiant sprach ihr Mut zu. »Iisch bin fest überzeugt, dass du diisch deiner Aufgabe mit großer Freude annehmen wirst. Schließliisch erschließt siisch dir damit die große Chance, deinen Papa aus den Klauen der Dunklen Mäschte zu befreien und Mariüs wieder zu uns zurückzubringen!«

Nichts auf der Welt wünschte Laura sich sehnlicher, als dass ihr Vater zu seiner Familie zurückkehrte. Sie war bereit, alles dafür zu geben. Und dennoch – sie war noch immer ein Mädchen und längst nicht erwachsen!

Laura sah die anderen Wächter an und schüttelte voller Zweifel den Kopf. »Wie soll ich das alles nur schaffen?«, fragte sie mit wenig Zuversicht.

Ruhig erwiderte Aurelius Morgenstern ihren Hilfe suchenden Blick. »Die Aufgabe mag dir überwältigend erscheinen«, sagte er mit sanfter Stimme. »Aber das Gleiche hast du doch sicher auch gedacht, als du erfahren hast, dass du den Kelch der Erleuchtung suchen musst, nicht wahr?«

Laura dachte für einen Moment nach, und dann nickte sie stumm.

»Na, also!« Der Professor lächelte. »Wenn du auf die Kraft des Lichts vertraust und den Glauben an dich selbst nicht verlierst, dann wird dir alles gelingen, Laura. Und außerdem …« Er machte eine kleine Pause und suchte den Blick von Miss Mary und Percy. Die beiden nickten ihm lächelnd zu, und noch bevor der Professor den Mund öffnete, wusste das Mädchen, was er sagen würde: »Außerdem werden wir dir helfen, vergiss das nicht!«

»Und wir natürlich auch!«, riefen Lukas und Kaja, und natürlich konnte ihr Bruder es nicht lassen, noch eine kleine Stichelei hinzuzufügen: »Sonst hast du ja nicht die Spur einer Chance, du Spar-Kiu!«

»Na dann!« In gespielter Resignation hob Laura die Arme, um anzuzeigen, dass sie sich widerstandslos in ihr Schicksal fügte. »Dann gibt es ja weiter kein Problem!«

Damit strahlte sie und ließ ein fröhliches Lachen hören. Ihre Freunde stimmten mit ein, und auch die Erwachsenen lachten befreit. Das vielstimmige Gelächter war weithin zu hören. Der Wind wehte es über die Mauern der Burg bis hinunter zu dem Grausamen Ritter im Park, wo es allmählich verklang.

Da fing es an zu schneien. Endlich!

Dicke Flocken fielen auf die fröhlichen Menschen nieder. Der Flockenwirbel wurde noch dichter, und Lukas und Kaja öffneten die Hände und freuten sich über die Schneekristalle, die auf ihrer warmen Haut schmolzen.

Laura aber musste plötzlich an Weihnachten denken – zum ersten Mal seit langer Zeit. Es waren nur noch zwei Tage bis Heiligabend, und sie hatte weder Geschenke besorgt noch sonstige Vorbereitungen getroffen. Aber sie war sich trotzdem sicher, dass es ein richtig schönes Fest werden würde. Alles würde wieder gut.

Alles.

E * N * D * E

Inhalt